IM PRESS

«…Очень редкая и удивительная радость — раскрыв книжку напрочь незнакомого автора, обнаружить зрелого и очень интересного писателя. Меня постигло это чувство при чтении рассказов, которые Михаил Гончарок собрал в книгу. Всё, что вспоминает он о ярком и кошмарном времени в Советском Союзе, всё, что он пишет о своей сегодняшней жизни в Израиле, — так ощутимо для души и разума, что трудно оторваться от его насыщенной и точной прозы…».

Игорь Губерман

«…В прозе Михаила Гончарка за художественной образностью мы находим ответ на вопрос: „Кто эти люди — художники, мыслители?“ Это те, кто в противоречивости этого мира, кажущемся абсурде ищут смысл, пытаются понять самое главное: чем жив человек, что выстраивает его судьбу. При этом „Всё, что мы пишем, мы пишем о себе, пусть это будет математический трактат или текст об индийской древней сморщенной колдунье…“

Внимание писателя привлекают необычные люди. Самые неправдоподобные истории с точки зрения здравого смысла становятся реальностью. Вот уж воистину сознание определяет бытие, а не наоборот. Казалось бы, автор отстранён от своих, не озабоченных бытом героев, но он же и соучастник их жизни, „невольно заряжающийся чужим оптимизмом“.

Кратко, всего лишь несколькими точно найденными словами, рисуются портреты людей, психологические состояния, уклад жизни. За художественной образностью, достоверностью изображаемого мы находим своеобразное решение вечных проблем о силе и бессилии человека, о его самодостаточности и уязвимости, о том, что бессмертен разум — разумная часть души. Не случайно вслушивающийся, вглядывающийся в сегодняшний день и вглубь веков автор предпочитает Василис Премудрых Василисам Прекрасным: „Премудрая… она же оказывается и Прекрасной“.

Михаил Гончарок найдёт своего собеседника и из тех читателей, которые разминутся с ним в поколениях…»

Дина Ратнер

«…Не грустные мотивы неприкаянных русских интеллигентов, проступающие между строк, привлекают меня в прозе Михаила Гончарка, а нечто гораздо, гораздо более значительное. Во всех его произведениях каждый образ, каждая фраза напитана неизбывной вселенской любовью. Неугомонным любопытством к жизни. Удивлением, пульсирующим удивлением художника перед каждым, самым незначительным её проявлением. Присутствие <…> автора незримо прорастает через его героев, которых выбирает и любит он, которые выбирают и любят его, и эта любовь всепроникающей аурой окружает каждый образ в его произведениях.

Эта любовь не знает масштаба. Она позволяет в капле увидеть океан и в каждой, пусть даже самой заурядной, ограниченной временными рамками судьбе ощутить бесконечность. Этим даром любви Всемилостивый наградил Мишу в полной мере…»

Иосиф Букенгольц

«…Мир Михаила Гончарка плотно заселён. Несметное количество людей заполняет страницы его рассказов и улицы его городов: Ленинграда и Иерусалима. Имена, подробности, бытовые детали, характерные диалоги, цвета и запахи—всё густо замешано и создаёт иллюзию объёмного, реального мира. Но только иллюзию. Этот мир, такой узнаваемый, только притворяется реальным. Потому что каждая якобы бытовая зарисовка оборачивается абсурдом. Или фарсом. Или полным безумием. Или отдаёт близостью смерти. Или, закручиваясь в немыслимых диалогах, ввергает читателя в неудержимое ржанье. Многослойная причудливая проза, играющая массой цитат и аллюзий, притчи с вкраплениями реалий. Обаяние неназойливых мыслей и наблюдений, избегающих малейшей нравоучительности.

Автор умело занижает своё участие в этих историях, говорят и действуют в основном его персонажи, он как бы простой наблюдатель, второстепенный участник из массовки. Но, это, естественно, приём, лукавство. Всё это о нём, что он знает лучше всех и декларирует в зарисовке „Ключи к декабрю“. А ещё о бессмысленности, безумии, жестокости и абсурде нашей во многом прекрасной и удивительной жизни…»

Татьяна Разумовская

Михаил Гончарок

Сер
пан
тин

БОСТОН • 2022 • BOSTON

Михаил Гончарок   Серпантин. *Рассказы*

Mikhail Goncharok   Serpentine. *Short stories*
                      (Serpantin. Rasskazy)

ISBN 978-1950319923
Library of Congress Control Number: 2022945586

Published by
M•Graphics | Boston, MA
    ✉ mgraphics.books@gmail.com
    💻 mgraphics-books.com

In colaboration with
Bagriy & Company | Chicago, IL
    ✉ printbookru@gmail.com
    💻 www.bagriycompany.com

Book Design by Yuliya Timoshenko © 2022
Cover Design by Larisa Studinskaya © 2022

При подготовке издания использован модуль расстановки переносов русского языка BAH™ (www.batov.ru)

Printed in the United States of America

Содержание

Предисловие

С самого детства я делил прочитанные мной книги на две категории по простому принципу: хотел бы я познакомиться с их авторами — совершенно неважно при этом, в каком веке они жили, — или нет. Конечно же, если полюбившийся мне писатель был моим современником, жил в одном со мной городе и судьба дарила мне возможность общения с ним, я её не упускал — так я познакомился с Юрием Домбровским, Феликсом Розинером, Борисом Слуцким и многими другими замечательными прозаиками и поэтами. Их произведения я перечитываю постоянно, и при этом меня не покидает ощущение живого общения с авторами. В то же время многие талантливые книги, даже шедевры литературы, я никогда не открывал по второму разу, не почувствовав никакого душевного родства с теми, кто их написал.

Приехав в семьдесят шестом году в Израиль, я поначалу впал в оторопь, как медведь, попавший в малинник. Оказалось, что концентрация русскоязычных писателей на этой земле сродни по густоте раствору солей в Мёртвом море. Волны репатриации набегали на наш берег, спадали и набегали вновь, оставляя на Святой земле десятки литераторов экстра-класса. И очередной подарок судьбы: многие из них стали моими близкими друзьями. Со временем мы основали Содружество русскоязычных писателей «Столица», в которое вошло около сорока человек, и начали издавать альманах «Огни столицы».

Несколько лет назад я познакомился с писателем, приехавшим в Израиль с последней волной репатриации, — Михаилом Гончарком, прозаиком, который ещё никогда не печатался, писал, что называется, «в стол». Был он уже далеко не мальчиком, отцом семейства, и готовых рукописей у него скопилось к тому времени немало. Друзья Миши по своей инициативе отправили несколько его вещей — а пишет он в жанре коротких новелл — в бостонское издательство, выпускающее книги на русском языке, и хозяева, знающие, оказывается, толк в настоящей литературе, издали за свой счёт (с писателями-дебютантами такое бывает крайне редко) его первую книгу — «Записки маргинала» — с моим послесловием, где я, среди прочего, писал: *«На крутом склоне лет нечасто доводится открыть для себя новое писательское имя. Казалось бы, все одарённые авторы тебе уже известны — тем более в таком тесном пространстве, как русскоязычный Израиль, — и если появится кто-то, чьи произведения произведут на тебя сильное впечатление, — это почти наверняка будет новый репатриант из России, профессиональный литератор. Проза Михаила Гончарка... стала для меня открытием. Оказалось, что в одном городе со мной живёт интереснейший писатель, мастер-миниатюрист, умудряющийся в коротком рассказе на четыре-пять страниц создать столь живые и полнокровные образы, что умей я рисовать — в момент набросал бы их портреты...»*

Если бы я впервые прочёл рассказы Миши, не будучи знаком с автором, я обязательно искал бы встречи с ним как с внезапно обретённым младшим братом, родным человеком, о существовании которого и не подозревал. Но жизнь преподнесла мне очередной дар: я познакомился с Гончарком и почти сразу — с его творчеством, и сегодня мы с ним — близкие друзья. На регулярных встречах членов нашего содружества, в которое Миша был принят «на ура», он сидит одесную от меня, и День независимости Израиля мы стараемся праздновать вместе, семьями.

Прозу Михаила Гончарка не спутаешь ни с какой другой. Набор особенностей, которые её характеризуют, неповторим. Жёсткость в ней соседствует с сентиментальностью; комизм — с трагичностью, никогда, впрочем, не педалируемой для стимуляции читательского сопереживания; поэтичность, которая роднит её с прозой Олеши, — с бабелевскими лаконизмом и афористичностью; буффонада, иногда балансирующая на грани хулиганства, — с глубиной осмысления коренных вопросов человеческой жизни...

К рассказам Гончарка как нельзя лучше подходит бахтинский термин «карнавальность». Приведу хотя бы такую сценку (действие происходит в арабском квартале Старого города в Иерусалиме, где герой и его гости из-за рубежа встретили заблудившуюся монашку из России): «„Я потерялась!“ — дрожащим голосом повторила она, глядя на меня круглыми ненакрашенными глазами обиженного ребёнка. Я подхватил чемодан (он чуть не оторвал мне руку), махнул другой рукой цокающим языками арабам и повлёк сестру Татьяну за собой. Это была живописная процессия: я, пыхтя и тихо матюгаясь, тащивший фанерное чудовище, обвязанное верёвкой, русская монахиня, семенившая за мной и бормотавшая молитвы, Рита, вприпрыжку бежавшая следом, и замыкавший шествие Марат, время от времени для общего успокоения выкрикивавший формулировки исламского благочестия».

Комизм, который я упомянул, достигается у Гончарка разными способами, из которых излюбленные — гипербола и парадокс: «...конный полицейский попытался лягнуть копытом своей лошади женщину-демонстрантку, но рядом оказался дядя Коля — он лягнул лошадь, и она упала».

Для русскоязычного израильского писателя, чьё знакомство с ближневосточными реалиями только начинается, велик соблазн увидеть многоцветную картину происходящего в упрощённом, черно-белом варианте, провозгласив абсолютную правоту евреев и демонизировав их врагов. Но не таков Гончарок: он понимает, что на этой земле столкнулись две правды и победит та сторона, которая окажется сильней — прежде всего духовно. Он сочувствует противнику, несущему человеческие потери в войне, но не более того, и в этом — высший гуманизм, который может позволить себе израильтянин.

И напоследок — об отношении Гончарка к так называемым «служителям культа», которых среди героев его рассказов множество. Вот где проявляется карнавальность его прозы во всей своей красе: раввины и муллы, гуру и православные монашки пребывают в его рассказах в броуновском движении, сталкиваясь и разбегаясь, и каждый из них по-своему забавен и трогателен. Гончарок ни в коей мере не подшучивает над религией как таковой — его симпатии к иудаизму не декларируются, но вполне очевидны, — однако алмазные россыпи комизма, столь богатые именно в этой области, поставляют ему драгоценные кристаллы юмора в изобилии.

Михаил Гончарок, с моей точки зрения, — один из лучших прозаиков, пишущих сегодня по-русски, и выход его представительного сборника в солидном американском издательстве — большая радость для него, для тех, кто его уже знает и любит, и — я уверен в этом! — для его новых читателей.

Борис Камянов
Иерусалим

Ключи к декабрю

Хотелось бы написать.

О том, что волнует по-настоящему.

Всё, что мы пишем, мы пишем о себе, пусть это будет математический трактат или текст об индейской древней, сморщенной колдунье из сельвы Парагвая, изложенный школьницей из Орехово-Зуево, никогда в этой сельве не бывавшей и даже не знающей, что слово «сельва» означает. О Маше, пишущей от имени норманнской принцессы, жившей за тысячу лет до Маши, и о принцессе, которая тоскливым зимним вечером тысячу лет назад, грезя у очага в своём холодном замке, придумала жизнь Маши, но ничего не записала, потому что вообще писать не умела, да и никто вокруг не умел.

О старых людях, чей путь кончается, о молодых, которые вообще ещё не знают, что это такое — их путь.

О дураке с прекрасным лбом и глазами мыслителя, о мудреце со скошенным лбом австралопитека и надбровными дугами троглодита.

О неандертальце, певшем стихи о звёздах у костра под улюлюканье соплеменников, позднее его, бездельника, сожравших, потому что всё равно толку от такого певуна чуть, а утренняя охота племени была неудачной.

О старухах, видевших в жизни многое, но оставшихся младенцами по уму и чувствам, о девочках, мудрых, как змий.

Об одиноких в своём знании. О родившихся позже своего времени, о тех, кто опередил его намного. О разминувшихся на века с собеседником, которому, единственному, дано понять то, что ты думаешь на самом деле.

О вылавливании жемчужины в бочке с дерьмом, о спорах, стоит ли эту жемчужину искать. О тайне слова. О том, как из разрозненных строк складывается мраморная цельность, где ни одно слово не лишнее, где нет торчащих, как нитки, никчёмных отступлений и неуклюжих оборотов. Как горка разноугольных льдинок под рукой Кая по щелчку пальцев вдруг складывается в мозаику, означающую слово «вечность».

О том, как прекрасно впитывать тишайшую, никому, кроме одного — твоего — человека, не слышную мелодию гармонии, окутывающую двоих тайной, как покрывалом. О том, что разнобой сердец вдруг становится унисоном, поющим звенящей медью.

О том, как клоун с приклеенной улыбкой, наглухо застёгнутый на все пуговицы в одиночество, как в сюртук, впервые во весь голос сказал о том, что волнует его по-настоящему, и как никто вокруг этого не понял, как в ответ раздались недоуменные смешки и жидкие аплодисменты, и это был такой диссонанс, что я, приглашённый на представление в числе прочих, задохнулся — до дрожи и до желвака на виске.

О том, что говорить о любви не стыдно, но бессмысленно, так же как не стыдно, но бессмысленно от неё и плакать. О том, что скептицизм стал проклятием века. О скорлупе сомнений, которую хочется раздавить рукой, как пустой рачий панцирь.

О внешней и внутренней стороне вещей. О конкретных людях, которые когда-то жили, и некоторые из которых живы до сих пор. О том, что опыт их жизни других ничему не научил, и даже их самих он ничему не научил. О том, что выводов из этих историй нет, и не ясно, нужны ли эти выводы вообще, потому что не ясно, кого и чему они могут научить.

О моей прабабке, сто лет назад сбежавшей из дома своего отца, известного талмудиста, потому что она хотела не выходить замуж, а учиться на врача. О том, как её прокляла семья, потому что она, поступив в университет, зарабатывала на жизнь проституцией. О том, как, случайно забеременев от любовника, она родила мою бабушку, единственного по-настоящему интеллигентного и мудрого человека в моей семье. О том, как прабабка с ребёнком на руках моталась по фронтам гражданской войны и лечила белых, красных, зелёных, жовто-блакитных, и её, врача, не тронул никто из них. О тридцать седьмом годе, когда ей припомнили то, что лечила она не только красных. О муже, сгинувшем на Колыме, о стоянии в тюремных очередях вместе с Ахматовой.

О деде моём — крестьянине с Поволжья, страстном коммунисте, заступившимся за врага народа и посланным в штрафбат, где он выжил один из всей роты.

О моей тётке-художнице, первой учившей меня, маленького, стихам Киплинга и Стивенсона. Об умершем глупейшей смертью, совсем молодым, муже её, Валерке, смешливом и ироничном грешнике, помеси Ходжи Насреддина с Остапом Бендером.

О других людях, всяких и разных.

О гудящих проводах телеграфных столбов на заснеженной лесной дороге, уходящей на Север.

На ссохшейся ветке задумался снег
о мёртвом молчанье зимы.

Хотелось бы написать.

ЧЕЛОВЕК, КОТОРЫЙ НЕ РОЖДАЛСЯ

Со мной в детский сад и потом в школу ходил похожий на куклу Барби мальчик Владик.

О детсадовском периоде нашего золотого детства я ничего путного сказать не могу, хотя и помню его досконально, почти день за днём, как в пьесе Анчарова. Скажу только, что не было оно, детство это, для меня золотым. Этот период неоформленного ещё разума и не доросших до нужной кондиции физических данных так только называется. Может, у кого-то оно, детство, таковым и было, я не знаю. У меня оно ассоциируется с чёрным провалом окна моей спальни зимним утром, с «Пионерской зорькой» по радиоточке без двадцати восемь. С зорькиным поганым горном, хрипло записанным на магнитофон в студии, с идиотически бодрым голосом подделывавшейся под пионерку ведущей, с овсяной кашей, с маминым «нужно, сынок», с ужасом перед выходом во двор и дорогой в детсад, а потом — перед той же дорогой в школу под ледяными звёздами. Скрип старых, рассохшихся половиц, запах выкрашенных зеленью парт с вырезанными на них словами, запах нищеты и бесправия, возведённых в принцип. Моя беспомощность, тёмный ужас перед невозможностью изменить это утро, эти звуки и запахи.

Мальчик Владик ходил со мной в одну детсадовскую группу, потом — в один класс. В один класс нашей серой, четырёхэтажной заурядной школы № 378 Московского района, руководимой Эпилептиком — припадочным полуглухим директором Иваном Силычем Джулаем, бывшим красным партизаном, произносившим бесконечные невразумительные речи о любви к Родине и называвшим учеников сволочью, а родителей наших — контрой.

Детский сад и школа, стоявшие по соседству, в одном дворе, слились у меня воедино.

До шести лет мы с Владиком сидели вместе рядом на детсадовских горшках, стягивали в туалете рейтузы с визжащих девчонок и разучивали песни о Самом человечном человеке. Не помню, рассказывал ли я ему о своих ощущениях, о которых рассказал сейчас вам, а если и рассказывал, то, боюсь, так сбивчиво и непонятно, что он навряд ли понимал меня. Ему всё было легче, Владику. Мы приходили на занятия вместе, таща за спиной ранцы и сумки со сменной обувью, иногда держась за руки; он — с вечной своей ангельской улыбкой, я — с вечно приоткрытым в ожидании гадостей наступающего дня ртом; он — синеглазый, золотоволосый, белозубый, любимец нянечек и учительниц, на протяжении долгих лет называвших его «наше солнышко»; я — нахохленный, мрачный, со сбившейся на глаза спортивной зимней шапочкой, с вечным гайморитом, аденоидами и вечной своей неуспеваемостью.

Он учился легко и быстро, как бы шутя. Учёба его напоминала мне шуструю, небрежную, почти гениальную игру на пианино, которой славна была двоюродная Владикова сестра, первая красавица школы Таня Гречухина, белозубой улыбкой своей и светлым ореолом волос очень напоминавшая брата.

В четырнадцать лет Владик свихнулся. Этого можно было ожидать от любого из нас, подростков, в том нежном возрасте, когда превыше всей учёбы начинали цениться девичьи коленки, выглядывавшие из-под сирых, коричневых форменных платьиц. При приближении ко мне в школьном коридоре любой одноклассницы я начинал чувствовать себя скованным и несчастным. Каждый раз это походило на сближение с иной Вселенной, с иными физическими и духовными свойствами, постичь которые я был совершенно не в состоянии.

В четырнадцать лет Владик вовсю уже гулял с девицами, шалавами из восьмого параллельного класса Куличёвой и Кирпичёвой, и они, по слухам, были от него без ума. Гарантией этого являлся тот факт, что категорический отвод девицы дали даже узкоглазому красавчику Вите Цою, сидевшему за одной партой с кем-то из них и прежде, по тем же слухам, успевшему побывать фаворитом их обеих.

Владик изумительно играл на гитаре. Голос у него был вовсе не музыкальным, слуха, кажется, не было вовсе, но играл он изумительно. Нам, преклонявшимся перед ним за фривольность и лёгкость в учёбе по всем предметам, было недосуг задумываться о содержании этих песен. Тогдашний репертуар подростков включал глупейшие тексты из разнообразных советских ансамблей песни и пляски, несколько разбавленных отдельными композициями Высоцкого и Юрия Кукина вкупе с двумя-тремя подделками под переводы из «Битлз» и «Роллинг стоунз».

Одну из Владиковых песен — «Маэстро» — я помню до сих пор:

> Проходят дни.
> Века проходят, как года.
> Горят огни.
> Над катакомбами всегда
> Горят огни,
> А нам плевать на белый свет,
> Ведь мы подохнем
> В дымке сигарет.

Я записывал Владиковы песни на старый бобинчатый «Маяк», и лент в его исполнении набралось у меня штук десять.

Восьмилетка кончилась, и я перешёл учиться в девятый класс в другом районе города. Каждый день по дороге в школу и из школы я проходил мимо гигантской ленинградской мечети. Может быть, новые друзья, а может, и вид самого этого здания начинал настраивать меня на иной лад. Я всё реже встречался с бывшими одноклассниками, на дружеские предложения Цоя встретиться и «бухнуть сухо-креплёного» в компании скороспелых, окончательно к тому времени созревших Куличёвой и Кирпичёвой отвечал решительным отказом. Я читал уже литературные новинки — Юрия Слепухина, Андрея Битова и скверные фотокопии Цветаевой, на магнитофоне слушал уже не Владиковы песни, а Галича, и постиг, наконец, лирическую прелесть Окуджавы.

От девочек я шарахался по-прежнему — как от огня.

Прошло два года, я окончил школу и поступил в институт. Вскоре после этого я встретил Владика на Невском и поразился. Владик, одетый по первой моде, с блондинистой девицей под мышкой, с «Кэмелом» в зубах, оказался мажором. Он лепетал что-то о новых тряпках, о каких-то пусерах, о встречах с иностранными туристами, о новой партии кримпленовых носков и с гордостью фирмача поведал мне о двух приводах в милицию. Ну, а ты что делаешь? — спросил он. Учусь на первом курсе, — начал я. И тебя, такого дурака, туда приняли? — перебил он, явно красуясь перед девицей, глядевшей на него с обожанием. Я сменил тему и сказал что-то об Аксёнове, литературно-политический скандал с вышибанием его из страны был тогда в самом разгаре. Он махнул рукой. Я, помню, подумал: вот передо мной стоит

Человек-Дурак. Мы расстались, и долгие годы я больше с ним не встречался…

Летом 1988 года я закончил рукопись «Очерков истории хасидизма», фотоспособом распространявшуюся в самиздате. Через несколько месяцев у меня в квартире раздался странный телефонный звонок. Незнакомый мужской голос осведомился, со мной ли он имеет честь разговаривать, передал огромный привет от Владика и пригласил посетить коммуну духовнопросветлённых гуру нового поколения на Карельском перешейке, в глухом лесу, в трёх часах езды от Ленинграда, для обсуждения моей рукописи и дискуссии об оной.

Я не понял, какое отношение к духовнопросветлённым может иметь друг моего детства, и пришёл к выводу, что всё это — очередная провокация КГБ. В то время в любом ритмичном шарканье метлы дворника под окном мне мерещились происки властей, жаждущих свести со мной счёты. Тем не менее, я чувствовал, что располагаюсь у них под колпаком. Что рыпнуться мне некуда, что так или иначе ехать, раз вызывают, нужно. На следующее же утро я обречённо попрощался с женой и отправился на поиски коммуны.

Вернулся я совершенно ошеломлённым. Под носом у властей, правда, в лесной глухомани между Выборгом и Приозёрском, среди дач ленинградских врачей и инженеров, свили настоящее конспиративное гнездо советские последователи разнообразных индуистских культов и философий. Они прочли один из экземпляров моей рукописи и жаждали задать автору вопросы о потенциальной духовной связи между восточными учениями и мистикой иудаизма. Трое суток я не мог выбраться из леса. Я честно старался отвечать на поставленные вопросы, но не мог компетентно подходить к предложенной теме, ибо мало разбирался в древней мудрости Дальнего Востока. Понятие «майя» означало для меня лишь женское имя, а слово «дхарма» ассоциировалось исключительно с романом Керуака, экземпляр которого с риском для карьеры выкрала для меня одна из моих тогдашних пассий, работавшая в спецхране Публичной библиотеки.

Меня поразил Владик. С длиннейшими льняными волосами, ниспадавшими ниже пояса, с приветственно сложенными на груди руками, с глазами, от которых меня внезапно ударило как электрическим током, он производил впечатление человека подлинно не от мира сего. От прежнего моего одноклассника осталась только ослепительная, но ставшая какой-то отрешённо-блаженной, улыбка.

Коммунары жили в огромном двухэтажном некрашеном доме дачного типа, построенном ими своими руками и стоявшем прямо в лесу.

Всё было захватывающе интересно, но когда к вечеру первого дня я освоился окончательно, меня начало смущать абсолютное отсутствие спиртных напитков. Сигареты у меня кончились быстро, вокруг никто не курил, а во время трапез подавали бесконечный варёный рис без мяса, но со специями, пахнущими мухоморами.

К исходу третьих суток я уехал с этого странного семинара, и его устроители кланялись мне вслед, сложив руки на груди. Я оглядывался. Там были симпатичные девчонки, но на протяжении всех этих суток, общаясь со мной, они лишь закатывали глаза к синеющим небесам и безостановочно бормотали мантры.

Владик провожал меня. Пока мы выбирались из леса, я понял наконец, что гитара, фарца и мажор заброшены моим бывшим одноклассником совершенно всерьёз. Он сыпал цитатами на санскрите и тут же переводил их на русский, он говорил о «Бхагаватгите» и «Махабхарате», о Будде, Кришне, ламаизме, дзене и экуменистических тенденциях. Закатывая глаза, негромко смеясь и деликатно прикрывая рот рукой, он говорил, как счастлив был видеть меня и как интересно было его товарищам узнать об адекватных учениях Ближнего Востока. Попутно выяснилось, что Владик выучил английский язык для общения с единомышленниками, живущими на Западе…

Ещё через два года я уехал из России навсегда.

Несколько лет назад совершенно случайно я узнал, что Владик теперь никакой уже не Владик, а гуру международного значения с сорокапятисложным именем. Я узнал, что он возглавляет одно из трёх ответвлений индуистского движения «Ананда марга» и отвечает за духовную работу этого движения на территории СНГ и сопредельных стран. Что семь лет он прожил в одном из монастырей Бомбея, что окончательно выучил не только санскрит, как язык священных текстов, но и хинди, и бенгали, и даже, кажется, урду, что имя его ныне произносится десятками тысяч учеников с придыханием, что в настоящее время большую часть года он проводит в разъездах по Европе и обеим Америкам с выступлениями перед массовой аудиторией, что перед ним открыты двери в домах неких сильных мира сего, что он…

Во время одного из моих последних визитов в Россию, встретившись с друзьями детства и одноклассниками, сидя за отличным столом, уставленным горячительными напитками разной степени крепости, выпив для начала за память нашего общего Цоя и вовсю дымя ностальгическим для меня «Беломором», я поделился с сотрапезниками своим открытием, начало которого для меня относилось к давнему 1988 году.

Мне было сказано, что это — никакое не открытие, что все это знают, а некоторые даже осуждают, так как, по мнению многих, Владька возгордился. Пьяный Саша Зиборов, учивший в далёком детстве первым трём гитарным аккордам обоих наших одноклассников и кумиров нынешней молодёжи и Цоя, и Владика, заявил, что с покойным Витей всё более-менее, а вот Владик не кто иной, как Гуру из Бобруйска, вот кто он такой.

Сильно раздавшиеся в ширину и постаревшие, находившиеся здесь же ларёчные торговки Куличёва и Кирпичёва, напившись почти до бесчувствия, рыдали под столом, оплакивая память обоих кумиров, потому что новых объятий им, торговкам, уже не дождаться — один в могиле, а другой «просветлился и копит энергию».

— А всё-таки удивительный у нас класс был, да, ребята? — сказал я и, встав из-за стола, неуверенно направился в комнату, где хранились у моих родителей древние, двадцатипятилетней давности, шуршащие и рассыпающиеся в руках от ветхости магнитофонные бобины.

Я включил магнитофон, и кухню заполнил глухой, свистящий, вибрирующий звук — четырнадцатилетний Владик играл на гитаре самые глупые и пошлые песни из репертуара забытой советской эстрады семидесятых годов…

Все благоговейно молчали.

Эти песни так не гармонировали с тем новым Владиком, образ которого уже давно сложился в моём воображении, что я поспешил выключить магнитофон.

…На прощание, когда нагруженные выпивкой однокорытники стали расходиться, мне дополнительно сообщили, что «Владик действительно возгордился, так как не желает поддерживать отношения с друзьями детства, и вообще он не желает разговаривать по-русски. Все свои циркуляры на территорию СНГ он присылает ученикам на санскрите с автоматическим переводом на английский».

Я вяло возразил, что, вероятно, Владику совсем не так интересно общаться с бывшими одноклассниками-пьянчугами, как они, одноклассники, могли себе вообразить, и если одноклассникам действительно интересно общаться с Владиком, то пусть учат санскрит или, по крайней мере, английский.

С того вечера прошло не больше месяца, и в моей иерусалимской квартире раздался звонок. Незнакомый бас на иврите с сильным английским акцентом поинтересовался, со мной ли он имеет честь разговаривать, и торжественно предупредил, чтобы я был готов получить письмо от Учителя и, по получении, немедленно на него ответить. Я ошеломлённо спросил, о каком Учителе идёт речь. В ответ было произнесено имя, в котором я с огромным трудом, путём неуловимых ассоциаций, провернувшихся в моём мозгу, признал нынешний титул Владика.

Я, памятуя рассказанное пьяными одноклассниками в далёком городе на Неве, отвечал, что не читаю на санскрите, и пусть Учитель, по крайней мере, пришлёт письмо на английском. Ивритский бас с английским акцентом торжественно пообещал, что письмо будет на русском языке.

Письмо пришло через пять дней и, действительно, было на русском. В конверте со штемпелями города Пума, Индия, находился отрывок какого-то текста и маленький белый листок, почти девственно чистый. Одна-единственная фраза, написанная полузабытым почерком, гласила:

«Миша, скажи родителям в Петербурге, чтобы стёрли магнитофонные ленты».

— Аллах акбар, — ошеломлённо пробормотал я, крутя листок в руках. Потом я посмотрел на потолок, как будто ожидал немедленного появления Учителя свыше. Я подошёл к телефону и негнущимися пальцами стал тыкать в кнопки, набирая мой старый ленинградский номер.

Только через час или полтора я вспомнил о дополнительном тексте, вложенном в конверт. Текст тоже оказался на русском языке.

Собственно, это была фотография, с задней стороны которой была напечатана некая притча. На фотографии я увидел могильную плиту, на которой была начертана такая надпись:

«Никогда не рождался и никогда не умирал, лишь посетил планету Земля между 11 декабря 1931 года и 19 января 1990 года».

Дрожащими пальцами я перевернул фотографию. Там находился текст. Полагая, что незримо присутствующий со мной Учитель, которого я до сих пор фамильярно и упорно продолжаю называть Владиком, хотел мне этим текстом что-то сказать, привожу его здесь целиком:

«В селении, где жил великий дзен-мастер Хакуин, забеременела девушка. Отец третировал её, добиваясь имени возлюбленного, и в конце концов, во избежание наказания, она призналась ему, что это — Хакуин. Отец больше не задавал вопросов, но как только ребёнок родился, отнёс его Мастеру. „Кажется, это твой ребёнок?“ — спросил он как можно более презрительным тоном. „О, действительно?“ — удивился Хакуин и взял малыша на руки. С тех пор он всегда носил его с собой, завернув в рваный рукав своего поношенного платья. И в дождь и в холод приходилось ему ходить, выпрашивая у соседей молоко для ребёнка. Многие ученики, возмутившись таким поведением наставника, покинули его. Хакуин не сказал им ни слова. Наконец мать дитя поняла, что больше не может выносить разлуки с сыном, и назвала имя настоящего отца ребёнка. Её отец бросился к Хакуину и стал молить о прощении. „О, действительно?“ — только и сказал Хакуин и отдал деду внука».

Мама и Далай-лама

Прочитав чей-то рассказ о чужой маме и её друге, рассказ о разнице в возрасте между возлюбленными, составляющей сорок лет, я вспомнил несколько аналогичных историй, о которых читал, слышал или свидетелем которых был сам. Эдит Пиаф с её греком вспомнил, ещё кое-кого. Помимо прочего — сквозь призму времени перед глазами встал ленинградский историк Юрий Семёныч Динабург, экскурсовод из Петропавловской крепости. О Юрии Семёныче ходили анекдоты. Он мог выйти из дома в одних носках и так прийти на работу. Он мог идти, задумавшись, ступая одной ногой по тротуару, другой — по проезжей части, не обращая внимания на неожиданную хромоту и нездоровое любопытство прохожих, так как размышлял о Вечном. Мама моей первой жены работала с ним больше двадцати лет назад и однажды познакомила меня с ним. Уникальной худобы человек с седыми, длиннейшими волосами до пояса, которые он заплетал в косичку — и так ходил по городу, бормоча что-то себе под нос и размахивая руками. Милицию эта косичка приводила в исступление, и Юрия Семёныча задерживали в разных концах города приблизительно раз в неделю. Он покорно шёл в ближайшее отделение для выяснения личности. Стражи порядка полагали, что имеют дело с неким престарелым хиппи, имеющим отношение к так называемой «Системе», куда в 70–80-х годах входили многочисленные питерские нонконформисты-теоретики и наркоманы-практики. Это было время борьбы МВД и КГБ с молодёжными неформальными группировками... Когда доставленный в отделение Юрий Семёныч открывал рот, чтобы искренне сообщить требуемые данные о себе, милиционеры пугались ещё больше: во рту у задержанного не было ни одного своего зуба — вместо них при свете лампочек прокуренной комнаты тускло блестели два ряда кривых стальных коронок. Но Юрий Семёныч никого не собирался кусать. Зубы у Юрия Семёныча выпали от голода и цинги в воркутинских и магаданских лагерях ещё в доисторическую эпоху. Не был Юрий Семёныч и хиппи. Он был странным, неортодоксальным историком-эрудитом, бывшим диссидентом, замечательным человеком и большим любителем чифиря. Чифирь не подходил под статью; завести дело о стальных зубах, к сожалению органов правопорядка, было невозможно также; седые волосы до пояса давали милиционерам единственный шанс — играючи намотать их на кулак и несильно долбануть Семёныча пару раз головой о стол. Семёныч при этом покорно молчал; люди в фуражках молчали тоже. После чего ему возвращали старый, растрёпанный паспорт, и он уходил домой, где ждала его молодая жена, девочка 19 лет, нигде не работавшая, занимавшаяся вышиванием платьиц для кукол. Она продавала их на рынке. От девочки отказались родные — после того как она, полюбив за муки Семёныча, венчалась с ним. Семёнычу было лет семьдесят.

И вот, вспомнив всё это, я отправил одобрительный, но бессвязный комментарий к тексту о чужой маме, приписав туда зачем-то и Юрия Семёныча. И каково было моё удивление, когда автор текста, не говоря ни слова, вывесил в ответном комментарии фотографию Юрия Семёныча… Да, это был он, я сразу узнал потустороннее выражение его глаз. Прошлое нахлынуло на меня, и я не стал особенно разбираться, откуда у автора поста хранится фотография старого неортодоксального хиппи из ленинградского Музея истории города. Неисповедимы пути.

Очередная ассоциация плавно вывезла меня ещё на одного нетипичного человека. Я вспомнил, как не так давно в Иерусалим приехал с визитом Далай-лама — прямиком из Катманду, где он жил в вынужденной эмиграции, бежав из родной Лхасы после того, как Тибет оккупировали солдаты Китайской Народной Республики. Впрочем, возможно, эмигрантом был не тот Далай-лама, а его предшественник; это совершенно неважно. Важно, что это всё-таки был настоящий Далай-лама. Его привели к Стене плача, а я как раз проводил там экскурсию. Народу было мало. Шума по поводу прибытия тибетского гостя не было никакого. Одинокие хасиды раскачивались, стоя перед остатком разрушенного Иерусалимского храма, и били себя в грудь. Далай-лама прошёл мимо них в сопровождении нескольких тибетских монахов и полудюжины дюжих ребят из израильской службы безопасности. Он был невероятно худ, одет в традиционную свою одежду, носил очки, и голова его была свежевыбрита. Он подошёл к Стене рядом с тем местом, где стоял я, закрыл глаза и дотронулся до неё коричневыми сморщенными руками. Так он простоял около минуты, что-то бормоча тихо, потом открыл глаза и посмотрел на меня — и улыбнулся. Меня ударило током, ибо на меня смотрела улыбка Чеширского кота, улыбка Юрия Семёныча Динабурга. Я медленно растянул одеревеневшие губы и тщательно улыбнулся в ответ. Он засмеялся. Я протянул руку и потрогал его жёлтый плащ. Он вытянул палец худой руки и показал на Небо, где барашками в пронзительной иерусалимской лазури бежали маленькие облака. Я послушно проследил за движением его руки, но, кроме облаков и синевы, ничего не увидел. Он постоял ещё минуту, потом, пятясь, тихо отошёл от Стены. Отойдя метров на двадцать, он нашёл меня глазами ещё раз и снова улыбнулся. Резко отвернулся и быстро ушёл прочь. Я заплакал. Запредельность коснулась меня.

Василь Васильич

Сегодня мне приснилось Сосново. Посёлок на Карельском перешейке, где я жил летом на даче много, много лет, — место, ставшее мне настоящей духовной родиной, где я прочёл первые книги, где каждое дерево, каждый забор, каждая поляна в лесу связаны нитями воспоминаний воедино. Здесь мой первый гром говорил со мной, и я понял его язык. Из-за каждой травинки, из-под каждого цветка там выглядывают эльфы, гномы и хоббиты, там на полянах разгуливают обезьянолюди Конан-Дойля, там в чаще ельника раздаётся тяжёлая поступь мамонтов Обручева и Эдуарда Шторха. Семь подземных королей обитают в Пещере, вход в которую замурован у песчаного пляжа на Озере, и птицы не поют, а хрипло вопят, как будто в предсмертной тоске. Муми-тролли с полотенцами брели на берег, и посреди озера качались лодочки хатифнаттов. Сколько раз маленьким мальчиком, а потом и взрослым дядей, за руку с сыном, я проходил, крадучись по шпалам раздолбанной одноколейки, и размахивал руками, и шептал наизусть диалоги Руматы и Мак Сима, и они отвечали мне, и сын, приоткрыв рот, снизу вверх смотрел на меня, и включался потом в диалог. Ветер качал верхушки сосен, солнце золотило кору деревьев, небольшие облака проплывали в тусклой северной синеве, шелест крон завивал горьковатый дымок сожжённых в соседнем дворе сухих листьев — я знал, что это Поднебесная и Заоблачная разговаривают со мной. А запахи, запахи! Хвои, липы, рябины — священного дерева колдуний, мокрой после дождя травы, солнца и нагретого им песка на склонах вересковых холмов, одетых лесом. Эти запахи нужно упаковывать в бутылочки и продавать на вес, и требовать неподъёмные суммы за один вздох. Иещёболее, как сказано в детской повести о Гомере Прайсе.

Там, где я живу теперь, нет никаких запахов, кроме запахов яростного солнца, знойного ветра и раскалённого камня. Здесь нет сумрачных елей, зато всюду растопырили никчёмные, ничем не пахнущие, полутораметровые свои листья финиковые пальмы. Сосны растут лишь в горах, и я дважды в год ползу в горы —

виток за витком серпантина дорог, чтобы очутиться в атмосфере, хотя бы отдалённо напоминающей ту дальнюю, забытую, детскую. Прижимаясь спиной к пыльному стволу средиземноморской сосны, из древесины которой Соломон Мудрый строил свой Храм, ловлю шёпот ветра, закрыв глаза. Я вспоминаю.

Несоответствие библейской Эрец халав у-дваш, страны, текущей мёдом и молоком, с реальной выжженной пустыней нагорий, так разительно, что, раскинув руки между стволов сосен, я скулю, как щенок. Нет ничего решительно общего между пыльной кроной сухой ливанской сосны и пышной, чуть влажноватой от росы, чуть нагретой вечерним солнцем кроной сосны Севера. Яростное солнце пустынь Юга, на которое нельзя смотреть, не прикрыв веки, вызывает к жизни древние песни воинов за веру и проклятия воздевавших кулаки к небесам пророков. Холодное солнце над отнятыми у Финляндии чащами и буреломами позволяет смотреть на него не мигая даже в полдень и качает глубоко в душе тихие напевы Калевалы в сумрачной стране Похъёлы.

«А зимой там колют дрова и сидят на репе, и звезда моргает от дыма в морозном небе…»

Меня привезли в Сосново ребёнком, летом, перед поступлением в первый класс. С шестьдесят девятого года и до самого отъезда из России в девяностом году я жил на даче во время каникул и отпусков — в одном доме на тихой Шоссейной улице, со всех сторон к которой подбирался лес моего детства. Хозяином дачи был Василий Васильевич.

Он работал на местной железнодорожной станции, на полпути между Выборгом, Приозёрском и Сортавалой. Где он родился, крестьянин, как очутился после войны в этой богом забытой деревне — он никогда не рассказывал. Он никогда не рассказывал о Великой войне, за участие в которой ему выделили клочок земли в карельских лесах, — много позднее я узнал, за что. Он не знал, сколько ему было лет. Он родился в позапрошлом веке, и данные паспорта своего, выданного царскими чиновниками, он забыл.

Родители мои, а позже я сам, снимали две комнаты у него в доме. Утром, в пять часов, он уходил на свой полустанок и возвращался на закате, и до первых звёзд копался в саду. Он выращивал малину, чёрную и красную смородину, мелкий картофель, огурцы. Он угощал меня плодами своего огорода. Я помню первый раз, когда он встречал нас, своих дачников, в июне шестьдесят девятого. Высоченный лысый дед с оттопыренными ушами, худой, жилистый, с буграми мышц по всему телу, с каменными бицепсами, отложил в сторону косу, пинком ноги отшвырнул копну одуряюще пахнувшего сена и шагнул нам навстречу. Голос у него оказался скрипучим, как несмазанное колесо телеги. Зелёные глаза смотрели пристально из-под кустистых бровей. Он сунул каменную ладонь моему отцу и гаркнул:

— Здоров! Я—Василь Васильич. А ты кто будешь?

Не дожидаясь ответа, он перевёл взгляд на меня.

— Здоров! Ты—кто?

— Я… Миша.

— О! Миха, значить. Мих, ты чёрную смороду будешь?

Я боялся его, огромного, нависшего надо мной, пахнущего здоровым чистым потом, и сказал, что—да, хочу. Я ненавидел чёрную смородину.

Потом мы сидели на скамеечке за врытым в землю столиком. Я, давясь ягодами, щедро насыпанными в плетёное лукошко, смотрел, как хозяин выставил на стол огромную бутыль прозрачного, как слеза, самогона и закуску: три помидора, тёплый, только что сорванный, пахнущий прелой землёй огурец, зелёный лук, неровно порезанные куски чёрного, тяжёлого как подкова, хлеба и соль в тряпице.

Василь Васильич опрокинул в рот стакан и с неодобрением покосился на сигареты, вытащенные моим отцом из кармана куртки.

— Брось!—гаркнул он.—Не люблю. Дьявольское изобретение. Коммунисты придумали.

Отец поспешно спрятал пачку в карман.

— Да ведь, Василий Васильевич, люди курили и до советской власти…

— Махру курили! И трубку! А коммунисты придумали чище, чем европейские жуки—у тех просто вонючая бумага табак окружает—а они придумали чище! Понял?! Эй, малый, ты сам-то не из этих ли буишь? Не большевик?!

Василь Васильич рывком привстал со скамьи. Родители молчали, боясь раздражить сурового хозяина лесной дачи. Они ничего не поняли. Отец отрицательно качнул головой.

— Бе-ло-мор! У европейских жуков-та короли да прынцессы-бляди на обложке, а наши рабство на пачке увековечили! Чище ещё! Понял?! Брось, не люблю! Ты у меня в саду гость, в доме жить будешь, папирос не курить—понял?!

Отец с мамой, видимо, поняли о рабстве и «Беломоре», я же тогда понял лишь, что грозный старик никому не даёт курить у себя в доме и вообще на своём участке.

Тот первый разговор с ним я запомнил на всю жизнь, он впился в мою память вместе с терпким вкусом смородины на языке.

Василь Васильич жил своим огородом. В продуктовом магазине посёлка он покупал лишь хлеб и соль. Корова Рыжуха снабжала его молоком, остальное он выращивал у себя в саду сам. Мяса не ел. Самогон гнал в неимоверных количествах и выпивал его сам или с дачниками и их гостями, причём всем наливал щедро и поровну.

— Моя дневная порция — пятьсот грамм самогону, понял?! Овощи-фрукты — да! Мои личные! Мясу — бой! В их сраных магАзинах я покупать говно не намерен! Бе-ло-мор… Сигареты на участке увижу — смерть. Понял?

Телевизора в доме не было, радиоточку хозяин забросил на чердак «в пясят шестом, при Хруще ишшо». Газеты использовались исключительно в сортире; я заметил, что хозяин отдаёт предпочтение «Правде» и «Труду». Я подростком ещё полюбил Василь Васильича, я верил ему слепо, я, разинув рот, слушал его рассказы о жизни. Он был мудр, и хлёсткое слово его, припечатываемое к любому событию, было почти законом. Уже студентом, привезя как-то летом на дачу мою Ирку — на смотрины Василь Васильичу, я вдруг понял, что лысый старик с оттопыренными ушами понимает толк не только в водке, но и в женщинах. Осмотрев бледнеющую Ирку со всех сторон — она была в шортах и купальном лифчике по случаю жаркой июльской погоды, с томиком самиздатовского Сартра в руке — он заиграл буграми мышц и рявкнул вдруг:

— Миха! Эту — только в койку! Жена не будет. Го-ро-жа-ноч-ка… Всё!

И ушёл косить своё сено.

На Ирку, прожившую у него в доме после этой первой встречи ещё много лет, внимания больше он не обращал никогда.

Я знал, что это — приговор, не подлежащий обжалованию. Что будет так, как он сказал. Так и стало — пусть спустя почти десять лет…

О коммунистах он говорил с нескрываемой злобой, никогда не раскрывая причины, но я догадывался, что истоки её — в годах коллективизации, в далёкой поре его молодости. О войне — не рассказывал, касаясь её лишь косвенно; о нацистах он говорил с отвращением, как о жуках, но — с некоторым уважением.

— ХозяевА были! Да. Маттттьььь…

Он пил безбожно, но никогда не пьянел. Вокруг него всегда вились более или менее молодые дачницы, и я сперва удивлялся этому — старик был резок и зол, как сто чертей, лыс, имел прозрачной голубизны глаза и искривлённый вечной судорогой рот, из которого ежеминутно вылетала ругань по адресу горожан, дураков-соседей, женщин и вообще коммунистов.

Меня он полюбил. Я почему-то напоминал ему внука, любимого внука Ванечку, который скурвился, ушёл из железнодорожного депо в город, вступил в партию и стал бойко продвигаться по комсомольской части. Старик оборвал с ним все контакты лет за десять до моего рождения.

Жена Хозяина, как мы все почтительно именовали его, «Дашка Семёновна, умерла во время перед войной, аккурат, значить, в тридцать седьмом». Позже я догадывался, отчего она умерла, но ни разу не рискнул спросить об этом Хозяина. Трое сыновей его погибли на фронте, один из них — ещё в финскую кампанию, в тридцать девятом. Остались у Васильича две дочки и масса внуков и правнуков, имена и годы рождения которых он путал. Почти никто из них никогда не приезжал проведать главу клана, и он, казалось, вовсе не огорчался этому.

В День железнодорожника, в свой профессиональный праздник, под вечер к нему набивались соседки — ещё не старые, бойкие бабёнки лет сорока-пятидесяти, все — обязательно в белых платочках (он так любил). Хозяин вытягивал из сарая древнюю огромную гармонь, разваливался на лавочке у входа в свой сад на солнечной лесной поляне и выкрикивал диким голосом единственный куплет:

> — Пароход плывёт — волна кольцами,
> будем рыб кормить комсомольцами!
> Пароход идёт мимо пристани —
> будем рыб кормить — эх! — коммунистами!

Бабёнки, взвизгивая, плясали перед ним, призывно тряся спелыми грудями, а он, прищурившись, озирал их, как петух — квочек.

Всё, что он изрекал путного, пусть один-единственный раз, я запоминал намертво, — как запомнил навсегда и этот странный куплет.

Я никогда не мог понять, сколько ему лет, почему он не стареет. Годов своих он не знал; в шестьдесят девятом он давно был на пенсии, хотя каждый день аккуратно ходил на работу на свой полустанок, где его ценили. Руками, кажется, он умел делать всё. Косил сено для своей Рыжухи он так, что я никогда не мог угнаться за ним. Много раз я просил его дать мне косу, и он, ворча что-то о баловстве, неохотно давал мне её, но я останавливался уже на десятой минуте. Василь Васильич, посмеиваясь, уходил за это время вперёд метров на тридцать…

Метрах в ста от его участка находился заброшенный пустырь, в центре которого, среди развалин, стояла землянка. В землянке жил старик, возрастом, пожалуй, древнее нашего хозяина. Это был бывший полицай, при немцах или финнах получивший в своё ведомство весь этот район, но никого, по слухам, не погубивший и с партизанами отношения имевший хорошие. Отсидев после войны положенные пятнадцать лет, он приехал сюда и, работая на колхозников подённо (пенсии от государства ему не полагалось), сумел скопить денег и построить на пустыре дом. Как только он его построил, дом сожгли неизвестные патриоты — вероятно, дачники. Бывший полицай переселился в выкопанную им самим землянку, не доедал, не досыпал, жил как во сне — но в 72-м построил вторую избу, поплоше первой. Её немедля сожгли снова.

…Я проснулся от криков, топота и хохота толпы. В ночном окне плясали отблески пожара. Я выскочил из дома.

Толпа плотно окружила горящий участок, не входя в пылающий круг. Горело всё — изба полицая, сарай, даже жалкая теплица поодаль. Бензином были облиты в огороде аккуратные ряды помидоров и картошки. Старик метался по пепелищу и вскрикивал тонким голосом. Дачники гоготали, соседи-колхозники молчали задумчиво. Никто не спешил помочь. Мой отец, стоявший тут же, что-то спросил — ему ответили невнятно: «полицай же… падла». Отец замолчал.

Толпа вдруг раздалась. В пылающий круг влетел наш хозяин с ведром воды… Резко остановился, постоял с полминуты и аккуратно опустил ведро на землю. Махнул рукой: «эх-ма… тут ничё не сделать… Пошли, Фёдорыч, ко мне».

Фёдорыч, убитый горем, не слышал.

Василь Васильич обернулся к толпе, белые, прозрачные глаза его медленно выкатились. Ближайшие зеваки вдруг шарахнулись в стороны.

— Вы — говно!.. — не очень громко, но с каким-то упоением страсти произнёс Хозяин. — Вы были — есть — и будете — ГОВНО.

И ушёл, пнув ведро, разлив воду. Толпа молча расступилась перед ним. Бывший полицай побрёл следом.

Всю ночь они пили самогон, а наутро Васильич ударил два раза в дверь моей комнаты:

— Миха… у тебя есть какие-нибудь штаны, тебе не нужные али ношенные?

Штаны у меня были.

— Дай сюда. Фёдорычу пойдут. У него ни хрена не осталось вообще. Пока жить будет у меня. Мои портки ему велики. Давай штаны.

Я не дал штанов… Я залепетал что-то о фашистах, полицаях, предателях родины. Мне было двенадцать лет. Старик стоял, нависнув надо мной, как глыба. Потом сказал:

— Ты молодой исчо. Ты не понимаешь. Фёдорыч никого не повесил, он даже людей спас нескольких на войне. Потом он сидел и искупил. А это говно развлекается так — ты понял? Они жгут его, не потому что не любят фашистов, а потому что знают — им за поджог ничего не будет. Пионер, блядь! Давай штаны!..

Я вытащил из шкафа старые мои летние тренировочные штаны и нехотя подал Хозяину. Он взял их и, не сказав больше ни слова, ушёл к себе.

…Прошло много лет. Фёдорыч прожил у Хозяина лет пять и умер. Я приезжал на дачу снова и снова — старшеклассником, студентом, потом учителем, потом — уже эмигрантом. Василь Васильич, казалось, не старел. Он лишь немного усох и потерял все зубы, но по-прежнему шелестел в саду косой, и по-прежнему буграми его мышц любовались из-за покосившегося забора дачницы и соседки.

Он стал чуть забывчив, уши на лысой голове его оттопыривались с каждым годом всё сильнее. Он стал как-то лихорадочно менять женщин. Каждый год у него в саду появлялась новая подруга. Женщин он выбирал придирчиво, но быстро. Главным достоинством в его глазах была толщина и размер груди. Каждый раз по моему приезду решето с малиной и кувшин молока на деревянный столик в саду ставила новая подруга. Им было по сорок-пятьдесят-шестьдесят лет. Старик радовался мне, спрашивал о здоровье, об Иерусалиме, о том, душат ли на Святой Земле коммунистов, о том, хорошая ли хозяйка моя новая жена. Я сказал ему в 93-м, холодной, мокрой осенью, примчавшись в деревню почти сразу с самолёта и таможни, сидя в саду за самогоном:

— Василь Васильич, господи! Я вырос, уже скоро стареть начну, а вы — всё такой же… Вы вечный какой-то, честное слово.

Старик хмуро скосил зелёный глаз на ползавшую в парнике очередную хозяйку:

— Мне, Миха, точно уже за сто… Я это чую. Эй, Манька, подь сюды!

Манька подошла как-то боязливо. Круглое милое лицо, серые глаза. Коса, завязанная вокруг головы…

— Ты довольна мной?

Она спешно кивнула.

— Ну, иди, ишшо покопайся. Юбку-то закрой, ты. Надует. Потом поесть сообрази нам. Всё. Иди.

— У неё свой участок есть, и мово ей не надобно. Она за любовь ко мне жить приехала. Пока я могу с бабой — я жив. А ты, если уже не смогёшь — ты уже мёртвый. Понял?! — и зареготал несмазанным колесом. Потом прибавил потише:

— Ей, Маньке-то, тридцать восемь весной будет. Хахаля свово она прогнала. Он ко мне заявился права качать — я его поленом шуганул, коммуниста фуева. Теперь не придёт уже. А она мной довольна. И ишшо лет цать довольна будет. Пока я жив. Понял?! Потом посмотрел пристально, вдруг привстал, обнял меня за шею, сгрёб железной пятёрней волосы и сделал мне «смазь» шершавой ладонью. Легонько оттолкнул от себя:

— Всё. Иди. Езжай в свои палестины. Может, исчо увижу тебя. А может, нет. Чего-то сердце колет. Часто.

И я приезжал ещё: в девяносто седьмом и в девяносто девятом. Женщины менялись уже не так часто. Старик радовался; перед тем как завести меня в дом, сажал за столик в саду, и мы пили его самогон. Я рассказывал про арабов, он — про то, что в России «получше стало без коммунистов, но всё равно херово, оттого как эти вот — исчо хуже».

В позапрошлом году я приехал в Питер снова. Был декабрь, снег по колено, я не поехал в деревню к Василь Васильичу. Телефона у него не было, я не знал, как пробиться. Потом я вернулся домой…

Сегодня утром из небытия вдруг возникла Люся, старая молочница из Сосново, одна из бывших бесчисленных любовниц Старика. Оказывается, у неё, непонятно с каких пор, сохранился номер моего иерусалимского телефона. Она звонила из лесного почтового отделения, рыдая в голос.

— Миша, Васенька умер три дня назад…

Я спросонья не мог понять, кто такой Васенька, но Люсю я узнал.

— Мы шли за гробом все — все его бабы. Похоронили его у той рябины, на нашем кладбище в посёлке. Рябину ты помнишь, да?

Я не помнил рябины.

— А нас целая толпа шла, ты знаешь… Ни одного мужика — все его деповцы на железной дороге-то умерли давно, а больше, окромя нас, баб, никто его не помнил… Ты приезжай, Миша, приезжай! Он тебе будильник в наследство оставил, с хромом! Помнишь будильник?

Будильник я помнил. Я любил играть ещё мальчиком этими старинными серебряными часами с малиновым звоном, висевшими на стене в хозяйской горнице. Это была единственная ценная вещь в доме Василь Васильича, и он шутя говорил мне всякий раз, когда я приезжал к нему уже из-за границы, что завещает мне их…

Я промямлил что-то в ответ Люсе, поблагодарил за звонок… Я не почувствовал грусти, только какая-то холодная лапа легонько сжала мне сердце, сжала — и сразу отпустила.

Мой друг Иван

Вчера в гости приезжал Иван. Есть такие люди, рядом с которыми чувствуешь себя невольным вампиром: автоматически подпитываешься их энергией и заряжаешься их оптимизмом. Ваня живёт в Кирьят-Арбе, ходит по арабским районам Хеврона враскачку, как моряк на суше. За ним следят тысячи ненавидящих глаз, он их не замечает. Примерно раз в неделю на него нападают в переулках: с ножами (Ваня умеет драться ножами, как самурай именными кинжалами, умеет кидаться ими в цель на спор, и всегда побеждает), с пистолетами (Ваня хорошо стреляет из пистолетов всех видов), с автоматами (у Вани через плечо небрежно перекинут среднекалиберный «Уззи», которым он навскидку пользуется одной рукой). Однажды, когда он выходил проулком к Пещере Праотцев, его молча прижала к каменной стене толпа безоружных в масках (и безоружие нападавших было исключением из правил, к которым он привык уже давно); Ваня счёл при таком раскладе неблагородным пускать в ход кинжалы, пистолеты и автоматы — и принял бой вручную. Он поступил с ними так, как поступает в соответствии с кодексом Бусидо одинокий самурай, владеющий всеми мыслимыми и немыслимыми приёмами рукопашного боя, с бандой взбесившихся крестьян. Задолго до того, как на место с ближайшего блок-поста примчались взмокшие солдаты, тет-а-тет был закончен: толпы не было, на земле, в тени виноградных лоз, спускавшихся со стены, валялись двенадцать человек, некоторые из которых слабо шевелились; Ваня ходил между ними и, бормоча русские слова, собирал трофеи. Обернувшись к подбежавшему двадцатилетнему лейтенанту с перекошенным лицом, он огорчённо сказал, что плебеи остаются плебеями в любой ситуации, — и показал коллекцию ножей, кинжалов и кастетов, которые он ногами выбивал из рук нападавших. «Я сперва думал, это честный поединок», — грустно заметил он. «Честный!.. — вскричал лейтенант, воздевая руки к высокому синему небу, падавшему сверху между узких стен, — ты был один!» — «Так что — если бы нас была толпа, а с той стороны всего один, то ты сказал бы, что это честный

"

поединок?» — печально сказал Ваня, и лейтенант не нашёлся, что ответить.

Он ездит на своём древнем, дребезжащем микроавтобусе с не закрывающейся дверью по самым опасным дорогам, где спокон веку стреляют из засад с вершин лысых холмов и из лохматых кустов по обочинам, — и пыльный, пахнущий солнцем и смазкой «Узи» лежит за приборной доской наготове. Восемь раз он принимал бой на полной скорости, сидя за рулём, пять раз был ранен, трижды успевал по мобильному телефону вызвать подмогу, в остальных случаях оставался один на один. В последний раз он вёз беременную жену соседа рожать в больницу, и их обстреляли уже недалеко от города. Стёкла брызнули ему в лицо, он вслепую открыл огонь и дал газу; выстрелы сзади затихли. Потом полиция насчитала в лощине на вершине засадного холма три трупа.

Когда была война, они с женой Светой приняли в своём доме в Кирьят-Арбе пятнадцать беженцев с Севера. Представляешь, улыбался он, эти хайфачане до того не видели жизни, что ничего не понимают вообще: когда я сгрузил их и скарб у моего крыльца, одна бабулька, которую я вынес из машины и аккуратно поставил на землю, оглянулась на скопище арабских домов Хеврона — там высились минареты и кричал муэдзин; и она спросила, обречённо так: «Мы уже в Газе?» — «Ещё нет, — радостно ответил я, — но скоро».

Он неоднократно бил морды своим — тем своим, кого он за своих не считает — выступал на радио, на митингах, его арестовывали, отпускали, отбирали и возвращали оружие; после очередного теракта, в котором были расстреляны женщина за рулём и дети, ехавшие на заднем сиденье, к ним пожаловал с ласковыми словами утешения комиссар полиции; Ваня плюнул комиссару в лицо, и тот был очень огорчён — аккуратно смывал плевок носовым платком, пока пять сотрудников службы безопасности безуспешно пытались ломать руки хулигану, отбивавшему поползновения ударами каратэ в глухой обороне.

— Я из Бишкека, — говорил мне Ваня, вернувшись с отсидки, — так пусть комиссар благодарит Аллаха, что при мне не было в тот раз ничего более существенного, чем руки.

Я косился на его руки — синие жилы переплетаются под загорелой кожей, как татуированные змеи, и ударом ребра ладони он отбивает горлышки бутылок, когда недосуг искать штопор.

Иногда ему хочется отдохнуть по-человечески, — как он говорит, «за рюмкой чая», — тогда он приезжает ко мне. Заслышав дребезжание и хлопанье не закрывающейся двери микроавтобуса, Софа выглядывает в окно и кричит мне: «Иди, твой Вестерн прибыл!» Вестерн — так она зовёт его. Я бегу в кухню и начинаю доставать из холодильника всё, что Аллах послал. Штопор я не ищу — Ваня обойдётся без него. Он неприхотлив в еде, ему можно было бы дать на закуску шмат свиного сала, если бы этот шмат водился в моём доме. Он неразборчив в выпивке.

— Господа все в Париже, — говорит он, смешивая в вазе для цветов красное сухое, бренди, чуть водки и заливая этот водопад бутылкой пенящегося пива «Голдстар». Он входит в квартиру шаркающей походкой кавалерийского офицера и с порога подхватывает, подкидывает к потолку мою дочку. Она визжит, она обожает его. За едой он невнятно бурчит, что всё не так плохо, как можно было бы надеяться, и всё пытается подлить мне свой коктейль из цветочной вазы.

Когда первый голод гостя утолён, на кухню входит Софа, и начинается то, что я при всём желании не могу назвать дискуссией. Софа говорит, что всё плохо, а Ваня отвечает, что всё очень хорошо. Софа отвечает с вызовом, что все нормальные люди давно уехали в Канаду, Ваня спокойно отвечает, что он отродясь не был нормальным человеком. Софа констатирует, что в свете происходящего она привезла сюда свою семью на смерть, Ваня пожимает плечами — на миру и смерть красна, а вообще, старуха, нельзя так пессимистично смотреть на течение мировой истории, Аллах поможет, а если не поможет, потому как действительно не за что ему нам помогать, на то он и Аллах, то пусть в любом случае не боится — пока он, Иван, здесь, ничего плохого с его друзьями случиться не может, так сказал ему один очень сведущий каббалист, хотя он лично человек не религиозный, зато каббалист был религиозным, а значит — знал что говорил. Потом он отбивает ребром ладони горлышко у бутылки водки «Голд», и это значит, что пора петь песни. Ваня любит петь песни. Он родом из Бишкека, там все русские люди поют песни, когда не очень весело, и привычку свою Ваня привёз со снежных вершин гор Киргизии на раскалённые плато Иудеи.

Он художник, и скульптор, и бард. Он сам пишет песни, не считая их за творчество, не воспринимая за поэзию, не вдаваясь в мелодию. Он всегда спрашивает меня, что я, на правах хозяина, хотел бы услышать для начала. Мне всё равно, я люблю, когда эта каменная глыба навалится на стол, сожмёт руками, сотворёнными, казалось, из железного дерева, гриф гитары, ударит по струнам и взревёт распалённым быком — всё что угодно: об артиллеристах, которым Сталин дал приказ, Визбора, Городницкого, Интернационал, Хорст Вессель или песни наших здешних — Гриши Люксембурга, передававшего ему давеча поклон, покойного Саши Аллона или Зеева Гейзеля, который ему давеча тоже привет передавал. И Буська вскарабкивается ему на колени, и он берёт три аккорда. Он поёт «Пастуха», свою песню, и, несмотря на незамысловатость слов и мелодии, мы втроём дружно смотрим ему в рот.

Он прекращает петь и говорит виноватым голосом боцмана из «Острова сокровищ»:

— Никак, у меня что-то в глотке пересохло…

Я наливаю ему гранёный стакан ледяной водки «Голд», он всегда пьёт у меня эту водку только из этого стакана, выпивает бережно, держа другую руку на отлёте, смотрит на нас повлажневшими глазами, говорит севшим голосом:

— Господи, смачно-то как! — вкусно хрупает малосольным огурцом, услужливо поднесённым Софой на тарелочке.

Потом он поёт ещё и ещё, на русском и на иврите, чужие и свои песни, и в гром бешеного ритма из трёх аккордов вклиниваются тихим диссонансом «Журавли», которые он перевёл на библейский язык, и сразу ясно, что песня эта — не только для России.

Я смотрю на его взмокшую от пота рубашку солдатского покроя, которую, кажется, вот-вот разорвут перекатывающиеся под ней мускулы, на этого мастодонта, а он продолжает петь, и я всё гляжу на него, и в глазах встают снежные вершины далёких гор, и край ледника тех времён, когда мир был юным, и вижу мамонта, ворочающегося с распоротым брюхом в яме со вбитым в неё колом, и слышу яростный вопль из задранного хобота, и бьющий из него в низкое серое небо фонтан крови, и кучу звероподобных пигмеев, суетящихся у края ямы.

На город давно упала тьма. Крупные звёзды мигают в такт мелодии, а соседи, высунувшиеся из всех окон, отбивают этот такт ногами. Наконец он откладывает гитару, выпивает ещё один стакан, проводит рукой по мокрому русому чубу и встаёт. Буська, надув губы, сползает с его колен, он звонко чмокает её в щёку, и я иду во двор проводить его. Он глядит угрюмо — медведем, исподлобья, и идёт по двору походкой моряка, вразвалку, и пока он огибает свою машину, я провожу кончиками пальцев по ветровому, защищённому тройной плёнкой от выстрелов стеклу и чувствую вмятины, трещины и аккуратно круглые дырочки от прямых попаданий.

Пастор

Мы познакомились с ним на Яффо, центральной улице Иерусалима, лет десять назад.

Я шёл по тротуару. Высоченный, как дядя Стёпа, худющий, сутулый, одетый в белую рубашку, белые шорты, белые гетры, беловолосый, бородатый человек с белой ковбойской шляпой и в чёрных очках катился на странной конфигурации велосипеде против движения транспорта, громко распевая псалмы на английском языке. Поравнявшись со мной, он остановился, взмахнул шляпой и заорал: «Хавр-ю????» Я вежливо улыбнулся в ответ: «Итсокей, сэр». Он снял очки — гладковыбритое розовое лицо с голубыми глазами оказалось совершенно младенческим.

В Вечном городе всегда хватало и хватает сумасшедших, к ним нужно относиться бережно, отвечать на их вопросы — вежливо; врачами официально зафиксировано некое психическое отклонение в поведении многих и многих лиц, пребывающих именно в этой точке земного шара, как среди местных жителей, так и среди туристов. Заболевание, являющееся, скорее, временным помешательством, даже получило название «иерусалимского синдрома».

Я решил, что имею дело с одним из, так сказать, представителей. До сих пор не знаю, ошибался ли я тогда.

Мы стояли, болтая, около получаса, после чего я пригласил Питера к себе домой…

Мистер Брук родился и прожил почти всю свою жизнь в каком-то небольшом городке штата Иллинойс. Происходил он из семьи потомственных евангелических христиан, людей суровых, непреклонных, пуритански настроенных в плане отношения к простым радостям жизни.

Питер был удачливым бизнесменом: на своём заводике, где трудились около тридцати рабочих, он производил какие-то особенно удобные музыкальные унитазы — с подмывом, тёплым сливом и ароматическим кондиционированием, как он мне рассказывал. Унитазы шли нарасхват по всей Америке. Я не очень знаю, что он имел в виду, так как сам никогда на таких унитазах не только не сидел, но даже их не видел. Дожив до семидесяти лет и сделав на супер-унитазах свои честно заработанные десять миллионов, он передал дела старшему сыну. В старости многие американцы, чтобы отдохнуть от напряжённой жизни и не ссориться с детьми, предпринимают поездки в разные страны мира.

— Оттянуться по полной перед появлением Костлявой, — объяснял мне Питер.

Он не был исключением. Удалившись от дел, мистер Брук задумал совершить кругосветное путешествие на своём велосипеде.

У богатых свои причуды.

Обладатель международного сертификата на музыкальные унитазы с тёплым кондиционированием, глава многодетного семейства, примерный семьянин, имевший, помимо всего прочего, бумагу, удостоверяющую, что он является пастором, стопроцентный, типичный американец Питер Брук выкатил из гаража свой велосипед и, предварительно модернизировав его, тронулся в путь. Как мне показалось по его рассказам, домой возвращаться он не был намерен вообще…

Велосипед — для успешного всепланетного путешествия — был полностью переоборудован. Колёса были увеличены, рама удлинена, со всех сторон свисали разнообразные крючки, зажимы, пищалки и прочие странные приспособления.

Питер побывал во многих странах мира. Он был в Южной Америке, в Гренландии (которую, по его словам, объехал по периметру), во всех странах Европы, в большинстве стран Африки, Азии, в Австралии и даже на островах акватории Тихого океана. Невозмутимо покуривая маленькую чёрную трубочку, распевая псалмы, раскачиваясь и нажимая на педали, он катился мимо египетских пирамид, пустынь Калахари и Гоби, вдоль мангровых джунглей Конго и аллигаторовых болот бассейна Амазонки.

И всюду, куда бы ни забросила его судьба миллионера на отдыхе, он умудрялся помимо своей воли вляпаться в совершенно экзистенциальные, пограничные ситуации. Он вовсе не искал их специально — они регулярно находили его сами.

В этом и состоял парадокс пастора Брука. Он рассказывал мне о них с искренним недоумением.

В лесах восточного Заира в пятидесятиградусную, удушливую тропическую ночь его схватило воинственное племя пигмеев, вышедших на слоновью охоту. Племя видело белых людей эпизодически — не более пяти-шести раз в поколение, и по недоразумению решило, что Питер — колдун, целью своего визита поставивший не допустить удачной охоты. Его собирались сжечь на костре и даже стали уже танцевать в соответствии с ритуалом, привязав пастора к стволу баобаба, но тут раздался рёв, и на поляну выскочил лев, пребывавший, по-видимому, в дурном расположении духа. Пигмеи бросились врассыпную, но привязанный Питер ухитрился достать из кармана своих шортов двенадцатизарядный «бурбон» с разрывными пулями — и всадил царю зверей всю обойму меж глаз.

После этого племя пожелало породниться с великим колдуном, и вождь племени порывался отдать ему в жёны свою младшую дочку — двенадцатилетнюю чёрную красотку ростом метр десять. Питер с трудом избавился от необходимости стать зятем пигмейского вождя, подарив ему пустой патронташ и велосипедный звонок, и покатил дальше.

В Южной Родезии, которая теперь называется Зимбабве, Питера с ликованием схватили местные контрразведчики, в каждом белом подозревавшие американского шпиона, и с назидательными целями хотели отправить в кутузку на всю оставшуюся жизнь. Тут дело уже не обошлось подарками типа пустых патронташей и велосипедных звонков. Чтобы подкупить стражников, Питер был вынужден полностью очистить свои карманы, где аккуратными перевязанными стопками хранились наличные и банковские чеки. В конечном итоге, ему дали сбежать и даже вернули велосипед, и он помчался на юг — в сторону Южно-Африканской республики, распевая псалмы и проклиная тяжёлое наследие колониального режима Яна Смита.

В Новой Гвинее тремя годами позже его чуть не съели местные каннибалы — запечённым со сладким бататом и для красоты обложенным пальмовыми листьями.

Он оказался в Югославии в разгар войны и, петляя по горным дорогам, был свидетелем расстрела боснийскими партизанами жителей какого-то сербского села. Ночью он подкрался к плохо засыпанной братской могиле и вытащил оттуда ещё живую пятилетнюю девочку. Посадил перед собой на удлинённую раму двухметрового своего чудовища, развивавшего после модернизации скорость до сорока километров в час, и умчался, распевая псалмы.

Девочку он передал властям после двухдневных блужданий по горам и, не слушая благодарностей, вновь сев в седло, тут же через Венгрию, Чехословакию и Болгарию отправился в Россию. Эта страна всегда привлекала его, как он говорил, своей мифологичностью и легендарностью. Он хотел проверить, действительно ли тут на Красной площади в Москве ходят полярные медведи, а в Петербурге по ночам не выпускают детей на улицы ввиду того, что по Невскому проспекту блуждают забредающие из ближнего леса стаи волков.

Будучи стопроцентным американцем из провинции, он допускал, что, в принципе, возможно всё.

Естественно, медведей и волков на улицах столичных городов Питер не встретил, но зато он увидел много такого, что ещё лет двадцать назад иначе, как дурным мифотворчеством из дрянного фантастического романа, назвать было бы трудно.

Он оказался на Кавказе и даже умудрился каким-то образом на своём велосипеде попасть в зону боевых действий. Тут он тоже кого-то спасал — просто потому, что случился рядом. Кого он спасал конкретно — русских детей от чеченских боевиков или чеченских детей от боевиков русских, я так и не понял; понял только, что он вывез на удлинённой раме велосипеда на Большую землю группу совершенно обезвоженных детей, находившихся в коматозном состоянии из-за беспрерывного трёхдневного обстрела школы, где засел кто-то, взяв детей заложниками.

Его опять благодарили и фотографировали, хотели даже представить к награде, но он уже катил на Восток, распевая псалмы.

Он проехал Россию насквозь — от Калининграда до Владивостока. Путешествие по осколкам бывшей империи заняло у него полтора года… В дороге он неплохо выучил русский язык. Уроженец Иллинойса, отродясь не знавший ни одного языка, кроме английского, за десять лет международных странствий он навострился изъясняться довольно свободно на доброй дюжине языков.

После России, где его, по собственным словам, взяла тоска, он побывал ещё в Японии, Китае, Южной Корее, во Вьетнаме, Камбодже, Лаосе, Бутане, Новой Зеландии, на островах Полинезии, Меланезии и Микронезии. И всюду попадал в истории.

В Синае он оказался одним из заложников в третьеразрядной гостинице, захваченной группой бедуинов-камикадзе. Как во всех аналогичных историях, здесь опять оказались замешанными дети. Полиция и части национальной гвардии, обложившие гостиницу, не могли ничего сделать с разбушевавшимися бедуинами, но идти на их требования они тоже не желали. Когда было объявлено, что заложников будут убивать по одному, раздался треск, и из ворот гостиницы выехал распевающий псалмы Питер.

На раме его велосипеда сидела куча детишек, которых он придерживал обеими руками—спереди и сзади; велосипедом он управлял при помощи ног. Велосипед, по массе своей после модернизации напоминавший, скорее, лёгкий танк, на большой скорости, но плавно наехал на террориста, стоявшего при воротах. Тот не успел отскочить в сторону, так как очень удивился, и пастор сбил его, успев подхватить с земли автомат. Ему стреляли вслед и ранили в руку, но он успел домчаться до цепочки солдат. Дети были сгружены, Питер был перевязан, бедуины сдались властям.

За эти годы я встречался с Питером неоднократно. Мы сидели у меня дома за стаканом грога, и пастор рассказывал всё новые и новые истории, а непривычно тихая моя жена безропотно подносила ему всё новые и новые порции. Постепенно во мне росло странное убеждение, что я где-то когда-то уже видел его—или его прообраз. Вчера ночью снизошло озарение. Я понял наконец, кого мне мучительно напоминает стопроцентный провинциал-американец. Ведь это он—лётчик и охотник на акул Бен из «Последнего дюйма» Джеймса Олдриджа! Бен, имеющий диплом пастора… Профессия—герой, вспомнил я.

Я знал, что месяц назад Питер отправился в очередное путешествие, на Андаманские острова—навестить вождя дружественного папуасского племени, который оказал ему гостеприимство лет шесть назад.

Вчера ночью я услышал по радио, что количество жертв землятресения и цунами, потрясших Восточную Азию, превысило семьдесят тысяч человек. Но среди имён этих жертв не будет имени американского пастора Питера Брука.

Ни одного жителя островка, на котором задержался Питер, в живых не осталось. Ураган смыл в море их хижины, стоявшие на побережье, но пастор, видя приближавшийся с запада девятый вал, успел вскочить в седло, схватить какого-то малыша, крутившегося под ногами, посадить его на раму велосипеда и помчаться в горы.

Через трое суток его обнаружила спасательная команда англичан, пролетавшая над островком на вертолёте…

На вершине горы, разведя опозновательный костёр из пальмовых веток, держа на коленях папуасского младенца, прислонившись спиной к вещмешку и невозмутимо покуривая трубочку, сидел пастор. Знаменитого велосипеда при нём не было… Велосипед, переживший Конго, Зимбабве, Сербию и Чечню, сорвался со скалы и утонул в море во время бури, успев выполнить последнюю задачу — донести своего владельца до безопасного места.

Вертолётчики, высадившись на вершине горы, увидели абсолютно седого белого человека, держащего на руках чёрного ребёнка. Он вежливо улыбался и приподнимал в знак приветствия ковбойскую шляпу. Одной рукой он почёсывал младенца за ухом, другой — на отлёте — держал дымящуюся трубочку… и, конечно же, пел псалмы.

В соответствии с семейной легендой

По материнской линии я восхожу к любавичским хасидам, а жена моя, и по материнской, и по отцовской линии, к хасидам восходит тоже, правда, не к любавичским, а каким-то другим, более мелким и незаметным, но зато настоящим, ученикам некоего реб Михоэла, чей надгробный памятник на покосившейся могиле до сих пор стоит в Новоград-Волынске. Я был на этой могиле перед отъездом из России. Этот реб Михоэл был сварливым старцем с безумными глазами и неординарными решениями, которые реализовывал немедленно после их принятия. Ему это было раз плюнуть, потому что он был практикующим каббалистом и мог, не сходя с этого места, напоить вином, которое цедил из стены, и накормить хлебами, которые не пёк, пять тысяч человек. Он всегда действовал наперекор всем, такой уж у него был характер. В тридцатом году, в тот день, когда ему рассказали, что советская власть начала строить электростанцию под Житомиром, у него было сварливое настроение, и он, не задумываясь, сказал тут же, что электростанция не будет работать, пускай не стараются, так им и передайте. Сообразно тому времени, немедленно нашёлся тот, который им это передал. Они сказали, что это — бобэ-майсэлах, и что это бессильно скрежещет зубами классовый враг. Они сказали именно «бобэ-майсэлах», а не «бабушкины сказки», потому что все они были бывшими комиссарами в пыльных шлемах и выходцами из тех самых семей, в которых скрежетавший зубами реб Михоэл почитался за святого. Они не стали арестовывать классового ребе из жалости к своим старикам-родителям, которые были его учениками. Они жестоко ошиблись, не арестовав его, хотя, видит бог, я не думаю, чтобы его арест чем-нибудь им помог — электростанция была построена в срок, и при торжественном скоплении визитёров из Центра и крестьян из окрестных деревень были повёрнуты рубильники включаемых турбин. И ничего не произошло, турбины молчали, рубильники не включались, хотя перед митингом всё было проверено многократно. И электростанция не заработала даже после того, как ответственные за неё комиссары в отчаянии побросали на землю свои пыльные шлемы, а один из них застрелился; но и это, казалось бы, действенное средство, не помогло тоже. Приехали из Москвы, долго считали, шевеля толстыми губами, проверяли и перепроверяли, и копались, и включали снова и снова, но электростанция не работала, несмотря на логику, научные расчёты и то, что жить стало лучше и веселее.

Собственно, она до сих пор не работает.

…Тогда пришлось арестовать бессильного классового врага, и к нему пришли на закате, когда перед толпой почтительно внимавших учеников он выкрикивал в багровевшие небеса очередной урок Гемары. Увидя четырёх молчаливых мужчин с мрачными лицами и правыми руками в карманах однотипных пиджаков, пришедших на смену кожанкам, он неприязненно скривился, махнул рукой и сказал, чтобы они не утруждались. Он сам окажется в Ге-Пе-У раньше, чем они поспеют туда на своей машине. Он встал из-за стола, толпа учеников расступилась, и он исчез. Мой тесть, правда, рассказывает, что, по рассказам его папы, исчез реб Михоэл не сразу — перед тем как исчезнуть, он выпил стакан самогона из бутыли, стоявшей под столом.

Выслушивая эту историю в очередной раз, я благодарно вникаю в это дополнение. Мы все жаждем чуда, и бездарные ученики бессильных учителей, и закоренелые атеисты, хотя тот же классовый враг утверждал, что на чудо нечего уповать — лишь тогда, при полной уже потере надежды, оно явится перед нами воочию. Это хасидский подход к делу.

…И он действительно оказался в Ге-Пе-У куда раньше, чем обезумевшие от предчувствия взыскания люди в штатском примчались в управление на отчаянно сигналившей машине. Говорят, он перенёсся туда по воздуху, но я лично в это не верю — уж больно такая версия напоминает новые дешёвые комиксы про Бэтмена или старые сказки о Кащее Бессмертном. Мне гораздо приятнее считать, что старый брюзга реб Михоэл щелчком пальцев перенёсся в высшие сферы духовных миров, где ни время, ни пространство не являются препятствиями к достижению цели.

Факт, что он оказался в кабинете начальника управления один, без конвоиров, во время оперативного совещания. У него не было интеллигентных манер, и он, засунув руки глубоко в карманы длиннополого чёрного лапсердака, прошамкал, что, мол, тебя, тебя, тебя, и вот тебя, и ещё вот этих двух не позднее чем через пять лет ждёт очень нехороший конец, если они не задумаются над тщетой своей убогой жизни; а вот тебя, сказал он, повернувшись к начальнику и указывая на него крючковатым пальцем, побуревшим от табака, тебя ждёт совсем уж нехороший конец, и будет он первого апреля тридцать восьмого, в пять часов вечера с минутами; я тебе это точно говорю, как родной маме, хоть в обычных условиях мне и нельзя предсказывать людям их судьбу; будем считать, что сейчас у нас на дворе не обычные условия; нет, ты не вскакивай и не хватайся за наган, что за идиотская манера хвататься за материальные предметы как за талисманы, это от язычников, и это тебе совсем даже и не поможет, поэтому встань там и слушай сюда. Верно тебе говорю, ты меня понял? Задумайся над своей жизнью, скольких ты погубил, скольких ещё погубишь, а ты всё трясёшь своим наганом, эта игрушка может испугать лишь того, у кого много богов и всего один плоский мир за окном; а у меня всего один Бог, а кроме этого плоского мира, есть ещё и Мир грядущий. Вернее, если ты не подведёшь итог своей душе, то первого апреля тридцать восьмого, в пять часов вечера с копейками, Бесконечный сделает с тобой то, что Содома не делала с Гоморрой.

И он снова исчез.

Меня там не было, но он исчез; в этом потом клялись двое, по крайней мере, из присутствовавших в этом кабинете; остальные тоже могли бы поклясться, но к первому апреля тридцать восьмого из всех них уцелели всего три человека — эти двое потом клявшихся и сам начальник. Говорят, когда в пять часов вечера его, бывшего начальника, вызвали из камеры и повели в подвал, он громко молился — впервые с того момента, как совсем молодым вступил в стан победителей; я не сомневаюсь, что все отведённые ему годы он помнил о сроке, и боялся, и ждал его; он обречённо вошёл в подвал, и наступили копейки, и у него в затылке взорвались небеса, и всё кончилось. Всё кончилось для него в этом плоском мире, чтобы в ином мире, непостижимом Мире грядущего, лишь начаться.

После расстрела один из уцелевших свидетелей кабинетного явления вернулся к вере отцов, а другой впоследствии стал монахом; Бог знает, что перевернулось в их душах, но я знаю только, что умерли они оба не так даже давно, в глубокой старости и, думаю, с покоем, снизошедшим на их мятежные души.

А реб Михоэл, как какой-нибудь Вольф Мессинг, знал день и час своей смерти. Он рассказал об этом ученикам во время утренней молитвы, первого сентября тридцать девятого года, в день, когда началась Вторая мировая бойня. Он объявил, что будет убит выстрелом в грудь на закате восемнадцатого июля сорок первого.

Когда танки вошли в Житомир, он призвал тех из учеников, кто ещё мог, спасать семьи в эвакуации; и сказал, что сам предпочитает остаться, чтобы достойно встретить судьбу, потому что годы его исполнились, и велел не плакать, а в годовщины его смерти сильно выпивать и веселиться. Никто не сомневался, что за миг до смерти ему ничего не стоит щёлкнуть пальцами и тут же оказаться на другом конце плоского мира, но приговор его себе все встретили с пониманием, как истинные хасиды.

И в назначенный день победители Парижа, Праги и Варшавы, синеглазые парни в серой форме с закатанными рукавами, небрежно закинув «шмайссеры» за спину, бережно вывели его за околицу и, поставив у канавы, расстреляли его. Они были настолько любезны, что предварительно разрешили ему сказать пару слов. Шамкая, он подробно объяснил каждому из них, что его, каждого, ждёт, и велел не бояться. Кому велел — себе или им, о том единственный свидетель, местный крестьянин Семён, подглядывавший из рощицы, умалчивает. После расстрела, когда солдаты, гогоча, удалились, Семён перетащил тело к себе во двор и ночью, при свете полыхавших скирд, закопал его у ограды еврейского кладбища.

После войны вернувшиеся похоронили реб Михоэла как полагается, то есть поставили над его могилой небольшой камень с надписью, прочли поминальную; и отныне ежегодно в этот день собирались сюда со всеми семьями, и выпивали, не пьянея, и закусывали, как он велел, и пели грустные песни, и плакали, чего он не велел вовсе.

И всё это стало традицией, подлинно народной традицией, и не только уцелевшие его ученики, и их дети, и дети их детей собирались сюда, но и бывшие партизаны, и бывшие полицаи, и лишенцы, и члены партии; а беременные украинские крестьянки тоже приходили и ложились на его могилу, и тёрлись о неё животами, прося добрых родов, и сварливый старец никогда никому не отказывал. И когда я стал женихом моей второй жены, меня тоже повели под руки к этой могиле, и я стоял у неё и, не зная слов, перебирал руками траву, густо наросшую на покосившейся плите между двумя берёзами.

Реб Михоэл, а, реб Михоэл, тебе, наверное, обрыдло выслушивать все эти просьбы, — подумал я, — и из меня куда как плохой хасид, я не очень весёлый человек, но я тебя всё же попрошу тоже. Я покидаю это место и эту страну, сделай так, если можно, чтобы там мне и моей жене было не очень плохо. А я обещаю иногда молиться, и, если у меня будут дети, рассказывать им о тебе.

Качавшееся сверху в солнечном свете утра кружево берёзовых листьев донесло мне благожелательный ответ, и я наклонился и собрал в полотняный мешочек горсть земли с его могилы. Впоследствии я закопал эту землю там, где её в таких случаях и положено закапывать — у Стены, в далёком городе, под протяжное пение с минаретов.

…Сварливый старик, знавший наизусть двадцать четыре книги Писания, не говоря уже о пятидесяти томах комментариев, он говорил шамкая и без улыбки, что крах, обозначивший грань веков, не оставляет нам выбора: всё наше будущее в прошлом — в Книге. Ничего другого попросту нет; что мир полон печали, и истина скрыта вуалью грусти сотен поколений; что людям хватает глупости оплакивать свою плоскую жизнь вместо того, чтобы посмеяться над ней; что нужно хохотать, когда несчастье кромешно и выхода нет; и что лишь мудрец разрывает смехом завесу бытия.

Предпочтившие не эвакуироваться, а остаться с ним до конца ученики реализовали эту теорию в точности до гротеска. Я проследил в архивах извилистый, а с точки зрения обычного человека — неестественный след этой реализации. Я нашёл свидетельство. Поражённые эсэсовцы рассказывали друг другу о сумасшедших смертниках, танцевавших в вагонах для скота по дороге в Освенцим. Хасиды праздновали Симхат-Тору.

И однажды ночью я, наконец, понял на все мои времена глубокую мудрость того, что скучные, трезвомыслящие люди плоского мира принимали, принимают и будут принимать за дикость и суеверие: я вспомнил, что хасиды из Коцка пили водку, укутывая бутыль в тряпку, чтоб не дано было знать, сколько осталось, и печаль не окутывала душу.

И, ничтожный, я усвоил лишь этот осколок его учения, и лишь его реализую я до сих пор.

И, реализуя, я всегда вспоминаю анекдот о студенте, который первую лекцию своего профессора прослушал без особого восторга, потому что понял почти всё; вторая лекция понравилась ему больше, потому что он понял только половину; третья же привела его в полное восхищение, потому что в ней он не понял ровным счётом ничего.

Фанни

Есть люди, которые по какой-то прихоти природы получают от жизни очень много, причём сразу и без особых внутренних усилий. Их личное и общественное устройство на этом свете идёт так, словно незримый ангел-хранитель держит над ними ладонь и защищает от невзгод. И есть люди, которым всё даётся с кровью, с выдиранием из почвы, с хрустом костей, со скрежетом зубовным.

У меня такой была бабушка, папина ма, как мы её называли. Порядочнейший, умнейший и несчастнейший человек. Всё ей давалось в плане жизненного устройства необычайно трудно, и это при всех врождённых талантах и способностях. ВСЁ было необычайно тяжело и трудно. Всё абсолютно. Жизнь прошла, скрючившись. До самого её конца. Она достойно, но так тяжело прожила жизнь (и умерла в муках), что меня, когда я хотел её именем назвать дочку, отговаривал от этого мой собственный отец, её сын. И отговорил.

А есть у меня и такие родственники, друзья и знакомые, которые в жизни, по большому счёту, при всех своих талантах для реализации их не ударили пальцем о палец, и при этом всё у них получалось сходу. И семья, и работа, и доход, и спокойствие, и наслаждение удовольствиями всевозможных сортов, и творчество.

Возникает ощущение какого-то рока. Одни вполне достойные люди идут по жизни, смеясь. Другие, не менее достойные, — хрипя и задыхаясь от напряжения, всхлипывая на поворотах.

…К таким личностям относилась и Фанни Давыдовна, пусть земля ей будет пухом, нехорошо смеяться над покойниками. Сегодня ночью её светлый сумасшедший образ впервые за пятнадцать лет проник в моё исковерканное джином с тоником и без оного сознание. Она страдала так же, как и моя бабушка, но, в отличие от бабушки, страдала за глупость — свою и своих родителей. Даже скорее так: сперва — за глупость родителей, а потом уже за свою собственную глупость. Ведь свою глупость она имела шанс исправить ещё при жизни, но этого так и не сделала. По глупости. Фанни Давыдовна приехала в Советскую Россию вместе со своими папой и мамой—американскими коммунистами, в середине 30-х годов прошлого века. Приехали они из Бронкса, Нью-Йорк сити, покинув особняк о трёх этажах и восьми комнатах на каждом—строить коммунизм. Они не могли строить коммунизм-для-всех у себя в Бронксе, чего жаждала душа их, ибо в Америке вообще можно строить его лишь для одной отдельно взятой семьи—для своей собственной. И они его, между прочим, построили и теперь рвались строить его для других.

Фанни Давыдовна прожила на свете восемьдесят шесть лет, из них большую часть—в Советской России, но до самого конца так и не избавилась ни от чудовищного английского акцента, ни от кореженья русских неправильных глаголов. Этот акцент и это кореженье, принимавшиеся за издевательство над русским языком, ей пытались выбить вместе с зубами на протяжении тех двадцати двух лет, что она провела в лагерях. Зубов у Фанни Давыдовны не осталось, но акцент и дикая речь не исчезли.

Родители её погибли задолго до того, как Фанни Давыдовна вернулась из Магадана, но ни печальные обстоятельства их безвременной кончины, ни английский акцент не помешали Фанни Давыдовне с гордостью получить обратно свой партбилет на Старой Площади в Москве, в то время как остальные бывшие иностранцы-коммунисты, из того же Магадана возвращавшиеся, не только никакого билета обратно получать не стремились, а напротив, будучи от природы неблагодарными скотами, стремились как можно быстрее покинуть пределы приютившей их страны, чтобы вернуться в объятия капитализма в странах своего исхода.

Фанни же Давыдовна, одинокая, сгорбленная, страшная, похожая на Бабу-Ягу, с огнём в подслеповатых очах и ртом, полным стальных зубов, осталась строить коммунизм. Ей выделили комнату в коммуналке и вернули изящный кружевной зонтик— единственное, что осталось от матери, арестованной тёплой московской майской ночью тридцать седьмого и в том же году сгинувшей—бесследно и навсегда.

С этим зонтиком Фанни Давыдовна ходила на партийные собрания, на демонстрации, на митинги протеста по поводу войны во Вьетнаме и на Ближнем Востоке, на торжественные заседания—на все общественные мероприятия, куда её приглашали и не приглашали на протяжении последующих сорока лет. Седая как лунь, одетая зимой и летом в старое пальто некогда зелёного цвета, подаренное ей кем-то из жалости, она ходила с зонтиком так долго, что от него остался один скелет, но таскала зонтик с собой, вызывая ужас соседей, прохожих и ответственных работников. Размахивая этим скелетом, она выступала на всех собраниях, на чудовищном своём русскообразном языке, с картавыми идиоматическими оборотами на идише — втором языке своего детства, клеймя чилийскую хунту, генералиссимуса Франко и израильскую военщину. Она произносила речи ультрапатриотического содержания, вызывавшие тоску и зевоту даже у правоверных, и даже подруга её, глухая как пень, ортодоксальная большевичка Мариэтта Шагинян, выслушав очередную речь через слуховой аппарат, как-то сказала ей прилюдно: «Фаня, ты идиотка».

Фаня осталась на родине победившего социализма до самого конца. Она была единственной в Публичной библиотеке, кто отказался сдать свой партбилет даже после провала Августовского путча. Она вступила в КПРФ и участвовала во всех уличных шествиях этой партии, но на открытые собрания её не допускали — у присутствовавших коренных пролетариев начинали самопроизвольно сжиматься кулаки при звуках её голоса, издевательски, как они полагали, коверкавшего нормальную русскую речь. Они повторяли распространённую ещё среди колымских надзирателей и вохры ошибку полувековой давности, но некому было им рассказать об этой ошибке. Фанни Давыдовна не любила вспоминать о перегибах прошлой власти, да вдобавок совершенно оглохла и потому шипения пролетариев не слышала.

Последнее, что я слышал о ней… В дни расстрела парламента, в печальном октябре 93-го, Фанни Давыдовна, опираясь на клюку и держа скелет своего зонтика, притащилась к зданию, где засели бунтовщики. Никто не знает, как удалось ей миновать все заслоны и проникнуть в парламент, но она сделала это. Говорят, что всем встречным спецназовцам она показывала затасканное, изорванное на сгибах письмо, присланное ей сорок лет назад лично Хрущёвым с поздравлением к очередному празднику Великого Октября, и охрана расступалась, полагая, что речь идёт всего лишь о полоумной, безвредной старухе.

Мне рассказывали, что, когда начался штурм, Фанни Давыдовна добровольно осталась прикрывать отход защитников Белого дома. Я более чем уверен, что никто ей этой миссии не поручал. Более того, я почти уверен, что эта сгорбленная, почти столетняя старуха была единственной, кто стоял у входа в момент, когда на штурм двинулись элитные армейские части. Бог весть, что творилось в седой её голове… Я знаю лишь (и верю я в это истово, хотя любая историческая легенда неизбежно обрастает дополнительными мифами), что когда, теперь уже без перерывов, загрохотала стрельба и в холл хлынули спецназовцы, Фанни Давыдовна дико закричала что-то невразумительное — на русском, английском или идише, я не узнаю уже никогда — ковыляя на клюке, кинулась наперерез, подняла свой зонтик и ударила им одного из солдат…

Он застрелил её.

Мне рассказал об этом по телефону Коля, общий наш бывший сотрудник, знавший нас обоих в советское, доперестроечное время, диссидент и злейший враг Фанни Давыдовны. Он плакал и повторял: «Это не зонтик был, а маршальский жезл».

Чёрт знает что от бессонницы вспомниться может ночью.

Доктор

Наш семейный врач, к которому мы ходим вот уже четырнадцать лет, принимающий нас в районной поликлинике, — Миша, невысокий, скромный, улыбчивый парень лет тридцати пяти, сын выходцев из России. На языке своих родителей он говорит без акцента, лишь с небольшим напевным выговором, отличающим его от коренных россиян. Родители научили его читать и писать по-русски, и делает это он практически без ошибок, чем пленяет пенсионеров — бывших москвичей, рижан и киевлян, приходящих к нему на приём и любящих поговорить за жизнь. Он всегда серьёзно выслушивает самых нудных пациентов, приносящих к нему истории своей жизни и фотографии внуков и правнуков. Он лечит их странными методами, не принятыми в России, и ориентируется в их болезнях и рецептах нужных лекарств мгновенно. Очередь к нему стоит всегда гигантская, но — странное дело — люди в очереди не психуют, не ссорятся друг с другом, а терпеливо ожидают часами и заходят в его маленький кабинет почти радостно, заранее расплываясь в улыбке. Он не только лечит — он разговаривает с клиентами, всю орду которых знает по именам. Бабки, приехавшие из Жмеринки и Бердичева, желают поговорить с ним и, сдаётся мне, частенько приходят на приём вполне здоровыми, в надежде лишь поговорить. На русском, иврите и английском он говорит одинаково изысканно. Благодарные посетители зовут его на домашние вечеринки, на свадьбы, бар-мицвы и обрезания, он же, опуская глаза и улыбаясь, поздравляет всех, но, как правило, ни к кому не приходит. Его ждут больные не только в нашей районной поликлинике, но и в иерусалимской больнице «Адасса», и в тель-авивской «Тель-а-Шомер», ждут ночью и днём, двадцать четыре часа в сутки. Приезжает он к пациентам на своей раздолбанной, древней машине редко, лишь когда присутствия его требует крайняя необходимость — не веселье, а горе. Такое случается, и диагноз он ставит тогда в срок, мгновенно и безжалостно, всё так же опустив глаза, держа бессильную руку пациента, поглаживая её нежно, одним большим пальцем. У него сварливая жена и семеро маленьких детей, которых он в занятости своей почти не успевает видеть, у него автомат за плечами и две коробки патронов к нему под белым помятым медицинским халатом.

Он живёт в поселении за колючей проволокой Бейт-Эль под Иерусалимом, у подножья Рамаллы, и этим обусловлен и автомат, и патроны, засунутые за пояс. Он лечит всю мою семью — тестя, Софу, Димку, Бусю, меня.

Два года назад, когда умирала от инсульта моя тёща, я вызвал его ночью. Я не понял, почему был так напряжён по телефону голос его жены, почему на том конце линии слышался мерный отдалённый грохот. Я решил, что это из-за плохой связи. У нас было своё горе, и мы требовали Мишу к себе, невзирая на время суток и, как думалось нам, перегрузку линии. Он примчался через сорок минут, как всегда сдержанный, с лёгкой улыбкой, с опущенными долу глазами, и за криками моей жены и животным мычаньем тёщи я не разглядел покрытую кровью левую руку, которой он бережно прижимал к себе чемоданчик с инструментами и лекарствами. Он не сказал, в чём дело, а я не стал выяснять этого. На следующее утро, уже из газет, я узнал, что его поселение атаковали террористы, и заряды прицельно установленных миномётов рвались на пороге домов его соседей. Он лежал в охране у порога собственного дома и отстреливался из видавшего виды автомата вместе с соседями, заняв круговую оборону, когда его жена, услышав мой вопль по телефону, на карачках вынесла ему мобильник на улицу, под выстрелы. Он передал пост соседу, прыгнул в машину и поехал к нам. По дороге прямым попаданием ему размолотило стекло, и он был ранен в руку. Он не спас мою тёщу, он просто диагностировал инсульт и тихо сказал мне, что надежды нет, что через несколько дней, скорее всего, её ждёт инфаркт — и конец. Он никогда не ошибался, Миша. Тёщу увезли в приёмный покой «Адассы», через несколько дней её действительно ожидал инфаркт и, как он предсказывал, конец.

После её смерти мы редко бывали на приёме доктора Миши. Просто не было необходимости.

Сегодня вечером я включил телевизор, чтобы послушать привычные, как заклинание муэдзина, новости последнего часа. Я узнал, что семейный врач поликлиники иерусалимского района Неве-Яаков, житель поселения Бейт-Эль, командир взвода десантников Михаэль Гинзбург стал профессором и завкафедрой внутренних болезней.

Я никогда не сомневался, что Миша достоин должности профессора. Я никогда не знал, что он, представитель самой мирной профессии, ещё и командир взвода коммандос в элитном подразделении ВВС «малиновые береты». Среднего роста, худощавый, улыбчивый, с тихим голосом наш Миша, одинаково хорошо, как выяснилось, владеющий скальпелем и десантным ножом и изъясняющийся с пациентами на трёх языках.

Я позвонил к нему домой. «Тёзка, я слышал по „Хадашот"… Поздравляю… Спасибо тебе. За всё спасибо».

У меня стиснуло горло.

Я не знаю другого места на земле, где командир боевого десантного взвода становится гражданским профессором медицины и продолжает совмещать обе эти должности. И который никогда не нацепляет военных регалий и гражданских наград—ни на праздники, ни на военном параде. Просто потому что здесь нет и никогда не было никаких военных парадов.

Сдед огненной жизни

Сосед дядя Коля один остался в живых из всех, кто лежал с ним в наркологическом центре. Умерли все. У него сходила кожа и отслаивались ногти, он видел красных тараканов и слышал смех троллей. Говорит мне: «я уже не пил ничего, а тролли всё равно чего-то хрипели в левое ухо. Ангелы хихикали педерастическими голосами в правое. Сороконожки бегали по всему телу. Я — совершенно трезвый два месяца, а они — бегают и щекочут. Что же это?»

С 60-х годов он не пил ничего, кроме чистого спирта. Водка его почти не брала. Однажды он выпил бутылку 95 %-ного спирта и хотел закусить. В доме ничего не было, так как он продал ВСЁ. Когда были проданы вещи, он попытался продать сожительницу, но её никто не брал даже бесплатно. В поисках еды он безнадёжно обошёл дом и увидел, что в углу, под батареей парового отопления, на полу валяются россыпью какие-то белые круглые конфеты. Он съел все. У него начали удлиняться уши и нос превратился в хобот («клянусь, я видел это собственными глазами! Я посмотрел в своё отражение в воде, которой наполнил ванну… Зеркала в квартире тогда уже не было. Я был похож на Маленького Мука после того, как он сожрал волшебные ягоды или чего он там сожрал»).

Это были круглые шарики нафталина…

Он не умер. Он приехал сюда и стал моим соседом. Он не пьёт уже 25 лет. Он завёл в кухне Перманентную Бутылку и угощает спиртом любого желающего, зазывая из окна жаждущих. Ему 80 лет. У него железные бицепсы и на демонстрации протеста он не ходит из-за того, что получил 10 суток ареста и крупный штраф в 94-м: конный полицейский попытался лягнуть копытом своей лошади женщину-демонстрантку, но рядом оказался дядя Коля — он лягнул лошадь, и она упала. Полицейский получил незначительные повреждения…

Он не верил ни в бога, ни в чёрта. Теперь он молится трижды в день и изучает каббалу. Он не смотрит больше телевизор. Последнюю любовницу он выгнал, когда ему исполнилось 79 («мон шер, это было не комильфо—ей в тот день исполнилось 17. Я пришёл к выводу, что это неслучайное совпадение и даже знак свыше»). От прежнего дяди Коли у него остался лишь мат, которым он очень толково объясняет любую вещь на любом уровне. Его комментарии к творчеству Цветаевой и Бродского—полтора часа чистого мата. Никакой профессиональный литературовед не сумел бы выразить лучше суть духовных поисков мятежных русских поэтов. В его устах мат—не ругательства, а пенящийся шквал великолепных литературно-исторических ассоциаций.

Он пишет блестящие стихи.

Религиозные люди при его появлении снимают шляпу.

Он плюнул в премьер-министра два года назад, когда состоялась официальная встреча с бывшими узниками сталинских лагерей.

Его цитируют две центральные русскоязычные газеты. Редакторы ездят его интервьюировать с дрожью в коленках, но печатают дословно всё.

Он знает семь языков.

Он всегда говорит только то, что думает.

Иногда я завидую ему.

Почему я не люблю богему

Сегодня ночью показывали документальный фильм о наркоманах. О наших наркоманах, местных. Крутящихся в разных средах обитания — уличных, школьных, университетских, богемных. Денежных, разъезжающих в машинах за триста тысяч баксов, отделанных мехом (сам видел), и бездомных нищих. Томных от своей интеллектуальной значимости, от присутствия её, значимости, в копилке Вселенского разума, и дегенератов, силящихся связать пару слов, мычащих, как бараны, с пеной у рта, с дико косящими глазами. Фильм рассказывал и о наркоманах-стариках на пенсии, и о детсадовцах — такие есть тоже.

Я пробовал наркотики два раза в жизни. В первый раз в подворотне Ленинградского рок-клуба в восемьдесят-каком-то году, второй — на собственном дне рождения девять лет назад, когда никого не было дома. Это была простая марихуана в набитых папиросных косяках. Ко дню рождения мне сделали подарок: привезённую специально к этому случаю из России пачку «Беломора» производства фабрики Урицкого, и спичечную коробку с «травой», купленную за незначительную сумму у нашего районного торговца родом из Бухары. Недалеко от входа в полуподпольный питерский рок-клуб я, впервые в жизни втягивая в себя сладковатый дым, не почувствовал ничего. Я выкурил тогда треть папиросы в компании — в знак солидарности с гонимыми музыкантами из группы «Зоопарк». Второй раз, много лет спустя, уже в Иерусалиме, на том одиноком дне рождения, я выкурил три беломорины подряд, израсходовав весь коробок, и почувствовал много.

День рождения в том году был одиноким, потому что жена, сестра жены и тесть с утра уехали в полицию, где в камере с задержанными арабами — торговцами угнанными за «зелёную черту» автомобилями — сидел наш шестнадцатилетний Сашка. Собственно, из-за Сашки, свихнувшегося уже в двенадцать лет, я и выкурил этот коробок. Мне стало так гадко после звонка к нам домой из отдела по борьбе с наркотиками в молодёжной среде, что я, вместо того чтобы мчаться на «Русское подворье» вместе с рыдающими родственниками, остался дома и сам набил косяк. Три года мы боролись с этими, так называемыми слабыми, наркотиками, применительно к нашему сыну, как могли и умели (а не умели мы ничего), и вот в свой день рождения я как борец кончился. Я понял, что или он в конце концов сам поймёт, что к чему, или… или не поймёт. В любом случае ничего из того, что мы делали, никакой пользы ему не приносило.

…В мужской школе «Кирьят-Ноар», которая по совместительству была также йешивой, — учреждением с повышенным изучением религиозных дисциплин, образовался своеобразный кружок местных музыкантов, поэтов и художников, пацанов-дилетантов, с подачи дядь и тёть из богемы на Средиземноморском побережье мнивших себя гениями. Курили «план» и глотали «колёса» все поголовно участники братства «Контртарбут» — «Контркультура». Напротив школы шумел искусственно насаждённый на лысых холмах сосновый лес, тропинки от школьных корпусов вели к комплексу «Яд ва-Шем» — музею памяти сгоревших в огне Катастрофы. Там хранились документы о миллионах людей, полвека назад посланных в наглухо забитых телячьих вагонах в крематории, а в двух шагах ходьбы от музея жили люди, сгоравшие в другом огне, и при этом — совершенно добровольно.

Плевать на то, что наркотики были лёгкими, на то, что глотавшие кайф были гениями. Непризнанными они были и остались, потому что гениальность свою пятнадцати-семнадцатилетнюю подтвердить не успели; из одиннадцати членов кружка, знакомых мне лично, в живых сейчас остались трое. Двое слезли сами, в конце концов поняв весьма слабую связь между гениальностью и Тем-Что-Так-У-Нас-Положено-Раз-Ты-Талант, один находится в знаменитом дурдоме города Бейт-Шемеш, а от остальных остались для свободного посещения родственниками плоские гранитные плиты кладбища Гиват-Шауль. Эти парни были настолько гениальны при жизни, что гордыня их таланта не могла удовлетвориться травкой. По прошествии времени она требовала уже героина.

…Я ничего не мог ему объяснить. Я рассказывал, уговаривал, приводил примеры из мировой литературы и истории из собственной жизни, я кричал, я хватался за ремень джинсов. Он отвечал мне историями о профессоре Тимоти Лири, об Элвисе Пресли, о Дженис Джоплин, о Джимми Хендриксе, о Высоцком, о том, что великие люди — это метеоры, сами себя сжигающие, чтобы осветить мир. Я возненавидел этих великих людей, мне хотелось, чтобы все они горели в адском пламени без перерывов на субботы и праздники до самого наступления эпохи воскрешения мёртвых.

Он уходил домой вечерами и возвращался утром. Глаза у него стали безумные, блестящие, со странно ритмично сжимавшимися-разжимавшимися зрачками. Казалось, это играет ансамбль с того света, но музыки и ритма я не слышал. Ритм слышал лишь он сам. Он приводил домой девиц-интеллектуалок и читал им стихи до полуночи, пока мы с Лизой не засыпали от усталости, и тогда укладывал их к себе в постель. Несколько раз, просыпаясь перед душным рассветом, я ловил в воздухе квартиры странные сладковатые запахи и начинал терзаться воспоминаниями. Воспоминания были расплывчаты, некоторое время я не понимал, в чём дело.

Месяц от месяца походка, голос, мимика, жесты его изменялись всё сильнее. Глаза постепенно наливались кровью и равнодушием, он стал походить на вурдалака. Он то ничего не ел сутками, то набрасывался на ужин, как изголодавшийся блокадник, и пожирал весь запас нескольких дней, хранимый в холодильнике. О стихах и музыке разговоров больше не было. Девицы или прекратили приходить, или становились похожими на него. У него не было нервов дожидаться, пока мы уснём, он стал выводить тех из них, кто всё ещё к нему приходил, и имел их на лестничной площадке стоя. Соседи вызывали полицию. Ему было всё равно.

Лиза плакала день и ночь и забросила работу, дед бормотал забытые с детства молитвы на языке пророков, я орал. Он хихикал. Дважды я избил его в кровь. Первый раз он закрывал голову руками и молчал, второй раз ударил меня в ответ так, что я отлетел через всю комнату к окну, хотя был тяжелее и выше его на целую голову. Родственникам мы не рассказывали ничего, потому что стыдились, но родственники, даже живущие в других городах, знали всё, потому что страна, в которой мы живём, очень маленькая. Соседи при встрече отводили взгляд. У нас стали пропадать деньги. Среди ночи нам звонили незнакомые люди и странными голосами на арабском языке требовали возврата долгов.

Когда он пришёл в очередной раз в четыре утра, зашёл на кухню, загрохотал кастрюлями, пнул сунувшуюся под ноги собаку, сел за стол и, чавкая, давясь и скуля, стал жрать из тарелки руками, Лиза кинулась ему в ноги. Он встал и сказал, что ему нужно уходить. Она упала на колени у входа в квартиру и закричала, что умрёт. Он стал перелезать через неё, бормоча, что мы его заебали и чтобы всем скопом шли нахуй из этой жизни. Дед старался его удержать. У меня что-то сдвинулось в мозгах. Я посмотрел на непризнанного гения и тихо пошёл в спальню. Там на шкафу, в коробке из-под ботинок, лежало моё личное оружие, выданное мне по особому разрешению в службе безопасности — «Беретта», восьмизарядный пистолет итальянской марки. Из коридора доносились лай, крики и плач. Сквозь тонкую стенку квартиры я услышал, что проснулись соседи, выходцы из Йемена, как Авива требовала у своего Ицхака вызвать полицию, и как Ицхак вяло отбивался, ссылаясь на то, что Давид теперь всегда носит с собой нож. Потом он сел читать по молитвеннику предрассветные благословения на наступающий день, выкрикивая их на особый напевный манер, похожий на исступлённый вопль дикого осла-онагра. В зеленеющем рассвете с минаретов ближних арабских деревень Иудейской пустыни ему ответили протяжными голосами муэдзины.

Я посмотрел в окно на рассвет и заправил в пистолет обойму. Она щёлкнула. Я взвёл курок и пошёл в коридор. Меня толкнули в грудь, я откачнулся обратно в комнату. Лиза и дед молча повисли на двери, с грохотом захлопнули её и стали запирать ключом снаружи, благо в наших модернистских квартирах, ввиду исторически сложившейся нервозности населения, предусмотрено даже это. Я молча выламывал дверь, она не поддавалась. Тогда я начал стрелять по замку. Помню, как летели щепки и комнату наполнил кисло воняющий серый дым. Помню, как попутно вяло удивился — почему говорят, что этот современный порох называется бездымным?

Замок отлетел, я вышел в коридор. Под ноги с визгом кинулся наш карликовый пудель, по недоразумению названный Артемоном. Я споткнулся о него и упал, потеряв «Беретту». На меня кинулись, я ворочался и хрипел. Когда я поднял голову, то в конце коридора увидел смотревшего на меня Сашку, сжавшегося, с лицом даже не белого, а какого-то зелёного цвета. Тогда я захотел застрелить уже себя, но пистолет исчез.

Йемениты так и не вызвали полицию. Она была вызвана другими соседями, родом из Румынии. Дальше была долгая история, о которой мне совсем уже не хочется рассказывать. Гуманисты в МВД долго решали, из-за какого вида психологического стресса я решил применить оружие, и их специалисты пришли к выводу, что сделал я это под влиянием последнего теракта, произошедшего накануне в нашем районе, свидетелем которому я был.

…Я написал официальное заявление о том, что прошу разрешения вернуть пистолет в инстанции, выдавшие его мне, в связи с семейными обстоятельствами, и заявление это было принято.

Через месяц Сашку призвали в армию. В первые же дни он повздорил с офицером, ударил его, а потом сбежал с автоматом М-16 и тремя обоймами на север, в Галилею. Военная полиция искала его вместе с нами. На третьи сутки наркота выветрилась у него из головы окончательно. Он вернулся в свою часть, отдал автомат и извинился перед офицером. Был суд военного трибунала. Офицер пожалел и нас, и Сашку, и сказал, что прощает его. Лиза, тогда ещё плохо ориентировавшаяся в иврите, плача, объясняла на идише, что такое идише мамэ; прокурор был родом из Аргентины и идиш понимал; все, включая солдат охраны, вздыхали. Сашку приговорили к 72 суткам заключения в тюрьме на территории военной базы Тель-а-Шомер, где находилась его часть.

Во время заключения с ним работали армейские психологи.

Он вышел из тюрьмы и продолжил службу. Он окончил армейские курсы и приобрёл на ней гражданскую специальность, по которой теперь и работает. Никто не напоминал ему о том, что было. Он получил удостоверение отличника боевой и какой-то ещё подготовки.

Пять лет назад, возвращаясь домой в еженедельный отпуск, он увидел на остановке автобуса маршрута Тель-а-Шомер — Иерусалим странного человека с усами и стеклянными глазами, с тяжёлым рюкзаком за плечами. Он не знал, что было в рюкзаке, но по глазам человека понял, что это наркоман. Была пятница, до наступления шаббата оставалось всего несколько часов, на остановке было много народу. Подошёл автобус. Усач, подождав, пока толпа влезет на переднюю площадку, стал втискиваться туда сам. Перед тем как подниматься, он сунул руку в карман. Саша не понял, в чём дело, но подумал, что это — как-то опасно, и схватил человека сзади — за шею, нежно, как учили инструкторы на базе, — и нажал. Человек обмяк и тихо опустился на асфальт. В автобусе закричали. Водитель вызвал по мобильнику мишмар-а-гвуль — военную полицию. Полиция примчалась через две минуты. В рюкзаке у человека находилась бомба из чего-то тринитротолуольного, с гвоздями и болтами внутри.

Сашку наградили. Почётные грамоты и медаль висят на стене в спальне его квартиры, которую он вот уже два года снимает со своей женой Светой. Света — дикий человек, в России она росла без матери в детском доме. Когда нам приходится с ней совсем невмоготу и мы скрипим зубами, я всегда утешаю себя и Лизу тем, что невестка, по крайней мере, не наркоманка и не террористка.

Саша работает рабочим в городской типографии. Он считается отличным специалистом, недавно в виде поощрения ему подарили путёвку на пароходный круиз по столицам каких-то стран Западной Европы.

Два месяца назад у них родился сын.

Своих бывших приятелей он обходит за два квартала. Хотя по субботам, за семейным столом, я люблю приложиться к рюмочке и всегда зову его присоединиться ко мне, он не пьёт теперь вообще ничего, кроме лёгкого местного пива. Он не любит гениев, особенно непризнанных, ненавидит существительное «богема» и не хочет вспоминать о годах, проведённых на перекрёстке гор религиозной школы и мемориального музея.

Когда мне плохо, я всё вспоминаю пистолет, выскользнувший у меня из рук, и застывшее лицо сына в конце коридора нашей квартиры. Это длинный коридор. Когда кто-нибудь из вас приедет ко мне, вы сами его увидите. Мне коридор этот до сих пор кажется похожим на тоннель. На тоннель, ведущий не в астрал, как утверждают юные непризнанные гении, а просто на тот свет.

Саша—не мой сын, он сын Лизы от её первого мужа. Я усыновил его шестнадцать лет назад, когда мы уезжали из России. И я всё вспоминаю его тогдашнее лицо. И коридор, и повисшую на мне жену, и пуделя Артемона с моргающими длинными ресницами, и итальянскую «Беретту» на полу. И тогда мне не хочется жить.

Но потом мне всегда становится легче, потому что он почему-то всё равно любит меня.

И зовёт меня папой.

Бессонница

Когда лежишь ночью без сна, закинув руку за голову или закрыв ею лицо, и никакие таблетки не помогают — странные обрывки мыслей, цитат и образов встают перед глазами. Не мысли, не цитаты, не образы — именно мыслишки, цитатки и образины. Яркие, цветные, пёстрые, между собой не связанные совершенно. Иногда — смешные, иногда не очень. Иногда, в самый неподходящий момент, когда, по замыслу безумного режиссёра, положено всхлипнуть — я ржу в голос.

Диковато звучит смех в сонной тишине ночного дома. Сознание-подсознание играет? С намёками и без оных? Не знаю, не уверен. Так хаос потока, бурлящие ручейки, сливаются в речку. Вдобавок временами какие-то звуки в голове рождаются. Кто-то хихикает, бурчит, пищит, бывает даже — мяукает или лает. Нет, не громко, а так только — взлаивает. Иногда я кручу головой в темноте, таращусь и прислушиваюсь — неужто никто, кроме меня, этих звуков, рождённых Ночью, не слышит? Как будто — нет… Иногда рождаются диалоги. Странные такие, никогда бы бумаге не доверил. Когда совсем невмочь, встаю и, натыкаясь на стены и мебель, в ватной тишине начинаю накручивать километры по квартире. Воспоминания приходят, за прошедшие десятилетия их поднакопилось основательно. Останавливаешься и представляешь, как это выглядит со стороны — зрителю ничего не понятно, а главный герой, путаясь в халате, внезапно начинает скрипеть зубами, морщится, неслышно, стараясь не разбудить домочадцев, аккуратно колотит себя по голове кулаком — «ах, дурак, дурррак…» или даже — «подлец, пропащая душа!..» И тут же, безо всякого перехода — «гы-гы-гы!» И мимика в ноте достигает накала невидимой лампочки свечей в двести. Кто-то сказал хорошо: «Посмотрите на экран телевизора, где танцуют и поют, но выключен звук. Через десять секунд вы получаете цельный образ сумасшедшего дома».

У меня есть одна знакомая, девочка лет на двадцать меня младше. У неё такая же проблема, с двух лет она спит в сутки не больше полутора часов. Не знаю, как это возможно физически.

Я сплю часа три-четыре и то чувствую, что не выдерживает психика.

Ни книжки не помогают — они лишь бессонницу вбивают в тебя намертво, ни Интернет. Ничто не помогает. Газеты я читать не хочу, я их уже лет восемь не беру в руки, и не засну, и начну злиться. Любой заголовок вгоняет в бешенство, какой уж тут сон.

С девочкой этой мы переговариваемся по телефону. Иногда я звоню ей. Можно набрать номер и в час ночи, и в три. Я знаю, что она не спит. Обычно она радуется, но степень готовности к диалогу я всегда загодя выявляю уже на второй секунде по тому, как на том конце провода произносится «алло». В зависимости от тембра голоса я начинаю говорить или вешаю трубку, предварительно извинившись.

Она родом из Чили. Я знаком с ней полтора десятка лет. Общаемся мы исключительно ночами, мучимые бессонницей. Мы взаимно предельно откровенны, я бы сказал — исповедальны. Вероятно, оттого, что в личном плане нам решительно ничего не нужно друг от друга. Анат — единственный, пожалуй, человек, которому я могу сказать всё, что в тишине приходит в голову. Вообще всё. Рассказываю о людях, встречах, книгах, о переживаниях, о своей любви. О ненависти я бы ей рассказывал тоже, но вот беда — настоящей ненависти у меня нет, особенно по ночам. Или она спит, я не знаю.

Анат мне тоже всё рассказывает. О родителях своих, с которыми она не живёт уже восемь лет. У неё трудный характер, по гороскопу она — Скорпион. Да и с родителями жить тяжело. Папа её (имени узнать я не удосужился до сих пор) в 73-м году был в числе телохранителей покойного Альенде, вместе отстреливались в Ла-Монеде, а после он пять лет сидел в тюрьме, и там его регулярно били. Он немного повреждён в рассудке. Здесь папа живёт на государственное пособие по инвалидности и недоволен этим: отчего эта страна должна расплачиваться за то, что сделал ему Пиночет. Он кричит по ночам и всегда будит дочь в самое неподходящее время — как раз посреди её недолгого, полуторачасового суточного сна.

Она рассказывает мне о родине: о миндальных деревьях (никогда не видел) и парках с аккуратно подстриженными по-английски газонами, о ветре, дующим со снежных вершин Анд над весенним Сантьяго, о школе, о своей первой любви.

Об испанской поэзии. О ламах в Кордильерах. О высокогорном Титикака и могилах инков. О том, как в четырнадцать лет попробовала наркотики, но вовремя слезла. О том, как в шестнадцать лет её изнасиловали, и отец её нашёл того парня сам, и полиция подоспела вовремя, потому что он как раз вешал его на балконе собственного дома, связав предварительно руки мёртвым, тройным узлом, — так, как его самого связывали контрразведчики в подземной тюрьме перед тем, как пытать.

О работе. О сослуживцах. О новых гастролях театра из Парижа. О месячных и прокладках. О том, что любовники, которых она приводит к себе домой, на съёмную квартиру, ей не помогают уснуть, а только мешают — ведь она пускает их в свою постель для того, чтобы потом, усталой после оргазма, поспать хотя бы на час больше, чем обычно. Но оргазм не помогает. Ничего не помогает. О том, что вино не действует, сигареты рождают бессонницу вновь и вновь.

Я тоже рассказываю ей всё. О первой жене и о второй. О детстве в городе на Неве. О том, как влюбился в десятом классе в девочку Любу. До судорог. О службе в армии. О том, как меня допрашивали, как меня от страха предал мой единственный друг, как он валялся в ногах у офицеров, и как я это видел, потому что мне специально приоткрыли дверь в ту комнату.

Об итогах, которые, наверное, нужно уже начинать подводить. О мыслях, внезапно рождающихся ночами и тут же забывающихся. О том, что мы выдаём себя не за тех, кем являемся на самом деле. О том, что мы стараемся быть значительнее, остроумнее перед женщиной, если она нам нравится. Что стараемся быть умнее перед мужчинами, добрее перед стариками, благоразумнее перед теми, с кем нужно быть благоразумнее, чем обычно.

О ролях, которые играем иногда по десяти раз на дню, о том, что роли эти несложные, любительские, что чаще за нас работает инстинкт, меняя голос по телефону в зависимости от того, с кем мы говорим, меняя походку и словарный запас.

Она слушает очень внимательно и иногда внезапно даёт советы — точные и лёгкие. Иногда она ругается по-испански.

Я никогда её не видел.

Очарованный принц

Солнечное субботнее утро. Плюс двадцать три и нет ветра. Кто-то в России закрыл дневник, кто-то уехал на дачу в Подмосковье, кто-то дома играет с котом. Как это всё далеко, как нереально.

С четвёртого этажа озираю уходящие к востоку красно-бурые холмы с редкими хвойными рощами на склонах. Сущая благодать, располагающая к поэтапной писанине, но писать не хочется. Нет настроения писать ввиду невозможности приложиться к бутылке красного сухого из виноградников со склонов горы Кармель и закусить швейцарским сыром. Бутылка стоит на самом видном месте, но мы её не откроем; сыр в красно-белой герметичной упаковке лежит возле неё, но мы не будем распечатывать его. Я смотрю, не щурясь, на солнце за окном, смотрю в яростную, ярчайшую синеву, я вспоминаю Старика.

Я пью крепчайший чёрный кофе с перцем, готовить который меня научил древний Абд-Аллах с арабского рынка, что в Старом городе. Его лавка как раз на развилке трёх улочек, одна из которых ведёт к мечети Омара, другая — к Стене плача; третья улочка, на углу которой на первом этаже средневековой кладки дома в наполненной благовониями лавке сидит старик — не просто улочка, а Виа де ла Роза, конец Крёстного пути, прямиком выводящая к Храму гроба Господня. Сколько раз я топтался на этом перекрёстке трёх эпох и трёх вер, прежде чем зайти к старику! Он всегда видел меня, стоящего возле входа, но никогда не торопился здороваться. Я — молодой, я должен поздороваться первым. Я могу просто крикнуть «салам!» у входа, но не хочу нарушать очарование этого места. Его нельзя нарушать, очарование, оно исподволь впитывается во все поры тела, оно сонным дурманом кальяна входит в рот, в глаза, в уши, ему не мешают ни дикие крики туристов, ни тонкие голоса муэдзинов, трижды в день несущиеся с минаретов сотен мечетей, прославляя Аллаха всемилостивого и милосердного.

Я приходил сюда по пятницам, я шёл к сердцу арабского квартала Старого города в ленивой сутолоке базара, рыская глазами по сторонам, боясь слишком приближающихся ко мне прохожих, держа левую руку на пистолете, засунутом под ремень брюк, невидимым под рубахой; я добирался до лавки старика ровно без пяти двенадцать—и застывал, медленно поворачиваясь по часовой стрелке. В полдень начинали бить колокола в Гефсиманском саду, к ним постепенно присоединялись серебряные голоса колоколов десятков церквей всего города. Тени удлинялись, призраки прошлого вполне зримо кружили вокруг—медленно, медленно. Юбки метут мостовую, трогает жалюзи ветер. Я слышу в уличном шуме топот медлительный конный. Ханаан язычников, Иудея Давида и Соломона, греческая керамика Антиоха Епифана, мраморные, выжженные солнцем нагорий колонны римской эпохи, византийские лепные инкрустации соединяются на этом перекрёстке гармонично. Надменность масленых глаз потомков воинов Пророка, озирающих меня, сбивала с толку, заставляла крепче вцепиться в оружие, якобы невидимое для этих глаз, бесстыдно ощупывающих меня.

Когда гас серебряный звон последнего колокола, я заходил в лавку. Здесь ни к чему был мой краткий «шалом». «Салам алейкум, Абд-Аллах…»—робко, тихо говорил я и, вытирая вспотевший лоб, отпускал руку с курка. «Алейкум ас-салам, Муса»,—как вывороченное наизнанку эхо, доносилось в ответ. Значит, всё в порядке. Здесь я—Гость. Гостя нельзя обидеть, хотя за порогом этого дома бывшему гостю можно всадить в спину нож, тем более что он, гость, пришёл сюда сам, непрошеный,—и от неверных. Но здесь он в безопасности—до того момента, как выйдет за порог. Здесь, на своей территории, хозяин стал бы защищать его в любом случае—и до конца. Так говорит обычай. В доме гостю нужно предложить кофе и фарфоровую тарелочку с рахат-лукумом, с ним нужно сесть и поговорить ни о чём, прежде чем исподволь начать выяснять, для чего он пришёл, незваный. Я сидел, скрестив ноги, вместе с хозяином, на огромном пушистом ковре ручной работы, а стройная, быстрая, как гюрза, закутанная в чадру внучка старика подносила и подносила блюда со сластями и виноградом. «Шукран, Лейла…»—шептал я, и она сгибала стан в вежливом поклоне, не отвечая ни слова. Оставив нам блюдо, она, не отворачиваясь, пятилась к выходу. Мы говорили ни о чём. Я никогда не говорил ни о политике, ни об истории, а он—о том, зачем же я здесь. Не у него в доме, а здесь вообще, в этом городе и в этой стране. Понять, зачем, он не мог и не хотел, а я не мог бы ему ответить так, чтобы он понял, и не пытался сделать это ни разу. Меня тянуло в эту лавку из сказок Гарун аль-Рашида годами, и годами, почти каждую пятницу, я застывал на ковре, скрестив ноги, и пил крепчайший чёрный кофе, и опускал глаза под невидимым, исполненным презрения взглядом Лейлы, под быстрыми взглядами её братьев — активистов Исламского Джихада, и они знали, что я это знаю, так же, как знали, что я не побегу в полицию сообщать об этом, и я знал, что они это знают. Я выпивал три чашечки кофе, я съедал, как положено, ровно треть тарелочки рахат-лукума, я ощипывал только одну ветвь винограда, мы говорили о погоде, об урожае, о торговле хозяина древней керамикой, и я вставал, я кланялся им всем, и они почтительно-гордо кланялись в ответ, и я выходил, щурясь, из полумрака лавки в жаркий иерусалимский полдень, и они осторожно прикрывали за мной дверь. Я выходил, так ни разу и не сказав о цели своего прихода. Её, цель, я никогда не знал и сам. Мне всегда хотелось объяснить, что я — свой, что всё это — и жара на улице, и прохлада внутри, и ароматический дым кальянов, струящийся из всех дверей и окон этого квартала, и древние камни стен домов и мостовой, и ссохшаяся, много лет не плодоносящая смоковница на перекрёстке — тоже мои. Но нутром, исподволь, в глубине мерцающего под неистовым иерусалимским солнцем сознания, я знал также, что все разговоры бессмысленны, что я — Чужак. Здесь, в его доме, на улице, на этом перекрёстке трёх эпох, в этом квартале, в этом городе, в этой стране. И, странное дело, — думал я, идя домой, качаясь, как пьяный, в сутолоке и жаре, — во всей здешней округе, в окружении чужих глаз, чужих запахов, в объятиях чужого языка, я был в безопасности лишь в одном месте, в доме старого Абд-Аллаха, в самом сердце Старого Города, в гостях у семьи заклятых врагов всего, что было мне дорого.

Я больше не приду к нему в гости. Его старший сын Мустафа, с поклоном присаживавшийся к нам на ковёр и подававший блюдечки с угощением, предупреждавший каждое желание Гостя, убит в перестрелке с солдатами, вышедшими на его след после пятидневной погони в пустыне после того, как он расстрелял в упор в Галилее автомобиль с беременной женщиной за рулём и четырьмя её дочками в салоне. Когда Мустафу застрелили солдаты и об этом стало известно, Лейла вышла на улицу и напала с ножом на пузатого туриста в ковбойской шляпе и цветной рубашке, приценивавшегося к какой-то фигурке в витрине лавочки. Внучка старика приняла шведа за еврея. Я прочёл об этом в газете. Я позвонил Абд-Аллаху, я сказал, что никогда не сообщал полиции ни о ком из его семьи, и что о том, что Мустафу разыскивала контрразведка уже три года, я знал тоже.

Я услышал выветренный шёпот старика:

— Я знаю, Муса, что ты никому ничего не говорил. Но ты — Сын Смерти, сын проклятого народа, пришедшего к нам из Европы. Я не смогу больше защитить тебя в моём доме. Не приходи ко мне больше никогда. Аллах смилостивился над моей семьёй, мой внук сейчас в Садах, он погиб за веру.

Я окаменел. Я не мог сказать старику о семье беременной поселенки, убитой его внуком вместе с четырьмя маленькими дочками. Это было ни к чему, и он понимал, что я не напомню ему этого сейчас. Он впервые назвал меня Сыном Смерти — так арабы уже тысячу семьсот лет называют нас в глаза и за глаза, как в Европе называли жидами, но я не думал, что он произнесёт эти слова теперь.

Он подождал несколько секунд, вежливый, спокойный, как всегда. Потом сказал чуть громче:

— Мусса.., не огорчайся. Моему внуку сейчас лучше, чем мне. И… я надеюсь, что той женщине с её детьми тоже будет лучше. Может быть, она ни в чём не виновна, но кто мы такие, чтобы знать это?.. Так решил Всемилостивый и Милосердный, и значит — решил он правильно. Ты хороший человек, Муса. Не приходи ко мне больше. Прощай. Салам… Мир.

— Прощай, отец, — выдавил я и осторожно повесил трубку.

Если опять я устану — от ежедневной погони — сон мне приснится знакомый — ночи короткой награда — хлопают медленно ставни — цокают быстрые кони — в городе Йерушалаим — в городе Йерушалаим.

Глазницами в рассвет

Глядел на зимнее солнце за окном. Вдруг толчком в сердце: сегодня двадцатое января! Я эту дату запомнил, видимо, навсегда. 20 января 1985 года. Город Луга Ленинградской области. Гарнизон. Мне двадцать два года. Я — «молодой солдат». После окончания института, где не было военной кафедры, нас послали служить рядовыми.

Устав гарнизонной и караульной службы. Вечный устав, чьи пункты я готов твердить денно и нощно до сих пор, с утренней зорьки и до отбоя, в Стране Обетованной. Я всё это помню, как вчера было. Часовой есть лицо неприкосновенное, и обязанности его заключаются в охране его прав и личного достоинства.

Ровно двадцать суток прошло с той новогодней ночи, когда мальчик из подмосковной Балашихи застрелился в карауле, неся службу, несмотря на охрану законом его прав и личного достоинства. Я лежал в военном лазарете с крупозной пневмонией и выпивал жёлтый одеколон «Гвоздика» — вместе с озлобленным Арменом и добродушным Сашей Довбушем. Мы пили за разорённый дом, за злую нашу жизнь. Мы желали вслух, чтобы партии этой и генштабу её пришёл конец. Чтобы сдох маршал Устинов. Лэхаим, бояре! За окном раздался выстрел — и череп рядового необученного из Балашихи разлетелся на части. На три части. Я собирал потом эти части, складывая их в целлофан, где осколки затылочной кости плавно сопутствовали лицевой маске — спокойной, как у фараона. Рыдающих отца и маму подпустили к гробу на пятнадцать секунд. Мы стояли в строю, сжав автоматы костенеющими пальцами, выпучив глаза, как положено по Уставу, как лягушки, медленно поворачивая головы вслед за проходящими сгорбленными родственниками. Мне это нравится. Мне нравится, что у жителей моей страны глаза такие пустые и выпуклые. Часовой есть лицо неприкосновенное. Он решил свою судьбу сам, мальчик из подмосковной Балашихи. Он застрелился не оттого, что боялся попасть в Афган. Он не мог просто смотреть на верхушки сосен в карауле, на синюю тучу над горизонтом, спускающую равнодушное солнце, клонящее его к земле. Не понимал он, лицо неприкосновенное, что солнце над плацем — это на полтора года. Он думал, что навсегда.

Дневальные, сжимая у бедра штык-ножи, блевали, когда принесли труп и швырнули — за руки, за ноги — на дощатый пол лазарета. Я раздевал его и глядел в белоснежную маску лица. Караульный тулуп, валенки и гимнастёрку — прочь. Так написано в уставе. «Валенки, валенки…» Людмила Зыкина.

Армен, стоя за спиной, тихо матерился по-армянски. Довбуш шептал католические молитвы. Дневальные блевали, сжимая у пояса штык-ножи. Маска трупа без мозгов внутри вызывала ощущение слияния с Вечностью.

Армена отправили в Афган в апреле. Довбушу не помогли его униаты. Я встретил Серёгу Клименко в июле восемьдесят шестого, в безумном июле ленинградских надежд, в разгаре перестройки. Ты помнишь? Конечно. Часовой? Да, он — лишь лик неприкосновенности. Да, так сказано в уставе гарнизонной и караульной. Службы. Ты видишь, Граф, — рассвет уже полощется. Нас было шестьдесят пять, поднявшихся на борт «АН-2» в Пулково. Мы поехали в Герат, Граф. Я вернулся, и вернулся Витька. Ты помнишь Витьку? Мы не сдохли, Граф. А остальные сдохли все, все шестьдесят три человека. Почему ты не сдох, Граф? Ты болел крупозной пневмонией, и тебя не забрали. Ты молодец.

Я ушёл от него, качаясь, как пьяный. Странно, но в момент встречи с ним я был трезв. И он хохотал в спину, и менты разбегались от него, как тараканы, ибо он, Сергей Клименко, был когда-то часовым, лицом неприкосновенным, и носил на вылинявшей гимнастёрке орденов больше, чем было у меня пуговиц на джинсовой рубашке. Он был пьян, и он был накачан наркотиками, и берет десантника был сбит набекрень. И никто не осмелился тронуть лицо неприкосновенное, ибо он был часовым. Менты отдавали ему честь вспотевшей рукой, и он щурился на них, проходя матросской походкой по Невскому, как вор по Лиговке.

Ну, Граф, сука, что тебе рассказать. В Герате нас пересадили на вертолёт, и мы учились в учебке ещё полгода, так как мы — лица неприкосновенные, Граф. Нас забросили в кишлак, и там были два духа, и они прятались от нас, лиц неприкосновенных, в домах из глины без окон. Хозяина мы знали, как укрывателя. А он не признавался, хотя безумие крылом его задело половину. Граф, его сын был у духов. Он сидел в том же кишлаке, хоронясь от Лиц Неприкосновенных. Отец, Граф, молчал. И мы вывели его во двор и привязали к карагачу. Мы сулили ему Прощение, но он молчал. Говори, сука! Молчит. Сын, блядь, где? Скажи бровями, глазами хоть скажи! Молчит… У нас всего два часа времени. Они ничего никогда не рассказывают. Но мы — лица неприкосновенные, и нам, по уставу, положено. У него — дочь. Мы заткнули ему рот тряпкой и вывели на двор его Гюльчатай. И мы её — всей ротой, ты понял? Он сначала мычал сквозь тряпку, а потом затих. И голову понурил. Мы — люди, и мы оттащили Гюльчатай в угол двора и бросили на солому. Эй, папаша… Ну! Сын — где?

Эх, Граф! Он сдох, папаша её! У него получился инфаркт.

Так и не нашли мы этого духа, что прятался. Спалили кишлак зря и ушли. А дух так и не вылез. Взводный всё сильно удивлялся — что это за брат такой, бл…ь? Сестру еб..т, а ему всё по х..; ну и народ.

Ты чего зенки вылупил, братан? Ты в лазарете героически отлёживался, когда мы в окопах Герата… но что с тебя взять, Учитель. Бл…ь, противно даже произнести. Ты тоже лицо неприкосновенное, ты тоже учил Устав гарнизонный, чтоб он сгорел. Нас двое вышло оттуда, ты понял, Граф? Мой брат Каин был в далёкой стране, он защищал там детей от Пророка. Ей было лет четырнадцать, ты понял? Пошёл ты, братан. Противно даже смотреть на тебя. Кирилл Надточий там сдох, и Васька Пимен, и Серёга Не-Тронь-Лица сдох тоже. А ты всё живёшь — а, Учитель? Лучше бы ты сдох, падло, вместо тех, кто понимал Устав, как положено. Но ты был с нами с начала, как один, как в строю, как будто нас одна мама родила.

И он ушёл, и Солнце мычало ему сквозь тряпку, которой был заткнут рот. И винтовкой честь ему отдавал Тот, кто был лицом Неприкосновенным.

И с тех пор я не приходил в себя, и никогда не приду.

Хачик

Только сейчас вспомнилось, что первое апреля 85 года я и некоторые дожившие до последнего времени приятели — армейские сослуживцы мои — привыкли отмечать как День Премногоблагодарения. Еле живых по окончанию «учебки» в городе Луга Ленинградской области отправили нас на самолёте в Калининград, который местные жители до сих пор именуют ласково «Кёниг», для продолжения срочной службы. На родине Иммануила Канта мы прослужили безумный год, на протяжении которого я значительно обогатил свои знания в области армейских уставов, а также отношений между людьми, поставленных незнамо за какие грехи в условия, приближённые к концлагерным.

Неизменность вынужденного общежития сотен здоровых парней, в одночасье оторванных от дома, жён и подруг, несмотря на изнурительную муштру и каторжные физические работы, вызывала временами к жизни неожиданные взрывы эмоций, носивших, по преимуществу, достаточно агрессивный характер. Хомо сапиенс с высшим образованием в таких условиях, несмотря на имеющуюся в загашниках подсознания латынь и очки с треснувшей дужкой на морде, в течение полугода превращался в бритого налысо питекантропа, основной смысл жизни которого умещался в кратчайшей фразе:

— Пожрать, бл...ь, и бабу бы.

Об этом предмете рядовые и младший командный состав Батареи управления и артиллерийской разведки воинской части, располагавшейся на Артиллерийской улице, готовы были говорить часами. Когда три эшелона протухших ещё при маршале Будённом снарядов бывали разгружены вручную, а мебель начальника части, психованного полковника Кучиева по кличке «Шашка», перевезена силами рядового состава на новую квартиру и вручную поднята на девятый этаж, собрана и установлена, трясущиеся руки и ноги армейских грузчиков, казалось бы, не располагали к теме продолжения рода. Тем не менее природа, сиречь естественный, неутолённый голод молодых парней, разучившихся говорить членораздельно, брали своё. Неудовлетворённость, многократно усиливавшаяся общим жизненным дискомфортом, вызывала к жизни удивительные феномены. Ефрейтор Наливайко, водитель машины, принадлежавшей армейскому лазарету, умудрился, пользуясь относительной свободой передвижения, приволочь на рабочий пост из города, под сиденьем своего ГАЗика, малолетнюю проститутку Веру, которой пользовался две ночи подряд в палате для тяжелобольных. Днём Вера пряталась на чердаке. Чердаки в армейских казармах, задуманных ещё при нацистах как конюшни для армейских лошадей, были необычайно вместительны. На третью ночь тяжелобольные, обозлённые непрекращающимися стонами, перемежаемыми смехом, доносившимися из незакрытого кабинета главврача, где ефрейтор справлял свои незаурядные мужские нужды, написали донос начальнику штаба части, молодцеватому подполковнику Старченко. Подполковник явился в лазарет, развалился в кресле кабинета начмедчасти и вызвал ефрейтора; наорал на него, велел вызвать с чердака Веру и наорал на неё; потом похлопал ефрейтора по плечу, невразумительно обозвав орлом, и отпустил его на все четыре стороны. При этом он задержал на некоторое время Веру, поимев её в кабинете в извращённой форме. Так, по крайней мере, говорили тяжелобольные воины, со страстью припавшие пылавшими ушами к двери кабинета главврача.

Что бы ни случалось за время службы, солдаты, сержанты и младшие офицеры не оставляли эту тему в покое никогда. Собственно, в ходу были и другие темы для общения, например, скорая демобилизация, возможная смерть престарелого маршала Устинова, предположительно принёсшая бы, потенциально, некоторые послабления в армейских буднях, или возможность выпить на халяву; но все эти темы затмевались темой главною — вечной темой продолжения рода, хотя к продолжению рода как таковому обсуждаемое не имело ровным счётом никакого отношения.

Тяжёлая злоба, вызванная к жизни законно прерванным на два года общением с противоположным полом, вырывалась на волю в причудливых формах. Интеллигентнейшие люди, и не помышлявшие на гражданке об упоминании национального происхождения друг друга, и даже не придававшие никакого значения оному, начинали вдруг группироваться вокруг своего рода землячеств, обусловленных общностью происхождения или в ряде случаев — общностью места жительства. Внезапно выяснялось, что рядовой Петров и младший сержант Аметшаев оба из Казани, но относятся к разным расам, издавна ненавидящим друг друга тяжкой, заскорузлой ненавистью; что водитель бронетранспортёра латыш Муриньш, добродушнейший, спокойнейший парень, оказывается, люто ненавидит своего соседа по Юрмале Серёгу, которого с недавних пор именует не иначе как оккупант. Что Ян Малиновский из Вильнюса готов перерезать горло студенту Паше Перегонцеву на том основании, что тот родом из Москвы. Младший сержант Бобруйко из Гомеля избивал физически не приспособленного рядового Улицына из Ленинграда за отчество «Иосифович», и я влезал между ними, матерясь, стараясь разнять, — и при этом счастливый, что признаки расы на лице у меня не столь ярко выражены, как можно было бы подумать.

Единственную иллюзию общения счастливых народов Союза республик свободных можно было наблюдать лишь два-три раза в год, когда в подвале армейской столовой, в катакомбах, вырытых при немцах, повар прапорщик С. Клименко устраивал повальную пьянку для «дедов». Тогда места находились для всех — и для Аметшаева, и для Улицына, и для горячего Джапаридзе, изнасиловавшего караульную собаку Мишку и со дня на день ожидавшего демобилизации по психическим мотивам по окончании медэкспертизы. Тогда водка и техспирт текли рекой, представители семьи народов косели на глазах, произносились бессвязные тосты за погибель СССР; выяснялось, что все присутствующие, включая членов партии, ненавидят коммунистов, что счастливейшим днём будет не день демобилизации, а день Развала Союза. Именно тогда я, взбудораженный выпивкой, начинал орать «Хаву нагилу», и пятьдесят прокуренных армейских глоток, включая глотки законченных антисемитов, подпевали мне со всем жаром, на который только были способны, и, казалось, все преграды между нами, возникшие исключительно по недоразумению, наконец преодолены. Стены катакомб, сооружённых немцами накануне падения Кёнигсберга, тряслись от сионистских мелодий, и внук бандеровца Саня Довбыш с улыбкой на плохо выбритом лице под каской спал на плече москаля Паши.

Именно в это потайное место я приводил два раза свою жену Иру, украдкой приезжавшую ко мне в армию дважды за два эти года, и спал с ней на разостланной горе шинелей, как царский дар вручённой мне товарищами по несчастью. И юдофоб Бобруйко, пожертвовавший, в числе прочих, свою шинель на святое дело, отдувался в общем строю наутро за её отсутствие, и с лица его не сходила блаженная улыбка. Он представлял, как через несколько часов, надев её, он будет вдыхать запах женщины, спавшей на ней. И пока он отдувался, мы спали на его шинели в катакомбах. Я, немытый три месяца, и Ирка, успевшая до визита вымыться в городской бане и через полчаса после этого перелезавшая через плохо сложенную стену, ведущую в воинскую часть, под дикий вопль часового Арутюняна: «Стой, стрелять буду!» Он не выстрелил, Арутюнян, он знал, кто лезет через стену, но он был обязан вопить и он вопил.

А наутро все — Бобруйко, Муриньш, Перегонцев, Малиновский, Аметшаев и другие — люди со всех концов Необъятной Родины моей, собранные чужим равнодушным военным гением в один нечеловеческий бордель, где сперма пахла порохом и застарелой грязью, где дрочили еженощно, в карауле, на общественных работах и даже на лекциях по политподготовке, — все эти люди встречали меня на поверке, как героя, как Егорова и Кантарию в одном лице, и хлопали по плечам, и спрашивали вполголоса: «Ну как? Как было?» — и я отмалчивался, улыбаясь смущённо, но счастливо. А Ирка тем временем уезжала на поезде обратно в волшебный город Ленинград, невольная, как все мы, но всё-таки немного более свободная и, как смел я надеяться, немного счастливая…

И, казалось, что иллюзия этого полового армейского братства вечна, неподвижна, словно солнце в зените, и что после всего не будет больше разговоров и выяснений отношений на почве фамильно-отеческого происхождения. И как же я был ошарашен тридцатым апрелем приснопамятного 85 года, когда нас подняли по боевой тревоге и повезли на прохудившихся КАМАЗах за сорок километров на полигон Люблино, к бывшей даче Геринга, где резались насмерть три сотни армян и азербайджанцев, до которых дошли странные слухи о происходившем то ли в Баку, то ли в Ереване. И мы сидели, обмирая, в плащ-палатках, в касках, с автоматами в положении «под ружьё» в кузове старого армейского грузовика с расшатанными стенками. Нас выгрузили у колючей проволоки под лай сторожевых псов и велели залечь и лежать — сутки, двое, трое, четверо суток, до тех пор, пока ЧЁРНЫЕ не разберутся свои со своими, пока не стихнет страшный протяжный вой над полигоном. Армян там, по слухам, было 37 человек, а азербайджанцев втрое больше, и оружия стрелкового не было у них, так как были они всего лишь молодыми солдатами, призванными в армию совсем недавно и, как объяснил нам полупьяный прапорщик Миронов родом с Таганрога, — не получавшими хлеба две недели по недоразумению, по недоезду армейской кухни, и оттого — взбунтовавшимися. И было нам приказано: остановить их, черножопых, если попрут через колючку, и стрелять в упор, если колючка не остановит. Но, — сказал со знанием дела прапорщик Миронов, — надеюсь я, что перережут и перее..т они там друг друга сами, ножами, камнями, зубами и чем им угодно, и до вас очередь не дойдёт. Но если дойдёт, — стрелять в упор, и чем меньше останется, тем меньше позора будет на армию нашу сраную, а в столице разберутся. А почему они режутся, товарищ прапорщик? — спросил рядовой Самвел Аствацуров, у которого зуб на зуб не попадал, но который лежал со всеми нами с «калашниковым», повернув ж... к прапорщику Миронову. И сказал Прапорщик великую истину: «Потому что бабы не было у каждого из них вовремя, и потому как хлеба не хватало. А, сынок, когда хлеба и бабы нету, то вспоминают люди о том, кто они и откуда, вот, типа, как эти вот вспомнили. Немедля вспоминают».

И залегли мы в дождь, в касках и плащ-палатках, с изготовленными к стрельбе Калашниковыми, 1 апреля 1985 года от Рождества Христова, в чистом поле, на просторах необъятной родины своей.

И увидел я, как со стороны поля, прокисшего, всего в рытвинах поля артиллерийского полигона, бежит к нам навстречу толстый и низенький человек. Бежит, спотыкаясь, взмахивая и всплёскивая руками, крича что-то не по-русски, не крича даже, а воя, а за ним молча, как стая волков за полудохлым от ужаса оленем, несётся толпа людей в той же, как у него и у всех нас армейской форме, со снятыми с поясов ремнями, намотанными на отведённые для удара ладони. И зашевелились, и заёрзали лежащие однополчане, изготавливаясь к стрельбе, и вдруг увидел я с ужасом, в кошмаре сна моего наяву, что бежит от этой толпы Хачик, Хачатур Арменович Аветисян, выпускник моего института, однокурсник и одногрупповец мой, ничего не смысливший никогда в физической подготовке, но в 20 лет своих уже готовый доктор философии, учивший меня на лекциях грапару — староармянскому, и которого учил я в порядке культурного обмена древнееврейскому на тех же лекциях. И теперь он, незнамо как попавший на это поле под моросящим дождём, за эту проволоку, под эти автоматы, бежал впереди этой толпы, которая, как картинка из машины времени Уэллса, воскрешала пятнадцатый год где-нибудь в Восточной Турции, над Севаном. И вспомнил я, что Хачик был, как и я, без военной кафедры, и служить ему нужно было, как и мне, полтора года простым солдатом, рядовым необученным. И захотелось мне уползти, и я с размаху дал себе по роже и завопил, с надеждой глядя в небеса, где разверзлись хляби небесные, в муке души моей:

— Ро-о-ота! К бою-ю-ю-ю…

И поперхнулся поручик, и замерли солдаты, и завопил я: «Ха-а-а-ачик!!!!! — голосом пронзительным и несообразным, как труба Иерихонская. — Ложи-и-и-иись!…»

И ничего он не понял, и с размаху угодил в кочку, и упал, и толпа, по следу его настигавшая, взревела победно, аки янычарное стадо, и завизжал я: «Огонь!!!» — и вдруг затрещали автоматы.

И, к счастью моему, стреляли рядовые-необученные в небо, в копеечку, и ни одна пуля ни в кого не попала, потому что всем было очень страшно, и отхлынула толпа, и залегла, и поднялся Хачик, и ни у кого не хватило, к счастью, разума продолжить стрельбу по единственно стоявшей в поле мишени, и добежал он, качаясь, до проволоки, и тут я и юдофоб поганый Бобруйко его с проволоки этой стащили на нашу сторону. И всё кончилось. И подали две инстанции различные в нашей части документы на меня — предать суду военного трибунала и представить к награде и к отпуску. И не нужно мне было ни наград их, ни отпусков, потому что через два месяца кончался срок службы моей. И не посадили меня, и уехал я домой, к тёплому боку Ирки, — и всё равно, безумно ей благодарный за то, что под огнём часового лезла ко мне через запретку, — я изменил ей, и развелись мы, и женился я вновь, и уехал я из России, и переписывался с Хачиком до девяносто пятого года, когда убили его свои же на каком-то дурацком митинге в Ереване, где кричал он, по слухам, что не все айзеры — плохие, и что не всех турок надо к стенке. Хотя похоже всё это на глупую мораль неглупого рассказа, на мораль, которая в конце повествования помахивает своим куцым хвостом. Но говорю я лишь одно — было это, было правдой. Первого, б…ь, апреля, тысяча девятьсот восемьдесят пятого года от рождества Господа нами распятого вашего.

Комментарий к комментариям

Вечером я поругался с женой, и меня тут же пригласили на «шева брахот». Это такая штука, когда собирается кворум и путём определённой бенедикции желает молодым после свадьбы всяческих благ. С возлияниями и закуской, естественно. Мероприятие было назначено на десять вечера, а началось только в одиннадцать. Ну, я надел клетчатую рубашку, которая раньше принадлежала Александру Якобсону, бывшему члену ЦК левоатеистической партии «Мерец», и пошёл. Я на бенедикции хожу только в этой рубашке; я вообще люблю клетчатые рубашки — и на себе, и на девушках, это всем известно.

Эту парочку сочетавшихся законным браком я не знал; молодая симпатичная, а молодой очень нудный: как вошёл, так с порога всё бухтел о комментариях к комментариям и призывал кворум немедленно реализовывать смысл жизни. Мне хотелось сшибить с него шляпу. Большая такая шляпа, чёрная. Он всё о реализации смысла жизни и предназначения, а во время пауз смотрит вокруг надменно, как аристократ. Я ничего не хотел реализовывать, а ходил кругами вокруг стола, как искусственный спутник: на столе стояли ледяные запотевшие бутылки «Смирноффа» и «Финляндии». Четыре штуки. И закуска была классическая хасидская — маринованная селёдка с мятой картошкой. Закуска, как сказано у классика — типа «я вас умоляю». Транс-цен-ден-тально. Вот кворум закончил выяснять отношения с Абсолютом, все сели за стол, и я тоже. За два стола: мужчины к мужчинам, женщины за отдельный. Как положено, потому что так исторически сложилось. Мне велели произнести первую бенедикцию в честь молодого. Я его и в глаза не видел, молодого, я лишь запотевшую «Финляндию» перед глазами видел, но бенедикцию произнести нужно, тем более что, видите, мне почёт оказали — первым говорить заставили. Ну, я его бенедиктировал поскорее, и сразу после налил два стакана «Смирноффа» — себе и ребе. Ребе — старенький такой, борода как у гнома и рост тоже, и белые чулочки, и башмачки с пряжками; ну, чистый персонаж из «Розочки и Беляночки» братьев Гримм. Я его сразу Румпельштихценом про себя окрестил. Так, представьте, этот гном хлещет «Смирноффа» пополам с «Финляндией» так, что никакому горному троллю не угнаться. И даже мне не угнаться. Но тоже нудноватый: как стакан опрокинет, сразу его тянет на духовные разговоры, и всё не по делу, хоть и на идиш. А вокруг сидят его ученики, варежки раззявя. Слушают, шикают друг на друга и на меня, и выпить не дают: на Дерибасовской, говорят, гуляют постепенно. Я тогда совместил приятное с полезным: направил Румпельштихцена на путь истинный, попросил обсудить тему алкоголизма в Писании. Он очень оживился, и сходу привёл штук двадцать примеров, начиная с Ноя и его виноградников, и пошёл сыпать цитатами с комментариями, и демонстрировать наглядные пособия: цитата — рюмка, комментарий — стакан. Я, естественно, от него не отставал, как и было задумано.

Две хорошие вещи я с того вечера унёс; значит, так: «И сказал Исав Иакову: дай мне похлебать красного, красного этого, ибо я устал» (Бытие, 25:30). Так устал он, понимаете, что заговариваться начал, дважды попросил; а может, оттого попросил дважды, что уже до того принял. Но суть не в этом, суть в том, что, в интерпретации Румпельштихцена, «красное» в этом контексте значит — вино. Сухое красное, или креплёное, вермут там или портвейн. Мне это сразу понравилось: раз тут речь о красном, то, говоря логически, где-нибудь там должна речь идти и о белом тоже?

И точно. Открываем ту же книгу Бытия, небрежно перелистываем несколько страниц, сразу находим главу 32, стих пятый, и читаем вслух и внятно, с выражением:

«...Так сказал раб твой Иаков: с Лаваном жил я и задержался доныне». На древнееврейском — «Им лаван гарти ваэхар ад-ата». Оччень хорошо. Потому что тут игра слов; «Лаван» — это не только имя, это ещё и «белое». Типа — праотец жил с белым, и так его любил, что даже задержался. Доныне. И ведь (развил я во всеуслышание мысль Румпельштихцена) «белое» — это не только вино, это даже скорее, применительно ко дню сегодняшнему, водка. Так и говорят в магазинах (цитирую) — «дайте мне белую, беленькую». И комментирую аргументом — показываю белую пробку «Финляндии», и объясняю, что в России так водку и называют — белой, и демонстрирую наглядным пособием — стаканом. И наполнил. И немедленно выпил. В качестве иллюстративного материала.

Все восхитились и выпили тоже, чтобы ощутить в себе подтверждение слов Писания, ибо сказано: «сладки они», а также чтобы ощутить на себе, как сказано, «ярмо Небесного царства» — а Румпельштихцен немедленно пригласил меня к себе прочесть лекцию его ученикам и участвовать в каком-то семинаре со сходнй тематикой. Румпельштихцена зовут раввин Танхум Борушански из Беер-Шевы, и лекцию мне читать пришлось бы вдали от дома, у чёрта на куличиках, а я этого не очень люблю, да и «никаких не хватает суточных», как писал Галич.

И я выпил ещё стакан белой и пошёл домой. Была уже полночь. По дороге у меня так пересохло в горле, что я напугал какую-то одинокую эфиопскую девицу, шедшую с авоськой, в которой лежали бутылки с кока-колой. Я подошёл к ней и, качаясь, сказал слова книги Бытия, 24:43 — О, альма! Ашкини-на меат маим ми-кадех, то-есть — «О, девица! Дай мне испить немного воды из кувшина твоего!»

И она шарахнулась и даже побежала от меня, и я побежал за ней, чтобы успокоить и всё-таки испить если не воды, то хотя бы кока-колы, и для успокоения выкрикивал ей вслед слова святого Писания, но её обуял, как видно, злой дух, ибо при словах святого Писания она визжала. Известно ведь, что злой дух не выносит ни святой воды, ни святых слов. И тогда я остановился и сказал сам себе: «Господь, перед лицом которого ходил, пришлёт ангела Своего, и придёшь к семейству своему», как сказано в книге Бытия, 24:40–41. И пошёл-таки к семейству своему, домой.

И, войдя в дом, я включил все рубильники освещения, ибо сказано в Библии — «Да будет свет», и стал свет. И вошёл в спальню, и провозгласил Бытие, главу 29, стих 21, жене моей, продиравшей глаза в постели: «Дай жену мою, потому что дни мои исполнились, и я войду к ней!»

И тогда жена, вздохнув, ответила в такт цитатой оттуда же:

— «Так как Господь призрел на моё горе, то теперь будет любить меня муж мой, и теперь муж мой прильнёт ко мне».

И мы помирились.

Радикальный способ снятия сплина

В течение последней недели мною владел глубочайший сплин. Я только что вылечил его. Я только что вернулся домой с драки.

Сижу дома, никого не трогаю, занимаюсь с дочкой. Вбегает тесть (я его называю Пан Отец), машет руками:

— Внизу кого-то убивают!

Район у нас не самый благополучный. Я высунул голову в окно — действительно, у парадной катается по земле куча мала, все орут и машут кулаками. В самой середине — мои соседи-арабы (у нас в соседях на первом этаже живёт семья арабов-христиан).

Глава семейства кричит на арабском и на иврите, призывает на голову некоего нечестивца одновременно гнев Бога-отца, Бога-сына, Духа святого, Аллаха, сил ада, демона Азраила и Малах-а-Мавета — ангела смерти.

Я пошёл вниз. Решил, что убивают соседа, причём решил, что убивают именно за то, что он араб. Правда, таких случаев — убийство араба за то, что араб, я как-то не очень припоминаю (в основном бывает наоборот, это они нас обычно режут за то, что мы… гхм, да); но в нашем сумасшедшем райончике всё может быть. Что вы хотите, если половина района — коренные израильтяне восточного происхождения с горячим темпераментом, а остальную половину делят между собой обладатели не менее горячего темперамента — выходцы из Грузии («шени деда, скажи слово про мой мать — я тэбя зарэжу»), Бухары («мой дом — полный чаша, три сортира, шоб посрать где было, а у тебя, профессор — одни книжки, ты нищий, я таким в Самарканде милостынь подавал») и Эфиопии («да какой ты еврей, если ты — белый? Эй, белый обезьян, ты уже слез со свой банан? Шютка»). Некоторое разнообразие в этот нижний палеолит вносит тонкая струйка приехавших из Одессы («мы живём теперича, сударь мой, в стране непуганых эфиопов»), Бердичева («да шоб они все сгорели вместе со своей мелихой, а я лучше опять к моим бендеровцам уеду») и Москвопитера («как, вы ещё не ходили на последний симфонический концерт Вагнера, который давал Зубин Мета???

Боже, какой пассаж! Ах, кстати, мне Белла по секрету рассказывала, что Галич был морфинистом, ах, ах»).

Итак, я бегу по лестнице вниз, подтягивая спортивные штаны на неспортивной фигуре, поправляя очки и теряя домашние тапочки. Дочка визжит, свесившись с площадки четвёртого этажа: «Не уходи, папочка, тебя зарежут!», супруга вторит ей голосом, вызывающим в генетической памяти ассоциации с иерихонской трубой: «Оставь их, пусть разбираются сами! Вернись, поц, я всё прощу! Кому сказала — назад!! Так, можешь уже не возвращаться!»

Мои соседи-израильтяне — благороднейшие люди. Как только где-то кого-то бьют, они, прислушиваясь к происходящему в парадной, мужественно прижимаются волосатыми ушами к бронированным дверям своих квартир (изнутри) и кричат жёнам, чтобы те немедленно вызывали полицию. Мне даже как-то странно поверить, что эти люди выиграли Шестидневную войну, а заодно на протяжении последнего полустолетия ещё пять войн.

Тапочки я теряю потому, что мне крайне симпатично арабское семейство, проживающее внизу. Их восемь человек, — папа Мухаммад, водитель автобуса, красавица-мама Лейла, домохозяйка, и шесть штук красавчиков сыновей в возрасте от трёх до двадцати трёх лет: Ахмад, Ибрагим, Мустафа, Хафизулла, Сеид и Сулейман. В квартире у них чистота и порядок, и никогда не доносятся истерические вопли, столь характерные для коренной части обитателей района в моменты дружественных семейных сцен.

Трижды на моей памяти эти совершенно, в общем-то, посторонние всем окружающим, иноязычные и иноверные люди вмешивались в скандалы, происходящие время от времени на улице под их окнами, и пресекали готовившиеся натуральные кровопролития, разводя противников. Однажды, когда моей дочке было полгода и она лежала в коляске под нашими окнами (с ней прогуливалась бабушка, ныне покойная моя тёща), пять соседских олигофренов подросткового возраста — дети потомственного иерусалимского нищего из старинного раввинского рода — принялись кидаться камнями в бабушку и внучку, норовя попасть в основном по коляске. Бабушка бегать не могла, внучка тем более; пока я бежал по лестнице вниз, роняя, как водится, спортивные штаны, тапочки и очки, но со столовым ножом в руках, наши арабы, мигом сгруппировавшись и разделив обязанности, опередили меня: в мгновение ока двое сыновей выскочили на улицу, схватили олигофренов и от души навешали им пачек, ещё двое побежали к потомственному нищему старинного рода объяснять пагубность поведения его детей перед лицом Христа, Аллаха и Бога-отца, а красавица Лейла тем временем повисла на мне, стремясь не допустить смертоубийства, ибо я, вращая глазами, как бык на корриде, уже выскочил на улицу, имея в руках кривой тесак, которым моя половина обычно рубит мясо на кухне. Позднее Лейла сказала, что у меня был вид обкурившегося шахида, спешившего на дело. Я не обиделся, ибо был благодарен ей за спасение моей души.

В данный момент выяснилось, что благородные потомки пророка из Медины вновь пострадали за правое дело. Из окна своего салона кто-то из их младших детей увидел, что какой-то синантроп с золотой цепью на шее, проходивший возле дома с девицей, вдруг накинулся на неё и стал бить кулаками по лицу. Не имея никакого представления о причине этого странноватого поведения, да и не очень задумываясь о нём, не то Хафизулла, не то Мустафа выскочил на улицу и сшиб наглеца с ног. Девица убежала, а обладатель золотой цепи вскочил и, достав из-за пазухи нож, накинулся на моего благородного соседа, изрыгая сквернословия на примитивном уличном иврите, характерном для многих уроженцев страны, столь же физически развитых, сколь и убогих духовно. Я, памятуя старый долг перед сынами Мухаммада, уже бежал сверху с неизменным тесаком, обычно хранящимся в специально отведённом для таких случаев укромном уголке кухни, но был опережён пятью братьями отбивавшегося, пострадавшего за даму. Тем не менее, выяснилось, что моё участие, причём именно с тесаком, было бы весьма своевременно для уравновешивания сил: со стороны центра района с воем и лаем, аки стая рыжих псов из Декана в погоне за Маугли, клубилось, быстро приближаясь, стадо питекантропов — приятелей носителя золотой цепи. Соседи, как обычно, мужественно выглядывали из окон своих квартир, подавая разношёрстные, зачастую политически безграмотные реплики, и надеяться, как выяснилось, было совершенно не на кого.

— Мы принимаем бой, — вспомнил я некстати и шагнул с крыльца.

Подбежавший первым австралопитек прыгнул на Лейлу, выскочившую вслед за мной, и сбил её с ног. Престарелый Мухаммад прыгнул на него и послал в нокаут умелым ударом каратэ, чем несказанно удивил меня. На него и сыновей накинулся выводок неандертальцев числом около десяти, и в этот момент я сам, повинуясь инстинкту толпы, прыгнул вперёд, выставив перед собой тесак. Моя Софа визжала сверху, но всё было уже в порядке: привлечённый живостью момента, из-за угла выскочил и, изрыгая чудовищную хулу на трёх языках, скачками нёсся к нам великолепный дядя Коля, бывший сиделец ГУЛАГа, восьмидесятилетний старец, обладатель железных бицепсов, держа наперевес гигантскую оглоблю с кривым гвоздём на конце.

Увидев дядю Колю, синантропы начали разбегаться. Вот они были — и вот их нет, как сказал кто-то из классиков.

Но дядя Коля жаждал крови. Он кинулся преследовать убегавшее с воем стадо и успел-таки целиком всадить ржавый огромный гвоздь, торчащий из трёхметровой оглобли, в зад носителя золотой цепи прежде, чем появилась, воя мигалками и плюясь бензином, наша доблестная полиция, поспевшая, как и всегда, к шапочному разбору.

— Муса, ты пьёшь арак? — слегка задыхаясь, спросил меня Мухаммад.

— Я пью арак, я пью всё, что горит, даже эту вонючую анисовую водку, иншалла, шукран, хабиби, — ответил я соседу, и мы пошли к нему пить арак. Мы гордо прошествовали мимо вылезших из-за своих бронированных дверей соседей, громко полагавших вслух, что премьер-министром должен быть не Шарон, премьер-министром должен быть наш сосед-палестинец, потому что наш палестинец защищает посторонних детей и женщин, а вот защитит ли посторонних и даже своих детей и женщин Шарон — это ещё науке неизвестно.

И мы ввалились в чистую, ухоженную квартиру с картинами итальянских мастеров по стенам и с большим кальяном в углу, мы уселись на пол, на прекрасный чёрно-красный ковёр ручной магрибской работы, под маленьким распятием над окном, у инкрустированного столика с Библией на арабском, и Лейла с поклоном подала нам кувшин арака и мягкие, белые, пахучие лепёшки с мёдом, и мы пили и ругали покойного Арафата и живого Шарона, и со взаимными благословениями уверяли друг друга, что мы — Мужчины, и выпили почти весь кувшин, и тут раздался звонок, и в квартиру ввалилась полиция, привлечённая запахом арака и медовых лепёшек, и с ними — моя Софа с мрачным дядей Колей, державшим под мышкой свою оглоблю.

И, между прочим, такое времяпрепровождение, как в вестернах Дикого Запада, — отличный способ снятия сплина.

Каи-каи но пасаран

Моя Софа служит социальным работником. Проверяет, как обстоит дело у старичков со старушками, которым от государства положена бесплатная помощь. К каждой такой, скажем, старушке на два часа в день приходит тётя, которая помогает ей умыться, одеться, погулять; моет квартиру, ходит за покупками, варит, парит, жарит, стирает и всё прочее по необходимости. Платит за это не старушка, а правительство. Некоторые старушки (отчасти и старички, отметим для равновесия) в силу воспитания в стране, где хорошо знали этимологию выражения «мне положено», вдруг начинают чувствовать себя барынями и, даром что сами несчастны и иногда одиноки, стараются заодно сделать несчастными и свой обслуживающий персонал.

Многим таким бабушкам действительно не позавидуешь: попали на склоне лет в другую страну (причём большинство до сих пор не понимает—зачем), а тут свои реалии, с местными не найти общего языка, потому что тут выяснилось, что они, местные, мало что чернявые, а иногда и просто негры, так ещё и по-русски отчего-то не понимают. Ещё инфляция, бюрократизм и террористы.

Свои дети задёрганы добыванием денег, работой, житьём на съёмных квартирах с вечными протечками труб и кранов, выплачиванием ипотечных ссуд, взятых в банке на покупку собственной квартиры и(или) машины. На стариков их уже не хватает; старики забиваются в угол выделенной им чужой комнаты и сидят там, вспоминая, как хорошо было в стране исхода. Да что там дети, если и внуки всё больше переходят на древнееврейский, а от природы данный мамой великий и могучий постепенно забывают, говорить на нём не желают, а если уж для бабушки с дедушкой раз в месяц и постараются, то выходит такая абракадабра, что сам Воланд ногу сломит.

Софа ходит к таким старикам, которые являются головной болью для государства и фигурируют в графе «социальный случай». Она проверяет, как они устроены, в чём нуждаются и что делают, пока их дети находятся на работе. Потом направляет к ним нянь, уборщиц и прочий обслуживающий персонал, выбивает из министерства льготы, скидки, развлечения, госжильё.

Бывают трагические ситуации, бывают комические, но больше всего — трагикомических.

От переезда в другую страну, на другой материк, в совершенно иные условия обитания у некоторых стариков начинаются или усиливаются проблемы с сердцем со всеми прочими болячками, происходят необратимые мозговые явления, иногда резко прогрессирует склероз.

Сидели две такие бабушки, давние уже соседки и подружки, на лавочке перед домом, а Софа подъехала на машине и, вытаскивая бумаги, пошла к парадному — делать проверки. Старушки молчали, потом одна спросила другую:

— Слушай, а как меня зовут?

Вторая, повременив, ответила:

— Тебе прямо сейчас узнать нужно? Тут подумать надо…

Чувствуют себя старушки униженными и оскорблёнными тем, что дети их привезли в страну, в которой бесплатной помощи от государства всего ничего: каких-то паршивых два часа в день. Ещё тех из бабушек, которые хоть так-сяк, хоть с пятого на десятое, с грехом пополам, но идиш помнят и пытаются на нём разговаривать с официальными представителями, возмущает, что те, оказывается, не знают не только русского, но и идиша тоже. А откуда бывшему индейцу с отрогов Анд, принявшему сдуру иудаизм и возглавляющему нынче отдел бесплатной помощи престарелым при муниципалитете, знать идиш? Он испанский знает. А бабушки испанского не знают. Одна тут, правда, немного знала, потому что ещё в тридцатых воевала в интербригаде и выучила пару слов. Но что это за пара слов? Её, интербригадницу с Крыжополя, другие старички избрали бригадиршей, и пошла она за них в муниципалитет к индейцу — требовать, чтобы к ним не на два, а на четыре часа в день бесплатный сервис приставили. Потому что — положено! Золотое слово. Правда, почему положено, бабушка не знала, да и, говоря между нами, знать не хотела. Положено — и всё! Пришла к индейцу, тот в это время в своём кабинете звонил в министерство по телефону. Прошла интербригадница-бригадирша к нему без очереди; какая ещё очередь, если в ней, в этой очереди из ста двадцати таких же бригадирш и бригадиров, нет ни одного белого человека, а всё какие-то черномазые да жёлтожопые.

И все со своими заготовленными речами — кто на негритянском, а кто и на японском. Бабушке палец в рот не клади, бабушка Гренаду прошла. Ей положено. Чтобы она, белый человек с-под Крыжопля, стала сидеть в одной очереди с этими…?

В бабушке проснулся расизм, против которого она, равно как против франкизма, фашизма, нацизма и прочих измов воевала ещё за Мадрид. Бабушка шуганула на идише перса и трёх бангладешек, обложила на русском марокканку и двух хранцузов — те и пикнуть не посмели, одна лишь турчанка ей сказала, что бабка-то — расистка, но бабушка не поняла, потому что сказано было по-турецки, и в кабинет впёрлась. Увидела индейца — тот ей кофе предложил и сесть, но она не поняла; и вдруг смешалась.

Перуанский индеец был вежлив, как британский лорд. Он спросил, на каком языке будем общаться. Он предложил английский, французский, испанский, иврит. Бабушка не поняла, где нужно было стукнуть «стоп», потому что слово «спаньоль» прошло мимо её незамутнённого сознания.

Индеец, отчаявшись, предложил общаться на любом из двадцати трёх диалектов инкского языка, которые он знает, а когда не помогло и это, то сказал, что в лимском университете на факультете этнографии учил и языки североамериканских сиу, и ирокезов, и даже вымерших могикан. Но бабушка — не Чингачгук. Из всего испанского, интербригадовского, она вспомнила только «но пасаран», что с успехом и применила. На всё, что индеец, просматривая её бумаги, предлагал, она кричала это выражение, приписываемое по традиции легендарной Пассионарии, которая Долорес. Которая Ибаррури. Индеец, услышав «но пасаран!» в тридцатый раз, покачал головой. Бабушка обозвала его бусурманином, но он не понял, оттого что сказала бабушка это по-русски, она ведь и не знала вовсе, как бусурманин будет на испанском.

Бабушка медленно стервенела. Очередь за дверью тоскливо внимала. Индеец вздыхал. Бабушка решила применить лингвистическую тактику типа пиджин-рашен. Вытянув шею, выпучив глаза, тыкая пальцем в глаз индейцу, она сказала медленно:

— Моя иврить — не понимать! Твоя — большой, богатый; моя — малый, бедный. Твоя давать бесплатный помощь, быстро-быстро!

Тут она некстати вспомнила, как внучек Сёмочка читал ей вслух южные рассказы Джека Лондона, о том, как каннибалы съели белого путешественника, запечённого в пальмовых листьях со сладким бататом. Правда, читал ей Сёмочка на иврите, хоть и с выражением; зато пытался переводить потом. А она следила за переводом, сидя на тахте и держа в руках книжку Лондона, изданную в Москве. Это у них называлось — уроки русского языка. Пусть ребёнок, переводя вслух текст, хоть развивает ставшую уж неродной лексику. Пользы от этого чтения было маловато, зато бабушка из всех лондоновских рассказов запомнила почему-то именно выражение «сожрать». Может, оттого запомнила, что слово это в рассказе стояло на полинезийском языке, и в ивритском, равно как и в русском вариантах книги звучало одинаково.

Что полинезийцы, что меланезийцы, что индейцы — для бабушки было всё одно. Авось поймёт.

— Но пасаран, бой. Я тебя кай-кай! — сказала бабушка и для наглядности сложила пальцы буквой «V» над своей головой, рогами, как коза.

Индеец с треском отодвинул от стола кресло и встал. Он вспомнил, что врачи рекомендуют заниматься лёгкой гимнастикой для успокоения нервной системы. Он вытащил из шкафа с документами государственной важности три привезённых с далёкой родины томагавка и стал, не торопясь, поочерёдно метать их в стену, где для таких упражнений была прибита специальная доска. Доска была старая, вся в выбоинах и зазубринах. Бабушки приходят ежедневно.

Бабушка обомлела. Индеец не испугался ни но пасарана, ни того, что она собиралась его кай-кай.

Тогда она начала бояться, но отступать было некуда, как если бы позади был Мадрид, окружённый мятежниками. Как заяц, припёртый волком к непроходимым кустам на опушке сельвы, она закричала неожиданно для себя:

— Твоя давать бесплатный помощь, твоя давать мне квартира! Новый квартира! Быстро-быстро!

Из трёх с половиной известных ей слов на языке исторической родины «квартира» — на иврите «дира» — выскочила как-то непонятно почему. Индеец медленно обернулся, в узких глазах его зажёгся огонёк. Бабушка заверещала. Из глубин памяти внезапно выскочило неприличное ругательство, которое она слышала на заре юности от каталонских троцкистов, принимавших участие в боях за Барселону.

— Каррамба! Каррахо!! — заорала она.

Индейца передёрнуло. Он швырнул томагавки в угол и быстрыми шагами подошёл к столу. Он схватил все бабушкины бумаги и подписал не глядя. Он подписал даже больше бумаг, чем нужно. Бабушка, продолжая ругаться двумя известными ей испанскими выражениями, плясала вокруг него, стараясь заглянуть под локоть. Индеец брезгливо отстранялся. У него тряслись руки, а в раскосых глазах стояли слёзы. Он был как Чингачгук, он никогда не плакал, но тут, впервые за тридцать лет жизни на святой земле и впервые за двадцать пять лет беспорочной службы в муниципалитете, его обложили матом, и решил он, что это было сделано на расовой почве, потому что видел выражение бабушкиных глаз.

Он тоже читал Джека Лондона и знал, что такое «кай-кай».

Он трижды принимался рвать фирменные бланки, потому что, нервничая, начинал писать поочерёдно то на испанском, то на высокогорных диалектах арауканского языка.

Наконец он подписался, судорожно тиснул печать и с поклоном протянул бабушке бумаги. Внутри всё кипело, но индеец был убийственно вежлив, как самурай.

Бабушка схватила бумаги и, пятясь, выкатилась из кабинета. За дверью стояла толпа. Одна гречанка из Салоник, две персиянки из Хамадана, три эфиопки из Эритреи смотрели на неё, выпучив глаза. Бабушка, невнятно ругаясь на смеси четырёх языков, побежала по коридору.

По коридору шла Софа. Признав в ней белого человека, бабушка подскочила и протянула бумаги.

— Деточка, что этот чёрт тут понаписал мне?! Каррахо…

Софа прочла и с любопытством посмотрела на неё.

— А что вы просили?

— Я не просила, а требовала, чтобы ко мне приходили убирать фатеру и покупать продукты не два часа в день, а четыре. Бесплатно! По закону! Мне положено! Я ветеран. Каррамба…

— Бабушка… Вам дают бесплатную государственную квартиру. Трёхкомнатную.

Переезд состоялся две недели тому назад.

Вчера вечером бабушка пригласила мою жену на новоселье.

Я пришёл тоже. Меня, как считает Софа, ни на минуту нельзя оставить одного.

Я выслушал этот рассказ, дивный, как белая, цветущая акация, как яблоки в цвету в весенних садах Соммерсетшира.

И записал его.

Визит к минотавру

Мы ездили в американское консульство на интервью — просить гостевые визы.

Родственникам неймётся лететь в Чикаго этим летом. К моему удивлению, визы нам дали. Это тем более странно, что консулом было отсеяно больше половины посетителей, выходивших от него, консула, с перекошенными лицами. Этим посетителям, видно, нужно было в Америку позарез, а им не дали; мне в Америку не нужно, но визу я получил. Так оно всегда бывает. Там хорошо, но мне туда не надо. Перефразируя известную завистливую поговорку, мне хорошо там, где я есть.

Разрешение на въезд в Америку дали всем нам, можно сказать — всучили. Визу дали даже моему тестю, который совсем не знает английского и который с готовностью покивал головой в ответ на вопрос, не является ли он участником незаконных террористических формирований. Чудны дела Твои, Господи.

Надеясь на то, что визу мне не дадут и что, таким образом, я не окажусь перед мучительной дилеммой — ехать или не ехать при наличии положительного решения американских властей, я доверительно сказал консулу, что сам являюсь маргиналом, дружу исключительно с маргиналами, пишу только о маргиналах, печатаюсь исключительно в маргинальных издательствах и, более того, с удовольствием исследую психологическую составляющую индивидуального террора. Я решил, что этого будет достаточно, и поэтому с недоумением услышал, как консул сказал: это очень хорошо. Тогда я сказал, что иногда мне снятся странные сны, которые мой психоаналитик рассматривает как проявление некоего Эдипова комплекса, весьма опасного для окружающих: во сне я вижу себя убийцей президента Мак-Кинли. Никакого психоаналитика у меня нет, но я хотел отбрехаться.

Консул ухмыльнулся и сказал в ответ, что в своих снах он видит себя каннибалом из Занзибара, но его психоаналитик не видит в этом никаких препятствий к исполнению им, консулом, служебных обязанностей. Я понял, что мои шансы не получить визу спустились ниже планки, и мрачно замолчал. Консул поднял палец и сказал со значением, что к женщинам нужно относиться так, как относятся к мужчинам, и что между мужчинами и женщинами нет решительно никакой разницы. Потом он выжидательно взглянул на меня. Я немного удивился, так как не понял, что он имел в виду, и промямлил, что всегда терпимо относился к суфражисткам. По его глазам трудно было понять, знает ли он, кто такие суфражистки.

— Гм, — сказал он, умоляюще посмотрел на меня и спросил, не являюсь ли я противником толерантности по отношению к сексуальным меньшинствам? Он спросил об этом с такой надеждой в голосе, что я насторожился и уклончиво ответил, что всегда уважаю общественное мнение страны, где в данный момент нахожусь. Наступила неловкая пауза.

— Гм, — сказал он, — может быть, ты спонсор подпольной лаборатории по изготовлению героина?

— Чего нет, того нет, — с сожалением ответил я, — я и траву-то курил всего два раза в жизни.

— А я, когда был студентом, каждый день её курил, — мечтательно сказал он. — Кстати, а ты знаешь, что у нас теперь нельзя курить ни в каких общественных местах, и в ресторанах, и в самолётах?

— Знаю, — сказал я, — и это одна из причин, почему я не хочу к вам ехать. У меня за десять часов лёту без сигареты уши опухнут, они и сейчас уже опухли, пока я три часа сидел к вам в очереди.

— Не хочешь к нам ехать, тогда зачем ты хочешь визу, — удивился он.

— Я и визы не хочу, — сказал я, — это жена хочет, вот её и спрашивайте.

Он перевёл взгляд на Софу, но та, покраснев, сказала:

— Блажен муж, не идущий на собрание нечестивых, и не ведает, что творит.

— А-а, — облегчённо протянул консул, — так у него есть справка от психиатра?

— К сожалению, нет, — сокрушённо ответил я.

Консул зачавкал жвачкой и пригорюнился.

— Не знаю, — сказал он наконец, — я не вижу решительно никаких причин для отказа, просто поразительно, это со мной в первый раз.

— Ну, придумайте что-нибудь, — сказал я, — и запишите. Ну, что я педофил или зоофил, что ли. Или напишите, что я для того прошу визы, чтобы реализовать мечту детства — выкопать из могилы и осквернить труп президента Трумэна на Арлингтонском кладбище.

— Кажется, он не на Арлингтонском кладбище, — неуверенно сказал консул, — я не знаю, нужно будет спросить у Мэри. — Мэри! — крикнул он в приоткрытую дверь. — Ты не знаешь, где Трумэн похоронен?

Мэри тоже не знала.

— Плохо же вы знаете свою историю, — сказал я негодующе.

— Плохо, согласился он, — но это неважно, потому что я всё равно не могу написать про кладбища и зоофилию, это неправда, и меня при первой же проверке засекут, так что придётся дать вам визу.

— Эврика, — сказал я, — встань там и слушай сюда: дайте мою визу вон той девице, которой вы отказали и которая плачет в коридоре, потому что не может полететь в Бостон на тётины именины.

— Не могу я дать ей визы, она молодая, у неё вся жизнь впереди, она наверняка захочет после именин в Бостоне и остаться, — сказал он. — Мы вообще никому из молодых и одиноких виз не даём.

— Безобразие, — сказал я, — вы горячей головой насильно всучаете, нет, всучиваете, визу человеку, который к вам не хочет, и холодными руками отказываете тем, кому виза нужна позарез.

— Так в том, что ты её не хочешь, и есть гарантия того, что ты не захочешь у нас и остаться, — доверительно сказал он, — мы больше всего боимся, что приезжающие у нас останутся, их невозможно потом выловить, они остаются правдой и неправдой, ищи их потом, у нас и так от официальных иммигрантов деваться некуда. Они дикими приезжают и дикими остаются даже после получения грин-кард, как это говорит русская пословица: сколько волка не кушай, то есть не корми? Ладно, прекратим эту бесполезную дискуссию. Позвольте ваши пальчики, — сказал он и приложил мои указательные пальчики к какому-то светящемуся табло.

— Чего это? — с любопытством спросил я.

— А это теперь твои пальчики уже в банке данных Фэ-Бэ-Эр, — сказал он, — так что когда ты пойдёшь на Арлингтонское кладбище копаться в могилах, тебя сразу найдут и депортируют.

— Поскорей бы, — мечтательно сказал я.

Симбиоз, нес па?

Есть такой славный многими дикостями седой старины городок Рамалла. Когда-то, во времена монгольского нашествия на Святую землю, он даже был столицей местного значения, и в нём располагалась ставка бесшабашных Чингизидов. Волна кочевников, оставляя за собой гарь развалин и скрежет зубовный, прокатилась по Азии и Европе, накрыла Ближний Восток, докатилась до границ страны Аль-Миср, и тут в одночасье разбилась о железных конников великого Бей-Барса, который сам был убийцей не меньшим, чем Тамерлан. Собственно говоря, чтобы остановить девятый вал визжавших на ультразвуковом пределе, вонявших потом пятисот тысяч немытых от роду бритоголовых башибузуков, нужно было быть подобным им — если не в отношении мытья, то в отношении нравственного кодекса. Летописи утверждают, что Бей-Барс мылся в прохладе каирских фонтанов ежедневно, но душа его была так же девственно черна, как первобытная душа монгольского воина. Чтобы победить такого противника, нужно опуститься до его уровня, тупой медвежьей хватке противопоставляя волчью хитрость. Бей-Барс разбил монголов и развесил вдоль солончаков Синая тела тех, кого захватил в плен ранеными. Там, где пророк Муса тысячи лет назад, вздыхая, водил по пустыне жестоковыйный народ свой, теперь расположились оригинальные кустарниковые виселицы. Пленные со связанными за спиной руками были распяты на них вниз головами, и петля охватывала не шею, но мужские причиндалы. Так и висели, подпрыгивая — день, два, три. А потом великий Бей забыл о них.

Пронеслись громоблещущие, воняющие заскорузлым потом и кровью столетия, ушли монголы, но стоит город Рамалла. Под городом есть деревня, и в ней живёт шейх, один из потомков Пророка, носящий зелёную чалму выпускника медресе и паломника к Чёрному камню. Его зовут Омар Абдуррахман. Я зову его Хоттабыч. Он мой знакомый, и на кличку отзывается довольно охотно. Для него ибн Хоттаб — не персонаж детской книжки советского писателя Лагина, но великий полководец, чьим именем названа площадь в Старом городе, у Яффских ворот. Он позволяет мне называть его так. Он, перед которым кланяются односельчане и буйные жители Рамаллы, снисходит до меня.

Он — грузчик, строительный рабочий и мастер на все руки.

Пятнадцать лет назад жильцы нашего дома повесили объявление о конкурсе на лучший косметический ремонт подъезда. Первым пришёл Хоттабыч с тремя мрачными рабочими-односельчанами. Рабочие не поднимали глаз на жильцов и выполняли любое указание шейха, произнесённое шёпотом. Я вышел посмотреть на них. Меня поразило сочетание чистейшей, свежевыглаженной зелёной чалмы, аккуратно подстриженной бороды и грязной, рваной, заношенной до дыр спецовки. Хоттабыч договорился о деньгах с Советом дома и, посвистывая, уселся на солнцепёке. Рабочие забегали. Кто-то из жильцов выразил неудовольствие в том смысле, что вот наняли четверых, а работают вот лишь трое. О, господин мой иудей, насмешливо отозвался Хоттабыч, мне не положено работать наравне с ними, мне положено руководить ими.

— Почему это? — раздражённо спросил жилец.

— Потому что ты из Европы и ничего не понимаешь, — улыбнулся Хоттабыч, безошибочно распознав в речи жильца французский акцент, — не то ты не задавал бы идиотских вопросов.

— Наглец, — повысил голос жилец и, сжав кулаки, приблизился к безмятежно взиравшему на него шейху. — Вставай и иди сейчас же работать.

Рабочие остановились. Не поднимая глаз, они подошли к разговаривавшим и окружили их. Хоттабыч улыбался. Я понял, что по первому же его сигналу они бросятся на неразумного француза.

— О, господин мой Ходжа из рода Пророка, — поспешно сказал я, — не желаете ли выпить чашечку кофе?

Он перевёл взгляд на меня и ещё шире раздвинул рот в усмешке:

— Кофе — да, но не те турецкие помои, что вы тут пьёте. Впрочем, важно уважение как таковое; поживёшь с неверными — научишься пить всякую гадость; так и быть — тащи сюда свои помои.

— Каков наглец, — возмутился француз, но я уже оттаскивал его на безопасное расстояние.

— Шарль, не нужно повышать на него голос, — сказал я, — так здесь не принято, ты пять лет живёшь здесь, а ничего до сих пор не понял.

— Вот ещё! И почему это?! — раздражённо сказал Шарль.

Атеистический потомок раввинского рода из Страсбурга желал вести себя в соответствии с европейскими стандартами и упрямо отказывался овладевать нюансами ближневосточной ментальности.

— Потому что этот араб — из рода прямых потомков Магомета, что само по себе ставит его в глазах единоверцев на недосягаемую высоту, — проникновенно сказал я. — Вдобавок он совершил хадж и видел Каабу.

— Ну и что, — сказал, злясь, потомок раввинов, — я тоже видел Эйфелеву башню, а почему он не работает? Завтра он ткнёт мне в спину ножом, а я должен буду отнестись к этому с пониманием?

— Если он попытается ткнуть тебя ножом, то ты можешь застрелить его, и никто, кстати, не будет в претензии, ибо он в таком случае погибнет в бою с неверными, это большой почёт; но если мы наняли его работать, то пусть работает так, как ему самому удобно.

— О да, — отозвался вдруг с солнцепёка шейх, — мы тут пока что вынуждены проживать вместе, так что нужно играть по правилам, по местным правилам, ведь это вы сюда к нам приехали, а не мы к вам, нес па?.. Назовём это симбиозом.

Моя жена вынесла ему чашку кофе на медном подносе, когда-то купленном по случаю на арабском базаре. Шейх принял чашку, не глядя на женщину, и лучезарно улыбнулся в пространство — никому и каждому. Напряжение во дворе спало. Рабочие застучали молотками.

Ремонт был закончен в срок, Ходжа из рода Пророка получил деньги, распределил их между помощниками и убыл к себе в Рамаллу. Изредка мы встречаемся на городских улицах. Когда при встрече у меня на голове есть шляпа, я приподнимаю её, а Хоттабыч важно кивает, прикасается к чалме и оглаживает руками бороду. Когда он оглаживает её, я чувствую, что моя борода чешется, и отчаянно тереблю её. Он улыбается.

Три дня назад я подъехал на автобусе к остановке в центре города; выходя из салона, я увидел небольшую толпу. В центре толпы, рядом с допотопной «Субару», находились трое полицейских и знакомая зелёная чалма. Полицейские махали руками, шейх щурился и задумчиво смотрел в высокое небо. Его задержали за превышение скорости и пытались установить личность. Среди зрителей раздавались экспрессивные выкрики.

Я влез в толпу и сказал:

— Салам алейкум, Омарчик, а я его знаю, он делал нам ремонт, не орите на него.

— Ты его знаешь? — обрадовался толстый полицейский. — И таки что ты можешь сказать за него?

— Я могу за него сказать, что он таки хорошо сделал нам ремонт, — сказал я.

Раздалось бибиканье переговорного устройства, полицейский выслушал сообщение и во всеуслышанье объявил, важно подняв толстый палец:

— Вот что! Этот Омар Абдуррахман — глава и прародитель знаменитого клана автомобильных воров и домушников из Рамаллы, вот он кто!

Хоттабыч ласково улыбался.

— А сейчас он тоже чего-нибудь украл? — спросил я.

— К сожалению, нет, — вздохнул полицейский, — эта машина — его. Так, значит, ты его знаешь?

— Знаю, знаю, — покивал я.

— Так ты за него поручишься? — настаивал полицейский.

— Вот ещё, — возмутился я, — я просто говорю, что он хорошо делает ремонты.

— В общем, сегодня не за что его задерживать, — вздохнул полицейский, — придётся отпустить этого бородатого бандита, тем более что ты его знаешь. Бандит, иди!

Хоттабыч подмигнул мне, сел в автомобиль и завёл мотор. Машина затряслась и задребезжала. Он высунулся из-за руля:

— Давай подвезу тебя?

— Давай, — я сел рядом с ним. — Э-э-э, Хоттабыч, ты что, действительно это самое… ты глава клана этих…?

— Я глава всеми уважаемого клана потомков Мухаммада, а мой отец ещё более уважаем, — веско ответил он, и у меня пропало желание задавать вопросы. Некоторое время мы ехали молча.

— Как поживает ваш глупый француз? — спросил он, и в глазах у него заиграли чёртики. — Надо же, какие глупые иудеи встречаются, я в жизни бы не поверил. Но нужно играть по правилам, раз уж приходится до поры жить всем вместе. Симбиоз, а?..

Я мрачно посмотрел на него.

— Почему — до поры?

— Потому что всё равно мы вас отсюда выкинем, — охотно объяснил он. — Мы просто не торопимся, время для нас не играет особой роли. Мы выкинем тех, кто останется в живых, но, на мой взгляд, в живых останутся немногие. А скорее, с теми, кто останется, мы сделаем, иншалла, то, что Бей-Барс аль-Мелик сделал с монголами. Вообще,—вы такие шумные, всё руками машете, думаете, что это поможет. А нас страшно раздражает этот шум, понимаешь? Меня вот раздражает. Нес па?

— Я не из Франции, сказал я ему раздражённо,—что ты мне по-французски говоришь всё?

— А я и на идише могу,—охотно сказал он,—мой папа знает четыре языка, а дедушка вообще знал восемь, даже турецкий. Хочешь, скажу на идише, как будет «чтоб вы все сдохли»?

Мне не хотелось слушать, как будет на идише «чтоб вы все сдохли», тем более, как это будет на идише, я знаю и сам.

— Знаешь что,—сказал я,—выпусти меня из машины, я и сам до дому как-нибудь доберусь.

— Ты не обижайся,—сказал он, и лучистые глаза его засияли.—Вы отчего-то всегда обижаетесь, когда вам говорят правду. Жалко тебя, ты, Муса, хороший человек, и такая жалость, что тебе придётся погибнуть, но такова се ля ви, как говорит ваш глупый француз; но пока мы всё же живём бок о бок, нужно соблюдать правила игры, это симбиоз такой, нес па?

Я плюнул.

— Не плюй, это всё ваше дурное воспитание,—ласково сказал он, воздев палец,—нельзя плеваться в присутствии старшего, хотя что можно требовать от человека, учившегося в Европе?.. В общем, симбиоз, договорились? Сегодня ты мне помог, завтра я тебе, может, помогу. Пока приходится жить рядом—ну, ты понял. Когда вас будут резать, я не обещаю, конечно, что буду прятать твою семью, как прятал чью-то семью мой дедушка в Хевроне, но по мелочи отчего бы нам не оказывать услуги друг другу, нес па?..

— Твой дед прятал в Хевроне семью?—удивлённо протянул я.—Когда? В двадцать девятом, что ли? Там, по архивным данным, был один-единственный араб, который спрятал у себя несколько человек, и только они и выжили…

— Ну, правильно,—рассудительно ответил он,—все знали, что они у него в доме, но никто ведь к нему в дом ворваться не осмелился бы. Кто осмелится войти без приглашения в дом семьи потомков Пророка, нес па?

— Хм,—пробормотал я,—так твой дед—один из праведников народов мира, как это мы называем… А его наградили потом, какое-нибудь удостоверение дали?

— Вот ещё, — засмеялся Хоттабыч. — Не хватает только, чтобы потомок великого Мухаммада нуждался в какой-либо награде строптивых потомков пророка Мусы. В гробу он ваши награды видел. Так вот, я тебе говорю: когда твою семью будут резать, я не обещаю, что буду вести себя, как мой дед. Но по мелочи… Симбиоз, ты понял, да? Обращайся, если что.

— Надеюсь, не придётся, — буркнул я.

Он пожал плечами.

Он аккуратно подвёл машину к перекрёстку Неве-Яаков, последнего городского района перед территорией, подотчётной палестинской администрации. Я вылез из машины. Бибикнув, он взял с места в карьер и понёсся к пропускному пункту, где стояли нахохлившиеся солдаты с изготовленными к боевой стрельбе автоматами.

За ближними холмами виднелись купола минаретов. Там была Рамалла, там творили вечерний намаз. Смеркалось. От куполов к низкому горизонту у Мёртвого моря протянулись дрожащие золотые нити. Всё было, как тысячу лет назад. Потирая бороду и шевеля губами, мысленно продолжая диалог с шейхом, я прошёл по району под высокоголосое пение муэдзинов, зашёл в парадное и поднялся на четвёртый этаж. Мои домашние ещё днём ушли на выступление Радзинского, приехавшего из России с говорильным туром, и я предвкушал одинокий вечер отдыха. Доставая ключи, я по привычке толкнул дверь. Она была не заперта и открылась бесшумно.

Я замер перед входом, потом вбежал внутрь. Дверь звякнула, на каменный пол упал вырванный с мясом замок. Крадучись, я пошёл на кухню и взял самый большой нож. Это был кривой, великолепно заточенный нож из дамасской стали, когда-то купленный на арабском базаре в Старом городе в подарок одной моей читательнице из Питера. Продавец с роскошными усами, передавая мне его, пошутил, сказав, что этот благородный клинок предназначен специально для резни неверных. Впоследствии выяснилось, что нож не пропустят на таможне как разновидность холодного оружия, и он остался в нашем хозяйстве. Моя жена использует его для резки мяса на шашлыки.

Я обошёл квартиру с дамасским клинком в левой руке. Лунный свет блестел на нём, как соль на топоре. В квартире не было посторонних. Я постоял в нерешительности, крутя головой. Полки серванта в салоне, где хранились деньги и серебряные ложечки, были выдвинуты настежь, но не это привлекло моё внимание.

Внезапно меня обуяла ужасная мысль — где мои рукописи?! Инстинктивно я кинулся к окну. Вероятно, я ожидал увидеть вора, удирающего по улице с охапкой моих рукописей, но на улице никого не было видно. Я бросился в кабинет. Рукописи спокойно лежали там, где я их держал. Я облегчённо перевёл дух и пошёл звонить в полицию.

— Сколько украли? — буднично спросил меня дежурный, сдерживая зевок.

— Все деньги, отложенные на поездку в Чикаго, — сказал я.

— Билеты на самолёт тоже украли? — поинтересовался дежурный.

— Не, билеты на месте, — сказал я. — Ещё украли серебряные ложечки…

— Замок выломали или он на месте? — поинтересовались на том конце провода.

— Выломали, — дивясь такой прозорливости, ответил я, — вот он валяется…

— Э-э-э, — сказали мне, — так это банда Шейха орудует, это уже четвёртый вызов за сегодня, это бесполезно. Мы присылать никого не будем, если хочешь — сам приходи и напиши заявление, но я тебе честно говорю — безнадёжно. Через полчаса после грабежа все деньги и ценности уже в Рамалле, а туда нам теперь доступа нет, сам знаешь.

— Боже, что скажет жена?! — простонал я, но на том конце провода уже положили трубку.

— Сука Хоттабыч, — пробормотал я. Побродил по квартире, потом нашёл записную книжку и, путаясь в кнопках, позвонил на мобильник. «Мархаба», — сказал по-арабски автоответчик приятным женским голосом.

— Дайте мне Шейха, — заорал я, — дайте мне этого Ходжу…

В трубке заверещало.

— Симбиоз, да?! — закричал я.

— Кто это? — удивлённо спросил далёкий голос.

— Муса это, Муса! Это я! А это ты? Омар Абдуррахман, ты это?

— Что случилось, Муса? — с неудовольствием спросил Хоттабыч. — Ты немного неудачно позвонил, я тут деньги считаю. Не мог бы ты позвонить завтра утром, а?

— Завтра утром будет поздно, — завопил я, — твои абреки меня ограбили! Это твои абреки, я знаю! Симбиоз, бляяяя!.. Нес па?

— Когда? — быстро спросил он.

— Откуда я знаю,—закричал я,—ты же меня высадил из машины всего час назад; но не раньше, чем четыре часа назад, мои родичи как раз четыре часа назад ушли на концерт…

— Гхм,—ответил он глубокомысленно.—Номер квартиры твоей напомни?

— Шестнадцатая,—буркнул я октавой ниже.

Он помолчал. В трубке раздавались далёкие, воркующие, басовитые голоса на арабском. Было ощущение, что кто-то кого-то о чём-то спрашивает. Среди потока незнакомой речи промелькнули два знакомых выражения: «иудей» и «сын смерти». Я обречённо ждал, прилипнув к трубке.

— В полицию звонил?—поинтересовался он наконец.

— Звонил. Они сказали, что бесполезно…

Он засмеялся.

— Они совершенно правы. Конечно, бесполезно… В общем, иди погуляй полчаса.

— Куда погуляй?! У меня только для прогулок настроение… жена придёт скоро, представляю, что с ней будет.

— Когда придёт?.. А ты прикажи ей, если придёт, чтобы не заходила в квартиру с полчасика.

— Зачем?—тупо спросил я.—И я не могу ей приказывать… У нас это не принято.

Он захохотал.

— Ну, скажи ей, что её ждёт сюрприз. Женщины любят сюрпризы, нес па? В общем, идите погуляйте полчасика. Привет.

— Симбиоз, бляяя!—завопил я в последнем приступе отчаяния.—Ворюги!..

Но он уже повесил трубку.

Родственники явились через сорок минут, удовлетворённые выступлением интеллигентного человека, приехавшего из Москвы, чтобы поделиться с ними своими соображениями обо всём на свете. Встречая жену и тестя, я с тоской думал о том, как преподнести им «сюрприз».

Обречённо я поднялся впереди них на четвёртый этаж…

Дверь была заперта. Виднелся новенький замок, врезанный так аккуратно, как никогда не смог бы врезать его ни один мой знакомый слесарь. Ключ подошёл к замку с первого оборота. Никто, кроме меня, ничего не заметил. Войдя в квартиру, я бросился к серванту. Все полки его были аккуратно задвинуты. На средней полке, именно там, где хранились доллары на поездку в Чикаго, лежала перевязанная бечёвкой пачка, несколько более толстая, чем та, что хранилась там раньше. Я торопливо развернул её. На мой взгляд, в пачке находилось долларов на двести больше, чем положено. Снизу лежала записка, коряво, с орфографическими ошибками написанная на мешанине иврита, французского и идиша:

«Муса, это тебе на лишнее беспокойство. Ошибка вышла, но я не извиняюсь. Больше не повторится, иншалла. В полицию больше никогда не звони. Жене ничего не рассказывай, ибо, как говорится в Талмуде: „аль тарбе сиха им а-иша“ — „не умножай разговоров с женой“. Когда украдут машину, сразу звони мне. Записку порви и выкини. Пока живём рядом, нужно играть по правилам.

Симбиоз, нес па?»

Бирюк

Вот все говорят: Париж, Париж… Кто-то добавляет: Вена и Рим. Ну, о Нью-Йорке тоже поговаривают. Типа — увидеть и умереть.

Все мои местные знакомые каждый год во время отпуска шастают по миру. Это хорошо. Это, видимо, развивает воображение при наличии минимальной географической любознательности. Хотя большинство ездит оттого, что увидеть Европу или Америку престижно. Как, вы не бывали в Голливуде? Вы не смотрели Амстердам? Вы не удосужились заглянуть даже в Афины? Вы — тёмный лес!

Я — тёмный лес. Я не понимаю, как масса народу тратит кучу денег, сил, нервов, отправляясь в Прагу для того лишь, чтобы походить по модным и (говорят) относительно дешёвым магазинам; такие люди судорожно зевают в картинной галерее Лувра; поглядывая на часы, как бараны смотрят на Джоконду, удивляясь, чево в ней нашёл Леонардо; в Колизее их интересует лишь, сколько стоило римским властям его ежегодное содержание. В венецианских каналах их тошнит в гондолах, в перекопанных Помпеях они прежде всего умоляют экскурсовода показать им «где-то тут Приапа какого-то с хером на стенке». Перед этой стенкой они стоят часами, разинув рты, не повернув головы кочан даже на Везувий. Они обязаны отбыть европейские впечатления, как повинность, чтобы быть, как люди, и, вернувшись домой, обзванивать родственников, небрежно упоминая в ничего не значащем разговоре о том, что и они побывали в сортире при Метрополитен-опере, сиречь приобщились к европейской культуре.

Вы знаете, я так и не был ни в Метрополитен-опере, ни в Лувре, ни в Венеции, ни в Амстердаме. В Нью-Йорке я не был тоже. Я не был даже на Плац-Пигаль, снимки с которой мне с жизнерадостным смехом показывал дядя Миша-Чикагский. Он снят там в обнимку со всеми шлюхами поочерёдно, и старшая из них годится ему во внучки. Я понимаю, что не-посещением своим настоящих центров мировой культуры и даже просто тех мест, где я не бывал вне зависимости от их культурной значимости, гордиться нечего. Я и не горжусь.

У меня в голове содержится список мест, где я хотел бы побывать. Которые я действительно хотел бы увидеть. В которых я, возможно, хотел бы проводить свои отпуска ежегодно.

Каюсь — в списке этих мест нет почти никаких культурных центров, кроме одного. Мне стыдно. Мне неудобно перед женой за то, что я регулярным образом отклоняю предложения родственников посетить Дрезден, Филадельфию и Чикаго. Сан-Франциско интересует меня лишь постольку, поскольку в нём жил Джек Лондон. Но так как следы устричных пиратов Оклендского залива затерялись во мраке его ранних рассказов, в Калифорнию я не поеду. Да, я хотел бы увидеть своими глазами фрески Помпеи и походить по раскопанным улочкам Геркуланума. О них писал Плиний, которого я когда-то знал почти наизусть; но и без этого я могу обойтись. Без Чикаго я обойдусь тем более. Там для меня есть лишь два интересных персонажа — Аль Капоне и Дядя Миша. Но знаменитый гангстер давно умер, а Дядя Миша в очередной раз сам приехал сюда ко мне в гости. Так зачем мне ехать в Чикаго?

Хотелось бы увидеть Фудзияму, да. Норвегию — тоже, но не Осло, а шхеры и фьорды, по которым плавали викинги. Из-за викингов тянет и в Исландию, и на Шпицберген, хотя на Шпицберген, кажется, не выдают визы. Гренландию хочется увидеть. Там ледники, эскимосы и Эйрик Рыжий. Был. Ирландию — она родина капитана Блада и портера (портер — не тот, который Лев Михайлович, а пиво). В Шотландии — вересковый мёд и лорд Гленарван. Был. В Уэльсе тёплые дожди по крышам шелестят, и ещё там высаживался Рагнар Кожаные Штаны. На Аляску и в северную Канаду хочется, — не в Торонто, где хорошие заработки, а в озёрную страну Атабаску и на Юкон, — там сосны и гризли, описанные Джеймсом Кервудом, который тоже, увы, был. В ЮАР хочется, о ней писали Буссенар и Майн Рид, и вообще я всегда был за буров, но и те буры, о которых они писали, теперь уже тоже, увы — были. В Австралию меня много лет звал мой тёзка, старый писатель из Мельбурна, но Мельбурн расположен так далеко от трассы, по которой в фургонах, запряжённых волами, пересекли материк дети капитана Гранта, что я откладывал поездку, пока мой тёзка не умер от старости.

В Бразилии в лесах много диких обезьян, и ещё там стоит на Амазонке легендарный пост Леонардо, о котором рассказывал

Юрий Сенкевич, но Леонардо умер, а недавно умер и легендарный кон-тиковец. Великанов-гигантопитеков, о которых рассказывали оба покойника, никто уже больше не видел. Они ушли в джунгли. Да и жарко там, в джунглях, что я там делал бы, если все гигантопитеки ушли? У меня есть знакомый хасид, работавший ритуальным забойщиком скота в Рио-де-Жанейро, так он рассказывал, что в Рио летом плюс пятьдесят, все, как известно, ходят в белых штанах или просто в трусах и майках, а он, хасид, ввиду своего религиозного статуса был вынужден бродить по городу в чёрном костюме, шляпе и шерстяных подштанниках.

Я не поеду в Рио.

Вот в Афины и на Пелопоннес я поеду точно, но года через два, когда деньги будут. Греция—это Геродот, Плутарх и Ксенофонт, это Ликург, Демосфен и Александр Двурогий, хотя говорят, что в Македонию экскурсий не бывает вообще. На Итаку, в гости во дворец к Хитроумному, на песчаный Пилос, к старцу Нестору, меня не пустят—там теперь сплошь базы греческих ВМС, и иностранцам, якобы, нельзя. То, что я хотел посмотреть острова не из-за их ржавых сторожевых катеров, а из-за Гомера, никого не интересует.

Возможно, было бы интересно увидеть Лесбос и передать приветы. Это я сделаю, да. А на Крите, в Микенах, я уже был. И пирамиду Хеопса видел тоже, трепетной рукой, наклонившись к земле, потрогал стопудовые камни основания, и сфинкса поцеловал тоже. Бедуины думали, что я рехнулся.

В Турцию не поеду из идейных соображений, но в Трою очень бы хотелось, конечно. Может, и удастся. Правда, все экскурсии в Турцию рассчитаны на Анталию, Стамбул и прочие туристско-денежные центры, но я постараюсь попасть на Геллеспонта и именно на то место, где вытащены на берег были корабли, неровными рядами уходившие за Сигейский мыс. По долине Скамандра пройтись бы не спеша, до самых Скейских ворот… Да не дадут небось,—время, время! Автобус отчаливает.

В Москве я был однажды, мне тогда было 12 лет. Помню четыре вещи—Василия Блаженного, шум, многочасовые поездки в переполненных автобусах до Чертаново и обязательную к просмотру мумию в Мавзолее, от которой я, войдя в помещение, шарахнулся. Разбирались, да.

Теперь в Москву я поехал бы добровольно, хотя бы из-за некоторых новых знакомых. Но я еду в Петербург, и это единственный город в мире, в который мне хотелось бы возвращаться снова и снова. В Иерусалиме я хочу жить, а возвращаться — лишь в Петербург. Здесь нет противопоставления. Здесь — «а», не «но».

Даже Питером я, с точки зрения близких, пользуюсь странно. Обойдя знакомые улицы, добравшись до первого этажа Эрмитажа и благоговейно приложившись губами к стеклу, закрывающему мумию, подлинную, ту, другую, не мавзолейную, я совершаю круги по городу, встречаясь с друзьями; после друзей я, сопровождаемый недоумённым гомоном родных и знакомых, уезжаю из города в лес. На Карельский перешеек. К Выборгу, на вершине двухсотметровой башни которого я, 18-летним дурачком, поменял когда-то выцветший до белизны красный флаг на полотнище с пришпиленной фотографией моей первой любви. К Приозёрску, Вуоксе, Сортавале, в Калевалу, в лес, в сосны, в ели, в чащобу, в одуряющий запах смолы и хвои, ехать на поезде, потом на машине, потом пешком — дальше, дальше, в деревянные города из летописей и песен Городницкого, в средневековье, где нет моторов и вони, идти, брести, добраться, припасть под нагретыми соснами в конце пути в безлюдный, кукушечный августовский полдень к ледяной воде Ламбушки, упасть, полузакрытыми глазами смотреть в свинцово-синее небо, свернуться эмбрионом и замереть, побеждённым своею победой.

И это будет.

Забудь-трава

Хочу в тайгу. В глухомань, куда никому не добраться ни на честном слове, ни на одном крыле. На древнюю заимку, в избу, сложенную из почерневших от времени брёвен, окружённую покосившимся частоколом. Товарища бы себе завёл, медведя там или волка, вместе бы на охоту ходили. Табак бы выращивал сам, а спирт менял бы у староверов, и чтобы их селение находилось под боком, но не очень, впрочем, близко — километрах так в двадцати. К ним бы ещё ходил изредка, когда душа возжаждет беседовать со старцами на теологические темы и учиться писать уставом и полууставом (когда-то сам умел, да всё уж забыл). Желательно, чтобы были староверы беспоповцами, ещё желательнее — чтобы относились к направлению бегунов-странников. Крайне желательно также, чтобы кроме них в том краю вообще никого не было — ни властей, ни городов, ни лагерей разного сорта, ни геологоразведчиков, ни бурятов, ни якутов, ни, тем более, чукчей с анекдотами про них дурацкими. И хорошо было бы ещё, если века так с девятнадцатого там, кроме нас со староверами, никто из людей не появлялся бы вообще. В писаниях академика Обручева двадцатых годов стоит где-то, что есть участки в тайге, куда нога человека не ступала, а вот мамонты там, якобы, вполне могли сохраниться. Хорошо было бы, куда как хорошо… Я бы стадо приручил, с вожаком бы подружился, мамонтёнка б воспитал, и откликался б он на Абрашу. А пролетели б вдруг над тайгой какие любопытные киношники или природолюбы, — из берданки б отстреливался до последнего патрона, а патроны б закончились — мамонтов бы на них натравил, бился б до последнего у родного порога. Сидел бы летом после охоты на завалинке, на верхушки качающихся сосен смотрел, мошкару лениво бы с лица снимал. Зимой печку бы топил, сидел в углу, слушал злой, тоненький свист вьюги. Насчёт любови — да, куда уж без этого. Нужно. Вот тут есть возможность подумать о двух вариантах: жила бы какая красна девица при мне или же навещала бы время от времени. Хотя, если вдуматься, как часто она бы меня навещать могла, раз живёт, как я задумал, километрах в двадцати, не ближе? Раз в год по обещанию, что ли? Особенно зимой, по сугробам, по завалам… Не-ет. Не то. А вот, с другой стороны, жить со мной постоянно она не смогла бы тоже. Знаю наперёд: стала бы меня раздражать рано или поздно, или наоборот — я бы её раздражать стал. Да и вообще, откуда же она ко мне так или этак являться-то сможет? Если я сам же придумал, что человеческого жилья в округе, кроме староверской деревни, там отродясь не водилось? Не от них же… там с этим делом, паря, строго очень. Там старцы с горящими глазами и крючковатыми пальцами заветы блюдут ой строго. Нет. Не пойдёт. Ни она ко мне не пойдёт, ни рассказ не пойдёт. Ничего не пойдёт. Да ведь, в конце концов, даже если бы и староверка, и даже если бы старцы чудом красну девицу ко мне на блуд и отпустили бы, во что не сильно верится, изыди, Сатана, — не очень она мне нужна была бы, если подумать обстоятельно: окромя Писания, хоть и основа основ оно, конечно, ничего она не знает, а я всё же современный человек, городом испорченный, ни Баха она не слушала, ни Пруста-Павича не читала, а на Рафаэля-Леонардо-Рубенса, по логике вещей, должна была бы вообще трижды плюнуть, перекрестившись, а мне о и том, и о другом, и о третьем иногда поговорить вдруг захочется, или некстати Гумилёв-старший или Яшка Казанова в ночной тиши в голову придут, так что я ей, бедной, голову дурить стану, зачем… пусть даже была б при этом красавица-раскрасавица, так чтобы ни в сказке сказать — красота Василисы Прекрасной сама по себе никогда меня не привлекала, бо предпочитал всегда Василис Премудрых.

А вот ежели совместить лес, одиночество, мамонтов, Писание, Яшку Казанову, старцев, красных девиц и нежную страсть, обязательно обоюдоострую! — и ежели правдоподобно бы вышло, то завершил бы я повесть эту со вздохом облегчения, назвал бы край этот Беловодьем и стряхнул бы на последней странице после слова «конецъ» чернильную точку из гусиного пера. Обязательно из гусиного.

«Вот какие я придумал острова»

Эллинский секрет

В Греции есть всё. Карие с прозеленью горы, ширококронные, как подстриженные в скобку, средиземноморские сосны, белый песок под солнцем, от которого в раскалённый полдень слезятся глаза так, что хочется надеть чёрные очки; есть девушки с раскачивающейся походкой, с гордыми профилями, кареглазые, но на удивление светловолосые, при появлении которых солнцезащитные очки хочется нацепить ещё более лихо и со значительным видом изображать тонтон-макута; есть синее море и белые пароходы. В Греции есть развалины древних городов, встречающиеся в самых неожиданных местах, в самом центре городов современных; масличные деревья с перекрученными стволами на склонах холмов; лесистые склоны гор, встающие из сиреневой дымки тёплого моря, когда пурпурнопёрстая Эос, зевая, на рассвете гасит последние звёзды — былой компас кораблей, утеху вечных бродяг и странников, афинских купцов, персидских работорговцев и киликийских пиратов.

В Греции есть очарование и нет разочарования для тех, кто посетил эти места впервые и не живёт здесь постоянно.

Внутреннее море ласково и солнечно. Не успеет один остров скрыться на горизонте, как из туманной дымки возникает другой. Так моряки, выходившие в странствие ещё в докритскую эпоху на корявых плотах и неуклюжих катамаранах, находили себе ориентиры и во имя своих стад и пастбищ осваивали безымянные ещё земли одну за другой.

Здесь на утлых судёнышках наощупь от острова к острову плавали воины, торговцы, изгнанники, герои эпосов, легенд, мифов Троянского и Фиванского цикла. Хмурые от мыслей об оставленном доме, бронзовые от загара и бледные от качки, не торопясь, раскачивающейся походкой моряков они выходили на берег, и здесь их встречали пустынная земля, стелющаяся под солёным ветром прибоя, дарующие бессмертие и забвение трава моли и золотистый лотос, стомившиеся от одиночества девы вод, наяды, нимфы, полубогини, полугерои, полузмеи, полузвери, сладкозвучные сирены, сфинксы со странными своими загадками, неопрятные горгоны, взглядом готовые обратить в каменное крошево дерзких пришельцев, одноглазые циклопы, бинокулярные листригоны с каннибалистическими задатками неандертальцев и прочая романтическая нечисть.

Число их за пятитысячелетнюю историю плаваний в Эгейском море превысило критическую массу. Классический койне мешался с вульгарным дорийским, карийская варварская речь — с минойским выговором, гортанный аккадский акцент — с шепелявым глухим египетским, плоская реальность — с объёмными, неразличимыми от неё сказками. И мозги современника плавятся в попытке отделить былое от дум.

Корабль с предвкушающими простые, здоровые житейские радости туристами двадцать первого века входил в родосскую гавань. Их принимал на грудь остров, огранённый по волнорезу турецкой крепостью четырнадцатого века с замшелыми отверстиями арбалетных бойниц и пушечных фортов. Туристы не торопились на берег.

Дурно становилось от магнитофонного воя, от бесперебойных, как устав караульной службы былой страны Севера, игр в карты на верхней палубе, от волосатых, кривоватых ног современников в коротких штанах, от прилюдного, озадаченного неописуемым видом на берег, почёсывания пуз, причинных мест и задниц, от призывных улыбок разжиревших, не первой свежести Цирцей в шезлонгах. Оттого, что за трое суток полёта под звёздами, над шипящим от волн килем корабля, никто из пятисот пассажиров завывающего, полупьяного от виски Ковчега не мог сказать внятно, в какой точке Ойкумены мы в настоящий момент находимся. Никто. Кажется, даже сам капитан.

Мифы шарахнулись прочь, галопом умчались сатиры, кентавры и длинногривые нимфы источников. Сплёвывая голодную слюну, брезгливо отвернулся Полифем.

Корабль вошёл в гавань Родоса.

Корабль был — «Ковчег». Современный ковчег, поднявший на борт пятьсот визжащих детей, крикливых взрослых, их собак и кошек. Ковчег, битком набитый электроникой, предугадывающей каждое незначительное желание пассажира, сундук, состоявший из роскошных, обитых бархатом кают, из утеплённых унитазов и ароматических биде, из трёх ресторанов, из королевского, бесплатного пятиразового питания и выпивки с семи утра до трёх ночи включительно. От питания и выпивки, от которых соловело в глазах, и на простынях с электрическим подогревом в объятиях пышнозадых нереид хотелось лишь спать.

В Греции, в Элладе, на Родосе — есть всё.

Еле шепчущие имеющим уши, да услышат! — сказания; древнейшие, энеолитской эпохи разноцветные развалины в центре современных городов, моложавые гиды в джинсах и красных рубахах; ленивые, в бело-чёрной традиционной одежде крестьяне из окружающих горы ожерельем сёл. И, конечно, бесконечно шумные, безостановочно зевающие туристы, о которых нечего сказать совершенно, кроме того, что из всех видов зрелости они достигли, кажется, лишь одной — половой.

Ступив на берег, я наклонился и приложил ладонь к земле. На новом месте я всегда так делаю. Некогда было, правда, одно схождение на берег, когда к земле я прикоснулся не рукой, а губами, но на эллинском берегу это было бы, вероятно, неуместно — греком был лишь мой прадед.

Камень пирса был нагрет солнцем. Он был живой, этот камень, живой и тёплый, и я сразу почувствовал к нему симпатию. Я выпрямился, по привычке посмотрел на стоявшее в зените солнце и сориентировался в сторонах света. Троя была далеко на севере. На этот раз мне не попасть в Илион, на холмистые склоны Иды, не приложиться к журчащему ручью Ксанфа. Моя генетическая память сфотографировала волны у Сигейского мыса и уходящую за горизонт линию кораблей ахейского войска на Геллеспонте так давно, что картинки Дарданелл стояли в голове частоколом, плотной, старой чёрно-белой фотографией из семейного альбома.

Я отделился от организованно ожидавшей гида группы горластых соплеменников и вошёл в город.

Тишина, свежесть, прохлада в раскалённый полдень под кронами гигантских платанов. На таких платанах, наверное, эллины вывешивали свои трофеи, возвращаясь домой из похода. Тридцать девять градусов в тени, а воздух ароматен и свеж, как в садах Семирамиды. Средневековая крепость прикрывает двух-, трёхэтажные дома, крашеные белой краской. Вывески на отечественном языке — крупным планом, но неброские, иногда с небольшими дублирующими объяснениями на английском. Назойливой рекламы нет вовсе. Громкого разговора не слышно. Улицы тянутся, прикрытые зеленью масличных деревьев. Много цветов самых неожиданных расцветок. Прошуршат шинами редкие автомобили — и снова тишина. Большая часть населения, кажется, ездит на велосипедах. Пешеходы идут не торопясь, напряжения на лицах нет. Продавцы в магазинах сидят, опустив головы на руки и, кажется, дремлют. Иногда заходит покупатель: купил что-то — хорошо, не купил — тоже неплохо. Никто не хватает за плечо, не выпучивает глаза, не объясняет, что лучший товар — у него. Так бывает в Турции и у нас тоже. В чужой стране я всегда боюсь одеться так, чтобы во мне признали туриста. Тогда с особым остервенением будут хватать за руки и, загораживая дорогу, требовать зайти в лавку.

Здесь меня никто не останавливал и не загораживал путь. Спокойствие и какая-то рассеянная, сонная лень плыли над утонувшим в садах городом. Транспорт ездил плавно, водители за полкилометра притормаживали перед желающими перейти улицу. На набережной постепенно скопилась небольшая вереница машин — автомобили, автобусы, мотоциклы и полицейский джип гуськом двигались вслед за маленьким красным фольксвагеном, водитель которого не желал увеличивать скорость, а желал любоваться видом на море. Он ехал медленно, рассеянно свесив руку с сигаретой в окно, никто не сигналил и не торопил его.

— Им никто не угрожает, часы жизни идут у них замедленно, они не торопятся жить, чтобы успеть, — думал я. — Их не хотят захватывать, они никому не нужны и никому не опасны на своём солнечном острове. Бремени содержания армии, ложащегося на их плечи налогами и инфляцией, у них нет.

Я останавливался на перекрёстках и, шевеля губами, читал про себя полузнакомые буквы на вывесках. Какие-то слова я узнавал, о смысле некоторых догадывался.

Когда-то на острове были войны, город горел, рушились стены, ремесленники бежали в горы, усатые победители тащили женщин и детей из домов, волокли на корабли, торопясь продать товар на невольничьих рынках.

— Ничего этого больше нет целую вечность, — думал я, — и уж наверняка этого не было в двадцатом веке, так что лет сто спокойствия и дремотной неги они выиграли точно.

Я бродил по городу до заката. Когда солнце, спускаясь к морю, повисло на зубцах старого форта, я зашёл в тихий переулок и присел на каменное крыльцо небольшого домика. Поднял голову — и обмер. Прямо передо мной, вдавленная в стену старого дома напротив, висела каменная табличка, на которой проступала стёртая барельефная надпись на библейском языке. Смысл слов медленно проступил в мозгах, набитых впечатлениями по самый мозжечок:

С Божьей помощью, этот Дом собрания построен по просьбе нашей святой общины и по разрешению городских властей Родоса мастером Иосифом Коэном Итальки из Генуи. Печатных дел мастер Альд Мануций Венецианский предоставил для Дома собрания и святой общины этой двадцать фолиантов Писания на святом языке, и благодарность наша ему безмерна.

В месяца Адар-Бет четвёртый день пять тысяч двести пятнадцатого года от сотворения мира—работа завершена благополучно.

Да святится имя Твоё.

Я понял, что зашёл в бывший Ров-а-йеуди, где из хозяев гетто теперь обитают лишь призраки. Подойдя к дому напротив, потрогал каменную табличку и посмотрел на древнюю, наглухо закрытую дверь из морёного дуба, пятьсот лет открывавшуюся навстречу молившимся три раза в день. Одноэтажные каменные дома в переулке равнодушно смотрели на меня пустыми окнами. Провалившиеся кровли и обрушенные перекрытия отмечали конец жизни общины грудами кирпичей, видневшихся за выбитыми из косяков в вечность дверей. На кирпичах проступали причудливыми вензелями гордые клейма школ гончарных мастеров, полтысячелетия покоящихся на местном заброшенном кладбище. В квартале не было больше живых.

Я свернул за угол, и по неровной брусчатке мостовой с выбоинами стал спускаться на закат туда, где, по моему предположению, был выход из стен Старого города. Тьма упала на город, и я блуждал в ней час, но выхода не нашёл. В слепых окнах не было света. Не было слышно ни шагов, ни человеческих голосов, ни лая собак, ни мяуканья кошек. Вообще ничего не было слышно, только ветер с моря тихонько подвывал в тупиках. Меня вдруг охватила паника. Мне показалось, что так и буду блуждать по этому кварталу привидений, а спуска к морю не найду, и корабль мой уйдёт без меня.

Стало душно, и крепчавший ветер не приносил прохлады. Тьма взяла меня за горло. Я был весь в поту, из переулков вываливались тонны и века ватной тишины. Я закричал, кажется, по-русски. Из-за полуразрушенной стены мне ответили кашель и невнятные слова, кажется, на греческом. Спотыкаясь в темноте, я ринулся туда. На каменных ступенях дрожал огонь свечи и сидела замотанная с головой в чёрное старуха. Бело-прозрачные, худые руки её лежали на коленях. Она медленно подняла голову, и, подбежав, я вдруг понял, кто это, ибо лицо это с провалившимися глазами и ястребиным профилем ни с каким другим лицом невозможно было перепутать, пусть даже и только по рассказам тех, кто бывал здесь до меня.

Передо мной сидела Лючия, последний живой обитатель Квартала и его Страж. На коленях под руками старухи лежал и спал, подрагивая ушами, облезлый кот, такой же древний, казалось, как она сама.

— Калимера, — прохрипел я.

— Шалом, — ответила старуха, глядя на меня исподлобья. Я удивился, но тут же сообразил, что, кроме наших туристов, в квартал этот не стал бы забредать никто. Путая немногие знакомые мне греческие и итальянские слова, я стал объяснять, что хочу выбраться отсюда. Она выслушала и на нескладном иврите, перемешанным с языком, похожим на испанский, сказала:

— Тут все боятся. Тебе нужно идти туда. Там нужно.

И, выпростав руку из-под платья, указала мне направо. Я стоял и смотрел на эту руку. На сморщенной старческой коже, при свете трепетавшей под ветром свечи, чернела цепочка цифр освенцимской татуировки.

— Туда… — сказала старуха и безучастно отвернулась.

Я не мог уйти. Минуту назад рвался прочь, а теперь не мог сделать и шагу.

— Лючия, а ты? — пробормотал я нелепо.

— Я буду тут, — проскрипела она с какой-то готовностью, не глядя на меня. — Я — тут.

— Почему? — очень беспомощно и глупо спросил я.

Помолчав, она сказала:

— Потому что я должна быть здесь.

Оглядываясь и спотыкаясь, я пошёл направо. Ветер выл в подворотнях пустых домов, покрытых морщинистой кладкой времени.

Повинуясь направлению, заданному Лючией, уже через минуту, не больше, я вышел к воротам Старого города. Они были украшены барельефом с арабской вязью. Надпись восхваляла былые подвиги очередного султана, давно канувшего в Лету.

За воротами я нашёл то, чем завершался тысячелетний путь истории гетто.

На маленькой площади у ворот горели факелы. Они окружали маленький памятник, чёрную стелу с шестиконечной звездой и надписью на трёх языках. На площади никого не было, но дежурила полиция — парень и девушка. Девушка вытирала памятник грязной, в разводах, тряпкой. Парень безучастно глядел на меня, надувая щёки, и жевал резинку. Я обошёл стелу по часовой стрелке и прочёл текст на древнееврейском:

Здесь, на этом месте, 21 июля 1944 года нацисты собрали всё население квартала Ров а-йеуди, две тысячи человек, и на кораблях отправили их в лагерь смерти Освенцим, что в северной земле. Не вернулся никто. Да будет жива Память.

«Они наврали, — подумал я, стоя перед стелой, под ленивым взглядом полицейского. — Наврали, потому что Лючия вернулась. Страж ворот вернулся. Цветы рвать запрещено, вот полиция и стоит».

Я пошарил в карманах джинсов, вытащил песчинки, запавшие туда ещё в Иерусалиме, и аккуратно посыпал ими подножие памятника. «Мой прадед, умирая, просил положить в изголовье могилы горсть праха из Святой земли, — некстати подумал я, — а её неоткуда было достать, ни за какие деньги достать было нельзя, вот зато теперь у меня этот прах набивается во все карманы».

— Греки понимают ситуацию, бывшее гетто превращено в музей под открытым небом, и памятник на площади охраняется государством, — деловито говорил потом наш официальный гид Алекс.

Потом он говорил, потом, когда я под утро взошёл на корабль.

— Не было ни разу случаев осквернения, и вообще городской муниципалитет раз в год, в июле, даже распоряжается возложить букет роз или мимоз к подножию стелы.

«Может, не было случаев осквернения потому, что их отцам было стыдно оттого, что они не датчане, — тупо думал я, наутро сидя в каюте, — но какие претензии я могу предъявлять к кому бы то ни было в чужой стране, да и смешно это и некстати вовсе, тут впору спасибо сказать, что вообще не забыли, а тут, вишь, даже и цветы кладут».

Да, спасибо.

Потом в пенной струе буруна, остающегося за работающим с натугой винтом двигателя, корабль отчалил на сопредельный остров Кос. Там через сутки в витрине книжного магазина на набережной, под тенью от старого турецкого форта сидела продавщица, девушка лет двадцати пяти с копной рассыпанных по плечам палевых волос, как две капли воды похожая на мою первую жену, как я её помню спустя двадцать лет после последней встречи.

Ещё она была похожа на одну мою знакомую из Афин, как я могу судить, впрочем, только по фотографиям.

Увидев её, я вошёл в магазин. Она читала книжку. Посетителей не было. Все слова современного греческого языка вылетели из головы в тот момент, когда я её увидел.

— Хайре, киклотомерион мелибоа! — обморочно сказал я на языке Перикла и Ивана Ефремова. В краю, где тени сгущаются и исчезают в полдень, возможно всё.

Она подняла взгляд от книги и расхохоталась.

— Привет, придурок! — жизнерадостно ответила она на чистом русском языке с московским выговором — словами, голосом и интонацией идентичными бывшей моей Ирине. Я почувствовал головокружение и, пятясь задом, с приятной улыбкой под запотевшими стёклами очков, вышел из магазина под бешеное солнце и дремотный, плывущий запах розовых кустов в соседнем палисаднике. Краем глаза косясь на стол, белозубую ухмылку и светло-рыжую копну волосищ над ослепительно голыми плечами, я успел разглядеть, что читала она синий цветаевский сборник старой московской серии «библиотеки поэта», а не Гомера, как мог бы я предположить за минуту до встречи.

Больше с Призраками пути в этот раз я не встречался.

На обратном пути в Хайфу, к подножью Кармеля, ещё в территориальных водах Эллады, нас догнал сторожевой катер греческих ВМС. Он сделал круг почёта вокруг теплохода, на носу его реял полосатый бело-синий флажок с крестом. Я вспомнил, что цвета их национального флага идентичны нашим, но пулемёты катера были небрежно наставлены на нашу палубу. Ахилл Гропас, греческий капитан нашего судна, плывущего под мальтийским флагом, с русскими матросами, филиппинскими посудомойками и израильтянином, ответственным за казино, — капитан Гропас, выйдя на корму корабля, отдал честь. Ветер трепал его белые волосы, пассажиры притихли. С катера сухо протрещала холостая очередь, филиппинские посудомойки вздрогнули, и мы увидели, что на взлетающей палубе катера стоят, вытянувшись во фрунт, трое моряков в бескозырках, отдавая нам честь.

Я глядел на греческих моряков. Я стоял, вцепившись в поручни, и вспоминал, как проходил военную подготовку. В нашем спецназе-для-резервистов, как это мы называем, люди не пьют в сорокаградусную жару сутками, ползут по-пластунски двадцать километров, сдирая армейские штаны в клочья, учатся вскакивать неслышно и бесшумно убивать тычком пальца в артерию. Я глядел на греческих моряков и отчего-то вспоминал учебный фильм о сирийских коммандос, который смотрел на военных сборах, и с которыми нам придётся воевать рано или поздно — и лучше поздно, чем рано. Заснятые документальной плёнкой, семьсот сирийцев бежали, по-страусиному задирая ноги, мимо президентской трибуны; в ответ на неслышный зрителю приказ «Ап!» они одинаковым движением засовывали руки в карманы советского покроя гимнастёрок и извлекали оттуда живых змей. Зажимая извивающихся змей в правых руках, они внимали следующему приказу «Аппп!!» и, одинаковым движением поднося змей ко ртам, с равнодушным выражением лиц скусывали им головы, после чего одинаковым движением рук отшвыривали направо ещё шевелящиеся тела и одинаковым же движением челюстей выплёвывали змеиные головы налево.

Мы шли прямо на Хайфу, на Юг, и солнце садилось в море на западе. Земля Троады, развалины Илиона, гудящая от ладного перестука оловянных поножей ахейского месива долина Скамандра, журчание Ксанфа и мёртвое молчание холма Гиссарлык, затихая, оставались далеко за кормой, за белым буруном.

— Когда-нибудь я увижу и их, — подумалось мне.

Близко в географии, и отнюдь не на краю Ойкумены, и запахи те же, и те же масличные деревья, и сосны, и горы. И море почти то же, но смех и плач двух земель не соединяются в единую линию истории дремотной крови и сладкого пота двух народов. Их вакханки не будут играть на наших площадях, их дионисийские ночи не разбудят нашей тишины, и светлый взгляд Афины съёжится под насупленным, ревнивым взглядом Предвечного, и наша этика будет аннигилировать, соприкасаясь с их эстетикой.

Это разные планеты.

Но отчего же в истоме средиземноморского полудня я вижу колышущиеся медленно ряды кораблей за Ретейским мысом и конские хвосты гребней ахейских шлемов, и склонённые копья за курганом сожжённого на тризне тела Патрокла, и обширный Приамов двор, и хмурый взгляд Энея, и лукавую улыбку мудрого старца Антенора — вот чьим именем я назвал бы сына! — и пастуший шлем Париса, и слышу плач Андромахи над могилой шлемоблещущего Гектора, и смех младенца Астианакса.

Когда-нибудь я всё же побываю там.

Конченый праведник

В Советском Союзе было запрещено всё. Писать похабщину на заборах, издеваться над младшими, спорить со старшими, носить длинные волосы и ходить с бритой головой, слишком хорошо говорить на иностранных языках, выражать одобрение империалистической Америке и коммунистическому Китаю, ругать власть, делать деньги, спать друг с другом посторонним мужчинам и женщинам, равно как лицам одного и того же пола, ругаться матом и говорить чересчур грамотно, быть сионистами и антисемитами, учить Священное Писание на языке оригинала Священного Писания. О том, чтобы жить по заветам этого Писания, речь уже не шла вообще. Основных, крутых в своей вере и несоглашательстве с властью попов, мулл и раввинов пересажали и перевешали ещё в двадцатые-тридцатые годы. Долгие годы популярной в народе была старая комсомольская песня:

«Долой, долой монахов, раввинов и попов;
поедем мы на небо — разгоним всех богов»,

по следам распевания которой более или менее грамотные прихожане храмов любой из перечисленных конфессий приходили к выводу о наличии в среде атеистов, распевавших эту песню, религиозных, пусть и языческо-политеистических, настроений.

Последний в Ленинграде моэль — служитель иудейского культа, занимавшийся совершением введения родившихся мальчиков в Завет праотца нашего Авраама (брит-мила, в просторечье — обрезанием младенцев), был расстрелян за членовредительство в 1938-м году.

Древнееврейский язык, язык Ветхого Завета, учить могли лишь специально обучаемые спецорганами молодые люди, как правило, представленные дубоподобными пролетариями, к языку пророков склонности не имевшими вовсе.

Со второй половины шестидесятых годов в Обществе, Где Всё Нельзя, появились группы Шушукающихся Носато-Ехидных, желавших этот язык знать тоже, над властью—издеваться, жить по заветам праотца Авраама и при первой возможности вообще из страны этой уехать, хлопнув дверью.

Власть искренне не понимала, как это странное явление зародилось в стране, где вера душилась десятилетиями, почти нежно-тщательно, медленно и методично, и отчего вдруг, не соответствуя абсолютно никаким критериям классового социалистического общества, в обществе этом возникло явление, которое возникнуть не могло в принципе. Марксистское учение было не в состоянии объяснить природу этого явления, и на свет из официального небытия в прессе, печати и телевидении наконец была извлечена единственно верная, многократно проверенная этими властями народная присказка, когда-то, в начале существования нынешней растерянной власти, ещё лет за пятьдесят до описываемых событий, объявленная реакционной:

— А сало русское едят!

Власть ошибалась. Те из Носато-Ехидных, кто стремился учить Писание на языке оригинала Писания и жить по заветам этого Писания, сала не ели уже из принципа.

В 1989 году от рождества Иисуса, на восьмом году нелегального изучения мною языка, на коем, собственно, Иисус при жизни и разговаривал, на конспиративной квартире в городе Ленинграде со мной настойчиво познакомилась на языковой основе весьма привлекательного вида двадцатидевятилетняя блондинка; не успел я ахнуть, как блондинка развела меня с женой и сама прочно села на её место. В течение двух недель было категорически и бесповоротно решено, что человек, изучавший язык Писания и стремившийся повидать город Давида и Соломона ещё при жизни, не может обойтись при восхождении в Святую землю без законной жены, для чего предполагалось совершение соответствующего обряда—хупа, свадебный балдахин, в синагоге. Однако совершать один обряд без необходимого, как бы само собой разумевшегося, наличия другого невозможно никак. Человек, намеревающийся возлечь на законных основаниях со своей женой в постель, обязан быть введён в завет праотца Авраама ещё на восьмой день после своего рождения. Мои родители не сошли с ума, да и последний резник города Питера был, как сказано, расстрелян ещё в приснопамятном году. Я же желал предстать на Иерусалимских холмах уже стопроцентным. Я обыскал город с окрестностями, звонил в Москву, Киев и Одессу, связался с аналогичными группами Носато-Ехидных, медленно, по-змеиному, выползавшими тогда из подполья, и наладил контакт даже с товарищами своими — анархистами, но никто помочь мне не мог. Сионисты не умели резать профессионально, анархистам это действо не полагалось по статусу. Совершенно случайно я наткнулся в полулегальной хасидской молельне при прослушивающейся ушами всех стен ленинградской синагоге на улыбчивого молодого человека в клетчатой рубашке и ермолке — посланника Любавичского ребе из Нью-Йорка, прибывшего в Россию нелегально и разговаривавшего по-русски с заметным акцентом. В течение пяти минут всё было решено. Мы помчались домой к моей будущей супруге на машине главного раввина официальной синагоги, известного гешефтмахера и тайного агента КГБ. Машина, безусловно, прослушивалась тоже, но мне было уже решительно всё равно. Прибыв на достославную станцию метро Академическая, на улицу Ковалевской, при жизни бывшей тёзкой моей нынешней жены, крадучись поднявшись по лестнице на третий этаж, бережно неся чемоданчик с ножами, мы немедленно приступили к делу.

Выяснилось, что анестезирующих препаратов у господина посланника не было из принципа.

— Мой друг, ви помниль, как Аврум-авину, папаша всех нас, исделаль себе чик-чак в 1800 году до рождения Ентого? Он исделаль себе чик-чак при наличии каменного ножа и при отсютствии новокаин… Ви помниль?

Я помниль. Мне было пох. Я выпил перед этим полстакана чистого спирту для наличия присутствия хоть какой-то анестезии. Я думал о том, что предстоящее деяние для человека, имевшего неприятности с органами безопасности на протяжении почти десяти лет и по сионистским делам, и по делам анархо-подполья и, вдобавок, с трудом выжившего в советской армии, это уже чересчур. Отступать, однако, было поздно.

— Ты готов, мракобес?! — прогремел Господь в высоте синих небес за окном кухни, и я склонил голову.

Мы сняли дощатую кухонную дверь и возложили её на маленький столик хрущёвской кухоньки. Я снял штаны и возлёг на дверь.

— Не кричать, — тихо сказал нью-йоркский посланник, и я вспомнил о соседях снизу — простых, добрых советских людях, обычно проводивших вечера свои в подслушивании происходящего у нас и искренне доносивших родной милиции об антисоветских сборищах, имеющих место по указанному адресу. Один раз, за полгода до описываемых событий, милицейский рейд застал меня в ванной, где я, будучи добрым семьянином, стирал трусики своей будущей жены (она о том не знала), и лишь это безобидное семейное занятие помогло мне избегнуть крупных неприятностей.

Посланец, пробормотав благословение с ашкеназским выговором, стал резать, снимая тот самый кусочек кожи, который наречён в Талмуде орла. Я взмок от пота мгновенно, выгнулся дугой и лёг одновременно на пятки и лопатки. Он резал прокипячённым в спиртовке скальпелем по живому и бормотал свои заклинания. Софа обмирала за стеной. Я рычал. Он прервал работу и сунул мне в руки потрёпанный, повидавший виды сидур:

— На, болван, помолись!

Я не мог молиться. Я не мог читать. Я вообще не мог видеть эти разбегающиеся хвостатые буквы квадратного библейского шрифта. Я лупил себя молитвенником по роже, чтобы было не так больно.

Он резал полтора часа и бормотал недовольно. У меня началось кровотечение, и он не мог сразу остановить его. Потом остановил, но осталось самое трудное — шитьё бионитками по живому мясу.

Я выдержал. Я думал о том, что чувствуют женщины, когда рожают. Что чувствовали мои мама, тётя, бабушка, прабабушка и все предки по женской линии, начиная от праматерей Сарры, Рахели, Лии и от самой Евы. Я был полон сочувствия к ним всем без исключения.

Но я выдержал, слез со стола, прошлёпал через лужу крови на полу кухни и, оставляя следы, приплёлся в гостиную, поддерживаемый под локоть посланцем, вытиравшим пот со лба, одобрительно ругавшимся матом уже безо всякого акцента, и рухнул на диван.

Мы выпили с ним литр разбавленного спирта, он попрощался и ушёл навсегда, а я, лёжа на диване, заснул. Мне нужно было поспать — ведь на следующий день я шёл в советскую музыкальную школу преподавать урок истории по советским учебникам.

Потом, когда нитки окончательно вылезли, мы сыграли свадьбу в синагоге, первую с 1938 года официальную еврейскую свадьбу под балдахином. Через год мы приехали в Израиль, и я увидел Иерусалим. От вида этого города, стоящего на поднебесных холмах, у меня захолонуло сердце, но это совсем другая история.

Спустя несколько лет как-то вечером, сидя у себя дома в иерусалимской гостиной, я случайно рассказал моему знакомому, спокойному ортодоксальному хасиду с пейсами, о том, как вводили меня в Завет праотцов в ленинградском подполье. Он вытаращил глаза и, прокричав что-то невнятное, убежал. Прибежав через полчаса, он привёл с собой раввина хасидского района и с ним толпу пейсатых. Они плясали вокруг меня до утра, отчего мы с женой не могли лечь спать. Раввин сказал, что впервые слышит такую историю, и присвоил мне звание Цаддик гамур — конченный праведник, объяснив попутно со ссылками на Талмуд и комментарии Раши, что мне отныне списывались все предыдущие грехи моей тридцатилетней жизни.

Но я наплодил новые.

Кошки

Тут поинтересовались, почему в «профиле» моего интернет-дневника сказано, что я люблю кошек.

После 22 июня 41-го дед ушёл на фронт, и дома осталась моя тогда совсем ещё молодая бабушка Гинда, у которой, кроме моего тогда ещё совсем маленького папы, на руках была также старуха-мать, находившаяся в состоянии глубокого склероза, не поднимавшаяся с постели и не понимавшая, что происходит ни с ней самой, ни вокруг неё. В июле немцы подступили к Кременчугу. Партэлита и особо ценные технические специалисты эвакуировались первыми, но эвакуация почти прервалась, едва начавшись — были разбомблены железнодорожные пути, ведшие на Восток. Население, не желавшее дожидаться немцев, спасалось как могло.

— Гинда! Едешь? — крикнул главврач больницы, где работала бабушка, приостанавливая повозку, на которой помещалось всё его семейство, у бабушкиного дома.

Она не могла бежать с ними. Она не могла оставить мать, а брать парализованную, ничего не соображавшую старуху с собой на телегу врач отказался категорически. Над улицей пронеслась тройка немецких истребителей, поливая огнём пулемётов всё, что двигалось внизу. Гинда отрицательно покачала головой из окна. Врач махнул рукой, телега тронулась дальше.

Гинда металась в комнатах, то хватая на руки рыжего Марика, то опуская его на пол. Он смеялся. В кровати хрипела и хихикала старуха. Бомбы самолётов ложились за рекой, чуть подрагивали стёкла окон. Через час наступила тишина, в которой постепенно услышался и стал нарастать весёлый людской гомон. Подойдя к окну, Гинда увидела нарядно одетую толпу соседей. Они вышли на улицу и не торопясь направились к реке, к мосту, со стороны которого, медленно нарастая, слышался гул приближающихся танков. Немцы входили в город. Гинда обернулась на мать. Та ответила ей тупым, ничего не понимающим взглядом. Посмотрела на Марика… За окном вдруг грянули патефоны.

«РАСПРЯГАЙТЕ, ХЛОПЦЫ, КОНИ…» — закрутилось, завертелось над улицей. Гинда подхватила Марика на руки и, не глядя на мать, кинулась вон из квартиры. На ней был домашний халат, ноги шлёпали тапками по асфальту. Она бежала на железнодорожный вокзал в смутной надежде, что какой-нибудь поезд ещё не ушёл. Она бежала по полупустым улицам вниз, к реке, но, услышав шум многолюдной толпы, встречавшей освободителей, метнулась назад. Она бежала к вокзалу переулками сорок минут — в халате, в тапках, простоволосая, и всю дорогу из открытых настежь окон города заведённые патефоны пели ей реквием, одну и ту же песню про хлопцев, которые распрягали усталых коней. Маленький Марик, подпрыгивая на её руках, смеялся.

Она вбежала на перрон и увидела медленно отходивший состав. Это был последний поезд, невесть как задержавшийся в городе. В городе, который уже не принадлежал советской власти. Она добежала до последнего вагона, но догнать его сил у неё не было. Она пробежала по перрону. Вагон был в десяти, потом двадцати метрах от неё, и расстояние между ними увеличивалось всё больше. Она дико закричала. Раздался скрип тормозов, состав чуть замедлил ход. Не понимая, что произошло, не веря, она влетела в последнюю, открывшуюся ей навстречу дверь. Через минуту состав стал вновь медленно набирать скорость и отвалил от вокзала захваченного города уже навсегда.

На крыше того последнего вагона, переполненного людьми и тюками, сидел Саша Баранов, с которым они учились в школе, а потом в медицинском техникуме. Он увидел её, бегущую по перрону, и заорал людям внизу, чтобы повернули стоп-кран. Кто-то услышал его, и этих секунд притормаживания хватило Гинде.

Они уехали в эвакуацию, а город позади салютовал знамёнами того цвета, которых вот уже двадцать лет никто в городе не видел. «Фокке-Вульфы» и «Мессершмитты» атаковали состав несколько раз, но всё обошлось. Они вырвались. Они благополучно проскочили ничейную теперь территорию и уехали на Восток. Путь окончился через много дней в Узбекистане, на маленькой полузанесённой песками станции. Здесь Сашу Баранова вывели на солончаки и расстреляли за то, что он хотел остановить поезд и сдать его немцам. Гинда плакала, но не подошла к месту казни — ведь на руках у неё по-прежнему сидел маленький Рыжий.

Так она мне рассказывала спустя полвека после окончания Великой Войны, вновь и вновь возвращаясь к тем минутам, когда бежала с распущенной гривой чёрных волос, потеряв домашние тапки, в распахнувшемся халате, с сыном на руках, по улицам родного города сквозь патефонный реквием. Я так часто слышал этот рассказ, что запомнил его, как будто сам был там с ней.

…Она устроилась врачом в узбекском ауле. Местный знахарь — она звала его шаманом — был очень недоволен конкуренцией и злобно ворчал: узбеки шли лечиться теперь к ней. Марик играл с детьми больных и стал лепетать по-узбекски. У них оказалась приблудная кошка, они назвали её Сильвой. Это была самая обыкновенная серая, в дымчатых полосках, кошка. Однажды дети ушли гулять в пустыню, к видневшимся вдалеке остаткам полуразрушенной мечети, и Марик увязался за ними. Там, на барханах, его укусил скорпион. Дети ушли, и никто не заметил его отсутствия.

Я не знаю, как это может быть, но Гинда рассказывала, что Сильва прибежала в нищую больницу, в единственной комнате которой больные узбеки сидели и лежали вповалку, поминая Аллаха, впрыгнула в окно и стала, мяуча, метаться. Гинда почувствовала, что что-то случилось, вскочила и побежала за кошкой, которая, оглядываясь на неё, уходила в сторону пустыни. Она довела Гинду до бархана, на котором лежал потерявший сознание Рыжик.

Марика спас злобный конкурент-знахарь, к которому Гинда принесла ребёнка. Выпускница советского медтехникума, она признала сына безнадёжным. Знахарь, шепча то ли суры Корана, то ли заклинания, мазал шею ребёнка какими-то снадобьями и косился на сидевшую тут же кошку…

Папа выжил. Подошёл срок — война закончилась. Известие об этом пришло в аул спустя многие дни после Девятого мая… «Доктур! Война кончал!» — кричали больные, обступившие её. Она опять плакала…

Вернулся с фронта контуженный, психованный мой дед с именным оружием. Он разогнал стрельбой из нагана прибывшее врачебное начальство, не желавшее отпускать Гинду, и увёз её с ребёнком в освобождённый от блокады Ленинград, в котором пережила страшные зимы начала сороковых годов сестра его Ревекка. Уехали они в Ленинград потому, что другой родни у них уже не было. В Кременчуге немцы убили всех.

Кошку, дымчато-серую Сильву, полусумасшедший лысый мой дед взять с собой отказался. Сильва была беременной.

Гинда дожила до девяноста лет. До самого почти конца она вспоминала две вещи — кошку и парализованную старуху-мать, которую она бросила в захваченном городе своего детства.

— Бог не простит мне этого, Мойшэле, говорила она мне раз, наверное, пятьсот. Сильву, может, он мне и простит, но маму — нет. Я даже не знаю, где её зарыли и зарыли ли вообще. Я должна была остаться там, с ней.

— Бабуля, — спорил я, — но тогда бы убили и её, и тебя, и папу, тогда не родился бы я.

— Всё равно, маленький, я должна была остаться с мамой. Есть вещи, которые нельзя объяснить. ТАМ свои счёты. Меня накажут за маму. Я умру её смертью. Я стану, как она.

Она твердила это снова и снова, годами, десятками лет, пока сама не превратилась в старуху.

— Бога нет, — орал я, тряся её, тускло глядевшую на меня сквозь воспоминания — октябрёнок, потом юный пионер. — Не-е-ет! Тебя никто не накажет! Ты хорошая… Если бы ты тогда не убежала, никого бы не осталось! Нет его!! Ты безнаказанная…

Он наказал её. Она превратилась в безумную. Она, разумнейшая, впала в глубочайший маразм и, ходя по комнатам моей ленинградской квартиры, хихикала, плакала и писала под себя, как маленькая. Она включала на кухне газ, не зажигая огня и, подходя к окну, кричала Богу, что просит смерти. Я оттаскивал её от окна… Ночью в своей комнате она раздевалась догола и разговаривала в темноте со своим младшим, любимым братом Сюликом, расстрелянным в тридцать седьмом. Я, обмирая, слушал их разговоры из спальни, и Ирка слушала со мной, вцепившись в меня обеими руками. Бабка, посмеиваясь, разговаривала с братом на идише, на языке своего детства, и он, кажется, что-то отвечал ей… Так было почти каждую ночь.

Я засыпал, и мне снилась Сильва.

Потом я развёлся с Ирой. Потом женился на Софе. Прошло ещё несколько лет.

Она совсем уже ничего не соображала и лежала в постели весь день, всё больше уходя в пучину своего безумия. В девяностом году, накануне отъезда из России, я пришёл попрощаться с ней. Взрослый и постаревший, мой рыжий отец стоял со мной у её кровати. Наклонился:

— Мама, вот Миша… Мама, ты слышишь меня? Миша уезжает… он пришёл попрощаться с тобой.

Гинда глядела на нас пустыми младенческими глазами.

— Мама, Миша уезжает в Эрец-Исроэл. Мама...

Бабка вдруг приподнялась и сказала громко и совершенно осмысленно:

— Я благословляю тебя. Я дожила до этого часа. Бог услышал меня, и я умираю. Передай в Эрец-Исроэл Сюлику, что я благословила тебя.

— Мама, Сюлика нет, — начал Рыжий, но осёкся.

Я ушёл из квартиры, на пороге её комнаты оглянулся. Гинда смотрела на меня по прежнему пустым взглядом, в котором уже ничего нельзя было прочесть.

Я уехал в Эрец-Исроэл. На третью ночь после нашего приезда на страну стали падать иракские «скады». В ту ночь она умерла.

Теперь вы знаете, почему я люблю кошек.

Дед

Викторович несколько дней назад вспоминал в дневнике рассказы своих дедушек о военном времени. По ассоциации и я вспомнил о моих дедах.

Отцы мамы и папы воевали оба. Оба принесли с войны награды, оба участвовали в боях. Мамин папа служил в пехоте. Он вытащил с минного поля своего товарища, которому взрывом оторвало обе ноги; ни один человек из его роты, несмотря на понукания замполита, не согласился идти спасать. Все стояли у кромки поля и беспомощно смотрели вперёд, вытянув шеи. Мой дед выпил стакан спирта и пошёл. И дошёл, и взвалил на спину потерявшего сознание безногого, и вынес его с поля. И не взорвался. За это ему дали потом какой-то орден. Это было в Польше. Он рассказал мне об этом однажды, и я запомнил навсегда.

Папин папа мало рассказывал о войне. Он тоже принёс с фронта награды, но никогда не говорил мне, за что получил ту или иную медаль. Я знал, что в своей части он был помпотехом, помощником по технической части. Что это такое, я не знаю до сих пор. С войны он пришёл психованным от контузии и совершенно лысым. Облысел он, по его словам, в одночасье, во время танковой атаки на Курской дуге, лёжа в окопе, который утюжили немецкие «тигры». Говоря о войне, он в основном ругался и кричал нечто невразумительное.

Я с детства привык считать своих дедов героями и, когда наступал очередной День Победы, с гордостью шёл между ними по улицам, держась за их руки, и медали и ордена брякали на их груди в такт шагам.

Мне было двенадцать лет, когда девятого мая мы всей семьёй собрались за праздничным столом. Бабушки хлопотали на кухне, мои родители, тётки, дядья и оба деда в пиджаках с орденскими колодками расположились за столом.

Мамин папа провозгласил первый тост — за День Победы. Выпили они, и бабушки начали наперебой вспоминать, как ждали своих героев с войны.

Мамин папа рассказал историю получения нескольких медалей, и я, сидя на стуле с ним рядом, испытывал невероятное чувство гордости.

И вдруг лысый дед мой, папин отец, сказал:

— Мне тоже есть что рассказать, вы меня послушайте.

Все удивились внятности его речи — ведь все годы до этого, рассказывая о войне, он лишь кричал и плевался.

И дед рассказал.

Весну сорок пятого он встретил в небольшом городке в восточной части Германии. Девятого мая, после капитуляции рейха, его вызвал начальник штаба части, в которой он служил, и сказал, что он приказом командующего фронтом назначен комендантом города; но вот беда — немецкого он не знает, а официальный переводчик прибудет только через несколько дней. В то время как переводчик был совершенно необходим, за окном, на улице уже выстраивалась длиннейшая очередь из местных жителей, которых нужно было выслушать, и нужно было решать массу организационных вопросов, и налаживать мирную жизнь. Так что, Хаим, — сказал деду начальник штаба, — переводчиком будешь ты. Помпотех, ты знаешь идиш, а он похож на немецкий. Будешь переводить.

Дед переводил несколько дней, в течение которых через кабинет начальника штаба прошли сотни немцев.

На пятый день в комнату зашёл маленький аккуратно одетый старичок и попросил у господина коменданта защиты, справедливости и порядка.

Дед принялся переводить, вставляя в трудных местах в идишскую речь русский мат и обороты на древнееврейском. Старичок с испугом косился на него, но, кажется, понимал почти всё.

— Господин комендант, ко мне домой пришли ваши солдаты. Они были очень грубы, кричали, унижали служанку, портили воздух. Они взяли в моём доме все наручные часы и разделили их между собой. Перед уходом они выстрелили в портрет фюрера и унесли большое зеркало. Я не обижаюсь за портрет фюрера, ибо сам собирался снять его; но я прошу приказать вашим солдатам вернуть мне зеркало. Это дорогое, старинное зеркало, оно было куплено для нашего дома ещё моим отцом.

Господин комендант, подполковник Василий Петров из Ленинграда, выслушал перевод и заскрипел зубами. Он не смотрел больше на старика. Он повернулся к моему лысому деду.

— Хаим, у меня в Питере погибла вся семья. У них не было хлеба, Хаим. А у тебя, я слышал, тоже не все выжили…

— Так точно, — ответил мой дед и, сквернословя на трёх языках, объяснил аккуратному старичку, что он родом из Николаева, что у него не осталось никаких родных, кроме эвакуированных жены с сыном, и что сестру его, пятнадцатилетнюю Фиру, немецкие солдаты привязали за волосы к какому-то выступу на вездеходе и погнали машину на полной скорости, пока сестра не упала и осталась без скальпа. Так написала ему в армию соседка-украинка, глядевшая на акцию из окна своего дома. Все остальные родственники были расстреляны без мучений. И сделали это (я теперь в этом не сомневаюсь, добавил дед) сыновья аккуратного старика.

— Но, господин комендант, — возразил старик, не столько испуганный, сколько ошеломлённый, у меня и сыновей-то никаких нет, а есть лишь дочь; меня самого по возрасту и состоянию здоровья не взяли даже в фольксштурм; и я не понимаю вообще, какая связь между печальной историей ваших семей и зеркалом, которое было украдено русскими солдатами из моего дома.

— Так что же ты хочешь, старый скот? — не глядя на посетителя, прохрипел подполковник из Ленинграда, и дед добросовестно перевёл немцу эти слова.

— Я прошу порядка и справедливости, — с достоинством отвечал тот, стараясь не обижаться на раздражительных бойцов Красной армии. — Я настоятельно прошу вернуть мне зеркало. Это зеркало старинной работы и очень ценно.

— Хаим, — вновь заскрипел зубами господин комендант, — у меня нет сил разбираться с ним. Возьми его, Хаим, и сделай с ним, что хочешь.

Мой контуженный, лысый дед поманил старика пальцем и открыл перед ним дверь, ведущую в аккуратный внутренний дворик.

— А что там, господин переводчик? — с любопытством спросил старик, останавливаясь у двери.

— Там тебе вернут твоё зеркало, — отвечал дед, и немец переступил порог.

Дед поставил его у благоухающего розового куста и выстрелил ему в лицо. Ему показалось, что немец падает как-то не так, и выстрелил ещё два раза, оба раза в голову.

Потом он засунул дымящийся пистолет в кобуру и вернулся в комнату переводить для подполковника речь очередного посетителя.

* * *

Мы, сидевшие за праздничным столом Девятого мая через тридцать лет после окончания Великой войны и впервые выслушавшие эту историю, приросли к своим стульям. Второй дед, мамин отец, молчал, как и все. Минуты полторы никто ничего не говорил. Лысый дед налил себе стакан водки и нежно погладил висевшую на груди медаль «За победу».

— Деда, это тебе за это дали медаль? — спросил я посреди жуткой тишины комнаты. Дед мутно посмотрел на меня.

— Глуп ты ещё, внучек.

В тот праздник все разошлись по домам раньше обычного.

Так говорил раввин

Когда в позапрошлом веке моя прапрабабка Минна рожала в белорусском местечке Толочин (это под Витебском) мою прабабку Берту-Бейлу, она так выла, что ей на подмогу сбежались повивальные бабки со всей округи, а вместе с ними и всё местечко, а заодно раввин, которого позвали испуганные соседи: она призывала смерть, что у ортодоксально-фаталистически настроенных сынов Израилевых почитается за большой грех. Мнения о позитивной роли раввина в этом процессе, согласно семейным преданиям, разделились: атеистически настроенные потомки роженицы уже в двадцатом веке утверждали, что толку от него было, как от козла молока. Но сам прапрадед Авраам, позднее, в сорок первом, закопанный в землю вместе со всем местечком, до последнего утверждал, что именно благодаря раввину потомки рода смогли дышать воздухом этой планеты: по ходу родов, оказывается, раввин читал избранные Псалмы, которые в определённом порядке принято читать именно в таких случаях. При этом, согласно легенде, раввин смотрел на закат, а после благополучного завершения процесса объявил, что в общем и целом дело швах, но при этом отчаиваться не следует, ибо жива надежда, а пока она есть, то жив и род сынов человеческих. Суть шваха состояла в том, что (так говорил он, глядя на закат, счастливому папаше, который, как утверждает легенда, его плохо слушал) в следующем веке, веке железном, двадцатом, все потомки семьи, и не только этой, отойдут от традиции отцов своих, и не столько отойдут, сколько убегут, и чистота святости будет нарушена в семейной жизни и в жизни вообще, но и не только это. Много говорил раввин о тех, кто будет рождён в духовной нечистоте, о поколении с горячей головой и холодным сердцем, о том, что лицо поколения станет как морда пса, но его плохо слушали.

— В этом, — говорил раввин, — заключается швах; а надежда заключается в том, что после третьего поколения от поколения роженицы Харибда бросит втягивать воду в бездонный свой зев и начнёт извергать её обратно. То бишь появится поколение «клянущихся детей», не ведающих ровным счётом ничего, беспечных, как Элои, на которых натянули красные галстуки и отправили в подземелье к Морлокам бить в барабан. И вот, в этом поколении из небытия снова возникнут ростки того, чему, по замыслу Аманов всех стран и народов, в истории хода уже быть не должно.

Я с детства не в ладах с арифметикой и подсчёт сделал с трудом, но, если не ошибаюсь, я и есть четвёртое поколение. Совершенно верно, отцы ели кислый виноград, а у детей на зубах оскомина. Прадед вопил «даёшь Крым!», дед сидел в ГУЛАГе, отец пожимал плечами; а я вернулся к маленьким буквочкам, без которых был свет не мил и салон не в салон моему прапрадеду Аврааму, равно как и всем нашим прапрадедам, равно как всем Авраамам, начиная от Праотца родом из Ура Халдейского. Так замкнулся круг.

...Моя прабабка Берта-Бейла (звучит почти как Портобелло) родила мою бабушку Киру уже вне всякой святости, в поезде Даугавпилс—Петербург, и там не нашлось не только повитух, но даже раввина. При отсутствии святости в целом и псалмов в частности Кира была в жизни и в семейной памяти осталась как единственный в нашем клане святой человек.

— «Ангел», — говорили люди.

— Не иначе как «зхут авот», заслуги отцов, — как говорил Любавичский ребе. Он говорил это, невзирая на то что ангел был атеистом. — Бывает, — говорил ребе, — такой странный выверт судьбы и воли Господней, когда атеист, спущенный в поколение волков и баранов, выполняет функцию воспитателя, пытаясь вытянуть тех и других на чуть более высокую духовную ступень; оттого, что это крайне редко удаётся, ангел не перестаёт быть ни ангелом, ни воспитателем. Главное — это чтобы ангел сам не спустился до уровня волка или барана.

Если и была в нашей семье святость и духовность, то она персонифицировалась в атеистке Кире. Воистину неисповедимы пути Твои.

...Кира родила мою маму Марину в тот самый страшный год, когда улыбался только мёртвый, спокойствию рад. Да, тогда, когда Ленинград болтался у своих тюрем ненужным привеском. Когда забирали деда, мама моя была ещё в животе, и при обыске, таким образом, присутствовала тоже. Видимо, поэтому пот смертного страха впитывался в представителей нерождённых поколений утробно, ещё через плаценту. Видимо, по этой же причине, когда Марина рожала меня, она не кричала, а лишь стонала.

...А когда родила покойная ныне Шейна бас-Берл, в миру Софья Борисовна, известная нынче всей земле Израилевой (так часто бывает, известность приходит после), то первым вопросом врача, заданным пришедшей в себя роженице, был: «Как дела на том свете?» Тоже, вероятно, заслуги Отцов, и тоже, вероятно, некий выверт судьбы и финт Господней воли, но Софья Борисовна тридцатого декабря шестьдесят шестого года на пороге своей ленинградской квартиры беседовала с Ангелом. С Посланницей, как бесхитростно называла его сама Софья Борисовна. Ангел рассказал ей такое, отчего маленькие буквочки запрыгали у меня в глазах, и я не смог дочитать эту простыми словами написанную повесть жизни и побежал знакомиться с автором. И познакомился, благо рядом; да и вообще Страна наша очень маленькая; тут все друг с другом при желании знакомы. Или без желания, но всё равно знакомы.

Не знаю уж, что всё это значит и за что автор удостоился беседы с Посланцем, заслуги там Отцов или не заслуги, но то, что Софья Борисовна не врёт, я понял. С Кем-то она там действительно беседовала давним, хмурым декабрьским ленинградским утром, в бесснежный канун безнадёжного нового года, в стране северной. И этот Кто-то ей поведал все перипетии жизни её в прошлом и будущем, до самого конца, до огня и костра, а вместе с её будущим заодно поведал о будущем той страны северной, в которой эта странная беседа состоялась. Я посмотрел на обложку книги — выпущена до того, как предсказания начали сбываться. А потом всё сбылось. Вообще всё. И с ней сбылось, и со страной. Не знаю, как такое быть может; но, в конце концов, две вещи я знаю совершенно точно: что Софья Борисовна не врала, это во-первых, а во-вторых, если Иаков боролся с ангелом всю ночь, то отчего другому ангелу не побеседовать поутру с Софьей Борисовной? Тем более что сухой и педантичный Иосиф Каро, первый составитель «Шульхан-Аруха», ещё в XVI веке имел в городе каббалистов Цфате схожую беседу, и он тоже не врал. Не врал уже потому, что соврать не хватило бы фантазии; он вообще не умел фантазировать, Иосиф Каро, он умел лишь комментировать, чем всю жизнь и занимался, и именно этим прославился, и поэтому именно он был на своём месте. Каждый должен быть на своём месте, это общеизвестно; вот только беда, мало кто знает наверняка, что именно на своём месте находится, да и не знает вдобавок обычно, где его место находится вообще… но не о том разговор.

…Когда рожала моя Софа, тут уже всё было на месте: и заслуги Отцов, и святость Вечного города, в котором она рожать изволила, и маленькие буквочки Псалмов, которые я в этот момент читал и которые разбегались перед глазами. Это было, как в тех же Псалмах сказано: «…горы скакали, как бараны, холмы — как барашки». Скакали они оттого, что Софа, перекрывая всю святость Города и все заслуги Отцов, орала в процессе родов на врачей, не стесняясь, трёхэтажным, пяти-, десяти-, стоэтажным, небоскрёбным, вавилонобашенным, по-русски так, как никто не умеет, ни одна моя знакомая женщина не умеет, только она одна умеет, два с половиной часа без перерыва, обещая посадить, изничтожить, вырвать с семенем, отрихтовать, оприходовать с корнем, и чтобы зол зэй алэ пейгерн (ну, это — само собой, без этого у нас не обходится ни один спокойный семейный ужин тихим пятничным вечером в честь прихода Царицы-Субботы), и чтобы на закуску главврачу, который прибежал в родилку с пятого этажа: «Сколько было дырочек во всей маце, испечённой евреями со дня исхода из Египта и до последней пасхи включительно, столько болячек тебе в бок!»

И, знаете — я стоял рядом, держа её за руку, а другой рукой колотил себе по лицу Псалтырём, чтобы никто не видел моего лица, и ангелы в горних высях любовались нами, и пели Ей хвалу.

Не сомневаюсь, что пели.

И, наконец, она родила, и с последним воплем луч солнца ударил с вершины башни Давида в лицо новорождённой Дворе-Берте, и она сморщилась и закричала. И круг опять замкнулся.

* * *

Я никогда не буду женщиной (как говорил Жванецкий — «никогда не буду женщиной (а интересно — что они чувствуют??)»; действительно, «Барух Ата, ше ло асани иша», — как говорят на рассвете, — «Благословен Ты, что не создал меня женщиной»; я бы такого не выдержал, не вытерпел, я бы умер, я бы зашил себе там всё до скончания моего убогого века и умер бы засохшей веткой, нарушив все заветы, наплевав на все заповеди «пру у-рву», плодиться и размножаться, как сказано и заповедовано в книге Бытия. Когда я держал мою жену за руку, я слышал, как с ней, русским трёхэтажным, орали все женщины мира, прошлого и будущего, все праматери, начиная с Евы в саду Эдемском.

Я преклоняюсь перед вами, бабы. Собственно, только и лишь единственно это я и хотел сказать с самого начала в качестве нескольких слов благодарности всем рожавшим и всем тем, кому ещё предстоит родить… Я всё равно не могу сделать тем, кто сейчас рожает, никакого подарка на расстоянии, так вот пусть хоть эти слова останутся.

Забытая мелодия для флейты

Квартира на улице Бассейной, в которой я рос, именовалась моими одноклассниками «избой-читальней». Начиная примерно с третьего класса они приходили туда, чтобы играть со мной или пригласить погулять во дворе, или, уже впоследствии — позвать посидеть на крыше нашей двенадцатиэтажки, выпить сухого вина и перемигнуться с девчонками.

Особенно на крыше любил сидеть Цой. Но когда ребята входили в квартиру, они видели книги. Так как мои одноклассники в основной массе относились к будущему Поколению дворников и сторожей, то книги их интересовали ничуть не меньше, чем сидение на крыше, сухое вино и даже перемигивание с девчонками. После возвращения из школы и выполнения домашних заданий они приходили ко мне. В моей комнате устанавливалась библиотечная тишина, и по всем углам, на диване, за столом, даже на полу сидели люди. Они читали. Сначала они читали «Витю Малеева в школе и дома», потом «Приключения Незнайки и его друзей», потом «Волшебника Изумрудного города», потом «Пеппи Длинныйчулок». Спустя несколько лет они читали уже Мандельштама, Цветаеву, изданных в малотиражной серии «Библиотека поэта», и даже самиздатского Бродского. Обычно никто не разговаривал. Квартиру наполняли чуть слышные звуки переворачивающихся страниц. Цой брезгливо переворачивал длинными тонкими пальцами странички Камю.

Один Петя ничего не читал и никаких страниц не переворачивал. Он сидел на кухне и пил пиво. Он пил пиво с восьми лет, как Джек Лондон, и однажды я рассказал ему о детстве великого писателя, но он ничего не знал о Лондоне, кроме того, что это город. Он совсем ничего не читал, Петя, курил с шести лет, пиво пил с восьми, портвейн с десяти, водку с двенадцати, и ничего не читал при этом, и я удивлялся, зачем он ко мне приходит. Он никогда не мог вразумительно объяснить мне этого. Он так и просидел на моей кухне до шестнадцати лет, а в свой очередной день рождения принёс ко мне бутылку «Столичной» и, пока мы читали в комнатах, выпил её за своё здоровье. Потом он вышел из квартиры, не попрощавшись, спустился по лестнице, оказался во дворе и сел на лавочку. К нему подошли четыре человека из соседнего ПТУ и стали задирать его. Он что-то ответил им, и стоявший к нему ближе всех ударил его ногой в живот. Петя упал с лавочки и умер, потому что он курил и пил почти с младенчества, и перед последним в его жизни днём рождения врачи сделали ему резекцию желудка.

Он так и не прочёл в жизни ни одной книги, кроме учебников за первые три класса начальной школы. Когда я приезжаю в город моего детства и мы собираемся с постаревшими одноклассниками на кухне, то всегда вспоминаем Петю.

Когда нам исполнилось по тринадцать лет и мы перешли в седьмой класс, у меня из дома стали пропадать книги. Я давал их читать своим друзьям, но забывал, кому что дал. Папа, который собирал книги всю жизнь, состоял в обществе книголюбов, выписывал газету «Книжное обозрение» и даже ходил на чёрный книжный рынок, где можно было обменять полное собрание сочинений Дюма на однотомник Ахматовой, был страшно недоволен. Он собственноручно написал огромный плакат и повесил его на самое видное в квартире место. На плакате было написано:

«Не шарь по полкам жадным взглядом —
Здесь книги не даются на дом!»

Плакат не помогал. Книги продолжали исчезать. Это были уже не приключения Чиполлино, барон Мюнхгаузен или Питер Пэн. Исчезали те книги, которые имели прямое или косвенное отношение к нашему переходному возрасту. Первыми исчезли «Женская сексопатология» академика Свядоща, два перефотографированных и переплетённых папой тома Микки Спиллейна, запрещённый роман Джеймса Чейза о женщине, главаре банды, на последней странице оказавшейся мужчиной, и почему-то «Человек, который смеётся». Подозреваю, что Гюго исчез из-за одной только сцены, невинной сцены соблазнения Гуинплена герцогиней.

Мы входили в трудный возраст, но литература поддерживала нас. С пылающими ушами мы проглядывали романтические строчки Пушкина. По рукам ходили рукописные копии Баркова, рассказ Толстого «Баня» и бездарно нарисованные от руки порнографические открытки. В школе Цой привёл в истерику учительницу биологии, чопорную старую деву, сказав на уроке, что учебник анатомии авторами не доработан: глава «Размножение» начинается, как он выразился, постфактум — с фразы «...когда сперматозоиды проникают в яйцеклетку, то...» Как же они туда проникают? — вот в чём вопрос, — сказал он, — я искал описание этого факта, но не нашёл; учебник явно не доработан, и я написал письмо в министерство просвещения. Самое интересное, что, судя по вызову его мамы в школу на педсовет, письмо в министерство он таки да, написал.

Когда мы перешли в восьмой класс, то уже не могли сидеть спокойно на уроках. Накачанные классической литературой и собственными гормонами, мы были не в состоянии нормально сосредоточиться на обычных предметах. Девичьи коленки в аккуратных чулках и сиротские, коричневые, форменные платьица наших сверстниц сводили нас с ума. У нас плыли мозги, пылали уши и ехала крыша, но восторга первых объятий никто из нас ещё не прочувствовал. Теоретически мы знали всё очень хорошо, но мысль даже просто приблизиться к девочке, не говоря уже о том, чтобы прикоснуться к ней, вводила нас в ступор.

В октябре месяце я впервые в жизни почувствовал зуд в кончиках пальцев. Я не знал ещё о сублимации либидо, приводящей иногда к великим достижениям в научной и культурной сферах. Я просто достал амбарную книгу в коленкоровом переплёте, вытащил ручку и чернильницу-невыливайку и сел дома за стол в своей комнате. Минуту я смотрел в стену, потом открыл книгу и быстро написал заголовок: «Приключения мальчика Лёни, или Жёлтая библия». Лёней звали моего одноклассника, такого же гормонально одарённого, как мы все, и даже одержимого больше, чем мы; при чём здесь Библия, я не могу теперь сказать наверно. Возможно, слово «жёлтая» ассоциировалась у меня с понятием «реакционной жёлтой прессы» — любимым словосочетанием газеты «Правда», которую в обязательном порядке был вынужден выписывать мой дед, член партии. Я смутно догадывался, что понятия жёлтой прессы и того, чем занимаюсь я за письменным столом, как-то связаны. Посоветоваться с дедом я не решался. Его гормональный возраст кончился ещё лет шестьдесят назад, и он мало что мог мне подсказать.

Я стал лихорадочно писать. Амбарная книга заполнялась на глазах. В ней появились пролог, основная часть, состоявшая из восемнадцати разделов и сорока трёх глав, а также развёрнутого эпилога. Я писал о приключениях моего друга две недели по ночам при скудном свете настольной лампы под зелёным абажуром, прерываясь лишь на то, чтобы выпить стакан воды, и кончил писать лишь тогда, когда при перелистывании очередной страницы увидел, что амбарная книга подошла к концу. В последний раз закрывая переплёт, я понял, что написал роман.

Я не помню, о чём он был. Это может показаться странным, но теперь я действительно не помню ни пролога, ни эпилога, ни основной части. Возможно, сама память услужливо блокировала некоторые разделы моего мозга, взрывавшегося под кавалерийской атакой гормонов.

Я жаждал… нет, не славы. Я жаждал поделиться тем, что сделал, и скорее вынести роман на суд потенциального читателя.

Я принёс рукопись в школу и отдал её Игорю Леонтьеву, человеку, которому она была посвящена. Игорь разбирался в литературе. Он даже сам писал сказки, фабула которых была украдена у каких-то самиздатовских китайских эротических авторов эпохи раннего средневековья. Он отнёсся к проявлению моего доверия очень серьёзно. Он прочёл роман трижды, естественно, по ночам, чтобы не заметили его родители, и сказал, что получил массу интеллектуального удовольствия, не считая эротических переживаний. Я был польщён и решил расширить поле признания моего творчества при помощи участия в рецензировании и критике широких масс. Я совершил непростительную глупость. Я принёс рукопись в школу и пустил её по рукам.

Первым прочёл её Владик, тогда — обыкновенный полухулиган, впоследствии же — лидер мистического международного индуистского движения «Ананда марга». Сейчас он живёт на Западе, он богатый и духовно одарённый человек, у него сотни тысяч учеников, и он не помнит, разумеется, о романе, который прочёл зябкой осенью семьдесят седьмого года в нашем классе на «камчатке», привалившись спиной к батарее на уроке истории.

Зато этот роман наверняка помнит наша учительница истории Виктория Викторовна, если, конечно, она до сих пор ещё жива.

Пока одноклассники с приглушённым гулом зубрили даты французской революции и пока я с тревогой поглядывал на Владика, стараясь угадать по его пылающим ушам и блаженной улыбке достойную оценку моему творчеству, я пропустил самое главное. Виктория Викторовна подкралась к Владику и натасканным за свою сорокалетнюю педагогическую практику движением схватила амбарную книгу. Будущий лидер международного индуистского движения рефлекторно вцепился в рукопись. «Отдай!..» — негромко произнесла учительница, гипнотизируя его взглядом, и у меня упало сердце. И Владик… Владик медленно выпустил амбарную книгу из рук. Я опустил глаза.

Прошло пять минут. Класс гудел, изучая французскую революцию. Виктория Викторовна читала роман за своим столом. Я обмирал. У неё, обладательницы медали за педагогическую доблесть, члена партии, ветерана труда и бабушки четырёх внуков, медленно заполыхали уши. Вот она вздрогнула и подняла глаза на меня. Я потупился. Я успел разглядеть в её взгляде что-то странное — не то ужас, не то обыкновенное презрение, не то какое-то иное, непонятное мне тогда чувство. Она открыла рот и минуту пыталась прочистить горло. Она дышала, как рыба, выброшенная волной на берег. Она вызвала меня к доске. Не чуя ног, шаркая старыми туфлями из детского универмага, я вышел. Так идут на казнь.

— Отвечай урок, — тихо сказала она. Я открыл рот и стал рассказывать о прогрессивном Марате, о скурвившемся Робеспьере, о французской королеве, которая в лихую годину отдала хлеб из своих амбаров голодным горожанам и которую в благодарность за это гильотинировали прилюдно на главной площади Парижа при активном участии тех, кого она этим хлебом накормила. Виктория Викторовна молча слушала это. Уши её наливались внутренним огнём. За окном шёл первый снег. Я замолчал. Она молчала тоже. Казалось, мысли её были далеко. Тогда я вздохнул и рассказал о Шарлоте Корде. Коленкоровая амбарная книга лежала на столе, прикрытая вздрагивавшей рукой учительницы. Она помотала головой, точно пробуждаясь от транса. Я вдруг увидел, что глаза её были полны слёз.

— Садись, — тихо сказала она. — За урок — пять… а это, — она показала вздрагивавшим пальцем на роман, — я вынуждена показать директору. Иван Силыч примет решение. Садись… Миша.

Я покачнулся. Иван Силыч был глухим пнём, ветераном партии с дореволюционных времён, бывшим красным партизаном, нацменом с Дальнего Востока, родственником, как я понимал, ещё Дерсу Узала или кого-то из его когорты. Это было несчастное создание, не обладавшее даже зачатками интеллекта и правильной русской речи, бывший друг Клима Ворошилова, определённый на пост директора школы по разнарядке, спущенной из ЦК.

Отдать ему рукопись было всё равно что шагнуть в прорубь без надежды выкарабкаться на обледенелый берег. Я наклонил голову и сел на своё место.

Через два дня в школу вызвали мою маму. Меня не просили прийти с ней, но я пришёл всё равно. Я плёлся сзади. Я побоялся рассказать ей, и она страшно нервничала, не понимая, в чём дело.

Я проводил её до дверей учительской комнаты. Там после окончания уроков собрался весь педсовет. Иван Силыч пришёл в праздничном костюме, на котором было нацеплено килограммов пять медалей, орденов и колодок. Я обречённо стоял в коридоре у окна. Я заворожённо смотрел на медленно падавший снег, и в голове у меня не было ни одной мысли. На город падали короткие ленинградские сумерки. Из-за двери в учительскую доносились невнятные голоса и выкрики:

— Дегенерат… не имеем права держать… советская школа… звучит гордо… Морально разложившийся с детства тип… реакционные веяния бундестага… идеологическая диверсия… враги народа… я вам покажу, вы у меня попляшете… вот в старое время бы…

Я прижался головой к стеклу и всхлипнул.

Мимо меня, стуча каблучками, пробежала Лена, наш классный комсорг. Она приостановилась и вдруг погладила меня по плечу. Я никогда не чувствовал от неё никаких знаков внимания и потому подскочил, ударившись лбом об оконное стекло.

— Мишка, — ласково и тихо сказала она, — ты знаешь, а Витька выкрал эту штуку из учительской, но Силыч не заметил пока. И теперь мы её читаем по очереди всей школой. Мне очень нравится.

Она застенчиво засмеялась и быстро пошла дальше, не оглянувшись на меня больше.

Это было лучшее признание моего творчества в экстремальных условиях за всю мою жизнь. Честное слово.

Через два с половиной часа мама вышла из учительской. Её качало. Она, не видя меня, слепо нащупала перила лестницы и стала медленно спускаться вниз. Я не рискнул ничего сказать и обречённо поплёлся за ней.

Мы молчали всю дорогу до дома. Я хотел пискнуть «мама!» — но не рискнул.

У самой парадной она остановилась и, не глядя на меня, тихо сказала:

— Боже, мой сын — порнописатель!..

Я молчал.

Так же молча мы вошли в дом.

— Мальчишка! — на следующий день шёпотом кричал мой дед, ветеран партии с двадцать какого-то года. — Мальчишка! Ты понимаешь, в какой стране и в какое время ты живёшь?! Ты знаешь, что за четыре года до войны мой приятель Сева тоже написал стишки, и ты знаешь, где теперь он, мой Сева? Ты знаешь, что...

— Брэк, — тихо сказала бабушка, и дед внезапно замолчал.

Мне не дали перейти в девятый класс. Мне была написана характеристика за подписью партийной ячейки нашей школы, в которой я именовался дегенератом и моральным разложенцем. С такой характеристикой меня не могли бы взять не только в девятый класс, но даже с трудом в ПТУ. Мама пыталась спорить, но её жалкие попытки загодя были обречены на провал. Скажите спасибо, объяснили ей, что информация не была передана в Облоно и мы замяли это дело. Ваш сын должен забыть воспалённые фантазии. Честная физическая работа поможет ему в этом, он должен идти в пэ-тэ-у, и это единственный путь. Может быть, всё же он станет человеком; на это мало надежды, но всё же. Скажите спасибо.

Моя бабушка, детский врач, металась по городу. Через её давнишнюю приятельницу, работавшую медсестрой в школе номер восемьдесят пять, в другом районе города, рядом с ленинградской мечетью, меня удалось устроить учиться в тамошнюю десятилетку. Директриса этой школы, одновременно и учительница истории, решительная, могучая, всё на своём веку повидавшая баба со стальными, какими-то запойными глазами, родом из поволжских крестьян, ветеран партии, сталинистка, не стала смотреть мою характеристику. Она вызвала меня на ковёр и бегло спросила основные даты курса истории с пятого по восьмой класс. Я, запинаясь, ответил их все, и она сказала, что я принят в школу.

В этой школе я впервые в жизни почувствовал себя человеком. Ко мне хорошо относились учителя. Я стал вдруг хорошо учиться. У меня появились приятели, впоследствии ставшие настоящими друзьями, и со многими из них мы поддерживаем связь до сих пор. В этой школе я впервые влюбился. Директриса поглядывала на меня с одобрением. Перед окончанием десятого класса она вызвала моих родителей и сказала, что я должен поступать на истфак. И стукнула по столу кулаком.

И я поступил на истфак, и окончил его, и стал историком.

Прошло много лет.

Порнороман в коленкоровом переплёте огромной амбарной книги до сих пор лежит в квартире моих оставшихся в России родителей. Они держат его как память обо мне. Времена изменились, и раз в году, в день моего рождения, сидя за накрытым столом, за которым меня нет, мой папа выпивает рюмку, а потом, крадучись, выносит пожелтевшую рукопись из тёмной комнаты. Просит внимания, откашливается — и громко зачитывает избранные места гостям.

Несколько раз, во время учения в институте и после его окончания, я навещал десятилетку, которую окончил. Я обнимал мою страшную директрису, которую боялись все ученики и почти все учителя, и которая отчего-то очень любила меня.

Потом я уехал из России и с тех пор не видел её.

Наверное, она уже умерла.

Педагогическое недоразумение

Учителем я стал по недоразумению. Когда мне исполнилось шесть лет, в качестве подарка ко дню рождения папа принёс мне книгу «Троянская война и её герои» — пересказ Гомера для детей. Ещё не раскрывая книги, я спросил, кто победил в этой войне. Папа сказал, что греки — и я заревел. Ничего не зная о Гомере, я мгновенно полюбил троянцев за одно лишь название. Впоследствии, неукоснительно стоявший на стороне эллинов во всех перипетиях их богатой на конфликты истории, в одном-единственном случае я делал исключение: я продолжал любить троянцев. Я люблю их до сих пор; слова «священная земля Илиона» для меня — не пустой звук. Благодаря детской книжке, в день, когда мне исполнилось шесть лет, я решил стать историком.

Я дурно учился в школе. Я ничего не понимал в математике. Физические законы приводили меня в недоумение, а необходимость формулировать их цифрами и буквами — в отчаяние. Химические формулы вызывали оторопь и нервную чесотку. Я страстно любил одну лишь историю; география, русский язык и литература были для меня всего только вспомогательными дисциплинами, без знания которых историку обойтись невозможно. Прошло много лет, пока я научился понимать и ценить книги, с историей не связанные, и получать удовольствие от поэзии. Обязательное заучивание стихов, входивших в школьную программу, было для меня кошмаром, исключение составлял Гомер. Дома, лёжа больным в постели, я раскрывал его и забывал обо всём на свете. Перечитывая чеканные строфы, я впадал в транс и раскачивался над ними, как мой прадед столетие назад раскачивался над томами с комментариями Ибн-Эзры.

К моему несчастью, учительница истории в моей восьмилетке не имела никакого веса, и все руководящие места занимали представительницы точных наук; в силу этого в школе я слыл почти двоечником, и маму мою, приходившую на родительские собрания, стыдили почти регулярно.

Я любил ещё и зоологию, впрочем — вне всякой связи с историей: просто мне казалось, что с животными дело иметь безопаснее, чем с людьми. С десяти лет я ходил в детский исторический кружок при Эрмитаже, и любимое место в нём для меня была комната на первом этаже с мумией какого-то древнеегипетского полководца. Другие мальчишки предпочитали рыцарский зал; я коротал свободное время с мумией. Ей одной я поверял свои детские невзгоды. Я разговаривал с ней (с ним?). Мумия благожелательно внимала. Один раз, горько жалуясь на учебные неудачи, я принёс и показал сиятельному покойнику свой школьный дневник с двойками по алгебре и геометрии. Сперва в комнате не было стула, сиденья полагались лишь смотрителям; но вот как-то я обнаружил рядом с саркофагом скамейку — сердобольная уборщица притащила её, заметив мои частые посещения вверенной ей территории. С тех пор я часто сидел на этой скамейке, пригорюнясь, подперев голову одной рукой, а другую возложив на камень саркофага.

Я до сих пор вижу перед собой этот небольшой зал, открытый каменный саркофаг с высеченными в нём скарабеями, серо-коричневого, четырёхтысячелетнего покойника с горбатым носом и полуоткрытым ртом, под стеклом стыдливо прикрывшего наготу куском серой марли, окно с низким подоконником и медленно падающий за ним на Неву снег.

С детства я смотрел на дипломированных историков снизу вверх; они казались мне какими-то сказочными, непостижимыми личностями, подобными Ашшурбанипалу или птице Рух; угнетённый осознанием собственной безграмотности в точных науках, я не верил, что смогу когда-нибудь встать наравне с ними. Открывая дома «Легенды и мифы Древней Греции», я вздыхал об Икаре и Орфее, чьи искромётные жизни пронеслись так задолго до этого грустного события, моего рождения.

В моей семье были врачи и инженеры, но историков не было никогда. Моя исступлённая любовь к давно прошедшим эпохам и полная неготовность думать о будущем делали из меня, теперь я это понимаю, выродка. Мои родители очень любили меня и страшно мучились со мною. С шестого класса они нанимали мне частных репетиторов по всем точным дисциплинам, я был вынужден ходить к ним по очереди, ежедневно, по часам, и это принесло мне в жизни, по крайней мере, одну пользу — обременённый необходимостью безостановочно смотреть на часы, я выработал в себе с годами пунктуальность, переходящую в манию.

После окончания восьмилетки и перехода в другую, десятилетнюю школу, где правила бал директриса — преподавательница истории, я расцвёл. Она вызвала моих родителей и сказала им категорически, что я должен поступать на истфак. Сказать было легче, чем сделать. По одному из недоразумений, которыми была полна та эпоха, поступить в университет на большинство факультетов человеку с моим отчеством и анкетными данными было затруднительно. Один из друзей моего детства, окончивший с золотой медалью свою английскую спецшколу, отправился поступать в университет на истфак. В приёмной комиссии, подержав протянутый им аттестат, ему задали один только вопрос, казалось бы, ни к истории, ни к английскому языку не имевший никакого отношения:

— Скажите, это у вас русский кто — папа или мама?

Друг детства, в отличие от меня, никогда не витал в эмпиреях; он сразу всё понял, забрал документы и вышел, вежливо и навсегда попрощавшись. Наученный таким опытом, я даже не стал пытаться идти по его следам. Я подал документы на истфак Педагогического института имени Герцена, в приёмной комиссии которого, по слухам, таких наводящих вопросов не задавали, а если и задавали, то, по крайней мере, не так часто. Придя туда, я был приятно удивлён — чуть не треть абитуриентов представляла собой тех бывших десятиклассников, кому незадолго до этого выпала честь отвечать на наводящие вопросы в приёмной комиссии университета. Отфутболенные наводящими вопросами, заданными в той или иной форме, они, как и я, почти автоматически перебазировались в приёмную пединститута.

Я поступил на истфак, я проучился на нём пять лет, и я его закончил. Я благословляю эти пять лет по двум основным причинам. В институте был прекрасно подобранный преподавательский состав, у нас на кафедрах работали настоящие учёные, профессора, доктора, кандидаты наук, авторы учебников и исторических монографий, известные не только в России; на истфаке пединститута я впервые почувствовал себя человеком. Здесь пригодился даже мой Гомер, мне не приходилось больше читать его в одиночестве, раскачиваясь, как древняя плакальщица, на скамейке, возложив руку на дружелюбно оскалившуюся мумию.

В институте я познал солнечное тепло первой бутылки портвейна, яростное торжество первых объятий, радость вручения диплома историка. Я больше не смотрел на специалистов по древнему миру или средним векам снизу вверх, как в детстве; в некотором роде я сам уподобился им.

Меня смущало только одно. Страстно желавший стать историком, я как-то позабыл, что готовят в институте не только и не столько специалистов в той или иной области, связанной с прошлым Греции, Египта, Индии или, на худой конец, скажем, США, но в первую очередь — учителей средних школ. Я не имел ни малейшей склонности к работе на педагогическом поприще. Ещё не успела испариться кислая отрыжка детских лет, проведённых за партой в моей восьмилетке.

Делать было нечего. Я старательно учил методику преподавания и странноватый предмет, именуемый педагогика. Педагогику у нас преподавали немного истеричные дамы, никогда в жизни не только не имевшие детей, но, как правило, и замужем не бывавшие. Что они понимали в чужих детях, ведает Бог; нам, студентам, почти все они казались на одно лицо в том смысле, что единый для них всех образ напоминал нам лик ведьмы из «Русалочки» или, скорее, просто Бабу-Ягу. Заведующей кафедрой педагогики была Женевьева Фабиановна, дама пожилого возраста, злая как чёрт. За год до моего окончания института от неё сбежал четвёртый муж. Женевьева Фабиановна ненавидела коллег, ненавидела студентов, ненавидела детей и любила в своей жизни одно лишь — педагогику.

Когда во время нашей педагогической практики она проводила для нас показательные уроки в школах, мы были потрясены. Дети, даже последние оторвы-хулиганы, боялись её до судорог. Именно благодаря этому уроки её проходили в могильной тишине и без единого вопроса со стороны учащихся, и именно это она воспринимала как наивысший комплимент своему педагогическому таланту. При этом мы, практиканты, честно пытались понять, о чём же она говорит конкретно, но никогда не могли понять ровным счётом ничего, как ни старались конспектировать её выступления перед классом.

По окончании института из всего курса педагогики я твёрдо уяснил себе только одно: вести уроки в школах так, как нас пять лет учили, нельзя.

И я пошёл работать в свою первую школу, и начал вести уроки не так, как нас учили.

Моя первая школа была сельского типа. Она находилась (думаю, и теперь находится) в совхозе имени Ленсовета, в окрестностях города Пушкин, в двадцати минутах езды от моего ленинградского дома на пригородной электричке.

Эта школа памятна мне тремя основными моментами. Во-первых, там я приобрёл свой первый бесценный педагогический опыт, заключающийся в осознании того, что учеников бояться нельзя, как бы ни хотелось. Во-вторых, там я впервые подрался на уроке с учеником Вовочкой — сущим двойником знаменитого Вовочки из анекдотов, а после драки, сбросив его вместе с партой по школьной лестнице с третьего этажа, в результате чего парта развалилась, а Вовочка лишился двух передних зубов, ударившись головой о перила, — следствием чего, в свою очередь, был марафонский бег вокруг школы, в котором участвовали я, Вовочка и его старший брат-тракторист со своим трактором и полуметровым тесаком в мускулистой руке. В-третьих и наконец, именно там я приобрёл полное и окончательное осознание того факта, что учителем я стал по ошибке, хотя только ли моя в этом вина — педагогической науке ещё неизвестно.

Вовочка был двухметрового роста олигофреном пятнадцати лет от роду, страдавшим дефектами речи и разума и изъяснявшимся на невнятной смеси городского молодёжного сленга и деревенской ненормативной лексики. Он происходил из сильно пьющей семьи, и я вполне осознаю тот факт, что в дефектах своих он не был повинен. Он не мог членораздельно ответить ни на один заданный ему ни по одному предмету вопрос, но исправно переползал из класса в класс, хотя временами и буксовал, оставаясь в одном классе по два года. Дирекция предпочитала не связываться с ним ввиду близкого присутствия его старшего брата, тракториста местного совхоза. Брат сидел в своей жизни дважды, в последний раз за непредумышленное убийство. Для гарантии безопасности со стороны доставших его учителей Вовочка объяснял педсовету, с удивительной для него степенью внятности, что в случае чего следующее убийство будет предумышленным. Его не трогали. Такие выверты живой педагогической практики не были предусмотрены в сушёной треске той теории, которую нам преподавали в институте. Я не мог не попасться, и я попался.

Вовочка невзлюбил моё отчество. Думаю, что такое отчество он вообще слышал впервые в жизни, и инстинктивно подозревал в нём нечто неблагопристойное, нарушавшее течение самой жизни. По крайней мере, каждый раз, когда другие его одноклассники произносили его, он морщился, как будто слышал нечто крайне неприличное. Уже на первом уроке он переделал моё отчество в Макаровича и предпочитал обращаться ко мне именно так, без упоминания имени собственного. Это я терпел более или менее покорно. Директор предупредил меня, что с Вовочкой связываться не стоит, хотя бы ввиду наличия его старшего брата. Сам директор, бывший моряк, заходя в класс, всегда расстёгивал пиджак, и из-под него виднелась полосатая тельняшка, навевавшая воспоминания о блатном Петрограде времён Лёньки Пантелеева. Директор боялся не столько Вовочку, сколько его буйного брата. Тельняшка имела успех, и директора не трогали.

Но вот по прошествии двух месяцев я решил проверить пройденный материал и сдуру вызвал к доске Вовочку. Не побоюсь сказать—это была самая большая ошибка в моей педагогической практике. Он изумлённо пукнул и вылупил на меня глаза, но я был настойчив. Заплетая ногу за ногу и держа свои огромные кулаки в карманах школьных, детских брюк, он вышел с «камчатки» и встал у доски спиной к классу. Крякнув, я развернул его.

Мы проходили краткую историю древнего Урарту. Я знал, что Вовочке стоит задавать только самые простые вопросы, желательно такие, на которые можно ответить словами «да» или «нет». Но я промахнулся. Это простительно. Мне было всего только двадцать лет.

— Вовочка, что такое Урарту?—спросил я его доброжелательным голосом и искательно улыбнулся.

Он выпучил на меня глаза.

— Макарыч, тебе чё от меня надо, чё ты доебалси-та?..—с искренним недоумением спросил он.—Я ж два года уж к доске-то не выхожу…

Класс захихикал, предвидя незапланированное развлечение, выходящее за рамки обычного.

Я вздохнул, взял указку и сам показал на карте, где находилось Урарту.

— А какое это было государство, Вовочка?..—задал я ему очередной идиотский вопрос. Нужно было, конечно, спросить—«рабовладельческое» или «социалистическое», я до сих пор думаю, что при всей незамутнённости сознания на этот вопрос он сумел бы ответить.

Но Вовочке всё это уже надоело.

— Еврейское!—рявкнул он, кулаки его сжались в карманах брюк, а рыжий волос на голове встал дыбом.

Класс громыхнул. На несколько секунд я онемел.

— Нет, Вовочка, это древнеармянское царство,—начал я с некоторой дрожью в голосе, но он был неумолим.

— А я сказал—еврейское!—и осторожно стукнул кулаком по краю стола, отчего тот жалобно пискнул.

— Да? Тогда это новое слово в исторической науке!.. — жалко попытался сыронизировать я, чтобы не потерять лицо окончательно. Вовочка дико сопел. Мне было бы нужно быстро отправить его на место и вызывать кого-то из моих лучших учениц, но я внезапно почувствовал какое-то быстро нарастающее раздражение.

— Какие ремёсла там были? — грубо спросил я, медленно возвышая голос.

Ответ не заставил себя долго ждать.

— Еврейские! — ещё громче ответил он, с вызовом глядя на меня.

— А сельское хозяйство… — начал я.

— Еврейское!! — крикнул он.

— А как назывался народ, который там жил?! — прокричал я.

— Еврейский народ!!! — заорал он.

— А с кем они воевали, когда… — завопил я, притоптывая ногой.

— С евреями!!! — захрипел он, не дослушав.

— А я… — начал я.

— И ты! И ты!! И ты!!! — замычал он, опустив голову низко и роя ногой, как бык.

С этого момента я перестал помнить себя примерно на четверть часа. Перед моими глазами встала Женевьева Фабиановна и абсолютная, нечеловеческая тишина, наступавшая в любом классе при её явлении народу. Я схватил указку и с размаху дал Вовочке по голове. Указка разлетелась на три осколка, меньший из которых остался зажатым у меня в руке. Я отшвырнул его в угол. Класс выл от восторга. Я схватил оглушённо вращавшего налитыми кровью глазами Вовочку и потащил его к выходу. Он уцепился за крайнюю парту и встал, как якорь. Я не мог сдвинуть его с места. Нам аплодировали со всех сторон.

— Пошёл вон из класса!.. — задыхаясь, проговорил я.

— Сам пошёл нахуй! — прорычал Вовочка, грузно усаживаясь за чужую парту и потирая голову. За партой сидела классная красавица Зина с румяными щеками и синими глазами. Она с восторгом и обожанием смотрела на нас обоих.

Я в последний раз попытался сохранить дистанцию между Педагогом и Учеником.

— Встань там и слушай сюда… — начал я голосом, дребезжащим, как у булгаковского Коровьева. Видимо, у меня интуитивно прорезался одесский акцент, потому что Вовочка взбеленился окончательно.

— А пошёл-ка ты в жопу! — негромко, с огромным чувством произнёс он и заложил ногу за ногу.

Я схватил парту и, рыча от нечеловеческого напряжения, потащил её к двери вместе с обоими седоками. До сих пор не понимаю, как мне удалось сделать это, но парта понеслась к двери, как заводная машинка; Зина подобрала ноги в чёрных чулках в крупную клетку, чтобы мне было легче тащить. Эти ноги до сих пор висят у меня перед глазами. Вовочка открыл рот.

Парта врезалась в дверь класса и с одного удара распахнула её настежь. Хрипя, как бешеный слон, я продолжал толкать её прямо вперёд. С разгона она приблизилась на опасное расстояние к лестнице. Зина ойкнула и вспорхнула. Вовочка молча, с ненавистью сипел. Из соседних классов стали высовываться головы. Мой класс вывалил в коридор за мной следом. Я остановился над лестницей.

— Встать, — тихо сказал я в последний раз.

— Хуй, — так же негромко ответил Вовочка.

Я застонал от напряжения и столкнул парту вниз.

Парта, грохоча и подпрыгивая, пронеслась один пролёт. За ней, как танкист, идущий на таран, молча сидел и подпрыгивал Вовочка. Парта ударилась о стенку, развернулась и поскакала в следующий пролёт. Это была хорошая, добротная парта советских времён. Вовочка сидел с каменным лицом. Я наклонился вперёд, вцепившись в перила. Парта, набирая скорость, пронеслась ещё один пролёт, с размаху врезалась в стенку и развалилась. Вовочка, сжимая в руках крышку, вылетел из неё и ударился мордой в стенку. Я был поражён его выдержкой — ни во время падения, ни после удара он не произнёс ни слова.

Он медленно встал и посмотрел вверх. У него не хватало двух зубов. С полминуты мы смотрели друг на друга. Внезапно он улыбнулся.

— Макарыч, а вот теперь тебе пиздец, — вполне дружелюбно сказал он. Первой моей мыслью было: «директор!» — Но я тут же ощутил знакомую твёрдую руку в полосатой матросской тельняшке у себя на плече. Директор так же, как, впрочем, и вся школа, уже был здесь. Он сочувственно жал мне плечо и смотрел на меня, вытянув губы дудкой. В глазах у него я увидел тот же приговор себе, но приговор исходил не от него.

«Брат!» — панически пронеслось у меня в голове.

Директор, поняв, о чём я думаю, утвердительно кивнул. Я посмотрел ещё раз вниз. Вовочки уже не было. Он ушёл за братом.

Из толпы, пробиваясь ко мне локтями, выскочила Надя, школьный завхоз и моя тогдашняя подруга, единственный родной человек в этой школе.

— Миша! Идём! — громким шёпотом и округлив глаза произнесла она. — Я тебя спрячу до вечера! Когда стемнеет, мы выведем тебя из школы на проезжую часть!

Никто не засмеялся. На меня смотрели с сочувствием.

Я вяло помотал головой и, ватной походкой спустившись с лестницы мимо обломков парты, вышел на улицу. Мне не хватало воздуха. Никто не вышел за мной следом, кроме Нади. Учителя загоняли своих подопечных обратно в классы. Директор вёл осиротевший без Вовочки класс туда, откуда он вывалился десять минут назад.

Надя пискнула.

— Поздно!.. — и зажала себе рот рукой.

Я услышал нарастающий рёв мотора.

Из-за совхозного поля, на котором рос чахлый турнепс, вынырнул небольшой трактор. Как загипнотизированный, я стоял и смотрел, как он приближается ко мне, громыхая и переваливаясь через колдобины. Трактор остановился метрах в сорока от меня. С сиденья встал и мягко спрыгнул на землю человек гигантского роста, видимо, рост был отличительной чертой членов Вовочкиной семьи. Мне он показался ростом, по крайней мере, с Полифема. Вытирая замасленные руки тряпкой, человек неторопливо зашагал ко мне. Я сделал вид, что не обратил внимания на его появление, что просто гуляю, и так же размеренно зашагал от него. Человек несколько ускорил шаги. Я тоже. Бежать я не мог. Это было бы концом моего отношения к себе как к мужчине, вдобавок из всех окон на нас молча смотрели учащиеся и педагоги. Так, гуляючи, мы обошли школу три раза, постепенно ускоряя шаги. Под конец безмолвная наша прогулка напоминала соревнования по спортивному шагу. Некстати я вспомнил поединок Гектора и Ахиллеса под стенами Трои, когда один герой, спасаясь от другого, трижды обежал город. Вспомнив, что шлемоблещущему Приамиду бегство не помогло и чем вообще кончилась та история, я наконец решился, резко затормозил и обернулся.

Брат Вовочки шёл ко мне, хрустя по гравию школьной дорожки чудовищными кирзачами. У него была копна нечёсаных волос, за которыми прятались маленькие голубые глазки. Он остановился и несколько секунд молча смотрел на меня. Я громко откашлялся и вздёрнул голову, очки мои съехали набок. Я заранее решил, что закрываться руками не буду. Пускай лучше даст один раз, и я с копыт, зато позору меньше.

— Это ты — Макарыч? — гулко, как медный горн в пивную бочку, прогудел Брат.

Я сглотнул:

— Ну…

— Э-э-э-э-э! — заворчал он и надвинулся на меня. Я рефлекторно зажмурился.

Он ударил меня один раз. По плечу. Я покачнулся.

Над ухом раздалось дружелюбное ржание. Я открыл глаза.

— Это ты так славно отделал Вована? Мы с батей такое, маш-ты, удовольствие получили. Ещё никто его пальцем. Трогать боялись, засранца, ты первый! Во! Так и надо с ними. Молодец! Ну, ничо: в армию пойдёт, там его научат, где раки зимуют, скота этакого. Но ты — молодцом! Учитель что надо! Ежели он чего ещё отчебучит, ты мне скажи, я сам его урою. Батя тя приглашает на самогон. Давеча только, маш-ты, сварили. Свекольник! И суп будет. Придёшь?

Я сглотнул ещё раз.

— Приду…

Я не успел прийти к Вовочкиному брату и гостеприимному отцу на самогон. Через пять дней меня забирали в армию. В нашем педагогическом вузе не было военной кафедры; после получения диплома и нескольких месяцев работы в школе выпускников забирали служить рядовыми. И я попрощался с завхозом Надей, попрощался с директором, со своим классом и даже с Вовочкой попрощался за руку. На последнем уроке Вовочка смотрел на меня с высоты своего двухметрового роста, но при этом, одновременно, как-то и снизу вверх: видимо, авторитет старшего брата был огромен.

Надя всплакнула, я подарил ей букет цветов и ушёл в армию служить рядовым.

* * *

Нужно сказать, что за время моей службы я познакомился со многими Вовочками. Иногда взводы, роты и даже целые батальоны состояли только из них. Я решительно применял к ним практический педагогический опыт, полученный мною в моей первой школе, а время от времени добавлял к нему теоретический опыт

149

Женевьевы Фабиановны. Это принесло определённые успехи, и к концу службы за мной окончательно закрепилась почётная кличка Бешеный профессор.

Я вернулся домой в последний день весны 86-го года. Я был молод, накачен буграми бицепсов и трицепсов, как юный бык, и лишён даже намёка на рефлексию, привитую мне с детства. За годы жизни в бараках и полевых палатках я сбросил со своих плеч газовый флёр цивилизации так решительно, как неандерталец сбрасывал на пол пещеры шкуру, набитую блохами. Я ходил по улицам родного Питера стремительным шагом, мне не стыдно было идти по Невскому в одной лишь армейской майке защитного цвета, мне нравилось, что девицы иногда останавливались и, толкая одна другую в бок, начинали о чём-то шептаться. Я лишился комплексов и забросил очки. Когда мне нравилась незнакомая девушка, я мог остановить её на улице и, схватив за руку, развернуть и оглядеть с ног до головы. Когда понравившаяся мне девушка шла со своим молодым человеком, я мог остановить их обоих и выразить неудовольствие, рыча им в лицо ощеренным ртом. Не знаю почему, но мне ни разу не дали по морде. Я разговаривал почти исключительно матом. Я смутно понимал, что в таком состоянии мне негоже идти на работу в школу. Пользуясь своим гуманитарным дипломом, я устроился в Публичную библиотеку имени Салтыкова-Щедрина. На третий же день меня хотели уволить: сам того не замечая, я с утра до вечера разговаривал с сотрудниками и начальством ненормативной лексикой. Меня вызвала начальница отдела, сухопарая дама, вдова генерала НКВД, и спросила, что со мной и не состою ли я на учёте в психоневрологическом диспансере. Вместо ответа я схватил со стола не очень толстый металлический прут и, зарычав, согнул его. Потом я кинул его в угол и с надрывом сказал, что «в армии мы, бля, так только отделывали всяких мудозвонов и дезертиров, решивших косить под больных, чтобы не попасть, нах, в Афган».

Это было сущей правдой, я только забыл упомянуть, что именно таким образом господа офицеры из спецотдела однажды отделали меня самого, так как я категорически отказался от выполнения интернационального долга. Начальница отдела, не бывшая в курсе таких нюансов моей воинской службы, но бывшая в своё время замужем за генералом, растрогалась таким похвальным рвением, какое у молодых не часто встретишь в наше распущенное время. Она попросила меня только не так часто ругаться матом и тут же назначила меня экспедитором новых книжных поступлений, с двойным окладом. Читать-то ты умеешь? — спросила она меня напоследок. Я зарычал и протянул ей диплом об окончании истфака. Я не стал утомлять её излишними подробностями своей биографии; если бы она узнала, что я умею читать не только на русском, но и на вполне запрещённом к пользованию широкими массами иврите, то, скорее всего, двойного оклада мне бы не видать, как не видать, впрочем, и самой должности экспедитора.

В течение последующих трёх лет я постепенно приходил в норму, чего и следовало ожидать от законопослушного гражданина, вернувшегося в ту среду, из которой он в своё время был временно вырван. Постепенно я почти полностью прекратил использование ненормативной лексики, перестал останавливать девиц на улицах, вновь надел очки; мои бицепсы и трицепсы медленно, но верно растворились где-то, и я перестал ходить по городу в армейской майке. На исходе четвёртого года я встретил Софу, и она вскоре окончательно взяла меня в свои решительные руки. Я одомашнился до такой степени, что даже не возражал. Я порвал со всеми любовницами и стал зарабатывать для семьи деньги перед отъездом из России, преподавая иврит. Желающих его изучать было много, каждый вечер я приносил домой столько денег, сколько раньше получал в своей библиотеке за месяц работы. Софа была довольна и кормила меня вкусными ужинами. Я стал похож на толстого дрессированного кастрированного кота.

За год до отъезда она решила, что мне, для освежения в памяти педагогики, а также на всякий случай во имя будущего, авось пригодится, нужно пойти поработать в школу. Мой бывший однокурсник был к этому времени завучем в музыкальной школе при консерватории и взял меня на ставку учителя истории. Я заранее, во избежание недоразумений, объяснил всем заинтересованным лицам, что учителем являюсь по ошибке. Тем не менее меня приняли на работу. В этой школе не было Вовочек, и метод Женевьевы Фабиановны не очень работал. У меня учились дети музыкантов, композиторов и киноактёров. Этим детям было до фени моё отчество, и никто не переделывал его в Макаровича. У половины из них собственные отчества были ещё похлеще.

Я плюнул на условности, на методику преподавания, которую вдалбливали мне в голову пять лет обучения в институте, и даже на саму школьную программу. Я стал рассказывать на уроках вещи, связанные с темой, но только те, которые, на мой взгляд, представляли интерес. Я рассказывал о питекантропах, Саламинской битве, Марафонском беге, о Жанне д'Арк, о махновщине и о том, как её руководитель первым в СССР получил Орден красного знамени, об армии генерала Власова, об истории пребывания Степана Бандеры в немецком концлагере, о ГУЛАГе и Солженицыне. Желающим из старшеклассников я объяснял азы древнееврейского и ещё окончательно не выветрившегося к тому времени из моей головы церковнославянского. Изредка я рассказывал о Вовочке.

Нанёсшая в середине учебного года в школу визит комиссия РОНО нашла, что учащиеся подготовлены отлично.

В последний учебный день, перед летними каникулами, я объявил перед классом, что больше работать у них не буду. На перемене вокруг меня собрались ребята из всех классов, в которых я вёл уроки, с четвёртого по десятый, и стали целовать меня. Я был изумлён и, чтобы скрыть смущение, крикнул, что стал учителем в результате педагогического недоразумения.

Меня прижали к стене в коридоре и стали обнимать. Девочка Марьяна, виолончелистка из шестого класса, принесла фотоаппарат и сфотографировала нас всех вместе, пообещав, что пришлёт фотографию в Израиль, а потом подошла и поцеловала меня ещё раз. Подпрыгивавший от нетерпения шкет из четвёртого класса, сын актёра Боярского, крикнул, что папа велел кланяться святой земле.

Я убыл из этой школы с уверенностью в ошибочности происходящего.

Я больше никогда не встречал никого из моих учеников. Время от времени я смотрю по телевизору их концерты и выступления. Правда, недавно из Канады приезжал один мой бывший ученик, сказавший мне, что благодаря моим урокам он сменил профессиональную ориентацию и вместо музыканта решил стать историком. Я был очень тронут, но в глубине души знал, что за всем этим кроется одно большое недоразумение, начало которому положили события того времени, когда мне было шестнадцать лет.

Сделанная девочкой Марьяной фотография, на которой изображён я с моими ребятами в последний день учебного 1990 года, до сих пор стоит за стеклом в книжном шкафу в квартире моих родителей. Когда я приезжаю к ним в Питер и хожу по квартире, то взглядом всё время натыкаюсь на неё. Она сильно выцвела. Когда я встречаюсь с ней глазами, то всегда вспоминаю о том педагогическом недоразумении, которое заставило меня стать учителем.

ШМАНДЕРГЕБЕЦ

Когда я был маленьким, а мой дедушка на меня злился, то звал меня — шмандергебец. Я воспринимал это как само собой разумеющееся. Есть такие прилипшие с детства вещи, над которыми не задумываешься, не понимаешь, не обсуждаешь, просто принимаешь как данность. Как то, что дед был совершенно лысым. Как то, что в «хрущёвке», в маленькой квартире бабушки, всегда пахло чем-то сладким, чем-то особенным, чем никогда не пахло ни у кого другого. Когда я гулял на улице и бабушка хотела позвать меня в дом, она сперва автоматически выкрикивала имена мужа и сына, и лишь потом моё имя, и так было всегда: Муся-Мара-Миша! Как дедов обычай на даче — перед обедом он ставил на стол чашку, клал поперёк неё столовую ложку и осторожно наливал в эту ложку водку. Ровно ложку; а чашку подставлял, чтобы не пролилось на стол, потому что всё надо экономить. Я ему говорил, что мама считает, что это вредно, пить водку; он злился и кричал, что она понимает эта казачка, твоя мама, это очень полезно для аппетита, попробуй, если хочешь, а то ты такой худой и бледный. Вообще же дед был совершенно непьющим. Я запомнил его, ходящего шаркающей походкой. Запомнил его старый пиджак.

Он родился в очень бедной семье, где было двенадцать детей, из которых выжило восемь; его рыжий отец сбежал от жены в начале прошлого века в Аргентину, и дедова мама поднимала детей одна. Мой рыжий прадед исчез с концами, а его соломенная вдова всегда плакала и переживала, что он один, совершенно один в этом страшном, далёком Бунис-Айрис, где живут негры и некому руку подать, и никто не греет ему одинокую постель матерчатой грелкой. Почему-то она была свято уверена, что муж, сбежав от неё, на всю жизнь остался один. Прадед канул навсегда, в следующем поколении оставив о себе память тем, что его внук, мой папа, родился огненно-рыжим. Ни дед, ни папа, ни я никогда не обсуждали тему беглого предка, мы принимали это просто как факт, как данность. Иногда в детстве я думал о далёком Буэнос-Айресе, и он ассоциировался у меня с двумя вещами — с Ихтиандром в виде красивого молодого актёра Коренева из старого советского фильма и с моим пропавшим прадедом. Вот они идут вдвоём по пальмовой набережной, Ихтиандр качается, его жабры страшно раскрываются от жары, он стонет и падает на руки моего рыжего предка; предок всегда рисовался мне одетым в поношенные штаны и старую жилетку, и на голове у него был картуз.

И вот Ихтиандр падает ему на руки, и мой прадед оттаскивает его в тень, спасает, и всё это происходит под песню из фильма — нам бы, нам бы, нам бы, нам бы всем на дно, и потом человек-амфибия раскрывает глаза, и благодарит, и ведёт спасителя к своему приёмному отцу, доктору Сальватору, и тот награждает моего прадеда; мне было страшно жалко, что вот он, рыжий прадед, живёт в этом душном Бунис-Айрис совершенно один, где некому руку подать, кроме негров, и еженощно укладывается в холодную койку, и никто не греет её матерчатой грелкой. И слёзы выступали у меня на глазах, когда я представлял себе, как доктор Сальватор дарит ему, одинокому, миллион песо, и звучит песня из того же фильма — уходит моряк в свой последний путь — прощай, говорит жене.

Однажды я рассказал моей маме это дивное видение детства, а мама сказала, что нечего мне его жалеть, этого никогда никем из нас не виданного предка, что он просто сволочь, если сбежал от жены и бросил её с кучей детей. Это было на даче, и она сказала это при деде; дед тайно недолюбливал невестку и по случаю впал в бешенство. Он стучал кулаком по столу, тот жалобно крякал и приседал. Это было лет тридцать пять назад, но я до сих пор помню жалобные охи стола. Это был не наш стол, а хозяйский, и хозяева прибежали на шум. Дед забыл, что его рыжий отец бросил его восемьдесят лет назад годовалым младенцем, это совершенно неважно, ведь это — его отец, и что ты понимаешь, казачка!..

Мама никогда не спорила с роднёй своего мужа, она просто раздувала ноздри и уходила. Я всегда спорю с роднёй моей жены, но раздуваю ноздри так же, как мама. Спустя много лет, когда деда уже не было на свете, я узнал, что мой бедный одинокий рыжий предок в Буэнос-Айресе стал миллионером.

…Дед был громким, шумным, раздражительным, неудачливым, не очень смелым и не очень умным человеком. Он вырос без отца, в жуткой нищете, с двенадцати лет работал на железной дороге в Кременчуге мальчиком для битья, как он говорил. Когда ему исполнилось шестнадцать лет, ему дали должность помощника машиниста паровоза. Он встал за руль, немедленно повернул какую-то рукоятку, из машины вырвалось облако горячего пара и обварило ему голову. В шестнадцать лет он облысел на всю жизнь.

Когда он был маленьким, его брошенная мужем мама мечтала гордиться им, как все окрестные мамы, то есть в будущем видеть его раввином, она отдала его, как всех окрестных детей, в хедер, и к началу революции он умел уже читать талмудические трактаты, не понимая, впрочем, их смысла. Я думаю, что именно это традиционное занятие местечковых бездельников и было настоящим делом его жизни, которому он был предназначен свыше. Сидя на скамейке в хедере и раскачиваясь над потрёпанными фолиантами, он хотя бы не приносил особого вреда и огорчений окружающим, но тут случилась революция, и он пошёл работать пролетарием. Он был неудачником; всё, за что он в своей жизни ни брался, не удавалось ему. Старое забылось, новому он так и не научился. Талмуд стал не в моде, а в новых советских дисциплинах он не разбирался, нахватавшись верхушек в каком-то заштатном техникуме, хотя я думаю, что и в Талмуде он не разбирался тоже, и раввина из него всё равно бы не вышло. Он остался болтаться между двух миров, так и не примкнув ни к одному из них.

Единственным удачным делом его жизни он сам считал женитьбу на моей бабушке. С бабушкой он был знаком с детства и с детства же осаждал её. Она не любила его, она любила какого-то Яшку из полуподпольной молодёжной организации. Яшка был старше её лет на пять и брал её с собой, когда они выезжали на Лаг ба-Омер на днепровские острова, где били в барабаны и разводили костры; но в середине двадцатых годов Яшка уехал в Палестину, и бабушка с горя вышла замуж за лысого деда.

Всю жизнь она не любила его, но была преданной и верной женой; а он её обожал и звал — моя мамкала, и звучно чмокал её в щёку при всяком удобном случае.

Потом была война, и дед ушёл на фронт. В армии он занимал странную должность «помпотех», я до сих пор не знаю, что это такое. На войне, кажется, он выжил именно благодаря отсутствию смелости. Когда нужно было бежать в атаку, он бежал вместе со всеми и от страха громче всех кричал ура, и чаще всех стрелял из нагана, и, как рассказывал нам единственный его фронтовой друг Иван Сергеевич, поэтому немцы его боялись. Он палил во все стороны, даже когда в него не стреляли, и он действительно выжил. В начале сорок пятого он оказался со своей частью на какой-то железнодорожной станции, где на путях стоял эшелон с цистернами. Пути разбомбили, и во время стремительного наступления наших войск немцы не успели угнать состав. В цистернах обнаружился спирт, а в аккуратной, как с картинки, соседней немецкой деревушке—женщины. Солдаты и офицеры всем скопом полезли в деревню, и из домов донеслись отчаянные крики. Дед не полез в дома, он боялся заразиться. Он бегал по улицам и стрелял из нагана, как припадочный. Он не мог иначе выразить своё сочувствие к немецким женщинам, и выстрелами подбадривал сам себя. Потом солдаты и офицеры вернулись на станцию, полезли на цистерны и начали пить, черпая спирт касками. Вокруг сгрудилась вся часть. Я не знаю, рота эта была или целая дивизия. Часовые, расставленные вокруг, и мой малопьющий, брезгливый и опасливый дед были единственными, кто стал свидетелями дальнейшего. Спирт оказался метиловым, и через несколько часов в живых остались лишь они. Часовые не пили по принуждению, дед—от страха.

С фронта он вернулся контуженным и как бы немного не в себе; бабушка по этому поводу говорила, что он больной на всю голову.

Моё рождение примирило его и бабушку с тем, что мой папа женился на маме; наличие белобрысого и сероглазого внука смирило деда с окружающим миром, а бабушку—с тайно нелюбимым мужем. Дед уже не так часто скандалил с соседями и сотрудниками, обзывая их «шмоками» и «шмандергебецами», не так часто бросал очередную службу, не так часто, уволенный, лежал дома на кровати, отвернувшись к стенке и надувшись на весь мир. Он ездил со мной на дачу, подбрасывал меня в воздух, я смеялся и щупал его лысину, он охотно подставлял мне её. Я помню солнечные зайчики на этой удивительно гладкой, как биллиардный шар, голове.

Он не очень любил советскую власть, но никогда не рассказывал о ней анекдотов и о политике не спорил. Он воспринимал власть как неизбежное зло. Он прилежно читал газету «Правда», которую выписывал по разнарядке, спущенной из партбюро. В партию он вступил на фронте, когда ему и нескольким другим солдатам было объявлено в строю, что существует разнарядка, и что тот, кто не напишет заявления о приёме в ВКП(б), неминуемо пойдёт в атаку в завтрашнем же бою впереди всех. Дед тут же написал заявление; к его удивлению, это не спасло его от атаки, и он пошёл в неё вместе со всеми, как он сам рассказал однажды—зажмурив глаза от ужаса, размахивая штыком и стреляя во все стороны так, что вырвался вперёд цепи, первым добежал до вражеского окопа, сослепу и с разбегу первым прыгнул в него. Спустя короткое время его наградили медалью «За отвагу», хотя ещё перед самым вручением он был уверен, что его расстреляют за самоуправство, ибо инициатива наказуема.

Всю жизнь он боялся властей и не спорил с ними. Он никого не выдал, никого не предал, но никогда не смог бы и заступиться за обиженного этой властью. Он готов был драться до смерти лишь в одном случае: когда ему казалось, что обижают его жену. Её никто не обижал, но ему так казалось всю жизнь, и мне кажется, что это просто было видоизменившееся чувство собственной вины за то, что сам он так никогда и не смог дать ей достойную жизнь. Не думаю, что он отдавал себе в этом отчёт. Он был совсем не образованным и не очень умным человеком.

В раннем детстве его покусал пёс. Теперь, когда на улице он видел собаку, то начинал шуметь и кидаться камнями. Собака, конечно, не выдерживала и, в конце концов, кидалась на него. Он боялся собак с детства, но полагал, что нападение—лучший способ защиты. Однажды в День Победы он, как и все ветераны, шёл по улице, звеня медалями и орденскими планками, распахнув навстречу солнцу и прохожим убогое своё пальто. Внезапно мне показалось, что на другом конце микрорайона мы увидели совсем небольшую собаку. Дед стал кричать, совершая нелепые прыжки и ужимки, называть пса шмандергебцем, и швыряться камнями. Собака так и не напала на него, убежав в подворотню, но смотрелось всё это странно. От стыда я стоял, прижавшись к стенке дома. Бабушка всплёскивала руками и кричала: «Муся! Ты и Миша—ребёнки оба цвай!..» Прохожие оглядывались на звон медалей на дедовой груди. Вероятно, они полагали, что старик хватил лишку по поводу праздника. Но старик никогда не пил лишку. Так было принято в его семье, и в семье моей бабушки, там не пил никто, там брезгливо отстранялись от пьяных, полагая хорошую выпивку прерогативой тех, иных. Помню, как горестно была поражена бабушка, когда её собственный внук возродил в нашей семье этот обычай, вернее, изобрёл его заново.

В восемьдесят шесть лет дед заболел аденомой. Мы с папой пришли в больницу, дед встретил нас в коридоре. Это был единственный случай на моей памяти, когда он повёл себя мужественно. Он боялся операции, но старался успокоить нас; я навсегда запомнил, как он попрощался с нами, как уходил от нас по коридору в операционную—размахивая руками, в нелепом, потёртом своём пиджаке, стараясь держать осанку и печатая почти солдатский шаг.

После операции он не мог уже выходить на улицу, и передвигался по маленькой квартирке в пижаме, ещё сильнее, чем раньше, шаркая ногами. На плечах почти всегда болтался тот самый пиджак. Рукою он придерживал банку, трубка от которой высовывалась из-под пижамы. Он почти ослеп. Бабушка уже не могла ухаживать за ним, как раньше. У неё начинался склероз, она забывала стирать его бельё, постепенно разучилась готовить и часами бродила по квартире, глядя в стены пустыми, тусклыми глазами. Она стала агрессивна и часто плевалась на деда ругательствами на идише, ощерив беззубый рот, а он беспомощно, извиняясь, отвечал ей что-то. Я слышал эту перепалку, но почти ничего не понимал. Она называла его «этот человек». Иногда она не понимала, кто он. Ночами, в коридоре, на языке своего детства она разговаривала с Яшкой, в которого снова была влюблена и который уехал от неё в сказочный город Яффа семьдесят пять лет назад.

Она хихикала и жеманничала с духом, и он, кажется, даже что-то отвечал ей. Я знал, что Яшку убили в сорок восьмом, во время такой далёкой от нас тогда Войны за независимость.

Я видел, что дед стал бояться. Она возненавидела его и иногда, шипя, кидалась кастрюлями. Дед жалобно взвизгивал, прикрываясь руками. Он прожил с бабушкой шестьдесят восемь лет.

Папа ежедневно приезжал к ним с другого конца города, убирал, стирал и готовил. Я приезжал с ним, и дед иногда просил, чтобы я брил его. Трубка, выпадавшая из проделанного хирургами в его теле отверстия, причиняла ему мучения, но он так привык к боли, что уже не замечал её. Я брил его, он покорно вытягивал тонкую, морщинистую шею и отчего-то разевал рот, как птенец—беззубый клюв. Когда я нечаянно, сильным нажимом, резал его щёку, проводя станком по седой щетине, он молчал и лишь вздрагивал.

В декабре восемьдесят седьмого года он заболел, окончательно слёг и больше не встал. Тяжело дыша от высокой температуры, он раскинулся на кровати. На её никелированных шашечках болтался вечный пиджак. Он закинул голову и вдруг сказал моему папе, сидевшему на табурете рядом:

— Умирающему еврею положено сказать что-то важное, что-то самое важное, к чему он всю жизнь готовился, ин ундзере Тойре так сказано; а вот что именно, я забыл; когда я был маленький, любой пятилетний шмандергебец знал это, а я, алтер какер, забыл… — засмеялся, закашлялся, потом захрипел и сказал неожиданно молодым голосом:

— Вот! Вспомнил! Когда умру, не забудь сдать мой партбилет Ивану Сергеевичу.

И умер.

Папа встал и вышел в соседнюю комнату. Бабушка лежала там на кровати и бормотала. Она договаривалась с Яшкой о походе на днепровские острова, о кострах и утренней зорьке, о голубых скаутских галстуках и барабанах, бивших и умолкших семьдесят пять лет назад.

— Мама, — сказал он, — папа умер.

Она поглядела на него пустыми глазами, пожала плечами и, продолжая бормотать, отвернулась. А он, наконец, заплакал.

Я так и не узнал, что значит «шмандергебец»; с годами я вижу яснее и яснее, что мой огненно-рыжий отец становится всё больше похож на лысого деда. А я — на отца.

Поющий рабби

Как-то году в восемьдесят первом осенним вечером я сидел в гостях у своего однокурсника. Мы предавались чтению запрещённой литературы — в студенчские годы это было излюбленным нашим времяпровождением, не считая, разумеется, регулярных выпивонов и погонь за барышнями. Предвкушая интеллектуальное удовольствие, я открыл один из журналов, изданных там. Первое, что бросилось мне в глаза, была небольшая чёрно-белая фотография. На ней был изображён полный немолодой человек с полуседыми, отливавшими серебром кудрями, в руках у него была гитара. В сопроводительной статье речь шла о знаменитом «раввине с гитарой», выступавшем с концертом перед американскими битниками. Судя по лицам обкуренных волосатиков на снимке, битники были в восторге.

Мы в то время сами считали себя некоторым образом битниками, носили длинные волосы и сумки с «пацификами», зачитывались переводами Гинсберга, Ферлингетти, Корсо, рассказывали анекдоты о глупостях власти и паче всех видов службы на государство почитали работу в котельных. Поэтому статья, которую я держал в руках, сразу привлекла моё внимание. В ней, помимо прочего, рассказывалось, что человек с гитарой, с одухотворённым лицом мудреца и поэта — ортодоксальный раввин, знаток Талмуда, хасидизма, йоги и премудростей дзен-буддизма; это априори расположило меня к нему. «И мы не хуже Горация!» — помню, воскликнул я, и хозяин нашей подпольной избы-читальни величаво кивнул.

Таковым было моё заочное знакомство со Шломо Карлебахом. Мне всю жизнь везло на знакомства с интересными людьми; самым для меня неожиданным был и остаётся тот факт, что судьба во многих случаях распоряжалась переводом знакомства из заочного в очное, — вероятно, с целью заставить меня рано или поздно изложить на бумаге подробности этих встреч. Может быть даже, для назидания потомству. А может быть, и безо всякой цели. Возможно, это было из области игры в бисер.

Полный гордости за поющего раввина, испытывающего симпатию к восточной философии, я пришёл домой и рассказал о нём моей жене. Ира, несмотря на то, что сама относилась к кругам фрондировавшей ленинградской богемы, гордо именовавшей себя хиппи, тяготела к ортодоксальному христианству, и мой восторженный пересказ журнальной статьи не произвёл на неё особого впечатления. Совершенно не заинтересовал её и тот факт, что на одном из выступлений Карлебаха присутствовал сам папа римский и, судя по всему, утирал слёзы восторга и умиления, — Ира была православной. Тогда, помню, мы поругались; это был не первый наш скандал на идеологической почве, да и окончился он весьма обычным для двух молодых людей примирением в постели. Должен, однако, заметить здесь в скобках, что безостановочные идеологические скандалы мало-помалу раскачивали нашу семейную лодку и в конечном итоге привели к разводу, последовавшему через несколько лет. Впрочем, к теме нашего рассказа это не имеет особого отношения.

Я закончил институт (Иру вышибли уже со второго курса ввиду её нескрываемой принадлежности к молодёжной субкультуре битников) и ушёл в армию. Там не было особого времени предаваться размышлениям о раввинах, даже поющих, и о философии, даже восточной; тем не менее в моей армейской записной книжке хранился краткий конспект той статьи о Карлебахе — я специально сделал его однажды ночью, стоя в карауле, под завывания пурги и служебных собак. В том же блокноте хранились устав гарнизонной и караульной службы, стихи Цветаевой, а также древнееврейский алфавит — время от времени я перечитывал стихи и просматривал алфавит, чтобы в условиях солдатских будней не оскотиниться окончательно. Офицерам, обязанностью которых было рыться в прикроватных тумбочках рядового и сержантского состава в поисках запрещённых вещей, я говорил, что это финикийский алфавит, а стихи принадлежат перу Сергея Михалкова. Все знали очкастого Прохфессора как чудака-историка с верхним образованием, и меня никто не трогал. Начштаба, сильно пивший подполковник Молодченко, добрая душа, даже гордился тем, что в его части водится такой мудак, как я.

Ира на правах жены неоднократно приезжала ко мне, и добродушный начальник штаба, в зависимости от настроения, сопряжённого с уровнем похмельного синдрома, неизменно распоряжался о предоставлении мне отпуска — однодневного, двух-, а иногда даже трёхдневного. Всякий раз он вызывал меня для того, чтобы черкнуть свою подпись на отпускных бумагах, и между нами происходил один и тот же диалог:

— Ну, Прохфессор, опять твоя баба прикатила? Хочешь отпуск небось?

— Так точно, товарищ полковник.

(Я именовал подполковника не иначе как полковником, этого требовали нюансы местной субординации. Подполковник, услыхав о повышении своего чина, неизменно приходил в хорошее расположение духа.)

— Я вот тоже хотел бы, чтобы ко мне приехала какая-нибудь молодуха. Страсть как моя Машка мне надоела. У твоей бабы есть какая-нибудь подружка? Мне бы поебаться. А так все местные бляди меня уже знают, и моя коза следит, как гвардейский разведчик.

— Так точно, товарищ полковник! Есть!

— Ну вот, скажешь своей дуре, чтобы в следующий раз привезла подружку. Я тебе неделю отпуска дам! Понял?

— Так точно, товарищ полковник!

— Лады… Вот тебе справка. Ебаться — шагом марш! Ать…

— Так точно! Благодарю, товарищ полковник.

— Эх ты, Прохфессор ты, Прохфессор… Ну, иди.

Должен со стыдом признаться, что я так и не выполнил поручения начальника штаба. Правда, я всякий раз передавал Ирке его пожелание, но она фыркала и неизменно отвечала, что знакомых дам такого пошиба, чтобы ехали за тридевять земель трахаться с каким-то незнакомым подполковником, у неё нет и что ни одна уважающая себя питерская фри-лав из кругов хиппи не ляжет под военного — из принципа.

Кроме всего, сопутствующего встрече двух изголодавшихся молодых людей разного пола (о чём рассказывать здесь было бы безусловной пошлостью), мы проводили время за тем, что опять ругались. Мы ругались каждый раз, когда она приезжала. Я даже не помню, о чём именно мы спорили. О поэзии, о живописи, о музыке, о сионизме и диссидентском движении. О том, кто лучше — Пастернак или Цветаева, Вероника Долина или Галич. О крестах на шее и мезузах на косяках дверей. Одним словом, начштаба был абсолютно прав — только такие мудаки, как мы с моей первой женой, могли тратить драгоценное время армейского отпуска на выяснение этих тем.

Ира возвращалась в Ленинград, а я вновь припадал к армейской записной книжке и штудировал в карауле конспект статьи о Карлебахе, написанный ради конспирации буквами псевдофиникийского алфавита.

Потом я вернулся домой. Потом мы развелись с Ирой. Я встретил Софу, которая очаровала меня многим, перебрался жить к ней, а потом и женился. В те годы мы ещё почти не спорили… Однажды моя новая жена принесла домой поразительное известие: к нам едет Карлебах. «Как? — вырвалось у меня. — Он ещё жив?!» Почему-то мне казалось, что все более или менее известные люди, о которых я читал в юности, давно уже покойники. О таком явлении в среде непочтительной молодёжи позднее рассказывал и Городницкий. Я слушал его в Иерусалиме, а после выступления меня подвели к нему, и он рассказал, что как-то после такого же выступления к нему подошла молодая девушка, весь вечер просидевшая в зале, и сказала:

— Я всё-таки не могу поверить своим глазам. Вы и есть Городницкий?

Городницкий, удивляясь, подтвердил этот странный факт.

— Знаете, — сказала девушка, — я выросла на ваших песнях. Я слушала их на магнитофоне. И мои папа с мамой тоже выросли на ваших песнях. И дедушка с бабушкой с молодости пели ваши песни, — и прибавила с оттенком неудовольствия: — Я думала, вы давно уже умерли.

— Как? Карлебах ещё жив?

— А почему бы ему не жить, если ему всего каких-то шестьдесят лет? — удивилась моя вторая жена. — Я уже заказала билеты.

Это было первое публичное выступление «поющего рабби» в СССР. На дворе стоял весёлый, подававший надежды май восемьдесят девятого года.

Мы пошли на концерт. Он состоялся в городской консерватории, в самом центре города. Мы шли и удивлялись, как всё быстро меняется в стране: ещё вчера песни этого раввина можно было достать лишь из-под полы, пластинки с записями его выступлений стоили диких денег, а сегодня мы идём слушать его «живьём», в солидном помещении, и в кармане у меня лежат настоящие билеты.

После первого отделения концерта неугомонная Софа сумела пробраться за кулисы. Тут нужно отметить вот что. В то время мы оба помогали приехавшему на гастроли из Варшавы еврейскому театру: сидели в аппаратной, Софа делала синхронный перевод тех кусков пьесы, где герои разговаривали на идише, а я, спотыкаясь, переводил вставки на иврите. Пользуясь привилегированным положением временных переводчиков при официальном иностранном театре, на концерте Карлебаха мы сумели проникнуть туда, куда обычную публику не пускали. Сам Шимон Шурмие, директор варешавского театра, тоже пришедший на выступление гитариста-раввина, провёл нас к нему. Как оказалось, они были старыми приятелями. В коридорчике, ведущим из кулис в глубины консерватории, сидел на стуле, устало вытянув ноги, человек в жилетке с маленькой кипой на макушке. Рядом, прислонённая к стене, стояла его знаменитая гитара. Я узнал его по фотографии, виденной за много лет до этого в журнале. Нас представили как местных активистов. Карлебах с неожиданной лёгкостью вскочил со стула, довольно полное лицо его озарилось неподдельной радостью.

— Ну, — сказал он по-английски, — вы тоже хотите сказать, что не знаете, не помните, не учите язык наших предков? Ась? Или вы всё же имеете меня обрадовать? — перешёл он на идиш.

— Господин мой, — замогильно забубнил я на довольно скверно выученном иврите, — я знаю немного святой язык, а моя жена может говорить на идише, который...

— Ни слова больше! — завопил человек на иврите и вдруг, оказавшись совсем рядом с нами, принялся нас обнимать. Я остолбенел от такой экспрессии, а Софа с видимым удовольствием подставила раввину щёку, которую он немедленно смачно поцеловал. «Ну и раввин, — подумал я, — с посторонними женщинами целуется, ишь ты...»

Я знал, что Карлебах, отпрыск старинного рода почтенных талмудистов, родился в Берлине, большую часть жизни провёл в Америке, — и почему-то не думал, что он знает идиш. Но они заговорили с Софой на летящем, плавном и одновременно таком стрекочущем идише, что я разинул рот. По-видимому, оба с первой минуты общения стали испытывать друг к другу ярко выраженную симпатию.

— Это что за парень? — спрашивал мою жену раввин, искоса поглядывая на меня. — Это наш парень? Это хороший парень? Ась? По-моему, он хороший парень. Не?

— Этот хороший парень, — неожиданно пожаловалась Софа, — не уверен, что он хочет ехать со мной в Израиль...

— Как можно не хотеть туда ехать? — возмущённо сказал раввин. — Тем более с такой красавицей? А знаешь что, устроим-ка ему проверочку. Ты как — не против устроить ему проверочку?

— Не против,—ответила моя жена, и мне не понравилось, как они оба осуждающе уставились на меня.

— У меня,—таинственно понизил голос раввин,—тут, среди молодых музыкантов, которые мне аккомпанируют, есть парочка ребят, которые с удовольствием сделают вид, что за тобой ухаживают. Мы даже попросим одного из них, Джимми или Билли, чтобы он предложил тебе поехать с ним в Лос-Анджелес (кстати, ты действительно можешь поехать с ним в Лос-Анджелес). Ведь ты не против того, чтобы побывать в Лос-Анджелесе? Ась? У меня там ученики, у нас там центр, мы там изучаем Талмуд и дхарму, ян, инь и хасидизм, а по вечерам поём псалмы под гитару и—будем до конца откровенны—покуриваем травку. Для поднятия духа. То есть я, конечно, преувеличиваю—так, самую малость,—но все они раньше состояли в движении хиппи, вот в чём дело! Мы предложим тебе остаться в Лос-Анджелесе, и вот тут твой парень забегает! А? Как я придумал?!

— Отлично,—с поразившей меня лёгкостью согласилась моя жена,—согласна!

Великий певец, выступавший в своё время перед американскими битниками и папой римским, завизжал от радости и забегал вокруг неё. Потом он обнял её и звонко поцеловал в щёку.

— Э-э-э-э…—изумлённо проговорил я, протестующе протянув к нему руку,—слушай, господин мой, да ведь и я понимаю идиш… Ма зэ? Вос из мешугас гешен до?

— Вау,—радостно крикнул он, подмигивая нам обоим,—заговорил Голем! Ну как—поедешь с ней в Святую землю? Ась?!

— Поеду,—покорно сказал я.

— И не забудь,—произнёс он, внезапно становясь очень серьёзным,—ты дал слово раввину. Не какому-нибудь поцу из подворотни—раввину ты дал слово! Попробуй не выполнить обещание—уж черти-то тебя припекут на сковородке! В аду, понял? Уж припекут! Ясненько? Ась?

— Ась,—уныло сказал я,—ясненько…

— Гляди у меня!—он помахал у меня под носом рукой с прекрасными чисто вымытыми пальцами, увенчанными длиннющими ногтями, которые использовал во время игры вместо медиатора.—Короче—в путь! Благословляю обоих!

И он заулюлюкал от полноты чувств.

Раздался звонок, мы услышали, как зашумела публика за кулисами. Раввин схватил гитару и убежал вприпрыжку на сцену, успев поощрительно похлопать меня по плечу.

Я выполнил обещание и согласился на переезд в Израиль. Через год, нагруженные баулами, сумками и свёртками, мы уже высаживались в аэропорту имени Бен-Гуриона…

Первые годы у нас не было времени на посещение концертов и вообще культурных мероприятий. Мы врастали в быт новой для нас страны. Иногда Софа вспоминала Карлебаха — то и дело мы видели в газетах, слышали по радио информацию о его выступлениях в разных концах мира. По телевизору передавали сплетни: то знаменитый Любавичский ребе заявил своему прославленному собрату, что гитара — не самый лучший инструмент для проповедника, то папа римский вновь изъявил желание послушать его и пригласил в Ватикан, то Карлебах отплясывал псалмы в Токио перед визжавшей и кланявшейся от восторга толпой японских сектантов-макойя…

Осенью девяносто третьего года мы ехали на автобусе, усталые, возвращаясь с работы. Путь наш проходил по улице Штраус, мимо здания русского культурного центра. Через открытое окно мы внезапно услышали знакомый голос, усиленный динамиками… Мы разом поднялись и вышли на этой остановке. В культурном центре выступал Карлебах. Огромными афишами с фотографиями были обклеены все стены. У входа толпилась публика, которой не досталось билетов. Среди них были почтенные пожилые интеллигенты из Вены в золотых очках и портфелями под мышкой, сразу узнаваемые по одежде выходцы из Союза, голоногие кибуцники в шортах и сандалиях на босу ногу, ортодоксальные евреи с длинными бородами и в лапсердаках. Они вытягивали шеи, пытались заглянуть в окна. Из окон рвался голос нашего раввина. Мы взяли друг друга за руки и поднялись по каменному крыльцу. Нас спросили было о билетах — не сговариваясь, мы ответили в унисон, что Карлебах — наш старый друг, что он пригласил нас послушать его. Сказали мы это так решительно, что билетёр, пожав плечами, отступил и пропустил нас в зал. Зал был переполнен. Я остановился у входа, Софа пошла дальше. Она прошла до самой сцены и остановилась в проходе. Карлебах пел. Публика слушала, затаив дыхание. Внезапно наступила тишина. Я увидел, как раввин смотрит вниз. Он вытянул шею и взмахнул рукой. Софиты прошли лучами по тёмному залу и скрестили их на фигуре моей жены. Я смотрел на неё сзади, но, по-моему, никогда она не была такой красивой.

Карлебах схватил гитару наизготовку, как автомат, и величественно спустился по ступенькам в зал. Шнур микрофона с шуршаньем тянулся за ним следом. Он подошёл к моей жене и поклонился. Она сделал книксен. Я шагнул вперёд.

— Ну, что? — спросил он, и голос его загрохотал. — Я знал, что ты приедешь и что я рано или поздно встречу тебя. Как твой парень? Он таки до сих пор сидит среди северных льдов и полярных медведей?

— Он таки приехал со мной, — сказала моя жена счастливым голосом, влюблённо глядя на него.

Я подошёл к ним. Зал внимал молча. Я чувствовал сотни взоров, вцепившиеся в нас мёртвой недоуменной хваткой.

— Вот он, мой парень, — сказала Софа и плавно показала на меня рукой. Она была похожа на королеву, говорящую о своём паже.

Карлебах восторженно взвыл. Он поднял гитару над головой и, запрокинув кверху белое в ярком свете софитов лицо, прокричал на смеси двух языков:

— Борух ато, Татэле, мехайе ѓа-мейсим! — Благословен Ты, Папочка, воскрешающий мёртвых!

Потом он шагнул ко мне и обнял. Потом повернулся к моей жене и обнял её — и перед тем, как выпустить, умудрился поцеловать её очень звонко.

Мы поднялись на сцену, и он усадил нас на стулья позади микрофонной стойки. Я чувствовал себя ужасно неудобно. Рабби размахивал своей знаменитой концертной гитарой, как часовой ружьём, и рассказывал залу об обстоятельствах нашей первой с ним встречи. Зал устроил овацию, и я не понимал, кому хлопали больше — ему или моей жене.

Мы присутствовали на выступлении до самого конца, сидя на сцене за спиной Карлебаха. Один из молодых музыкантов, игравший на флейте, всё время подмигивал Софе, а она посматривала на него из-под полуопущенных ресниц. Я размышлял, не был ли это тот самый Джимми или Билли, с которым почтенный раввин в своё время хотел отправить мою жену прошвырнуться в Лос-Анджелес.

Когда мы возвращались домой, на небе уже высыпали звёзды. Я держал в руке фотографию Карлебаха с надписью на обороте: «Мойшеле, как только захочешь, звякни, и мы устроим отличную встречу, у меня в Меор-Модиине живёт община учеников, классные ребята! Мы споём, выпьем и закусим, как полагается. Ты ничего не имеешь против кошерного виски?»

Я ничего не имел против кошерного виски. В то время я не имел ничего против даже некошерного виски.

— Знаешь, — задумчиво сказала Софа, держа меня за руку, — а у него очень приятно пахнет борода… Очень дорогим и хорошим одеколоном.

Я не нашёлся, что ответить, и только аккуратно высвободил руку.

…Прошёл год. Мы так и не встретились с ним. Время от времени нам звонили его ученики и приглашали на встречу — «сам ребе попросил передать!» — но, как это обычно бывает, всегда находились какие-то причины, по которым мы не могли поехать в гости. Теперь, по прошествии стольких лет, все эти причины кажутся нам совершенно несущественными.

Двадцатого октября девяносто четвёртого года, под вечер, мы ехали в машине с несколькими знакомыми на пикник. Приближалась суббота. Я включил радио. Голос диктора произнёс: «Сегодня, в день шестой, утром, в самолёте рейса Тель-Авив — Торонто, по дороге на концерт в Канаде, скоропостижно скончался от сердечного приступа Шломо Карлебах, известный всему миру как „поющий рабби“»…

Я услышал, как охнула Софа. Посмотрев в зеркало заднего обзора, увидел, как она сидит, прижав ладони к щекам. Никто в машине, кроме нас, вообще не знал, кто это такой. Приятели продолжали разговаривать между собой. Я смотрел в окно, почувствовал во рту солёную влагу и заскрипел зубами.

А было так. В самолёте его узнали и попросили устроить бесплатный концерт в воздухе. Шломо никогда не отказывал. Он вытащил из чехла гитару и запел. Он пел и пел песню за песней, час за часом, и лётчики «Боинга» держали дверь кабины пилотов открытой в пассажирский салон — небывалое нарушение правил безопасности в полёте. Наконец он спел песнь Моисея, к которой когда-то сочинил музыку. Это совсем короткая песня, состоящая всего из двух слов: «Внимайте, небеса…» Он спел эту песню, откинулся на спинку кресла, прошептал что-то и умер. Гитара, зазвенев, упала в проход. Вот и всё.

Приятели не заметили нашего состояния. Они были радостно возбуждены предстоящей пьянкой на берегу моря. Скоро мы добрались до пляжа, достали корзины с выпивкой и закуской, отнесли к самой кромке воды и уселись на неостывший песок. Солнце падало за багровеющий горизонт, солёный ветер совсем растрепал кудри моей жены. Непривычно высокие валы катились на покинутый пляжниками берег. Мы выпили и закусили. Я пил всю ночь и к утру, кажется, даже развеселился.

Свет мой, зеркальце

Единственным сто́ящим видом отдыха для меня является чтение, и я никак не могу назвать его пассивным. Активнее некуда: я читаю в транспорте, в очередях и иногда даже во время ходьбы. За едой я читаю тоже. Людей это часто раздражает. Когда я читаю, то не слышу и не вижу происходящего вокруг. Какое мне дело, скажите на милость, до цены на подсолнечное масло на рынке или номера подошедшего к остановке автобуса, если в тот момент, когда меня спрашивают об этих вещах, я веду с Форсайтом неспешную беседу у камина, или продираюсь сквозь дебри тайги, или сопровождаю Веничку в его поездке в Петушки? Возвращённый в иную реальность, я временами реагирую, с точки зрения окружающих, не очень адекватно. Впоследствии, поразмыслив, я иногда соглашаюсь с ними…

Сегодня я читал «Записные книжки» Алексея Пантелеева, автора, которого нежно и преданно люблю с самого детства. Читать я начал ещё по дороге к автобусной остановке. Подошёл автобус и, с некоторым трудом сориентировавшись в обстановке, я поднялся на подножку передней площадки. В Израиле пассажиры всегда входят в общественный транспорт с передней площадки, чтобы заплатить водителю за билет или предъявить ему проездную карточку.

Куда бы я ни направился, в моей сумке всегда лежат бутылочки с пятью сортами глазных капель, которые я с некоторого времени обречён закапывать строго по часам. С этой целью я ношу с собой также маленькое карманное зеркальце, позаимствованное у моей жены.

Итак, уставившись в Пантелеева, я ощупью нашарил поручень и поднялся в автобус. Перед водителем образовалась маленькая очередь предъявлявших билеты пассажиров. Краем сознания я следил за ними. Когда подошла моя очередь, я сунул руку в карман, вытащил зеркальце и протянул водителю. Он кашлянул, вытащил расчёску и, глядя в зеркальце, причесался. Потом вопросительно поднял на меня глаза. Я ждал кивка — обычного сигнала автобусных водителей, означающего «о'кей, проходи». Кивка не было, поэтому я, глядя в книгу, продолжал держать зеркало перед его лицом. Тогда, глядя в зеркало, он расчесал бороду, пригладил усы и даже провёл пальцем по бровям. Стоявшие сзади меня терпеливо ждали — в Иерусалиме много сумасшедших.

— Правильно! Так всегда и нужно! — громко сказала старушка, сидевшая на переднем сиденье.

Водитель наконец кивнул мне, и я прошёл в салон. Большую часть дороги я читал Пантелеева, но не мог сосредоточиться: на меня искоса поглядывала значительная часть пассажиров, а я обычно чувствую это кожей. Понять причину их взглядов я не мог и от этого немного нервничал. Я даже отвлёкся на секунду от книжки и, на всякий случай прикрывшись сумкой, посмотрел вниз, проверяя, не расстёгнута ли у меня ширинка — такие случаи бывали. Дочитав главу до конца, я закрыл Пантелеева и поднял голову. Пассажиры глядели на меня в упор. И тут я вспомнил…

Плутарх рассказывает, что Александр Великий следующим образом отбирал себе в армию воинов-наёмников: он прятался в своей палатке, приказывал заводить их к себе по одному и, когда они входили, неожиданно выскакивал перед ними из-за шторы. Иногда при этом он махал мечом. Тех наёмников, кто в эту минуту от испуга краснел, он брал к себе в фалангу, тех же, кто бледнел, тут же отправлял домой.

Я покраснел.

Девятнадцатое декабря

В конце восьмидесятых годов, когда я ходил вокруг Софы кругами, как мегалодон вокруг предполагаемой добычи, некоторое время мне не удавалось приблизиться к ней. Кое в каких ситуациях я любил разевать рот на чужое, а если выяснялось, что это и не чужое вовсе, а как бы некоторым образом даже бесхозное, совсем терял голову. С детства папа и мама воспитывали меня в том ключе, что женщина—тоже человек, что нужно поступать по-рыцарски, что необходимо считаться с чужими желаниями; поэтому я всегда кружил сперва, кружил, грациозный, как гиппопотам, боящийся приблизиться к кусту, чтобы не спугнуть бабочку, что временами приводило к головокружению у потенциального объекта. И чтобы от него, головокружения, избавиться, объект зачастую посылал меня в сад. Так бывало часто, но не так было на этот раз.

Я познакомился с Софой совершенно случайно, а познакомившись, от растерянности пригласил в гости к одному моему знакомому. Знакомый—сотрудник библиографического отдела Публичной библиотеки, в которой я тогда работал, алкоголик Марк—держал у себя на дому нечто вроде притона для интеллектуалов. Я всегда тяготел к компаниям, в которых можно было поговорить о книжках, рассказать пару новых политических анекдотов, изрядно наклюкаться и, может быть, даже закадрить клёвую чувиху. Клёвыми нам казались все чувихи, посещавшие этот бардак. Нет некрасивых женщин, есть мало водки,—отечески внушал нам Сергей Владимирович, тоже сотрудник библиотеки, писатель, специалист по Достоевскому, регулярно посещавший наши сборища. В силу возраста он уже не мог реализовать свои поговорки на практике, и ему оставалось только поучать нас.

Вовсе не из-за водки, а, полагаю, из-за нашего юного тогда возраста все дамы, приходившие в Маркову хиппи-хату, казались нам прекрасными. Где, в какой стране можно было найти ещё девушку, готовую истово отдаться вам уже через пару часов знакомства—при условии, что вы почитаете ей стихи непризнанных гениев? Разве что в Венесуэле, говорил Глеб, завсегдатай наших посиделок, художник-оформитель из отдела эстампов (в свои семнадцать лет—законченный пьянчуга). Разумеется, он имел в виду известную строчку Маяковского.

И вот в этот кошмар я имел глупость пригласить новый предмет своих воздыханий. Весь вечер я чувствовал себя не в своей тарелке. Водка казалась несвежей, селёдка—горькой. Софа просидела рядом со мной часа три, изумлённо поглядывая на присутствовавших, которых я по недосмотру и юношеской восторженности представил ей как сущих гениев, надежду земли русской, великих литераторов и художников-нонконформистов. Гении быстро теряли человеческий облик, после третьей рюмки, читая стихи, уже не декламировали, а ржали, как жеребцы, и через час кто-то уже блевал в туалете, а мрачный Василий Цезаревич, сорокапятилетний музыкант-абстракционист, сотрудник котельной нашей библиотеки, бродил по комнате, безуспешно пытаясь найти выход. Я смотрел в стол, ощущая жар, исходивший от бедра сидевшей рядом Софы. Она была одета в красное платье. Я чувствовал неуверенный стыд за то, что её пригласил. Анекдоты вдруг стали казаться мне глупыми, а песни Кима, как сквозь вату доносившиеся с древней «Яузы»,—затёртыми и шепелявыми. В комнате тяжёлыми пластами висел сигаретный дым и, казалось, почти не пропускал тусклого света от голой лампочки под высоким лепным потолком.

Софа косилась на меня, я упорно смотрел в стол. От стеснения я не мог взять рюмку водки, уже полчаса стоявшую передо мной на столе. В конце концов Софа вздохнула, сказала, наклонившись ко мне, что ей пора—дома соседка сидит с её сыном, пора и честь знать; встала и направилась к выходу. Никто не обратил на это особого внимания. Я обречённо встал и направился следом.

— Тогда я ещё водочки выпью!—быстро проговорил нам в спину Глеб и, схватив мою рюмку, опрокинул её в себя.

В прихожей моя новая знакомая, спотыкаясь, искала в темноте сапоги и пальто. Света в прихожей не было—кто-то из наших нонконформистов ещё давно, года три назад, разбил плафон в знак протеста против тоталитарности режима страны, в которой мы жили. Я стоял столбом. Софа, найдя пальто и надев сапоги, стала на ощупь открывать дверную щеколду. Я вышел вслед за ней. На улице я понял, что всё пропало. Ещё минута—и она исчезнет и никогда уже больше мне не позвонит. Взвизгнув тормозами, подъехала «Волга» с шашечками. Софа повернулась ко мне. Я открыл рот.

— Вы мне очень нравитесь… — только и сумел пролепетать я.

Она улыбнулась:

— Тогда ещё не всё пропало.

— Можно мне позвонить вам?! — кидаясь в чёрный омут ужаса и восторга, крикнул я.

— Можно.

Я позвонил на следующий день. Совершенно неожиданно она разрешила прийти к ней домой.

— Чтобы я знала, что это вы, скажете в домофон кодовую фразу. Я спрошу: «Кто это?» А вы ответите: «Марчелло Мастроянни».

Я неуверенно заржал в телефонную трубку.

Ещё не опомнившись от вчерашнего вечера, я почувствовал, что оживаю. Мир снова заиграл красками. Я бежал к метро вприпрыжку. Робея, приблизился к дому. Все парадные были заперты наглухо. В глазах двоилось, я с большим трудом обнаружил нужный вход под цементным козырьком. Я боялся подойти к домофону и позвонить. Во дворе играли дети. Наверное, они здесь живут, подумал я и, чтобы потянуть время, подошёл к ним.

— Дети, — сказал я, — скажите…

Они бросили игру и уставились на меня с опаской.

— Кто-нибудь живёт в этом подъезде? — спросил я.

Они переглянулись.

— Вообще, да, — сказал мальчик лет восьми в синей курточке, с красным шарфом, обмотанным вокруг цыплячьей шеи. — Подъезд обитаем. Там живёт много народу.

— Ага. Так я и думал, — удовлетворённо сказал я и почесал за ухом, хотя там совсем не чесалось.

Дети отодвинулись.

— А чего вы хотели, дядя? — спросил тот же мальчик. Он нетерпеливо подкидывал разноцветный резиновый мяч.

— Я хочу Софу, — сказал я. — Из этой квартиры… из тринадцатой квартиры.

— Софа из тринадцатой квартиры — моя мама, — сказал мальчик.

— О! — сказал я. Я совсем забыл, что у моей феи в красном платье есть ребёнок.

— Меня зовут Дима, — сказал мальчик и замолчал.

— А, — сказал я и потёр уши. На улице было довольно холодно. Меня кинуло в пот.

— Мама говорит, — сказал мальчик, — что вежливо представляться в ответ. Меня зовут Дима.

— Да, — сказал я.

Он фыркнул и отбросил мяч в сторону.

— А вас как зовут? — спросил он громко и довольно медленно. Так учитель волчат из «Маугли», старый Балу, объясняет своим воспитанникам в одноимённом мультфильме: «Сказать, сказать что надо?»

— Меня… это… Миша меня звать, — наконец сообразил я.

— Вот. Идёмте, дядя Миша, — сказал он и взяв меня за руку устремился к парадному. — Вы играйте пока без меня! — крикнул он детям.

За спиной возобновились удары мяча, детские голоса и скрип качелей. Я с опаской косился на умного мальчика. Он влёк меня к двери, цепко ухватив за руку. Мы подошли к парадному, и я склонился к домофону.

— У меня есть ключ, — нетерпеливо сказал он.

— Погоди… — пробормотал я. — Мы договаривались, твоя мама и я, что я сперва позвоню…

Я нажал кнопку. Через несколько секунд послышался знакомый голос, несколько искажённый селекторной связью:

— Да. Это кто?

— Это я, Марчелло Мастроянни, — неуверенно пробасил я.

Умный мальчик фыркнул. Софа захохотала.

— Открываю! — крикнула она, раздалось жужжание, и дверь, щёлкнув, открылась. Держась с Димой за руки, мы одновременно шагнули в парадную.

Так впервые я вошёл в этот дом.

…С тех пор прошло двадцать два года.

Лёгкое приключение, о котором я думал, что оно — одно из многих, превратилось в новую семейную жизнь. Через два года мы уехали из России. Я усыновил мальчика в синей курточке, и по всем документам он считается моим сыном. Иногда это приводит к забавным недоразумениям. Люди, не осведомлённые о подробностях нашей семейной жизни, узнав, сколько лет Диме — и сколько мне, начинают на меня странно посматривать. «Сколько же тебе было лет, когда ты его сделал?» — спрашивают они. Они правы — не зная нюансов, логично предположить, что я сблизился со своей второй женой в подростковом возрасте. Всякий раз, знакомясь с новыми гостями, входящими в наш дом, я начинаю рассказывать эту историю с самого начала.

Мальчик в синей курточке вырос, и из Димы стал Давидом. Я старался воспитывать и учить его как умел — но умел я, видимо, плоховато, потому что читает и пишет на русском он сейчас на том же уровне, на каком находился ко второму классу. Именно из второго класса советской школы мы выдернули его, и он перенёсся через три моря, как Афанасий Никитин. В детстве я учил его географии, но единственный город в Африке, название которого он знает назубок и который может даже показать на карте — это Антананариву. Он рос в не очень простое время и в совсем не простой стране, и историю его взросления я описал несколько лет назад в рассказе «Почему я не люблю богему». Рассказ вошёл в книгу, и я стерёг её пуще зеницы ока, чтобы она не попала к нему в руки, — довольно рефлексивное действие, если принять во внимание, что прочесть рассказ самостоятельно и по собственному желанию он вряд ли бы смог. В конце концов книжку взяла с полки наша невестка и прочла ему вслух. Марина приехала в страну, когда ей было пятнадцать лет, поэтому читать она умеет значительно лучше своего мужа. С тех пор, когда по семейным праздникам они принимают нас у себя дома, я иногда ловлю на себе её задумчивый взгляд. Тогда я теряюсь и, забывая выпить рюмку, начинаю смотреть в стол, совсем как в тот давний ленинградский вечер, когда пригласил её будущую свекровь в гости к своим друзьям, алкоголикам-нонконформистам.

Внешне Дима остаётся всё тем же мальчиком в курточке. Я хочу сказать, что никто не даёт ему его лет. Новые знакомые всегда спрашивают: «Сколько лет этому мальчику?» — и, услышав ответ, удивлённо цокают языками. У них с Мариной уже двое детей, и они зовут меня дедушкой. Дима зовёт меня папой. Я зову его — Малыш. Он хороший сын. Сегодня ему исполнилось тридцать лет.

К истории одной фотографии

*...В графе «пол» положено отмечать
галочкой буквы «з.» и «н.», т. е. «самец»
или «самка».*
**(Из пособия об устройстве
на работу для новых репатриантов)**

Раз в году всем сотрудникам положено проверить их личные данные, занесённые на сайт Управления, предназначенный для внутреннего пользования. Может, в течение года что-нибудь изменилось? Кто-то у кого-то родился, кто-то ушёл от жены, от кого-то жена ушла сама. Телефон изменился или домашний адрес. Умерла любимая тёща. Может, кто поменял специальность? Стал профессором или разжалован в доценты. Всё, всё нужно проверить и при необходимости внести исправления. Я всегда затруднялся с этой проверкой—там непонятно, куда тыкать, и вообще всё непонятно. Непонятно даже где я—и где директор. Однажды, когда я был ещё молодым и неопытным сотрудником, то залез в персональное дело председателя Управления по кличке Натан-Толик и исправил там всё в соответствии с реальным положением дел. То есть я не знал, что исправляю его страничку. Я только удивился, почему на размытой фотографии у меня плешь. Я искренне написал, что у меня умерла тёща, что родилась дочка, потом—что я получил статус писателя и что у меня вышла пятая книжка. На следующий день всё Управление шепталось: ай да Толик! Тёщу похоронил, ополоумел от счастья, никому ничего даже не сказал, прижил младенца на стороне, и это в шестьдесят пять лет, да ещё и писателем заделался. А ещё министр! А ещё депутат кнессета! Ай да Толик.

Мне позвонили через два дня из отдела безопасности и сказали, что мои политические взгляды всем известны, но это не даёт мне права... и так далее. С тех пор я внимательно слежу за собственной страничкой на нашем сайте. Правда, я всё равно никогда не вчитывался, что там написано, я только поместил туда свою фотографию, сделанную лет пятнадцать назад в городе праотцов Хеврон, куда наша контора выезжала в полном составе на экскурсию. По сути, теперь это арабский город, арабов там живёт тысяч сто пятьдесят, а наших — человек пятьсот только. У меня была тогда длинная борода, и на улице меня время от времени принимали за ваххабита. Экскурсоводом у нас была Алла из отдела пропаганды. Она хороший экскурсовод, но я немедленно потерялся. Все отправились в Пещеру праотцов, она называется на иврите Маарат а-Махпела. Там похоронены Адам с Евой, Авраам с Саррой и ещё куча народу. Пещера — направо, но я, как всегда, зачем-то пошёл налево. Я ходил по городу и взывал: «Алла! Алла!» Встречные арабы уважительно кланялись. Они принимали меня за паломника. Моя борода торчала, как у террориста-камикадзе. Трижды я натыкался на военные патрули. У меня требовали документы, я их предъявлял, и меня пропускали, принимая, видимо, за агента службы безопасности, охотящегося за потенциальными террористами. Лишних вопросов мне не задавали. Наконец офицер третьего патруля в ответ на мой риторический вопрос, где же Алла, мрачно сказал, что — везде. Налево или направо, или взад? — плачущим голосом спросил я. Судя по твоей бороде, тебе нужно взад, — сказал он, и я, не поняв, что он имел в виду, послушно повернул назад. Через минуту я вышел на рыночную площадь, где сновали толпы. На краю площади я увидел памятный знак — камень, на котором была выбита надпись, что здесь находился дом, в котором жила еврейская община, вырезанная горожанами в 1929 году. Аллы здесь не было. Я плюнул и пошёл в сторону. Торговцы у зеленных рядов решили, что я плюнул, прочтя, как правоверные изгнали из города неверных, и стали бурно выражать мне свою поддержку: они хлопали в мозолистые ладони, подносили мне турецкий кофе и гладили мою бороду. Я лепетал: «Алла!.. Алла!..» Это воодушевляло их ещё больше. Мой плохой арабский их не удивлял — меня принимали за почтенного мусульманина-иностранца, скорее всего неофита. Чтобы от меня отвязались, я согласился с тем, что я татарин. Подумать только, какой богобоязненный мужчина, прибыл из дикой страны северной, не испугался сионистских патрулей и плюнул на этот камень, мы и то такое можем позволить себе лишь по ночам, правда, Ибрагим? — сказал носильщик с лицом, как лезвие топора. Ибрагим был согласен. Как зовут твоего уважаемого отца? — почтительно спросил меня кто-то. Я ответил, что зовут его Марк; они решили, что это отменная шутка. Меня взяли под руки и отвели на другой конец площади. Там проходил митинг — судя по всему, какой-то террористической организации. Толпа народа хлопала в ладоши и вопила. Алла!—взывал я. Мой голос тонул в общем рёве—вокруг все, стараясь помочь мне, взывали к Алле, но называли её фамилию почему-то неправильно—Ахбар. Я пытался спорить и утверждал, что её фамилия—Прайсман. Сперва окружающие пытались меня переубедить, потом решили, что я еретик, и благожелательное настроение присутствующих изменилось мгновенно,—они пришли в бешенство. В последний момент какой-то старик в платье, свидетельствующем о принадлежности к мистическому ордену суфиев, выхватил меня из толпы и, завопив «табууууууу!», увлёк меня в проулок. Там он рванул себя за бороду, как старик Хоттабыч, она слетела, и он оказался совсем молодым парнем. Тебе что, жить надоело?—спросил он меня на прекрасном иврите безо всякого акцента. Я ответил, что никак нет. Его трансформация внушала мне робость. Я как будто стоял перед офицером советской армии. Я отвечал по уставу.

— Каких, однако, идиотов посылают работать!..—вздохнул он.—Новичок?

Я кивнул. Действительно, в этом святом городе я был сущим новичком.

— Закурим,—предложил мне парень, и мы закурили. По площади и переулкам поплыл сладковатый дурманящий запах. У меня слегка зазвенело в ушах.

— Ты из какого отдела?—спросил меня он, и я ответил, что работаю в архиве.

— У них что—нет оперативников, чтобы сюда архивных работников присылать?—изумился он. Постепенно я сообразил, что это переодетый полицейский агент. Когда он наконец понял, кто такой я, то выпучил глаза и сказал, что мне очень повезло, что он оказался рядом. Я поблагодарил его.

— Это случайно,—сказал он,—ну, раз так, то давай, я отведу тебя... куда тебя отвести?—я сказал, что мне нужно к Алле.

— Все там будем,—сказал парень. Мы пошли по городу, благоразумно обогнув рынок, взывая к Алле. Попадавшиеся навстречу умилённо кивали и трогали свои бороды руками.

— Тебя сперва только борода спасла,—сказал мой новый знакомый, и я стал машинально поглаживать её. Через пять минут я оказался у Пещеры праотцов и был сдан с рук на руки перепуганной, плачущей Алле. Она была уверена, что меня зарезали или похитили. Толпа сотрудников окружила меня. Мне тянули руки, души, папиросы. Я только трогал бороду и растроганно бормотал—Алла, Алла… Тут меня и сфотографировали, и именно эту фотографию впоследствии я поместил на свою страничку нашего сайта. Вернувшись домой, я сбрил бороду.

И вот, получив ныне указание Управления проверить мои личные данные на сайте, я открыл свою страничку и впервые за двадцать с лишним лет как следует вчитался в то, что там было написано. Надо сказать, что в первый раз я заполнял данные через полгода после приезда в страну, диктуя секретарше то, что мог ей объяснить на моём слабом тогда ещё иврите. Боюсь, она с трудом понимала меня. Чтобы скрыть смущение и показать, что я парень с тем же отсутствием комплексов, как и уроженцы страны, я старался говорить несколько развязно. Я рассказал ей, что с детства ненавижу математику и люблю малые северные народы, например эскимосов, что учил иврит в подполье, что у меня в прежней жизни было много подруг, с которыми перед отъездом я был вынужден, к сожалению, расстаться, что я вообще симпатизирую женщинам, и что даже официально был женат, по крайней мере, дважды. Она старательно внесла эти данные в компьютер. Только теперь я всмотрелся в эти строки. Это было дивно. Там было написано, что я математик, что я эскимос, что насильно обучал северные народности ивриту, что у меня двое детей от большого количества женщин, что я бросил всех своих жён, включая ту, на которой женат сейчас, и что я самка.

Хамса для подруги детства, или Бад-и-садбист-и-руз в груди у тёзки

Я очень люблю рассказывать. Брожу по белому свету, смотрю, что делается вокруг, слушаю, что люди мне говорят, а потом пишу книги. Кое-что вам может показаться выдумкой, но это зря: разве станет писать небылицы человек серьёзный?..

Из П. Аматуни

С Мусой мы друзья. Ну, приятели. Скажем так — знакомые. Встречаемся мы в его полутёмной, пропахшей ароматами сказок Гарун аль-Рашида лавочке на арабском базаре Старого города не чаще одного раза в шесть лет, — и каждый раз радуемся друг другу от души. Муса встречает меня так, как будто распрощались мы с ним только вчера. Громадным инкрустированным ключом, широким жестом — прочь бизнес! — он запирает входную дверь, валится на персидский ковёр, щёлкает пальцами, кричит зычным голосом — и через минуту в проёме дверей позади прилавка показывается силуэт Лейлы, с головы до ног укутанной в покрывало. Она бережно несёт на медном с дивной гравировкой подносе крохотные чашечки ароматного турецкого кофе, пропахшего легендами Востока. Мы пьём кофе, и Муса неспешно рассказывает о погоде, о том, как он успешен в торговле, о том, какие свиньи эти неверные. Тут, впрочем, он делает небольшую паузу — помня, что мы друзья, временами он несколько теряет связь с действительностью. Тогда он прочищает горло и плавно переходит на воспоминания дедушки о предках, среди которых были и носители зелёной чалмы. Я уважительно качаю головой и механически оглаживаю бороду. Муса тоже прикасается к своей крашенной хной бороде, как бы призывая в свидетели тени забытых предков, и дальше мы пьём кофе со сладостями, неслышно поднесёнными Лейлой на отдельном подносе. Можно не торопиться — дел у нас нет. Я прихожу к нему просто так, и всякий раз он недоумевает. Я чувствую его недоумение, но не тороплюсь. Я рассказываю о своих предках, и он вежливо вставляет — безусловно, они были богобоязненными людьми, земля им пухом. Земля, соглашаюсь я. Рассказывать друг другу о новостях политики мы считаем плохим тоном, хотя и эту беседу поддержать он может вполне. Если это невзначай случится, он скажет, что Хамас — порождение ехидны, что Арафат произошёл от нечестивца, согрешившего с обезьяной, и я буду кивать и гладить бороду; через минуту спесь истинно верующего взыграет в его душе, и он приоткроет мне частицу её, вскользь упомянув, что его двоюродный брат — уважаемый в Газе бизнесмен и филантроп, пожертвовавший не одну сотню тысяч. Сотню тысяч чего именно и на какие нужды — мы не коснёмся этой щекотливой темы. Я не хочу ставить моего знакомого в неудобное положение. Достаточно того, что Муса чувствует себя перед братом неловко — тот, как настоящий правоверный, имеет четырёх жён, а Муса — всего одну только Лейлу. Лейла неслышно вздыхает за дощатой стенкой. Мой хозяин вздыхает громко и клянёт неблагоприятные обстоятельства — он до сих пор не может забыть белокожих христианок в бейрутских борделях его юности; жену из сентиментальных этих воспоминаний он заставляет краситься в блондинку, целиком, но брюнетка с каждым годом выпирает в ней всё ярче. С минуту мы молчим, громко отхлёбывая остывший кофе, щёлкая языками, и сокрушённо качаем головами.

Мою дочку Муса видел трижды, а именно, каждый раз во время наших встреч — через год после её рождения; когда ей исполнилось шесть лет; и вот сейчас — когда через месяц она достигнет религиозного совершеннолетия. С каждым её появлением в его лавке мой тёзка прищёлкивал языком и пальцами всё сильнее. В этот раз мы явились к нему втроём — Двора-Берта, Софа-Сара и я.

Разговариваем мы с ним на дивной помеси трёх языков — его ломаного, но пышного, цветистого иврита, моего отвратительного арабского и прекрасного литературного русского. В своё время Муса пять лет учился на хирурга в Харькове, и при желании может цитировать в подлиннике Мандельштама. Впрочем, желание это я наблюдал у него нечасто.

…Он встретил меня, как всегда — с ходу приветливо, как будто со дня последней встречи не пронеслись эти шесть лет.

— Ты уже пришёл, моя отрада. Пожалуйста, садись вот сюда, и пусть твоё тело покоится в объятиях Аллаха…

Моё тело покоилось в объятиях Аллаха, а мои жена и дочь остались стоять, испуганно озираясь.

Только через минуту, загипнотизированный тленом и негой Востока, я стал ощущать некое неудобство.

— Ничего, они отдохнут в женской комнате,—сказал тёзка, нажал на вмонтированную в прилавок кнопку, и неслышной тенью немедленно явилась несколько постаревшая Лейла. Годы шли ей—несмотря на крашенные бслым волосы, выглядела она ещё более яркой, чем всегда, брюнеткой.

Муса что-то не то крикнул, не то зевнул, и Лейла поклонилась. Э-э,—сказал я, и Двора-Берта с Софой-Сарой остались в той же комнате, что и мы; чего хочет гость, того хочет Аллах; впрочем, Лейла усадила их подальше, у самой стенки. Моя дочь приня-лась разглядывать ятаганы, в красивом порядке развешанные по стенам.

— Что привело тебя ко мне именно сегодня, о услада моего сердца?—обратился ко мне тёзка, механически щёлкая пальца-ми. Я ощутил, как в руку мою была нежно всунута чашка кофе.

— О достопочтенный, не найдётся ли в доме твоём малень-кой—совсем маленькой!—хамсы на цепочке? Ибо хочу пода-рить я хамсу подруге детства моего,—сказал я на отвратитель-ном арабском.

— О душистый цветок души моей,—путая род и склонения, ответил на иврите Муса,—ты, как и всегда, знал, куда обратить-ся с бедою своей; именно в этом доме найдётся, непременно най-дётся то, что ищет сердце твоё; здесь, о добрый сын благородных родителей, будет предложен тебе богатейший выбор талисманов и амулетов, а наипаче всего—то, что ради таких и только таких моментов на полку не выставляется вовсе.

Царственным и одновременно заговорщицким, воровским каким-то движением он открыл ящик стола и поманил меня пальцем. Я встал и заглянул в стол. Там лежали разнообразные цепочки с амулетами. Там были амулеты для истинно право-верных, и для не истинно правоверных, и шестиконечные звёз-дочки—для Сынов Книги, которые иначе именовались Сынами Смерти, и крестики для кяфиров, и заключённые в серебряные оправы лягушачьи косточки для язычников, и какие-то поддель-ные талисманы—уже совсем для дураков, иначе именуемых европейскими туристами. Муса был правоверным, но не желал краха своему бизнесу. Этим он невыгодно отличался от своего брата, свирепого, гордого и прямолинейного обладателя четырёх жён.

Я выбрал скромную цепочку с маленькой растопыренной пятернёй, с крошечными, вмонтированными в неё камешками бирюзы, и мы принялись торговаться так, как это принято на Востоке между добрыми друзьями; после каких-то полутора часов криков, бегства за порог и неохотных возвращений талисман перешёл в безраздельное моё пользование; в награду мне было поведано, что эта хамса изготовлена способом ручной штамповки в семье моего хозяина старшими его родственниками и для освящения отнесена к известному всему городу каббалисту Омри Али-Бабе, который её и освятил (наверняка после такой же, подумал я про себя в скобках, торговли, какую выдержал только что и я).

На протяжении всего этого времени дочь моя и жена поглощали восточные сладости и пили чёрный байховый чай, подававшиеся без устали дочерями моего тёзки. Дочерей у несчастного Мусы было четыре; Аллах не благословил его сыновьями; зато у него жил племянник, осиротевший сын его единственной сестры, которого Муса сызмальства взял в дом, воспитывал как положено, относился, как к родному сыну, и не чаял уже женить, сбыв с рук. Я никогда не интересовался, как Абдуррахман потерял родителей, но как-то в разговоре, промелькнувшем мимо моих ушей, отпечаталось, что папа его, достопочтенный Мур-Вей ибн Гассан, был активистом некой организации, поставившей в далёкие семидесятые годы целью своей Свершение Предосторожности над неверными.

Положив цепочку в карман и застегнув его на всякий случай на пуговицу, я совсем уже собрался уходить, но тут в полутьме курившейся багдадскими благовониями лавки появился Абдуррахман — и уставился на мою дочь. Мне до сих пор кажется, что Муса вызвал его секретным звонком, надавив на кнопку, вмонтированную в прилавок.

— О возлюбленный небес наших общих, — с необычайным даже для его медоточивого языка почётом обратился ко мне Муса, — сын мой пришёл в возраст, и до объятий гурий в раю суждено испытать ему муки любви в этом тленнейшем из миров; и я…

Тут только я понял, что он страшно волнуется, ибо он перешёл на разговорный русский язык.

— Короче, типа, сколько ты хочешь за тёлку?

— Ма, кводо? — Что, уважаемый? — изумился я на иврите, схватившись за карман.

— Дочке — двенадцать? — отрывисто спросил он.

— Одиннадцать осенью будет, — ответил я, ещё ничего не понимая.

— Нормалёк, — нервно хихикнул он, — сколько отступного надоть? — Тут я уразумел, что мы окончательно перешли на русский сленг семидесятых годов.

— Да… ты что?

— Уж больно она моему Абдуррахману понравилась. Блондинка, опять-таки, мать итти!.. Не то, что моя дура.

Он косо взглянул на Лейлу — та, ни слова не понимая, затрепетала, как свеча на ветру.

— Не продаётся, — твёрдо сказал я, поглядывая на плотно замкнутую на два засова дверь.

— Сынок, скажи, что ты чувствуешь, глядя на девицу сию? — обернувшись к долговязому с сильно пробивающейся клочковатой бородой носатому племяннику, сказал он, вновь перейдя на иврит (Двора-Берта, выпучив глаза, уронила чашку с недопитым кофе себе на белоснежные клеши).

— О отец, в моей груди настоящий бад-и-садбист-и-руз, жаркий ветер ста двадцати дней!.. — гортанно ответил сын достойных родителей.

— Пятьдесят баранов даю, — вновь обернулся ко мне Муса.

— Каких баранов?! — завопила моя жена. Уникальность ситуации, наконец, дошла до неё.

— Шестьдесят даю.

— Друг мой, дочка не продаётся, — неуверенно сказал я, от волнения используя три языка одновременно.

— Как это не продаётся, раз я её покупаю? — изумился он. — Семьдесят пять баранов.

— Нет, — сказал я, гордясь собой (Софа-Сара встала рядом тенью ассасина с отравленным ножом в зубах).

Он поджал пухлые чувственные губы.

— Восемьдесят баранов…

— Сам ты баран! — заорала Софа. От волнения она путает на иврите мужской и женский род — совсем как наш радушный хозяин. Получилось, что она обозвала почтенного потомка мекканских паломников овцой.

— Не продаётся дочка, — сказал я, умиляясь сам себе. Но мы на Востоке, такие споры нужно решать полюбовно… Увы, моя супруга этого категорически не желает понимать.

Муса осуждающе поцокал языком.

— Аллах позавидует твоему спокойствию, — молвил он, демонстративно обращаясь ко мне и только ко мне. — Твои нервы гибки, как змеи, и крепки, как железо. Но сам подумай — скоро к тебе приедут твои уважаемые родители; вам предстоят немалые расходы; вам нужно будет покупать им квартиру; девяносто пять баранов будут немалым подспорьем…

— Неееет!!! — истерически крикнула моя жена, женским инстинктом почуяв мои колебания.

— Сто, — кротко сказал он.

— Нет, — сказал я, косясь на жену.

— Ты что — сдурел? — тихо сказала Софа. — Скажи этому верблюду…

От ужаса она перепутала на иврите верблюда с бараном.

Муса уловил эту путаницу. Совершенно естественно — все любят поторговаться, особенно в таких серьёзных делах, как выдача замуж дочки. Ему показалось, что он нащупал верный манёвр.

— Твоя уважаемая Сарья совершенно права. Я окунул свой язык в океан мудрости и признал эту правоту. Я согласен уплатить верблюдами.

— Какими верблюдами?! — с ужасом взвизгнула она.

— Сколько?! — путая языки и приличия, вопил я одновременно с ней.

— Один верблюд — это не меньше тридцати баранов, — стал загибать он короткие волосатые пальцы. — Стало быть… стало быть, три с почти четвертью верблюда.

— Сто!!! — потеряв чувство реальности и меры, кричали мы с женой.

— Да нет, это уж чересчур, — снисходительно усмехнулся он. — Пять. Ну, ладно. Десять. Что такое, девочка?

Двора-Берта уже минут пять прилежно, как в школе на уроке, тянула вверх руку.

— В туалет… — прошептала она.

— Там, за углом, — рассеянно пробормотал он, — Лейла проводит…

Что-то загромыхало, стукнуло, лязгнуло. Двора-Берта вернулась. Она подошла ко мне и, поднявшись на цыпочки, сказала, что там нет света. Я почувствовал, что теперь в туалет нужно мне.

— Абдуррахман проводит, — распорядился Муса.

Дверь в туалет была заперта на старинный замок. Он был похож на пудовую гирю моего покойного дяди-спортсмена.

— Отворись, чтобы пополнилось, и закройся, чтобы не уменьшилось… — машинально сказал я, вспомнив детскую сказку, и дверь со скрипом приотворилась.

— Сто верблюдов, — сказал я, вернувшись.

Муса с сожалением взглянул на меня и, тяжело выпроставшись из кресла с позолоченными, гнутыми свиными ножками, молча отворил перед нами двери. Боком мы выбрались на притихшую вечернюю брусчатку рыночной мостовой. Я отпрянул. Весь рынок столпился перед входом в лавочку Мусы. Вполголоса заключались пари. Наиболее нетерпеливые приникали к глазку дубовых дверей.

Мы растолкали собравшихся и, схватившись за руки, побежали к улице Яффо, приветливо подмигивавшей такими уютными, родными фонарями. Мы вырвались в город. Здесь стоял вечный шум, здесь все были неверными, здесь гуляли подгулявшие девицы в коротких шортах, с голыми животами, с пирсингами в пупках, — среди них не было ни одной блондинки! — страстно сдержанные ешиботники в капотах и широкополых шляпах, солдаты с небрежно повисшими ниже пояса автоматами со спущенными предохранителями, со слегка сваливающимися штанами. Здесь ни у кого не было условностей, церемоний и комплексов, и никто не удивился, когда моя жена страстно обняла девицу с пирсингом, а я запечатлел воздушный поцелуй на заросшей щетиной щеке здоровенного офицера-десантника.

Во вратах твоих

В десять часов утра я приближался к знакомому зданию больницы «Шаарей-цэдек», чьё название в переводе означает «Врата милосердия», «Врата справедливости» либо «Врата праведности»; каждый философски может выбрать подходящий ему лично термин. Я лично предпочитал не думать на философские темы, я просто шёл к этому зданию, постепенно замедляя шаги. Мне страшно не хотелось туда заходить. Я посмотрел на небо, там было солнышко. Почему бы мне не остановиться и не сделать вид, что я тут совершенно не при чём? Вон идут люди. Весёлые, жизнерадостные люди. Они идут на работу или с работы—мимо больницы. Я хочу сделать вид, что я такой же, как они. Пуркуа бы не па, так сказать? А?

Не хочу заходить.

Перед входом я с готовностью остановился и вытащил из заднего кармана пачку сигарет. «Лицо у него было вытянуто от общего разочарования»,—закуривая, вспомнил я фразу. Откуда это? А, нет… В оригинале было так: «в стороне мрачно веселилась компания безденежных донов с вытянутыми от общей разочарованности физиономиями». Именно.

Многоэтажное здание нависало над головой. Я посмотрел на последний этаж. «…над ним нависало… нависало… нелепо нависало… нависало нелепое серое здание, битком набитое обречёнными людьми»,—пытался вспомнить я. Да, там шла речь о Центре, а тут наоборот, но разницы-то нет.

Я курил, глубоко затягиваясь, и с надеждой крутил головой по сторонам. Где этот Господь, весь в синих молниях? Он должен вмешаться, дать мне сигнал… намёк… знак. Весело гомонила проходившая мимо толпа. Сияло солнышко, раскачивалась и тихо шумела на лёгком ветерке листва деревьев больничного парка. Намёка не было. «И по лужам у ручья будет кто-то бегать, но не я-я-а-а-а…»—фальшиво пропел я вполголоса. Охранник, проверявший у входа сумки, подозрительно посмотрел в мою сторону. Я вздохнул, бросил окурок в урну и вошёл мимо него в здание.

Шаркающей кавалерийской походкой я приблизился к тётке, ведающей диспетчерской службой. Тётка вовсю нажимала кнопки и переводила телефонные разговоры. Не то что я нуждался в её услугах — мне страшно не хотелось поворачивать к лифтам. Я помнил, что отделение находится на втором этаже. Тётка, не переставая нажимать кнопки и топая полными ногами в такт, приветливо посмотрела на меня. Я открыл рот, постоял так несколько секунд, потом махнул рукой и прошёл мимо неё. Тётка одобрительно кивнула. Видимо, не впервые попадались ей такие посетители. Малахольные... Малосольные... Какие ещё огурцы, господи?.. — вяло подумал я и прошаркал к лифту. Может, он ещё где-нибудь на верхотуре, может, пока спустится, пройдёт хоть полминуты... может, даже больше. Я медленно нажал кнопку. Я почувствовал, что металл кнопки теплее моих пальцев.

Лифт открылся тут же. Засопев, я вошёл внутрь.

В отделении было пустынно. Приём больных расписан загодя, пробок нет и не предвидится. Проклятье... Чёрт бы побрал эту услужливую медицинскую пунктуальность. Куда веселее было сидеть в российских очередях — прежде чем тебя примет врач, успеешь поболтать с народом, пожаловаться соседу, в свою очередь выслушать его историю, скорбно кивая головой и делая вид, что слушаешь.

Никакой очереди. Ведя рукой по стенке, я медленно подошёл к окошечку, за которым сидели три симпатичные девицы в белых халатах. Медсёстры. Или просто секретарши. Скривившись, я уставился на них. Они заулыбались. Я заметил, что у всех трёх были одинаково белозубые улыбки. Профессиональные.

— Три девицы под окном пряли поздно вечерком, — скорбно сказал я вполголоса, машинально переводя на иврит строчки великого поэта.

— Сейчас утро, — возразила одна, но девицы не удивились. Как и тётка в диспетчерской, они привыкли ко всему.

— Что у тебя?.. — спросила средняя. Чёрный локон кокетливо высовывался из-под белой косынки. Она протянула руку.

— Это... Биопсия сегодня, — сказал я и зачем-то добавил: — У меня.

— Угу, — сказала она, принимая бумаги.

Мельком проглядывая направление и результаты предыдущих проверок, она нажала кнопку в стене. На меня глаз она больше не поднимала. Вот, — подумал я, — как это... а-а: «Прошу, — сказал гвардеец, возвращая бумаги, и, не глядя на него, нажал кнопку в стене».

— Прошу, — сказал она. Дверь распахнулась, и я вошёл в отделение. Счастливо, — хором сказали девицы, и я, не оглядываясь, вяло помахал им рукой.

В отделении, как и в коридоре, было пустынно. Замигала зелёная лампочка, распахнулась ещё какая-то дверь, из-за неё высунулся врач. Его пышущее здоровьем лицо сияло благожелательностью.

— Русский? — намётанным глазом определил он. Шаркая, я доплёлся до него и остановился.

— Еврей, — возразил я.

— Русский еврей, — резюмировал он и жизнерадостно потряс мне вялую руку. — Вижу по глазам. — Он перешёл на родной язык. — Я тоже из России. Очень приятно. Я — Дима Философ.

— А я — Миша-историк, — сказал я, ничему не удивляясь.

Он заглянул в бумаги, которые я подал ему.

— А тут написана другая фамилия, — озадаченно сказал он. — Это какая-то ошибка? Тебя назначили на пол-одиннадцатого?

— Да, — ответил я, глядя на лампочку над его головой. — Историк — это профессия такая. Моя.

— А-а, — сказал он, — а Философ — это такая фамилия. Моя.

Я ничему не удивлялся. Я знаком со врачами с фамилиями Лондон, Бухарест, Берлин и даже с оптовым торговцем по фамилии Алматы.

— Ну-с, — бодро сказал он, — продолжаем разговор. — Чего ты пришёл? Ты себя плохо чувствуешь? Выглядишь ты неплохо…

Я перевёл взгляд с лампочки на его пышные кудри.

— А ты раскрой папку и прочти, там написано, чего я пришёл, — посоветовал я. Мне не хотелось шутить.

Меня раздражало, что у него такой жизнеутверждающий тон.

Он открыл папку и посмотрел на лежащий сверху лист бумаги.

— Ага, — бодро сказал он, — тебя направили на вторичную проверку. Так что ты знаешь, как себя вести и что нужно делать, верно?

— Верно, — буркнул я и подтянул штаны, на которых вдруг ослаб ремень.

— Но почему тебя направили к нам вторично? — продолжал он размышлять вслух.

Я с ненавистью уставился на его классический профиль и ткнул пальцем в следующий лист:

— Мой профессор решил, что нужно проверить результаты предыдущей… — начал я, но он, проглядев заключение по диагонали, уже смотрел в самый низ бумаги.

— Ага, вот! — возвестил он и с торжеством поднял указательный палец. — Эврика. Ага. Гм… Ну, то, что у тебя рак, ты уже знаешь, верно?

…Я читал, что в таких ситуациях люди ведут себя по-разному. Сам я никогда — до этого дня — в таких ситуациях не был. Но читал, что вариантов может быть как минимум три: человек молча падает в обморок, или начинает истерически кричать, что это — ошибка, или, наконец — истерически же — хохочет. Не знаю. У меня не сработал ни один из описанных в литературе вариантов. Я почувствовал, что как бы нахожусь вне своего тела. Совершенно отстранённо я смотрел на себя сверху. Вот стоит он, то есть я, меланхолически покачиваясь с пятки на носок; а вот я — тот же он — равнодушно-внимательно наблюдаю за этой фигурой откуда-то из верхнего правого угла комнаты, из-под потолка.

Один мой знакомый писатель сказал как-то, что это — самое правильное поведение. Ты должен, — сказал он, — всегда, в любой ситуации наблюдать за ситуацией со стороны, как будто ты — вне её. Это совершенно необходимо для фиксации мгновения, с тем, чтобы в дальнейшем перенести произошедшее на бумагу. Это как раз и выдаёт настоящего писателя, такое поведение.

Не знаю. Сказать, что у меня ослабли руки или ноги, было бы литературным преувеличением. Ничего у меня не ослабло. Я даже не вспотел. Я стоял, молчал и смотрел на доктора. Мне вспомнилась кукла Марина из комнаты моей дочки. Кукла эта умеет делать только две вещи — открывать и закрывать глаза и пищать слово «ма-ма». Я был похож на эту куклу.

В тот же момент мне на ум пришли две цитаты одновременно.

Пауза, включившая в себя всё это — моё одеревенение, ощущение выхода из собственного тела, а также цитаты разной степени жизнерадостности, продолжалась секунды три. Доктор, дружелюбно улыбаясь, смотрел на меня. Курсант Пек Зенай, вернись, пожалуйста, с неба на землю, — вспомнилось ещё мне, и я разлепил губы.

— Дорогой доктор, а давай ты посмотришь ещё раз, что там написано, — вкрадчиво сказал я, удивляясь как бы со стороны, что голос у меня вовсе даже и не дрожит, и что вообще ничего не изменилось.

— Давай, — тут же согласился он, и мы стали тыкать пальцами в низ листа. Потом мы хором прочитали последнюю фразу, и доктор-философ недовольно скривился.

— Да, — неохотно сказал он, — тут написано, что это может быть, но что это необязательно…

— Вот, — сказал я, — для этого меня и прислали сюда ещё раз. Ну, пошли, что ли?

— Пошли, — кивнул он, и мы, взяв друг друга под руку, отправились в операционную. По дороге я не удержался и сказал:

— Знаешь, Дима, а вот если бы тут вместо меня стоял бы какой-нибудь сердечник, поминутно глотающий валидол, или какая-нибудь баба, ещё более психованная, чем я, — что бы с ними было? Они упали бы замертво, и тебе самому же пришлось бы с ними потом возиться… Нет?

— Да, — возразил он, — однако ты не похож ни на сердечника, ни даже на бабу… И валидола я у тебя что-то тоже не заметил. У меня намётанный глаз, не беспокойся.

— Не буду беспокоиться, — согласился я (мне не хотелось спорить), и тут мы остановились перед входом в операционную.

Мы стали выделывать пассы руками, предлагая собеседнику войти первым. Я даже поклонился. Мы походили на Чичикова и Манилова в сцене входа в гостиную перед обедом. В конце концов мы вошли в комнату оба, боком, слегка притиснув друг друга.

В операционной царила ослепительной и странной красоты медсестра. Лет ей было не то двадцать, не то сорок. Я сразу вспомнил госпожу Мозес. О, чудо! И звали её так же — Ольгой.

Этого ещё не хватает — женщина. Я подтянул брюки.

— Нуте-с, приступим, — сказал доктор Философ и включил какой-то экран. — Снимай штаны.

— «Снимайте штаны, сударыня, сурово проговорил профессор», — машинально пробормотал я. Госпожа Мозес захихикала. Она тоже знала русский язык.

— Не будем терять времени, — сказал Философ, — ты у меня сегодня уже десятый, а до вечера мне предстоит уговаривать ещё тридцать четыре человека, и все со своими тараканами, — снимай штаны, тебе говорят.

— Но тут дама, — возразил я, — я не привык снимать штаны перед дамами, которым я даже не представлен…

Он вздохнул и повернул рычаг. Зажглись разноцветные лампочки и загудел какой-то прибор под самым потолком.

— Ольга, — сказал он, повернувшись вполоборота и не глядя на нас, — это историк Миша. Историк, это Ольга. Очень приятно. Помоги снять историку штаны… Время — деньги.

— «Как говорил один мой знакомый (теперь покойник) — куйте деньги, не отходя от кассы», — нервно процитировал я, схватившись за ремень брюк и глядя на приближающуюся медсестру. Не доходя до меня полуметра, она остановилась.

— Я что — жоп не видела? — сказала она. — Я вижу жопы по пятьдесят штук в день, они на меня не действуют. Я устала по пятьдесят раз в день объяснять это владельцам этих жоп… Мы положим тебя на бок, не беспокойся.

— Да? — спросил я. — Это точно — на бок?

— Здесь нет гинекологического кресла, — терпеливо сказала она (весёлый доктор щёлкал тумблерами своей машины), — разуй глаза. Вот если бы тут было гинекологическое кресло… Ну, будь паинькой, историк. Ты разве видишь здесь гинекологическое…

— Слушайте, хватит уже болтать, — проговорил философичный доктор. — Ложись на бок!

Конфузливо отвернувшись от медсестры, я лёг на бок.

В течение последующих пятнадцати минут мы вели интеллектуальную беседу. Я не буду описывать то, что выходило за рамки этой беседы; женщины всяко меня поймут, а тем мужчинам, которые не поймут, этого и описывать не стоит — сами узнают, если придёт время, храни их Аллах.

Я напропалую цитировал Стругацких, Булгакова и Губермана; доктор отвечал мне каскадами цитат из университетского учебника внутренних болезней; госпожа Мозес с грустью поминала второй инсульт Аксёнова. Мы были очень довольны друг другом. Что-то щёлкало, гудело, иногда я подпрыгивал на столе.

— Паинька, — говорила медсестра и ласково гладила мой мокрый лоб. — Просто зайчик какой-то, такой лапочка!

Иногда доктор хмыкал, и тогда я настороженно поднимал голову.

— Что?!.

— Ничего, — говорил он, — ничего… Ничего такого я пока не вижу… но это визуально… вот пошлём результаты в лабораторию, тогда и узнаем. Лежи, лежи… расслабься.

— «Постарайтесь расслабиться и получать удовольствие», — вспомнил я вслух, он неожиданно захохотал и что-то повернул во мне. Я взвыл.

— Ой, биг пардон, — сконфузился он, — ты меньше Губермана цитируй, а то смешно очень.

— Это не Губерман, — возразил я, это народное…

— Губерман это и есть подлинно народное, — рассеянно пробормотал он.

— Выпить очень хочется, — пожаловался я. Он мотнул головой Ольге. Что-то булькнуло, звякнуло, и прекрасная рука с холёными ногтями поднесла к моим губам мензурку.

— Эфир? — насторожился я.

— Спирт, — успокаивающе произнёс хрустальный голос медсестры.

Ничего себе, подумал я и осторожно, стараясь не расплескать, выпил мензурку из очень неудобного положения, не отрывая головы от клеёнки, застилавшей моё ложе.

Потом я звучно потянул носом.

— Ну как, полегчало? — спросил он. — Обычно мы выпить, ты же понимаешь, не даём, это уж больно накладно вышло бы, всё же пятьдесят жоп в день; но вот Ольга говорит, что ты — зайчик и лапочка… и стишки цитируешь, и вообще. Так что…

— И курить захотелось, — перебил его я. У меня очень быстро зашумело в голове.

Доктор был настолько любезен, что мотнул головой ещё раз, медсестра включила вентилятор, и к моим губам был поднесён зажжённый «кэмел». Я попытался его схватить ртом, но сигарета увернулась.

— Две затяжки — и хватит, — произнёс хрустальный голос.

— «Пастушка младая на рынок спешит», — пробормотал я, жадно затягиваясь. — Большое спасибо…

Минуты две мы молчали. Я расслабился и стал было размышлять, не попробовать ли мне действительно попытаться получать удовольствие. Но в этот момент в голову пришла трезвая мысль о поводе, в связи с которым я очутился на этом столе и в этой комнате. Я завертел головой.

— Слушай, философ, — обеспокоенно сказал я, — а это… а если это действительно онкология? А?

— Ну и что? — ответил он. — Даже если и так, то в твоём случае это не очень смертельно. И вообще, мы же ничего не знаем, ответ будет только через пару недель. Ну, в крайнем случае вырежут тебе кое-что… жить будешь.

— Жить-то буду, — сварливо возразил я, — но мне иногда и ещё чего-то надо! Кроме жить! Я… (я покосился на Мозесиху), я, вообще говоря, кроме книжек, ещё и женщин люблю. И я женат, массаракш! Эта, блядь, простата…

— Всё, слезай со стола, — распорядился он. — Всё замечательно. За ответом придёшь через пару недель. Не нервничай. Постарайся глубже дышать. Аутотренинг знаешь? Йогу. Вот и займись. Ну всё, до свиданья. Только, слышь, там не говори, что мы дали тебе выпить… До свидания. Всего хорошего. Ольга, следующего.

Кряхтя, я слез со стола и привёл себя в порядок. Потом поцеловал ручку медсестре (она засмеялась) и подошёл к доктору.

— Спасибо, философ, — сказал я. — А всё же, вот если это окажется…

— Слушай, — сказал он нетерпеливо, — постарайся поменьше произносить это слово. Я-то врач, мне можно. А тебе нужно помнить, как это… Ангелы слышат мысли, а…

— …а бесы — слова, — подхватил я.

— Вот, — сказал он и улыбнулся. Мы пожали друг другу руки.

— «…И в лицо посмотрел со значением», — процитировал я напоследок.

— Вот именно, — кивнул он.

Я повернулся к госпоже Мозес и, склонив голову, щёлкнул каблуками воображаемых сапог. И тут же скривился от боли.

— Осторожненько, — сказала она, — полегонечку… И не гони волну, всё образуется. Так или иначе.

— Лучше так, чем иначе, — искательно заглядывая ей в глаза, начал я, но тут открылась дверь, и в операционную ввалилось существо лет пятидесяти со взлохмаченными космами полуседых волос и безумным взглядом выпученных глаз. Существо тащили под руки двое дюжих санитаров. Ещё одна жопа, мелькнула мысль, и я по стенке — бочком, бочком, — выскользнул из комнаты. Дверь автоматически захлопнулась следом за мной.

…Я подходил к выходу из больницы. За окнами синело небо, под лёгким ветерком безмятежно раскачивались чудесные цветы на газонах в больничном саду. Под влиянием ли паров выпитого спирта у меня значительно улучшилось настроение. Нужно добавить, подумалось мне. Я потёр себя сзади. Я вспомнил рецепт Воланда, потом семерых китайских пьяниц, именуемых Мудрецами бамбуковой рощи, потом — безо всякого перехода — пришёл на ум отрывок из повести о Ходже Насреддине:

«Так в чём же препятствие? — дружелюбно и радостно сказал эмир. — Сейчас мы позовём лекаря, он возьмёт свои ножи, и ты удалишься с ним куда-нибудь в уединённое место, а мы тем временем прикажем написать указ о назначении тебя главным евнухом».

И тут я понял, что именно этим — синющим небом, цветами на клумбах, бамбуковыми мудрецами и возмутителем спокойствия из древней Бухары — сигнализирует мне Господь, весь в синих молниях, — Господь, которого так тщетно призывал я утром. Жизнь была прекрасной. Она была вечной. «Жизнь!» — заорал я, и охранник у выхода, попятившись, схватился за пистолет.

Я закинул голову, захохотал и вывалился на улицу, в неяркое полуденное солнце, ласковый ветер и запахи цветов.

Старый вор,
или К вопросу об этимологии фени

— Нет, я спросил не для каких-либо, а потому только, что интересуюсь познанием всякого рода мест, — ответил на это Чичиков.

Я думаю, не будет очень уж большим шоком для общественности обнародование того факта, что один из родственников моей жены (правда, очень дальний родственник, подчеркнём для плезира) есть (или был?) уголовник, отсидевший по тюрьмам и лагерям девять лет и имевший в общей сложности три ходки. В самом деле — пуркуа бы не па? В традиционном семействе выходцев из маленького местечка таковое явление держалось за большую катастрофу. Видите, я сам немедленно, хотя и невольно, заговорил с тем акцентом.

— Позор семьи, — говорил мне дядя Фима, понизив голос и оглядываясь, как щипач на бану.

— Ну и шо? — лениво спрашивал я, сплёвывая шелуху от семечек на его жёлтые штиблеты. — Подумаешь, позор семьи.

Опосля великой войны в силу объективных обстоятельств вся страна заболтала на фене и в каждом семействе кто-то сидел, а если и не сидел, то имел друга, или свата, или кума, которые сидели, — так шо за шухер? Всё в порядке вещей, все свои люди.

— Я это к тому, — тихо и тревожно говорил дядя Фима, выпучивая на меня бараньи свои зенки, — шо я слыхал, шо ты бумагомарака, так шо ты… того-этого… не вздумай.

— Искусство должно принадлежать народу, — лениво возражал я.

Давний тот разговор ни к чему не привёл и последствий не имел. До сего дня, пока я не нашарил в памяти один случай…

Нужно сказать, что Позор семьи (пощадим уши покойного дяди Фимы, не назовём имени этого позора), несмотря на девять лет суровой жизненной школы, был полным идиотом. Говорить с ним было не о чем. Когда я, пытаясь реализовать на себе талмудическое изречение о том, что умён тот, кто учится у каждого человека, равно как и русскую поговорку о том безрыбье, на котором и рак рыба, просил Позора объяснить мне этимологию тех или иных выражений воровского арго, он не понимал меня. Он вообще не знал, что такое этимология, и полагал это слово неприличным медицинским термином. По крайней мере, он начинал хихикать и подталкивать меня в бок всякий раз, когда я пытался использовать его в научных целях. Поговорить на фене он любил, но, представьте себе, не знал происхождения ни единого слова, кроме некоторых матерных выражений, кои, как известно, к блатной фене отношения вообще не имеют. Позор походил на дикого папуаса из только что обнаруженного племени, носителя ранее неизвестного, только что открытого лингвистами языка, который в упор не понимает, чего от него эти лингвисты, собственно говоря, хотят. Он не отвечал ни на один мой вопрос, а только хихикал, как падла. Очень скоро я от него отстал. В общем и целом можно сказать, что в моей жизни Позор существенной роли не сыграл. На родственных сходках я даже перестал именовать его рабочим кодовым термином и, к неудовольствию троюродных тётушек, двоюродных дядюшек и племянников, стал вслух называть его просто Идиотом. Это вызывало реакцию глухого раздражения — родственники инстинктивно, надо полагать, ощущали, что позор всё же чем-то лучше идиотизма.

И вместе с тем он оказал мне совершенно неоценимую услугу. Года за три до своего последнего исчезновения (я полагаю, его упекли на зону в четвёртый раз — уже на исторической родине, ибо Позор, будучи Идиотом, вновь принялся за старое, но это не суть важно) он познакомил меня с гораздо более интересной, чем он сам, я бы даже сказал, интеллигентной личностью — со старым вором в законе дядей Петей, проведшим в местах не столь (хотя нет, теперь — для нас — уже именно столь) отдалённых ни больше ни меньше как тридцать семь лет. Правда, с небольшими перерывами. Его судьба могла бы послужить темой для баллады. Он был всюду и помнил всех. Он участвовал в Кенгирском восстании; он помнил, как советские бомбардировщики испытывали свои новые тогда ещё бомбометатели на лагерных бараках острова Вайгач; на протяжении нескольких десятков лет он принял участие в восьми общесоюзных сходах высших авторитетов в законе — и, смею заверить, каждое из этих деяний заслуживало бы пятитомного научного исследования с обширным справочным аппаратом и академическими комментариями на каждой странице. Но дядя Петя не хотел, чтобы о нём знали слишком много.

— Страна не должна знать своих героев, — хрипел он мне на ухо, раскачиваясь в кресле на колёсиках, осторожно ведомом нянечкой дома престарелых в одном из уютных, тихих, зелёных районов Иерусалима, — страна не должна фурычить на тему своих героев, она вообще о них знать не должна, таково моё глубокое внутреннее убеждение.

Дядя Петя рассказал мне о многом. Старикам свойственно желание поведать молодым о своей жизни, и в этом отношении дядя Петя не был исключением. Всегда зажатый, как стальная пружина, к моменту определения в дом престарелых он заметно помягчел и расслабился. Сперва к нему водил меня Позор, а после исчезновения Идиота я продолжал навещать его уже сам. Постепенно старик привык ко мне и к моим вопросам неофициального интервьюера. Он знал, что многие старые лагерники, бывшие зеки, давали интервью газетчикам, репортёрам, исследователям, но, в отличие от них, вовсе не горел желанием прославиться и увидеть своё имя в заголовке журнальной статьи. Ему это было западло.

— Не положено, — хрипел он, выкатывая на меня сине-стальные глаза с булавочными головками глаукомных зрачков.

Но всё же он рассказал мне о многом.

…Со временем я стал замечать, что старик ждёт моего прихода. При моём появлении в комнате он оскаливал рот, полный стальных зубов, и отрывисто кивал лысым черепом. Эти зубы до смерти пугали сотрудников тихого дома престарелых, посетителей и жильцов. После одного случая, когда дядя Петя в припадке бешенства укусил филиппинку, иностранную сотрудницу учреждения, ставшего для него последним в жизни приютом, из комнаты, которую он делил с ещё одним пенсионером, его сосед сбежал и попросил подселить его к кому-нибудь другому. Дядя Петя сперва, казалось, даже не заметил его исчезновения. И то сказать — он привык спать на нарах, в одном душном бараке с сотнями других заключённых, так что комфорт новой, светлой, регулярно проветриваемой комнаты наводил его, кажется, на мысли о райских кущах.

— Эта наседка сбежала, — радостно прохрипел он во время очередного моего визита, спустя полгода после того случая. — Пущай попробует жалиться у опера, я ему нос откушу! А впрочем, он мне особенно не мешал, — неожиданно благодушно заметил старик через минуту, — фраер он и есть фраер, главное, не сука...

Сук дядя Петя ненавидел до судорог. Суками в его представлении были все, кто в любой форме сотрудничает с властью, с любой властью — это был один из пунктов железного устава его вымирающего братства, и устава этого он неукоснительно держался всю жизнь, держался так же категорично и отчаянно, как какой-нибудь майор Пронин держался Уголовного кодекса. Дядя Петя участвовал в знаменитой лагерной «сучьей войне» начала пятидесятых, которую потом так красочно изобразил в своих воспоминаниях Анатолий Жигулин.

— Жигулин — щенок! — говорил старик. — Мне ли его не знать? Подумаешь, Толик-Колыма, говна-пирога... приблатнённый он был, вот и всё. Но, впрочем, тоже не сука, а это главное.

— А я? — как-то спросил его я.

— Ты — честный битый фраер, — очень чётко и быстро ответил он.

Надо сказать, я до сих пор тихо горжусь этой краткой характеристикой...

Он знал всё, что в отношении культурных сфер положено было ему знать по блатному закону. Он умел играть на гитаре и баяне, он знал наизусть всего, кажется, Есенина и сотни старинных лагерных песен — всех эпох, языков и народов — и пел эти песни диким, хриплым, вместе с тем пронзительным фальцетом, закидывая вверх голову, как петух, кукарекающий на заре. Сверх того, уже к старости он вполне добровольно выучил большой цикл ранних песен Высоцкого, хотя, опять же, по закону это было вовсе не обязательной причудой. Аркадия Северного он презирал как приблатнённого. Из Окуджавы он знал одну песенку про Ваньку Морозова. Я пытался как-то приучить его к Бродскому, но старик только качал головой. Из всего творчества Нобелевского лауреата ему понравился только тот цикл четверостиший, где «это — лагерь, это — вышка; это время тихой сапой убивает маму с папой».

— Жизненно! — однажды кинул он значительно, поднимая вверх кривой палец с длинным жёлтым от табака ногтем.

Используя почти лишь исключительно блатную феню, он умудрялся говорить о жизни даже как-то изысканно. Некоторые слова он не произносил принципиально. Вместо «спасибо» он всегда говорил «благодарю». И почти никогда не ругался матом.

— Это плебеи, суки и приблатнённые матерятся, — говорил он. — Честный вор за свой базар отвечает. Коли ты сказал человеку «блядь», то значит, ты сказал то, что сказал, и, по-твоему, он именно то, кем ты его назвал. И если дело между серьёзными людьми, то тут — или докажи, или ты пропал. Или, допустим, подходит к тебе на улице честный вор из другой семьи и говорит: «Я тебе официально заявляю, что ты — чёрт с рогами». То же самое дело. Это — вызов на дуэль. Или вот ты посылаешь человека на хуй — причём не будучи в теме, просто так, безо всякой задней мысли. Но этим самым ты призываешь его стать пассивным педерастом. Тут уже дело за финкой, и никак иначе. Это — вилы. Всё. Так что честный вор базар фильтрует и со словами осторожен. Так было, так есть; не поручусь за то, что так будет, но так быть должно. Я сказал. Запомни, пригодится.

— Я запомню, — пообещал я, и на минуту мне стало стыдно, как приблатнённому.

Иврита он совершенно не знал, а идиш почти позабыл. Но — странное дело — разговаривая на фене, он всегда указывал происхождение того или иного выражения и чётко называл этимологию любого слова. Он утверждал, что семьдесят процентов слов воровского арго, формировавшегося в южных областях Малороссии с середины XIX века и послужившего костяком современного блатного языка («настоящего воровского языка!» — поправлял он меня), происходит из разговорного еврейского жаргона со значительными вкраплениями литературного древнееврейского. Он с жаром доказывал мне это и о данном предмете готов был говорить и спорить часами. Собственно, он не спорил, а декларировал непререкаемым тоном.

— А вот проверь! — взвился он однажды и, призывно махнув мне рукой, покатил на коляске к кабинету главврача. — Я с ним базарю, и мы через пень-колоду, а понимаем друг друга!

Я пошёл за ним. Я был потрясён: эти двое действительно, казалось, понимают друг друга. Дядя Петя шпарил на фене, как французский поэт шпарит на языке Аполлинера; врач, выходец из туманного Альбиона, шпарил на иврите — но... они понимали друг друга. Во фразах старика то и дело мелькали слова, действительно напоминающие ашкеназские структуры старого иврита, и врач прислушивался к ним с таким усердием, что даже приподнялся с кресла.

…Я мечтал привезти его на писательское собрание, чтобы он поделился с Мастерами чудовищным опытом своей жизни, но он всегда категорически отказывался.

— Я обезьяна в зоопарке, что ль? Чего на меня глядеть? Чего я им расскажу? Они ж ни разу не сидели… Чего поймут?

Все мои уговоры наталкивались на стену его глубокого, убеждённого внутреннего противодействия. Я чуть не плакал от досады.

— Голова еловая,—ласково, насколько ему позволяли закон и статус, говорил он,—о политических они куда лучше прочтут у того же Толика-Колымы, или там у Разгона, или у Шаламова, или ещё у какого чёрта. А я—вор. И я еврей, да. Им что, симпотно будет слушать, что из всех группировок в лагерях наипристойнейше себя вели украинские партизаны? Они порядок наводили сразу, и сук резали немедленно, как их пригоняли этапом, и жизнь организовывали по понятиям, и им плевать было, что я—жид. Да в пятидесятых у меня половина друзей в зоне были хохлы-партизаны…—(он всегда избегал говорить—бандеровцы).—Да спроси кого хочешь, у своих сионистов сидевших, спроси—подтвердят.

(Я спрашивал, и сионисты, сидевшие при Сталине, не испытывавшие особых сантиментов к украинцам—как, впрочем, и ни к кому другому,—таки да, подтверждали).

— А писатели эти… чего они понимают? А вот с власовцами да полицаями я резался насмерть, это так. Но братва была со мной… Писа-а-атели! Да тьфу.

…Ему по закону не положено было иметь семьи, жены и детей, так что в приёмные дни к нему никто не приходил.

Однажды, приближаясь к дому престарелых, я заметил его издалека на веранде. Стоял шум и гам, поднятый посетителями, явившимися навестить своих родственников и расположившимися в саду. Дядя Петя выкатился на веранду на своей каталке на колёсиках, помогая себе руками, и стал обозревать окрестности, вращая во все стороны лысую голову с огромными раструбами ушей. У него странно дёргалось лицо. Нянечка хотела помочь ему устроиться у окна, он зарычал и прогнал её взмахом руки. Я вдруг понял, что он ждёт меня, и почувствовал, что почему-то защемило в груди.

Я подошёл к нему. Насупясь, несколько секунд он смотрел на меня снизу вверх. Я протянул ему три гвоздики, только что сорванные с клумбы. Это был День победы, который он чтил несмотря ни на что, и я знал, что он облает меня, если дознается, что цветы для него я купил в магазине. Дядя Петя был орденоносцем и, кажется, единственным вором в законе, прошедшим войну в штрафбате — все четыре года на передовой, — вернувшимся живым, покаявшимся на первом же законном сходняке — и не лишившимся ни жизни, ни чести, ни воровских регалий.

Я наклонился к креслу, инвалид обнял меня, тряся головой.

— Хорош, — наконец сказал он отрывисто. — У меня к тебе разговор.

Он покатил коляску по коридору, помогая себе руками, и не давал мне помочь подвезти его. В комнате он первым делом закрыл дверь и указал мне на стул, стоявший возле его кровати. Я сел и достал из сумки гостинцы: жареную рыбу, которую он очень любил и которую по индивидуальной просьбе готовила для него перед посещениями моя жена, палку сырокопчёной колбасы, пять пачек сигарет без фильтра. Сигареты он не любил, но папирос здесь достать негде.

Он нагнулся к своей тумбочке и нашарил там бутылку водки, припасённой по случаю Дня победы заранее.

…В тот вечер он разрешил мне написать о его жизни всё, что я хочу, но при одном условии: не называть его официальной авторитетной клички.

— Фамилию, — говорил он, чавкая колбасой, — написать можешь, мне это до лампы — никто моей фамилии среди людей знать не знает, а кто знал, тот забыл, кому какое дело, что я Фридман, мало ли Фридманов сидело, — а вот кликуха моя известна от Бреста до Магадана, и светиться ей совершенно даже ни к чему. Ибо я могу в воспоминаниях кого-то нечаянно обидеть, память у меня паршивая стала. Я, видишь ли, помру скоро… Не спорь, не спорь, никого чаша сия не минёт, а я чую… как волк, чую. Дважды припадки были с сердцем, я этим звонком никого не вызывал, а то шухеру было бы… Я что — сука? У меня совесть есть. Пусть люди отдыхают.

— Ну так чего? Обещаешь не называть кликуху? Тады ладно, пиши чего в башку взойдёт. Врать тоже можешь, разрешаю. Ну, говори чётко — раз, два… Обещаешь?

— Сука буду, — пообещал я.

Тролль таке юдр оль

Ударом ноги распахнув дверь, с вытаращенными глазами и блуждающей улыбкой, в кабинет ворвался Рой. Такая улыбка обычно появляется на его толстом, гладко выбритом лице тогда, когда он спешит похвастаться передо мной очередным сексуальным подвигом, — поэтому я лишь вздохнул про себя и, уставившись в экран компьютера, изо всех сил застучал по клавиатуре. Некогда мне, некогда, иди рассказывать кому-нибудь другому, надоело…

— Профессор! Поразительная новость! Новость… говорю, поразительная!.. Эй!

— Доброе утро, — буркнул я.

— Доброе… Идём, идём…

Он схватил меня за рукав свитера, теребил, тянул куда-то. Я поднял глаза:

— Ну?..

— Идём в конференц-зал! Явилась делегация этих… писателей из этой… Ирландии!

И замер, уставясь на меня вытаращенными пустыми глазами.

— Из Ирландии?

— Или из этой… Исландии! Пошли… Ну пошли же… — он подпрыгивал на месте от нетерпения. — Мымра тебя требует. Все собрались, одного тебя ждут…

— Я не знаю исландского, — вздохнул я.

— Она тоже не знает, но они все говорят по-аглицки… Пошли, ну пошли…

Он опять схватился за рукав моего свитера.

Нервно высвобождая плечо, я пошёл за ним, машинально нащупывая в кармане пачку сигарет.

У входа в конференц-зал на меня напала Мымра и вцепилась в мой свитер, как клещ.

— Двадцать минут назад какой-то поц позвонил из Министерства культуры, сказал: «К вам направляются писатели из этой… из Ирландии, ждите», — и повесил трубку. А я выхожу из комнаты, гляжу — они уже здесь…

— Из Ирландии или Исландии? — остановился я.

— Из Исландии! Да, точно! Это такой большой остров, такой…

— Я знаю, что это остров, — терпеливо сказал я. — Я не понимаю, зачем сюда согнали всех сотрудников.

— Так сказали же… этот поц сказал, я не расслышала, принимайте, мол, покажите культуру… мы же культурная организация… Нужно… как это… не дать упасть товару в грязь лицом…

Мымра родилась в семье пастуха на негостеприимных вершинах гор Курдистана, и это наложило отпечаток на её ментальность с самого детства.

— Обмен культурными достижениями… нам нужно обменяться с ними культурными достижениями… ты — наше культурное достижение!..

— Спасибо, — сказал я.

— Иди, иди уже! — она толкала меня в спину. — Иди вперёд! Ой, божечка мой, что же мне с ними говорить… что-то мне нужно им сказать… культурные достижения… А?..

— Не надо ничего им говорить, — сказал я. — Просто поприветствуй их от имени… ну, не знаю… от имени нашего архива, скажи, что обмен опытом — это важное дело, что…

Тут меня осенило:

— Только не перепутай Исландию с Ирландией. Они обидятся. (Она глядела на меня расширенными глазами и судорожно прижимала кулачки к груди. Обязательно ведь перепутает, дура. Хотя ладно, беда невелика: Ирландия — тоже остров.) Ты, в общем, скажи им так, не напрягаясь: мы бесконечно счастливы принимать у нас в архиве посланцев далёкого легендарного острова… (Она истово кивала.) Мифического даже острова, можно сказать, для большинства наших граждан. Вот так и скажи. А потом мы проведём их по этажам, покажем фонды, ну и всё.

Притиснувшись боками, мы вошли в зал. В зале сидели все сотрудники, а за столом президиума расположились человек восемь незнакомцев. Почти все они были высокими блондинами, одетыми в разноцветные спортивные куртки и синие джинсы. Во главе стола сидел сумрачный очкастый мужик, совершенно лысый. Он устало смотрел в окно. Холодный ветер гнал по подметённым тротуарам опавшие жёлтые листья.

Мымра взошла на трибуну и нервно поправила причёску. Она — брюнетка, очень плохо выкрашенная под блондинку и оттого какая-то полосато-пегая. Лысый мужик с удивлением глядел на неё.

Мымра стала говорить на беглом, но совершенно неправильном английском. Она счастлива приветствовать группу писателей, посланцев со знаменитого... Тут она сделала паузу и неуверенно посмотрела на меня. Я закивал. Со знаменитого культурного острова Гренландия («Это большой мифический остров такой, весь во льду!» — торопливо добавила она). Я закрыл глаза. Кто-то хмыкнул. Лысый мужик медленным движением толстого пальца сдвинул очки на кончик носа и ещё более внимательно посмотрел на неё.

— Культурный обмен! — провозгласила Мымра, заворожённо глядя на его палец. — А теперь, — с облегчением выкрикнула она и вдруг резко вытянула вперёд свой собственный палец, — мы предоставим слово нашему сотруднику, он теперь будет говорить, потому что он тоже писатель, потому что у нас — культура! — её палец указывал на меня.

«Если ещё раз услышу здесь слово „культура“, я вызову мою полицию», — мелькнуло у меня в голове, и я встал. Лысый перевёл взгляд на меня и почесал за ухом. В зале кто-то приглушённо засмеялся.

Пока я шёл к трибуне, я не понимал, что мне нужно говорить. «Какая падла, — подумал я, но тут же отвлёкся. — Что я знаю об исландской литературе? — думал я, медленно поднимаясь по ступенькам. — Я ничего о ней не знаю! Я помню только Эдду и ещё „Повести о Хъялти“. И даже Эдду я плохо помню... помню, что она была Младшей и ещё, кажется, Старшей...» Тьфу! Я встал у трибуны вполоборота, глядя на гостей, и, улыбаясь приклеенной улыбкой, открыл рот. Когда я его открывал, то ещё понятия не имел, что буду говорить. Нужен спич, экспромт, никогда не составляй заранее тезисов, учил меня Губерман. Тезисы будешь конспектировать на том свете, стоя в очереди к архангелу, перед тем как будут решать, куда тебя распределить; а на этом свете — никаких тезисов, всегда — чистый экспромт.

Говорил я минут десять, или полчаса, или час. Я говорил обо всём. О том, что Исландия — хорошая страна, я всегда мечтал побывать там, да вот не сбылось. О том, как не хватает в Израиле хороших переводов с исландского (сомневаюсь, что они вообще есть, подумал я про себя). О том, что с самого детства был влюблён в Эдду, особенно, конечно, в Младшую. О том, что до сих пор почти наизусть помню Стефауна Стефаунссона, автора бессмертных «Повестей о Хъялти», замечательной книжки для детей (лысый мужик неприязненно скривился). О том, что «Повести о Хъялти» — единственное произведение современной исландской литературы, переведённое на русский язык ещё в Советском Союзе, потому что её автор был коммунистом и большим другом Советского Союза (лысый скривился ещё сильнее). Дальше я уже не представлял, о чём говорить, и с отчаянием сказал, как мне всегда хотелось попробовать исландского самогона, о котором я слышал, что его настаивают на плавниках дохлых акул (лысый выпучил глаза, и вся команда гостей глядела на меня, открыв рот). В зале не было слышно ни звука.

— Вот, — сказал я, — а вообще, это очень здорово, что вы приехали, наверное, вы привезли свои книжки, и давайте мне их сюда, я их в библиотеке нашего архива закаталогизирую, и вся страна к нам приходить и читать их будет.

Это я правильно сказал, про книжки. Я знаю, что любую неловкость с писателями можно сгладить мгновенно, попросив у них книжку с автографом. Гости расслабились, задвигались, заулыбались. Все полезли по своим рюкзакам, которые, оказывается, стояли у них под столом, между ногами. «Надо как-то плавно, с юмором закруглить речь, — подумал я, — и всё будет хорошо». Боже, помоги мне тонко пошутить! У-у, вспомнил: у них же Йоль сейчас, нужно поздравить с праздником.

— Тролль таке юдр оль! — провозгласил я, важно подняв палец, единственную известную мне фразу на старонорвежском, вычитанную в какой-то книжке, написанной русской писательницей, — и только тут вспомнил, что фраза эта означает «чёрт бы вас побрал». Но гости уже расслабились и добродушно засмеялись, и я сошёл с трибуны, весь красный и потный. Мымра ласково улыбалась мне и истово кивала головой. Всё прошло как нельзя лучше.

Лысый мужик снял очки, поднялся на трибуну и откашлялся. Сидя в зале, я обмахивался газетой. В нескольких словах лысый поблагодарил сотрудников архива за удивительный приём, оказанный ему и его товарищам («Честно сказать, до этого дня я никогда не слышал о существовании вашего архива», — добавил он в скобках). Я услышал интересные вещи. Оказывается, он известный исландский писатель, зовут его Халлгримур Хельгасон («Честно сказать, до этого дня я никогда не слышал о существовании такого писателя», — мстительно подумал я), и он, если можно так выразиться, возглавляет делегацию литераторов из Рейкьявика, в познавательных целях путешествующих по разным странам.

— Нигде нас не встречали симпатичнее, чем у вас, — благодушно гудел лысый. В Египте нас встречали в президентском дворце и всё время пытали, что мы думаем на тему арабо-израильского конфликта (честно сказать, мы о нём вообще не думаем); в Ливане литераторы-мусульмане и литераторы-христиане, собравшиеся для встречи с нами в конференц-зале тамошнего университета, в ходе беседы неожиданно и совершенно бешено передрались, и нам пришлось уходить через запасной ход; в Дубае вообще никаких писателей мы не нашли, одни журналисты, и нигде, ни в одной из этих стран, никто не попросил у нас автографов, тамошнее население — какие-то дикари просто, напрасно мы туда поехали, хотя рестораны там замечательные, это правда, но вот выпить не подают совершенно (тут у меня дёрнулось ухо).

А здесь вот никто нам ничего не навязывал, нас сейчас поздравили с нашим национальным праздником середины зимы, даже удивительно, и книжек попросили, и совсем у вас зимой не жарко, это всё враньё…

Он закончил говорить и сошёл с трибуны. Голубоглазые и светлобородые потомки викингов решительно направились ко мне, протягивая стопки своих книжек. Я стал кивать, и улыбаться, и пожимать всем руки, и принимал с благодарностью книжки, и от каждого автора требовал непременно автограф и, получив его, кланялся и говорил: «Тролль таке юдр оль!» — ведь нужно было что-то сказать, а по-исландски я говорю плохо, — и лысый, заговорщически подмигивая, уже доставал из своего потёртого рюкзака бутылку, и на дне её я разглядел маленький кусочек… не знаю чего, но, по-моему, это действительно был кусочек акульего плавника — весь прозрачно-масляный, он парил в жидкости светло-жёлтого цвета. Я достал пластиковые стаканчики, а техник нашего архива Джино сбегал за закуской… Потом я сидел, опираясь обеими руками на стопки книжек (все на исландском, ни одного слова понять не могу), и от полноты чувств хлопал лысого по плечу, и всё время забывал, как его зовут, и называл его Председателем. А он втолковывал мне, что Исландия — самая культурная страна в мире, что у них на триста тысяч населения ежегодно выходит штук четыреста книжек, что у них каждый девяностый — официально признанный писатель, а так — вообще все пишут: и дети, и пенсионеры, и домохозяйки, и у всех свои литературные объединения, и все выпускают журналы, и что у них даже просто дефицит читателей, потому что все — писатели, и нет такой семьи, где кто-нибудь бы не писал, даже умалишённые и склеротики в доме престарелых пишут, и все в рифму… И президент тоже пишет, но пишет говно, его даже никто не печатает, а вот была у них такая Вигдис Финнбогадоттир, прелесть что за женщина, премьер-министр, так её все печатали, такая поэтесса, такая баба, ты что-о-о…

— А вот я… а вот у нас… — всё порывался поделиться я, но он не слушал, и отмахивался рукой, и продолжал гудеть, что у них спокон веку в самых удалённых от побережья хуторах все были грамотны повально, вообще все, даже рабы, и все знали и знают наизусть поэзию, и классическую, и модерновую, и саги, а я, кстати, модернист, очень приятно… Что? Переводить? Куда переводить, на что? А-а-а. Да нам не особо нужно, чтобы нас переводили, хотя кое-кто в Сан-Франциско переводит на английский, а кое-кто в Копенгагене — на датский, но только зачем нам это? Мы сами друг друга читаем, у нас свой мир, свой остров, своя планета, всё своё и литература своя — наша литература раньше французской, английской и немецкой вместе взятых появилась, и воздух у нас чистейший, и вода ледниковая, кристальная, и войн у нас нет, и армии, и арабов нет, тролль таки их подрал бы, и ничего у нас нет, и промышленности нет, только литература есть и рыбы полно, и самогон мы гоним — зашибись, потому что в барах выпивка очень дорогая, это всё президент цены подымает, он мстит, что его никто ни читать, ни печатать не хочет, а ты приезжай ко мне на хутор, бабуля моя такую акуловку гонит — закачаешься, и бараньими рёбрышками закусишь, и пальчики оближешь, и уезжать не захочешь, так у нас и останешься… А что? Язык выучишь, руны выучишь, сам стихи писать начнёшь, а мы тебя печатать будем — насрать нам на критику, что нам Запад, что нам Восток! По рукам? А-а-а?!

— По рукам, — сказал я.

И мы пожали друг другу руки, и поздравили друг друга — я поздравил его ещё раз с Йолем, а он меня — с Новым годом, и всучили друг другу свои книжки, и оба на них расписались, и он тут же, утирая слёзы от умиления, открыл мою книжку на середине и, чтобы сделать мне приятное, стал шевелить губами и делать вид, что вот, уже читает, хотя держал книжку вверх ногами. И тут Мымра, которая всё время молча стояла рядом, и крутила головой, и делала умное лицо, вклинилась, наконец, в паузу и, протянув руку, пощупала его книжку и сказала:

— Хорошая книжка… толстая.

И все в замешательстве посмотрели на неё, и лысый вполголоса предположил, что она троллем деланная, и добродушно послал её на север и в горы, и тогда я встал, поднял стакан с акуловкой и сказал:

— С Новым годом, дорогие товарищи!

С Новым годом.

Баня

Когда я служил в советской армии, был период, когда нам, солдатам, никак не удавалось помыться. Мы были то в карауле, то на полигоне. То разгружали на станции прибывший эшелон с артиллерийскими снарядами выпуска тысяча пятьсот какого-то года, то тащили полковнику, начальнику штаба нашей части, новый мебельный гарнитур по лестнице на девятый этаж. Армейская баня с тепловатой водичкой полагалась нам раз в неделю, кажется — по пятницам, и мы никак не успевали в неё. «По пятницам я не подаю», — дружелюбно объяснял нам прапорщик — заведующий баней, когда мы раз в неделю под утро являлись к нему — мокрые, грязные, вонючие, голодные, смертельно усталые и злые, как Бармаглот — и мы оставались без воды, без отстиранных кальсон и новых портянок. Так продолжалось из недели в неделю. Я ненавидел баню, мытьё при людях в открытых всем ветрам кабинках, под изломанным душем со сбитыми кранами, горы грязного белья у входа, я не понимал и до сих пор не понимаю суконный язык уставов, коверкающий нормальную речь и заставлявший мытьё именоваться помывкой, а жратву — приёмом пищи.

Возвращаясь с полигона, первым делом, иногда не заходя и в столовую с сиротским остывшим казённым ужином, которого всё равно не хватало для восполнения калорий, — мы бежали в одноэтажный каменный домик неподалёку от казармы. Я помню, что однажды — кажется, это было в феврале 85-го — нам всё же удалось помыться. Мы скинули кальсоны и нательные рубахи, под которыми не было креста, и стали похожи на холопов из фильма «Александр Невский». Вставайте, люди русские, запели мы и строем, печатая шаг — голые, без синих ситцевых трусов, но в кирзовых сапогах — вошли в баню поштучно. Трусы полагались нам лишь летом, зимой же нам было положено надевать кальсоны, у которых, как правило, не хватало пуговиц в интимных местах. Иногда пуговиц не было вовсе. «Положено» — о, это вечное слово, сопровождавшее нас годы службы, — яснейший ответ на незаданные вопросы. Я хочу жрать! — тебе не положено, ты молодой ещё. Я хочу срать! — тебе не положено срать до ужина, ты салага. Копать отсюда и до обеда! — я не хочу! — тебе положено. Прапорщик ходил вокруг нас с пистолетом на боку. Он посматривал на гору грязных скинутых кальсон, и нос его, за сорок лет беспорочной службы привыкший ко всему, совсем не морщился. Он благоухал одеколоном «Красная Москва», флакон которого регулярно выпивал перед утренним разводом. Мы завистливо принюхивались; из толпы голых, но обутых в сапоги рядовых раздавалось льстиво-одобрительное ворчание. Мы строем прошествовали в кафельный душ. Мы вымылись ровно за две с половиной минуты — как не было положено по уставу, но как решил завбаней, — всем взводом используя один серый обмылок. Бывший московский студент, а ныне ефрейтор Паша, и житель Вильнюса, ныне сержант Ян, успев раньше других, забрались на тюремную, отполированную голыми задами скамейку, встали на неё голыми ногами с ногтоедой на пальцах и поглядывали на нас свысока. Они, наши деды, бывший москвич и бывший вильнюсчанин, знали толк в помывке, они успели раньше всех, они не хотели получить ту крупозную пневмонию, которую за год до этого получил я. Из полуоткрытой двери несло снежным ветром. Шестиугольные снежинки влетали в холодный банный пар и таяли на лету. Профессор, а профессор, — сказал Паша — ты чего жопой поворачиваешься, стыдишься нас, что ли? Мы тебе не компания, профессор? Ах ты, прохфессор кислых щей, ленинградская косточка, очкарик. Ты зырь, братан — прохфессор-то без кальсон, но в очках. А очочки-то запотели. И отворачивается. Сволота интеллигентская: ещё без трусов, но уже в очках. Ян смотрел на меня с высоты скамейки смертельно усталыми глазами, небрежно облокотясь на плечо ефрейтора. Они оба стояли, как Давид Микеланжело — абсолютно голые, раздвинув ноги, развалясь и никого не стесняясь. А кого стесняться — завбаней, что ли? Паша, оставь его, они все такие стеснючие, — пробормотал Аметшаев. Он был из Казани, и он был помощником завбани, и он был сержант, и по всему этому было ясно, почему он, в отличие от других, был уже в чистых кальсонах со всеми пуговицами.

Да. Страшно далеки они от народа, сказал Ян и колко взглянул на меня. Мы для них — Каин и Авель. Ба-бу-бы, тоскливо, после небольшой паузы, сказал Паша, зевая и рассеянно почёсывая причинное место. Ишь чего захотел, сказал голый сивоволосый владивостокский капрал, примерявший отстиранные портянки, я полтора года без бабы — а вот к прохфессору приезжала жена, они своё всегда урвут, прохфессоры.

Отвернувшись от всех, я торопливо натягивал чьи-то старые, грязные кальсоны без пуговиц. Новых кальсон не осталось.

В баню крадучись вошёл Джапаридзе и сбросил у входа бельё. Его встретили весёлыми матюгами, профессорская тема была забыта. Джапаридзе, почёсывая заросшую чёрным волосом грудь, прошествовал в кафельную кабинку. Он был героем, он назавтра ехал в штаб округа на свиданку с психиатрической комиссией и надеялся вскоре вернуться в родные горы. Он начал с того, что полгода назад отказался во время приёмов пищи от обязательного к потреблению овсяного киселя. В кисель подмешивали бром, и таким образом воздействовали на его, Джапаридзе, мужские качества — так он считал, и пить кисель отказался категорически. На протяжении службы мы покорно хлебали кисель, и хотя он временно действительно усыплял мужские качества, но Джапаридзе не мог перенести самого факта издевательства над его незаурядными, как он уверял, достоинствами. Это нарушение прав человека, что человеку два года не дают положенную ему бабу, и я буду жаловаться в Совет безопасности, в Большой хурултай! — добродушно сказал он при случае начальнику Первого отдела. Начальник, которому по уставу не положено было пить кисель с бромом, и который пил положенный по уставу чай, а также неположенную водку, с тех пор внимательно прищуривался при встречах с правдорубом, но оргвыводов не делал.

Джапаридзе понял, что последствий не будет, и решил усугубить диссидентскую деятельность. Сидя в ленинской комнате на лекции по политической подготовке, он взял слово и сказал, что если ему не дадут бабу, то с этого дня он за себя не отвечает. Ему не дали бабы, ему дали взыскание и отправили на гауптвахту. Он вернулся с гауптвахты, пошёл в караул с автоматом, приманил караульную собаку Мишку и переспал с ней. С ним. Он постарался сделать это так, чтобы зрелище наблюдало максимально большое количество солдат и гражданских лиц, находившихся поблизости. Разводящий сержант поднял караул в ружьё и вызвал начальника караула. Начальник караула дождался, пока истекут положенные по уставу два часа дежурства часового — Джапаридзе не пускал его на пост, угрожая застрелить за неположенное проникновение на вверенный ему, Джапаридзе, объект, — и, когда два часа истекли, арестовал его. Джапаридзе беспрекословно отдал оружие. Штаб части отправил его на психиатрическую экспертизу, хотя я лично полагаю, что на экспертизу, в первую очередь, нужно было послать составителей армейских уставов, в соответствии с которыми здоровых, молодых, полных сил мужиков приговаривали к двухлетнему воздержанию от любых контактов с противоположным полом.

Перед тем как отправить Джапаридзе в штаб округа на экспертизу, его отпустили в баню, где мы и встретились в последний раз. Джапаридзе сразу подошёл ко мне, хлопнул по голому заду и дружелюбно оскалился. Вы все, понимаешь, дорогой, — дураки, — сказал он, — дураки и трусы. Я вот, понимаешь, и удовольствие получил, и домой поеду, меня доктора комиссуют; а вы — боитесь. А ты не бойся, профессор, к тебе жена уже приезжала и ещё приедет, ты не переживай, от раза к разу — глядишь, служба и пройдёт. А я домой поеду, ай-лю-лю, гамарджоба, будь здоров, дорогой. И он ушёл, пританцовывая.

Он не поехал домой. Военные психиатры в штабе округа решили, что караульная собака — это ладно, но вот намёк на жалобу в Совет безопасности стоит того, чтобы на всякий случай подлечить его. И его лечили во Владимирской крытке три года. Я слышал потом, что на втором же месяце сидения там он добровольно стал пить бром.

Это был тот раз, когда я сумел помыться. Я вспомнил его потому, что на втором году моей службы это был, скажу не стесняясь, почти исключительный случай. Нас спровадили на полигон в марте месяце на общевойсковые учения Прибалтийского округа, и мы с Яном застряли в лесу. Там не было где мыться, там почти не было где жить, и Ян, ругаясь вполголоса по-польски и поминая своего деда — лесного брата — выкопал в три приёма землянку. Там было забавно, только холодно, мы топили костёр и охотились на снегирей в заснеженном лесу. Где-то недалеко, почти по соседству, раздавались артиллерийские залпы, грохотало радио, матюгались, отдавались приказы, выли, пикируя, самолёты, — там шли учения. Ян говорил, чтобы я не реагировал — в конце сороковых, в Прибалтике, было то же самое, объяснял он. Не бегай на дорогу, говорил он; когда господам офицерам ты будешь нужен, то они, пся крев, сами тебя найдут.

Однажды мимо нас, давя ельник, промчался танк. В пяти километрах стоял одинокий хутор, на котором жили три весёлые сестры тридцати примерно лет. Танк спешил туда. Танкисты въехали во двор, сломав забор, вошли в дом и остались в нём. Это были последователи мужской гордости Джапаридзе, и они мечтали остаться на хуторе навсегда — так говорили они потом на суде военного трибунала. Две недели краснознамённые гвардейские войска искали украденный танк. К нам в лес дважды подкатывало на джипах начальство. Ян смотрел на пьяных генералов, кусая воспалённые, в болячках губы, и с ненавистью молчал. Я завистливо поглядывал в сторону хутора, принюхиваясь к ветру. Иногда до нас доносился запах свежеиспечённого хлеба и — очень издалека — чьи-то песни, но Ян говорил, что это — не наше дело. Когда джипы с начальством уезжали, он бормотал что-то по-польски.

На третью неделю танк нашли. Его нашли во дворе лесного хутора. На стволе его пушки сушилось серое армейское бельё. Четыре танкиста находились в избе — один играл на гармони, сидя у стола, остальные лежали с весёлыми сёстрами на укрытых тряпьём нарах.

Я не мылся четыре месяца, но не побил рекорда. Рекорд побил Айвор Муриньш, рядовой нашей части, бывший колхозник из-под Риги. Он не мылся полгода. Привычный на гражданке к ежедневному горячему душу в своём европейском, чистеньком колхозе, обозлённый полигонами, разгрузкой снарядов и караулами, обременённый вечной вознёй с вверенным ему бронетранспортёром, водителем которого был, Айвор публично отказался ходить в баню. Он сказал, что пусть лучше сгниёт, чем переступит порог учреждения, где так издеваются над правами человека. Я думаю, он тоже был бы не против пожаловаться в Большой хурултай, — но, наученный печальной судьбой Джапаридзе, воздерживался от прямого конфликта с властями. Он переселился в свой бронетранспортёр и жил в нём с апреля по ноябрь. Я навещал его; из недр бронированной машины доносились невнятная ругань и проклятия на латышском. Раз в два месяца он получал посылку из дома. В посылке лежала бутыль самогона, замаскированная под лимонад, и шмат ароматного копчёного сала. Я подменял его в бронетранспортёре, где по радио научился ловить Би-Би-Си, и ночами он уходил в самоволку в город. За самогон и сало он снимал девочку — всегда одну и ту же, я познакомился с ней однажды, она была хорошая и не обращала внимания на запах. В ноябре его демобилизовали. Девочка, к которой он сильно привязался, провожала его — встретила у стены части, обвитой поверху колючей проволокой и с толчёным битым стеклом у вышек с часовыми, и отвела его на вокзал. Выглядывая из ворот КПП, мы видели, как они уходят обнявшись. Вдали постепенно затихали латышские проклятия.

На прощание он сказал мне, что не теряет надежды. Я до сих пор не знаю, что он имел в виду.

Так держать, рядовой!

Пришло время заказывать новый загранпаспорт. Сел копаться в старых бумагах. Неожиданно выудил собственную армейскую записную книжку 1984–1986 гг. Припёр её, оказывается, с собой в Иерусалим в девяностом году и совершенно об этом забыл. Раскрыл — впервые за тридцать два года. Много неожиданно поучительного и познавательного, готовый материал для зарисовок, рассказов и эссе. Конспекты Устава гарнизонной и караульной службы, который мы учили наизусть (первые две фразы помню наизусть до сих пор — исключительно в силу их идиотичности): «Часовой есть лицо неприкосновенное. Неприкосновенность часового заключается в особой охране законом его прав и личного достоинства».

В прикроватной тумбочке солдата (ещё один идиотический термин) дозволено пребывать:

— трудам В. И. Ленина;

— Уставу гарнизонной и караульной службы;

— письмам родственников и знакомых солдата;

— черновикам писем солдата, отправляемых родственникам и знакомым;

— свежим подворотничкам (кто-нибудь ещё помнит, вус из дус, так сказать?);

— солдатской записной книжке, в кою разрешается заносить конспекты всего вышеперечисленного.

И больше в прикроватной, мать её, тумбочке ничему пребывать не положено. Согласно устава (вот очередное клиническое выражение).

А копаться в прикроватной тумбочке разрешено:

— хозяину прикроватной тумбочки;

— прапорщику воинского подразделения;

— офицеру, дежурному по подразделению;

— спецлицам (я не буду более считать количество идиотизмов, это лишь сбивает нас с толку и отвлекает от темы нашего поучительного эссе).

Мы — рядовые, ефрейторы и сержанты срочной службы — заносили в записную книжку то, что нам в голову взбредёт, маскируя записки под уставы и ленинские конспекты, не без оснований полагаясь на удивительную временами, дежурную, можно сказать, тупость прапорщиков и офицеров. Иногда сослуживцы менялись книжками, писали и рисовали в них что-нибудь на память друг другу.

Имена этих сослуживцев много лет назад я уже благополучно забыл, но тут обнаружил целую телефонно-адресную книгу людей, живших от Бреста до Владивостока. Среди них — нынешние профессора и почётные трактористы на пенсии; дальневосточные дети малых народов; потомственные бандеровцы и лесные братья, а также вполне верноподданные и политически безграмотные русичи, обитатели необъятной родины моей, не считая чеченцев, армян и азербайджанцев, спустя пять лет после окончания совместной службы в рядах СА уже благополучно резавшие друг друга — во время службы в новоиспечённых армиях разных воюющих друг с другом государств.

…Поскольку мы — солдаты непобедимой и легендарной — всё-таки были людьми, как бы в нас ни старались вбить веру в обратное, — мы заносили в наши записные книжки то, что пёрло из подсознания, обряжая скупые строки в казённые одеяния.

С огромным интересом (я даже сел на диван и надел очки) принялся листать эти дивные страницы. Тут преимущественно действительно были конспекты. Большинство — безо всякой расшифровки (во избежание пролистывания дежурными прапорщиками и офицерами). Понять большинство записей теперь, по истечении срока давности, было практически уже невозможно.

Предлагаю отрывки некоторых конспектов и записи первых пяти страниц.

«…Его знакомство с Элладой ограничивалось первой строчкой стихотворения „Ехал грека через реку".

(кажется, это о начштаба нашего полка, любившего повторять ни к селу ни к городу: «У меня, как в Греции, всё есть, га-га-га!..»)

«Элагу ваба Еэсти!»

(без расшифровки, понятное дело: «Да здравствует свободная Эстония!»)

«Сизда сигарет ваар?»

(на азербайджанском — «У тебя сигарета есть?»)

Приписка почерком знакомого Тиграна из Нахичевани:
«Пизда сигарет ваар!»
«У тебя что это? Как это? Копыт нет?»

(Обширный комментарий.) Эту историю, в отличие от большинства других, вспомнил сразу. Дружок мой Саша Д., родом из глухой закарпатской деревни, меня очень любил, во всём помогал, а перед отбоем, когда я снимал сапоги, всегда отчего-то тревожно вытягивал шею и смотрел на мои ноги во все глаза. Спустя почти два года, уже в конце службы, я не выдержал и спросил — в чём дело, в конце-то концов? Он признался, что среди односельчан ходили слухи, что у евреев-то заместо ступней — копыта. А у меня, значит, почему-то нет. Я тогда, помню, лишь глаза выпучил, а потом сказал нечто вроде того, что «да, но это оттого, что у меня прадедушка был греком». Он сразу успокоился. Надо сказать, что и я Сашу очень любил, особенно в силу его стихийных антисоветских убеждений. Говорил он на западном диалекте с ужасающими вкраплениями русского литературного языка. Перевожу: «Когда батя напивался на своих райкомовских собраниях, он после приезжал домой, брал меня в сарай, разгребал сено и показывал то, что там было… — А что там было, Саша? — Пушка была, её дед с болота вытащил после войны, отчистил и спрятал. И два снаряда. Так батя завсегда показывал её и говорил: когда наши придут, я первым делом — в сарай, выкатю пушку и — прямой наводкой по родному райкому». Кем являлись эти «наши», спрашивать было не нужно. НАТО или партизаны — не суть важно.

Ясное дело, такого рода рассказы грели душу нам обоим. Я только не помню, был ли Сашин папа первым или вторым секретарём райкома, который мечтал уничтожить прямой наводкой. Единственное, в чём я уверен, так это в том, что мечту свою лет тридцать назад он выполнил непременно. Когда, типа, наши пришли.

Поэтический рукописный воспитательный плакат в казарме (висел в ленинской комнате):
«Не одевай чужой сапог!
Возможно, там сидит грибок!»
Полторы страницы убористым почерком, исписанные цитатами из каких-то советских атеистических брошюр о истории тибетского ламаизма. Сразу под ними — фраза:

«Китайский историк Сыма Цянь, кастрированный в виде выговора».

За этим — крупным почерком, почему-то ликующее:
«Ровно полгода, как не был в бане!!!»
Помним, помним.

«Часовой обезьян».

Выражение рядового Абдуллы Бабобековича Аллабекова, спустившегося с гор за солью, попавшего под воинский призыв того года и мгновенно мобилизованного, не знавшего ни единого русского слова (хотя виртуозно владевшего матом), впервые в жизни открывшего книжку, и книжка эта была Уставом. Прапорщик во время суточного караула потребовал от рядового необученного (мы говорили — необучаемого) выучить, как положено, хотя бы первый абзац. Я, а вы вслед за мной, помните первые две фразы Устава, приведённые выше? Горный мученик, как ни старался, не смог продвинуться дальше двух первых слов: «часовой обязан…» В его непроизвольном произношении слова эти звучали как «часовой обезьян». С того дня и до конца службы он носил поносную кличку «Сыктым-бурда», но не обижался.

Далее — армянский алфавит с побуквенными комментариями на русском почерком интеллигентного лейтенанта Ашота Тотоляна, выпускника философского факультета Ереванского университета. На двухнедельном полевом выходе в феврале 86-го, когда делать в поле было всё равно нечего, мы занялись взаимным культурным проникновением. Он учил меня основам армянского, я его — основам иврита. Блуждающим вокруг офицерам, пьяным по случаю полевого выхода, мы говорили, что товарищ Тотолян преподаёт мне высшую математику. Это было недалеко от истины. Прапорщики уважительно кивали головами.

Далее — первое предложение из рассказа Хачатура Абовяна «Дочь турка», впервые в жизни, в результате взаимного культурного проникновения, прочитанное мной на армянском. Криво записано русскими буквами, моим почерком:
«Амарн экель эр».
«И взошло солнце».
«Нау тайснибас ун небустас!»
«Нет правды и не будет» — на латышском записано почерком рядового Муриньша, моего товарища, поэта-диссидента из

Юрмалы. Первая строчка из его одноимённой песни, исполнявшейся на подпольных рижских концертах начала восьмидесятых.

«Да здравствует НАТО — орудие мировой империалистической агрессии!»

(Фраза, при пролистывании записной книжки не вызвавшая нареканий даже замполита части, в силу некоторой ограниченности его образного мышления, и потому никак не зашифрованная.)

«Берешит бара Элоим эт а-шамаим ве-эт а-арец» — на языке оригинала. Интересующимся говорил, что это первая фраза В.И.Ленина из его гениальной работы «Государство и революция» — мои первые опыты по переводу трудов вождя на язык суахили. Отъебались мгновенно.

«Псалом» Галича, посвящённый Чичибабину, записанный — видимо, для затруднения дешифровки посторонними лицами — буквами еврейского алфавита по идишскому фонетическому принципу. Ясное дело — из труда тов. Эрика Хоннеккера в переводе на корейский.

«Братишки, верно вам говорю: всех к-в перевешать на берёзах при первой возможности. Всех, начиная сверху. Л. я бы удушил в колыбельке. А потом можете меня расстрелять — я, паскуда, тоже х. п».

Так, это уже трудно поддаётся анализу.

Ааааа! Вспомнил: из задушевной беседы командира нашей артиллерийской части, полковника Молодченко, внука раскулаченного где-то на Кубани. Пьяный, он любил откровенные излияния рядовому составу. Наутро, протрезвившись, решительно ничего не помнил. «К-В» — коммунисты, «Л.» — Лукич, ясное дело, «Х.П.» — член партии (вместо «ч.» из соображений безопасности я записал это откровение как «х.» — «хер»).

«Ё...ный в рот!

Кто-то сп...здил ручной пулемёт!»

Долго думал. А! Майор, замполит полка, из ассимилированных волосовских эстонцев (не знал, что такие бывают, — но это по его словам) немузыкально исполнял целую, но видоизменённую похабную песню на мотив песни «Тёмная ночь». Тоже в пьяном виде, разумеется. Но часто.

«Цирк уехал — клоуны остались».

Любимая фраза капитана Ротмистрова, командира нашей роты. Прекрасный человек, потомственный алкоголик. Дома жена била его мухобойкой и кидала в него кастрюли с кипящим супом, поэтому он отдыхал на суточных дежурствах в части. Приходя на дежурство, первым делом запирался в той же ленинской комнате и в знак протеста обильно опорожнялся в пустую голову Ленина, снятую с пьедестала в углу комнаты, перевёрнутую и поставленную на попа. Караульные рядовые безропотно выносили под утро смердящего вождя, выливали дерьмо, чистили струёй из шланга и затем ставили на место. Все знали — и никто не донёс.

Вкладка: маленький лист, выдранный из ученической тетради для младших классов, сложенный гармошкой. При малейшей опасности изымается из записной книжки и вкладывается в неё по окончании тревоги обратно.

Тринадцать крошечных, но мастерски исполненных карандашом рисунков одной и той же голой женщины во всех возможных позициях, с особо выделенными натуралистическими подробностями небритого лобка. Места занимает мало, при этом — море удовольствия. Плод прощальной творческой работы перед самым дембелем ещё одного моего сослуживца, бывшего узника колонии для малолетних преступников, Олега В. Прекрасный был человек. По слухам, погиб спустя лет десять в Чечне от дружественного огня.

«Что за в.х., что Вы тут понаписали, р-й? (Брезгливо)».
Это уже серьёзно.
Подполковник Н., начальник «управления и артиллерийской разведки» (до сих пор не вижу логической связи между этими понятиями) нашей части, застал меня за написанием очерка, заносимого в записную книжку, из жизни наших военнослужащих. Очерк для конспирации писался на русском, но финикийским алфавитом, при этом по тому же фонетическому идишскому принципу, что и некоторые другие мои вещи.
Иными словами (брезгливо):
— «Что за вонючая х...йня, что вы тут понаписали, рядовой?»
Я немедленно возразил, повышая собеседника в звании:
— Почему же вонючая, товарищ полковник? Это конспект известной работы покойного Леонида Ильича «Целина». Я готовлю перевод по заказу кафедры инфака института, который я в том

году закончил, вчера от них письмо получил, так уже выбросил. А перевод — вот он, почти готов, товарищ полковник.

— Хм. — (Подозрительно:) — А почему выбросил?

— В прикроватной тумбочке, согласно устава, держать посторонние письма, кроме писем от родных и близких, воспрещается. Я прочёл и выбросил на ..уй.

Это его покорило.

— Так держать, рядовой. Хвалю.

И пошёл своей дорогой, довольный и собой, и мной. Даже не поинтересовался, что это за кружочки, крестики и глазки в тексте. Ну, я в любом случае не признался бы, что это финикийский — заранее зачем-то приготовился сказать, что это что-то из протосинайского письма. Хотя именно что — зачем? Ведь «финикийский» звучит безобиднее «протосинайского», где подозрительный и известный по публикациям в газете нашего военного округа Синай так и выпирает.

И, господа, имейте в виду: всё вышеизложенное, законспектированное и дешифрованное занимает лишь пять первых страниц. Впереди, предчувствую, море удовольствия по обработке забытого напрочь, казалось, материала.

Так держать, рядовой.

Из записок мадригала

*— Послушайте, а вот это вы видели? А это? — Он
зарывался в книги по локоть. Он нежно гладил их,
перелистывал, на лице его было умиление. — А это? —
говорил он. — А вот такого Сервантеса, а?
К нам подошла молодая осанистая женщина, покопа-
лась в консервах и брюзгливо сказала:
— Опять нет датских пикулей?.. Я же вас просила.
— Идите к чёрту, — сказал шофёр рассеянно.*
Стругацкие, «Хищные вещи века»

В каждом порядочном деле должны существовать свои маньяки, на них дело держится. Чтобы не так обидно было, маньяка можно называть подвижником-бессребреником. Лично
я ничего обидного в терминах «маньяк» и, скажем, «параноик»
(правда, это в другую степь мы пошли было, но неважно, отметим
в скобках) я не вижу. О маньяках и нормальных людях очень славно сказал Изя в «Граде обречённом», но эту вещь и так все читали,
повторяться тут нечего. В нашем деле маньяком-подвижником является Лара. Двадцать лет работа Городской русской библиотеки
держится на её плечах. Поговаривают, что эта библиотека — крупнейшая в Зарубежье, и если это так, то заслуга в этом одной лишь
Лары. Человек Лара не публичный. Человек, перенёсший тяжёлую
болезнь и оглохший на одно ухо. Человек, любящий книги, собирающий их, желающий, чтобы их читали другие, объединяющий
вокруг себя всех, всё и вся, что с книгами связано, и ради этого
дела положивший живот свой на алтарь Храма культуры, о котором тот же Изя говорил так правильно и цветисто.

Во второй и четвёртый вторник каждого месяца мы собираемся в этом особняке.

По-моему, это правильно. Где ещё должны собираться литераторы, пишущие на русском языке, как не в месте, где присутствует
собрание русских книг? Там, знаете, местная аура помогает. Чему
помогает?.. Не знаю. Там приятно находиться. Умиротворяющее.
Моё давление падает до нормы два раза в месяц, и именно в те ча-

сы, когда мы на собраниях там сидим. Лара тоже умиротворяет. Одним уже своим присутствием. Атмосфера там такая, что хочется забраться на старый кожаный диван с ногами, с грудой книжек, под солнечный свет, косо падающий из запылённых старинных окон, и читать, читать, читать. Но читать не дадут. Не для того собрались. Ударом палки в старинную дубовую дверь сигнализирует о своём прибытии Председатель, за ним вваливается толпа народа, в лекционном зале сразу же сдвигаются столы, начинается весёлый гомон, появляется Лара, за ней — Толик, несущий на подносе рюмки, чашки, бутылки, закуски, салфетки, и начинается то, ради чего люди и приходят сюда, собираются со всех концов города и даже со всех концов страны — общение. Толик — тоже своего рода подвижник, но это тема отдельного рассказа. Нет, повести. Нет, даже романа. Впрочем, романов я не пишу. Хотя стоило бы написать — Толик стоит романа, как Париж стоит мессы. Представьте себе худющего высокого человека с провалившимся ртом, глубоко запавшими зелёными глазами, с аккуратными движениями длинных пальцев татуированных рук, с деликатными оборотами речи. Представьте себе Варлама Шаламова после двадцати лет отсидки, прямиком с нар отправившегося в библиотеку, не нашедшего в себе сил выйти отсюда — и поселившегося в ней навеки. Этот Шаламов и будет Толик. Ему пятьдесят лет, или восемьдесят, или сто. Кажется, он ничего не пишет. Он только рассказывает. Он так рассказывает, что хочется взять перо, кипу бумаги и писать до утра. Под треск свечки, да. Ещё Толик умеет слушать. Он, знаете ли, так слушает, что… а-а, к чёрту. Всё равно я не напишу о нём романа. И никто не напишет. В каждом городе должен быть свой Толик, вот что.

Я поднялся по стёршимся ступенькам, с натугой распахнул дверь особняка и вошёл в зал. Толик уже сдвинул столы и раскладывал на них пластиковые тарелочки, вилки, ножи, расставлял пластиковые стаканчики. Он махнул мне рукой. Я открыл рот, но навстречу устремилась Лара.

— Там стоит компьютер, иди посмотри, что сделали с твоей книжкой в Националке. Пока никто не пришёл, иди посмотри быстренько.

— А что они с ней сделали? — испугался я.

— Нет, с книжкой они ничего сделать не могли, конечно, они её только закаталогизировали, и иди посмотри, как.

Я пошёл в угол, где стоял компьютер. Экран светился на странице каталога Национальной библиотеки при Иерусалимском университете. Лара всегда проверяет эту страницу, чтобы знать о новых поступлениях. Иногда туда поступает непропорционально большое количество экземпляров одного и того же издания, и тогда работники университетской библиотеки передают Ларе несколько книжек для Русской библиотеки.

На экране виднелись мои инициалы. Я проглядел заголовки всех книжек, числившихся под моей фамилией. Всё было нормально, кроме последней графы. Мои «Записки маргинала» именовались здесь «Заметками мадригала».

— Лара,—позвал я,—что это за фигня?.. Что ещё за мадригал… Какой я мадригал… Фигня какая, а?..

— Эта фигня—Машенька,—сказала Лара.—Машенька чудесная девушка, но очень рассеянная. Её всё время нужно проверять, она так каталогизирует новые русские поступления, что родная мама эти поступления не узнает. Но я ей уже звонила, она уже исправляет.

— Это ерунда—мадригал,—подал из угла голос Толик.—Скажи спасибо, что она не обозвала книжку «Записками гамадрила». Тоже бывает. Ты водки выпей.

Я выпил водки и полез проверять по электронному каталогу Национальной библиотеки все русские книжки моих друзей и знакомых, которые я когда-либо приносил Машеньке. Я ужаснулся.

Сзади раздался громовой удар в дверь. Дверь распахнулась, в зал ввалился Председатель, опираясь на свою знаменитую палку красного дерева с золотым набалдашником. Я не обернулся, я знал, что это—он.

— Где мои писатели?—зычно крикнул Председатель.—Где мои абреки и кунаки? Почему здесь один Миша? Уже семь часов. Никакого порядка и дисциплины в этом Иерусалимском Содружестве так называемых литераторов… Я буду жаловаться в Лигу наций, в большой хурултай!..

— Привет, Боря,—рассеянно сказал я, не оборачиваясь, шаря глазами по экрану.—Писатели—народ необязательный, творческий… скоро придут, наверное… Погоди, тут такая фигня, понимаешь…

Он подошёл сзади и тяжело опёрся о мой стул.

— «Заметки мадригала»…—прочёл он вслух.—Ха! Ты что, ещё одну книжку написал? Названия больно похожие. Ты повторяешься.

— Да нет, это Машенька всё перепутала,—сказала Лара,— она всегда всё путает… Но она исправится.

Председатель вдруг заорал так, что я подпрыгнул на стуле.

— Какая блядь накурила в зале?! Я не могу дышать! Суки, знают же, что я бросил курить и не могу дышать в этой вони! Кто, блядь, курил?!

— Я курил снаружи… — сказал я, — я не курил здесь…

— Нищеброды! — бушевал Председатель. — Волки позорные! Будет отчётно-перевыборное собрание — всех уволю! Всех! И членские взносы не платят… А как новую книжку издавать — сразу: Боря, туда-сюда, помоги, давай валюту из фонда… Хрен вам! Ты взносы, кстати, принёс, прозаик?

— Принёс, — сказал я, — щас…

— Боренька, — кротко вступилась Лара, — ты знаешь, кого мне напоминаешь? Господина Мозеса из Стругацкого «Отеля»…

— Да? — проворчал Председатель. Он был доволен.

Я смотрел на экран.

Несколько лет назад я привёз из России Катины книжки. Я сразу же пошёл в Национальную библиотеку и отдал их Машеньке с приветом от русских писателей. Машенька была очень рада, велела передавать «миллион поцелуев как Катеньке, так и русским писателям в целом» и немедленно, прямо при мне, закаталогизировала эти книжки в электронном виде, а также на карточках. Теперь я сильно жалел, что тогда не проследил за нею, а ушёл почти сразу. Ибо повесть «Когда воротимся мы в Портленд» превратилась на экране монитора в какой-то «Когда воротимся мы в Форт-Ланд», да ещё с восклицательным знаком почему-то. Но это были цветочки.

Я вспомнил, как лет пятнадцать назад, когда Машенька работала корректором в еженедельнике, где я писал публицистику, мне приходилось писать опровержения почти в каждом номере, в котором появлялись мои статьи. Собственно, опровержения писали все авторы, и еженедельник поэтому напоминал рекламный буклет с аккуратными четырёхугольными рамочками с коротенькими текстами на всех шестнадцати полосах. Помню, я как-то написал очерк о секте субботников в Воронежской глубинке. Я написал примерно так: «…у крестьян этой деревни был свой мир, со своими представлениями о добре и зле, со своим единым Богом, но при этом деревня была советской, и они положили за правило не спорить с властью, а предпочитали жить полюбовно со своим колхозом…»

Когда я купил очередной выпуск газеты, у меня потемнело в глазах, ибо я обнаружил Машенькину правку. Опубликованная статья гласила, что крестьяне заброшенной деревни Воронежской области предпочитали заниматься любовью со своим козлом.

Фурор эта статья, помню, произвела необычайный.

Главред тогда на общем собрании предположил, что корректура Машеньки свидетельствует о полиграфической реализации её, Машенькиных, подсознательных эротических комплексов. Машенька очень плакала и просила прощения, но в конце концов её уволили — после того как в очередной статье очередного автора вместо «баронета» она ни с того ни с сего допустила «пистолета». Автор впал в истерику, встал в позу, и в тот раз Машеньке уже не удалось оправдаться.

С тех пор Машенька работает заведующей отделом каталогизации русских книг центральной академической библиотеки страны. Лара старается по мере сил следить за каталогом, составляемым ею, но Лара занята каталогами своей собственной библиотеки, и уследить не всегда удаётся.

Я продолжал просматривать заголовки книжек, которые в разное время приносил Машеньке на растерзание. Председатель хрюкал, стоя за моим плечом, Лара вздыхала. Толик пил писательскую водку. Я хрустел пальцами.

Два года назад я принёс в Национальную библиотеку двухтомное издание «Хроник Пумбедиты» — научно комментированную работу, плод двадцатилетнего труда британских учёных, посвящённую истории древней философско-теологической академии в Междуречье. Лёгкое порхание Машенькиных пальчиков превратило его в «Хроники победита».

— Победит? — проворчал Председатель. — Победит — это такая штука в токарных станках, резец такой; он сверлит все металлы. Я знаю, сам работал когда-то на заводе.

— Может, у них каталоги составляет какой-нибудь бывший токарь? — сказал Толик. Он не очень прислушивался к происходящему, он сидел за столом и пил писательскую водку.

— Нет, это Машенька, — напомнила Лара, — Машенька очень хорошая, она исправится. Она уже исправляется…

Я скрипнул зубами.

— А это ещё чего такое?.. — с недоумением спросил из-за моей спины Председатель, тыча толстым пальцем в экран. — Гляди-ка. Во диво…

В разделе «Новинки подписных изданий» сообщалось, что «…с 01.02 с.г. начнётся оформление подписки на голос Орса».

— Кто такой Орс, и как это можно на голос подписаться? — спросил из-за стола Толик не очень твёрдым голосом.

— Да-а… — проворчал Председатель. Звучит как-то… неприятно как-то звучит. А может, это у них новые технологии в ходу, это они оформляют заказы на аудиокассеты, на диски там с голосами известных писателей?..

— Я не слышал об известном писателе по фамилии Орс, — сказал я.

— Я знаю! Я знаю! — вдруг захлопала в ладоши Лара. — Это — Голсуорси!

— Ёб твою мать, — прочувствованно произнёс Председатель, — это надо сразу же подарить Губерману, он из этого в каком-нибудь выступлении ляльку сделает, — он задрал голову и захохотал, заревел как разъярённый бык. Вокруг уже собралась целая писательская толпа. Все с любопытством всматривались в мерцающий экран и тыкали друг дружке пальцами в бок.

— Ну ладно, хорошенького понемножку, — вытирая слёзы, сказал Председатель решительно. — Пошли к столу, займёмся делом. У нас ещё ни в одном глазу, а там Толик всю водку выпил уже, хорошо, что я свою бутылку принёс, как чувствовал. Миша, ты водки не получишь, у тебя давление. Так, а теперь все быстренько сдавайте членские взносы на этот год. И если какая-нибудь блядь будет ещё курить в помещении — уволю без выходного пособия. Вы меня знаете.

Мы его знали, и беспрекословно пошли к столу, и занялись делом. И тогда оказалось, что Зиночка выпустила новую книжку стихов — очень хорошие стихи, господа, пишет Зиночка! — а Валя накатал гениальный рассказ, за право публиковать который уже в феврале перегрызут друг другу глотки три московских толстых журнала, а Вильям вообще выпустил в Филадельфии трёхтомник — и, говорят, Урсула ле Гуин поссорилась с Аксёновым за право писать к нему предисловие. Мы дружно порадовались за Зиночку, Валю и Вильяма, а потом Председатель сказал, что, вообще-то, мы собрались сегодня в основном для того, чтобы согласовать текст поздравления Борису Стругацкому, у которого в этом месяце исполняется творческий юбилей, пятьдесят лет совместного с братом творчества на ниве фантастики. И мы согласовали текст поздравления, и подписались под ним, и вручили его мне, и я обещал отправить его, как только приду завтра на работу, и я пришёл сегодня на работу, но так ничего до сих пор и не отправил, потому что сел писать этот рассказ.

Однажды летом в Рауту

Я всегда испытывал симпатию к северу. Ко всему, что лежит выше шестидесятой параллели. Там бернгардовские сосны, там запахи нагретых за летний день смолы и хвои.

С самого детства каникулы я проводил в посёлке Рауту, который теперь Сосново. Никогда не задумывался—почему было Рауту, а стало Сосново, и куда подевались финны, населявшие, по рассказам взрослых, этот край. Только с шести лет лазил с ребятами-дачниками по подвалам финских домов. Домов не было, одни фундаменты, аккуратные каменные прямоугольники на полянах в лесу, чуть приподнявшиеся над оплетавшей их травой. А подвалы сохранились. Это были настоящие катакомбы.

Сосед наш, пастушонок Вова, пасший в лесу немногочисленных коров и коз, рассказывал ребятам-дачникам об этих катакомбах сущие ужасы. Что там, в сырой полутьме, скалятся на входящего белозубые черепа древних колдунов. Финны, говорил Вова с видом знатока и гурмана, хоронили своих колдунов в подвалах, рядом с окороками и кругами сыра, подвешенными на верёвочках к потолку. Ещё, по его словам, в подвалах хранилось заржавленное, но тщательно смазанное свиным салом оружие, принадлежавшее финнам—с эпохи викингов и до ручного пулемёта «Суоми» включительно (этот пулемёт я впоследствии видел в музее обороны Ленинграда, куда нас повезли на школьную экскурсию).

В ненастные ночи, когда ветер завывает в верхушках сосен, черепа сами собой вылезают из подвалов и глядят на Север вспыхивающими гнилушками глаз, говорил Вова. Не верившим в колдовские черепа и пулемёты предлагалось слазить в подвал самим. Никто на это не решался, и легенда продолжала жить.

Когда мы играли в футбол на лесной прогалине, то часто находили гильзы и пули. Они лежали на самой поверхности земли, в траве, иногда припорошенные песком. Мы собирали пули и расплющенные гильзы, коллекционировали их и обменивали: на стаканчик мороженого «крем-брюле», две марки из альбома, новую точилку.

Лес скрывал в себе извилистые, завалившиеся, заросшие траншеи. На дне их можно было обнаружить целые пулемётные ленты, продырявленные каски, пустые обоймы от винтовок и автоматов. Огромные круглые ямы, поросшие кустами малины или наполненные чёрной стоячей водой, обозначали места падения авиационных бомб. Однажды я нашёл совершенно целый блиндаж, аккуратно выложенный изнутри брёвнами, но побоялся спуститься в него сам. Я позвал дедушку. Дедушка, воевавший рядовым в финскую кампанию, рассказывал, что наши несли здесь огромные потери. На деревьях в маскировочных халатах сидели финские снайперы, их называли «кукушками» и боялись больше всего. Бездарная война была, говорил дед, сердито пыхая трубкой.

Всё вокруг напоминало о войне — всё, кроме людей. Жители посёлка были приезжими, переселёнными сюда властями в конце сороковых — начале пятидесятых годов из самых разных районов России. О том, кто жил тут раньше, они имели самое смутное представление. В лесу пряталось заброшенное финское кладбище. Задумчивые козы жевали траву среди покосившихся надгробных памятников с полустёршимися надписями на языке потомков древних колдунов.

Когда на выходные из города приезжали папа и мама, мы шли в кино всей семьёй. Кинотеатр помещался в центре посёлка, в здании клуба. Там я впервые увидел картину «Миллион лет до нашей эры», она произвела на меня сильное впечатление. По экрану бегали питекантропы с нечленораздельной речью, они охотились на диплодоков, а тираннозавры охотились на них. Птеродактиль уносил к небесам пышногрудую красотку-блондинку из продвинутого племени кроманьонцев, чтобы скормить её своим детёнышам. Красотка, сдавленная когтями воздушного ящера, беспомощно размахивала обломком копья и отчаянно вопила на английском языке, взывая о помощи. На ней была мини-юбка из шкуры леопарда, кокетливо подчёркивавшая блондинистые прелести. Бабки в зале приглушённо охали, колхозники щёлкали языками и напряжённо дымили цигарками. Я немедленно захотел стать палеонтологом или археологом. На красотку мне было плевать. Мне было девять лет.

Клуб, сказал дед, когда мы выходили на улицу после сеанса, был построен на месте старой кирхи. В неё попала бомба в сороковом. Я сам это видел, добавил он и закурил. Развалины расчистили после войны, а фундамент ломать не стали, прямо на нём и построили клуб, так он был хорош и прочен.

Я не знал, что такое кирха, но не стал спрашивать. Мои мысли занимали динозавры и кидавшиеся в них камнями волосатые питекантропы.

Однажды летом — тогда мне было лет одиннадцать — я шёл по старой лесной тропинке между папоротниками. Между деревьями высветилась аккуратная полянка, с неё доносились голоса, и я свернул в ту сторону. Посреди поляны был старый заросший фундамент с крыльцом. Три ступеньки вели в никуда, в бывшую дверь. Перед ними, около автомашины, толпилось человек восемь. Древняя старуха раскачивалась на первой, самой нижней ступеньке, всплёскивала руками и что-то шамкала себе под нос. Рядом, насупившись и опустив головы, стояли трое или четверо мужчин и две женщины. Мальчик моего возраста ковырял в носу, озираясь на верхушки сосен, и первым увидел меня. Он потянул за рукав стоявшего возле него мужчину и сказал что-то на тарабарском языке. Все оглянулись на меня и стали глазеть — все, кроме старухи. Старуху дёрнули за юбку, и она стала шамкать тише, но всё так же всплёскивала руками. Я раздвинул папоротники и вылез на прогалину.

— Мальтш-шик, — сказал высокий худой мужчина с длинными висячими усами на бритом лице. Руки его были засунуты в карманы серого плаща. — Потой-ти сюда-а, мальтши-ик…

Он поманил меня худым пальцем. Я осторожно подошёл, оглядываясь на лес. Мальчик вынул палец из носа и, разинув рот, уставился на меня.

— Теп-пя каак совуут? — полувопросительно, полуутвердительно сказал мужчина. Все, кроме старухи, смотрели на меня.

— Миша, — ответил я.

— Ты ту-ут… живёшь?

Я сказал, что мы — городские. Дачники. Мы живём вон там, за лесом. Я махнул рукой, показывая — где. Жёлтая бабочка села на платок молодой женщины, державшей за руку пожилого мужчину. Мужчина глядел на меня и молчал. Они обступили меня.

— Ты это… ты-ы пионэр? — спросил долговязый.

— Конечно, — кивнул я. Они тихонько загалдели. — А вы кто? Иностранцы?

Наша классная руководительница всегда рассказывала нам, что с иностранцами нужно быть любезным, объяснять им, как пройти к ближайшему милицейскому отделению, но не напрашиваться на знакомство. Вообще с людьми, говорящими на посторонних языках, нужно держать ухо востро. На всякий случай. Вдруг это шпионы.

— Вы — шпионы? — брякнул я. Длинноусый качнулся назад, и в глазах его плеснулось что-то вроде испуга — по крайней мере, мне показалось именно так.

— Не-е-е-ет-т-т… Мы эт-то-о… Мы туристс. Мы пришли… ехали, — он вынул руки из карманов плаща и с каким-то тихим отчаянием зашевелил пальцами.

— Эт-то наш том, — сказал он. — Пыль.

Бабка на нижней ступеньке завыла громче.

Я не понял, о каком томе шла речь. Я пугливо посмотрел на старуху, ломавшую руки. Мне представился огромный старинный фолиант, покрытый толстенным слоем пыли. Мужчина ткнул костистым пальцем в фундамент, и я понял, что он говорил о доме.

— А-а-а, — протянул я. До меня дошло. Я вспомнил рассказы моего бывалого деда.

— Вы — финны?

— Та, та-а-а, — радостно закивал собеседник, усы его развевались, хотя ветра не было.

— Эт-то… мы пришли из Турку. Из Суоми.

— Пешком пришли? — поразился я. Мне представилась цепочка шпионов, неслышно передвигавшаяся по лесу, держа дистанцию, под покровом темноты переходящая недалёкую границу с Финляндией и пешком добредшая до нашего посёлка. Шли они ночами, соображал я, чтобы их никто не видел. Позади всех тащилась бабка. С ручным пулемётом из музея обороны Ленинграда.

— Не-ет, — удивлённо сказал он, — зачем пешком. — Автобу-ус до Ленинград, там фсял машину. Мама хотела смотреть до-ом. Последни-ий рас-с.

Они были из Турку. Мне стало поспокойнее. Турку — город-побратим Ленинграда, вспомнил я кстати рассказ нашего школьного учителя истории.

Мужчина рассказал мне, что здесь до войны был лесной хутор, здесь жили его родители и он с сестрой. Вокруг было много таких хуторов. Когда началась война, жителей эвакуировали вглубь страны. Я хлопал глазами. В моём представлении, эвакуация могла происходить только с советскими людьми, бежавшими от фашистских оккупантов.

Их фамилия была Пирволяйнен. Его мама и папа знали русский язык, потому что жили здесь ещё до революции, и Финляндия входила в состав империи. Когда их эвакуировали и они поселились в Турку, то дома обычно разговаривали между собой на русском — чтобы не поняли дети. Так вислоусый постепенно научился русскому, а потом ещё учил его в университете. Сестра тоже знает, но хуже, — прибавил он, — и почти не разговаривает. Я кивнул головой. Он приветливо положил мне руку на плечо.

Внезапно я проникся к нему доверием. Я рассказал о деде, воевавшем в этих местах, о заброшенных блиндажах, о траншеях в лесу, о черепах и пулемётах в подвалах. Здесь проходила линия Маннергейма, прибавил я с видом знатока. Он кивал, лицо его становилось всё печальнее. Когда финны напали на нас, — сказал я, — было очень трудно взять эту линию обороны, но мы победили, хотя финнам помогал Гитлер. Наше дело было правое, и мы победили, закончил я и резко взмахнул рукой.

Все внимали. Я заметил, что старуха, давно прекратив вой, обернулась со ступенек и, выпучив глаза, наблюдает за мной. Я закончил лекцию по политпросвещению, старуха сказала что-то негромко, качая головой. Все загомонили, молодая женщина успокаивающе погладила её по плечу.

Мне пришла в голову новая мысль.

— Пойду приведу дедушку! — выпалил я и, повернувшись спиной, приготовился бежать. Мне нужно было срочно рассказать кому-нибудь об этом случае, — а кому я мог бы о нём рассказать так, чтобы всё было понятно, как не деду. Меня распирало. Дед воевал. Он всё поймёт. Ему будет интересно.

— Куда-а-а ты? — всполошился вислоусый мне вслед. Я объяснил. Что мой дедушка воевал здесь и даже помнит старую кирху, в которую попала бомба.

Услыхав про кирху, старуха опять тихонько взвыла, но пожилой мужчина, стоявший рядом с ней, решительно кивнул мне. Я убежал.

Я прибежал на дачу. Я запыхался. Дед лежал в гамаке, натянутом между двух берёз, и дымил трубкой. Он читал газету. Я забегал вокруг него, размахивая руками. Дед отложил газету и неодобрительно выслушал мой рассказ.

— Кирха! — кричал я. — Клуб! Финны приехали из Турку посмотреть на подвал своего дома! У них нет пулемётов…

Дед вздохнул и сел прямо. Потом он, кряхтя, вылез из гамака, пошёл в дом и скоро вернулся оттуда в своём новом пиджаке и в сером плаще. Плащ видал лучшие времена. Было прохладно. На пиджаке я увидел три орденские планки и гирлянду медалей. Дед всегда возил их с собой в особой коробочке — на всякий случай. Иногда это помогало ему без очереди взять в кассе билет на пригородный поезд или кружку пива у ларька.

Мы направились в лес. Я страшно боялся, что финны, испугавшись визита моего бывалого деда, успели смыться. Я забегал вперёд деда метров на пятьдесят, как разведчик у индейцев в романах Фенимора Купера. Я торопил деда, хотя он шёл довольно быстро. С облегчением я увидел, что семейство Пирволяйненов всё ещё стояло там, где я его оставил.

Дед вышел на поляну, треща трубкой и опираясь на палку, с которой ходил с самой войны после ранения в ногу в сороковом году. Как раз тут, у самой кирхи, его подстрелил финский снайпер.

Не торопясь, он подошёл к людям, стоявшим перед каменными ступеньками, ведущими в никуда, и остановился напротив длинноусого. Я нетерпеливо дёргал деда за рукав. Я обратил внимание, что они оба были в одинаковых плащах, и одинаково держали руки в карманах. Дед покачался с пятки на носок.

— Ну, здравствуйте, — сказал он хмуро, не вынимая рук из карманов.

Финны обступили его.

Длинноусый улыбнулся мне и первым протянул деду руку. Тот, помедлив, осторожно пожал её.

В течение получаса они рассказывали друг другу свои истории. Старуха подошла совсем близко. Наклонив к плечу голову, она слушала деда, глядя на него снизу вверх, приоткрыв рот. В глазах её была мука. Я играл с мальчиком. Мы бегали по поляне друг за другом, прислушиваясь к тому, о чём говорили взрослые. Мы не понимали друг друга, но уже подружились.

— ...Кирха, — услышал я. — Старая кирха... видеть.

Дед махнул мне рукой и, кряхтя, забрался на водительское сиденье автомашины. Все засуетились и полезли в автомобиль. Мы набились в неё, как селёдки в бочку. Мы поехали в центр посёлка.

На площади дед развернул машину. Тарахтя, она подъехала к зданию клуба, выкрашенному в жёлтый, грязно-песочный цвет. Цвет напоминал о больнице имени Куйбышева, о больнице Эрисмана и вообще обо всех больницах, которые я когда-либо видел. Их стены всегда почему-то красили в этот цвет. Старуху бережно вывели из автомобиля под руки. Спотыкаясь, она подошла к трём ступенькам, ведшим на крыльцо, и остановилась, покачиваясь. Все молчали. Дед трещал своей трубкой, отойдя немного в сторону. Так прошло минут десять. На площади было пусто, ветер гонял старые газеты. Из-за угла бывшей кирхи вышел сторож и с подозрением стал смотреть на нас. Я почувствовал, как занервничал дед.

Мы вернулись к машине. Дед снова завёл мотор. Старуха села рядом с ним, на переднее сиденье. Я увидел из окна — сторож провожал нас долгим взглядом. Молодая женщина в платке дёрнула плечом и вздохнула.

Дед привёз нас к нашей даче.

На даче уже суетилась бабушка. Она не понимала, куда делись мы с дедом. Ба мир зенен ди гастен, — почему-то на идише сказал ей дед, — зей зенен фун Финланд, гиб ундз эпес фарбайсн…

Бабуля, раскрыв рот, смотрела на гостей, теребя в руках кухонное полотенце. Те смущённо подходили к ней поодиночке и пожимали руку. Бабуля трясла головой.

Она расторопно собрала на стол во дворе. Финны один за другим присаживались на краешек длинной скамейки — в цепочку, как гуси, идущие на кормёжку. Бабуля смахнула крошки с клеёнки, постелила чистую скатерть. Дед восседал во главе стола и, барабаня по нему побуревшими от табака пальцами, глядел на смущённых гостей.

Бабка ахнула на стол кастрюлю с супом и нарезала две буханки чёрного хлеба. Дед сурово заглянул в свой гранёный стакан.

— Миха, сбегай в сарай, там у меня было, ты знаешь, где.

Я побежал и принёс из дровяного сарая трёхлитровую бутыль самогона, подаренного деду на Девятое мая нашим хозяином Василь Васильичем. Сам Василь Васильич сейчас находился на своей работе, на железнодорожной станции, и присоединиться к обеду не мог.

За едой дед обращался к бабуле исключительно на идише — как я думаю теперь, из стеснения перед гостями. Он говорил, что вот когда-то были враги, а вот теперь он, дед, сидит на их земле, лакает самогон, сделанный из пшеницы, тоже выращенной, между прочим, на их земле, и нужно же как-нибудь компенсировать потерю хутора и прочего; так что пусть выпивают и закусывают, хотя фашисты им помогали, да-да, и снайперы их были ого-го, но ничего, он тоже был снайпером и посшибал с веток пять штук их них кукушек.

Говорил он как-то невразумительно. Он полагал, что, кроме бабули, никто его не понимает, — поэтому очень сконфузился, когда длинноусый, во время его монолога истово хлебавший щи со сметаной, облизал усы, положил ложку и сказал, что всё правильно.

— Что правильно? — удивился дед.

— Я знаю немецкий, — объяснил усатый, — а ваш диалект очень похож на то, что я знаю.

Дед крякнул и разлил присутствовавшим самогон по стаканам.

— Мой дядя был снайпером, — сказал усатый, — он рассказывал нам, что сидел на дереве как раз напротив кирхи, когда ваши… когда русские, — поправил он себя, — начали наступать. Тут как раз бомба попала в кирху, и через минуту дядя уже стрелял в солдата, который выскочил из-за поворота первым, и солдат упал. Но дядя не дострелил его, он специально целился в ногу, а не в грудь, и солдат уполз обратно. Мой дядя был старый социал-демократ и не хотел убивать русских рабочих, даже пришедших брать… схватить его дом. И тут на кирху упала бомба.

Дед слушал, остолбенев. Лицо его медленно наливалось кровью и стало походить на спелый помидор.

— В ногу? — спросил он тихо.

— В ногу, — кивнул усатый, — так он нам рассказывал.

— У кирхи, когда в неё попала бомба? — спросил дед ещё тише.

— У кирхи, — опять кивнул усатый.

Дед посмотрел куда-то под стол.

— Я до сих пор волочу ногу, — сказал он. И это… я не был русским рабочим. Я был помпотехом. Помощником командира по технической части, вот кем я был. Но спасибо, что твой дядя не стал больше стрелять.

Усатый быстро-быстро заморгал глазами. До него медленно доходило. Моя бабка и бабка-финка охнули одновременно. За столом наступила тишина.

— А дядя ваш, извините, жив? — через минуту спросил дед очень вежливо.

— Дядя умер, — прошептал усатый. В глазах его стояли слёзы — я думаю, от самогона. Хозяйский самогон был ядрёным, Василь Васильич клал в него для вкуса ягоды чёрной смородины и ещё добавлял полынь.

— Ну ладно, — сказал дед и прокашлялся. Он посидел ещё немного неподвижно, потом поднял бутыль и стал разливать по деликатно придвинутым к нему стаканам.

— Давайте споём, что ли… помянем.

Кого хотел помянуть дед, я не знаю до сих пор. Возможно, старого социал-демократа, не дострелившего его в незапамятной той зиме. А может, своего взводного, которого убили через два дня в лесу, куда тот пошёл справить малую нужду. Посёлок Рауту к тому времени окончательно перешёл в руки Красной армии, но снайперы всё ещё прятались по деревьям.

Усатый сказал что-то негромко по-фински, и старуха, всё это время глядевшая на нас с ужасом, с готовностью привстала из-за стола.

В тот вечер я услышал много песен на трёх языках. Почти все они были заунывны, как русские плачи, — даже финские песни времён последней войны, даже старинные еврейские свадебные куплеты, рулады которых старательно выводил перед гостями мой захмелевший дед. За лесом тихо садилось багровое солнце. Его раздваивали и расстраивали острые, как наконечники копий, верхушки корабельных сосен. Пахло нагретой за день хвоей, где-то на краю посёлка лаяла собака. Прогудела далёкая электричка. В тот вечер было много песен, но теперь я не помню ни одной из них, кроме колыбельной, вполголоса спетой старухой-финкой. Слова песни перевёл нам её сын. Да, это была колыбельная: ребёнка усыпляли рассказом о том, как отец пришёл с фронта, держась за плечо нового друга, потому что ослеп. А у нового друга белые зубы, и этот новый друг сам Ангел смерти…

Когда солнце село, и в саду стало зябко, когда на землю окончательно пала темень, гости медленно засобирались. Бабушка просила их остаться у нас, переночевать, но сильно поддатый вислоусый отрицательно качал головой: он арендовал машину в туристическом бюро только на один день, и должен вернуть её до полуночи, а до Ленинграда больше семидесяти километров.

Мы с дедом вышли проводить их на опушку леса, где проходила трасса на Приозёрск. Спасибо, крикнул по-русски мальчик, высунувшись из окна, вислоусый бибикнул на прощание клаксоном, и машина уехала. Я долго махал рукой им вслед.

Больше мы никогда их не видели.

Пипец-летописец

*Подлинная история вашего сознания
начинается с первой лжи.*
Бродский

Я честно пытаюсь вспомнить свою первую ложь. В нежном возрасте я соврал, по крайней мере, трижды. Какое враньё было из них первым, я не помню. В восьмилетнем возрасте у меня появилась клептомания — я таскал из родительских карманов мелочь. Впрочем, не только из родительских. Я лез в карманы пальто и плащей всем гостям, посещавшим наш дом. Мне кажется, я делал это виртуозно, гильдия щипачей могла бы гордиться мной. Меня ни разу не поймали. Когда меня спрашивали, что это я делаю, отчего кручусь в прихожей, я отвечал, что учу наизусть русские народные сказки. Почему я так отвечал, не знаю. На меня смотрели странно, переглядывались и перешёптывались — что-то о нервных детях и раннем развитии. Потом это прошло само собой, внезапно, как и появилось. Деньги я ни на что не тратил, мелочь так и копилась в ящике стола в моей комнате. В конце концов я отдал эту тусклую гору серебра и меди бабушке, сказав, что выкопал во дворе нашего дома клад, спрятанный там пиратами ещё триста лет назад. Тогда же мой одноклассник Димка (который впоследствии работал в Центре управления полётами, потому что всегда мечтал стать космонавтом) подарил мне набор порнографических карт, старых, чёрнобелых, и мама обнаружила их у меня в столе и учинила допрос с пристрастием, и я отбивался, чтобы не выдать Димку. Я неудачно соврал. Я сказал, что мне подарила их Мэри Поппинс.

Третье враньё состоялось в том же втором классе. Мне сдаётся, что до восьми лет я вообще не врал, зато, перейдя во второй класс, принялся врать не переставая и со вкусом. Это был самый тяжёлый класс, самый тяжёлый возраст на моей памяти. Я искал градусники. Я искал их всюду, где только можно. Это было сложно, потому что их почти не было — то есть, я хочу сказать, их не было в продаже, они были дефицитом. Тогда, по-моему, всё было дефицитом. Когда я, при помощи разных уловок, всё же добывал градусник, то клал его в кастрюльку и ставил на огонь в кухне. Ртуть поднималась до критической отметки, переваливала её и разбивала стекло, и градусник лопался. Вылившуюся ртуть я бережно собирал в специальный декоративный металлический сундучок, который привёз мне в подарок на день рождения капитан дальнего плавания дядя Петя, приятель моих родителей. Ртути в сундучке было мало, и я пошёл с протянутой рукой по соседям, выпрашивая у них градусники. Я не мог сказать им, для чего мне нужны градусники, тем не менее мне подавали. Видимо, я производил такое жалкое впечатление, что люди жалели меня. Я и сам до сих пор не могу объяснить себе, для чего мне потребовалась ртуть. Единственное объяснение, говоря логически, может состоять в том, что именно тогда я прочёл рассказ Ивана Ефремова «Озеро горных духов» — о природном озере ртути, обнаруженном во глубине сибирских руд, в глухой тайге, и возжелал такое же озеро для себя. Мне не приходило в голову, что, собрав даже все градусники и украв все заоконные термометры города Ленинграда, я всё равно не скоплю себе ртути на целое озеро, да если бы и скопил, то всё равно девать мне его было бы некуда. Всё же я накопил достаточно ртути для того, чтобы перелить её из сундучка в кастрюлю. Кастрюля была очень тяжёлая. Я держал её сперва под аквариумом, а потом, когда все гуппи, меченосцы и скалярии в одночасье сдохли — видимо, от ядовитых испарений из кастрюли — я спрятал её под свою кровать. Ночью мне снились цветные сны. Мне нравилось погружать во ртуть руки и чувствовать упругое сопротивление жидкого металла. В конце концов, кастрюлю нашли, и бабушка чуть не упала в обморок. Она плакала и просила, чтобы я сказал правду, и клялась, что не расскажет об этом ни маме, ни папе. Я поверил ей и тут же соврал. Не знаю, отчего эти слова слетели у меня с языка, но я сказал, что копил ртуть потому, что собирался втридорога продать этот ценный материал врагам, чтобы они ею отравились. Накануне я смотрел фильм «Подвиг разведчика». Не помню уж точно, что в итоге стало с этой кастрюлей… Нужно сказать, что в следующем учебном году я врал уже по-крупному. Опыт со ртутью мне пригодился тогда, когда я, желая прогулять школу и сказаться больным, нагревал градусник, прижимая его к лампочке под абажуром. Я делал постную мину, говорил, что совсем болен, и мама, озабоченно щупая мне лоб, садилась рядом и меряла мне температуру. Мама тогда, как теперь и я, пяти минут не могла просидеть спокойно без книжки. Сидя рядом, она углублялась в чтение и теряла всякую связь с окружающей действительностью, а я очень медленно и осторожно поднимал руку, в которой был зажат градусник, к лампочке. Меня поймали только перед самым окончанием второго класса, и я, схваченный за руку, немедленно соврал—сказал, что специально пропускал школу для того, чтобы диктовать дедушке его мемуары. Дедушка очень удивился, он отродясь не писал никаких мемуаров. На летние каникулы меня отвезли на Карельский перешеек, чтобы я честно отдохнул на природе от вранья и укрепил свою расшатанную нервную систему. Теперь все дети нервные, объяснял моей маме знаменитый психолог Владимир Леви, с которым они дружили, и они, кстати, вовсе не врут, а фантазируют, и это очень хорошо, ибо развивает мышление. Летом, в прекрасных сосновых лесах, я всё время врал, то есть фантазировал—целыми днями я придумывал разные истории, а вечерами мы с деревенскими ребятами и ребятами-дачниками забирались в старый сарай, и я рассказывал о прочитанных книжках, к которым присобачивал придуманные мной вставки и окончания, меняя по ходу дела сюжет и ставя с ног на голову мораль произведения. Однажды я рассказал сущую правду о том, как собирал ртуть, но мне никто не поверил. Ко мне неплохо относились и дали почётную кличку Пипец-летописец, с ударением на последнем слоге. Побили меня деревенские только один раз, и не за сказки, а за то, что я—городской.

Настоящий полковник

Одни едут на Самайн/Самхейн, на первый снег, а я сдуру поехал в Ашдод — на первый дождь. В жизни туда больше не поеду.

Никогда до сих пор ещё не был в доме, в котором нет ни одной книги. Хоть бы на суахили или пиджин-инглиш! В этом доме книг было меньше, чем в квартире прапорщика Наливайко из моей предыдущей жизни. Я всегда считал его, прапорщика, образцом нечитательности, но ошибался. У него дома хранился хотя бы Устав боевой и караульной служб… Если в доме, где я оказываюсь, нет нормальной литературы, я читаю то, что есть: энциклопедии для девочек, поваренные книги, телефонные справочники, старые выписки из истории чужих болезней. Я не могу не читать, у меня не получается. Мне мерещится, что без книжки я сдохну от голода, как тот мокрец под дождём у Стругацких.

Когда я с крупозной пневмонией лежал в армейском лазарете, то сначала читал воинские Уставы, принесённые мне прапорщиком Наливайко. Когда я перечёл уставы в пятый раз, то понял, что выучил их наизусть. Я до сих пор помню десятки страниц, и иногда, в приятной компании, люблю их цитировать. Добрый военный доктор Хуйдабытнев, хаотичный библиофил-дилетант, увидев, что я уже загибаюсь без чтения, сжалился надо мной и принёс из дома замусоленную «Консуэло». Я перечёл её десять, или двадцать, или двадцать пять раз. Я лежал на жёсткой койке с казённым одеялом и впитывал замусоленную книжку с разлохмаченными уголками страниц, как сухой песок впитывает дождь.

Лазарет был холодный, армейский, доктор Хуйдабытнев был алкоголиком и добрым распиздяем. Его потом с волчьим билетом уволили из армии за то, что он выписывал фальшивые справки офицерам и солдатам, не желавшим отправляться в Афганистан; он брал оригинальные взятки: справка в обмен на книгу. Ему было всё равно, какую книгу ему принесут, Бродского в самиздате или учебник фарси для вузов, но я его понимаю. Единственная книга, которую благодарные пациенты ему приносили раз тридцать, и которую он отказывался брать категорически — это «Материалы XXV-го съезда КПСС». Именно этого съезда. Материалы XXII-го съезда он взял бы с удовольствием.

Когда меня выписали из лазарета, и выяснилось, что я могу цитировать Уставы гарнизонной и караульной служб наизусть, офицерское начальство стало отрывать меня от выполнения прямых обязанностей, как-то: копания ям в самых неподходящих для этого местах — в эти ямы падали и ломали себе ноги пьяные дембеля и младшие офицеры; вознесение импортных сервантов, шкафов и буфетов вручную на девятый этаж новостроек, в квартиры гарнизонного начальства; слушания в часы дежурств Би-Би-Си по радио, вмонтированному в Командно-штабную машину, — так, что ни одна срочная радиодепеша из центра военного округа не могла вовремя дойти до командира части; ночных охот за сумасшедшими, одичавшими в карауле Джапаридзе и Сосошвили, похищавших и насиловавших сторожевых собак.

Взамен выполнения этих прямых, непосредственных моих обязанностей, замполит Краснопевцев требовал отныне держать меня наготове и представлять заезжим инспекторам из политотдела армии как пример образцового солдата — меня выталкивали на сцену, и я, полузакрыв глаза, нараспев, как мой прадед — Талмуд, цитировал любой предложенный пункт Устава. Инспектора сидели в зале, стаканами пили коньяк и следили за текстом, держа в руках серые книжечки уставов. Они много удивлялись и цокали одеревеневшими языками, отчего из зала исходил непрерывный дрожащий свист.

Подполковник Кучиев не удивлялся ничему. Он был страшно зол на меня — за то, что в часы радиодежурств, сидя на боевом посту в командно-штабной машине, я слушал Би-Би-Си, вместо того чтобы следить за срочными депешами; однажды таким образом я пропустил депешу о представлении его к очередному званию. Он был зол на меня, полковник, но побаивался замполита-майора. Постепенно я стал чувствовать себя в полной безопасности и неприкосновенности со стороны офицеров — как-то и следовало в соответствии с первым пунктом Устава караульной службы: «Часовой есть лицо неприкосновенное. Неприкосновенность часового заключается в охране законом его прав и личного достоинства».

Когда, находясь в местной командировке на полигоне и став свидетелем побоища на национальной почве, я скомандовал солдатам открыть огонь на поражение по толпе волков в форме, бежавших по полю за философом Хачиком из Еревана, —полковник Кучиев был крайне недоволен. Он сказал потом, что я много на себя беру и чувствую себя в части хозяином положения, тогда как чувствовать себя хозяином—это его, полковничья прерогатива. Я не мог с ним не согласиться.

Прошли десятки лет, и замполит Краснопевцев, который давно уже не был замполитом, а был простым пенсионером в отставке, разыскал меня в Иерусалиме; он прислал мне письмо, полное многозначительных подмигиваний, прищёлкиваний пальцами и похлопываний по плечу. Он напомнил мне, как я задержал депешу о присвоении командиру части полковничьего звания, и рассказал, что Россия должна до сих пор гордиться такими, как я, и такой—как у таких, как я—прозорливостью.

Полковник Кучиев, дослужившийся к тому времени до генерала, оказался вместе со своими сыновьями-офицерами героем чеченской войны—только с другой стороны фронта. Они все погибли во время боя, стреляя по десантному вертолёту, и то, что от них осталось, было торжественно, но тайно захоронено на маленьком горном мусульманском кладбище села, где полковник родился.

Я вспомнил, как вставали дыбом кавказские усы, яростную улыбку полковника, его именную саблю, которой он любил размахивать в моменты нервного и алкогольного напряжения, его кличку—«Шашка», его многочисленных, искренне, хоть и по-скотски, влюблённых в него баб, приписанных к нашей части—прапорщиц, телефонисток, поварих—и не стал отвечать замполиту на письмо.

Я не любил полковника так же, как он не любил меня, только вспомнил тот удивительный день тридцатого мая восемьдесят шестого, когда закончилась моя служба: с утра светило солнышко, дул мягкий, ласковый ветер, в небе кучерявились лёгкие облака, жизнь впереди казалась бесконечной, а девушки, встречавшие временных армейских женихов у КПП—прекрасными. Я вспомнил, как полковник вывалился из двери, ведущей в штаб, держа под мышкой какой-то свёрток. Зычным криком он поставил в шеренгу нас, дембелей, и вызвал перед строем именно меня.

— Ёбаный профессор, сказал он, и усы его плотоядно приподнялись, —шаг вперёд.

Холодея, я вышел перед строем и щёлкнул каблуками кирзовых сапог.

— На, очкарик,—брезгливо сказал полковник, и протянул мне свёрток.

В лицо мне пахнуло сложным запахом застоявшегося перегара, сапожного гуталина и вчерашнего одеколона «Красная Москва». Я развернул свёрток—это был дореволюционный том Овидия с золотым обрезом и папиросной бумагой между страницами, с дивными иллюстрациями. На первой странице крошащимся химическим карандашом, вкривь и вкось было написано: «Хуёвому солдату от Полковника на добрую память». Я поднял голову и посмотрел на полковника.

— Надеюсь,—с отвращением сказал он,—мы больше никогда с тобой не встретимся.

Пожал руку, хлопнул по плечу—я покачнулся,—развернулся и ушёл в штаб.

Когда я уезжал из России, Овидия я не сумел увезти с собой—из-за года издания и золотого обреза его не пропустили на таможне. Я оставил его моей жене, с которой развёлся, а она подарила его своему любовнику, который не только не был хуёвым солдатом, но и вообще в армии не служил.

ПОКОЛЕНИЕ ДВОРНИКОВ И СТОРОЖЕЙ

В городе на Неве состоялся концерт «25 лет ленинградскому рок-клубу», и одна моя знакомая на этом концерте присутствовала и даже танцевала. Я только в экран таращусь — не узнаю ничего. Ни групп, ни обстановки. В начале восьмидесятых поход в рок-клуб человека, имеющего что терять, общественным мнением приравнивался к подвигу Матросова, или, в крайнем случае, Гастелло. Это было как лечь грудью на амбразуру или спикировать на колонну крестато-полосатых «тигров». Спокойно на улицу Рубинштейна ходили лишь те, кому терять, кроме своих цепей, было нечего; я имею в виду, конечно, панков.

Крадучись по тёмным улицам Центра (тогда на зданиях почти не было никаких цветных реклам) и оглядываясь по сторонам, на неофициальное мероприятие в полуофициальный клуб собиралось Поколение дворников и сторожей. Быть дворником, сторожем или кочегаром у маргиналов было много престижнее, чем капитаном дальнего плавания. Сколько взволнованных речей о судьбах страны, сколько песен, ставших впоследствии крылатыми, впервые звучало в тёплых кочегарках и провонявших махоркой дворницких, сколько романов завязывалось на широких растрескавшихся подоконниках над остывающими батареями! Цой тогда пел здесь лишь для развлечения ближайших друзей, и Миша Науменко спал пьяный в углу на продавленном диване, с головой завернувшись в старый пиджак. Они оба были живы тогда, и я не забуду ни эти батареи, ни этой гитары детской марки «Пионер», ни этого пиджака; в моей памяти они пахнут, как молоко кормилицы.

Ранней весной 82-го меня пригласила на концерт «Россиян» Лариса, тогдашняя подруга лидера группы, давно уже покойного ныне Жоры Ордановского. На концерты юного рок-клуба, которому сейчас исполнилось двадцать пять лет, нельзя было идти, не подготовившись морально. В тёмном переулке наискосок к Пяти углам, в гулком параднаке, где традиционно пахло кошками и мочой, прижимаясь спиной к ледяным батареям, с двумя хиппи, тремя диссидентами и одним беспартийным художником-нонконформистом мы пили портвейн. Мы пили его молча — как наркомовские сто грамм перед боем, для разбега. Беспартийный художник вытряхнул из-под повязки на голове прекрасную шевелюру до колен. Подруга лидера группы распахнула зябкое осеннее пальто, выглядевшее, как из Допра, залезла к себе в штаны и достала пакетик. Двое диссидентов и один хиппи разложили на ступеньках газету, высыпали содержимое пакета и стали набивать косяки.

Раздался приглушённый свист, и в тёмный подъезд с улицы крадучись вошли две девушки с противогазными сумками наперевес. У девушек были ненакрашенные лица, зато на сумках были вышиты аккуратные «пацифики». Собрание одобрительно заурчало. Под жёлтой голой лампочкой, на заплёванной лестнице, чьи каменные ступени посередине были стёрты шагами поколений жителей великого города, мы выкурили три косяка, передавая их друг другу, как трубку мира. Художник-нонконформист скинул куртку и задрал рваный свитер. Под ним мы увидели холст, как саван обернувший хилое тело. Огромный нос художника был задран кверху, к звёздам, невидимым за слепыми лестничными пролётами. Рубахи и майки под свитером не было, там была лишь впалая волосатая грудь.

Нонконформист нёс подарок рок-клубу. Он нёс на концерт своё новое полотно, чтобы развернуть его в зале и кинуть художественную идею толпе, как кость голодной собаке, как кровавый плевок презрения власть имущим. Он вывернулся из полотна — изящно, как патрицианка из ночного хитона, и развернул картину. Мы уважительно придвинулись и стали смотреть. Художник кокетливо посетовал на недостаток освещения. Три диссидента, один хиппи и обе девушки замычали от восторга. Солнце уже зашло, — вскричал обкурившийся нонконформист, как тукан качая гигантским носом, — и это символично в стране, где все рабы — все, снизу доверху, но и вы, друзья, не можете оценить всю значимость идеи!..

Я не мог оценить значимость идеи. Я вообще ничего не мог оценить, хотя смотрел на картину сверху, сбоку и даже выворачивая шею — вниз головой. Я до сих пор не понимаю до конца, что было на ней изображено. Я боялся признаться в этом, чтобы не подвергнуться кровавому плевку презрения со стороны истинных ценителей и обвинению в коллаборационизме. Я только подумал про себя, что, раз картину эту написал он—то, пожалуй, чем темнее на лестнице, тем лучше…

Это был знаменитый ленинградский авангардист, кумир андерграунда Алек Рапп, не принятый в Союз художников, как он утверждал, по собственному желанию, и частенько пользовавшийся успехом у прекрасного пола благодаря тому, что выдавал себя за своего тёзку и однофамильца—действительно хорошего художника, давно проживавшего на Западе.

Он требовательно смотрел на меня. Я не рискнул сказать ему, что новая его гениальная картина сильно напоминает мне ту, что написал Карлсон в своём домике на крыше Вазастана, и лишь изобразил немой восторг, молитвенно сложив руки перед грудью. Взгляд творца потеплел. Я спросил его, есть ли уже название у этого, не побоюсь сказать, шедевра, и он ответил, что ещё нет, что название полотну должны дать слушатели и зрители в полутёмном зале рок-клуба, прямо посреди концерта,—в этом-то и есть суть задуманного действа и кровавый плевок презрения властям, и тогда он подпишется под полотном, стоя во весь рост посреди зала. Лицом к народу и задом к власти!—непонятно вскричал носатый тёзка и однофамилец, и две ненакрашенные девушки с противогазными сумками смотрели на него блестящими глазами, полуоткрыв рты и тяжело дыша. Я снова вспомнил Карлсона и брякнул:

— Тогда давайте назовём картину этого Тициана—«ОЧЕНЬ ОДИНОКИЙ ПЕТУХ»!

— Петух? Почему—петух?—растерянно спросил он. Он явно давно не перечитывал сказку о толстяке с пропеллером.

— А почему бы нет?..—со значительным видом, вполголоса спросил я.

Он просиял.

Мы допили портвейн и докурили косяки. Мы расслабились, и хотя в парадном стоял лютый холод безнадёжных ленинградских восьмидесятых, мы расстегнули куртки. Подруга лидера группы неожиданно стала приставать к одной из девиц с противогазной сумкой. Девица ничего не имела против. Я смотрел на них в замешательстве, тогда мы знали о таком в основном лишь понаслышке. Ударом ноги распахнув дверь, мы вышли в ночь.

Крадучись, взявшись за руки, мы прошли по тёмной улице. Еле слышно ступая резиновыми подошвами кед по мостовой, позвякивая фенечками, нас изредка миновали чьи-то волосатые тени.

Подруга лидера группы и ненакрашенная девушка с противогазной сумкой куда-то исчезли. Я озирался по сторонам, разыскивая их, но успокоился, когда понял, что это никого, кроме меня, не волнует. В конце улицы, в конце тоннеля из высоких чёрных домов, в невероятной дали безнадёжно светился огонёк — лампочка над входом в рок-клуб.

Напротив входа, у тротуара, с наглухо поднятыми тёмными стёклами, без освещения в салоне, стояла чёрная волга. Над крышей её была выдвинута телескопическая антенна. Хиппи, диссиденты и авангардисты гордо прошествовали мимо неё. Я затормозил, но идущие впереди схватили меня за руку и втащили в освещённый прямоугольник двери.

Там толпилось человек сто желающих попасть на концерт — счастливчики, заблаговременно купившие билеты в официальной кассе. В основном, на первый взгляд, это были классические представители Поколения дворников и сторожей. Их не волновали коротко стриженые молодчики в цивильных, одинаково серых костюмах, сновавшие в толпе и, не скрываясь, фотографировавшие присутствовавших. Я сообразил, что билетов у нас нет, а подруга легендарного Ордановского уже полчаса как исчезла с девушкой, носившей противогазную сумку через плечо. Я законопослушный гражданин, я остановился, беспомощно глядя по сторонам.

— Налево кру-гом — марш!.. — сквозь зубы скомандовал шедший передо мной хиппи, известный всему городу под кличкой Куритель Лотоса. И мы повернули к выходу. Выйдя к молчаливой волге, я старательно отворачивал лицо к стене дома. Я учился на третьем курсе института, и мне было что терять, кроме цепей. Курителю Лотоса, который имел официальный статус неквалифицированного рабочего на кабелеукладывающих работах в Ленобласти и три привода в милицию за вызывающий вид, не было что терять — поэтому, проходя мимо волги, он состроил сидевшим внутри чудовищную рожу, выпучив глаза, оскалив зубы и высунув язык. Это — улыбка Будды! — прокричал он, приблизив лицо к боковому стеклу, и мне почудилось, что сидевшие в салоне шарахнулись в сторону.

Мы ушли за угол один за другим, маршируя, как оловянные солдатики из песни Окуджавы. За углом, на уровне первого этажа, находилось освещённое полуоткрытое окошко. Из него дурно пахло. С той стороны метались чьи-то огромные мускулистые руки с остро отточенными ногтями пятисантиметровой длины.

Руки схватывали подходивших к окну и безо всякого видимого усилия втягивали их внутрь, как ребёнок втягивает в рот макаронину. Руки из окна протянулись ко мне, и я отпрянул в сторону. Стоявший за левым плечом диссидент раздражённо ткнул меня в бок:

— Чего ты встал? Иди! Мы всегда так проходим…

Сзади напирала толпа. Я обречённо подошёл к окну и опустил голову. Руки хищно вцепились — одна в воротник моей куртки, другая в брючный ремень, и я взмыл в воздух. Через несколько секунд я стоял в ярко освещённом туалете рок-клуба. Надо мной нависал гигантской двухметровой фигурой сам Жора Ордановский. Его чёрные распущенные волосы достигали коленей. Его отполированные гитарными струнами ногти напоминали щипцы из будуара Клеопатры. Его улыбка была белозуба. Он был прекрасен.

— Сегодня очень много пипла пришло! — гулким басом сказал он, одарив меня улыбкой, не прекращая втягивать новых гостей в сортирное окно, и эхо заметалось, отражаясь от старых кафельных стен. — Я очень рад! А где Лариса?

— Э-э-э… — начал я (я часто начинаю не подумав). — Она ушла с какой-то…

Меня толкнули в бок, но я уже договорил:

— …девкой.

— Опять?! — поразился он, но улыбка его не померкла. — Сколько можно!.. Ну, я ей задам… маме-то своей она хоть позвонила, что придёт поздно?.. — он добродушно засмеялся, и я вдруг понял, что он хороший человек.

Шедшие за мной были поочерёдно втянуты в окно. Великий авангардист, автор тициановской картины, просто взлетел в воздух. Кажется, Жора поднял его одной левой.

Через старые захламлённые коридоры мы прошли в зал. Там бесновалась толпа. На первом ряду со скучными лицами сидели члены Лито, все сплошь — уполномоченные обкома комсомола. На втором ряду расположились молодые люди в одинаковых серых костюмах, все как один — с незапоминающимися лицами. Они фотографировали и снимали на видеоплёнку всё подряд.

Раздались громкие аккорды, на небольшую сцену поднялись волосатые музыканты, потом взошёл Жора, и зал взвыл.

Жора исполнил массу песен — одну за другой, почти без перерывов. Я помню первые строчки второй и пятой песен. Вторая песня начиналась словами о том, что «нам нужен крокодил, который нас бы проглотил». В чём её соль, я не знаю до сих пор, но публика аплодировала бешено — судя по реакции собравшихся, речь в завуалированной форме шла о том, как непризнанным гениям тяжело жить при советской власти. Из пятой песни я запомнил такие строчки:

> …Этот — хочет тебе добра,
> Он толкал с тобой в гору воз;
> А наутро — нет колеса…
> Это друг колесо унёс!

Уже на третьей песне половина зала танцевала в проходах. Молодчики в одинаковых костюмах куда-то делись, и перед сценой бурлило море светловолосых, чёрных, рыжих, одинаково длинноволосых голов. Кто-то размахивал самодельным плакатом «Делайте любовь, а не войну!», какая-то малютка в сандалиях на босу ногу и индейском пончо, подпрыгивая, выкрикивала тоненьким голоском:

— Свободу Луису Корвалану и Анжеле Дэвис!

Сидевшие в первом ряду представители обкома комсомола недовольно косились на неё, а по глазам двух дежурных милиционеров, стоявших по краям сцены, у дверей, ведущих в зал, было видно, что они, к сожалению, не находят в её словах состава, необходимого для задержания. Как только их внимание ослабевало и они отворачивались, малютка почему-то изменяла текст и вместо имени Корвалана выкрикивала Владимира Буковского — правда, несколько более тихим голосом.

Внезапно, в самом центре зала, вознесённый танцующей толпой на поверхность, как тролль из табакерки, возник носатый художник-нонконформист. Он сидел на плечах двух дюжих мрачных на вид панков. Панки с художником на плечах молча подпрыгивали в воздух в такт бешеным ритмам рок-н-ролла. Любимец андерграунда, подпрыгивая вместе с ними, развернул полотнище. Несколько человек подхватили холст и, разворачивая его, побежали в противоположные углы зала. Представители обкома комсомола встревоженно приподнялись со своих мест.

Я втянул голову в плечи.

На длинном рулоне было нарисовано нечто невообразимое: какой-то бегемот с удивительно идиотской мордой, жующий жвачку в розовых зарослях гнойно-жёлтой реки. На горизонте виднелись схематически изображённые голубые пирамиды. Картина была вполне мирной, но иронией судьбы (вполне возможно, даже безо всякого на то желания автора) бегемот удивительно, с первого же взгляда, патологически походил на генерального секретаря партии, трижды героя Советского Союза Леонида Ильича Брежнева, чьи цветные и чёрно-белые портреты заполняли тогда все газеты и журналы страны.

Под бегемотом, вкривь и вкось, чёрным фломастером, в страшной спешке, было написано гигантскими буквами:

ОЧЕНЬ ОДИНОКИЙ ПЕТУХ

Барабаны на сцене стихли. Толпа раскололась и шарахнулась в стороны. По образовавшемуся проходу летел наряд добровольной народной дружины в сопровождении взвода милиционеров.

Толстый мальчик

У меня есть такая знакомая — Вера Дерпт. Такой тихий ангел с девяносто третьего года. Я имею в виду — с девяносто третьего года мы с ней общались, потом наступил перерыв лет в десять, но всё равно — тихий ангел. Именно как в поговорке — кто-то что-то сказал — и тишина; тогда говорят: тихий ангел пролетел. Так в классические времена говорили, и это — про неё.

Свежеиспечёнными репатриантами/иммигрантами мы были. Она — такая миниатюрная девочка, улыбчивая, тихая, глаза совершенно удивительные. Щурилась — как будто тебя насквозь видела. Домашняя такая. Щурясь, улыбалась. При этом — по-доброму. Мы жили неподалёку. У нас район такой был — репатриантско-иммигрантский. В гости друг к другу ходили. Муж у неё был — такой суровый бородатый мужик, мы как-то с ним и не общались даже. Так только — беру Софу и Димку, ещё тогда маленького, девять лет ему было, — и после рабочей недели идём к ним. Тогда ещё мы не были ни историками, ни программистами. Мы тогда только приехали, полы мыли. В подъездах. И в безоружной охране работали. Уставали очень. Но это как у всех, на это нечего жаловаться. После пахоты нужно было какое-то человеческое участие, от таких же как мы. Иврит я знал, я его ещё в России учил, я и другим переводил — тем, кто его нигде ещё не учил, а сразу приехал; но поговорить всё же тянуло на другом языке. На знакомом с детства, вы понимаете. На субботу мы к ним ходили, что ли, не помню. Она готовила отлично. Мальчик маленький, сын её Серёжка, вокруг бегал. Толстый такой. Она смеялась, радовалась, подавала пироги-твороги. Гостям радовалась. Я же говорю — домашняя такая. Мальчик пыхтел, прыгал вокруг мамы, смешно так, как бегемотик. Маленький такой. Вера, говорю, вот, смотри — защитник растёт. В армию пойдёт, нас защищать будет. Она смеялась. И муж, мрачный, бородатый, посмеивался, тихо так только — гхы, гхы. И снова замолкал. А она подавала пироги-твороги на стол и всё щурилась-улыбалась.

Ничего особенного.

В девяносто четвёртом она стала, как мы все стали, устраиваться. Не спеша, как и все мы. Она познакомилась с бородатым Иосифом. Знаете, который самолёт в семидесятом году хотел угнать. Детское подполье и смертные приговоры. Полюбопытствуйте, кто хочет. А может, и не надо, никому эти преданья старины глубокой уже на фиг не нужны. Читал в детстве (мне восемь лет было, читать уже научился) — бандиты и террористы, враги народа, и праведный гнев, и дамоклов меч советского народа воссиял красным лучом возмездия. Потом, когда в лицо познакомился, уже здесь (а где мы могли познакомиться? я там с ним не сидел) — ничего бандитского не увидел. Наоборот. Но это уже дискуссии, а я не хочу сейчас дискуссий. Вышку дали бородатому Иосифу, короче. Выжил в лагере, да. Это всем известно. В самолёт, когда оттрубил свои двенадцать, заменённые с вышки, охранники его на руках вносили: весил меньше, чем моя дочка сейчас весит. Хрен с ним, с Иосифом, я сейчас не о нём. Так — смежная тема.

Он был идейным. Он на своей земле хотел жить. Он прилетел сюда, отдышался, походя женился на такой же, как он, и почти сразу решил — газету организовать. Безо всякой злобы и яду газету, без проклятий и соплей. Он верующий. Но всё равно оппозиционером как был, таким он и остался, как в песне. Как там, так и здесь. На него косо смотрели и справа, и слева, хотя уже в ЦК одной партии состоял. Маргинал, одним словом. Газета на разные темы писала, и Вера наша стала вести там кулинарную колонку. Она здорово готовила. С Иосифом познакомилась, меня по соседству с ним познакомила. Страна манипусенькая, мы тут все соседи. Смертники, хвастуны, урки, идейные бандиты, профессиональные стукачи на три фронта, писатели, поэты, святые, раввины, атеисты, осведомители, гении, ничтожества, подонки, таланты, наркоманы, бьющие в барабан бессмертия посреди тьмы этого мира.

Вот вся эта команда у него в еженедельнике и писала. Левые, правые, атеисты и религиозники, смотри выше по тексту, ведьмы мы али не ведьмы, патриоты али нет. И я. Она меня за руку взяла раз — и привела к Бородатому-почти-пророку. Хотя это я физдю, он никогда пророка из себя не изображал. Это я иногда не по-хасидски, забыв, откуда ветер дует, из себя что-то корчу. А он в камере смертников сидел. Он ничего не корчит. Смешно было бы корчить, в такой камере отсидев.

Она, Вера, за руку меня привела: Иосиф, это вот — Мишка. Он из Ленинграда. Привет, Мишка. Я — из Риги. Очень приятно. Пиши. Если можешь.

И я стал писать. Это было первое печатное место, где я стал писать — и вдруг увидел свои мысли в прессе. Напечатанными. С моей фамилией под. Ай.

Про негров, индейцев, армян, про бабушкины сказки, про Махно и про самое холодное из всех чудовищ. Про сына, оставшегося там, про жену, со мной живущую здесь, про папу-маму, про арабов, про свои встречи, про писателей и стихотворцев. Которые сияли, как Полярная звезда во льдах нового палеолита. Про всё и про всех. Я наслаждался. Я впервые в жизни увидел, что можно писать не в стол. Бородатый смертник много удивлялся, иногда морщился, иногда начинал бродить по кабинету, со скрипом тёр сухие ладони друг о дружку. Удивлялся: я об этом ничего не знал; но у меня же всего образования — три класса и два коридора. Пиши.

И я снова писал. И он говорил — а знаешь, если бы я был не я, то есть не моё имя, которое ничего не значит для Всевышнего, но много значит для долбоёбов, сидящих в креслах, — то газету закрыли б в два счёта. За провокативность. Которую ты вносишь. Пиши. Про негров, про белых. Про китайцев. Про чёрта в ступе. У тебя получается, хотя я во всём этом ни черта не понимаю. У меня ведь образования — три класса и два коридора. Пиши.

И я писал. И с каждым моментом чувствовал себя свободнее и свободнее. Как беляевский Ариэль — порхнул в воздух над Мадрасом и в Лхасу полетел на своих двоих, типа того. И за всё я должен был благодарить Веру; но о том, что должен её благодарить, я забыл. И не благодарил, а просто улыбался при встрече. В городе, в нашем репатриантско-иммигрантском районе, и на заседаниях авторского коллектива. И она улыбалась и щурилась в ответ. Ей не нужна была благодарность, вы понимаете. Она просто за меня радовалась. А я передавал привет её бородато-угрюмому мужу и толстому мальчику — сыну.

А потом мы прекратили общение лет на двенадцать. Так бывает, и никакой обиды тут никому ни на кого нет. Просто разъехались в разные районы. И всё. Некоторые авторы стали научными сотрудниками при университетах, и уже писали толстые монографии, и сам Солженицын их цитировал; а некоторые так и остались в быту уборщиками чужих подъездов, а некоторые — как были ещё в России, так и тут — остались просто сумасшедшими. Дипломированными в дурдоме или без, как в Одессе говорят.

…Иногда я вспоминал её смутно — потому что редактор по её наводке сказал как-то — а ты собери статьи из еженедельника, обработай — и давай мы тебе книжку издадим.

И издали. И вторую книжку, и третью, и четвёртую, и уже меценаты нашлись, и на церемонии приглашать стали, и премиями награждать. И каждый раз в мозгах — смутно так, эхом — отдавалось: Вере спасибо, это она меня за руку привела.

Но каждый раз всё глуше и глуше.

Вот прошло полтора десятка лет, и настало сегодня, и мне позвонил бородач из камеры смертников, и сказал (это было сегодня):

— Ты придёшь? Ты должен одеться в смокинг и вручать премии за этот год так, как тебе самому в том году вручали. От имени тех, прошлогодних. И Вере, кстати, выразишь соболезнование, пусть запоздалое.

— С чем соболезнование? — спросил я, но там уже повесили трубку.

А через минуту снова позвонил телефон, и звонкий молодой голос, почти забытый ещё лет десять назад, сказал:

— Мишка, это я. Ты приходи сегодня, приходи обязательно; привет, кстати, а как ты? Я тебя давно не слышала, лет десять, а то и больше… а у меня всё уже ничего. Только соболезнований не надо, пожалуйста… я не могу больше.

— Каких соболезнований? — ошеломлённо спросил я. — Верочка, как я рад, а что случилось?..

И, клянусь, в этот момент у меня в голове пронеслось имя, прочитанное в газетах ещё летом, пронеслось метеором, ни с чем не соотнесённое имя и потому забытое, и снова выскочило, как чёртик из коробки: Серёжа Дерпт. Серёжа Дерпт. Толстый мальчик.

— Мишенька, — сказала она, — у меня сын в Ливане погиб, он был врачом. Ещё в августе… ты не слышал? Прости, Мишенька… Но ты приходи.

Тут он хамон

У меня, пока я ходил на милуим — воинские сборы, был друг Джон, родом из Бостона. Ходил я на сборы с 93-го по 2003-й, то есть друг у меня был десять лет. Мы с ним там встречались. Мы начинали дружить в тот день, когда я приходил на ежегодные сборы, и до того момента, когда я с них уходил. Несколько дней в году был у меня друг.

Я люблю колорит. Джон был колоритен. Он был колоритен в духе романов Гарри Гаррисона.

Здесь вспоминается древнеегипетский одесский анекдот про Тутанхамона. «Тут он — Хамон, а там он — Хаим». Джон был таким Тутанхамоном. В своём Бостоне он был просто Джоном, а тут — Йохананом. Во всех документах он был Йоханан, но звали мы его Джоном, и он, общаясь с нами, забывал, какое у него официальное прозвище. Когда сержант выкрикивал его имя, он не слышал, потому что не слушал, и сержант очень нервничал. Мы были на сборах, и нам не очень разрешали пить водку, но в тот момент, когда выкрикивали «Йоханан!», Джон всегда почему-то пил водку. С нами, то есть с «русскими» резервистами, естественно. То есть это не обязательно должна была быть водка, это могло быть бренди, виски или, скажем, даже арак; но факт, что каждый раз он пил его именно в тот момент, когда его вызывали.

Джон-Йоханан страшно злился на сержанта за это, потому что после выкрика водка или, скажем, арак, которые он в тот момент пил, от неожиданности вставали колом в его горле, и он начинал кашлять. При этом мы получали удовольствие, а он то, от чего мы получали удовольствие, выплёвывал на землю.

И он страшно злился на сержанта, и на офицеров, и на армию в целом, и говорил, что это — ненастоящая армия, ненастоящие офицеры, ненастоящий сержант. Вот в Америке армия — это да! — говорил он. Мы уважительно мычали, потому что в американской армии никто из нас не был. Ну, что это за армия здесь? — говорил он, откашлявшись. — Вот я сам слышал такую историю, например. Приезжает наш американский генерал на военную базу — и там ему почёт и уважение, и все стоят вытянувшись во фрунт... Вы знаете, что такое фрунт? — мы не знали, что это такое, и даже я не знал, скажу вам честно, как родной маме. — Вот, — говорил Джон, — вы не знаете, а я знаю. Это когда все стоят грудь колесом, и автоматы надраены, и никто не рыпнется без приказа. А вот приезжает тот же американский генерал к вам сюда... То есть к нам сюда. Скажем, на военную базу в Тель-а-Шомер под Тель-Авивом он приезжает. С дружеским визитом. И израильский генерал идёт американского генерала сопровождать по территории базы, чтобы показать товар лицом. А навстречу ему иду, скажем, я. И руки у меня в карманах, и головного убора нет — ещё чего! — и автомата нет тоже, и весь я качаюсь, потому что выпил в павильоне русской водки с русскими друзьями по воинским сборам, да.

И в таком виде прохожу я мимо генералов и молчу, конечно, потому что о чём рядовому с генералами разговаривать? И американский генерал останавливается и смотрит мне вслед, как я удаляюсь, весь такой безоружный, без головного убора, и я посвистываю, и руки у меня, скажем, в карманах. Израильский генерал на это внимания не обращает, как и всегда, впрочем, — зато американец, совершенно обалдев, спрашивает у своего израильского коллеги:

— Скажите, Йоси, — а отчего это у вас в Израиле такой бардак, что солдаты разгуливают по территории военной базы руки в брюки, безо всякого оружия, и, встречая меня, никто не отдаёт мне чести прикладыванием руки к головному убору, которого нет?..

...И израильский генерал хлопает себя по лбу, и кричит «вей из мир!..», и бежит за небрежно удаляющимся солдатом, и хватает его за плечо, и, поглаживая, заискивающим голосом спрашивает его, то есть, скажем, меня:

— Йоханан, ты почему не разговариваешь? Ты за что-то на меня обиделся?..

И пока мы все — бывшие русские, аргентинцы, марокканцы, эфиопы — во весь голос довольно ржём, Йоханан подытоживает спич в том смысле, что ваша, то есть наша армия ни на что не годится.

Вот у нас был сержант, говорит Джон мечтательно, — таки это был сержант. Когда меня призвали впервые, это было в лагере в Неваде, наш сержант сперва объяснил нам, кто мы такие, что мы — никто, объяснил нам он, — а потом пустил пару шуток.

У вас, в этой израильской армии, таких шуток никто и отродясь не слышал, — и я, клянусь мамой, сейчас расскажу вам о них.

…Продержав нас целый день на сорокоградусном солнцепёке, отчего некоторые падали в обморок, в первый же день, сержант разрешил нам попить воды из-под крана, из пластикового стаканчика. Пить надо быстро, сказал сержант, потому что через минуту после смачивания упаковка теряет жёсткость. Напившись, мы аккуратно скатываем её и храним как зеницу ока, потому что она превратится в контрацептивное средство, которым нам долго ещё не придётся пользоваться, но которое мы обязаны иметь при себе по уставу.

И что вы думаете — мы поверили и срочно пили воду из этих стаканчиков, чтобы они не успели превратиться в гондоны.

Вот что такое настоящая армия!

…Ещё у нашего сержанта в Неваде, — мечтательно говорил Джон, — на груди висела фальшивая, но позолоченная медаль «За отсутствие венерических заболеваний на протяжении трёх недель в боевой обстановке». По первой просьбе он показывал и давал щупать её любому желающему, даже свежеиспечённым рядовым молокососам первого года службы.

Я отслужил в советской армии два года, и, слушая Джона, часто вспоминал моего сержанта из нашей части с Артиллерийской улицы в Калининграде. У того не было такой медали и такого воображения, и я заведомо начинал относиться к американской армии с невольным уважением.

Мы любили Йоханана, брюзгливого и всем на свете недовольного весельчака с гладкими переливающимися буграми мышц под майкой. У меня таких бугров не было даже на втором году службы в советской армии. Джона любили все. В первую очередь его любили солдатки действительной службы, а также женщины-офицеры. Один лейтенант отдался ему прямо на боевом посту, то есть это была лейтенантша, а Джон, как и мы, был вечным рядовым, но это всё неважно, потому что через несколько месяцев они поженились, и для этой конкретной лейтенантши Джон стал генералом. Она так и называла его на предпоследнем году наших воинских сборов, когда уже в роли жены в перерывах занятий приносила ему бутылки пива, которые он тут же делил с нами: «Таки да, вот оно, мой генерал!» — и млела.

Она была простая девочка, у которой родители были какие-то пастухи-талмудисты откуда-то из-под Герата, — а он, рядовой, был не просто генерал её сердца, но и белый человек из зажиточной семьи родом из Бостона, даром что корнями из Вильнюса, да ещё и с американским гражданством.

…Что это за армия?! — кричал Джон-Йоханан, выпив пива из офицерского холодильника. — Ну что это за армия! — риторически восклицал он, хватая пятернёй проходящего непьющего сержанта родом из Туниса, дружески тыкая его в бок, и тот убегал, не отвечая, как робкая лань, пасуя перед белым человеком родом из Бостона. — Что это за сержанты?

Мы послушно кивали головами и завистливо принюхивались к нему.

Мы не спорили с ним не только потому, что Джон доставал нам бесплатную выпивку за счёт младшего офицерского состава.

…Джон был выпускником школы рейнджеров под Бостоном. Он был «зелёным беретом», наш Йоханан. Его старший брат, который тоже был рейнджером, но не добровольцем, воевал по зову воинской присяги в Лаосе и Камбодже и погиб в семьдесят пятом в долине Меконга, и никто не знал, где его безымянная могила, и поэтому очкастый Джон, внук интеллигентных эмигрантов из Вильнюса, несмотря на вопли и сопли родных, тоже стал рейнджером.

Он стал рейнджером, и овладел искусством убивать людей тычком левого мизинца в бок, и забросил очки. Он мог в сорокаградусную жару по неделе обходиться без воды, как учили его в Долине смерти, где находилась его база. Он умел охотиться в прериях на койотов и для восполнения жидкости в организме пить их кровь. Он умел охотиться на пустынных гадюк и поджаривать их мясо на костре, который сооружал при помощи солнца и карманной лупы. Он мог глухой ночью красиво отбить пятнадцать невинных индианок, взятых в плен сорока вооружёнными неграми, или наоборот — изнасиловать сорок разоружённых негров на глазах у пятнадцати индианок.

Он умел всё.

Поэтому мы молчали, когда он молчал, и ржали, когда он рассказывал что-то смешное. И плакали, когда он плакал, рассказывая нам о своём брате, сгинувшем в долине реки Меконг, и о своих интеллигентных очкастых сёстрах из Бостона, изредка писавших ему сухие письма. Потому что мы любили его не меньше, чем его лейтенант, сделавшая его повелителем своего сердца и своим генералом.

Мы любили его, бывшего очкастого хилого мальчика из интеллигентной бостонской семьи с вильнюсскими корнями, не последовавшей за ним в ад Святой земли, семьи, прочившей ему будущее страхового агента или адвоката, а получившей весёлого алкоголика-рейнджера с циррозом печени. Мы любили нашего Джона-Йоханана, родом из древнеегипетского одесского анекдота про Тутанхамона, потому что там он был тем Хамоном, который здесь стал Хаимом.

Он был неуёмно буен, хвастлив и насмешлив. Он щеголял американским акцентом. Иногда, обкурившись марихуаны в тени пальмы, он писал странные и нежные стихи, посвящённые какой-то Джуди из Виннипега. Мы ржали и пили вместе с ним. Мы, каждый из нас по отдельности, считали его своим другом. Потом меня уволили в запас, и больше я не видел его ни разу.

Летом, когда началась война в Ливане и ракеты горящеглазых учеников бородатого пророка обрушились на наши города, он пьяным пришёл на призывной пункт и потребовал записать его добровольцем. Ему долго отказывали, потому что он безостановочно рассказывал офицерам о своём сержанте в Неваде, и его сочли недееспособным. Но он на спор показал армейским инструкторам, как нужно уложить человека на песок тычком левого мизинца в бок, и его всё же призвали. Он успел поучаствовать в двух высадках десанта к югу от Литани. Во время второй высадки его убили.

На следующий день после похорон его лейтенант родила сына, которого в память об отце назвали Йохананом — редкий случай в практике иудаизма, остерегающегося давать детям имена родителей.

Мирза-Чарле

Второй день столица обложена, как рысь в капкане. Полиция в бронежилетах и с автоматами на каждом углу, снайперы со вчерашнего вечера засели на крыше нашего архива. Директриса ходит по комнатам: «Будете выходить на улицу курить, — умоляю, не делайте резких движений».

Центр города перекрыт, ни входа, ни выхода. Боевые вертолёты барражируют. Задрал голову — во, ракеты под крыльями и пушка на носу, как осиное жало. Мигалки, сирены. Я думал, что это из-за Буша, который прилетает сегодня; ну так бог с ним — что нам Гекуба, что мы Гекубе? Наплевать и забыть, как говорил Василий Иванович. Или не говорил.

Оказалось всё иначе. Сюрреалистично, как в абстрактном анекдоте про двух крокодилов.

Наш архив расположен напротив Дворца конгрессов. Здесь вечно принимают высокопоставленные иностранные делегации и проходят выступления знаменитых актёров. Пугачёва здесь пела, Клинтона я здесь видел. Это было давно. Клинтон вблизи выглядел, как рыжий конопатый нашкодивший мальчик. Каждые полминуты отряхивал спереди штаны и всё время шмыгал носом. Наверное, ещё не отошёл от своей Моники. Я на него долго смотреть не стал, повернулся и пошёл себе. Меня работа ждёт. Папки, книжки, рукописи, пыль веков на восьми языках. Что нам Клинтон, что мы ему?

Сегодня во Дворце конгрессов зачем-то проходит конференция высокопоставленных особ из разных стран. Горбачёв прилетел, Ющенко, с ними почему-то туча миллионеров. Их наш президент принимает. Перес вблизи очень длинный, на целую голову длиннее меня, хотя я и сам не очень низенький. Не люблю президента — он очень уж голову задирает, когда разговаривает, и собеседнику никогда не смотрит в глаза. Точнее, смотрит поверх всех голов, как памятник Владимиру Сергеевичу Юрковскому на главной площади Города дураков. С одним лишь отличием — Юрковский имел право так смотреть. Я это сопоставил, когда президент к нам на работу забегал. Мне было поручено сопроводить его по фондам; мне было неприятно. Вспоминается история с Наполеоном, которого во время битвы не то при Аустерлице, не то Ватерлоо хотел подсадить из окопа солдат: «Ваше величество, давайте я вас подсажу, я выше вас…» — «Сударь, вы не выше, вы длиннее».

Помню, тогда Перес пришёл с охраной. Я вышел покурить. Охранник, стоявший в дверях, ощупал меня взглядом и спросил, что это пищит у меня в штанах. Я медленно удивился, как Лавр Фёдорович Вунюков. Через несколько секунд до меня дошло, что имеется в виду мой металлический портсигар, подаренный Софой ко дню рождения; из-за него пищало переносное устройство для обнаружения взрывпакетов и прочих бомб. Я решил пошутить и сказал, что у меня в заднем кармане джинсов — миниатюрная мина с дистанционным управлением, предназначенная для его босса. За всё хорошее, что он сделал, добавил я, подумав. Охранник смотрел на меня сквозь солнцезащитные очки. Больше никогда так не шути, — отрывисто сказал он. — Неровён час… ну, ты понимаешь. Хорошо, — послушно ответил я. Он погрозил пальцем, потом помолчал. Хотя я, знаешь, и сам так думаю, — внезапно сказал он и снял очки.

В этот момент ко входу, задыхаясь, приблизился высокий худой человек в синих пижамных штанах. То есть мне так показалось, что штаны были пижамные; может быть, они просто были не глаженые. Это был Ольмерт. Он пришёл на встречу с Пересом. Он пришёл без охраны, потому что тогда он не был ещё премьер-министром, а был простым мэром столицы. Перес не живёт в Иерусалиме, и охранники его тоже здесь не живут, поэтому парень в солнцезащитных очках, с которым мы так быстро нашли общий язык в обсуждении политических вопросов, не признал иерусалимского мэра. Он встал у него на пути и грубо сказал: тебе чего здесь надо, дядя?

— Я это… я пришёл к Пересу, мне сказали, что он сегодня здесь, — залепетал мэр, подтягивая штаны и как-то блудливо и полузаискивающе улыбаясь.

— А кто ты такой вообще? — строго спросил охранник.

Я стоял сбоку, курил и с интересом следил за этой сценой.

— Я здешний мэр, — сказал Ольмерт.

— Я тебя не знаю, — сказал охранник, — я не местный. Я и своего-то мэра не знаю в лицо. Иди отсюда, дядя.

— Как это? — удивился Ольмерт, но, по-моему, удивился не очень. У него был вид человека, который привык быть выставляем отовсюду.

— А ты его знаешь?—спросил охранник, повернувшись ко мне.—Может, это кто-то из ваших посетителей?

— Нет,—с удовольствием сказал я,—это не из наших посетителей. К нам такие не ходят.

Охранник накалялся на глазах.

— Наверное, сволочь какая-нибудь,—громко сообщил он мне и легонько ткнул мэра в пузо противоминным устройством. Что-то запищало.

— Вот, ещё и пищит у тебя в штанах. Иди отсюда, пока полицию не вызвал!

И что вы думаете? Мэр сморщил лицо, повернулся и ушёл, шаркая разбитыми ботинками и подтягивая штаны. Мне почудилось, что упоминание о полиции рефлекторно вызвало у него желание как можно быстрее убраться отсюда.

Так или иначе, с Пересом в тот день он так и не встретился. Я курил и с удовольствием смотрел, как он выходит из нашего сада, почёсывая яйцеобразную лысую голову. Ни я, ни охранник не могли тогда и вообразить, что это существо через несколько лет станет первым лицом в государстве.

Только позже я понял, что охранник очень даже хорошо узнал мэра в лицо…

Сегодня утром я опять вышел покурить. Вдалеке были сирены, над моей головой что-то ритмично щёлкало. Я задрал голову— снайпер на крыше перезаряжал винтовку с оптическим прицелом. На нём были солнцезащитные очки, как у того пересовского охранника, и я внезапно почувствовал к нему симпатию.

Снайпер переговаривался с кем-то по «уоки-токи». Я прислушался.

— Нюма, ты там? А я здесь. Что слышно? А? Да?! Что ты говоришь?

— Смотри, вон Ющенко вышел!—крикнул он мне сверху.— Его и Нюма видит…

— Далеко,—безразлично пожаловался я.—Ничего не видать.

Снайпер разглядывал кого-то в прицел винтовки, пощёлкивая курком. По стене бегали солнечные зайчики.

— Точно, он,—послышалось с крыши,—рябой весь. Нюма, слышишь—точно, он. Ты выиграл. А вон кто-то ещё сюда идёт.

Я присел в тени.

Через полминуты открылась калитка в стене. Во двор гуськом вошли три человека. Они ещё не подошли ко мне, но я уже понял, что они откуда-то из СНГ. На них были дорогие, насколько я мог судить, костюмы, галстуки и зеркальные туфли. У нас никто не ходит одетым таким образом, даже депутаты парламента. Снайпер завозился и спрятался где-то на крыше.

Тот, кто шёл впереди, приблизился ко мне и, остановившись, в каком-то затруднении приоткрыл рот. Я дружелюбно смотрел на него снизу вверх. На нём тоже были солнцезащитные очки.

— Гхм, — звучно откашлялся он, — это самое… Спик ту это… рашен?

— Спик, — сказал я, — со-со. Более или менее.

— А, хорошо, — с облегчением сказал он. — Слышь, друг, а чего это за дом? — он указал на архив. На крыше, развеваясь по ветру, трещали флаги, не снятые ещё со Дня независимости. Где-то наверху клацал курком винтовки снайпер, но его не было видно.

— Это, — сказал я со значением, воздев указательный палец, — Центральный Архив Истории Сионизма. Страшное дело. Тайны, упрятанные в пуленепробиваемые сейфы, оригиналы рукописей протоколов сионских мудрецов, стенограммы тайных планов овладения миром при помощи союзников с Альдебарана, всё такое…

— О-о, — с уважением сказал человек. — Васюта, слышь, куда мы попали? А Горбатый всё пиздел, что тут никаких тайн нет, всё открыто и доброжелательно. А тут вишь-ты…

Васюта покивал. Это был невысокий худощавый блондин со смазанной внешностью. Правую руку он держал за отворотом пиджака.

— Какой Горбатый? — живо спросил я. — Арата Горбатый?

— Сам ты Арата, — пробасил мой собеседник добродушно, — сказано тебе — Михал Сергеич. Слышь, тут снимать можно?

— Михал Сергеич? — переспросил я. — А вы ему кто? Снимать — да. Снимайте на здоровье. Можете даже внутрь войти, там красиво…

— Ну да, мы с ним прилетели, — пояснил он, — в свите, так сказать. Мы это… обсуждаем там сегодня проблемы взаимовыгодных бизнесов. Для вас и нас. Мы — бизнесмены. Спасибо, щас пощёлкаем ваши протоколы…

Троица гуськом направилась ко входу в здание. Мне показалось, что шли они крадучись.

— Миллионеры? — в спины им спросил я.

Вожак, приостановившись, обернулся ко мне, похлопал себя по карманам пиджака, достал пачку сигарет, вытащил из кармана брюк какую-то купюру — я не видел, какую, видел только, что это были деньги — поджёг зажигалкой купюру, прикурил от купюры сигарету, потом ловко загасил огонь, подмигнул мне и вошёл внутрь.

— Ого, — послышалось с крыши, и я поднял голову. Там во весь рост стоял снайпер, держа за ремень болтавшуюся у ноги винтовку, и тыкал пальцем по направлению ко входу в здание. — Видал? Кто это такие?

— Миллионеры приехали, — сказал я, — в свите с Горбачёвым. Бизнесом хотят заниматься, потому и приехали…

— Уэлкам, — сказал он и снова спрятался.

Я загасил ногой окурок, поднял, поискал пепельницу, не нашёл и, щелчком отправив бычок на крышу, вошёл в кондиционированную прохладу нашего холла.

Трое миллионеров толпились у секретарской и любезничали на плохом английском языке с директрисой. Васюта фотографировал читальный зал и себя на фоне выцветшего плаката времён героического освоения северной Галилеи. На плакате, выполненном в духе соцреализма, изображались мощные киббуцницы со слоновьими ногами и в косынках, с оскаленными лицами схватившие ручки плуга. Текст гласил: «Женщины! Поможем в осушении болот Хулы!»

Дежурившие в холле полицейские в оранжевых бронежилетах, не обращая внимания на высоких гостей, сидели в креслах для посетителей, пили кофе и разговаривали о политике.

— Всё это правительство — говно! — взволнованно маша руками, ораторствовал молоденький офицер. Все согласно кивали. — А Буш — мудак! Если бы меня не поставили в оцепление, я бы им так и сказал…

Один из троицы подошёл ко мне. В руках он держал кинокамеру. У него была чисто выбритая голова, и был он похож на артиста Безрукова в роли бывалого уголовника.

— Слышь, братан, — а ментов тоже снимать можно?

Я повернулся к политически грамотным полицейским.

— Ребята, вот этот русский миллионер спрашивает, можно ли вас снимать на кинокамеру?

— А кто он такой? — неприветливо спросил офицер.

— Они прилетели в горбачёвской свите, бизнесмены…

Полицейские завозились, встали, выстроились в цепочку, как по команде вытащили из карманов бронежилетов солнцезащитные очки и надели их.

— Теперь — можно, — проворчал офицер. — Только пусть этот сюжет покажут по их центральному телевидению, иначе я не буду сниматься. Шутка.

Все громко захохотали. Я повернулся к недоумевающему Безрукову:

— Можно. Они готовы.

— А чего они ржут? — немного обиженно спросил он и взял кинокамеру на изготовку.

— Израильский юмор, — вздохнул я. — без пол-литры и не осилить.

Он погладил макушку.

— А, понятно. Я в Большом Каньоне был, тоже снимал, так там один америкос мне тоже один анекдот рассказал. Мне перевели. Я ничего не понял, чепуха какая-то, а он ржал как псих. Сам себя развеселил. Скучно им там. Я думал, у евреев юмор потоньше. Ну, бывает…

Он стал водить кинокамерой вокруг. Я отошёл в бок. Главный из троицы закончил любезничать с директрисой и подошёл ко мне.

— А у вас что — свободное расписание? — спросил я.

— Да ну, — махнул он рукой, — нам надоело, мы и ушли. Всё речи, речи… Горбатый пусть отдувается, это его мероприятие. Вечером вот банкет будет, мы придём, ваш президент будет угощать в этой гостинице… как её…

— Царь Давид, — подсказал я.

— Во-во, — подхватил он. — А пока мы погуляем. Вот к тебе зашли, сейчас поедем в Старый город. Там, говорят, арабки моло-денькие на рынке.

— Ты, главное, только не вздумай с ними заигрывать, — пред-упредил я.

— А чего?.. Дело молодое.

Я выразительно провёл себе ребром ладони по горлу.

— Зарежут? — понимающе спросил он. — Да ладно, это я про-сто так сказал. Я в Эмиратах отдыхал, там тоже… в ресторане… Еле ноги унесли. У каждого народа своё. Всяк сверчок знай свой шесток, да.

— А как там Михал Сергеич? — спросил я.

— Да ничего… Только почему — там? Здесь он. Вот самого и спроси. Видать, тоже сбежал, невмоготу стало.

Я оглянулся.

…Полицейские увлеклись съёмкой настолько, что не смотре-ли по сторонам. Безруков бегал вокруг них и жестами показывал, чтобы встали, снова сели, обнялись, сняли камуфляж. Они принимали героические позы с оружием и без, закатывали рукава фирменных рубашек, тыкали себе пальцами в бицепсы. Они окончательно сняли бронежилеты и свалили их всей грудой в угол. Они шумели и радовались как дети. Снайпер на крыше тоже всё прохлопал, потому что я увидел, как по направлению от входа ко мне семенит невысокий лысый человек с памятным родимым пятном на макушке. Он оказался совсем не таким полным, каким я помнил его по портретам членов Политбюро в восьмидесятые годы...

Я приоткрыл рот.

— Товарищ, — сказал человек и искательно заглянул мне в глаза. — Товарищ, я извиняюсь... Вы не подскажете, где здесь сортир?

Мымра

Все свои слова нужно обдумывать, говорил Жванецкий. Витя-фотограф из Харькова, Реувен из Сербии и я сидим втроём в моём кабинете, культурно выпиваем. Именно что культурно — памятуя о давлении, без излишеств. Даже не курим. Реувен рассказывает на языке оригинала хорватский анекдот времён войны с немцами. Открывается дверь, входит директриса, за ней какая-то блондинистая баба двухметрового роста: вот, госпожа Трампампам-чуне, это — М., это В., это — Р. Наши научные, так сказать, сотрудники. Бутылку под стол, я сказала, — шипит директриса, сохраняя на лице приятную улыбку. Это что за мымра? — спрашивает Витя по-русски, неторопливо убирая бутылку и жуя бутерброд с печёночным паштетом. Страшная-то какая, — подхватывает Реувен — на сербском, но мы понимаем. Я молчу и ем куриную ножку. Мымра стоит и смотрит на нас, улыбаясь. Встать, охламоны, — шипит директриса, — что за хамство. Я встаю неспешно, пододвигаю мымре стул. Она садится. Смотрите, ребята, она на стол смотрит, она жрать хочет, — говорит Витя, — естественно, по-русски. Директриса объявляет, что я должен провести для госпожи Трампампам… и так далее небольшую лекцию по истории фондов нашего архива, и выходит. Больно много чести — лекции им читать, — бормочет Витя с набитым ртом, доставая бутылку; — пущай в Сорбонну едут. Лекции им… Ребята, — говорит Реувен озадаченно, — да она не только кушать, она ещё и выпить хочет, вы посмотрите… Мымра не отводит глаз от стола. Вот вздохнула и почесала ногу. У нас самих мало — сварливо, голосом старой девы говорит Витя, — ненавижу, когда садятся на хвост. Я, матюгаясь негромко — дама всё-таки, достаю чистый стакан, наливаю доверху, достаю куриную ножку, делаю бутерброд с паштетом и пододвигаю всё это гостье. Бля, — говорит Реувен с акцентом по-русски, — а на каком языке с этой дурой разговаривать? Иврита же она не понимает… Вот ты и объяснись с ней по-аглицки, — говорит Витя, — ну, бываем здоровы! Как сказано у классика — желаю, чтобы все. И выпивает. Прозит, — говорит мымра, — и тоже выпивает, и смачно занюхивает в рукав, и начинает жадно жевать бутерброд, и вцепляется белоснежными, острыми, как у хорька, зубами в куриную ножку. Это первое слово, которое мы от неё слышим. Голос мелодичный, низкий, чуть хрипловатый. Мы смотрим на неё. Она истово жуёт, опустив глаза. Мы тоже выпиваем. Да кто она такая,—бормочет по-русски наш серб. Во—присоседилась… Сейчас всё выпьет. Смотри, как косится… Точно—дама начинает коситься на бутылку. Скрипнув зубами, я доливаю ей остатки в полупротянутый стакан. Зар-раза,—говорит, приятно улыбаясь, Реувен, встаёт, идёт в свой кабинет, приносит полупустую бутылку спирта, воду, смешивает и разливает. Мы обмениваемся нелестными замечаниями о прожорливости нежданной гостьи, сохраняя на лицах чичиковские улыбки. Мы совершенно забыли просьбу директрисы. Мы умеренно пьяны, нам хорошо, но нас беспокоит, что гостья не выказывает никаких намерений встать из-за стола. Европейка какая-то,—бормочет Витя,—блондинко… дура, наверное. И горазда же на халяву, ты смотри, а? Шведка, что ли? Финны тоже пьют хорошо,—говорит Реувен. Смотри, как жрёт, мне аж завидно,—говорит Витя,—что у них там, в Дании—блокада, что ли?.. Глаза у Вити зловеще косят. Гостья, улыбаясь нам всем по очереди, допивает третий стакан, со стуком ставит его на стол, аккуратно подбирает крошки горстью и ссыпает их в рот. Достаёт из кармана курточки зубочистку и, цыкая, начинает орудовать ею во рту.

— Во даёт…—растерянно говорит Реувен. Мы смотрим на неё. Хрен знает, что такое,—злобно говорит Витя, навалившись грудью на стол и сверля глазами гостью. Лицо у него побагровело.—Хоть бы спасибо сказала, с-сука. Явилась, на хвост села, всё выжрала, даже спирт вылакала,—а у меня ещё ни в одном глазу… У меня недопой, ясно тебе, дура еловая? Хоть бы спасибо сказала…

— Спасибо, мальчики,—голосом поющей флейты, совершенно неожиданно произносит гостья на чистом русском языке с неуловимым акцентом и улыбается во весь рот.—Вы не представляете, как я вам благодарна. На всех приёмах—одно шампанское, а у меня от него кислотность поднимается, тьфу—кислятина; в первый раз так душевно посидела, честное слово. Большое спасибо.

Мы прирастаем к стульям. Не знаю, как Витя, а у меня первая мысль—сколько раз себе говорил—следи за языком, мудила грешный. Господи, как неудобно-то… Впрочем—видно, она не обиделась. Баба, кажется, хорошая. А пьёт!..

— А… Вы кто? — спрашиваю я виновато — естественно, по-русски. — Вы гостья нашей директрисы? Подруга? Ребята не знали, что вы по-русски говорите, извините, пожалуйста, нам страшно неудобно…

— Ничего, я понимаю, — приветливо говорит гостья с тем же неуловимым акцентом. — Я не обиделась. Я села на хвост. Я очень душевно посидела, и я вам очень благодарна. Я всего только неделю в должности, я ещё не привыкла, я не знала, что у вас в стране так душевно посидеть можно. Можно, я ещё как-нибудь приду? Со своей бутылкой, вы не беспокойтесь, пожалуйста… Будем знакомы. — Она церемонно протянула ладонь лодочкой. — Я — Кристина… Я новый посол Литвы.

Иди и не греши

В поликлинике меня принимает очень странный врач. Я вообще не люблю ходить по практикующим врачам; я люблю ходить по врачам-теоретикам. Я родился в роду, где традиционным занятием была медицина; с родственниками-медиками было интересно, потому что о болезнях они говорили с юмором, не хватали с порога за руку мерить пульс, не заставляли разевать рот на предмет обложенности языка и увеличения миндалин, а наоборот — рассказывали медицинские анекдоты времён своей юности, заливая их водопадами стихов хороших поэтов и перемежая воспоминаниями о встречах с интересными людьми.

Мой врач в поликлинике — сложный гибрид поэта-теоретика и практика-костоправа; я бы назвал его патологоанатомом души. Отсидев положенную очередь, я вхожу к нему в кабинет с траурным выражением лица, кряхтя, потирая предполагаемую опухоль мозга и приставив большой палец к шее в попытке подсчитать пульс и выяснить сопутствующее ему сердечное давление. Я настроен серьёзно. Я стараюсь думать о своём драгоценном здоровье, я, как павиан, подражаю глотающим таблетки, скорбным духом старикам и старухам, обменивающимся в коридоре нелицеприятными замечаниями о цвете моего лица и предположениями о том, сколько я ещё протяну.

Когда я вхожу к доктору, он сидит за столом и пьёт зелёный чай; за его спиной висит красивый рукописный плакат на иврите; на плакате написано: «Нужны ли мы нам?» (Соломон мудрый, 1:1)». Я никогда не успеваю спросить, что такое один-один. От плаката веет запахами футбольного поля.

Увидев мой приставленный к шее большой палец, доктор энергично кивает. Он вскакивает, подходит к шкафчику, выкрашенному в белый цвет, и достаёт мензурку и бутылку. Он наливает из бутылки в мензурку, встряхивает её и протягивает мне. Я пью, закинув голову, как пианист. Он радостно хлопает в ладоши и аккуратно гладит меня по плечу. Его серые глаза ласково лучатся нездешним светом. Я захожу к нему в кабинет жалкой развалиной, а выхожу здоровым человеком на двадцать лет моложе своего физического возраста, и ночью меня тянет на подвиги. Я не знаю, в чём тут дело.

— Итак, на что ты жалуешься в этот раз? — спрашивает он. — Палец прищемил?

— У меня давление, — замогильным голосом бубню я, с удивлением ощущая, что давление, которое я холил и лелеял с позавчерашнего вечера, куда-то снижается, испаряется и исчезает.

Он хмыкает.

— Пить надо больше. Ещё хочешь?

— Хочу, — автоматически, как робот, отвечаю я. Он вскакивает и наливает мне ещё одну мензурку. Прищурившись, он внимательно следит за мной.

— В Маньчжурском своде, — говорит он, — сказано: «если и есть искусство победы, то это — искусство быть убитым».

— «Самосовершенствоваться, — подхватываю я, отдышавшись, — это значит самоуничтожаться, и делать это можно бесконечно».

— Примеры! — кричит он, лучась ласковыми глазами, и хлопает мягкой белой ладонью по столу.

— Галич! — кричу я. — Высоцкий! Бродский! Бодлер! Уайльд! «С меня на цифре тридцать семь в момент слетает хмель, вот и сейчас как холодом подуло»! Да!

— «А нынешние как-то проскочили»! — кричит он. — Ты проскочил! Ты на семь лет старше! Вот и сиди.

— «Секрет смерти хранит человека»! — ору я. — И я хочу знать этот секрет! И этого человека!

— Смотри, чего я вчера нашёл, — безо всякого перехода говорит он и, наклонившись, достаёт из нижнего ящика стола серую книжку. Я смотрю на обложку. Это воспоминания покойного Станислава Лема на польском языке, только что изданные в Варшаве.

Он открывает страницу номер четырнадцать.

— Читай.

Я покорно склоняюсь над книжкой.

— Неумный читатель… — запинаясь, бубню я. — Меньший… читатель, видит кох… коханую фабулу. А?..

Он, с отвращением глядя на меня, машет руками, как крыльями. От взмахов в кабинете поднимается ветер, и рецепты слетают со стола. Он небрежно ловит их и осторожно пристукивает кулаком по столу.

— Это нельзя переводить! Это нужно читать, чувствуя всеми фибрами, как рыба жабрами чувствует воду. Она её не чувствует, но она без неё не может. Когда ты выучишь польский?

— Я могу читать только статьи в газетах и официальные документы, — виновато сиплю я.

— Конечно, это не официальный документ! — злится он. — Не хватает только, чтобы мысли Лема были официальным документом. Мой дедушка выучил лаосский потому только, что ему нужно было перевести дословно две строчки из средневекового манускрипта, на китайский перевод которых он не мог полагаться. Он выучил совершенно чужой азиатский язык ради двух строчек, при полном отсутствии учебников, а ты ради всего Лема не хочешь выучить близкородственного польского, хотя к твоим услугам и учебники, и словари, и интернет. Он писал спряжения лаосских глаголов на полях газеты «Правда»…

— А зачем он писал на полях газеты «Правда»? У него не хватало бумаги? — недоуменно спрашиваю я.

— Конечно, у него не было бумаги! — всплёскивает руками он. — Четвертушку бумаги им выдавали только, если кто-нибудь хотел написать жалобу прокурору или донос на товарищей…

— На каких товарищей? — тупо спрашиваю я.

— На солагерников, конечно, — отвечает он. — Но дедушка не верил прокурору, а на товарищей доносов писать не хотел, поэтому сидел без бумаги. В Воркуте днём он работал в шахте, а ночью писал глаголы на полях «Правды», и там это сходило ему с рук. А когда его отправили в Котлас, то к тому времени он уже выучил глаголы и взялся за второстепенные члены предложения; и тут он написал какой-то второстепенный член на портрете Верховного, потому что на полях места не оставалось; и тогда товарищ, на которого дедушка не написал доноса, написал донос на дедушку; и его арестовали, и обвинили в попытке теракта, и дали второй срок. Но дедушка был уже спокоен — он как раз выучил все второстепенные члены, а во внутрилагерной тюрьме успел подтвердить свою теорию насчёт тех двух строчек из лаосского манускрипта. Когда ему зачитывали приговор, он был совершенно счастлив и хохотал, как безумный. А тут умер Верховный, и режим сразу облегчили. Ты меня понял? Выучи польский.

Я сник. Авторитет дедушки был огромен. Дедушка моего доктора до войны был профессором Краковского университета и, по совместительству — членом ЦК Бунда. Он сидел в кабинете, проверял за профессорским столом какую-то свою теорию насчёт хеттской грамматики, и в связи с этим отказался идти на первомайскую демонстрацию; его исключили из Бунда за ренегатство; потом пришли немцы, и профессор-ренегат пересёк советскую границу в районе Белостока. Тут его немедленно арестовали за шпионаж в пользу Хеттской империи, потому что он имел глупость рассказать следователям фильтрационного лагеря о том, как любит древний мир, предпочитая его современному.

— Итак, смотри. Здесь Лем пишет: «...чем меньше компетентен читатель, тем большее внимание он обращает на занимательную фабулу. Антек пнул в зад Маньку — больше ничего не происходит. Вопросы литературного мастерства, искусства повествования, языка их совершенно не интересуют...» — Советую выучить язык и прочесть эту книжку. Что, давление прошло?..

Я не чувствовал никакого давления. Передо мной распахнулись горизонты. Я вдохнул полной грудью.

— Всё, иди и не греши.

Я благодарно встал с вертящегося стула с дырчатым сиденьем. Зазвонил телефон, доктор поднял трубку, что-то односложно ответил и встал, распахивая белый халат.

— Погоди, я тебя до дома подвезу, — сказал он. Сбросил халат, щёлкнул по клавише компьютера, вытащил из стоявшего в углу сейфа военную форму и стал быстро переодеваться. Это заняло меньше минуты. Я стоял и смотрел. Переодевшись, он похлопал себя по карманам и, приподнявшись на цыпочки, достал со шкафа автомат.

— Пошли! — махнул он рукой, и мы вышли в коридор. — Меня вызвали на базу, пришлите смену, — бросил он секретарше. Та кивнула.

Мы вприпрыжку вышли во двор, и в старенькой «Субару» пискнула сигнализация. Доктор прыгнул за руль и, рванув с места, сразу же погнал машину на дикой скорости. Замелькали буро-зелёные холмы. Я достал сигареты.

— Курить не дам! — вдруг ощетинился он. — Ты не для того у меня спирт пил, чтобы закупоривать себе сосуды. Учи лучше польский.

— Пся крев, матка боска ченстоховска, — послушно кивнул я, и он засмеялся. Притормозил возле моей парадной, и я вышел. Машина зарычала и затряслась, сквозь шум мотора доктор что-то закричал, цитируя. Я прислушался:

— Ведомо нам имя первого провидца, Ипполита Римского, жившего в конце второго века от Рождества Спасителя. Изучив по Ветхому Завету размеры Ноева ковчега и подсчитав темпы прироста пассажиров оного, объявил сей многознатец, что Господь заберёт на небеса всех истинных праведников в 500-м году...

Машина умчалась. Наш доктор, профессор по онкозаболеваниям в гинекологии и, по совместительству, майор запаса, командир взвода десантников, отбыл на базу. Я взглянул на окна моей квартиры. За стеклом салона выжидательно маячила фигура тестя, неподвижная, словно солнце в зените. Привычно прижимая к шее большой палец, я пошёл к парадной, чувствуя, как морзянкой пищит в ушах, нарастая, давление.

ИНДЕТЕРМИНИСТ

А-а-а-а, пели голоса.
О-о-о-о, пели голоса.
Бредбери, «Уснувший в Армагеддоне»

Я знавал одну персону нон-грата, которая путём генетических манипуляций отучала травоядных от вегетарианства. Первые опыты прошли столь успешно, что персона с лёгким сердцем перешла на переучивание хищников в обратную сторону. Результаты были столь чудовищны, что персона покончила с собой, не забыв предварительно сжечь все расчёты.

Года три назад, отстояв полтора часа на почте, я получил от совершенно незнакомого человека ценную бандероль. В ценной бандероли находилась книга под названием «Приключения головы I (суперроман)», И-м, 2002 г. Вся первая страница была исписана странными карандашными каракулями с посвящениями мне, а также с «огромными, ни с чем не соразмерными благодарностями за вклад в великое дело и жизнь автора». С недоумением вертя книгу в руках, я обнаружил на обратной стороне обложки краткую аннотацию, из которой следовало, что «герой романа, эмигрант из фашистского государства, попадает в страну сумасшедших, где получает странное задание — расследовать местных женщин».

— Вот! — удовлетворённо сказала Софа, неслышно зайдя со спины и, привстав на цыпочки, прочла аннотацию. — Вот. Я уверена, что эта книга — о тебе.

И, вздохнув, прибавила:

— Где только эти писатели тебя находят?..

…В общем и целом, Он издал восемь книг — романов, приключенческих вестернов, философских трактатов. Все книги были присланы мне по почте с пространными авторскими автографами, в которых прославлялись некие благодеяния, оказанные Ему мною. Я не знал за собой никаких благодеяний, но такова сила лести, что книги принимал с благодарностью. Я даже поставил их на среднюю полку шкафа в домашней библиотеке, чтобы их было видно издалека. Творческие люди часто пишут вещи странного содержания — на грани гениальности и маразма, как говорит одна моя знакомая. Понукаемый маразмом, я согласился перепечатать несколько присланных Им гениальных статей и вывесить их в интернете. Я не вчитывался в содержание. Он не владел компьютером. Мой долг как человека, которому присланы восемь книг с личными благодарственными автографами, — помочь автору. Он непрерывно звонил мне домой и на работу, в самое неподходящее время, с руководящими указаниями — куда, на какой сайт и в какую редакцию отослать очередную вещь. Когда я ошибался в наборе текста или адреса, Он ругался, я виновато вздыхал. Моя жена постепенно возненавидела Его.

Эксцентричность — не всегда признак ума или дурости, но ни одно доброе дело не остаётся безнаказанным. В роковой день позвонил я Ему, чтобы поблагодарить за присланные книги. В трубке что-то пищало и бибикало, выли далёкие голоса, долго никто не подходил к телефону, потом грубый мужской голос сказал, ничего у меня не спрашивая — профессор отдыхает, будить не велел, к нему явились одалиски — и трубка была брошена на рычаг. Он ещё и профессор, — с уважением подумал я, пропустив одалисок мимо ушей, и в голове нечётко вырисовался облик незабвенного чудака Паганеля.

Он позвонил мне сам, в двенадцать ночи, когда обычно я, позёвывая, натягиваю ночной колпак и ищу свой шлафрок. Я до сих пор не знаю, что такое шлафрок, но ищу его всегда. Мне приятно воображать себя в нём — я кажусь себе одним из персонажей «Семи подземных королей».

Он был до крайности возбуждён. Пропустив мимо ушей мои вялые ночные благодарности за полученные книги, Он напомнил, что ещё год назад я, понукаемый Им, послушно опубликовал в интернете рецензию на одну из Его книг. Я совсем забыл об этом прискорбном случае. Рецензию Он увидел только сейчас — одалиски сообщили Ему об этом буквально пять минут назад. Он повторял это снова и снова, иногда заменяя слово «одалиски» «василисками». В трубке опять что-то пищало и ухало, я переспрашивал и в конце концов решил, что речь идёт о Его подруге по имени Василиса, — но не стал уточнять. В конце концов, мне было это в достаточной степени безразлично, как безразлична была и старая, забытая рецензия, и Его благодарности за неё.

Я был уверен, что речь вновь зайдёт о благодарностях и автографах. Я хотел спать.

Благодарностей не было.

— Ты назвал меня детерминистом! — кричал Он, продираясь сквозь шум на линии. — Я не детерминист, я — индетерминист!

— Хорошо, хорошо, — успокаивающе бормотал я. — Не детерминист, а индетерминист. Да. Хорошо.

— Ин-де-тер-ми-нист! Это — колоссальная ошибка с твоей стороны! Ты немедленно должен опубликовать опровержение! Не-мед-лен-но.

— Ну… — забормотал я. — Ну зачем… всё равно никто этой рецензии не читал…

Я сказал не подумавши. Это привело его в ярость. Он крикнул, что Его секретарь давно точит на меня нож, а одалиски (или василиски, я опять не расслышал) намеревались нанести мне визит вежливости ещё с полгода назад, и Он с трудом, пользуясь лишь своим именем и общественным положением, сумел отговорить их. В конце концов, Он — лауреат Королевской премии, и имеет право.

— Ненавижу бумагомарак и писак, сующих свой нос в темы, в которых они ничего не понимают, — объяснил он уже более спокойным тоном.

Я похолодел. С тревогой я оглянулся на дверь супружеской спальни. Софа недовольно двигала в ней прикроватный коврик и меняла местами тумбочки.

Я не знал ни Его общественного положения, ни даже места проживания, но полагал, что денег и возможностей устроить шум в прессе у обидчивого автора хватит. Я знаком с такими авторами. Их много.

— Не надо шума! — взмолился я. — Давай я напечатаю ещё одну твою статью и вывешу её ещё где-нибудь. Хочешь?

— Да! — крикнул он октавой ниже. — За рукопись этой статьи в Таиланде двое слонов затоптали своих погонщиков. Начинай. Диктую…

— Погоди, дай мне подойти к монитору… — обречённо попросил я. Мне было очень стыдно перед Ним. Я так ошибся, — а ведь Он прислал мне восемь книг, по крайней мере за одну из которых получил Королевскую премию, и двое слонов затоптали своих погонщиков в Таиланде. Вероятно, они затоптали их в схватке за право первыми прочесть рукопись статьи, которую я буду сейчас набирать. Мне было очень стыдно. Я должен был искупить свою вину перед Ним. И шум… ненавижу шум. Сыт по горло этим шумом.

— …Диктую!—кричал Он, продираясь сквозь телефонное кваканье и бибканье.—Название: Индетерминистская революция, или Почему интеллигенция должна взять власть… Не де-тер-ми-нис-тс-ка-я революция, а ин-де-тер-ми-нис-тс-ка-я, ты понял? Готово?

— Готово,—пробормотал я, стуча одной рукой по клавиатуре, протирая другой слипающиеся глаза.—Готово…

— …Принцип адекватности У! Эр! Эшби! (записал?) гласит, что для достижения оптимального управления структура и закономерности управляющей системы должны соответствовать аналогичным показателям управляемой системы, а число состояний управляющей системы должно быть не меньшим, чем аналогичный показатель управляемой системы, иначе управление невозможно…

Я печатал до утра. Я печатал, что «в целях преодоления информационной неполноты общества и реализации принципа внешнего дополнения Ст. Бира необходимо ввести в правительство большое количество гиперразнообразия», и что «для интеллектуальных ценностей нет математического эквивалента», и что «бюрократов-мафионеров следует полностью изгнать из политических систем западных демократий, а масс-культура должна быть решительно уничтожена», и что «это и будет являться победой индетерминистской революции,—не де-тер-ми-нис-тс-кой, а ин-де-тер-ми-нис-тс-кой, ты понял?!»

В небе гасли последние звёзды, и бледневший месяц криво ухмыльнулся мне ущербным своим ртом. Я ничего уже не соображал, когда далёкий голос, сквозь вой и хихиканье на трёх языках крикнул мне: «Точка!»—и я написал «точка», и стёр слово, и поставил точку. Прозвонил будильник, и, покачиваясь, я встал со стула, не отнимая трубки от сведённых единой судорогой головы и плеча. Мне пора было идти на работу.

— В добрый час!—прокричал Голос.—Завтра мы будем лицезреть тысячи откликов! Королевская академия—назовём её, между нами, кака-демией—побледнеет от виртуального удара и присудит мне второй первый приз. Я пришлю тебе благодарственный автограф на копии моего почётного диплома… Впрочем, нет. Ты сам должен подъехать сюда и забрать его.

— Спасибо,—забормотал я,—не нужно, не стоит беспокойства, ну что ты, такая честь, что ты…

— Нет, ты подъедешь! — крикнул Он, мгновенно вскипая. — Я скажу василискам, чтобы пропустили без очереди.

— Дети, — пробормотал я заискивающе, — детки, внуки… я живу по часам, по расписанию, мне дохнуть некогда, не то что поехать к тебе… и я даже не знаю, где ты живёшь. И, понимаешь, у меня маленький внук, я даже не знаю, говорил ли я тебе, а…

— Не слышу! — крикнул Он яростно. — Не слышу! Говори громче! У тебя что — во рту полипы?!

— Жена, — простонал я. — Жена спит, пять утра…

— Жена — вздор! — прокричал Он, хрипя и задыхаясь. — Я был женат трижды, и что?!

Я не знал — что.

— …И внуки — вздор! — орал Он. — И дети — маленькие, следующие по стезям родивших их самок, животные! Индетерминистская революция…

Я разозлился. Впервые за минувшую ночь, в свете зари, бледневшей перед лицом интеллектуального величия набранной мною чужой статьи, я повысил голос на человека.

— Сам приедешь со своим автографом! Никуда я не поеду! Сам приезжай…

Он засмеялся неожиданно добродушно.

— Да как же я к тебе приеду?.. Ты что — дурак? Меня только позавчера перевели из буйного отделения в обычное, врачи говорят — контрольный отпуск лишь через полгода…

Тихо, тихо, на цыпочках воровато прокравшись в салон, медленным движением дрожащей руки я повесил трубку.

Чудо

Сегодня днём я отправился гулять с дочкой. По дороге мы читали Гомера, а потом зашли в гости к раввину Г., которого я порадовал историей со скрижалями Завета, которые оказались сапфировыми.

— Чудо!—закричал поддатый Г.—Подлинное чудо! О, чудо!—он воздел руки.—О, мамма миа! Я тридцать лет учил Писание с комментариями и в итоге напрочь забыл, что это воистину так!.. Ты—кудесник, любимец богов!

Раввин Г. одно время, ещё в прошлом веке—между пребыванием в лагере и эмиграцией, был преподавателем русской словесности, и он до сих пор сыплет цитатами из классической литературы.

Мне стало совсем приятно и даже самому захотелось совершить маленькое чудо—и вот, пока моя дочка играла с двенадцатью детьми раввина, мы решили его организовать. Чудо организовать, я имею в виду. Раввинша, дымя «Беломором», принесла из кухни и, морщась от дыма, грохнула об стол трёхлитровую бутыль шотландского виски. Мне становилось всё приятнее и приятнее. Мы цитировали Писание и стихи Франсуа Вийона, мы закусывали вареной картошкой с селёдкой, мы пели под гитару «Хорст Вессель». У раввина Г. нет никакого слуха и довольно противный голос, но это не важно—ведь и то и другое есть у меня. Когда уровень коричневой жидкости в сосуде опустился до самого ложного донышка, я понял наконец, что способен совершить чудо. И я совершил его, клянусь мамой.

В многоголовом, как гидра империалистической агрессии, семействе раввина живёт гигантский кактус с сорокапятисложным латинским именем. Он приехал из Мексики, и для простоты я называю его Кетцальткоатлем. Он живёт в углу гостиной уже тридцать пять лет, но ему, в отличие от раввина, очень неуютно в эмиграции. За все эти годы он ни разу не цвёл. Тридцать пять лет он стоял в огромном глиняном горшке—одинокий, сухой, мрачный и колючий. Я всегда утверждал, что это оттого, что в квартире Г., двадцать четыре часа в сутки предающегося с многочисленными учениками комментированию Писания, воздух так загустел от учёности, что кактус просто не может дышать. Раввин свирепо спорил с этим — но не сегодня. Сегодня, в честь открытия сапфировых скрижалей Завета, он наливал мне шотландский виски в огромный турий рог, который когда-то подарил ему архиепископ Кентерберийский, его личный друг.

— …Чудо! — протяжно, нежным голосом кричал раввин, чавкая селёдкой, — чу-у-удо! Как хорошо-то, Господи! Сотвори чудо!

И Господь сотворил его, избрав посредником меня. Аз, недостойный, видел это своими глазами.

— Бедный кактус, — вздохнула раввинша, наливая себе последнюю стопку. — Надо его полить ещё раз. Может, он тогда всё же расцветёт… Миша, полей его. Вон там стоит пластиковая бутылка с водой, которая когда-то была с водкой.

Если бы сейчас был праздник Пурим, я уже не смог бы отличить положенных к этому празднику выражений «будь проклят» и «будь благословен». Но сейчас был не Пурим, сейчас был Шавуот, и я просто не отличал чёрного от белого. Я промахнулся и взял вторую трёхлитровую бутыль с виски, и целиком опорожнил эту бутыль в глиняный горшок с Кетцалькоатлем, и никто — воистину, о чудо! — этого не заметил.

Всё было чрезвычайно хорошо. Кетцалькоатль плескался в виски, моя дочь играла с двенадцатью детьми раввина, а мы пили, пели и ели варёную в мундире картошку, как когда-то, на заре моей глупой юности, мы ели её у пионерского костра. За окнами темнело.

Упал десятый час, как с плахи голова казнённого. Так сказал поэт. И мы выпили за этого поэта. И раздался вопль раввинши. Она кричала, тыча пальцем в угол комнаты, где стоял кактус, носящий имя языческого бога. Там, в углу, резко воняло виски и копились тени забытых предков. Я привстал, раввин подскочил. Да будет свет, костенеющим языком сказал он, и его дети зажгли свет, и стал свет. Мы уставились на кактус, на невесть откуда, как из мексиканских джунглей явившиеся, дивной красоты красные цветы и извивающиеся лианы, опутавшие его тело, как созвездие Волос Вероники.

Кетцалькоатль расцвёл.

Сопричастность,
или Лунный луч — как соль на топоре

Изумительная книга, — сказал Женя. — Я не могу её читать медленно. Как он это сделал? Как он этого добился? Я не понимаю, в чём секрет.
— Не знаю, дружок, — сказала Шейла, не отрываясь от рукописи. — И никто не знает. И он сам не знает.
АБС, «Полдень. XXII век»

Элиот сказал, что стихи пишут не для того, чтобы выразить чувства, а чтобы избавиться от них. А Хармс сказал, что стихи надо писать так, что если бросить стихотворение в окно, то стекло разобьётся. Я ничего никуда бросать не буду. И рад был бы, да не пишу стихов. Правда, был ещё Кафка, который усреднил задачу и прозу сделал служанкой поэзии. Тяжёлую прозу, безумную по глубинной составляющей. Но всё-таки — прозу. И, хотя служанкой, но всё-таки — поэзии. Хорошо греться в золотом луче солнца, наискосок падающего в узкую бойницу, прорубленную в глухой стене. Сопричастность. Я знавал человека, можно сказать — литератора, побывавшего в Ясной поляне и укравшего оттуда сапоги Толстого. Просто взял сапоги — он называл их ботфортами — и вынес. И ходил потом по стране, полагая, что одних этих сапог достаточно, чтобы уподобиться великому старцу. Забавно: пока он ходил в них, никому не рассказывая, в чём, собственно, дело, и тихо гордясь сопричастностью, он действительно писал неплохие вещи. А когда сапоги развалились, он писать перестал. Совсем. И умер потом от алкоголизма. Сопричастность и сила воображения. Вот Кафка сказал, что книга должна быть топором для замёрзшего в нас моря. Это хорошо, сильно сказано. Но все классики в унисон повторяют — «нужно…», «должно…» Надо. Не знаю, кому нужно, кому должно. По-моему, я пишу не потому, что должен. Даже наоборот — если бы знал наверняка, что должен, ничего бы не написал. А вот насчёт того, что пишут, чтобы избавиться — это верно. Выплеснуть, иначе взорвёшься. Или, наоборот, перегоришь, как старая обмотка. Кто-то на этот счёт вполне справедливо заметил, что процесс писания — вовсе не возвышенный, воздушный, а мучительный, интимно неприличный, сродни выдавливанию чирья. Другу покажешь — друг отшатнётся. Но это — если литература. Это вы меня спрашиваете, что такое литература? Я не знаю. Я сам говорю только всем и каждому, когда спрашивают мнения по поводу того или другого прочитанного: это — литература. А это — не литература. А откуда я знаю, что такое литература? Да я и не знаю вовсе. Просто нужно же взять какую-то формулировку, отправную точку какую-то для суждения. Это как Трестман сказал (мы спорили): «Ты утверждаешь, что хорошую поэзию может писать только человек, имеющий внутреннюю связь со Всевышним. Пусть даже неосознанную, но ниточка протянулась. А я тебе скажу — я, можно сказать, атеист (а стихи хорошие? — О-о-о! — А ты меня уважаешь? — Да-а-а!), — так я скажу еретическую вещь: для меня, атеиста, Бог существует, и Он — качество текста. Потому что нет иного мерила в литературе, как только качество текста. Откуда мы знаем, что вот эта вещь — хорошая, а эта — дрянь? Кто может оценить и как, по каким критериям? Один критерий — качество, и присущ он сути происходящего в творчестве имманентно, как категорический императив — душе. Это божественная, надмирная вещь — настоящее качество текста, и тут без Божественного вмешательства никак не обойтись, и это я, атеист, тебе говорю».

Качество и сопричастность — то, что делает литературу литературой. Потому что был ещё и Уайлд, который на эту тему заметил: нет книг моральных и аморальных, есть книги, написанные хорошо, и есть книги, написанные плохо. Вот и всё.

А если вы меня спросите, почему эта книга написана хорошо, а эта — дрянь, я вам не отвечу. Я только знаю, что это — так. Как категорический императив. Да, это связано с качеством текста, и далеко не только с техническим качеством, и, скорее даже, с техническим — в меньшей степени и почти в последнюю очередь; но вы потребуете от меня объяснить, в чём тут качество и каковы его критерии, — а я не смогу. Я в божественные дела не суюсь. А это божественное.

И когда меня спрашивают, как нужно писать, я не отвечу тоже. Я не знаю. То есть нет у меня критериев, кроме качества текста. А что такое этот критерий — опять-таки, не отвечу. То есть я могу разбирать техническую сторону письма, и, может быть, сделаю это даже грамотно, — но это не будет тем, о чём меня спросили. Скорее всего, я за безъязыкостью начну повторять всё то, о чём здесь уже говорил — цитировать Элиота, и Хармса, и Кафку, и Уайлда, и Трестмана, но это тоже не будет ответом. Это будет из той категории, что необходимо, но не достаточно. Мерило качества текста — данность, упавшая нам на голову с небес. Как тот топор. И иногда вы рискуете раскроить себе этим топором череп. Как тот бедняга, спёрший сапоги Толстого и решивший, что этим он удостоился сопричастности и уподобился самому.

Мы тут дня два назад поспорили. Он говорил, что мои истории о сумасшедших (меня окружает много сумасшедших, они слетаются ко мне, как мотыльки на огонь) есть литература. Я говорю, что это не есть литература. Литература — это не то, что написано легко, смешно и вообще забавно, даже если окружающие подтверждают, что — да, написано забавно. Литература — это то, от чего люди получают некую новую ментальную информацию, от которой склонны задуматься. Я не говорю — стать лучше. Я не говорю об инженерах человеческих душ, это чудовищное выражение. Я говорю — нечто, заставляющее задуматься и испытать некий, выражаясь фигурально, мороз по коже. Или даже не фигурально… Но тогда возникает вопрос: не слишком ли академично это выражение/определение? Ибо о чём заставляют задуматься миниатюры Хармса о больших огурцах, продающихся в советских магазинах, о Льве Толстом, так любившим детей? о Достоевском, который после пожара встретил Петрашевского и в лицо ему посмотрел со значением? Ась? Меня эти миниатюры ни о чём не заставляют задуматься, кроме как о качестве текста, о том неуловимом, что и делает произведение гениальным. А о чём вы задумались, прочтя об Индетерминисте — если, конечно, вы вообще о нём прочли? Я, со своей стороны, когда писал, ни о чём не задумывался. Ну, разве что с натугой — о том, что на Св. земле переизбыток сумасшедших, но это и так известно, и ради того, чтобы ознакомиться с этим фактом, вовсе не нужно писать рассказ.

Несколько дней назад мы сидели с писателями в моём дворе и пьянствовали. И когда Председатель встал со стаканом в жилистой руке, в руке, которая бугрилась узлами бицепсов и трицепсов, и, сжимая этот стакан так, что, казалось, сейчас полетят осколки и драгоценная влага брызнет на землю, сказал обо мне категорически, что у меня фактически полностью готов материал на новую книгу, на две книги, нет, на три книги — и когда все согласно кивнули,— мне было очень и очень приятно. Очень. Но когда я спросил его, как он это определил, что такое литература и что такое качество текста, он по-детски оттопырил губу и как-то обиженно сказал, что не знает… И никто не знал.

Поэтому, когда в четыре часа утра у меня дома раздался звонок, я уже знал, кто звонит. Это сумасшедший звонит. Это Индетерминист звонит. Он привык делать в жизни две вещи — писать и выслушивать мои мудрые советы. Писать он писал, потому что не мог не писать. Мудрыми — для него — мои советы являлись потому, что за всё время нашего многолетнего знакомства я ни разу не сказал ему прямо, что я о нём думаю. Он любил повторять, что, когда ему хочется прочесть интересную книгу, он садится и пишет роман. Долгое время я воображал, что это его фраза. Исходя из этого, а также из присущего мне с детства принципа разыскивать жемчужины в бочках с дерьмом, я никак не мог сформулировать вслух того категорического императива, что висел у меня на кончике языка, как золотое кольцо, свисавшее изо рта у женщин вымершего племени фарузиев. Я сам себе напоминал Бузыкина из «Осеннего марафона». Я был сам себе противен.

Сейчас он проявит юмор. Сейчас он скажет: «Привет! Как твоя жена Софа? Как твои дети-внуки?» Он всегда говорит эту фразу. Это саркастически сакраментальная фраза, это риторический вопрос, не нуждающийся в ответе. Он начал произносить эти слова в начале разговора после того, как однажды я не выдержал и сказал ему, что звонить в три часа ночи человеку, обременённому супружеской жизнью и встающему без четверти пять на работу, не очень вежливо.

Ему не нужно вставать на работу. Он живёт в сумасшедшем доме.

— Привет! Как твоя жена Софа, как твои дети-внуки? Слушай, я написал новое эссе. Иди зажги компьютер и вставь в сайт гугла название «Дневник до гада».

— Дневник гада?..

— До! До гада. Я использовал все твои советы. Я писал поток сознания, но с юмором и пространными лирическими периодами. Иди сейчас же и вставь. Это небольшая вещь. Я тут подожду.

Как сомнамбула, я проследовал в трусах в библиотеку и включил компьютер. Я нашёл «дневник до гада». Я прочёл его. Я не вслушивался в сюжет. После третьей фразы я потерял нить рассуждений автора. Это были заметки космического пришельца, вырвавшегося из психбольницы на уик-энд и погулявшего от души. Там фигурировали «дружеский анальный секс на берегу моря, под сенью пальм и струй» с престарелой проституткой, подробное описание гениталий героя, восхваление его бисексуальности, а также безостановочно упоминалось желание обладать упругой задницей начальника генштаба. Прямой сюжетной линии не было. Престарелая проститутка и начальник генштаба перемежались рифмованной перекличкой депутатов кнессета от всех партий, и всё это сопровождалось навязчивым упоминанием великого одиночества героя перед лицом холодной и равнодушной вселенной. Я вдруг понял, что это напоминает мне прозу Лимонова, но только Лимонов значительно более талантлив.

Я выключил компьютер и вернулся к телефону. Пока я шёл, то почувствовал, что во мне внезапно лопнул какой-то нарыв. Я вдруг понял, что такое сопричастность. Ослепительная вспышка сверхновой, взорвавшейся перед моими глазами, на какую-то долю времени сделала меня слепым и глухим к чувствам непризнанных гениев и мучеников пера. Я взял трубку. С чувством невыразимого облегчения я сказал:

— Это потрясающе. Это чудовищно.

Он благосклонно захихикал, но я уже продолжал говорить.

— Это поразительное говно. Такого говна я не читал уже бог весть сколько лет. Это такая бесталанная хуйня и полнейшая графомания, что, будь моя воля, я запретил бы публиковать её даже в Сети, не то что на бумаге. То есть, возможно, кто-то где-то пишет даже хуже тебя, но бог миловал, и мне ещё не посчастливилось встречаться с подобным.

Сперва была тишина. Потом он кричал что-то о политической близорукости и о том, что эту вещь запорол наборщик, потому что поставил слишком много тире.

— Это не наборщик, — сказал я. — Это ты.

Я бросил трубку и огляделся вокруг изумлённым взором. Я больше не чувствовал себя Бузыкиным.

Я до сих пор не знаю, что такое литература, зато знаю, что литературой не является. Искусство — это действительно не столько «что», сколько «как». И если теперь меня будут спрашивать, в чём критерий качества текста и что же такое, в конце концов, хорошая вещь, я снова уйду от ответа. Я скажу: это когда лунный луч — как соль на топоре. И всё.

Трамвай «Писатель»

Несколько лет назад центр города и его окраины превратились в подобие баррикад на Красной Пресне — с той разницей, что революционная ситуация здесь ещё не совсем назрела. Предыдущий мэр решил облагодетельствовать нас новым видом городского транспорта — трамваем. Три с половиной тысячи лет жил Иерусалим без трамвая, и я надеялся, что проживёт без него ещё столько же. Мэр давно ушёл на пенсию, но дело его живёт. Город перекопан, ежедневно всюду образуются невиданные пробки, нервные жители ругаются со строителями и друг с другом, и мне стыдно водить по этому городу гостей. Одна из трамвайных линий проходит возле моего дома. Конечная остановка трамвая расположена как-то неудачно (по крайней мере, так думают жители, но мнения их никто не спрашивает) — на территории соседнего с нами арабского района Шуафат. Я не то что заехать на трамвае, но и пешком зайти в этот район боюсь — зарежут за милую душу. Шуафат дал миру самых непримиримых камикадзе из всех, что взрывались на городском рынке и в автобусах на протяжении последних десяти лет. Водители трамваев заранее отказались водить свой транспорт в этот район, мотивируя это пошлым, абсолютно негражданственным «мы жить хотим», но городские власти пообещали приставить к каждому из них по вооружённому охраннику, а также ежедневно выдавать пол-литра молока за вредность. Мне кажется, — осторожно сказал я в интервью журналисту, прибывшему к нам проверять настроение публики в преддверии открытия линии, — что выгоднее и спокойнее для всех было бы вообще трамвая не строить; но если уж построили, то давайте обошьём его бронированными плитами, а охранник пусть сидит в такой вращающейся башенке на крыше, со скорострельной пушкой на турели, и на всякий случай поливает огнём всё вокруг. Лишь при таком раскладе водитель, возможно, сможет чувствовать себя относительно спокойно. Правда, тогда это будет уже не трамвай, а бронепоезд… Журналист сочувственно покивал и старательно записал моё мнение в блокнот; на следующий день в газете появился репортаж, в котором я высказывал всестороннюю поддержку строительству трамвая. Я хотел позвонить журналисту и сказать ему пару слов, но, как всегда, поленился.

Выяснилось, что из всех жителей столицы на трамвае согласны ездить лишь две категории граждан: террористы и писатели; первые — по долгу службы, вторые — из природной беспечности и желания получать новый жизненный материал с целью его литературной обработки.

И вот, наконец, одна из трамвайных линий была торжественно открыта. Трамвай, покидая арабский район, славный своими камикадзе, вторую остановку делает возле моего дома, десятую — напротив моей работы; заканчивается маршрут у городского зоопарка. Это очень символично, — сказал наш сосед, писатель Эли Люксембург, — трамвай выходит в путь у открытого вольера с особо опасными хищниками, и последняя остановка его — тоже в гостях у зверей, только относительно приручённых. Вас встречает и провожает дружеский рёв тигров, доброжелательный волчий вой и ласковое хихиканье гиен. Вам гарантирован заряд бодрости на целый день. Пропал дом, добавил он почему-то.

Накануне я водил в Старый город трёх знакомых наших друзей; друзья упросили нас взять этих знакомых к себе на субботу, чтобы отдохнуть от них, и мы согласились. Знакомые, все как один, оказались писателями, приехали из Германии взглянуть на красоты Иерусалима и специально провести день, наслаждаясь моей прославленной экскурсией, о которой они были премного наслышаны. Сперва гости чинно шли за мной по городу, гуськом перелезая через траншеи со строительным мусором и горы с песком. Мы говорили о литературе. Почтенная по возрасту и габаритам, прогрессивный драматург фрау Марта неожиданно упала в яму, и мне пришлось обратиться к работавшим тут же строителям — они вытащили её при помощи подъёмного крана. Мы возобновили поход. Гости шли за мной, покачиваясь на деревянных досках, небрежно проложенных между котлованами, которые были заполнены застывающим цементом. Герр Мюллер, известный поэт и продолжатель дела Рильке, самый вежливый из гостей, старательно записывал мои пояснения в дорожный блокнот, чтобы перечитывать их на досуге, по возвращении в милый Дрезден; поэтому он не заметил поворота, где доски кончались, упал в цемент и стал стремительно застывать. Мы вытаскивали его при помощи полицейских, у которых в багажнике автомобиля нашёлся стальной трос. Герр Мюллер сохранял на лице приятную улыбку. Я гордился, что знаком с таким вежливым человеком. Мы продолжили экскурсию. Еле дыша, с колотящимся сердцем залезая на горы мусора, я повествовал о красотах Иерусалима. Мы блуждали по тридцатипятиградусной жаре по всем пяти кварталам Старого города. Выяснилось, что гости забыли взять собой бутылки с водой, и у них началось обезвоживание. Когда фрау Марта свалилась с сердечным припадком у входа на армейский пост, совсем рядом со Стеной плача, её приняли за террориста-самоубийцу, специально отвлекающего внимание. Фрау Марту разложили на солнцепёке, держа за руки и за ноги, и симпатичные девушки в десантной форме принялись её обыскивать. Фрау Марта стоически переносила эту процедуру — впоследствии она призналась мне, что полагала, что при подходе к Стене плача так положено. Я объяснял столпившимся десантникам, что это фрау Марта, прогрессивный драматург, антифашист и большой друг нашей страны. Сперва меня не слушали, но потом герр Мюллер в подтверждение моих слов совершенно неожиданно запел песню на стихи Брехта, и солдаты изумились. Ручаюсь, они не знали, кто такой Брехт, но фрау Марту отпустили немедленно. Кряхтя, она встала и оправила юбки. Подошёл рыжий офицер военной полиции и дружелюбно сообщил, что его дедушка приехал на Святую землю в тридцать третьем из Дюссельдорфа. В доказательство он стал исполнять на ломаном немецком какую-то песню, слова которой показались мне смутно знакомыми. Ну конечно, сказал герр Фиц, выходец из Казахстана и борец за сохранение культурного наследия Республики немцев Поволжья, пишущий книги на старошвабском диалекте — это же «Хорст Вессель»! Потрясающе, — сказала фрау Марта, всю жизнь голосующая за «зелёных», — и в самых авангардистских моих пьесах я не могла вообразить такого… Рот фронт! — сказал я распевшемуся офицеру, потряс рукой со сжатым кулаком, как это, кажется, делал Эрнст Тельман, и повёл гостей дальше. Десантники улыбались и махали нам вслед автоматами. Да здравствует Баадер-Майнхоф! — прокричал политически подкованный офицер, и мы свернули за угол.

Вечером мы вернулись домой. Я устал как собака. Гости были в восторге. Мы тащили за собой на аркане герра Мюллера, который совсем затвердел на жаре. Мой тесть стянул с поэта штаны и рубашку; высвободившись из одежды, поэт упал, штаны и рубашка же остались стоять. Тогда я вынес их под мышкой в мусорный бак. Весь вечер мы провели в рассуждениях о сравнительном анализе нюансов франконского и швабского диалектов и перспективах их влияния на литературный немецкий язык. Ночью гости нашего города спали сном невинных младенцев. На следующий день вечером я посадил их на трамвай, и они уехали, скандируя песню Кима «Ерушалаим, сердце моё», которой я обучил их накануне.

Утром я встал с головной болью и пошёл на трамвайную остановку, чтобы ехать на работу. Сперва я пропустил два состава, чтобы убедиться, что в вагоне нет никого, похожего на террориста (как я их себе представляю), потом махнул рукой и залез на площадку. В салоне сидело человек тридцать, и все читали книжки. На террориста никто не походил, скорее всего, это были писатели. На всякий случай я сел поближе к водителю. Рядом со мной сидел какой-то старик; в руках у него, как и у всех пассажиров, была открытая книжка в мягкой обложке. Сперва я тоже открыл взятую из дома книжку, но вагон трясло, и я стал приглядываться к тому, что держит в руках мой сосед. Когда я вижу читающего человека, то всегда сначала обращаю внимание не на человека, а на то, что он читает. После операции по удалению катаракты я вижу, как орёл; с расстояния в метр я увидел, что это — «Иерусалимский журнал». Я попытался заглянуть под обложку, чтобы увидеть номер, но дальнозоркий старик держал журнал на коленях, и сделать мне этого не удалось. Тогда я стал читать вместе с ним. Журнал был раскрыт посредине, заголовка вещи я не мог увидеть, но то, что я читал, мне понравилось. Я хихикал в унисон соседу, и мы проехали остановок пять, пока я понял, что читаем мы мой рассказ. Тогда я поднял глаза и пригляделся к старику. Я увидел серебристый пух на почти лысой голове, запавшие щёки и длинный нос. Ба! — сказал я. — Александр Моисеич, здравствуйте! — Он вздрогнул и посмотрел на меня. Мы разговорились. Он выразил неудовольствие тем, что в последнем номере журнала было помещено всего лишь два его стихотворения, в то время как он посылал главному редактору пять; мы обсудили эту несправедливость, а потом я спросил, почему он едет в этом трамвае, если он вообще должен находиться не здесь, а в Москве. Я к внукам приехал, — объяснил он, — а сейчас еду в гости к вашим писателям, меня пригласили на какую-то пьянку в центре, прямо с утра пораньше. Силы у меня уже не те, но нужно морально поддержать товарищей… Хоть посмотрю, как другие пьют. Знаете что, а поехали со мной! — вдруг предложил он мне. С удовольствием, — сказал я, — но, к сожалению, мне нужно на работу… Жалко, —

сказал он, — видите, хоть в чём-то у старости есть преимущество перед молодостью — ездить и ходить, куда и когда хочешь; парадокс в том, однако, что, когда я могу совершенно свободно идти на выпивон, мне этого уже совершенно не хочется…

Мы стали разговаривать на тему, популярную в последнее время у израильских литераторов, пишущих на каких угодно языках, кроме иврита. — Слушайте, — спросил я, — а как вы относитесь к тому, что человека, пишущего на русском языке, но не русского, живущего не в России и даже описывающего вовсе не российские реалии, именуют русским писателем на том основании, что пишет он на русском? — Нормально… — ответил он. — Я вот нормально отношусь к тому, что меня называют русским писателем. Да и тема, на самом деле, не очень важна, а национальность — тем более; важен язык, на котором думаешь и пишешь, я так думаю… — Вот покойный Вергелис, — сказал я, — полагал, что самое важное — именно язык: если человек художественно описывает, скажем, жизнь чукчей, причём делает это на русском языке, то он вносит свой вклад в развитие именно русской литературы; а если он пишет на чукотском статью о решениях двадцать пятого съезда партии, то таковая статья является фактом чукотской культуры. Хм, — сказал он с большим сомнением, — да, было такое определение, и от него, помнится, очень страдал покойный Юра Рытхэу…

— Это что? — вдруг крикнул в громкоговоритель сидевший спереди водитель трамвая, и мы вздрогнули. — Раз я уже третью книгу выпускаю на фарси о жизни моего дедушки, который был раввином и пастухом кошерных стад на Эльбрусе, так это значит, что я своим творчеством вношу вклад в персидскую литературу?! Следующая остановка — университет.

— Это что? — раздался со средней площадки дребезжащий голос кондуктора. — Раз я живу здесь с тридцать пятого года и пишу на польском воспоминания о пяти войнах против египтян и сирийцев, в которых здесь участвовал, — то мои мемуары — факт польской культуры?

— Это что? — послышалось слабое блеяние из конца вагона. — Я — председатель союза писателей-друзов северной Галилеи, прошу слушать меня внимательно; один писатель-бедуин перевёл на иврит «Протоколы сионских мудрецов», так это значит, что его творчество — часть еврейской литературы?

— Следующая остановка — шоссе имени Гарун аль-Рашида, — подытожил водитель, и мы распрощались с мэтром, который должен был здесь выходить. Пассажиры переругивались ещё минут десять. Они спорили, толкались и дарили друг другу свои книжки. У меня не было с собой своих книжек, и пассажиры смотрели на меня с подозрением.

— Следующая остановка — зоопарк, — осуждающе глядя на меня в зеркало заднего вида сказал вагоновожатый, и я вышел из трамвая. Пройдя метров пять, я остановился как вкопанный. Мне вовсе не нужно было в зоопарк, я ехал на работу. Я повернулся, но трамвай уже ушёл. Раз я уже здесь, подумал я, то хоть загляну на минутку… давно слонов не видел.

Я вошёл в ворота и подошёл к первому вольеру. Восходящее солнце нежно красило розовым цветом шкуры хищников. Старый лев вздохнул и уронил тяжёлую голову на лапы. Его жёны и дети лениво кувыркались в песке у входа в искусственную пещеру. В соседней клетке нервно постукивал хвостом леопард. Откуда-то доносилось трещание игл дикобраза. Из-за верхушек пальм выглянула и дружелюбно подмигнула мне морда жирафы.

— Я — русский писатель, — доверительно сообщил я ей вполголоса.

Раздался истерический хохот гиены.

Рецепт

Когда моим близким плохо, то я чувствую расстройство, которое выбивает меня из накатанной колеи, и начинаю вращаться на крутящемся стуле, как гриммовский петушок-флюгер на крыше или как китайский бумажный дракончик. Тут, как мы говорили сегодня с одной дамой, приятной во всех отношениях, появляются две опции: или ты продолжаешь щебетать, как пташка малая, что, как сказано в басне, не знает ни заботы, ни труда, — или же, наоборот, замыкаешься в молчании — в знак солидарности. Какое из двух зол выбирать — вопрос нравственного свойства, имеющий отношение к Канту, а ко многим виртуально далёким отношения не имеющий вовсе, так как само понятие нравственности является для многих из них понятием сугубо виртуальным, простите за каламбур.

Впрочем, кроме дегенеративного щебетания и идиотического молчания, существует ещё один вариант проявления сочувствия: выпить, закусить и почитать хорошую книжку.

Во времена моей юности, правда, существовала ещё одна опция — пойти по рукам для отвлечения от насущного, но это было так давно, что я уж и не помню по-настоящему, как оно, хождение по рукам, должно выглядеть.

Это — если человеку плохо и если ты ему хоть немного сопереживаешь.

Если же человеку хорошо, а мне плохо оттого, что ему хорошо — бывают и такие ситуации, которые я иначе как неандертальскими назвать не могу, ибо это вопрос чувств и эмоций, но никак не разума, — то вариант остаётся тем же — выпить, закусить и почитать хорошую книжку.

Если — следуем далее, как говорил у Бабеля присяжный поверенный с трещавшей искусственной челюстью — человеку хорошо, и мне хорошо оттого, что ему хорошо, то и в этом случае нет ничего лучше, чем выпить, закусить и почитать.

Если же человеку плохо, и мне плохо оттого, что ему плохо — то вариант поведения становится незыблемым уже на века: выпить, закусить, почитать хорошую книжку и — в качестве небольшого дополнения — дать кому-нибудь по морде, как сказано у того же Бабеля. Притом что Бабель писал о биндюжниках, а не о любителях почитать, но мы порой так причудливо совмещаем обе эти ипостаси, что временами поистине теряешься: где доктор Моро, а где — творения рук его?

Я — гороскопическая Дева, и должен был родиться девой, и все в семье ждали деву, и даже моей бедной маме в те далёкие времена, когда не существовало ультрасаунда для беременных, да и ни для кого вообще ультрасаунда не существовало, — все говорили, что должна родиться именно дева, и бабки и тётки накупили одежд и розовых ленточек для девочки, но тут родился я. Это предродовое балансирование на грани полов привело к появлению на свет глубокого в своей ментальной сущности меланхолика, который всегда вздыхал и вздыхает, чем приводил и приводит в исступление проживающих с ним постоянно. Эти перманентные вздохи и вселенская грусть в глазах не очень отмечены виртуальным окружением в связи с непостоянством использования микрофонов на расстоянии; зато хорошо отмечена и прочувствована реально близкими, а также былыми учителями ещё начальной школы; классная руководительница, входя в помещение, первым делом опускала взгляд в журнал и, слыша первые утренние вздохи, автоматически кричала — Миша, прекрати!

Почему я вздыхал? Я всегда пытаюсь реконструировать прошлое, хоть и не всегда успешно; мне кажется, по двум причинам: мне было грустно от генетически-инстинктивного осознания факта Vanitas vanitatum всего сущего, а во-вторых — потому что я, как теперь понимаю, учился сопереживать.

Я научился. Могу сказать это со всей ответственностью.

И с тех пор как научился — повторяю, не было и нет для меня лучшего средства сопереживания, чем вышеприведённый рецепт: выпить, закусить и почитать хорошую книжку.

Все обсуждения и обсасывания конкретных фактов вслух не принесут ни малейшей пользы для страдающего: в лучшем случае он временно отвлечётся от своей боли, перекидывая её на плечи сопереживателя. Поэтому я использую сам и предлагаю использовать другим старый, проверенный временем, реальный, совсем не романтический вариант, который я повторяю снова и снова, вне зависимости от степени муки, разрывающей мои и чужие внутренности, и настаиваю на нём, и клянусь им в сотый раз:

Выпить, закусить и почитать хорошую книжку.

Агасфер

Несколько раз в году на работе нам предоставляют льготные путёвки в разные места страны — с тем, чтобы мы как следует отдохнули, проживая в течение трёх дней в гостиницах; обычно дни эти выпадают на четверг, пятницу и субботу. Не знаю, кто как, а я люблю как следует отдохнуть. В моём представлении таковой гостиничный отдых равнозначен раю — при условии, что гостиница пятизвёздочная, а у детей не заложен нос. Сидя на пятиразовом питании и вкушая яства, я люблю представлять, что нахожусь на том свете, выбранном по личному желанию. Частенько, обдумывая этот вопрос, я начинаю разговаривать вслух. Что такое рай? — невнятно вопрошаю я с набитым ртом, сидя в ресторане напротив какой-нибудь почтенной многопудовой тётеньки, орденоноски из Отдела по работе с эфиопами Министерства социального страхования, и она пугается, и не может мне ответить. Для меня рай — это бесплатное проживание в пятизвёздочной гостинице в глухой тайге, где меня всё время кормят как на убой, на столе стоит любая выпивка, в номере полно книжек на любое настроение, а в углу бибикает интернет, — с трудом шевеля языком, объясняю я тётеньке и для убедительности тыкаю в неё пальцем. Тётенька пересаживается за другой стол. — Ты не хочешь в рай?! — кричу я ей вслед; пудовая тётенька вскакивает из-за соседнего стола и быстро выходит из зала, поминутно оглядываясь на меня трепетной ланью.

Мы много раз ездили на Мёртвое море, и тамошние гостиницы нам вконец обрыдли — хотя именно там на завтрак, обед и ужин подавались бочки с белым и красным вином, бары работали круглосуточно, и всё это не стоило ни гроша. В городе Тверия, что зажат между ладонями Голанских высот и долиной Иордана, бесплатных винных бочек нет, зато там можно искупаться в Галилейском море. В Тверии я был пять раз, и тамошние гостиницы мне обрыдли не меньше, чем мёртвоморские. И на этот раз мы решили просто отправиться в старый добрый Тель-Авив, на побережье, в пяти минутах ходьбы от древнего Яффо.

В ресторане гостиницы «Дан панорама» всё было хорошо — приличные официантки, не задающие лишних вопросов, гигантский шведский стол, двадцать один вид сыра на завтрак, тридцать четыре сорта мяса на обед, — и берег синего моря с белыми кудряшками волн, и в окно видны стены Яффской цитадели, так похожие на Старый город в Иерусалиме и каббалистические кварталы средневекового Цфата. Всё было хорошо в этой гостинице, и даже вина можно было выпить сколько душа пожелает и вообразить при желании, что я в том раю, откуда без оглядки сбежала тётенька из Отдела по работе с эфиопами, — но.

Если вы поддаётесь на уговоры врачей, больших поклонников и ценителей вашего здоровья, и ломаете шпагу, и сдаётесь в почётный плен, и начинаете приём антибиотиков, от которых у вас появляется регулярная изжога и исчезает желание жить, если вы вынуждены с постной мордой сидеть за трапезой, сделавшей бы честь самому Гаргантюа, и вас больше не радуют ни переливчатые детские голоса, ни новые книжки, ни — даже — коленки горничной (издалека, майн Готт, лишь издалека!), и, самое главное, вас больше не посещает желание писать, и бумаге, привезённой с собой, вы можете найти применение разве что в туалете — то вы поймёте, что испытывал Мильтон применительно к первой части названия его знаменитого произведения. Три недели без выпивки! Три недели, которые я выдержал с честью, по прошествии которых я не хотел жить. И я поплёлся пешком в старый Яффо — полюбоваться на цитадель, на средневековые кварталы с узкими улочками, на старые турецкие пушки, выловленные в море и поднятые на берег в качестве памятника суетной власти, многократно менявшейся здесь на протяжении тысячелетий.

Я шёл по берегу, овеваемый прохладным ветерком, и скучно смотрел себе под ноги. На улице было девятнадцать градусов выше нуля, синее небо, на мне была тёплая шапка с ушами, собственноручно связанная моей женою ещё в России, а в руках — зонтик. Я был противен сам себе.

…Три недели я боролся с искушениями Зелёного змия, и я победил, и Враг рода человеческого отстал от меня, махнув рукой, и я чувствовал себя обессиленным, чистым душою и даже просветлённым, как какой-нибудь святой Антоний, но скучным, как пещерный отшельник на берегах Нила, избежавший суетности мира, питающийся акридами и запивающий их тёплой водичкой из лужи. Отшельник с постным выражением лица, возвысившийся духом, но не причастившийся мудрости Тертуллиана — и вообще избавившийся не только от обычных суетных страстишек, свойственных любому человеку, но и от самого суетного из желаний — желания жить.

Вот чего я искренне никогда не понимал в святых мучениках — это воздержания от чего бы то ни было. Когда я слышу о пользе воздержания, я пытаюсь утешиться буддистским оборотом, прочитанным мною в каком-то старом приключенческом романе: «Он — не наш. Наша карма — смерть. Его карма — жизнь». Но (с ужасом чувствовал я, плетясь по кромке берега, а волны ласково залезали мне в ботинки, и мне в высшей степени было плевать на это) — я действительно просветлился, то есть парадоксальным образом свет, который до сих пор вёл меня, как маяк в ночи, погас, и я был не в состоянии выполнить ни единой заповеди, предписанной специально физическому миру для поддержания его в относительной целостности. У меня не было ни малейшего желания следовать даже той простейшей заповеди, что успешно и ежечасно выполняют существа всего животного царства — «плодитесь и размножайтесь». Бредя, опустив голову, по кромке берега, я понял, что дело моё — швах.

И тогда я решил, что всё равно всё пропало, и что нужно вести себя в соответствии с настроением. Я зашёл в море по колено, опустил наушники шапки, вытащил из-за пазухи чёрные очки, раскрыл под лазурным небом зонтик и двинулся к недалёким уже кварталам старого Яффо, с натугой буравя воду залива.

Когда я подошёл к молу старого порта, повидавшего ещё древних финикиян, шагавших по нему ещё тогда, когда порт этот был крупнейшим во всём восточном Средиземноморье, я устал и вымок. С перекошенной физиономией, опираясь на зонтик, я вскарабкался на крутой обрыв, где гнездились в своём монастыре католические монахи. Монахи вышли сниматься перед группой туристов, и я впёрся как раз в серёдку. Меня сперва тоже приняли за монаха, но экскурсоводы немного косились на мою шапку, где одно ухо торчало вверх. Они косились, но времени у них, видать, было в обрез, поэтому никто ничего не спросил.

Я выбрался из толпы и проследовал на центральную площадь, где гордо торчали старые турецкие пушки, снятые с затонувшего корабля и служившие теперь приманкой для туристов. Я попинал ногой самую толстую пушку и в совсем уже ужасном настроении спустился в подземный археологический музей. Там меня раздражало всё — и восковые фигуры мирной семьи, питающейся за деревянным столом чечевицей, луком и хлебом — пищей пророков и апостолов, и запивавшей неприхотливую эту пищу огромными алебастровыми кубками с тем самым вином, которое мне пить было нельзя. Увидев кубки, я скривился и с перекошенной физиономией, орудуя зонтиком, как кот Базилио из известного детского фильма, поспешно выкарабкался на поверхность. Я грубо расталкивал прохожих. Я обошёл площадь не менее пятнадцати раз. Я бродил просто так, натыкаясь на туристические группы, и туристы извинялись передо мной на дюжине языков, но я вызывающе глядел им прямо в глаза, не опуская взора и ничего не отвечая. Пусть мне будет хуже, с тоскливой злобой думал я. Когда я сделал вокруг площади десятый круг, то понял, что меня начали узнавать.

«...А это, — услышал я откуда-то сбоку, — главная достопримечательность нашего квартала; человек почти святой, бродит здесь в поисках святых мощей трёх религий...» (я приостановился и посмотрел на говорившего. Он ответил мне безмятежным взглядом и продолжал). «Он страдает тяжёлым психическим недугом, и недуг этот известен как Иерусалимский синдром, посещающий всех паломников в Святую землю. Видите, видите, как он бродит по площади, натыкаясь на прохожих и не видя их, как он мечется между католическим монастырём и церковью Святого Петра!» Туристы с готовностью щёлкали фотоаппаратами и затворами кинокамер.

Что это такое, подумал я, — он что, издевается?! Потом я понял — экскурсоводу никак не могла прийти в голову та простейшая мысль, что я понимаю по-русски. Я набычился и стал ковырять пыль между плитами древней мостовой. Ухо моей тёплой шапки вопросительно торчало к небу, чёрные очки съехали на кончик носа.

«...Несчастный, потерявший родину и друзей, надеющийся на встречу с вечностью, он ходит здесь как тень многие века и не знает цели своего пребывания в древнем городе, — продолжал врать экскурсовод со всё большим надрывом в голосе. — Посмотрите, как обтрёпана его одежда, как странен этот головной убор, на котором лежит пыль Аравийской пустыни, по которой он прошёл пешком, дабы достичь цели своего паломничества!.. Вглядитесь в эти тусклые глаза — в них скорбь всего человечества (я снял очки и дико уставился на него). Он взобрался сюда по скалам, чьи вершины оглашают лишь крики чаек, он достиг цели своего путешествия! Он прошёл сюда дорогами Ойкумены, и пыль этих дорог лежит на его костюме старинного покроя! Он забыл все языки, которые знал. Он...»

Я засопел, крутя над головой зонтиком со все убыстряющейся скоростью. Туристы, окружившие меня, бесцеремонно делали снимки стоя, сидя, привстав на одно колено и даже припадая к земле.

Неожиданно я понял, что настроение у меня понемногу повышается. Сейчас, для окончательного вхождения в тонус, мне необходимо было принять сто граммов; я уже приосанился, чтобы произнести нечто на древнегреческом и тем самым подтвердить торжественность момента, а также подыграть разошедшемуся экскурсоводу. Сейчас я заявлю, что я Мессия, или что Соломон Мудрый — мой двоюродный дедушка, или просто увлеку толпу с собой к турецкой пушке и начну палить из неё в море, крича на латыни «Смерть янычарам! да здравствует вольный город Черноморск!», или ещё что-нибудь в том же духе. В прошлом я неоднократно проделывал такие штуки, и стакан бодрящего действовал на меня необычайно эффективно. Я изо всех сил закрутил в руках раскрытый зонтик, открыл рот, подмигнул экскурсоводу — и вдруг вспомнил, что для завершения курса антибиотиков мне надо принять сегодня вечером ещё одну, последнюю таблетку. Выпивки не будет. Господи боже мой, выпивки не будет! Зонтик выпал у меня из рук. Туристы уставились на меня с благожелательным любопытством. Экскурсовод продолжал трещать, как попугай. В любом случае, — подумал я, — необходимо подыграть этому мудаку, у меня ведь действительно проходит хандра. Спасибо ему...

— ...Вы видите, как исказилось лицо этого несчастного!.. (Я сделал плаксивую физиономию.)

— ...Он осознал духовную мощь этой земли, он шарит в своём утлом сознании в поисках блаженного небытия, но натыкается лишь на стены безумия!.. (Господи, ну что за кретин, — думал я, — тщательно смахивая слёзы с небритой физиономии и тихонечко подвывая. Наверняка — неудавшийся декламатор, в силу профнепригодности пошедший водить экскурсии. Туристы испуганно гладили меня по плечу.)

— Вы знаете, Кто это?! — взвизгнул руководитель группы, и я, приосанившись, принял подходящую, с моей точки зрения, позу, выпрямившись, отставив зад и вглядываясь из-под руки в синее море, над которым бесшумно носились чайки.

— Это—Агасфер!..—крикнул он, и рука моя задрожала от неожиданности. Я покосился на него вполглаза.

— ...Это—Вечный жид, не нашедший покоя, но теперь прибывший на Последний берег! Сейчас мы сведём его к отцу Александру для последнего таинства…

Услышав об отце Александре и последнем таинстве, я издал нечленораздельный вопль, подскочил и, размахивая зонтиком, кинулся в переулок. Толпа с гиканьем устремилась за мной.

Я бежал мимо каких-то закусочных, мимо древних церквей с заколоченными наглухо деревянными дверями, мимо каменных мечетей с высоченными минаретами, мимо подслеповатых синагог. Всё это ютилось в узеньких переулках. Я запутался. Я метался то в прохладной глубине квартала, то выскакивал на балюстраду, ведущую к заливу. Толпа бежала за мной, хозяева магазинчиков спешно закрывали входы, баррикадируя их стульями и лавками, которые втягивали с улицы. Вероятно, они решили, что начинается погром.

Экскурсовод опережал туристов по крайней мере на десять шагов. Он бежал почти параллельно мне, запыхавшимся голосом выкрикивая комментарии.

Я обежал старые кварталы города, вновь очутился на площади с археологическим музеем, ворвался в гостеприимно распахнутые двери римско-католической церкви святого Петра и взлетел на колокольню. Я собирался устроить трезвон, но, посмотрев вниз с головокружительной высоты, увидел, что толпа осталась у входа. Постояв несколько минут и отдышавшись, я сунул зонтик под мышку и спустился вниз. На меня никто не обращал внимания. Видимо, проявления Иерусалимского синдрома—действительно частое явление на этом побережье.

Экскурсовод, обладавший здоровыми лёгкими, продолжал разглагольствовать. Толпа почтительно внимала. Я заметил, что количество людей вокруг него значительно увеличилось за последние полчаса. В толпе находились даже два полицейских, пристально вглядывавшихся в меня из-под своих шлемов. Машинально я стал нашаривать в кармане паспорт. На площадь въехал ещё один автобус с гостями города. Из него полезли негры. Они окружили нас и принялись снимать. Экскурсовод заметил, что Агасфер принадлежит только его туристской компании. Я приосанился и вновь опёрся на зонтик. Негры стали охотно вытаскивать пачки франков и под одобрительное ворчание экскурсовода класть их в мою шапку с наушниками, которую я держал перед собой, как настоящий кот из кинофильма «Приключения Буратино».

...Потом толпа рассосалась, негры куда-то подевались, а русские туристы стали поодиночке подходить и сочувственно пожимать мне руку (я закатывал глаза и скорбно кивал, бормоча «Де профундис кламави ад те, Домине», а также «Аллах акбар» и «Шма, Исраэль»). Потом разошлись и они; мы с экскурсоводом остались вдвоём. Переглянувшись, мы отошли в сторонку и пересчитали деньги. Потом, не торопясь, берегом моря, я пошёл обратно в Тель-Авив. На некотором расстоянии за мной, поминутно оглядываясь, двигался экскурсовод Петя. Я пригласил его пообедать с нами, со мной и моей женой, в ресторане нашей гостиницы. Последнюю таблетку антибиотиков я приму уже через час, и вечером мы, наконец, выпьем, с энтузиазмом думал я. Море ласково шумело, песчаные пляжи были полны отдыхающих. Я снял чёрные очки. Тёплая шапка мерно постукивала мне по ушам своими наушниками. Потом я вскочил на парапет, крикнул: «Оп-ля!» — и пошёл, балансируя в воздухе зонтиком. Мой сплин прошёл окончательно.

Танька

Моя тётка, младшая сестра мамы, заболела раком молочной железы лет восемь назад, операцию сделали неудачно, метастазы пошли в позвоночник, она не могла ходить без корсета, — но боролась. Её поставили на какую-то американскую программу — испытывали на добровольцах новое лекарство. Все, на ком проводили эксперимент (три группы, в каждой человек пятнадцать), за эти годы умерли, и американские таблетки никому из них не помогли. Она выжила единственная — почему-то именно у неё это лекарство остановило развитие метастазов. Она принимала его по часам пять лет и пять лет держалась. У неё изменилась психология — она стала какой-то мудрой, неспешной, по-другому стала относиться к жизни и рутинным проблемам. А когда-то она была просто весёлой интеллектуалкой, смешливой, любвеобильной бабой, и мужики от неё падали и сами укладывались в штабеля.

Она меня, маленького, учила первым стихам в моей жизни, и Стивенсону, и Киплингу, и всё время подкладывала мне хорошие книжки, и только благодаря ей я полюбил литературу, потому что она её чувствовала как-то изнутри, хотя никогда сама не писала ни стихов, ни прозы. Она училась на художника, и в квартире моих родителей висят её картины, которые она написала, когда была студенткой. Потом она махнула рукой и пошла учиться на инженера, потому что, как говорил мой дед, вздыхая и глядя на эти картины, — хоть какой-то кусок хлеба.

У неё был муж Валерка, которого я тоже очень любил. Мне было десять лет, когда он впервые пришёл в дом к дедушке с бабушкой на «смотрины» — в роли потенциального жениха их младшей дочери. Жених был одет в чёрное кожаное пальто и тельняшку под ним, и мой суровый дед, декан электротехнического факультета и старый член партии, окутываясь клубами трубочного дыма, с недоумением смотрел на него. Я помню, что застеснялся его, а он взял меня за руку и, вместо того чтобы начать вести неторопливую, солидную беседу с будущими родственниками, стал что-то рассказывать из Джека Лондона — как раз накануне он перечитывал «Смока Беллью», и ему хотелось с кем-нибудь поделиться. Дед вздымал брови всё выше и выше, бабушка теребила передник, а я через полчаса уже прочно обосновался на ручке кресла, в которое усадили Валерку, и смотрел на него влюблёнными глазами. Когда он ушёл, дед, помолчав, спросил: «Ну, кто за?..» И я поднял руку.

Он читал запоем, совершенно бессистемно, и обсуждал со мной книжки, как со взрослым. Он был насмешливым и весёлым грешником, помесью Ходжи Насреддина с Остапом Бендером, и метался по жизни, как весёлый любопытный пёс, он брал от жизни всё, он любил баб так же, как Танька любила мужиков; они прекрасно дополняли друг друга. Они не собачились между собой, а дружески подкалывали друг друга, и рассказывали друг другу о книжных новинках, выцарапанных на «чёрном рынке», и у букинистов, и в самиздате, и цитировали классику, и хохотали, и я слушал их разговоры и млел. Потом Валерка неожиданно умер, когда ему было всего сорок девять лет. У него был диабет в лёгкой форме, и он принимал таблетки, а потом решил, что лучше принимать тибетские травы, потому что, как он выразился, больше доверяет Шамбале и лхасским чудотворцам, чем традиционной медицине и замученным советским врачам. Он бросил таблетки в мусорное ведро и стал есть тибетскую траву. Через три дня у него началась кома, и он уже не вышел из неё.

Я помню его ослепительно-белозубую улыбку и странные поступки, до которых я до сих пор не дорос. Когда я приходил к ним утром в воскресенье (мы жили неподалёку), они ещё лежали в кровати и препирались, кто сегодня будет скатывать постель; потом разговор перепрыгивал на Монтеня с Джойсом, а потом Валерка вдруг хватал Таньку за грудь, сжимал её и цитировал: «…Он протянул руку, и рука его наполнилась»; Мишка, — кричал он, — откуда это? Быстро! Из «Возмутителя спокойствия», — кричал я в ответ из коридора, куда ушёл, потому что чувствовал себя неудобно; — а какая страница в издании пятьдесят девятого года, — продолжал кричать он из спальни, борясь со своей супругой, и они вертелись под одеялом, как маленькие киты, и я иногда вспоминал страницу.

Через некоторое время после того, как Валерка умер, у Таньки появился ухажёр, и мы удивлялись и радовались этому, потому что из-за своей болезни она не могла быть одна. Этот человек и сейчас с ней, и любит её, несмотря на то что у неё нет груди и ходит она в корсете, поддерживающем изуродованный метастазами позвоночник. Саша совсем не похож на Валерку, он скучный и нудный тип, серый, замудоханный жизнью и взрослыми детьми инженер советской школы, среднего роста, с огромной плешью, с ним невозможно говорить о книгах, и все наши молятся на него, и я тоже. Я видел, как летом он вывозил мою тётку на природу на своём стареньком запорожце—открывал дверцу, нагибался, осторожно поднимал её и нёс на руках на берег озера, где уже стояла для неё раскладушка,—и она, когда-то высокая, выше его на голову, тонкая, с прекрасной волной чёрных волос, а теперь грузная, расплывшаяся, с одутловатым лицом, с пролысинами на голове после химиотерапии и совсем седая, приваливалась к нему, прижималась к плечу и молчала, пряча лицо.

И вот прошло много лет, и она продолжала находиться на новомодном американском медицинском проекте, и принимала таблетки каждый час—день за днём, ночь за ночью, год за годом—и жила, хотя все те, кто начинал с ней лечение, давно умерли, а её метастазы постепенно зарубцовывались и не развивались, и она забросила корсет, и снова вернулась на работу, и врачи, которым мою тётку показывали, удивлённо цокали языками и говорили—такой длинной ремиссии на этой стадии мы ещё не наблюдали,—а мы стали надеяться, что невозможное всё же возможно, что смерть отступила, а мне почему-то всё мерещилось, что это весёлый беспутный блядун Валерка, её муж, помог с того света и вымолил ей жизнь; я воображал—вот он подходит к ангелам своей разбитной походочкой и шутками-прибаутками, весёлыми анекдотами и смешными цитатами из старых книжек заставляет расхохотаться ангела смерти, и пристаёт к нему как банный лист,—и тот в конце концов плюёт и машет рукой, отпуская...

Но это нам только так показалось.

Маленькая женщина

Я познакомился с ней лет десять назад, когда собирал материал для очередной монографии. Моя сотрудница, вдова легендарного Давида Нива, в годы британского мандата хранителя подпольного архива организации Эцель, — решила, что мне будет небезынтересно увидеться с её подругой. Как зовут подругу? — спросил я без особого интереса. Когда она ответила, я подпрыгнул. Наоми, посмеиваясь, позвонила подруге, поговорила с ней немного, и передала трубку мне.

— Госпожа Эстер… — начал я, волнуясь и не очень понимая, как мне нужно себя вести. Хриплый старческий голос из трубки сказал, как отрезал:

— Просто Эстер. Как говорит один русский писатель — забыла его фамилию, — господа все в Париже.

— Ага… — глуповато согласился я и подтянул штаны. — Если вы согласны, я хотел бы встретиться… увидеться. Наоми уже сказала вам, что я пишу книжку и ищу материалы о вашем дяде… Вы не могли бы сказать, когда вам будет удобно?..

— Ты где? — спросила она. — На работе? Уйти можешь?

— Прямо сейчас? — удивился я.

— Ну конечно, — ответила она. — Как говорит другой ваш писатель — его фамилии я тем более не помню — к чему крутить быка за хвост? Или как это…

— Тянуть кота за хвост, — с неожиданным чувством глубокого облегчения рискнул поправить я.

— Вот. В общем, не будем размазывать манную кашу по чистому столу, как говорит ещё один писатель, с которым очень дружила моя покойная мама. Приезжай.

Я поцеловал в щёку всё ещё посмеивающуюся Наоми, схватил сумку, диктофон и выскочил на улицу.

Эстер жила в районе старого Тальпиота, на пустынной, сонной улице, и занимала первый этаж особняка, построенного, кажется, ещё при турках. Да, — думал я, спускаясь по улице от остановки автобуса, — это, конечно, не виллы нынешних депутатов кнессета… это ещё то поколение… как говорится, старой закалки.

Я позвонил в дверь. Где-то далеко мелодично звякнул колокольчик. На пороге стояла крохотного роста старушка. Она была такая маленькая, что сперва я просто не увидел её и стал вглядываться вглубь полутёмной квартиры.

— Я здесь, — кашлянув, сказала она, и я понял, что она улыбается.

Я перешагнул порог. Она протянула мне руку, и я, склонившись и бережно кряхтя, поцеловал тонкие холодные пальцы.

— Ого, — сказала она, — давненько я не видала такого. Мерси. Ну, пошли.

Мы вошли в салон, тёмный из-за наглухо задёрнутых по случаю полуденной жары штор.

Я аккуратно сел на краешек продавленного дивана.

— Нет, идём в кухню, я там тебе кофе приготовила. И не очень садись на этот диван, он уже совсем старенький, на нём ещё дядюшка сиживал.

Я поспешно вскочил. Впоследствии, приходя сюда, я всегда украдкой, благоговейно гладил тёмно-синий бархат дивана, на котором во время русской революции сиживал председатель Московской федерации анархистов.

Я пил кофе, во все глаза глядел на крохотную женщину в простом сером платье, примостившуюся рядом со мной на детском стульчике. Мы разговаривали два часа, или три, или пять. Время бежало незаметно. Я никак не мог поверить, что нахожусь в доме прославленной подпольщицы, и сидел очень чинно.

К концу беседы я сообразил, что забыл включить диктофон.

Перед моим уходом Эстер вынесла коробку дядюшкиных рукописей и писем, и, повернувшись, поманила меня пальцем. Мы прошли на балкон. На балконе стоял старинный шкаф с железными запорами, битком набитый пыльными книгами.

— Это его библиотека, которую он привёз из Америки, — сказала она. — Это — всё его имущество, он в Нью-Йорке прожил тридцать лет и ничего не накопил, кроме книг. Когда он умер, мне пришлось всё это взять сюда, но в комнатах это чудовище не помещается… — она погладила запылённые корешки и отряхнула руку. — Ишь, как запылились… Полвека они ждали того, кому действительно нужны. Стало быть, настоящий хозяин явился. Бери всё. Это — твоё.

Я ухватился за шкаф и страстно облапил его. Я не мог не только сдвинуть его с места, я не мог его даже покачнуть. Шкаф стоял как скала. Мне показалось, что он смотрит на меня с прищуром, испытующе. Мне хотелось вскочить на него и заржать диким мустангом. Я повернулся, кинулся к хозяйке, звонко расцеловал в обе щеки, схватил её на руки и подбросил в воздух, как ребёнка. Она не удивилась.

— Ко мне уже приходили историки, хотели взять интервью и забрать книги. Интервью я им дала, а книжки — нет. Не хватало, чтобы эти леваки рылись в любимых романах и трактатах Абы… Думаю, он на том свете доволен, что это достаётся тебе.

Я лихорадочно перелистывал выцветшие, пожелтевшие страницы. Большая часть библиотеки состояла из книг самого Гордина, написанных на шести, не то восьми языках, с его собственными рукописными правками по полям. Здесь были социологические исследования, философские трактаты, романы, стихи и переводы, изданные начиная с первого десятилетия прошлого века. Аба писал на русском, древнееврейском, древнегреческом, латыни, идише, английском; иногда, развлекаясь, он издавал томик-другой переводов теологических трактатов со старофранцузского на староарамейский. Кто, кроме него, мог это читать, его не очень интересовало; он писал.

В двадцать пятом году интеллектуальный лидер российского анархизма, бывший депутат первых съездов Советов, друг Кропоткина и приятель Крупской, при большевиках отсидевший в сибирской ссылке, бежал в Штаты через Китай и Японию. Он уже понял, куда начинал дуть ветер, и понимал, что заступничество вдовы вождя ему не поможет. Фраза, в восемнадцатом году сказанная Крупской Дзержинскому: «Я требую, чтобы ни один волос не упал с головы этого революционера!» — в новых условиях диктовала чекистам новые требования. Аба бежал из Советского Союза.

В пятьдесят седьмом он, почувствовав себя плохо, неожиданно бросив небогатое, но налаженное житьё в Нью-Йорке, разорвав все свои литературные и общественные связи, уехал умирать в Израиль. В аэропорте Лод его встречала племянница. То ли атмосфера Святой земли, то ли уход единственной родственницы отодвинули момент ухода в вечность — момент, к которому Гордин, будучи прирождённым философом, готовил себя всю жизнь. Умирать он раздумал. Аба Гордин прожил в городе Рамат-Ган ещё немало лет, выпустил ещё не менее десяти книг и лишь тогда почувствовал, что дни его, наконец, исполнились.

Он позвонил и вызвал к себе Эстер. Эстер сидела тогда на заседании Кнессета, и трубку взял Менахем Бегин. Эстер боготворила будущего премьер-министра, считала себя его ученицей, но тут сорвалась с места, наплевав на все приличия, и кинулась на служебной машине в Рамат-Ган. Дядюшка успел переговорить с ней. Он передал привет Бегину, сообщив при этом, что «Менахем — человек честный, но не очень умный, вроде твоего мужа, и вы все это ещё поймёте»; добавил, что левые — идиоты, поэтому Бен-Гуриону через неё передавать привета он не будет; потом поцеловал племянницу, произнёс: «Всё, что есть в квартире — твоё», — и умер.

В квартире, кроме шаткого письменного стола, двух разломанных стульев, походной койки и пишущей машинки, были только книги, кипы, горы книг, громоздившиеся на столе, на полу, на поломанных полках, — и книги она забрала с собой в Иерусалим. Диван, привезённый дядюшкой из Америки, Эстер взяла к себе ещё раньше — он не влезал в тесные комнатки рамат-ганского жилья, и Аба давно махнул на него рукой.

…Эстер Разиэль-Наор родилась в 1912-м году в Литве в семье потомственных раввинов и профессиональных революционеров. В трёхлетнем возрасте родители привезли её в Палестину, и своего дядю — тоже раввина и революционера — она увидела лишь раскалённым летним вечером пятьдесят седьмого года, когда, прихрамывая, кряхтя и опираясь на палочку, герой трёх революций, мечтатель, философ и поэт спустился с трапа старенькой «Дакоты» и ступил на бетон единственного в стране аэропорта.

Эстер очень любила своего чудаковатого дядю, хотя совсем не разделяла его взглядов на мир. Будучи совершенно разными людьми, они оба чувствовали огромную тягу друг к другу. Вся семья их, разбросанная по миру волнами революций и мировых войн, состояла из таких личностей, которые, как я понимаю, следует называть пассионариями. Аба Гордин был революционером, отрицавшим государственную власть в принципе. Эстер всю жизнь воевала за право возвращения блудного народа Израилева на свою историческую родину. Родным братом Эстер и вторым племянником Гордина, которого Аба так никогда и не увидел, был Давид Разиэль, подпольный руководитель организации Эцель и ученик Владимира Жаботинского. Давид погиб в Ираке в начале сороковых годов и впоследствии был провозглашён национальным героем; его именем названы улицы в десятках городов Израиля. Эстер шла за братом во всех перипетиях его подпольной деятельности, при англичанах сидела в тюрьмах и лагерях, а с конца сороковых годов на протяжении многих лет была бессменным руководителем партийной фракции партии Хирут в Кнессете, где всегда сидела по правую руку от Бегина. Это были времена пионеров-идеалистов, когда Хирут ещё не превратился в нынешний Ликуд. Когда же произошла трансформация, Эстер вышла из партии.

Я полюбил её. Я звонил ей несколько раз в неделю, расспрашивал о здоровье, рассказывал о новостях в моей семье. Она приглашала меня на чаепития, всегда — посреди рабочего дня. Мы пили чай у неё на балконе, в тени того самого шкафа, отбрасывавшего на нас причудливую тень, и ругали правительство. Эстер не позволяла себе сильных выражений и вообще никогда не повышала голоса; только начинала хрустеть пальцами в тот момент, когда речь заходила о том, что она испытывает при виде разрушения дела, которому она и её брат посвятили жизнь. Тогда в лучистых её глазах появлялся стальной блеск, она темнела лицом и переводила разговор на другую тему.

Когда вышла монография, в которой рассказывалось о её дяде и о ней, цитировались подаренные ею рукописи и переписка, я пришёл и торжественно подарил ей книжку.

Она долго вертела её в руках, потом попыталась прочесть несколько слов из предисловия. Водя подагрическими пальцами по строчкам, с огромным трудом, по складам произнесла первое предложение. Тогда в первый (и последний раз) я слышал странно звучащую в её устах русскую речь. Мы всегда говорили с ней на иврите. Её литературный язык был великолепен, она знала также английский, французский и немного арабский; но русского своего стеснялась из-за неправильной грамматики и чудовищного акцента, а идиша — «языка изгнания» — не знала вовсе.

Родители её, пионеры-первопроходцы, приехав сюда, с ходу переключились на древнееврейский, по тогдашней моде не потрудившись обучить дочку языку страны исхода; правда, дома говорили между собой по-русски, но только тогда, когда хотели скрыть что-нибудь от детей. Так Эстер научилась понимать русскую речь; впоследствии, уже на пенсии, ей пришла в голову блажь научиться читать, и пару лет она сидела с букварями и словарями, увидевшими свет в Петербурге, кажется, ещё в позапрошлом веке.

Без акцента по-русски она произносила только два слова: «водка-селёдка», которые всегда использовала при приёме гостей, у накрытого стола. Гости собирались к ней в дом всего раз в году, в день гибели её брата. Однажды она пригласила меня на такое собрание. Тогда я увидел ветеранов-подпольщиков и старых депутатов Кнессета, древних министров правительства семидесятых годов, с которыми до того дня был знаком только по телевизионным программам и старым газетам. После угощения ветераны начали петь; я пожалел, что не взял с собой магнитофона. Старики затянули дрожавшими голосами песни своей юности; многие, выпив, неожиданно переходили на русский. Постепенно выяснилось, что чуть не половина бывших государственных деятелей как правого, так и левого крыла владеет русским значительно лучше Эстер. Эстер встала в центр гостиной и запела на иврите халуцианскую песню двадцатых годов, времён осушения болот и стычек с бедуинами. Она стояла очень прямо, опустив крохотные ручки по швам, и пела песню безымянного автора, приехавшего в долину Хулы из Белоруссии и умершего здесь от малярии. Из глаз её текли слёзы. Старики окружили её плотным кольцом, обнявши друг друга за плечи. Моя жена вздыхала, вытирала глаза и обращалась ко всем на идише. Большинство понимало её речь и охотно на неё откликалось; закончив петь, Эстер сказала, ни к кому особенно не обращаясь:

— Менахем знал русский, польский, литовский, идиш, английский и Бог знает сколько других языков, но дал себе клятву — с того момента, как нога его ступит на землю этой страны, здесь, на этой земле, говорить только на иврите. Это был принцип.

Старики завздыхали, загомонили в том смысле, что покойник был хороший человек, но иногда, по самым разным поводам, перегибал палку. Эстер не спорила.

Нельзя сказать, что в личной жизни она была счастлива. Как рассказала мне сотрудница, познакомившая нас, муж её, тоже ветеран ревизионистского движения, был не очень умным человеком, и мучился, ощущая, что Эстер рядом с ним всегда выигрывает в глазах политиков, дипломатов и учёных. Она это ощущала тоже и мучилась наравне с ним.

Американские президенты целовали ей руку, Черчилль снимал свой цилиндр, и однажды королева Британии, приветствуя её, приехавшую во главе официальной делегации, встречая её во дворце, поднялась и сделала три шага навстречу — большая честь, восхищённо говорил мне старичок, бывший министр в правительстве Бегина.

У неё было трое детей. Дочь, тихая, красивая, беспомощная, с детских лет душевнобольная, за которой был нужен постоянный уход; старший сын, известный адвокат, рано умерший от рака; младший сын, журналист, изменивший делу её жизни, так, как она это дело понимала, и ставший одним из вождей леворадикального лагеря. С этим сыном она почти не общалась. Эстер никогда ни на что не жаловалась, не плакала, только я видел, как год от года глаза её становились всё более невыразительными и тусклыми.

Она была железным человеком.

Когда ей исполнилось девяносто лет, в её честь в доме президента был устроен приём. Она пришла, как всегда опрятная, одетая просто, в своём неизменном сером платье и довольно старых туфлях. Ей помогли подняться по лестнице; она держалась очень прямо и сдержанно принимала комплименты именитых гостей. Я стоял за её спиной и иногда поддерживал её локоть — уже несколько лет назад у неё появились проблемы с координацией, её покачивало. Весь вечер она провела на ногах, не присев ни разу. Это твой внук? — спросили журналисты, окружившие её кольцом вспышек, щёлканий и миганья аппаратуры. — Нет, но я хотела бы такого внука, — малопонятно для прессы ответила она, и я почувствовал себя счастливым, хотя за весь вечер не выпил ни рюмки, по поводу чего сильно переживал: в доме президента на приёмах, оказывается, не подают водки.

К ней подходили самые разные люди, приветствовали её, спрашивали о здоровье, после чего непременно предлагали сесть; это происходило ежеминутно, и в конце концов она взорвалась.

— Ведь ты очень устала, госпожа, — ласково и томно сказала супруга президента, — лучше сядь. Вот тут — очень удобное кресло. Смотри — кресло здесь!

Эстер надменно задрала крошечный подбородок. Её седая макушка приходилась на уровне пышного бюста собеседницы.

— Спасибо! Я уже целых семь лет сидела при англичанах.

Президентская супруга натужно засмеялась и как-то боком отошла к другим гостям.

— Уф-ф, — сказала Эстер, привалившись ко мне.

В сороковых она провела год в одиночке в знаменитой тюрьме, неприступной крепости Акко, потом пять лет находилась в британском концлагере в Кении, и ещё два года — в лагере для политических интернированных в Судане…

Она умерла осенью 2002-го. Мгновенно, в одночасье, как жила — не жалуясь на боль в сердце, сжав зубы. Её сын, не одобрявший взглядов матери, не посчитал нужным оповестить широкую публику, и на похоронах присутствовали только самые близкие друзья юности Эстер, прошедшие с ней рядом весь путь — и бетонные камеры-одиночки, и взлёт правительственной карьеры. Я узнал о её смерти из газет…

Под стеклом на моём письменном столе хранится маленькая открытка, много лет назад пришедшая ко мне по почте, написанная на иврите аккуратным почерком первой ученицы. Два последних слова старательно выведены на русском.

«Что у вас с телефоном? Три дня не могу дозвониться. Пожалуйста, приезжай один или с женой, я очень по тебе соскучилась. Обещаю, будет водка-селёдка».

Сон

Мы вчера не работали. Я был дома.

Мне приснилось в 16:30 приблизительно вот что.

Была со мной в детском саду, а потом в школе до 8-го класса училась девочка Света Уланова. Мы вовсе не были друг в друга влюблены, и никогда друг о друге особенно не вспоминали. Просто, как и многие мои друзья-приятели, жили мы в одном огромном, пятисотквартирном доме на улице Бассейной, в одной парадной. Я на шестом этаже, она — на двенадцатом.

Там много кто жил, я сейчас даже вспоминать не хочу. Все вместе были пионерами, а потом стали по отдельности — кто наркомами, кто наркотами.

Да.

Всех воспоминаний о ней — как мы в третьем классе сидели за одной партой некоторое время, и у меня была такая болезнь тоскливо-начитанных детей из семей научно-технической советской интеллигенции под названием сколиоз, то есть искривление позвоночника, — и Светке велели сидеть рядом, одёргивать пионерский галстук и стучать меня кулаком по спине, когда я начинал горбиться.

Она такая худая была, светловолосая, не очень улыбчивая, со странными глазами. Умная. Над толстыми никогда не смеялась. И над двоечниками не смеялась тоже. Училась хорошо.

И очкастая, у неё большой минус был с детства. Ещё больше, чем мой.

Наши очки вечно путались на парте. То я её очки хватал, то она — мои.

Мы кончили восьмилетку, она пошла в одну десятилетнюю школу, я — в другую. Встретились мы с ней больше, чем через два года. Она ведь надо мной жила, но как из школы разбежались — почти и не встречались уже. Вдруг летом смотрю — идёт. Симпатичная стала. Длинная — меня переросла, а я ещё во втором классе был самым длинным.

Позвала меня слушать бардов, помню. Есть такой автор-исполнитель и бард—Качан его фамилия; у неё на бобинном магнитофоне я этого Качана впервые услышал.

Да…

Когда мы выросли, я уехал в другой район, к своей первой жене, а Света вышла замуж за хорошего парня, и они переехали в другую парадную. А в прежней парадной осталась жить её мама. Вот они друг к другу в гости и ходили. Туда-сюда. С колясками. То Светка к маме, то мама к ней. Мама её, которую я помнил молодой, худой и очкастой, с такой же, как у Светки, странноватой улыбкой, постарела и погрузнела. Один ребёнок у Светки родился, потом—другой, а потом—ещё и третий.

Редкое для тех времён явление, между прочим.

Светка стала работать в каком-то НИИ, а я женился во второй раз и уехал из России.

Мы ещё повидались в 97-м, кажется, году у нашего метро «Парк победы», когда я в очередной раз приезжал в Россию, к родителям.

Она стояла с мужем, ощетинившись детскими колясками, держала в руках очередного младенца и приговаривала, тыча в меня пальцем, обращаясь к бородатому мужу, который был на голову ниже её:

— Смотри. Вот это—Мишка… Ну, смотри… это же Мишка.

Муж скучно глядел на меня. Она улыбалась странной своей улыбкой.

Больше мы не виделись.

И вот прошло ещё девять лет, и я никогда не вспоминал её— ни наяву, ни во сне: с какой стати?

Вчера, в последний день праздника, я был дома. Я лёг спать под плед часа в три. Выпил, устал и уснул. Приблизительно в пол-пятого жена разбудила меня, размеренно колотя по спине и плечам ладонями. Она испугалась. Я плакал и даже немножко кричал, не просыпаясь. Скорее даже, я подвывал.

Мне приснилось, что я сижу у себя на работе, в кабинете, в неподвижной жаре, и солнце полуденного Иерусалима бьёт из окна, что ко мне в кабинет зашло очень много нашего народа, все говорят на иврите и щёлкают на компьютерах, и секретарша здесь, и директор, и его зам, и все сотрудники. И вот я поднимаю голову, и по стенке идёт ко мне Светка.

Я опустил голову, затем поднял, — я не ошибся, это она шла по стенке. Знакомо и растерянно зыркали странные глаза, и она щурилась. Я понял, что она искала меня, и совершенно чужая она была этой комнате, этому окружению, этим пальмам. Она вообще была как слепая, потому что без очков.

Я сидел, как и всегда, в самом конце комнаты, у окна. Она увидела меня. Я встал, открыл рот, а она, такая же длинная, белобрысая, как я её помнил с детства, схватила меня за плечи. Я обнял её, не понимая, что ей нужно, и откуда она вообще здесь взялась. Она смотрела на меня сверху вниз. Она с третьего класса была длиннее меня.

Она сказала:

— Миша, мама умерла. — И заплакала.

Я вытащил её из комнаты, сотрудники не оглядывались, только шуршали странными голосами между собой, и мы вышли на улицу, и на нас никто не обратил внимания.

Вдруг откуда-то появилась моя дочка, я взял её за руку, и мы пошли все вместе по горбатой мостовой вниз по склону, а сверху сияли белые стены и красные крыши, и синело ослепительное лазоревое небо, и Светка, как всегда, щурилась.

Улица стремительно завершалась спуском из множества ступеней, уходящих вниз витой лесенкой, как горка шоколадных плиток на прилавке магазина, и мы стали спускаться, и тут я подумал, что Светка что-то забыла в моём кабинете — не то очки, не то что-то ещё, что ей неудобно мне об этом напомнить, потому что она чувствует себя здесь чужой. И я крикнул ей что-то, и тяжело побежал ступенями вверх по склону горы — туда, где высоко над нами, над сгустившимся внизу мраком, ещё виднелись белые стены и клочок неба. Потом я оглянулся — она не слышала меня и уходила вниз во мглу по ступеням, держа мою дочку за руку. И я рванулся обратно, но поскользнулся, побоялся спуститься по витым гладким ступеням, уходящим куда-то в преисподнюю, и закричал, и завыл. Снизу доносился ровный шёпот голосов, и я уже орал, свесившись вниз, зовя дочь, но она не отзывалась.

И я уже ничего не мог различить в полумраке, уходящем ступеньками под склон горы, и сел на каменную эту лестницу без перил, и стал колотить по белым ступеням, и спускавшиеся вниз сторонились меня.

И тогда я почувствовал, что меня равномерно стали бить по спине, и как-то понял, что кто-то вырывает меня из сна — с ужасом, но и с чувством счастья вскочил, не понимая, где я и что я, — и дико посмотрел в ту сторону, где, как мне помнилось, когда-то стояла кроватка, в которой спала дочка. И сон смешался с явью, и какие-то клубы дыма унеслись под притолоку, и шёпот спускавшихся по лестнице, наконец, затих вдалеке, и я со всхлипом вдыхал послеполуденный хамсин, жаркий ветер над дрожащим маревом пальм, и жена нежно лупила меня по щекам, и я очнулся.

Первый осмысленный взгляд, который я бросил в этом мире, был на книгу «Серебряных сказок», детских рассказов классических авторов с цветными иллюстрациями, и книга была открыта на «Карлике Носе».

«Ну и сон», — сказал Карлик Нос (так было написано сверху открытой страницы), и я прошептал эти слова вслед за ним.

И окончательно уже пришёл в себя, и дочка спала в кроватке рядом, и я зевнул, и стал скучно глядеть в окно — на медленно полыхавший закат последнего выходного дня праздника Песах.

Перед сном мы играли с дочкой, как обычно, и я читал ей сказки, и вдруг, в самом конце, перед сном, перелистнул страницы — и наугад открыл книгу на «Карлике Носе».

И что-то всё свербило и свербило у меня в мозгу, и кончился день, и прошла ночь, и настало утро, и я машинально отметил сам себе — 19-е апреля — и вдруг подошёл к телефону, и неожиданно сам для себя позвонил моим родителям в Петербург. Собственно, как я и каждую неделю делаю, но только по пятницам.

А это был четверг.

— Как дела? — привычно буркнул я. И почувствовал маленькую заминку в ответе мамы.

— Ничего… Миш, ты помнишь Свету, с которой ты учился… ну, до восьмого класса с которой… в нашем доме живут… Уланову? А маму её помнишь?

Я не хочу сказать, что у меня пересохло во рту, но оно у меня пересохло. Я только бессильно прохрипел в трубку:

— Вчера? В полпятого?

И мне не нужно было уже дожидаться ответа.

Два Митрича

*— Митричем меня звать. А это мой
внучёк, он тоже Митрич. Едем в Оре-
хово, в парк… В карусели покататься…
А внучек добавил:
— И-и-и-и-и…*

Катушку фирмы «Свема» со стихами Чичибабина, где автор
читал свои произведения, в начале восьмидесятых годов
подарил мне мой институтский приятель Боря П.

Было утро. Я болел, и Боря сделал мне царский подарок. Из солидарности решив прогулять день, он приехал ко мне. Ещё у порога, таинственно вращая глазами, вытащил из-за пазухи катуш-
ку, упакованную в целлофан, из авоськи — две бутылки портвейна. Я поставил плёнку на свой старый, видавший виды, с обби-
тыми краями, тёртый как калач «Маяк», включил… заслушался
и очнулся только, когда за окном уже сгущались ранние зимние
сумерки. Портвейн степлился на кухонном столе. Хилые бутер-
броды с сыром и вялый помидор засыхали с ним рядом. Боря недовольно сопел над моим ухом.

Не то чтобы он очень любил поэзию, но обожал всё запретное.
Если уж стихи, говорил он басом, решительно рубя воздух тол-
стой рукою, — то Манделя, если песни — то Галича! А в прозе —
Ерофеев.

— Кто таков? — спросил я его однажды.

— Галич? — удивился он.

— Мандель, — уточнил я. Вот от Бори впервые я и услышал
о Коржавине. Как же, как же — «декабристы, не будите Герцена…», «…и я бродил в акациях, как в дыме / и мне тогда хотелось
быть врагом».

На этот раз он был с Чичибабиным…

Боря был очень толст и силён. О таких когда-то на Руси говорили — могутный. Мощь телесная распирала его. Он готовился

сесть в лагерь и по этому поводу все почти вечера и выходные проводил в спортзалах и бассейнах. Чёрная борода его торчала, как веник. Уже в двадцать лет он почти облысел. Он ходил, вернее, носился по улицам, делая отмашку мощными дланями рук с гипертрофированными буграми бицепсов и трицепсов, переваливаясь, как танк на валунах. Он походил на трицератопса. Всю жизнь он готовился к борьбе с большевиками, а борьба без жертв не бывает, и Боря знал совершенно точно, что когда-нибудь его посадят. Он жаждал этого, он готовился к этому, он прочёл всё сам — и тамиздатовские воспоминания сидельцев ГУЛАГа. Эта рельефно выпиравшая жертвенность ужасала меня, она была его кредо, его символом веры. Боря был наполовину украинец, наполовину поляк. В безумном, баррикадном, постоянном своём порыве пострадать он напоминал великих страстотерпцев русского старообрядчества раннего периода.

Он требовал, чтобы я называл его Митричем. Это моя кличка будет на зоне, — объяснял он, — по отчеству, я должен к этому привыкнуть. На зоне, машь-ты, никого именами не называют, вот оно что.

— Хорошо, — послушно отвечал я.

Готовясь пострадать за свою веру, он не уделял времени мирским удовольствием. Исключение составляла любовь к портвейну.

…На переменах, в промежутках между лекциями, студенты высыпали в институтский двор и играли в снежки. Боря не обращал внимания на детские игры — скинув куртку и шапку, хрипя как бык, он катался по сугробам и тёрся лицом о подтаявшие льдинки, запихивая пригоршни снега под воротник несвежей рубахи. К его странностям все привыкли, никому в голову не приходило спросить его, что это такое он делает. Один я знал, что Боря отрабатывает побег из колонны и побои догнавшего его конвоя…

Однажды какая-то девица шаловливо кинула снежок в Борю. Он поймал его на лету, поднялся из сугроба… и вдруг страшно покраснел. Он стоял, неуклюже переминаясь промокшими насквозь ногами, сопел и исподлобья глядел на студентку. Она удивлённо засмеялась и упорхнула.

Боря был девственником. Незачем гулять с женщинами, — говорил он мне, — нужно привыкать к зоне, там не будет женщин, лучше всего, если их не попробовать вовсе, не так тяжело будет. Я недоумённо поддакивал.

Я не понимал, как в институте ему удаётся переходить с курса на курс — обычно Митрич спал на занятиях, утомлённый вчерашними тренировками в спортзале, и оживлялся только на тех лекциях и семинарах, где заходила речь о великих революционерах прошлого.

«Большевички-чки-чки!..» — говорил он, весело выкатывая васильковые, шалые, полубезумные глаза. Это была его любимая приговорка, произносившаяся по поводу и без, иногда — в самых неожиданных ситуациях. Ненависть к властям была у него в крови — как я понимаю, она досталась ему от деда. Это был легендарный дед. Боря ссылался на него без устали и по любому поводу. Я обратил внимание, что в качестве закуски к портвейну Боря предпочитает сырые сосиски. Как-то, сидя на кухне и глядя, как он пожирает их, разрывая крепкими жёлтыми, прокуренными зубами целлофан, в котором сосиски продавались, я заикнулся о природе этого явления. Дед советует, — невнятно рявкнул он, выплёвывая целлофан на стол, — это полезно.

Однажды, когда Боря позвал меня на свой день рождения, я был удостоен лицезреть этого деда. Из гостей был я один. В маленькой комнате, на маленьком диванчике, смирно сидел крошечный старичок. На нём была стёганая, невиданная мной никогда телогрейка странного пошива и тренировочные штаны. Старичок был абсолютно лыс, уши его оттопыривались как локаторы. Боря подошёл к нему, аккуратно взял на руки, поднял с дивана и перенёс к столу. Мы уселись. Я был представлен деду с самыми лучшими рекомендациями. Деда тоже звали Митричем… В комнате пахло застарелым табаком и ещё чем-то старым, почти заплесневевшим, как пахнут иногда квартиры старого фонда, где со стен свисают вылинявшие, отставшие от клея обои. Когда я попадаю в такие комнаты, у меня становится тоскливо на душе, и почему-то является мысль — «а что было в этой комнате во время блокады?»

Боря приготовил нехитрую закуску — нарезал селёдку, настругал лучка, бухнул на клеёнку зачерствевший кирпич чёрного хлеба и кастрюльку с горячей варёной картошкой («самое то на зоне, прям из кухонного барака» — бормотал он). Картошка была несолёной. На отдельной тарелке помещалась горка холодных — недавно из холодильника — сырых сосисок. Мы выпили по первой, в гробовом молчании, без тоста. Совершенно верно — дед и внук схватили по сосиске, запихнули их в рот и принялись рвать зубами целлофановые обёртки. Я удивлённо глядел на них. Кушай сосиску, это очень полезно, — тоненьким голоском сказал дедушка, и это были первые слова, которые я от него услышал. Боря поддакнул, взрёвывая невнятно, хрустя перьями зелёного лука.

Второй тост был произнесён за погибель большевиков («Большевички-чки-чки!..» — тоненько приговаривал дедушка, чмокая бескровными губами, и я тогда понял, от кого досталась Боре эта странная приговорка). После третьей дедушка потянул носом, отложил вилку, откинулся на стуле, блаженно сожмурился, как сытый кот, и тоненьким дрожащим голосом предался воспоминаниям. Деду было восемьдесят лет, или девяносто, или сто пять. Во время гражданской войны он был стрелком в банде Булак-Булаховича. В девятнадцатом году, на Псковщине он ходил в ординарцах великого Савинкова. Потом Савинков сбежал, а деда арестовали. Чекисты хотели расстрелять его на месте, но что-то случилось, и деда отправили в Москву. На Лубянке его допрашивал сам Железный Феликс…

Деда не расстреляли, а посадили в тюрьму, а затем отправили в ссылку. С середины двадцатых из мест заключения он уже не вылезал. В столыпинском вагоне он объездил всю страну, побывал во всех лагерях от Бреста до Владивостока. В тридцать третьем он был на Соловках. В тридцать восьмом его чудом не прикончили на знаменитых Кашкетинских расстрелах, откуда мало кто выбрался живым. В сорок первом ему всё это надоело, и он записался в добровольцы, был отправлен («в этой вот телогрейке») в штрафбат, где умудрился провоевать до весны сорок пятого («и-и-и-и, состав менялся каждый месяц, а я вить всё ещё живо-о-ой…»). Был ранен раз пятнадцать и не единожды награждён. Май сорок пятого застал его в Австрии, в горах, где, пользуясь добродушием сильно выпивших часовых, на исходе Дня великой победы он попытался сбежать в американскую зону. Был пойман, нещадно бит и с эшелоном отправлен на восток. Там ему дали двадцать пять лет, которые в Тайшете он отсиживал с людьми, против которых совсем недавно дрался на поле боя — с власовцами и полицаями. Во время знаменитой в начале пятидесятых годов лагерной войны «воров» и «сук», среди которых основную массу, по его словам, составляли бывшие немецкие прислужники, дед принял сторону первых. «И-и-и, как мы однажды на ДОКе взяли одну суку, полицая, и вдоль распилили его на пилораме, прям красота, вся зона собралась, сам начальник КВЧ Эпштейн вышел полюбопытствовать, и-и-и… А он сперва, машь-ты, орал, а когда до яиц дошло, замолчал, сдох от болевого шока, и-и-и…»

Я глядел на деда во все глаза. У него алчно шевелились уши. Митрич-младший, хрипя, приканчивал третью бутылку портвейна. У меня не было аппетита. Услышав про эпштейнов, я вспомнил кое-что. Митрич, — сказал я, — а я слыхал, что Булак-Булахович не только коммунистов убивал… Дед благожелательно смотрел на меня выцветшими младенческими глазами.

…Они… вы… я читал, что ещё погромы устраивали, — с трудом закончил я предложение. У обоих Митричей зашевелились уши. Боря, полуотвернувшись, звучно разрывал на части селёдку. Дед почесал за ухом. «Кинешно, — сказал он задумчиво, — не без греха…»

Я вздохнул и отвёл взгляд.

В девяностом году я уезжал из России. Митрич-младший пришёл на проводы. Я подарил ему сделанный мною самиздатовский сборник Галича с редкими фотографиями. Теперь я жалею об этом — наверняка было бы лучше передать напечатанную на машинке и аккуратно переплетённую рукопись в начавшую уже тогда действовать в Москве Комиссию по творческому наследию поэта. Боря по привычке засунул подарок во внутренний карман своей безразмерной куртки («чтобы удобнее было выкинуть в канализационный люк, когда меня будут брать на улице», — доверительно пояснил он). Дед, — сказал он, — передаёт тебе приветы, махает на прощание ручкой и желает мирного неба над головой и чтобы там у тебя не было никаких коммунистов. Спасибо, — сказал я. Боря посидел часа два, выпил весь запас приготовленного к отвальной портвейна и ушёл домой, конспиративно оглядываясь по сторонам. Стоя у окна, я задумчиво провожал его взглядом. В синих сумерках виднелась раскачивавшаяся фигура в шапке-ушанке с непристёгнутыми, то взлетавшими, то опадавшими ушами. Боря ушёл сквозными дворами, чтобы было куда убежать, если будет облава.

Раз в несколько лет я приезжаю в Питер, и каждый раз Боря приходит ко мне в гости. У него всё то же старое пальто, на котором почти нет пуговиц, и крепкие солдатские сапоги, которые распирают мощные ступни, обёрнутые портянками. Он молча пьёт портвейн, отдувается, хитровато глядит на меня. Накануне я специально покупаю ему сосиски в целлофане и прошу маму, чтобы она, упаси бог, по ошибке не сварила их. Я никогда не зову его, когда сижу в компании приятелей, одноклассников и друзей детства. Я благодарен ему за знакомство с Чичибабиным и Коржавиным, но к людям пускать его немного опасаюсь.

Он совсем полысел, борода приобрела сивый оттенок, на крепком картошкообразном носу появились старомодные очки в металлической, крепкой, неломающейся оправе. «Чтобы не сломались, когда вертухаи бить будут?» — понимающе спрашиваю я. Боря молчит и сопит в ответ.

Потом опускает голову. Я понимаю, что ему тяжело, что я ради красного словца обидел человека. Крякая, я усаживаюсь напротив, и мы молча пьём принесённый им портвейн и бренди, привезённый мной из Святой земли. За портвейном Боря ездит куда-то на окраину, к чёрту на куличики — эту гадость теперь почти перестали выпускать…

Портвейн — часть его ностальгии. Он тоскует по советской власти. С отменой КПСС он потерял смысл жизни…

Его так и не посадили.

Я стесняюсь спросить напрямик, но, кажется, он так и остался девственником.

А дед всё ещё жив.

Повесть о Ходже Соломоне

Толстый и весёлый человек приходил ко мне на работу, падал на стул рядом с компьютерным столиком, тыкал в клавиатуру большим пальцем и начинал рассказывать анекдоты. Говорил он громко, иногда вскрикивал, хлопал себя по лысине и хохотал, не дожидаясь моей реакции. Хохотал он аппетитно, необъятное чрево его мелко тряслось, короткие ноги стучали каблуками стоптанных башмаков по каменному полу. Через минуту начинал смеяться уже и я, иногда—сам не зная над чем. Каждые пять минут он вскакивал и убегал в коридор в поисках туалета, потом заглядывал в кабинет и сообщал, что идёт курить. Я присоединялся к нему и выходил во двор, нащупывая в карманах пачку сигарет. Пока он бежал по коридору, стены содрогались от весёлых криков. Из своих комнат выглядывали сотрудники. Провожая его взглядами, они улыбались, не понимая ни слова. Во дворе он размахивал руками, в каждой держал по сигарете, обильно посыпал пеплом старый свой пиджак и неглаженые штаны, и рассказывал новости, часто вставляя цитаты из обожаемого им «Ходжи Насреддина». Иногда от избытка чувств он подкидывал в воздух свою тюбетейку.

— Соломон, зачем у вас тюбетейка? Наденьте лучше шляпу… А то вас могут принять за паломника в Мекку,—говорил я, пытаясь войти в унисон с его тоном. Он не давал мне вставить ни слова. Шутки, анекдоты и новости пузырились у него на губах.

— Я и есть паломник в Мекку! В Мекку духа. Я вечно в пути, вот оно что, да. Нет, ты лучше послушай. Вот я тебе и рассказываю, как этот поц… как бишь его… ну…

Он был членом иерусалимского общества библиофилов, общества друзей старинной книги, общества любителей русской словесности и ещё тысяч других обществ. В мире не было книги, о которой он не знал. В любое время дня и ночи я мог позвонить к нему, и он давал мне справку. Иногда мне для работы требовалось установить, когда, каким тиражом и в каком издательстве вышел тоненький сборник дореволюционной Ахматовой, или какого формата издан талмудический трактат Альдом Мануцием в Венеции в 1516 году, или сколько страниц было в первом американском издании Фолкнера. Я звонил ему. Мне было лень шарить в интернете или блуждать в поисках библиографического справочника.

— Фестина ленте! — орал он в трубку. — Именно так, запиши быстро, а то забудешь! Торопись медленно!

Он имел в виду именной герб венецианского типографа шестнадцатого века.

— Дельфин, извивающийся вокруг корабельного якоря! Запиши, ты же забудешь, поц мой дорогой!

И тут же сообщал в пространство:

«О болваны, подобные чурбакам!»

Я понимал, что он цитирует эмира бухарского, и не обижался.

— Соломон, вы были в Общинном доме на презентации последнего номера журнала? Что-то на этот раз я вас там не видел…

— «Это была самая убогая, самая грязная во всём Ходженте чайхана, посещаемая только нищими, ворами, бродягами и прочим городским сбродом». Я там был. Просто мне было лень выступать. А что?

— Так о вас спрашивали, а я не знал, что сказать.

— А, так было очень жарко, я забился в угол, пил пиво и думал. Ты знаешь, что я думал? «Познай свою веру, и тьма станет для тебя светом, путаница — ясностью, бессмыслица — соразмерностью». Очень жарко было.

Он коллекционировал эстампы, старые печати, образцы средневековых шрифтов, древние манускрипты на языках, которые не мог прочесть ни один специалист. Он писал о них статьи, издавал смешным тиражом книжки крошечного формата, выступал на конференциях, обзывал слушателей, показывал им язык, порывался курить прямо за кафедрой. Литературные критики, типографские рабочие и иерусалимские нищие обожали его.

— Поцы! — кричал он, брызгая слюной, во время заседания Академии языка иврит, куда был приглашён как специалист по уникальному изданию каталога вильнюсской выставки Бориса Шаца в 1902 году. — Поцы вы! Не специалисты, а поцалисты!

И добавлял:

— Имя вам — легион.

Академики рукоплескали ему.

Когда он собирался в Россию, или в Америку, или в Австралию, я просил его захватить с собой передачи с книгами, журналами, альманахами для моих друзей, родственников и знакомых. Я не полагался на почту.

— Если бы ты попросил меня взять для твоих жратву или шмотки, я бы не взял, конечно. Книги—это святое.

Я бессовестно пользовался этим, и навьючивал его, как верблюда, пакетами, и он никогда не спорил и уходил от меня, пыхтя, колыхаясь необъятным чревом, нагруженный килограммами бумажной продукции.

Вернувшись из очередной поездки, он звонил мне. Сперва, не здороваясь, он кричал в трубку традиционную фразу:

— Весёлый бродяга шестидесяти лет от роду в зените своей славы возвращается в Бухару!

Потом радостно рапортовал:

— Всё отдал!

— Спасибо…—начинал я, но он тут же перебивал:

— Молчи, гнусный прелюбодей, согрешивший вчера с обезьяной! В Москве, значит, я отдал книжки Ваньке…

— Таньке?..—неуверенно говорил я, и он поправлялся:

— Ну да,—а какая разница? А в городе-на-Неве я отдал книжки Машке…

— Наташке?..

— Да какая разница-то? Ладно, пусть будет—Дашке.

— Соломон, дорогой, вы не представляете себе, как я вам благодарен. Вы единственный, кто соглашается брать с собой такие тяжёлые посылки. В следующий раз…—говорил я прочувственно, но он не слушал.

— Сверни ковёр нетерпения и уложи его в сундук ожидания! Послушай лучше, какую глиняную табличку мне показывал Пиотровский в Эрмитаже. Он настоящий поцалист, этот большой учёный, он показывает клинопись и говорит, что это на угаритском языке, в то время как я же вижу ясным взором, что это на хеттском! Хетт его мать, лугальзагисси… Набу! Набу-набу! Катурач!

В тех случаях, когда речь шла о путанице в лингвистических пристрастиях учёных мирового значения, он был беспощаден. Дискутируя с ними, он плевался осколками фраз на латыни, шумерском и языке майя, перемежая их цитатами на фантастических языках, придуманных советскими писателями.

— Аиу утара аэлита! Тао хацха магацитл, бля! Эллио утара гео! Шохо, нах, шохо-ом!

Иногда он бывал грустен. Это значило, что в Британском музее ему не удалось правильно идентифицировать какую-нибудь печатку фараона первой династии и он случайно перепутал её с кольцом фараона восьмой или двенадцатой династии. Однажды, во время беседы с президентом французской Академии наук, он перепутал фреску, воспевающую гибель Секененры от рук гиксосов, с фреской, воспевающей победу сына того же Секененры Яхмоса над царём Апопи при взятии Авариса. Печаль Соломона была непритворной. Рассказывая мне об этом позоре, он принялся грустно цитировать нежным речитативом:

— «Пять тысяч марсиан одною глоткой закричали: — Айяй! — Развернули огромные зонтики и пошли умирать, запели унылым воем старую, запретную песню:

> Под стеклянными крышами,
> Под железными арками,
> В каменном горшке
> Дымится хавра.
> Нам весело, весело.
> Дайте-ка нам в руки каменный горшок!

Крутя огромные зонтики и завывая, они скрылись в узких улицах».

Потом, глядя на меня огромными глазами, в которых, казалось, скопилась тысячелетняя грусть, он сказал нараспев:

— Печаль захватила мой дух, который как бы завёл своего ишака и с ним кочует из Бухары причин в Стамбул следствий, Багдад сомнений и Дамаск отрицаний.

И прибавил:

— Выпить хочу, бля! Давай выпьем?

Достав из сумки бутылку шотландского коллекционного виски, привезённую из Эдинбурга, он наполнил серебряные стаканчики, подаренные коллекционерами в Бильбао. Выпив первую рюмку, он неожиданно завопил:

> Энэ бэнэ рес!
> Квинтер финтер жес!
> Энэ бэнэ ряба,
> Квинтер финтер жаба…

— Ну-ка, ну-ка, откуда это?! Говори год издания и страницу! Ну!

Я пожал плечами. Подождав минуту, он наполнил стаканчики по второму разу и продолжал упавшим голосом:

Икете пикете цокото мэ!
Абель фабель доманэ.
Ики пики грамматики…

В разгар июньской жары он позвонил и сказал, чтобы я подготовил моих российских друзей к сюрпризу — в августе он поедет в Превопрестольную и Город-на-Неве и великодушно передаст им всё, что я только захочу. «Только книжки, а не колбасу!» — добавил он. Я обрадовался.

Потом он пропал.

Вчера умерла моя двоюродная бабушка, и вчера же её хоронили. В Иерусалиме хоронят в день смерти. Яростная жара ослепительного полудня постепенно уступала сомнительной прохладе вечера. Я совсем забыл о сюрпризе, к которому должен был подготовить моих знакомых.

…Носилки, покачиваясь, проследовали в дальний угол кладбища на третий, недавно отрытый уровень. Из-за нехватки места наши кладбища постепенно становятся похожими на многоэтажные зиккураты или американские небоскрёбы. Плиты с именами усопших прилегают одна к другой, как окошки в хрущёвке. Мы спустились по каменной лестнице. Члены погребального братства бубнили молитвы. Глаза медленно привыкали к полутьме. Мы внесли тело и оставили его внутри погребальной камеры. Здесь оно останется до прихода Мессии в конце времён и воскрешения мёртвых. Пока ещё безымянная плита была поднята и зацементирована. Мы стояли, склонив головы, пока читался каддиш. Я опустил глаза и посмотрел на плиту, расположенную под той, за которой отныне предстоит лежать моей бабуле.

На каменной плите было выбито:

Соломон Трессер, 19.07.1950–26.06.2012

Я почувствовал, как по всему телу, от макушки до пят, побежали мурашки.

Когда мы медленно взошли на поверхность земли, над кладбищем уже раскинулась ночь. Пахло розами. Над головой плыл Млечный путь. Из неизмеримой дали, из звёздного эфира доносился шёпот. Я прислушался и узнал его голос. Соломон опять цитировал своё любимое:

По всему миру, от края до края, шумели ветры — южный, северный, восточный и западный, блистали снеговыми вершинами горы, синим прозрачным пламенем светились моря, струились воды горные и долинные, наливались злаки на полях, тяжелели плоды в садах, и виноград сквозил и золотился, накапливая в себе солнечный сладкий настой.

А я спал, позабыв сотворить молитву, как это бывало со мной часто. Но, видимо, такой грех легко прощался мне, ибо мои видения во сне были светлыми, воздушно-радужными—от солнечного луча, что падал сквозь приоткрытую дверь на лицо, просвечивал опущенные веки и забирался прямо в душу, в ту самую часть её, которая, по изысканиям мудрейшего Аль-Кадыра, ведает нашими предчувствиями и нашими сновидениями…

О ВОСПИТАНИИ

Я понятия не имею, как нужно воспитывать детей. Я пользуюсь опытом моих родителей, которые этого тоже не знали, но воспитывать меня были обречены, так как этого требовала общественная мораль (партийной морали в советском смысле этого слова в семье не было). Будучи абсолютно нерелигиозными людьми, происходившими из ассимилированной среды, они (вероятно, интуитивно) пытались вложить в меня нечто нравственное, витавшее в воздухе на пограничье семейных воспоминаний и литературных примеров. Внедрялось сие трояким, а скорее — трёхступенчатым путём: душевными разговорами о смысле жизни, относительное достижение которого неотделимо от чтения хороших книг; путём конкретного приобщения к чтению меня самого; а также — более или менее запутанными рассуждениями о том, что такое хорошо и что такое плохо. Под «хорошо» и «плохо» подразумевался некий категорический императив в отношениях между людьми.

В результате я получил общее представление о безвыходном в условиях реальной жизни конформизме и последнем пороге, переступить который порядочный человек не может. Понятие порядочности при этом сформулировано не было — предполагалось, что вещь это сама собой разумеющаяся.

С восьми-девяти лет я интуитивно чувствовал, что есть темы, на которые нормальный человек говорить или не может вовсе, или может, но только со своими в доску.

Когда я вступил в возраст, который специалистами и желающими показать некоторую степень интеллекта обычно именуется пубертатным, то, достаточно неожиданно для самого себя, я пришёл к выводу, что «каждый человек сам себя воспитать должен». При этом я не догадывался, что простейшая и радикальная эта идея носится в воздухе, в определённом возрасте, у каждого поколения на протяжении, по меньшей мере, нескольких тысяч лет (возможно даже — ещё с эпохи нижнего палеолита). Дальше, и именно в связи с вышесказанным, я осуществил в своей жизни безумное число глупостей, пока, наконец, оторопев, не понял, что обоюдоострый воспитательный процесс неожиданно закончился, и что я — вырос.

В благодарность моим родителям могу сказать, что ни папа, ни мама авторитарно не заставляли меня думать именно так, как они, и никто не предлагал мне категорически и априори ни любви, ни ненависти. Родители действовали исподтишка, как это и принято в демократическом обществе, о котором они, родители, и сами знали лишь понаслышке, но, тем не менее, вполне интуитивно и при этом — осознанно.

Мне подсовывали книжки и устные, жизненные истории со странными, почти неизбежно депрессивными окончаниями, которые вступали в фатальное противоречие с общественными идеалами, приносимыми из школы.

В итоге я уяснил для себя важную вещь: неважно, чему тебя учат, важно, чтобы ты чувствовал, что тебя любят, тогда вкладывающиеся в душу кирпичики сознания встанут на свои места.

Они меня очень любили. Они страшно терзались, что я не проявляю никакого интереса к точным дисциплинам, что я плохо учусь, что у меня мало друзей, что я боюсь девочек, а ещё раньше — что до шести лет я не выговаривал восемнадцати букв, и понять меня могла только мама. Я рос на просмотре по старому чёрно-белому телевизору двадцати минут в день передачи «Спокойной ночи, малыши», на чтении книжек, на убегании внутрь себя, воображая моё участие в реально не случившихся событиях, и на собственных бесконечных продолжениях приключений героев детских книг; на слушании полузапрещённых песен на старом бобинном магнитофоне; на беседах с редкими людьми, сближение с которыми на первых порах сводилось к изматывающим душу полутонам, выдающим родство душ; впоследствии — на высказанным отцом только однажды и запомненным навсегда мнении, что женщина — тоже человек.

Главным оставалось воспоминание — зима, больница Эрисмана, я лежу в хирургическом детском отделении, мне вырвали гланды, я выхожу из палаты, бережно прижимая ко рту набухшую кровью тряпку (впрочем, это, наверное, был носовой платок), и на исходе третьего дня, в конце длиннющего гулкого, каменного коридора вижу закутанную в старое пальто и платок маленькую фигурку мамы, она пришла забрать меня из ада, и я, спотыкаясь и отхаркиваясь кровью, бегу к ней по коридору, прижимая к лицу, как велела нянечка, тряпку, и кричу сквозь неё своими восемнадцатью непроизносимыми буквами «мааааааааааа-ма!..» — и, наконец, влепляюсь, судорожно обнимаю пальто, и тряпка оставляет на нём тёмное пятно, и она сперва отшатывается, а потом, крепко держа за руку, отводит меня куда-то, и забирает меня отсюда, и тогда, наконец — тишина и блаженный покой.

Я понимаю, что вырасти на полутонах такого сорта мог только неврастеник; я достиг такого возраста, когда могу спокойно, не дёргаясь, сказать об этом, — и поэтому стараюсь осознанно не повторить закладки тех же кирпичиков сознания в новую душу, душу собственного ребёнка, — и из всех намёков моего детства оставляю нелюбовь к телевизору, недоверие к газетам, старание поговорить — сблизив глаза, по-человечески, не используя никаких категорических императивов, но подразумевая их; с единственным я не могу справиться — с непреодолимым желанием впихнуть, часто безуспешно — сперва в дочь, теперь и во внука — любовь к чтению; я понял, что не могу впихнуть в них собственный опыт, и уже смирился с этим, хотя и не так давно; я осознал наконец — им нужен свой собственный опыт, и они тоже его переживут и, так или иначе, будут, как манную кашу, вкладывать в давящиеся глотки своих собственных детей.

Дочь в возрасте шести лет знает три языка — я и в двенадцать не знал как следует даже одного, своего родного русского. Осознание этого привносит в душу некоторое умиротворение; но я всё равно, внезапно возбудившись к активности, с перекошенным лицом, в самый неподходящий момент внезапно для ребёнка кидаюсь к телевизору — выключить, рвануть шнур на себя, не слышать, не видеть, а потом поймать недоумённый взгляд, и схватить, рывком поднять, прижать, зарычать в окно, щеря прокуренные клыки на низкое серое зимнее небо, на вылезших из своих берлог родственников: моё! никому не отдам — моё! — и прослыть окончательным психом, и обжалованью не подлежит.

А также — в этом возрасте — не давать никакой национальной или религиозной идентификации — а, тихо рыча и опасливо скаля клыки, бережно держа за руку, медленно подводить к осознанию ей (им) собственного опыта и свободы выбора в этих вопросах, как бы ни было больно; хотя, возможно, и не верно это, — из-за того только, что сам в космополитическом мегаполисе вырос, но ведь сейчас-то живём не в мегаполисе, а в каком-то ином, в сумасшествием нафаршированном доме, и всё равно каждый должен испытать свой опыт, и всё решить для себя — сам.

А главное я всё равно знаю — что ребёнка любить нужно, трудно, сложно, больно, непонятно, не хватает слов, чтобы передать ему то, о чём думаешь, чем болеешь, чем бредишь, он совсем другой, этот ребёнок, хоть взгляд у него исподлобья — дедушкин, глаза — твои, волосы — мамины, а характер вообще непонятно в кого, в твою первую жену, наверное, — но плевать на твои нервы и проблемы. Он ждёт тебя дома, он твой, он распахивает глаза во время вечерней сказки в постели, он прижимается к тебе, и хочется дать ему всё, а невозможно; и он смотрит на тебя; и вспоминаешь себя, и тогда понимаешь — всё, что ему сейчас надо — это чтобы ты любил его, не больше, и трудно смириться с желанием впихнуть в него чужое, то есть своё, — и трудно любить, а надо любить.

Живые и мёртвые

Его утро начиналось со вздохов. О-о-о, вей из мир, готэню, а-а... — глухо, как из бочки, разносилось эхом по пустым ещё этажам. Не поднимая головы, я автоматически отмечал про себя, что пришёл Йоси. Потом я слышал грузные шаги в коридоре. Он входил в комнату, и появлялся запах. Со временем я привык и к этой его специфической визитной карточке. Не здороваясь, он валивался за свой стол, некоторое время отдувался, бессмысленно глядя на белые стены, спустя минуту начинал возиться, шурша полиэтиленовыми пакетами в старой, заношенной сумке армейского образца, вытаскивал свёртки с едой, бутыли с питьём и принимался завтракать. Он чавкал, хрустел чипсами, давился гигантскими бутербродами, вытаращив глаза, звучно глотал кока-колу. Я продолжал работать, не прислушиваясь к таким знакомым, не раздражавшим меня нисколько звукам. Я знал: пока он не закончит жрать, разговаривать с ним опасно.

Я был единственным человеком на нашей работе, не возражавшим против того, чтобы разместиться с ним в одном помещении.

Сотрудники брезговали находиться рядом с ним, директор его ненавидел. Именовали его за глаза и в глаза не иначе, как «Масриах» — вонючка. Можешь звать меня скунсом, — великодушно предложил он мне вскоре после знакомства. Не увольняли Йоси вовсе не потому, что он был отличным работником — на службе он вообще ничего не делал — а потому лишь, что постоянное место, которое он занимал тридцать лет, и сопряжённый с этим стаж просто не давали выкинуть его из архива без солидной денежной компенсации. Профсоюзы у нас всегда были сильны и невозмутимо стояли на страже интересов «квиютчиков» — постоянных работников. Йоси был постоянным работником и пользовался своими привилегиями без зазрения совести.

Закончив завтрак и издав длинный горловой звук, похожий на волчий скулёж, он какое-то время опять отдувался. Потом, посмотрев на меня, говорил: «Ну, что ещё слышно нового в нашем дурдоме?» Это означало: «доброе утро». Я поднимал голову и вводил его в курс дела. Он рассеянно кивал, глядя в окно, и не отвечал ни на один вопрос, если я их по неопытности задавал. Впрочем, проработав в архиве с полгода, я отучился задавать ему вопросы. Послушав о новых поступлениях в газетно-журнальный фонд, за который он являлся ответственным, Йоси вставал, поглаживая чудовищный свой живот, зевал, показывая жёлтые, сроду нечищенные зубы, и начинал неспешный обход этажа. Запах некоторое время ещё висел в воздухе, потом начинал постепенно испаряться—до следующего Йосиного появления в комнате. Он заглядывал во все помещения и приветствовал сослуживцев вздохами и невнятным бормотанием. На другие этажи спускаться или подниматься ему было лень. Собственно, пользоваться лестницей ему было просто физически трудно—короткие толстые ноги с натугой влачили гигантское двухметровое тело. Весу в Йоси было сто пятьдесят килограммов (временами он садился на прописанную им самому себе диету и худел до ста тридцати). Погуляв по этажу, он возвращался в комнату и до полудня сидел за девственно-чистым столом, с полуоткрытым ртом глядя на птичек за окном, и вздыхал. В полдень он обедал. Кося глазом на сотрудников, проходивших по коридору, он инстинктивно прикрывал пухлыми короткими ручками пакеты с едой. На круглом лице появлялась испарина, он обильно потел, и чавканье усиливалось. Иногда по долгу службы он был вынужден что-то делать—например, спускаться в книгохранилище. Это была проблема: по лестнице сойти он не мог, а пользоваться лифтом ему категорически запрещалось директорским указом—не всегда, но тогда лишь, когда в лифте уже находился кто-то другой. У нас в основном работали женщины, и их тошнило, когда им случалось пребывать с Йоси в замкнутом пространстве, поэтому ему приходилось подкарауливать пустой лифт. У меня было ощущение, что он и сам этому не рад, потому что, кажется, страдал клаустрофобией. Часто он просил меня поехать с ним. Сперва я ворчал, потом привык. В лифте Йоси хватался за мой палец, крепко сжимал его всей ладонью и не отпускал, пока двери не открывались. При этом он вздыхал, рыгал и пукал, и по широкому лунообразному лицу его катились крупные горошины пота. Однажды меня поразила мысль, что, спускаясь и поднимаясь с ним в лифте, я чувствую рядом с собой ребёнка, боящегося потерять сопровождающего его взрослого—так искательно он заглядывал мне в глаза, нависая надо мной своей тушей и вминая гигантским животом в угол.

Даже бродя по обширным помещениям хранилища, он, казалось, не помнил, для чего сюда спустился — двигался, переваливаясь, вдоль стеллажей и книжных шкафов, бесцельно трогая их руками. «Йоси, — раздражённо говорил я ему, — хватит, сколько ты тут ходишь, скорее делай, что тебе нужно, и давай уже поднимемся наверх, меня работа ждёт...» Шаги его чуть убыстрялись, но в ответ он лишь принимался вздыхать и охать ещё интенсивнее, и гул наших голосов переплетался под бетонными сводами.

Перед уходом с работы он ещё раз закусывал — несколько плотнее, чем утром и в полдень. В эти минуты я старался не глядеть на него. Около четырёх часов дня, отдуваясь, он сворачивал пустые смятые пакеты из-под еды, аккуратно запихивал их в грязную сумку и со вздохом облегчения отправлялся домой. Уходя, он никогда не прощался. Когда-то я принимал это за выражение недовольства моей персоной. «До свидания!» — наставительно крикнул я однажды в сутулую квадратную спину в лоснящемся порванном пиджаке. Он остановился, не оглядываясь, и с огромным удивлением спросил через плечо:

— Зачем прощаться? Завтра всё равно придётся увидеться...
И вышел.

Одежды он не менял. Сколько я помню его, всегда, и в жару, и в холод он ходил в одном и том же пиджаке и толстой зимней рубахе, из-под которой выглядывала чёрная от грязи и пота майка, и в штанах, которые с полной ответственностью можно было назвать пижамными. От них давно отлетели почти все пуговицы. Как-то он сказал мне, что папа купил ему эти штаны в шестьдесят седьмом году, в начале июня, и тогда они назывались брюками.

— Ты знаешь, что было в начале июня шестьдесят седьмого года? — спросил он меня и хитро улыбнулся.

Когда я ответил, что тогда была Шестидневная война, он потёр руки и довольно захихикал, заурчал, как кот.

— Вот тогда папа купил брюки, а назавтра война как раз и началась.

— Так поменяй уже штаны! — сказал я и осёкся. Он посмотрел на меня осуждающе и приложил палец ко рту.

— Это много денег стоит. Не надо. Они ещё не падают.

Первые годы мы с ним почти не разговаривали, но всё же, когда наша семья взяла в банке ипотечную ссуду и мы купили квартиру, я решил пригласить его в гости на новоселье. Всё-таки мы товарищи по работе, сидим в одной комнате... —объяснял я жене. Приглашение было огромной ошибкой с моей стороны. Йоси прибыл первым из гостей. Минут пять он слонялся по комнатам, не обращая внимания на объяснения, что вот у нас новая ванная, а вот туалет —Йоси, ты не перепутай, туалет —здесь! —и вздыхал. Потом я пригласил всех к столу, и Йоси напрягся. Я встал с колченогого стула, чтобы произнести тост за первое недвижимое имущество, которым мы обзавелись в новой стране. Тора учит, —сказал я, —что, прибыв в Страну Израиля, важно сделать три вещи: построить свой дом, родить сына, посадить дерево... —Йоси неожиданно и громко рыгнул. Все посмотрели на него. Наклонив голову, он задумчиво смотрел на тарелку с колбасой. Почувствовав, что я осёкся, он заворочался, сунул палец в рот, нажал на кончик языка —по пальцу потекла обильная слюна —и вдруг звучным голосом произнёс, нет, спел речитативом цитату из Талмуда. Это была приличествовавшая случаю цитата о благословении нового дома, и произнёс он её на арамейском языке. Голос его, сдобренный чисто канторскими завитушками, был неожиданно мелодичен. У Йоси был слух. Я был удивлён. Шокированные изданными им за две минуты до этого звуками родственники расслабились. Я поднял стакан с вином и открыл рот, желая в завершение тоста добавить, что всё позитивное в жизни я получил благодаря одному-единственному человеку, моей жене, —но не успел. Йоси, не выдержав излишних словес, с рычанием вурдалака накинулся на колбасу. Он запихивал её в распахнутый рот, выпучив глаза, давясь, скуля, проталкивая двумя пальцами поглубже в глотку.

— Ну и свиньи эти израильтяне, —с отвращением вполголоса произнёс мой тесть, свежеиспечённый репатриант с Украины. Надо сказать, мнения своего он не изменил до сих пор.

— У него булемия, —объяснил я, решив не говорить о том, что все израильтяне, работающие со мной, думают о Йоси то же самое. Услышав знакомое слово, мой сотрудник поднял голову и неожиданно ласковыми, живыми глазами обежал присутствующих.

— Какая-то пародия на еврея, —решительно сказала наша соседка Наташа Пивненко, прожившая в стране уже целых три года и считавшая себя почти коренной жительницей. Она даже сменила имя и теперь именовалась Нетой Баз.

— Исраэль —тов? —Израиль —хорошо? —причмокивая, спросил её сидевший напротив Йоси, поглаживая себя по необъятному пузу. Он утолил первый голод, мучивший его непрерывно, и теперь был в состоянии немного отвлечься и даже пофилософствовать.

— Тов, тов, — ответила соседка, демонстративно отворачиваясь от него. Йоси доброжелательно засмеялся. Я впервые слышал его смех. Он походил на кудахтанье боязливой курицы. Соседи задержали дыхание, ощущая запах из его рта, который никакая колбаса перебить не могла.

Йоси оживлялся только, когда его приглашали в ресторан или кафе — отметить какой-нибудь юбилей, свадьбу, бар-мицву. Друзей у него не было. Собственные родственники обходили его стороной. Приглашать Йоси были вынуждены сотрудники, даже ненавидевшие его — о дне торжества у нас принято вывешивать объявления, в которых на празднество приглашаются все, работающие с человеком в одном учреждении. Йоси было безразлично, как к нему относятся. Он первым приходил в ресторан и занимал место подальше, в углу. При этом он старался не оказаться поблизости от специального человека, собирающего деньги за место. Скуп Йоси был патологически, его жадность по силе своей была сравнима лишь с ненавистью к личной гигиене. Весь вечер, не обращая внимания на других гостей, он жрал, требуя у измученных официантов всё новые и новые порции, и в перерывах между едой дымил сигарету за сигаретой. Промежутки эти в течение вечера становились всё короче. Йоси выкуривал три пачки сигарет в день, и покупка постоянно дорожавшего курева, кажется, была почти единственной статьёй его расходов. При этом он совсем не пил ни вина, ни водки. Выпивка не в наших обычаях, — говорил он, округлив глаза и нагибаясь к моему плечу, — ведь она только занимает место в желудке.

В ресторане вокруг него обычно образовывалось пустое пространство, которое был вынужден заполнять я. Никто не хотел сидеть с ним рядом, но он не обращал на это никакого внимания. Предвкушать посещение ресторана он начинал заранее, сразу после вывешивания объявления, за месяц или два до торжества. Поскольку я был единственным, кто с ним разговаривал, он нарушал своё вечное молчание, несколько оживлялся и с тревогой в голосе обсуждал предполагаемое меню. Об этом предмете он готов был говорить часами. Я мычал, стараясь сосредоточиться на работе, но в эти периоды Йоси, как назло, был патологически говорлив. Он рассуждал о способах приготовления ростбифа или бифштекса, выкатив глаза, потрясая толстым коротким пальцем с длинным, нервно обкусанным траурным ногтем, и слюна шипела и пенилась в уголках его рта. При этом он ни на минуту не забывал вздыхать и охать.

— Слушай, отчего ты всё время вздыхаешь?—спросил я его однажды. Он ответил идишской поговоркой: Йедер идишер кинд из гебойрн геворн ан алтер ид,—каждый еврейский ребёнок рождается старым евреем.

Жадность заставляла его хитрить и в том, к чему побуждал его естественный природный инстинкт—в отношениях с женщинами. Ему было пятьдесят лет, и время от времени он ходил к проституткам. Скорей бы,—говорил он,—кончился этот кошмар...—спустя какое-то время я понял, что он имел в виду зов плоти, из-за которого ему необходимо было искать себе на пару часов подругу. Впервые услышав о его походах в массажный кабинет, я был ошарашен. Мне казалось невозможным, невероятным—представить Йоси с женщиной. Когда он видел постороннюю даму, например мою жену, то начинал заикаться, бегать глазами и потеть, при этом вёл себя, как нашкодивший мальчишка лет пяти. «И ты ходишь к ним немытым?»—изумлённо спросил я. «Ну, отчего же...—снисходительно ответил он.—Иногда моюсь...» Я представил себе это «иногда». Его не желали обслуживать бесплатно, большинство девушек вообще не желали его обслуживать, и тогда он плакал, умолял, а когда не помогало и это, рассказывал, что его родители были в гетто, что у него погибли там два брата, что... Он нёс бог знает что, и однажды это сработало. Среди проституток на Центральной автобусной станции работала наркоманка, оказавшаяся внучкой польской еврейки, погибшей в Освенциме. В память о бабушке девушка однажды согласилась обслужить его, и он присох к ней навсегда, и с тех пор ходил только к ней. Я плохо себе представляю, как происходили свидания, да и не нужно это представлять.

Им не только брезговали—с ним боялись связываться. Раздражаясь, он мгновенно приходил в бешенство, начинал прыгать по комнате, сотрясая стены, визжал, воздевал и заламывал руки. Посетители убегали, проклиная гуманитарные учреждения, заполненные психопатами. Начальство, убедившись, что спрашивать с него работу совершенно бесполезно, махнуло рукой и отстало, стараясь лишь, по возможности, контролировать уровень его запаха. Когда вонь становилась совсем нестерпимой, примерно раз в три-четыре месяца, директор вызывал его в кабинет и за открытыми для проветривания дверями сухо требовал, чтобы к завтрашнему дню Йоси помылся и сменил бельё. Йоси конфузливо хихикал и отвечал, что уже мылся как-то, но вот уже полгода как у него, к сожалению, не работает ванна. Она чего-то поломалась, — говорил он, — округлив глаза и боязливо прикладывая палец к губам. Так почини! — чуть повысив голос, отвечал директор, не глядя на него. Йоси начинал нервничать — вызов сантехника требовал определённых денежных затрат, на что пойти он не был готов ни под каким видом. Убедившись, что директор неумолим, Йоси мог неожиданно взорваться. Он не строил из себя припадочного, он и был таким, — просто начинал выть и визжать, топать ногами и невнятно причитать о происках врагов. Жёлтая слюна летела по всему кабинету, директор брезгливо отстранялся. Когда не помогало и это, Йоси называл директора нацистом и, схватившись за круглую, как футбольный мяч, обритую налысо в целях экономии голову, во весь голос разражался детским плачем. Директор спокойно ждал. Через несколько минут Йоси, всхлипывая и размазывая по трясущимся щекам светлые дорожки слёз, говорил, что согласен — при условии, что ему оплатят поход в баню. Начальник бухгалтерии приносил из кассы тридцать-сорок шекелей в маленьком бумажном конвертике, который вручался Йоси под расписку. Йоси успокаивался, бережно засовывал деньги в карман штанов и, пятясь, удалялся из кабинета. За ним нужен был глаз да глаз — бывали случаи, когда, получив деньги, он пытался сжульничать, в баню не шёл, а лишь мыл холодной водой лицо и шею в туалете нашего учреждения. Однажды я намекнул ему, что основная вонь исходит вовсе не от шеи. Йоси был поражён. Он выкатил на меня глаза, похлопал ресницами, потом встал и направился в туалет. Довольно долго он не возвращался, и я, чувствуя смутное беспокойство, двинулся на розыски. Открывая дверь туалета, я услышал внезапный грохот, испуганное восклицание, каменный пол затрясся… Йоси пытался подмыться, забравшись на раковину, не удержался и упал на пол. Раковина раскололась, кран, за который он судорожно схватился, был выдран из стены, вода хлынула под напором, заливая этаж. Сбежавшиеся сотрудники немедленно вызвали директора. Йоси сидел со спущенными штанами на полу, широко расставив толстые, как чугунные тумбы, ноги, и рыдал. Кое на каких лицах я заметил тщательно скрываемое злорадство. Директор тихим голосом сказал, что всю починку и уборку оплатит Йоси, после чего будет поставлен вопрос о его служебном соответствии занимаемой должности. Я пытался поднять Йоси с пола, накинул на ноги полотенце, но он отбросил его жестом патриция, швыряющего сенаторскую тогу. С ним сделалась истерика. Служебное соответствие волновало его значительно меньше суммы, которую следовало затратить на ремонт саноборудования. Я растерялся. Сидя на полу, Йоси тряс в воздухе воздетыми кулаками и кричал, что его окружают нацисты, что нет здесь и не предвидится людей, щедрых наиважнейшей заповедью милосердия к ближнему... На иврите это звучало высокопарно и до такой степени не соответствовало моменту, что кто-то рассмеялся. Я, неожиданно сам для себя, сказал, что оплачу ремонт. Я сказал так вовсе не из любви к ближнему, а потому только, что не мог больше без содрогания смотреть на эту сцену. Йоси мгновенно успокоился. Он встал, кряхтя подтянул до самой груди тренировочные рейтузы — к тому времени брюки его окончательно превратились в лохмотья, и появляться в них на службе ему строго-настрого запретили — и деловито сказал, что дер Эйбертшер бенчн мир вэлн. Я понял это так, что Всевышний благословит меня. Директор, не знавший идиша, покивал и сказал, что ему всё равно, кто оплатит убытки, причинённые зданию, но вопрос служебного соответствия всё равно ждёт своего решения. Через два дня состоялось профсоюзное собрание и, как следовало ожидать, Йоси остался на работе — когда подсчитали, сколько будет стоить увольнение с выплаченной компенсацией, сочли за благо оставить всё как есть.

С того дня Йоси проникся ко мне чувством, которое я склонен считать признательностью. Он даже пригласил меня к себе домой после работы. По дороге я впервые разговорился с ним. Он сказал, что живёт недалеко, в центре города, что квартиру его папа и мама купили вскоре после Шестидневной войны, и чтобы я не пугался.

Это была двухкомнатная квартира в старом доме, на пятом этаже, куда нужно было подниматься по крутой лестнице. В парадной воняло мочой. Не горело ни единой лампочки. Когда я чертыхнулся, споткнувшись о собачье дерьмо, Йоси сообщил, как о чём-то само собой разумеющемся, что лампочки спокон веку выворачивал он, ибо нечего им освещать всяких нацистов и поцов, тогда как у него в квартире они в дело пойдут. Сорок лет жил он в этом доме, и все эти годы выворачивал лампочки. И соседи, отчаявшись, махнули на всё рукой, и домком перестал закупать осветительные приборы, и на общественной лестнице воцарилась тьма египетская.

В квартире висело невыносимое зловоние. Меня поразил пол в прихожей — совершенно чёрный, немытый много лет, покрытый утрамбованным слоем мусора, который пружинил под ногами. Повсюду валялись какие-то вещи — старые сумки, пальто с оборванными воротниками, изношенные до дыр сапоги и ботинки. Стояли колченогие стулья. В салоне на полу обнаружилась полная кастрюля с содержимым, распространявшим отвратительный запах. У продавленного дивана не было ножек. Старая облупленная дверь на балкон была закрыта наглухо. Сюда не надо, — сказал Йоси, загораживая вход в кухню, хотя я туда совершенно не собирался, — там немного пахнет, говорят…

Из крохотной спальни выползла, держась за стену, дряхлая старуха и уставилась на меня бессмысленным взором. Йоси крикнул ей по-немецки: очнись, мамэле, это я! Крикнул он резко, так что я вздрогнул. Окрик заставил старуху закопошиться. Это была его мать, и я поразился сходству их лиц. Стояло лето, на улице была жара за тридцать. Старуха была одета в невероятное тряпьё, на плечах лежал пуховой платок, в который она зябко куталась, как в шаль. Пахло от неё сильнее, чем от сына. Тут был не только смрад давно немытого тела, но и сладковатый запах лекарств, и ещё какой-то тоскливый дух, почему-то напомнивший старые фильмы о ленинградской блокаде.

— Йосэню! — дрожащим грудным голосом сказала она, глядя на меня, и глаза её остекленели.

— Я — Йоси! — прокричал он ей в ухо. — Йоси — это я! — Она перевела на него тусклый взор. Я понял, что старуха не в себе.

Из спальни медленно выдвинулся отец — в засаленном костюме с бесцветным галстуком, в пиджаке с продранными рукавами, с крошечной кипой на лысой голове, в тёплых башмаках. Он протянул мне руку, и мы познакомились. Старик говорил на иврите с большим трудом, всё время норовил перейти на немецкий и просиял, когда я сказал, что могу изъясняться на идише. То, что Йосин отец вполне сносно разговаривал по-русски, я узнал значительно позже.

— Хорошо, что ты пришёл, — говорил он. Голос у него был басовитый и одышливый. — К нам давно никто не приходит… лет десять никого… нет. Это Йоси привёл товарища! — крикнул он в ухо жене. Кричал он на немецком. — Товарища по работе!

На лунном лике старухи впервые проступило какое-то подобие чувств. Медленно, очень медленно она открыла рот, и из беззубой щели сперва послышалось шипение.

— Кумт арайн, немен зи битте платц, майн либер реб ид, — произнесла она низким голосом на смеси немецкого и идиша. Йоси довольно хмыкнул.

— Вот и пришла в себя. Мамэле, иди отдыхай! Я покажу Мойшеле квартиру!

Старуха закивала и медленно вдвинулась обратно в спальню, наступая задом на мужа. Из-за двери ещё некоторое время слышались слегка возбуждённые голоса. Я понял, что неожиданным визитом своим произвёл в этом мирке определённый фурор.

— Извини, есть у нас у самих нечего, — сказал Йоси несколько агрессивно, показываясь из кухонной двери. — А то, что было, стухло.

Я вовсе не собирался у них есть. Заранее предполагая то, что увижу у них дома, я плотно пообедал на работе бутербродами, приготовленными для меня женой. Два из них ещё в полдень я одолжил Йоси. При нём невозможно было есть в одиночку — он заглядывал под руку, как голодный пёс.

— Я просто посмотрю квартиру, — успокоил я его, и он немного расслабился.

Кухонная утварь, вся поломанная и перепачканная, потерявшая свои первоначальные цвета, была, казалось, изготовлена ещё во времена британского мандата. Мойки было не видно под чудовищной горой грязных тарелок и сковородок. В полумраке с громким жужжанием роились неисчислимые мухи. Холодильник был выключен — вероятно, из соображений экономии. Потолки, не белёные со дня вселения во время Шестидневной войны, пестрели пятнами протечек. В одном месте штукатурка обвалилась, и открылась дранка. Впрочем, такой вид имели потолки во всех помещениях этой квартиры, по недоразумению именуемой человеческим жильём. Ванная была чёрно-коричнево-серого цвета. Кажется, ею не пользовались из принципа. Бачок над унитазом протекал. Йоси, сопровождавший меня во время осмотра, сообщил сокрушённо, что унитаз — главная его головная боль (ну, сразу после здоровья мамэле и татэле, — поспешно добавил он) — денежный расход за воду резко увеличивается, а починить уже не удаётся.

Квартира походила на неандертальскую пещеру, но в салоне лежали книги. Книги. Они громоздились в углах, занимали всё жилое пространство, они лежали на полу, на дряхлом серванте, устилали диван без ножек. Одну стену комнаты занимал древний книжный шкаф с выбитыми почти всюду стёклами, с двумя выпавшими дверцами. Угловая часть шкафа рухнула ещё в незапамятные времена, но Йоси было лень подбирать книги и возвращать на место. Пусть пока так полежат, — говорил он, ласково гладя тяжёлые кожаные переплёты и сдувая с них вековую пыль. Увидев книги, я сперва обомлел, потом двинулся к полкам. Здесь были собраны шедевры мировой литературы на дюжине европейских языков. Здесь были издания немецкие — половину из них составляли тома с готическим шрифтом, которым теперь почти уже не пользуются, английские, французские, испанские… польские, румынские, чешские, датские, шведские, книги на языках, на которых я бы не смог прочесть и одного слова. Латинские фолианты и греческие рукописи, любовно переплетённые в бархат. Средневековые энциклопедии, иллюстрированные настоящими гравюрами.

— Что это? — вырвалось у меня.

— Это? — удивился он и осторожно взял у меня из рук пухлый томик на итальянском. — Это вот — моего дедули, эти вот папа купил до войны, а эти — уже я. Здесь.

Действительно, среди всего этого великолепия я сперва не разглядел возвышающуюся в тёмном углу гору книг на иврите и арамейском.

— Дедуля был раввином из просвещённых, — будто извиняясь, сказал он. — И ему много чего в наследство осталось. От его дедули. А тому — от его. А я читаю это перед сном.

— Ты знаешь итальянский? — поразился я.

Он пожал плечами.

— Я много языков знаю, — равнодушно ответил он. — Даже арабский и турецкий, только не хочу на них читать. Ну их к чёрту, этих нацистов. И без них книжек довольно. Правильно?

— Э-э-э… — протянул я.

— Э, нет! — вдруг вскрикнул он и, кряхтя, встал на четвереньки, пошарил, вытащил откуда-то из-под дивана толстенную книжку в сером переплёте. Мне показалось, что это пергамент. — Одна всё-таки осталась, я её забыл. Тьфу!

— Что это?..

— Да турецкое издание Корана, восемнадцатый век… Стамбул… гори он огнём. Я лет двадцать пять назад собрал все арабские и турецкие книжки в мешок и отволок в Национальную библиотеку. Такси брать не хотел — дорого… Раз пять по дороге присаживался, такие тяжёлые, сволочи. А эту забыл под кроватью, только что вспомнил.

— Продал, что ли? — уважительно спросил я. — Вот они обрадовались, наверное!..

Он посмотрел на меня как будто издалека.

— Как — продал? Подарил… Это же… книги это. Книги.

Я открыл и закрыл рот. Мне нечего было ответить. Я лишь покосился в сторону сортира, где в неисправном бачке журчала вода.

На следующий день он намекнул, что было бы очень порядочно с моей стороны пригласить его в гости — в качестве ответного визита, как это принято у вежливых людей. С едой, естественно, — добавил он, тревожно заглядывая мне в глаза. Я понимал, что отказывать некрасиво, и пригласил его. Это был второй и последний раз, когда он побывал у меня.

Софа приготовила обед. И на этот раз он чавкал и, сыто отрыгиваясь, цыкал зубом. И на этот раз, давясь и жмурясь, засовывал пальцы в рот, чтобы протолкнуть ими кусок поглубже в горло. И пах он по-прежнему. Тесть встал из-за стола и, отшвырнув салфетку, удалился к себе в комнату не прощаясь. Я зачарованно глядел на гостя. Всё было, как всегда, и всё же что-то изменилось. Перед моими глазами стояла полутёмная комната, освещаемая лишь тусклым золотом старинных переплётов.

Потом он ходил по квартире, нигде не задерживаясь, не вслушиваясь в то, что язвительно говорил мой тесть, — бродил, тяжело волоча распухшие ноги. Один раз он остановился — перед моим книжным шкафом. Сперва он обнаружил полку с книгами на идише и оживился. Тыча пальцем в корешки, он стал наизусть вспоминать год и место издания того или иного тома. Потом перешёл к книгам на русском языке и скис: на русском он всего только читал мала-мала. Так он сам сказал. Его «мала-мала» заключалось в умении процитировать пару-другую строф из Пушкина и Лермонтова, но от Мандельштама он был далёк, о Бродском только слышал, а разговаривать на языке не мог вовсе.

— Папуля был переводчиком у русских в конце войны, — сказал он, — и меня читать научил, но практики не было… Я понимаю, когда говорят, но не очень.

Потом он играл с нашим котом и плевался кошачьей шерстью, потому что, чтобы расшевелить животное, схватил его зубами поперёк спинки и, рыча, замотал головой. Кот заорал. По-моему, ему стало дурно от запаха из Йосиного рта. Софа, умилившаяся было, встревожилась и отобрала кота. Йоси вздохнул и засобирался домой.

Шло время. Его родители окончательно одряхлели. Обоим было уже далеко за девяносто. Йоси и сам чувствовал себя всё хуже. У него начало болеть сердце, утром ноги его так распухали, что он по полчаса не мог подняться с кровати. Врачи отказывались приходить к нему домой, потому что их рвало от стоявшего в доме запаха, и молоденькая практикантка из поликлиники, переступив порог квартиры, упала в обморок. Йосина мать выжила из ума. Она стала забывать, как её зовут, где она живёт, и помнила только, что толстого мужчину огромного роста, живущего в её квартире, зовут Йоси.

Иногда, чтобы понять, где она находится и что ей следует делать, она звонила к нам на работу. Языка страны, в которой жила полвека, она не знала.

— Йосэню! — говорила она в телефонную трубку грудным дрожащим голосом и умолкала. Все знали, что это звонит Блюма. Йоси звали к телефону, и он, задыхаясь и причитая «вей из мир», ковылял так быстро, как только мог.

— Йо, — кричал он в трубку глухой матери, — дос бин их… Йоооо! А? Нейн, нейн, нейн!! Ду зицт ин дер эйм! Ин дер эйм, хоб их диг гезугт! До зенен ништу кейн дайчн… О, готэню… Нейн!!!

Она говорила ему что-то дребезжащим голосом, о чём-то спорила, он топал ногами. Иногда он проклинал её.

Я вжимался в стул, слушая этот чудовищный диалог.

— …Да, это я… Дааа! А? Нет, нет, нет! Ты сидишь дома! Дома, я тебе сказал! Тут нету никаких немцев… О, Боженька… Нет!!!

Иногда она уходила из дома в поисках погибших сыновей. Отец, лежавший в кровати с запущенным раком простаты, не мог удержать её. Блюма терялась в городе. Иногда знакомый полицейский-друг приводил её домой, за руку волоча по крутой лестнице и ругаясь вполголоса по-арабски. Иногда Йоси убегал с работы и метался по городу, расспрашивая на рынке, на улицах и площадях о горбатой старухе с безумными глазами. На службе над ним перестали смеяться и начали поглядывать с сочувствием. Директор больше не предъявлял ему претензий. Однажды Софа зашла ко мне на работу, застала Йосин телефонный разговор с матерью и ушла домой вся в слезах. Я вздыхал, вспоминая собственную бабку, на девятом десятке лет впавшую в такой же маразм.

Потом Блюма умерла. Йоси бился головой о пол и выл, раздирая на себе сгнившую рубаху. На похороны матери пришли все сотрудники, но никто не пришёл к нему домой в траурную неделю — теперь там уже просто невозможно было находиться. Я рискнул всё же появиться в последний день, и застал Йоси с отцом, лежавшими вдвоём на полу, на грязном матраце. Йоси обнимал татэле и лепетал ему что-то на смеси румынского, немецкого и еврейского. Старик смотрел тусклыми глазами в потолок и не реагировал. Через два дня он умер.

Йоси дали отпуск, но он, хотя ненавидел работать, не умел пользоваться и свободным временем. Целыми днями он бесцельно бродил по квартире, спотыкаясь о кучи мусора, подбирал с пола книги, листал их, кидал обратно, выходил на улицу, делал круг по кварталу, возвращался домой — и всё время при этом жевал какие-то корки и огрызки, и вздыхал в голос, и бормотал своё «вей из мир авадэ» — и безостановочно курил, курил, курил…

В квартире всё оставалось нетронутым, таким, как десять, тридцать, пятьдесят лет назад. Йоси лишь вытащил из-под покрытых пылью завалов любительский портрет матери, сделанный когда-то на родине, и приколотил его к стене спальни. Однажды я уговорил сердобольного техника с нашей работы прийти к Йоси, чтобы починить протекающий бачок унитаза. Техник явился, демонстративно зажимая нос платком, возился часа два и ликвидировал поломку. Заодно он зачем-то вымыл ванну, которой всё равно никто не пользовался. Йоси принял это равнодушно, но в благодарность угостил его заплесневевшим огрызком коржика. Техник осторожно, двумя пальцами взял коржик, выкинул его в окно и, качая головой, ушёл из этого дома навсегда. Я остался ещё на несколько минут, разглядывая портрет Блюмы. На меня смотрела грустная молодая красивая женщина в модном довоенном платье, в шляпке с цветами, кокетливо сдвинутой немного набок, в нитяных перчатках.

— В Вене шили, у лучшего портного, — глухо сказал Йоси за моей спиной. Внизу портрета, над самой золочёной рамой, потускневшей от времени и пыли, стояли цифры — 1941. Я таращился на стену с содранными обоями, всю в потёках. Совершенное несоответствие вонючей, выжившей из ума старухи с юной красавицей на портрете угнетало меня. Демонстративная, кричащая нищета и мерзость запустения этого дома резко контрастировали с тем, что я увидел, а скорее угадал — портрет казался маленьким тусклым окошком в исчезнувший навсегда мир, где Йосины родители были молоды и, как я с удивлением понял, богаты.

Йоси не нуждался в собеседниках, но я вбил себе в голову, что теперь, когда он остался совсем один, обязан навещать его.

Я звонил в дверь. Через некоторое время из глубин коридора раздавались шаркающие шаги. «Кто?!» — истерично кричал он. Я отрывисто откликался, стараясь произносить минимальное количество звуков. Шипя, он принимался отпирать двойную дверь, отгораживавшую его от мира четырьмя огромными замками и древним крюком-запором. Иногда перед этим он приоткрывал глазок двери и с полминуты недоверчиво вглядывался в него, как в амбразуру. Я протискивался мимо Йоси в квартиру (он не отступал ни на шаг с прохода). Мы не здоровались — это было лишним.

Навещая его, я мог часами кружить по комнатам, в которых после смерти родителей установилась уже полная, гробовая тишина. То, что иногда мы не перекидывались даже словом, как ни странно, не вносило в наши отношения никакой дисгармонии. Я блуждал по квартире, Йоси сидел на диване или на полу и смотрел в окно; время от времени молчание нарушалось его вздохами. Устав бродить, я усаживался напротив него на колченогий стул, и мы принимались молча таращиться друг на друга. Слова как будто были ни к чему.

Однажды, почувствовав всё же некоторое неудобство от очередного затянувшегося молчания, я попросил его рассказать о семье. Сперва он молчал, отвернувшись к окну и косясь на меня, потом в горле у него забулькало, захрипело, он закашлялся и, уставившись в пространство, в какую-то точку, расположенную между окном и мной, рублеными, лающими фразами, принялся рассказывать. Казалось, этим вопросом я прорвал плотину, и на меня обрушился водопад. Или, скорее, камнепад.

…Блюма с мужем жили в Трансильвании, в городке, почти всё население которого составляли венгры и евреи — маклеры, ремесленники и дельцы. Йосины родители были владельцами местной гостиницы, в которой останавливались состоятельные путешественники из Бухареста и европейских столиц. Они приезжали, чтобы полюбоваться здешними великолепными видами. В этой области Румынии каждый житель знал массу языков, но местные евреи разговаривали дома почти исключительно на немецком с идишскими вкраплениями и полагали себя носителями немецкой культуры. Детей учили в школах с программами, утверждёнными в Германии в начале века. Подросших, их отправляли продолжать образование в университетах Берлина и Гейдельберга. Приход Гитлера к власти, аннексия Австрии, начало мировой войны, оккупация Европы прошли мимо сознания трансильванских евреев, они так и продолжали своё безбедное, благополучное бытие, — лишь беженцы, вырвавшиеся из гетто Варшавы и Праги, да статьи в румынских газетах временами омрачали их достаточно безоблачное существование. Вдруг всё переменилось. В область вошли немцы. Имущество Блюмы и её мужа было конфисковано, их дома переданы местным венграм, еврейских жителей городка переместили в гетто, представлявшее собой две улицы на окраине, обнесённые тройным рядом колючей проволоки. Первое время им разрешали торговать. Венгры приходили к проволоке и обменивали еду на меха, золото, драгоценности, пока у жителей гетто они ещё были. Блюмины запасы, частично накопленные ещё поколениями предков, закончились примерно через полгода. Наступил голод.

У неё с мужем был сын, мальчик, которого они берегли как зеницу ока — старший брат Йоси, которого тогда и в проекте ещё не было. Летом сорок второго года ему исполнилось восемь. Однажды он вышел из дома погулять. Прогулки в гетто заключались в степенном хождении по периметру колючей проволоки, так гуляли все дети. Бегать и кричать было строго запрещено. За проволокой, с арийской стороны, было пустынно. Венгры давно перестали приходить с обменом. У ворот, как всегда, стояли часовые — трое эсэсовцев. Троих, как считалось, хватало для охраны восьми тысяч узников, сгрудившихся в одноэтажных домах на двух улицах городского предместья. Мальчик привык к охранникам в чёрной форме и ходил мимо них спокойно. Обычно они не заходили внутрь гетто, предоставляя наводить там порядок румынским полицейским. На этот раз один из них угощал товарищей из серебряной фляжки. Они выпили, закусили красными яблоками и поняли, что им надоело стоять у ворот. Оставив одного охранять вход, двое вошли внутрь огороженной территории. Они увидели мальчика и позвали его. Может быть, они хотели угостить его яблоком, может быть, хотели просто поговорить и развлечься. Мальчик помнил наставления матери, что с людьми в чёрных мундирах нельзя разговаривать, и побежал. Бежать было недалеко, потому что вся огороженная территория, где они жили, состояла из двух улиц. Через минуту он был уже возле дома. Эсэсовцы загомонили и побежали за ним, крича, чтобы он остановился. Один из них выпустил очередь в воздух из автомата. Возможно, сначала они не хотели убивать его, но пока бежали, вспотели и разозлились. У дома на лавочке сидела Блюма и шила пелёнки для младенца, который должен был родиться у неё со дня на день. Мальчик подбежал к матери и спрятался у неё за спиной. Эсэсовцы подбежали к скамейке и стали кричать на него. Они заходили за спину обомлевшей Блюмы, а он выскакивал оттуда. Так они кружили вокруг сжимавшей в руках шитьё матери, и это походило на прятки. Наконец эсэсовцам это надоело. Ты очень непослушный мальчик, а порядок — прежде всего, — сказал один из них, важно подняв палец. Мальчик знал немецкий язык, потому что это был его родной язык, и понял, что сказал человек в чёрном. И это было последнее, что он понял в своей жизни, потому что человек поднял автомат и выстрелил в мальчика. Он дал очень короткую очередь, бережливо израсходовав всего два или три патрона, но мальчику хватило и этого. Немцы ушли к воротам очень недовольные. Один из них, видимо, был неплохим человеком, потому что перед уходом пару минут хлопал по щекам соскользнувшую на землю со скамейки Блюму, пытаясь привести её в чувство. Блюма не желала приходить в себя, и немцы ушли, закинув шмайссеры за спину и пожимая плечами.

Ночью она родила мальчика. Война — не война, горе — не горе, но на восьмой день новорождённому нужно делать брис — обрезание. Трансильванцы, хоть и были просвещенцами, основных заповедей дедовской веры, как и все местечковые евреи, держались крепко. На седьмой день, накануне события, Блюма выползла из дома и села на ту же скамейку. Она качала младенца, он пускал пузыри. Младенцу нужно было гулять и дышать свежим воздухом, как всем детям. Муж, как и все мужчины гетто, ушёл в колонне на работы. Хитрым ростовщикам, тысячелетиями обиравшим Европу, новыми властями до поры до времени предоставлялась возможность честным трудом ежедневно искупать вину и зарабатывать право на жизнь.

Оставшиеся в гетто женщины не высовывали носа из домов. Блюма была одна.

В конце улицы появились люди в форме и без автоматов. Их было двое. Это были не эсэсовцы, на них была серо-зелёная форма. Они подошли к Блюме и стали спорить. Один утверждал, что, если он выстрелит из пистолета в младенца, которого женщина прижимает к груди, то пуля пройдёт насквозь и убьёт как ребёнка, так и мать. Второй выражал в этом сомнение. Он говорил, что пуля застрянет в теле младенца и мать останется жива. Оба приводили различные логические доводы, построенные на недюжинном знании как человеческой анатомии, так и стрелкового дела. Рассуждали они довольно долго. Блюма слушала, продолжая сидеть, потому что ноги у неё отказали. Человек, утверждавший, что мать выживет, вытащил пистолет, приставил его к телу младенца, озабоченно поцокал языком и выстрелил. Он проиграл. Они оба решили, что он проиграл, потому что Блюма упала на землю, как подкошенная. Стрелявший поздравил товарища с выигрышем, и оба неспешно удалились. Но Блюма, хитрая, как все евреи, обманула простодушных немцев. Она осталась жива, она только потеряла сознание.

Гетто просуществовало до сорок четвёртого года. Берлин настаивал на ликвидации, Бухарест мялся. Пока власти препирались, оставшихся к тому времени в живых узников освободила Красная армия. Это произошло как-то внезапно, кавалерийско-танковым наскоком. Румыны до самого последнего момента так и не дали согласия на уничтожение жителей, а потом было уже поздно. Из восьми тысяч человек к тому времени в живых осталось полторы тысячи. Блюма в основном лежала дома и смотрела в потолок. Крики русских солдат, доносившиеся с улицы, не веселили её. Ей было всё равно. Муж подошёл к командиру, сидевшему на броне и пившему спирт из котелка, и попросил, чтобы его взяли в армию — всё равно, на какую должность. У командира были безумные глаза и великолепные кавказские усы. Он понял, что говорил ему сгорбленный, абсолютно седой молодой еврей, в униженной позе стоявший перед танком, потому что среди полутора десятков языков, которыми владел муж Блюмы, русский занимал не последнее место. Командир допил спирт, крякнул, расправил усы и сказал, что берёт жида как переводчика. Блюмин муж ушёл с танковой частью, продиравшейся с боями на северо-запад. Сутками он находился рядом с полковником и служил ему, как преданный пёс. Он присутствовал при допросах всех захваченных армейской разведкой, и переводил не то, что говорили пленные, а то, что нужно было ему. Все захваченные в форме и в гражданском в чётком докладе сгорбленного переводчика оказывались эсэсовцами, солдатами зондеркоманд, старейшими членами национал-социалистической партии, ненавидевшими Сталина, коммунистов и советскую власть. Полковник с кавказскими усами вершил суд скорый, но правый. Он неизменно приговаривал всех захваченных к расстрелу и передавал их переводчику для исполнения приговора, потому что тот просил об этом сам. С осени сорок четвёртого по весну сорок пятого Блюмин муж расстрелял больше двухсот пленных, включая старух и подростков, пока полковника для объяснений не вызвал обеспокоенный СМЕРШ. Муж Блюмы не стал дожидаться результатов расследования, переоделся, оставил аккуратно сложенную военную форму в палатке своего полковника, положил на неё личное оружие и запасные обоймы, той же ночью отстал от части и ушёл домой. В военной суматохе его не стали искать, и в родной городок он вернулся благополучно.

В середине пятидесятых они с Блюмой родили ещё одного сына и назвали его Йоси, в честь младшего, убитого в возрасте семи дней и не успевшего вступить в завет Авраама. Весь страх и нерастраченную нежность за своих погибших детей они перенесли на нового ребёнка. Они растили его, оберегая от всего, не выпускали одного на улицу, нянчились с ним, как с завёрнутой в вату фарфоровой куклой. В пятьдесят седьмом они уехали в Израиль. И до, и после переезда Блюма оставалась ненормальной, но Израиль тех лет был переполнен психами, и на общем фоне её безумие не очень бросалось в глаза. В Иерусалиме она не смогла найти работу, — скажем откровенно, она её и не искала. Она сидела дома и смотрела в стену. Она боялась выйти на улицу — там бродили эсэсовцы. По ночам она прислушивалась к гортанным голосам на иврите и арабском, и тряслась, потому что это была немецкая речь. Нужно заметить, что при этом сама она дома разговаривала с мужем и сыном именно по-немецки. Однажды она всё же отважилась спуститься во двор, в лавку, где продавали керосин и спички, и услышав там «гутен морген, фрау», упала в обморок. Владелец лавочки оказался беженцем из нацистской Германии.

Больше из дома она не выходила. Бывший переводчик Красной армии зарабатывал для семьи рядовым сотрудником районной почты. Йоси вырос и окончил университет с золотой медалью. Он знал полтора десятка языков, которыми владел его отец, и ещё полдюжины в придачу. И внешне, и внутренне он походил на мать.

После смерти родителей Йоси стал дряхлеть как-то катастрофически быстро. Он с трудом ходил, дышал хрипло, с присвистом, у него обнаружилась астма. По ночам он не мог уснуть, его душил кашель. В лёгких скапливалась жидкость. Он пришёл к директору и попросился на пенсию. Ему было пятьдесят пять лет. Директор кивнул, и для Йоси выхлопотали досрочную пенсию. Он заперся в доме и перестал выходить на улицу. Иногда он звонил мне на работу и рассказывал, что у него нет сил спускаться по лестнице, чтобы купить еды. Я стал приходить к нему, покупая еду на городском рынке. Страдавший обжорством Йоси теперь пытался сдерживать себя, просил покупать самые дешёвые вещи — лепёшки, немного овощей, молоко и творог. Отдавать деньги за покупки каждый раз было для него смертной мукой, и я часто говорил, что денег не нужно, потому что принесённое — подарок от рыночных торговцев, знавших и жалевших его. Иногда это было правдой.

Те бывшие сотрудники, которые относились к Йоси более или менее по-человечески, одно время установили добровольные дежурства по уборке его квартиры — приходили к нему после работы, пытались вымыть посуду, подмести пол, разложить какие-то вещи по местам. Очень скоро, однако, дежурства прекратились, потому что каждый раз после уборки, уже через несколько часов, всё приходило в первоначальное состояние. Кроме того, сам Йоси терпел пребывание бывших коллег в доме с большим трудом.

К своей проститутке он больше не мог ходить, да она и переехала куда-то в другой город. Йоси кряхтел, чесал в затылке, что-то подсчитывал на пальцах, и в конце концов расщедрился — купил себе компьютер. Я подключил его к Сети. Когда я пришёл к нему через неделю с очередной порцией еды, выяснилось, что Йоси приобрёл компьютер, чтобы смотреть порнографические фильмы. Спустя несколько дней компьютер подцепил какой-то вирус, изображение огромных женских грудей закрыло экран, и все программы перестали работать. Я вызвал техника. Техник попялился на сиськи и сказал, что починка обойдётся недёшево. Йоси отказался платить деньги за ремонт и выгнал техника, не дав ему даже на чай.

Я сказал, что на этот раз платить за него не намерен. Йоси психанул, схватил компьютер, с корнем вырвал провода из розеток, со стонами доволок до балкона и выкинул прибор на улицу, оживлённую в это время дня, с высоты пятого этажа. По счастью, именно в этот момент под окнами никого не было… Знакомый полицейский-друг, неоднократно приводивший домой заблудившуюся Блюму и хорошо помнивший всю эту семью, явился к нему по вызову обеспокоенных соседей. Он вошёл в квартиру, открыл рот, ничего не сказал и, пятясь задом, выбрался обратно на лестничную площадку. Йоси, высунувшись за дверь, проклял его и всех арабов. Он кричал по-арабски с вкраплениями ненормативной лексики на идише. Друз взял под козырёк, развернулся и спустился с лестницы. Йоси с грохотом захлопнул дверь.

Через месяц его звонки ко мне на работу прекратились. На мои звонки он не отвечал. Я пошёл к директору. Директор подумал и вызвал полицию, и после работы мы все направились к знакомому дому, что стоит в центре города, у площади Давидка. Мы поднялись по тёмной лестнице на пятый этаж, спотыкаясь и увязая в кошачьем дерьме. На звонки в дверь никто не открыл. Полицейские посмотрели друг на друга, разбежались и выбили дверь ногами. Запах, доносившийся изнутри, воздвиг перед привычными ко всему служителями закона непреодолимый поначалу барьер. Они отшатнулись. Директор прижался к стене. Он никогда не был в этой квартире. Зажав нос и дыша ртом, ориентируясь в этих катакомбах лучше других, я ступил через порог первым.

— Йосеню! — выкрикнул я имя, которым дома называли его отец и мать, и эхо прокатилось под высокими потолками со щербатой лепниной. Никто не отозвался. Я вошёл в спальню. На полу, прижавшись спиной к батарее, широко раскинув ноги, сидел мёртвый Йоси. В его руках был зажат снятый со стены любительский портрет. И год на нём, когда была война.

Лёнька Пантелеев

В детстве у меня была книга «Лёнька Пантелеев. Роман, повести и рассказы» писателя Алексея Пантелеева. Это был толстый, заслуженный, потрёпанный том. На обложке его был изображён красноармеец в будёновке, с винтовкой за спиной, одну руку он держал на плече мальчика в крестьянском армяке и лохматой шапке, каких теперь давно уже никто не носит. Я очень любил эту книгу и перечитывал её неоднократно. Я никогда не задумывался, отчего такая прекрасная книжка издана не в Москве или Ленинграде, а в Петрозаводске, городе, относительно удалённом от столичных издательских центров. Тогда я не задумывался над такими вопросами, они просто не приходили мне в голову. Удивительную судьбу этого издания я узнал значительно позже.

Один из рассказов, напечатанных в книге, мы изучали в школе как рекомендованный к внеклассному чтению. Он назывался «Пакет». Примерно в то же время бабушка дала мне прочесть «Республику ШКИД»; эта повесть не вошла в любимый мною том, но я немедленно соотнёс одного из её авторов с тем, чья фамилия стояла на титульном листе, — «Лёньки Пантелеева».

Много лет я ничего не знал об Алексее Пантелееве — кроме того, что он писал в автобиографическом своём романе. Я перечитывал его раз сто. Он нравился мне даже больше «Республики». Особенно я любил перечитывать первые главы, где главный персонаж, который в ту пору был ещё маленьким мальчиком, описывает дореволюционный Петербург и жизнь в семье отца, выходца из старообрядческой семьи, казачьего офицера в отставке. Я никогда не едал пирожных от «Додона», но райский вкус их таял у меня на языке. Летом я брал эту книгу с собой на дачу.

Я считал, что автор давно уже умер. Как-то в домашней библиотеке моих родителей я наткнулся на тоненькую, выцветшую брошюру некогда голубого цвета — именной и адресный справочник ленинградского отделения Союза писателей СССР за семьдесят шестой год. Наряду с массой неизвестных (полагаю — не только мне) имён я обнаружил имена и координаты Бориса

Стругацкого и Алексея Пантелеева. Это было открытием; помню, вечером, в синих, сгущающихся зимних сумерках, я сидел у окна, грел руки о батарею парового отопления, держа открытый справочник перед собой на столе, и мучительно размышлял, можно ли позвонить хотя бы одному из них. «Да что я ему скажу?» — с облегчением подумал я в конце концов и звонить не стал. Мне было пятнадцать лет.

Во второй половине восьмидесятых мы жили на даче в Сосново, на Карельском перешейке, где среди наших соседей была семья, с которой мы близко познакомились, а потом и подружились. Это были бабушка, дочка и внучка. Внучка Анночка была маленькая и играла с моим сыном. Бабушку звали Ириной Феликсовной, её дочку — Олей. Ирина Феликсовна, очень быстро ставшая для нас просто Фелиской, была почти абсолютно слепа. Мы сидели на открытой веранде, отмахивались от комаров, курили, пили чай с малиной или водку и взахлёб пересказывали друг другу содержание новых книг. Это была эпоха перестройки, и публикации в толстых литературных журналах ещё вызывали перманентный ажиотаж. Тогда я впервые прочёл самиздатовскую копию «Москва — Петушки» Ерофеева — скверную копию, четвёртый, не то даже пятый машинописный экземпляр. Оля принесла и кассету с теми песнями Кима, о существовании которых я раньше даже не подозревал. Однажды она дала мне на одну ночь переписать такой же скверный экземпляр стихов Михаила Генделева. Я не знал, кто такой Генделев, но стихи мне понравились. Оля рассказала, что они учились в одной группе, на одном курсе Второго медицинского института. Ирина Феликсовна рассказывала об Эткинде, Синявском, академике Ландау, с которыми дружила много лет. У меня было ощущение, что мама и дочь знают всех удивительных людей, имена некоторых из которых до тех пор я слышал разве что в передачах Би-Би-Си.

Однажды тягучим летним вечером я включил радио и услышал, что сегодня в Ленинграде умер известный детский писатель Алексей Пантелеев. На нашем столе на веранде, как всегда, стояли полупустая бутылка водки и чайные стаканы. Не спрашивая у молчавших дам позволения, я налил себе и выпил водки, пошёл в свою комнату, принёс оттуда уже окончательно замусоленный бесконечными читками том Пантелеева и открыл на нелюбимом мною с детства рассказе «Пакет».

— Вот, — сказал я, ткнув пальцем в строчки о героическом поступке попавшего в плен красноармейца, — вот пишет человек, сознательно выбравший советскую власть, а ведь как хорошо пишет! Коммунист, а…

— Это кто сознательно выбрал советскую власть? — приподняла опущенную голову и повернулась ко мне Ирина Феликсовна. — Алексей Иванович? Алексей Иванович эту власть ненавидел всю жизнь.

— Но… ведь советский писатель… — замялся я. Я ещё не очень привык к мысли о том, что советский писатель, совершенно свободно публиковавший во все смутные времена книги, известный своими рассказами во всех столичных и периферийных журналах, детский писатель, можно сказать — признанный классик советской литературы, благополучно выживший в разнообразных передрягах, начиная с семнадцатого года, может эту самую власть не любить.

— Во-первых, кто сказал, что коммунист не может быть талантливым писателем? — сказала Фелиска. — Ещё как может. А во-вторых, Алексей Иванович не был советским писателем. Он никогда не простил им Гришу. И многих других. Он вообще был верующим христианином и советскую власть любить не мог по определению.

— Какого Гришу? — спросил я довольно тупо. — Верующим?.. Как это?..

Фелиска прищурилась незрячими глазами.

— Гришу Белых, конечно. Вы же учитель, Миша… Вы «Республику ШКИД» читали вообще-то? Только там он — Черных… Ну, Янкель и Лёнька Пантелеев!.. Неужели не помните? Алексей Иванович был очень порядочным человеком, — сказала Фелиска и строго посмотрела на меня. — В пятьдесят втором меня выгнали с кафедры немецкого языка в Герценовском институте… Да-да, в институте, который вы заканчивали. Я вам не говорила, но вообще-то я возглавляла эту кафедру. В газетах писали дикие вещи, я осталась безработной и с моим носом боялась выйти на улицу… Сидела дома и ждала ареста. У меня на руках была маленькая Оля, я не знала, что будет с ней, если за мной придут. Те люди, которых я считала друзьями, перестали приходить к нам. Телефон не звонил три недели. Я их понимала и до сих пор не в обиде. Все жить хотят.

Она замолчала.

— Так… — сказал я, потому что нужно было что-то сказать.

— Когда в «Правде» появилась статья про убийц в белых халатах и я прочла её, то поняла, что теперь уже скоро. Помню, я ходила по квартире с Олькой на руках. Туда-сюда. Гулкая тишина. Я думала: скорей бы они уже пришли за мной… Ужасно, но в тот момент я думала именно так. И вдруг грянул телефон. Впервые за три недели.

— Так, — сказал я.

Оля молча разливала чай.

— Это звонил Алексей Иванович… Он сказал: «Ирина Феликсовна, если вас… я возьму Олю. Мы вырастим её. Не бойтесь, мы вырастим её. Даже если… мы удочерим её». Это был поступок. Тогда — это был Поступок. Вот так.

— И что вы ответили? — тихо спросил я.

— Не помню. Кажется, поблагодарила и заплакала. А впрочем, не помню.

— А потом?

— А потом вдруг сдох Усатый… И всё кончилось.

Мы помолчали. Оля дымила «Беломором». Я не знал этой истории. Нужно было что-то сказать.

— Вы говорите, что он… что Пантелеев… что Алексей Иванович был верующим…

— Он был верующим. Я, конечно, не христианка, но такие вещи нужно знать. Вы ведь читали его исповедь «Я верую»? Теперь, значит, уже можно сказать — предсмертную исповедь.

— Нет… — сказал я.

— А что же вы тогда читали? — приподняла бровь Фелиска.

— Тургенева, — ещё глупее, чем раньше, ответил я.

— Вы ничего не читали, — заключила она и строго посмотрела на меня незрячими васильковыми глазами.

Лето в Одессе

Если бы я писал рассказ или творческий отчёт о поездке, то начал бы его, возможно, так: «Чем связаны Рим, Иерусалим, Париж, Петербург и Одесса? Пожалуй, тем лишь, что все они — великие города...» Потом я пришёл к выводу, что фраза эта — довольно пошлая. И вдруг мне расхотелось писать отчёт.

Эпиграфов (а их было несколько, я думал о них, пока летел в Лод и томился в отсутствие курева) тоже не будет, раз не будет и рассказа.

Но раз они были, то, пожалуй, пусть всё-таки останутся — не в качестве эпиграфов, но создавая общее смутное ощущение.

«Я жил тогда в Одессе пыльной...»

Само собой, А. С. Пушкин, который наше всё и который — по результатам моего шляния по городу, к некоторому удивлению, оказался патологическим бездельником, не желавшим служить ни государю, ни отчизне, и своего рабочего стола в присутственном здании, к которому был приписан и на котором теперь памятная доска, практически не посещавшим — а я, господа, должен признаться, за годы советского времяпровождения привык к тому, что все служат, то есть работают, и к неработающим отношусь до сих пор по-советски, хоть это в свободном обществе и неприлично.

«Не понимала, почему одесситы безостановочно рассказывают друг другу анекдоты. Оказывается — они просто так разговаривают...» (Тэффи).

В целом, я не раскаиваюсь, что поехал. В Одессу я уже приезжал с сотрудниками моего архива года три назад и сейчас дополнил впечатления, полученные тогда от нескольких экскурсий — обзорной, «Литературная Одесса» и «Еврейская Одесса». В этот раз я ещё съездил на экскурсию «Криминальная Одесса», посмотрел места, описанные Бабелем в «Одесских рассказах», а также знаменитые дворики в центре города, где жил Бабель, и дворы бывшей окраинной Молдаванки, где родился и женился Беня Крик и где Сонька Золотая Ручка сняла квартиру для своего молодого любовника (там теперь маленький частный музей).

Лицезрел баню, в которую ещё до революции ходил Мишка Япончик и — спустя семьдесят лет — первый губернатор независимой, но уже криминальной Одессы девяностых по кличке Карабас, и при выходе из которой (я имею в виду баню) последнего однажды застрелили (и где до сих пор на стене висит муниципальная табличка: «…предательски убит…»).

Помните, с чего начинается «Король», первый в серии «Одесских рассказов»? Правильно: «Венчание кончилось, раввин опустился в кресло…». Так я был во дворе, где это венчание происходило.

«…Потом он вышел из комнаты и увидел столы, поставленные во всю длину двора. Их было так много, что они высовывали свой хвост за ворота, на Госпитальную улицу». И по ходу рассказа экскурсовода я таки вышел за ворота на бывшую Госпитальную — и ментальным взором узрел столы, выставленные сюда более ста лет назад. Честное слово — они как будто вчера там стояли. Из окон двора, правда, ревниво выглядывают совсем другие жильцы. Но внешняя винтовая железная лестница, ведущая на второй этаж, — та же самая. На ней, говорят жильцы, полвека назад, во время своих наездов в Одессу, сидел Высоцкий с гитарой, перебирал струны — вдохновлялся.

А вот двор, в котором снимался сериал «Ликвидация». Здесь установлена силами самих жильцов мраморная (или гранитная?) доска, на которой написано, что «Давид Маркович Гоцман тут жил». Рядом, на заборе, скворечник — для «сбора пожертвований на нужды двора». Мы опустили в скворечник по монетке. По двору бродит, покачиваясь, всклокоченная глухая старуха в ночной рубахе, похожая, в моём представлении, на Наину Киевну Горыныч, и спрашивает всех, который час. Не «сколько времени», а — «который час». Ей отвечают, она не слышит. Экскурсовод кричит ей:

— Три! Три!

— Не орите на меня, я не глухая. Это вы — немые.

Вся группа на пальцах показывает: три, ровно три часа.

— Благодарю, — отвечает старуха и с невыразимым достоинством удаляется куда-то в подвал.

В соседнем дворе — бывшее помещение Одесского комитета движения «Ховевей-Цион» девяностых годов позапрошлого века. Золочёные надписи на досках на русском и иврите. Ивритская надпись гласит: «Здесь было основано еврейское государство». Ещё через три дома — двор, в котором находилось первое управление системы еврейского школьного образования ОРТ— «Общество ремесленного труда». Школы этой системы до сих пор находятся в Израиле и работают по всему миру—только теперь, спустя сто тридцать лет, никто ни в Израиле, ни в Америке, ни в Европе не имеет представления, что скрывается под этой аббревиатурой. ОРТ и ОРТ.

Ещё я был во дворе дома, в котором родился Жаботинский (одесские экскурсоводы благоговейно говорят, внося сумятицу в неокрепшие души непричастных к делу туристов: «Владимир-Зеэв», вместо того чтобы просто, по-домашнему упомянуть «Владимира Евгеньевича»), и у здания школы, где учился Саул Черниховский, и во дворе родного дома Катаева, описанного им в «Парусе», который белеет одиноко. Видел я и здание на Дерибасовской, в котором работали в молодости Ильф и Петров, и переход, на котором попал под лошадь т. Бендер и чуть не попал под автобус Паниковский. И памятник двенадцатому стулу на маленькой площади им. Бендера, где всегда стоит неиссякающая очередь желающих сфотографироваться, сидя на этом стуле, и дома Олеши, и Кирсанова, и Бялика, и Равницкого, и места, где останавливались Шолом-Алейхем, и Менделе Мойхер-Сфойрим, и десятки, сотни, тысячи других памятных мест. На каждом—мемориальная доска. Вообще, этих досок в городе так много, что неожиданно охватывает чувство, что они на тебя валятся, и ты под их тяжестью задыхаешься. Такое впечатление, что они—на каждом доме. Вот доска на кондитерской-кофейне Либмана, которую в девятьсот пятом гробанули анархисты под нелепым предлогом, что отчего бы не взорвать, если пролетарии в кондитерские всё равно не ходят, и значит там сидят, пьют кофе и жуют пирожные одни буржуи. Кондитерская эта вошла в историческую литературу, которую я читал, но вот увидел здание—впервые.

Но слишком многие дни пребывания в великом городе остались незаполненными—когда экскурсий не было, мы просто шлялись по городу, от Дерибасовской, угол Ришельевской, где четверо налётчиков похитили честь бабушки-старушки, до Малой Арнаутской, где делают всю одесскую контрабанду,—и, в общем, я ужасно устал от этого отдыха.

Экскурсионное бюро мне попалось очень хорошее—«Тудой-сюдой», в самом центре города, в пяти минутах ходьбы от отеля, в котором мы жили. Это прекрасная команда молодых энтузиастов, в основном филологов, влюблённых в свой город. Бюро принадлежит Саше Бабичу. Несколько лет назад какие-то путиноиды сожгли его квартиру, и он остался на улице с женой и детьми. Теперь уже как-то восстановился, слава богу. Я познакомился с его заместительницей Инной Кащук, необычайно приятной девицей-филологиней, мы разговорились, и она попросила рассказать об Израиле, о сионизме, об израильской русскоязычной литературе, о моём архиве и о себе самом. В плане повышения экскурсоводческой квалификации, наверное. Я отвечал на вопросы, пил кофе и произвёл, кажется, некоторое впечатление. Говорил экспромтами и физически ощущал исходивший от неё лучистый поток доброжелательности.

Самое интересное — чувствовал я себя абсолютно свободно, и здесь меня не корёжило ни разу само упоминание о моём еврействе, в отличие от ощущения, к которому я с детства привык в советском Ленинграде (в России слово «еврей» — ругательное), и сам я, живя в СССР, во время разговора на улице, произносил его всегда вполголоса. Не так было в Киеве и Одессе, где люди на улицах при этом слове не начинают рефлекторно оглядываться, как нервнобольные. Впрочем, в советские времена, возможно, и там было так же. А может, и нет. Врать не буду — не знаю.

Евреи в довоенной Одессе составляли более тридцати процентов населения. Сейчас на миллионный город — что-то около шести тысяч человек. Революция, гражданская война, тридцать седьмой, оккупация, волны эмиграции и репатриации… Не раз здесь я слышал сокрушённое: «Это уже не та Одесса…» Но дух Бабеля и иже с ним остался — парит над городом. Еврейские мелодии над Дерибасовской и Приморским бульваром. Вкрапление идишских фразеологизмов в речь одесситов: в ресторане заказывают «фиш», но никак не «фаршированную рыбу». Придурок всегда — просто «поц». А также разновидности — «припоцанный» и «поцоватый».

Даже городской архив, куда я, подстёгиваемый просьбой моего директора, направился, — оказывается, тоже связан с еврейской темой: он располагается в бывшей знаменитой Бродской синагоге. Там сто лет назад кантор Минковский отпевал Мишку Япончика. Давно нет ни классических одесских бандитов, связанных с революционными организациями, ни канторов, ни самой Бродской синагоги — остался лишь городской архив. Я с огромным любопытством взирал на здание, воспетое в литературе. После конца советской власти его официально вернули общине, но архиву до сих пор некуда деваться и он продолжает пребывать в синагоге. Я обошёл здание по периметру. Там есть дворик.

Я приблизился к ограде и увидел нечто: приделанную при помощи ниток фанерную дощечку. На ней русскими буквами было аккуратно написано:

«Алэ гоим — мешугоим. Алэ идн — инвалидн».

Я умилился и стал искать дочку, чтобы сфотографировать этот памятник старины на айфон. Но дочка с группой туристов уже удалялась в сторону следующей достопримечательности — гостиницы, которую одесситы называют «Красная». Потому что её при советской власти много раз красили.

…Сижу на Приморском бульваре, рядом с Потёмкинской лестницей. Утро, я только что позавтракал в отеле, зеваю и вздыхаю. Морда спросонья помятая. Мимо идут люди на работу. Неожиданно возле моей скамейки останавливается женщина средних лет и говорит очень энергично:

— Кофе! Только две чашки крепкого чёрного кофе вернут вас к жизни! Запомните: две чашки, никак не одна. Две! — и показывает наглядно знак «виктории», растопыривая пальцы: две, понимаете, две!

И ушла. Я только хлопал глазами ей вслед.

…Сижу на Дерибасовской. Подходит пожилой мужчина в кепочке, с портфелем в руках.

— Здравствуйте! Всего вам самого доброго! До свиданья.

И уходит.

…Женщина средних лет сидит в плетёном кресле возле кафе и говорит по мобильнику. Я как раз прохожу мимо. Кричит. На еврейку по виду совсем не похожа.

— Мама, идите нахуй! Сколько раз можно повторять! НА!-ХУЙ!!!

Кидает телефон на стол, он падает со стола на землю. Я поднимаю его, кладу его к ней на столик. Она доверительно:

— Нет, знаете, моя мамуля всё же тот ещё поц. У меня три дня назад утонул любимый муж, я вся, блядь, в трауре, а моя ебанутая мама сидит в Калифорнии и объясняет мне, что во время надгробной речи я непременно должна указать, что её двоюродная сестра, моя тётка, была знакома с Шагалом. Нет, ну вы понимаете? У меня утонул любимый муж, а я во время похоронной речи должна говорить о Шагале! Как вам это нравится?

Осторожно выражаю соболезнование и интересуюсь, что же произошло с мужем, ай-яй, какое несчастье.

— Ну, утонул, понимаете! В говне жил и в говне утонул! Что ж тут не понимать! А, вы понимаете? Вот видите — мы с вами без году неделя знакомы, а вы уже понимаете, а мамуля сидит в Калифорнии, курит «Кэмел» и ни-че-го не понимает! Вот поц, прости господи! Всего вам хорошего, спасибо, что выслушали излияние вдовы. Хотите сигарету?

— Я и так курю, — отвечаю и затягиваюсь.

— А, ну хорошо. Будете проходить, так заходите.

Вдруг визжит — так, что я подскочил:

— Офицьянт! Две пачки «Мальборо», бутылку шампанского и ещё кофе!

Я, машинально цитируя Стругацких:

— Рюмку кюгасо и аня-няс!

Она подхватывает:

— Да! И ананас!

И тоном пониже:

— А у вас есть воображение, молодой человек. Спасибочки, что утешили вдову, вошли ей в профиль.

Я кланяюсь и отхожу. Потом оборачиваюсь: невозмутимый официант в манишке с бабочкой выносит на одной руке блюдо с бутылкой шампанского и ананасом и ставит ей на стол.

Нет, это правда, я ничего не придумал. Уходил и думал: «Господи, Твоя воля».

Потом ещё на Ришельевской был свидетелем краткого диалога абсолютно по Жванецкому:

— Как пройти на Дерибасовскую?

— Очень просто.

И ушёл.

В отеле «Лондонская» (бывший «Бристоль», одним названием смутно напоминающий «Остров сокровищ», сквайра Трелони и доктора Ливси) на Приморском бульваре, где мы остановились, в своё время жили Чехов, Маяковский и многие международные знаменитости из числа литераторов, музыкантов, живописцев и политиков. Их номера обрамлены при входе огромными портретами этих деятелей и подробными биографиями. Гостиница старая, девятнадцатого века, роскошная донельзя, по ней водят экскурсии. Из всех проблем — лифт очень медленный от своего величия. С этажа на этаж едет не меньше минуты.

У выхода из отеля с двух сторон стоят маленькие столики, и на каждом положен почему-то первый том полного собрания сочинений Мамина-Сибиряка пятидесятых годов издания. Я, как увидел книжку, тут же её взял, сел и стал листать. Том сам собой открылся на странице с фразой, которую я прочёл первой (с моей точки зрения—лучшая из всего, что было написано этим автором, которого лично я, надо признаться, не отношу к категории великих. Но фраза—гениальна): «Недавно наш доктор жаловался, что у него один шестимесячный младенец умер от запоя».

С приятным чувством, но отчего-то совершенно не удивившись, узнал, что День города Одесса отмечает второго сентября—в мой день рождения.

Редактор

— Только зачем вы, простите, употребляете такие грубые выражения?
— Какие? Где?
— Да, у вас в рассказе встречаются грубые слова.
— Назовите их, пожалуйста.
Краснеет ещё больше. Молчит.
Я настаиваю:
— Очень вас прошу: назовите слова, которые вы считаете грубыми.
— Я не могу. Мне стыдно…
— Если стыдно — отвернитесь.
И вот, опустив глаза, эта милая женщина, уже совсем пунцовая, хриплым шёпотом выдавливает из себя:
— Ёлки зелёные!

(из «Записных книжек» А. Пантелеева)

— ...Миша, любимый! Как я рад!

Любимым из существ мужского пола меня называет лишь один редактор Б. Голос у него очень похож на губермановский, только Губерман называет меня «милый». Разговариваю я с Б. не чаще одного раза в два года, поэтому в начале беседы легко мог бы перепутать, с кем говорю, если бы не обращение: «любимый» — это, значит, звонит Б.; «милый» — стало быть, Губерман.

— А что такое?..

— У вас выходит новая книга, сказали мне!

— Кто сказал?

— Гринберг. Он всё знает, вы же знаете…

Вот Гринберга я ни с кем не перепутаю. Во-первых, его голос не похож на голос Б., во-вторых, он обращается ко мне так, как никто больше не обращается: «Господин хороший».

— ...и он даже показал мне парочку текстов. Мне смутно мнится (он так и сказал — «смутно мнится»), что кое-что из этого я уже где-то как-то читал.

— Естественно. Новая книжка вмещает в себя старую, плюс ещё столько же рассказов и прочего. Спа...

— Не за что, не за что! Но, Миша, любимый, у вас явный перебор. Вы поняли? Вы уже поняли? Да? Скажите—да, я вас умоляю!

— Перебор чего?

— Эмн... Табуированной лексики в открытом фонде.

— Как?

— Вот и я спрашиваю себя: как? Как такой плодовитый, мастеровитый литератор...

— Как?

— Да-да-да, именно. И я всех спрашиваю: жену, знакомых литераторов... Дика-полисмена... Даже мистера Гендерсона в лавке... вы же помните нашу лавочку на первом этаже? Да? Продавец апельсинов...

— Погодите. Какую жену литераторов вы спрашиваете? О чём, простите?

— Как можно открытым текстом проявлять в открытый словарный фонд такие, с позволения сказать, ненормативные обороты. И вы знаете, любимый, никто не даёт мне ответа. Даже жена. А Дик-полисмен просто пучит глазами и разводит руками, а мистер Гендерсон принимается швырять апельсины в авоськи всё быстрее и быстрее.

— А при чём тут ваш продавец? Какое отношение он имеет к моим... писаниям? И Дик ваш... Он что—ценитель изящной словесности? Они же вообще русского языка не знают. Хотя какое мне...

— Нет, вы слушайте. Слушайте сюда, как говорит один ваш персонал.

— Кто?

— Персонал. У нас, вы понимаете, табуированную лексику в книгах не воспроизводят. Её воспроизводят одни... хулигэны. Литературные. Для привлечения спроса и покупательной способности. Но вы же, Миша, любимый, не пишете альтернативные обороты для привлечения спроса? Да? Скажите, что нет, я вас умоляю!

— Бля... Да я...

— Вот-вот-вот. Вооружитесь топором терпения и прохладой летнего зноя, как говорит ещё кто-то из... персонала.

— У меня никто так не говорит,—сказал я довольно грубо, чувствуя, что начинаю злиться на болтливого старика. Но всё-таки — человек девяноста трёх лет звонит из-за океана, тратит время, волнуется за меня… К тому же он из редакции старейшего журнала… Обидится ещё… Кто-то сказал, что к старикам нужно относиться так же терпеливо, как к младенцам.

— Необходимо, пока это ещё не в печати, внести существенные исправления. Очень существенные. Пока оно не ушло на фронт.

— Какой фронт?..

— Фронт работы. В печатной мастерской.

— Да оно давно уже в типографии. Ради бога, не переживайте. Я исправлюсь. Потом.

— Нет, но вы всё же вооружитесь отточенным пером, а также листами бумаги, и слушайте. В высшей степени отточенным.

— Да, бля…, простите, ради бога, я на работе сейчас, меня к директору вызывают, у нас совещание, я не…

— Директор сможет мимоходом подождать; да вы просто объясните, что речь идёт о святом искусстве, и он сразу подождёт, вот увидите. Идите. Идите, объясните ему, а я подожду.

— Да, бля…, вы же тратите такие деньги на разговор… Не стоит, право… честное слово. Мне неудобно.

— Удобно, удобно. Вы записываете?

— Да, — сказал я злобно. Передо мной, на письменном столе, не было ни листа, ни пера. Я не собирался ничего записывать. — Августус Януарьевич, дорогой, да не могу я разговаривать!..

— Вот, к примеру. Даже ваш излюбленный Пантелеев никогда себе такого, извините за выражение, не позволял, а ведь был родом из школы для дефективных… простите великодушно. Он за все свои произведения не написал ни единого слова на «бе» или (тут он довольно скабрёзно захихикал) на «хе». Все ваши «хе» и «бе» настойчиво необходимо заменить эвфемизмами… или просто поставить точечку.

— Что поставить?

— Лучше, конечно, три точечки. Троеточие после вводной заглавной буквы. Так мы всегда учим наших авторов. Я лично так учу наших авторов с апреля одна тысяча девятьсот сорок девятого года. И вас я учить буду так тоже. Записываете? Вы?

— Господи, да Пантелеев и не мог ничего написать матом, его книжки выходили в советских издательствах, в других он просто не печатался. А я не печатаюсь в советских издательствах, мне иногда хочется вставить мат, потому что… потому что иногда это к месту.

— Простонародное арго не может быть к месту в великой русской литературе. В святом искусстве.

— Пфффф…

— Не фукайте. А слушайте. Вы записываете? Нет?

— Да!

— Вот так. Итак: например, у вас стоит диалогическая фраза. Пишите. Фраза: «Мне бы поебаться».

— Писать?

— Что?

— Фразу. Диалогическую.

— Нет, вы слушайте. Слушайте старика. Мне, извините, девяносто три года. Скоро будет девяносто четыре. Меня ещё Струве учил великому печатному слову. И Милюков, Павел Николаевич, с ним соглашался. Да, вы знаете, и Алданов… Нет, Пантелеев, поверьте, никогда до таких оборотов не доходил. Вы же… простите, бога ради, вы же не дефективник из школы имени Достоевского.

«В самом деле, что можно было ожидать от дефективных шкетов? Что, помуслив карандаши и поскоблив затылки, они напишут нежным, изящным почерком: „Луна сияла в небесах"?

Или: «Я люблю мою маму»?!»

(из «Последних халдеев» А. Пантелеева)

— Вот ещё, смотрите: «Что ты там мурлыкаешь, мудель?» Я не очень понимаю этимологию этого выражения, произнесённого с вопросительной интонацией. Это вопрос. На который следует, извините, ответ: «А иди ты в жопу!»

Так даже ваш Довлатов не изъяснялся, на что уж был развязный молодой человек. Или вот, положим, у вас в двадцати восьми случаях употреблено слово «хе». Хе-хе. Вы же понимаете, мы с вами взрослые люди…

— Что употреблено? Хе?

— Слово… «хуй». Двадцать восемь «хе» по текстам.

— Вы что, их считали?

— Конечно. Милый Миша, я всё понимаю. Вы приехали из-за железного занавеса и, взалкав свободы, решили уподобить её вседозволенности. Но мы решительно не можем согласиться с этим. У нас свобода, да. У нас нет цензуры, всех этих гослитиздатов. Но у нас должна быть внутренняя аутолексическая самоцензура. Для этого Толстовский фонд и существует. Мы не согласны с вами.

— Мы?

— Мы, ответственные редакционные члены.

— И полисмен Дик? И продавец апельсинов мистер Гендерсон? Я понимаю.

— Не иронизируйте напрасно, Миша, любимый, а давайте-ка лучше сообразим, каким именно образом мы вымараем мёртвой рукой эти обороты и какими эвфемизмами их заменим.

— Я передаю во многих местах прямую речь. Она была с матом, я её и вставил, как есть, вы понимаете?

— Это ни к чему. Мы должны помнить наши задачи. Итак, я предлагаю не убрать, но заменить слово. Простите, «хуй». На «член».

— Августус Януарьевич, сколько лет вы живёте вне России?

— Восемьдесят три.

— Вот видите. А я всего двадцать три. И я знаю, что слово, простите, «хуй» в прямом значении не употреблено мною в моих писаниях ни разу. Только в переносном.

— И?..

— А то, что если вы всюду вместо, извините, хуёв, понапихаете членов, то читатель будет сбит с толку. Он вообще не сообразит, о чём идёт речь.

— Не недооценивайте художественного вымысла нашего читателя. Наш читатель, он…

— Ваш читатель — может быть. Читатель вашего журнала. Но вы же меня пока в вашем журнале не печатаете. Вот когда будете печатать, я подумаю и, может быть, в каких-то случаях с вами соглашусь. В отдельных случаях.

— Жаль. Очень жаль. У вас недюжинным способом развито подлинно большевистское, тоталитарное упрямство. Простите. Надеюсь, вы не обиделись?

— Совсем нет. У меня дед большевиком был.

— Соболезную… Тогда продолжим. Вот эту диковато звучащую фразу я предлагаю заменить…

— Какую фразу, простите?

— «Мне бы поебаться».

— Хм. На что?

— Ну хотя бы… «Мне бы посношаться».

«— Дети, — говорила она. — Я хотела ещё обратить ваше внимание на ваш язык. Он у вас очень грубый. Вы вот, например, все говорите… — и она, не поморщившись и не покраснев, сказала очень нехорошее слово. — А надо говорить не так, а надо говорить… — и она произнесла ещё более противное слово.

Все были голодны, но после этих слов никто не мог есть ни суп, ни кашу».

— Что это? Откуда?

— Из Пантелеева, чьё имя вы сегодня столько раз употребляли всуе.

— Простите?

— Большое спасибо, Августус Януарьевич. Вы столько времени на меня потратили.

— Да нет, ну что вы… берите перо. И, благословясь…

— Я только хочу сказать — не надо меня редактировать. Тем более постфактум. Знаете, хороший редактор — мёртвый редактор.

— А это чьё выражение? Луначарского?

— Хемингуэя, бля!

— Что вы говорите… Я, знаете ли, этого бастарда почти и не читал вовсе. Крайне грубый язык. В превосходной степени грубый. Как это сказать на русском? Молодой, да из ранних. Так мне и Эзра Паунд говорил, он читал его несколько более внимательно. А Паунд, вы знаете…

— Ну хорошо. Большое спасибо, что потратили на меня столько времени… Как это сказать по-русски? Аз недостойный…

— Не преувеличивайте вовсе. Вы достойны, достойны. В противоположном смысле я бы и не позвонил.

— Очень хорошо. Ну, с Рождеством вас. До свидания…

— Оу. На дворе декабрь. Мы же, то есть редакционно-издательские члены Зайдман, Крокотуленко, Рабинович и Поневежер, как истинно православные люди отмечаем Рождество в январе.

Я немедленно ощутил сильнейший позыв к одиночеству.

Очерк истории хасидизма

В восемьдесят восьмом году я закончил рукопись — «Очерк истории хасидизма». Ну, сами понимаете, издать такую книжку в советское время было немыслимо, а был у меня знакомый писатель-достоевсковед, ныне покойный уже Сергей Владимирович Белов. Он по книжке в год выпускал, такой был писучий... Он часто приводил нас, молодёжь, в ресторан при ленинградском отделении СП — выпить, закусить, на акул пера полюбоваться. И там я познакомился по пьяному делу с Юрием Рытхэу. И рассказал о своей рукописи. А Рытхэу, как известно, был единственным в СП СССР литературным представителем чукотского нацменьшинства и в пьяном виде сочувственно относился ко всем другим нацменьшинствам. И он сказал:

— Но проблем. Давай сюда свою рукопись. Я её переведу на чукотский; а цензоров на чукотском языке у нас всё равно нет, кроме одного, и этот один — я. Вот он я, смотрите.

Мы посмотрели. Уважительно посмотрели, потому что перед нами сидели официальные писатель и цензор в одном лице, это по совокупности редко наблюдать можно.

В общем, издадим, говорит, за милую душу и за счёт нашего родного СП, каким хошь тиражом.

— Ы-ы-ы, — говорю я, — а что будет, если в ЦК нащупают?! Религиозный дурман, сионистская пропаганда, десять лет без права переписки, век свободы не видать... И автору, и переводчику...

— Ха, — говорит советский писатель Рытхэу, — да кто там щупать будет?! На нашем языке только чукчи читают, да и то, говоря по правде, они не читают...

— Нет, — говорю я, — спасибо вам большое, конечно, но мне как-то совсем неинтересно издавать книжку для чукчей, которые, вдобавок, ещё, оказывается, и не читают... Я, — говорю, — хочу как раз, чтобы её читали, причём, желательно, на каком-нибудь человеческом языке.

Про человеческий язык я сказал зря, конечно. Рытхэу обиделся и больше со мной не разговаривал. И вообще он больше в тот вечер ни с кем не разговаривал, потому что упился в дрезину. И меня при встречах он больше подчёркнуто не узнавал. Или неподчёркнуто. Просто не узнавал—и всё. Не повернув головы кочан.

…Кончилась эта история тем, что тот, первый экземпляр рукописи про хасидизм мои приятели-хабадники просто размножили фотоспособом и пустили в старый добрый самиздат. А через два года я уехал в Израиль.

В вашу гавань заходили корабли

Кто не любит морские круизы так же, как не люблю их я? Вот и на этот раз я решил, что раз всё равно меня вывозят в круиз, так и быть, поплыву, но при условии, что маршрут выберу сам. И я выбрал маршрут — так, чтобы не спеша поплыть по гомеровским местам. Плюс Овидий.

В воскресенье в два часа дня мы выходим из Хайфы и в понедельник прибываем на остров Родос. Помните? — «остров Самос, остров Хиос, остров Родос — я немало поскитался по волнам…»

Во вторник утром мы отплываем с Родоса в Олимпию. Мне глубоко безразличны Олимпийские игры, но раз все говорят, что это место нужно увидеть, я его увижу. Мировая культура, мол, то-сё. В конце концов, материковая Греция хороша при любой погоде.

Это будет в среду. В четверг мы прибываем на Корфу. Мне всегда хотелось увидеть последнюю остановку Одиссея перед возвращением на Итаку. Керкира, понимаете? Остров веслолюбивых феаков, царь Алкиной, внук женолюбивого Посейдона, царица Леда, самоплавающие во все стороны света корабли, божественноголосый Демодок и прочее. Что прочее? Перечитайте последние главы «Одиссеи» — и сами всё поймёте. Одиссей, отправленный на плоту, спасённый в волнах морской девой, выбирается на берег, ложится спать в голом виде в прибрежную рощу. Наутро его будят дивным пением местные девушки из дворца, затеявшие большую стирку, и он голый выбирается им навстречу. Все девушки, натурально, убегают с визгом, а царевна Навсикая с любопытством смотрит на его прелести и ни капли не боится, а потом говорит служанке — тихо, но так, чтобы Одиссей расслышал:

— О! Большего мужества я не видала…

Это же Эллада, это вам не «Конёк-горбунок», потому что у более поздних славян было принято совсем другое, нежели пялиться на голых незнакомцев, как у эротолюбивых греков:

> …А царевна молодая,
> чтоб не видеть наготу,
> завернулась в фату.

Но это я отвлёкся. Короче говоря, день мы простоим на этом дивном острове; в пятницу идём по Адриатике, и я, стоя на носу бригантины, буду вспоминать, завернувшись в плащ, строки Джефри Триза: «Анжела содрогнулась. — Пираты Адриатики, — прошептала она, — это не люди, а дикие звери!..»

Далее, в субботу, мы прибываем наконец в Венецию. Здесь много чего можно посмотреть, я вам уже рассказывал — и про дожей, и про мессира Альда Мануция, и про Набережную Неисцелимых; вот тут я и сравню с действительностью мнение Бродского о дороговизне услуг гондольеров.

В воскресенье мы переплываем узкое это море и оказываемся в Хорватии. В Дубровнике, который в моём воображении навсегда останется Рагузой. Во вторник — на Крите, в Гераклионе.

Я не люблю круизы.

Нужно нечто сверхординарное, чтобы я согласился выйти в море. Другое дело было, когда я плавал на собственном фрегате «Туся» вслед за прославленным капитаном Бладом (за которым я хоть в пекло) и приятельствовал с не менее прославленным Джорджем Флинтом; правда, приятельствовал я с последним в основном в глухих углах ночных таверн на Тортуге и в Порто-Белло. Мне нравился дрожащий, скрипучий, как вымбовка, голос капитана «Моржа», когда он начинал, стуча кулаком по столу, петь — вернее, выть — свою неизменную

Fifteen men on a dead man's chest
Yo ho ho and a bottle of rum
Drink and the devil had done for the rest
Yo ho and a bottle of rum…

Лучше бы с ним дел не иметь, конечно. Юмор у него чёрный. Но однажды в Гоа мы все собрались вместе: Питер, Джордж, штурман Билли (манерой выпивать похожий на моего покойного деда, за что я всегда был к нему незаслуженно расположен), бездомный изгой дон Иаков де Куриэль, молодой ещё совсем Миссон, прибывший ради такого дела с Мадагаскара, а в углу пыхтел трубкой Эфраим Длинныйчулок. Я в другом углу резался в шашки с Одноногим Джоном. Я быстро окосел и, помню, всё спрашивал его, за что ему дали кличку «Окорок», и тут же забывал ответы… И все суда наши в тот день стояли у причала в ряд, как настоящие рейнджеры военно-морского флота Её Величества: «Арабелла», «Морж», «Попрыгунья»… и моя «Туся», да.

Джордж застучал кулаком, и кружки эля запрыгали по столу, как библейские барашки по холмам. Он требовал внимания, и внимание было ему уделено. Я забыл, о чём он вёл речь, это было давно. Шёл какой-то спор, почему Билли выдавал себя за Бена Гана, и наоборот… Забыл.

Я не люблю Гоа, не люблю вице-короля, и туда я прибыл в тот раз для того только, чтобы погладить Капитана Флинта. Я имею в виду попугая Сильвера, конечно. Хотел бы я посмотреть на человека, способного погладить самого капитана Флинта. Даже если предположить, что человек после этого остался бы в живых.

Честно говоря, поход в Гоа был единичным случаем; в основном я плавал на Карибах. Во флибустьерском дальнем синем море, да. Если уж быть до конца откровенным, и Карибы я не люблю тоже. Жара. Смола выступает пузырями из всех щелей. Одеваться там невозможно ни во что, нужно ходить голым, но голым ходить нельзя, потому что сгоришь на солнце. Ненавижу солнце, ненавижу жару, ненавижу больше двадцати пяти в тени. Удачную же ты выбрал себе географию, сынок, говорил мне Чёрный Пёс, добродушно похлопывая меня по плечу. Я сам знаю, но что делать? Все они: и Блэк Дог, и штурман Гэндс, и вся свора старого Флинта — посмеивались над странными порядками, заведёнными у меня на судне, — и негры-то у меня были свободными и могли при необходимости дать в зубы любому белому капитану, и женщин у меня на судно брали во многие походы, и пленных испанцев я иногда щадил. А уж над тем, что в субботу я никогда не выходил в море, ржала вся Тортуга. Я, впрочем, никогда не объяснял причины. С моей точки зрения, это было всё равно что метать жемчуга перед чёрт знает кем.

Флинт, тот никогда надо мной не смеялся. Он всегда говорил, что джентльмены удачи — все с заёбами, абсолютно все, и нечего здесь обсуждать, каждому потому что своё. Вот я, говорил он высоким своим дребезжащим голосом, я — алкоголик; Питер — джентльмен; а Майкл соблюдает субботу; у всех заёбы. И что? Главное, не забыть вовремя умертвить противника, пока он не стал тебе симпатичен, а такое бывает частенько, сами знаете; мёртвые не кусаются.

Ненавижу жару. И вонь. Я специальным пунктом договора при вербовке команды вставил условие своим людям — принимать морские ванны не меньше двух раз в день. А женщинам — три раза. Все удивлялись, но соглашались. Если соглашались на все прочие условия, конечно.

Условий, сказать правду, было до хрена. Ну, неважно.

Де Куриэля я учил по субботам основам древнееврейского, а Питер всегда являлся ко мне на «Анну» после обеда, деликатный человек, поднимался на палубу, благоухая жасминовыми духами, которых он спёр как-то у испанцев целую бочку, закуривал трубочку и вразумлял меня начатками латыни. Хорошее было время, да.

Я со всеми мог ужиться. Я не смог ужиться только с двумя: с Д'Олоннэ, уж очень от него воняло, и с безглазым Пью, когда он ещё не был безглазым… Представьте, этот пёс однажды, когда мы стояли на рейде Порт-оф-Спейна, поднялся ко мне на борт и стал клянчить на рюмочку. У него, видать, был отходняк после вчерашнего, а на других судах ему уже не подавали. Всем осточертело давать в долг, потому что он сам никому в жизни не наливал, даже когда возвращался из похода и трюмы его ломились от бренди и рома.

С-собака!.. Я тогда сидел в кают-компании с Билли и вразумлял его псалмами. Тоже в субботу дело было. Билли, правда, натрескался рома и спал, навалившись на стол, но я вразумлял его и так. Мне нужно было для практики. Тут вваливается этот Пью и заводит свою шотландскую волынку: дай стаканчик, ну чего тебе стоит?.. Да пошёл ты, — отвечаю я и неосторожно поворачиваюсь к нему спиной. Псалмы меня расслабили, и Билли сопел так уютно, и впереди до заката было ещё полдня, и девушки на берегу пели так красиво… И тут эта сволочь прыгает на меня сзади. С ножом. Хорошо, Билли рефлекторно, как всегда в таких случаях, проснулся и успел оттолкнуть меня. Ну, я тогда дал этой гадюке по зубам эфесом шпаги — так, что он дважды перевернулся в воздухе; и он сел в углу на пол, выплюнул выбитые зубы, утёрся и обозвал меня некрещёным псом. Меня, на собственном моём судне! Этого я не терплю совершенно, хотя и согласен с Флинтом, что у каждого — свой заёб. Я пришёл в бешенство и схватил кортик…

Через пять минут мои люди с шутками и прибаутками уже выкидывали Пью с корабля, промахнувшись мимо трапа, так что он полетел с борта прямо в воду. Уже без глаз. Теперь вы знаете, в каком деле старый Пью лишился своих окуляров. В том же деле, где Чёрный Пёс лишился своих когтей, и в том же, где Долговязый Джон — своей ноги. Они все прибежали потом к молу, вот в чём дело. Питер злился, я спугнул его, когда он сидел в каюте «Арабеллы» с томиком Вергилия, и он прибежал на шум. Джону он тогда сделал операцию и спас ногу хотя бы до колена. А мне так стало противно, что вот люди приходят просить на стаканчик, а если им этого стаканчика не наливаешь по вполне объективным причинам, они тебя тут же обзывают не по делу, — так мне это обидно показалось, что я тут же поднял на мачте Весёлого Роджера и ушёл в море со всей командой, читая псалмы. А баб наших мы в тот раз забыли на берегу, и матросы дико на меня злились, так что я весь рейс боялся повернуться к ним спиной, и успокоились они только тогда, когда пришлось мне взять на себя грех, отправиться на один из Наветренных островов и выкопать для удовлетворения их алчности сокровища капитана Кидда. Самого Кидда тогда уж и на свете не было, а к сокровищам Флинта прикасаться — себе дороже.

С берберскими пиратами я никогда дела не имел. Мы не враждовали, а так как-то… не пересекались. Про них рассказывают всякие гадости, но в тот единственный раз, когда я с ними столкнулся в Адриатике, никаких зверств за ними не заметил. Мы немного покачались друг напротив друга, моя каравелла против их шебеки, и хотя мушкетёры уже стояли вдоль борта, нацепив шляпы, как д'артаньяны, и артиллеристы с красными повязками на головах уже откинули форты пушек и, ощерившись, стояли с зажжёнными фитилями, никто первым выстрела не сделал. С той стороны узкого водного пространства, разделявшего наши суда, мне крикнули: мы — янычары турецкого султана, чего тебе тут понадобилось? И кто ты вообще, к Аллаху, такой? — и я ответил, что у меня ностальгия по Венеции, поэтому я припёрся сюда с того берега Атлантики, чтобы стоять на площади Святого Марка и читать голубям нараспев Бродского, вслух. Они там повертели пальцами у виска и сказали: проходите, не задерживайтесь, — и когда мы уже почти прошли, их капитан, рыжебородый, как Барбаросса, крикнул вслед: эй, а ты, наверно, тот самый ёбнутый на всю голову Муса по кличке Дракон, как зовут тебя неверные?..

Ну да, ответил я, и мы повернули, и опять сошлись бортами, и я пригласил рыжебородого к себе в каюту, и потом мы там сидели и пили, я — ром, он — мятный шербет со льдом; и препирались на тему, кто более прав — сунниты или шииты. И мы горячились, и перешли на общетеологические темы, хотя это всегда чревато, но он успокоился, когда я процитировал ему суру Корана касательно своего статуса зимми как представителя народа Книги. Он вздохнул и спросил: а вот всё равно у тебя в каюте по стенам висят языческие картинки; у меня вот в каюте никаких картинок не висит; нельзя изображения на стенах вешать, эх ты, а ещё монотеист.

Чего такое, — спросил я, — какие ещё языческие картинки? Это фотографии моих родственниц — сестёр, можно сказать, — и подруг. Они любят меня, как сорок тысяч братьев... Ну у тебя и родственницы, — буркнул он. Я встал, заставил его подняться и начал водить его по каюте как по музею. А это что за монстр? — спросил он. — Мужик вдруг какой-то среди сонма гурий... — Это не монстр, это святой Брендан, — объяснил ему я, не подумавши, — это наследственный дашнак с Арарата...

— Что-о-о?!! — заорал турок и, мягко отпрыгнув в угол, вытащил саблю. Насилу я его успокоил. Он взошёл к себе на корабль, поминутно оглядываясь, и долго ещё подозрительно смотрел нам вслед. Когда верхушки наших парусов были уже вне досягаемости его пушек, я из принципа распорядился поднять на грот-мачте флаг партии Дашнакцутюн. И мы взяли курс на Венецию.

Дальше был Дворец дожей, которые все сперва хотели меня отравить на торжественном балу, устроенном в мою честь, но успокоились, когда я прочёл им наизусть кое-что из Бродского. И я посетил типографию Альда Мануция, и пожал мягкую белую руку Марка Мансура, критянина, которого венецианское правительство сделало государственным цензором, и тут выяснилось, что мы — дальние родственники.

Крит. Меня волнует всё, что так или иначе связано с этим островом. Это уже третий раз, что я плыву на Крит, и, надо сказать, мне ни разу не надоедает. Я всё ещё надеюсь откопать череп Минотавра и прибить его в моём доме, над входом в салон. Далее, как говаривал Питер, — cras ingens interabimus aequor, завтра мы снова выйдем в огромное море.

Жди меня, и я вернусь. Только очень жди.

25 мая 1977 года

Когда я перешёл в восьмой класс, родители, по совету классной руководительницы Александры Алексеевны, которую я боялся и ненавидел всем сердцем (впрочем, это другая история), взяли мне репетитора Фаину Павловну. Фаина Павловна была заслуженной учительницей РСФСР и обладательницей чудовищно громкого голоса. Я учился у неё математике, ибо в классе по математике был отстающим. Точнее, я вообще ничего в математике не понимал (и до сих пор не понимаю). Дважды в неделю я приходил к Фаине Павловне домой, и там урока математики уже дожидалась Рита, девочка из такой же, как у меня, интеллигентной семьи, и тоже отстающая. Если бы она не была отстающей, то с чего бы ей ходить к Фаине Павловне, верно?

Сперва мы пили чай с бубликами на кухне, потом садились за стол в гостиной, и начинался урок. Мы с Ритой сидели друг напротив друга, а Фаина Павловна — сбоку. Мы учились и ничего не понимали. Рита мне ужасно нравилась. Были моменты, когда она, чуточку так мило прикартавливая, отвечала на вопросы нашей учительницы, — несла в ответ сущую ахинею, сказать по правде, я чувствовал, что она нравится мне даже больше Наташки, в которую я был безответно влюблён с третьего класса. Рита была страшно милая и всё время краснела — то ли от осознания собственной математической глупости, то ли чувствовала: она мне небезразлична.

Отношения наши развивались стремительно — уже к зимним каникулам я осмеливался, сидя на стуле, поднимать вытянутые ноги и гладить ими Риту, сидевшую за столом напротив. То есть Ритины ноги, я хочу сказать. Фаина Павловна страшно злилась, потому что, сидя с другой стороны стола, она не понимала, что происходит, но инстинктивно ощущала, что до математики нам с Ритой в эти моменты не было уже решительно никакого дела, и на задаваемые по ходу урока вопросы мы не отвечали. Мы вообще их не слышали.

В самый последний учебный день, когда мы закончили последний урок математики для отстающих, Рита решилась. Мы вышли в прихожую, сняли домашние тапки и стали надевать уличную обувь. Фаина Павловна вышла за нами, чтобы проводить. Она поглаживала нас по рукам, плечам и по головам и растроганно приговаривала командирским голосом:

— Ах вы, мои дорогие двоечники…

Я нагнулся, чтобы взять портфель, и Рита сказала:

— Миша, проводи меня до дома…

Она сказала это очень тихо, но мы с Фаиной Павловной услышали. Я был влюблён в Риту, но рядом была Фаина Павловна. Я мгновенно взмок, покрылся испариной и поступил так: противно загоготал и сказал громко:

— Вот ще, делать мне нечево, што я, дурак, што ли?—И довольно гордо покосился при этом на Фаину Павловну, как бы призывая её в свидетели. И если Ритину реакцию я ещё мог с грехом пополам предугадать (она схватила свой портфель и выбежала из квартиры, стукнув дверью и не прощаясь), то реакция Фаины Павловны меня ошеломила. Заслуженный учитель РСФСР с перманентно оглушительным командным голосом, она сдвинула очки на лоб и сказала мне очень тихо:

— Миша, я думала, что ты просто дурак, но ты ещё и идиот.

Последнее слово она выделила каким-то специальным, неуловимо педагогическим тоном.

Вы знаете, это произошло день в день ровно тридцать три года назад, но я до сих пор помню тот майский вечер очень ярко, можно сказать—шизофренически отточено, во всех его тёплых весенних оттенках, в тончайших нюансах запахов и красок. Вечер этот всегда со мной.

Часы

Всю неделю я встаю на работу без четверти пять утра. Всю неделю я начинаю хотеть спать уже в восемь вечера и мужественно борюсь с собой до девяти, когда падаю в койку. Всю неделю я мечтаю, что высплюсь в субботу. Каждую субботу я вскакиваю в полшестого утра. И сегодня тоже. Я сделал кофе и пошёл в наш маленький дворик выкурить первую сигарету. И вторую. И третью. Я давно не читаю советских газет, и вообще никаких газет не читаю, но, когда куришь и прихлёбываешь кофе, мягкая бумажная продукция, находящаяся в зоне досягаемости, сама лезет тебе в руки. Я был в Вене, в том кафе, куда в позапрошлом веке хаживал Теодор Герцль. В это кафе до сих пор приходят литераторы и журналисты. Все сидят, пьют кофе и читают газеты. Правда, не курят при этом. На стенах там висят картины, изображающие посетителей прошлого. Все они пьют кофе и читают газеты. Какую-нибудь «Нойе фрайе прессе». Я сидел под этими картинами, смотрел на изображения людей в котелках, цилиндрах и с моноклями и пил кофе. Потом я вспомнил, что у Герцля, как пишут некоторые исследователи, был врождённый сифилис, и брезгливо отодвинул крошечную чашку. У Мопассана тоже был наследственный сифилис, ну и что.

Я хочу этим сказать, что когда-то газеты несли какую-то другую функцию. У них был вес. В них и правда заглядывали умные люди. В них даже печатались новые повести и романы с продолжением. Все романы Башевиса-Зингера печатались в польских и американских газетах, и их читали ремесленники, биндюжники, проститутки и продавцы из дома напротив. К газетам относились серьёзно.

На столе под открытым небом в нашем дворике лежит кипа старых газет, обычно их читает тесть. Газета «Секрет» сама полезла в руки. Я прочёл интервью с Депардье, озаглавленное «Мечтаю жить в Сибири». Там, в интервью, было много занимательных вещей. Там было написано, что «когда я увидел часы с двуглавым орлом, мне очень захотелось подарить такие же моему другу Владимиру Путину, надеюсь, что это произойдёт». Ещё там было написано, что «для швейцарцев в принципе само слово „Россия" — ругательное, потому что ещё в 50-е годы прошлого века часовые механизмы, которые изготовляли в СССР, были самыми надёжными. Меня совершенно не задевает критика со стороны западных журналистов на этот счёт. Они просто завидуют достижениям россиян».

Я прочитал это интервью и отложил в сторону газету, заварил ещё кофе и выкурил ещё две сигареты. Я полжизни не россиянин и, в принципе, не завидую их достижениям. Я вообще не понимаю, что это такое — завидовать. Ну, достигли, и молодцы. Я никогда не завидую чужим успехам. Написал человек хорошую книгу, или статью, или просто выпендрился удачно — и молодец. Я порадуюсь за него и с интересом эту книгу прочту. Или статью, или выпендрёж, если он удачный. Вот написала, скажем, Наринэ Абгарян новую историю о «понаехавшей», я прочту — и радуюсь. Или Арина Холина написала выпендрёж о том, как все мужчины ноют своим подругам, что у них очень маленький член, а потом бегают, ищут линейку и измеряют его длину. Я прочёл эту заметку и обрадовался. Потому что я люблю талантливых людей, которые пишут талантливо любую херню. Ведь искусство — это не что, а как. Правда? Ещё можно вспомнить, что движение — всё, а конечная цель — ничто. Что ты хотел сказать этим рассказом? Картиной? Музыкой? Да ничего он не хотел сказать, он просто её написал. Музыку, картину, статью. Талантливо написал. У моего дедушки, когда он наедался праздничного бабушкиного чолнта или рыбы-фиш, был оргазм в глотке, так он говорил. У меня, когда я читаю что-нибудь талантливое, оргазм в голове, как у женщины. Правда.

…Многие нацепляют на нос очки, вчитываются, вслушиваются, вглядываются. Злятся, копят жёлчь, а потом критикуют. Им не нравится что-то. Они не могут просто порадоваться за человека. Они не умеют.

Но я вспомнил одну историю с часами.

У моего дедушки, когда он вернулся с фронта, были с собой три трофейные вещи: круглая латунная табакерка, круглые солнцезащитные очки с кожаными наглазниками, которые он снял с убитого немецкого мотоциклиста, и часы. Часы он снял с левой руки убитого солдата Русской освободительной армии. Это были не немецкие часы, а советские. К сожалению, я забыл, как называлась марка. «Ракета»? «Победа»? Дедушка умер от пьянства тридцать пять лет назад, а бабушка, которая тоже знала марку, пережила его надолго, но тоже уже умерла, правда, не от пьянства, а просто от старости, и теперь некого спросить. Это были поразительные часы. Они шли ещё тогда, когда дедушка снимал их с руки власовца. Дедушка заводил их каждый день и прошёл с ними — откуда, я уже не помню, но до самой Вены. Он воевал в них, спал, бегал, падал, дрался, переправлялся через голубой Дунай и сказки венского леса. Потом он вернулся в них домой в Ленинград. Думаю, он спал в них со всеми своими фронтовыми подругами, но меня это не касается. Он проносил их до самой смерти. Я взял их на память и ходил в них в институт, а потом пошёл в армию. Часы всё шли, я заводил их каждое утро. Я приехал в армию в этих часах и в тёмно-синем свитере, тоже дедушкином. В первый же день нам, призывникам, сказали, что в армии все ходят в военной форме, а не в гражданской, и что всё гражданское нужно снять, упаковать, сложить в мешок и отправить домой. Всё снять и всё отправить. Я всё снял, и трусы тоже снял, и надел армейские белые кальсоны, на которых не хватало двух пуговиц, и сложил в мешок свитер, джинсы и рубашку. Трусы я выкинул. Ещё я снял часы и подошёл к сержанту-каптёрщику, и спросил, нужно ли их отправлять домой тоже. Он посмотрел на меня странно и сказал:

— Конечно, нужно отправлять. Зачем тебе в армии часы? В армии вышестоящее начальство тебе всегда подскажет время, потому что твоя жизнь будет расписана по часам и даже минутам.

Это я теперь понимаю, что я был идиотом, но попробуйте-ка вы сами поехать в армию, раздеться догола и постоять на цементном полу в очереди к армейскому парикмахеру, для того чтобы он постриг вас налысо ржавой ручной машинкой, а потом получить указание всё упаковать и всё отправить, молчать, и никаких разговоров. Вот я бы на вас посмотрел, да. У вас мозги бы скукожились и в одну минуту стали бы, как и положено по уставу, единообразными. Вот и у меня они стали единообразными. Поэтому я и спросил сержанта то, что спросил. То, чего нормальный человек в нормальной обстановке никогда не спросит.

В последний миг я заколебался. Мне было жалко расставаться с памятью о дедушке, поэтому память эту я разделил пополам: свитер сунул в мешок, а часы всё-таки оставил себе. И очень хорошо сделал, потому что никто моего мешка со свитером, джинсами и рубашкой больше не видел. До дома мешок не доехал, и ничьи мешки ни по единому адресу домой не попали. Теперь я думаю, что их просто разворовали каптёрщики. На следующую ночь призывники видели, как старослужащие и дембеля рылись в горе этих мешков. Но никто ничего не сказал, потому что настала эпоха перемен.

Я проносил трофейные часы моего дедушки до самого конца службы. Как дедушка, я марширова́л в них, ходил в них на приём пищи и в баню, выезжал на полигоны и стоял в карауле. Ещё в них я дрался, когда возникала необходимость, и меня били, и я падал, и стукался часами обо всё подряд. Они были со мной и в дождь, и в снег, и в зной, и на суше, и под водой, во время переправ через реки. То есть в точности повторялась история сорокалетней давности, когда дедушка воевал в них и, как сказано в песне, по-пластунски прошагал в них пол-Европы. Часы шли, несмотря ни на что, и я всё время смотрел на них, подгоняя время, оставшееся до демобилизации. Мозги у меня тогда были совсем куцые, но иногда я всё-таки радовался, что не отдал часы каптёрщику.

Потом я вернулся домой, и все вернулись, кроме тех, кто погиб. Некоторые погибли—в Афганистане, куда их отправили, и застрелились в карауле, и даже прыгнули с крыши, но таких всё-таки было немного, не будем сгущать краски.

Часы шли. Я потом носил их на работу, в Публичную библиотеку имени Салтыкова-Щедрина, куда устроился по возвращении, и в школу при консерватории, в которой работал учителем истории до самого отъезда из СССР. В них я приехал в Израиль, в них здесь ходил на работу, и на воинские сборы, где снова падал, бегал и стрелял, и во время стрельбищ они снова тряслись на руке, и всё шли. И в них я снова приезжал в Россию, теперь уже в гости, и возвращался обратно.

И прошло ещё лет пятнадцать, и однажды августовским утром, проснувшись, я вспомнил, что в этот день, много лет назад, умер дедушка; я вздохнул и стал заводить дедушкину память—и часы вдруг громко щёлкнули и остановились. Я пошёл на работу, а вернувшись, отправился к знакомому старому часовому мастеру, он жил неподалёку,—а может, и до сих пор живёт. Он вставил в глаз лупу, открыл часы, заглянул в их нутро и сказал, что организм умер. Я спросил, нельзя ли поменять пружину, ведь это механические часы, а не что-то особенное, но он повторил: организм умер. Тогда я рассказал ему историю этих часов, и видел, как часовой мастер был взволнован. Он не мог подобрать слова и сказал только, что у него до недавнего времени тоже хранилась ценная вещь из прошлого — какая-то баба на чайник или на самовар, из которого пили чай по субботам его дедушка с бабушкой в Черновцах, ещё до того, как этот город стал советским. Я спросил из вежливости, где же эта баба, и он ответил, что её выкинули, потому что она была ватная и из неё вылезла вся вата, она похудела, толку от неё уже не было, и вот поэтому её выкинули. Я поблагодарил и пошёл домой. Я никогда не стал бы выкидывать свою память, даже эту ватную бабу, если бы она была моей, даже если бы из неё вся вата и вылезла. Я рад теперь, что не отдал часы тридцать лет назад каптёрщику, ведь для него они не значили того, что для меня. Я зарыл их в шар земной, в Иерусалиме, на вершине холма, там, где теперь археологический парк. Я положил их в коробочку и закопал в землю пластмассовой игрушечной лопаткой моей внучки. Потом я встал, посмотрел на солнце и огляделся по сторонам; стояла тишина, дул ветер и доносил запах соли с Мёртвого моря. Я хлопал себя по карманам, ища сигареты, и думал, что нужно что-то сказать, что-то такое, приличествующее моменту, но в голову ничто не лезло. В них, в этих часах, много лет проходили три солдата трёх разных армий. Я рад, что не отдал их тогда сержанту, но и подарить никому не мог — ведь считается, что если даришь друзьям часы, то это к разлуке.

Крутой маршрут

Так как без печатного (иногда — непечатного) слова я не могу, а времени на чтение категорически не хватает, то книги и журналы беру с собой в автобус. По крайней мере, есть час в день — по дороге на работу и обратно. Сегодня утром, таким образом, закончил перечитывать «Крутой маршрут» Евгении Гинзбург. Оказывается, я привёз с собой из России разрозненные номера «Юности» и «Даугавы», где в конце восьмидесятых эта вещь была напечатана в России — впервые.

Бог знает, чего я сюда только с собой не привёз из России: и автограф Ельцина, и какие-то самиздатские воззвания против ГКЧП, и листовки «Памяти» за восемьдесят седьмой год, и листовки Валерии Ильиничны против «Памяти», и рукописные революционные стихи вечного пассионария Саши Богданова, подаренные им мне при разгоне митинга у Казанского собора ещё до перестройки, и два машинописных тома стихов и прозы Галича, в которых сейчас нет никакой необходимости никому, кроме специалистов по истории самиздата и меня — потому что я их сам печатал в семьдесят девятом на той самой «Эрике», которая берёт четыре копии.

Я перебираю старые папки домашнего архива, и каждый раз поражаюсь, сколько всякого и разного я притащил с собой из Ленинграда, и удивляюсь терпению моей второй жены — ведь вес багажа на каждого отъезжавшего составлял тогда сорок кило, ни грамма больше, — и вместо того чтобы взять с собой лишнюю пару кастрюль на первое время, я притащил в этот Город-на-заре чудовищное количество предметов, к Городу отношения не имеющих, а имеющих отношение к моей памяти, никому, кроме меня, не нужной, и поражаюсь всё больше и больше: ни разу не открывал я этих папок, никогда ничего не перечитывал — ни с умилением, ни с сожалением о бесцельно прожитых годах, — вообще никак я их не перечитывал, и на первый же день прибытия прочно забыл о существовании оных.

И не вспомнил бы о них до смертного часа, а может — и вообще не вспомнил бы, и узнали бы об их существовании мои физические наследники тогда лишь, когда, вернувшись с кладбища и сморкаясь в платок (почему нет? хотя ни у кого в этой стране никаких носовых платков я никогда не видел, кроме одного профессора родом из нацистской Германии, откуда он бежал в шестнадцатилетнем возрасте, но не о том речь, — ни у кого никаких платков не видел я, зато у многих видел штаны, сползающие с задницы, и то, как они прилюдно почёсывают причинное место, — великие в своей малости признаки левантизации сознания и быта, ставшие почти национальной традицией, но и не об этом речь сейчас; итак — продолжаю), — и удручённые родственники стали бы выбрасывать мои старые трусы, носки и бумаги (особенно — бумаги; нет у моих родных сантиментов к старому печатному и непечатному слову) — и вот тогда нашли бы их они, и, может, даже прослезились бы — хотя нет, не верю я в эту черту их характера, пообтёрлись они в Святой для кого-то Земле, да и забыли само понятие сентиментальности; а уж понятия сентиментализма как литературно-исторического термина и стиля они вообще никогда не знали и о существовании его не подозревали; да и не о том речь, впрочем.

Среди запылённых бумаг в старых советских картонных папках нашёл я вдруг стихи моей первой жены; стихи, которые я сам же и распространял в самиздате — и которые так хвалил Евтушенко, — печатал я их на той же «Эрике», на которой и Александра Аркадьевича, и Иосифа Александровича, и Александра Исаевича печатал, — стихи, которые она писала совсем девочкой, когда её выгнали из института, и вдруг, после шестнадцати лет взаимного молчания я вслух, вдруг, ввой прочёл то самое, о чём память полтора десятка лет молчала, и которое было в приснопамятном году посвящено мне, мне, мне — никому иному, мне оно было посвящено, ты слышишь, — о том, «как сладко в чужую гавань приплыть кораблю-бродяге»…

И ещё нашёл я старый, на четвертушке линованной бумаги из школьной тетрадки, рисунок: женщина под звёздами, держащая за руку ребёнка, — в армию тридцать лет назад в письме присланный рисунок, и будь я проклят, если не держал эту четвертушку бумаги под подушкой в казарме, а потом вклеил в солдатскую записную книжку, и у меня хотел её отнять товарищ прапорщик, ибо не положено, и тогда я впервые открыл огонь на поражение по движущейся, относительно живой, по крайней мере одушевлённой, хотя под вопросом наличие души у оных, — мишени; но даже и это — совсем другая история.

И наверное, это было самой лучшей, самой ценной моей находкой среди пыльных папок Старого Времени. Хотя и вспомнил я некстати — не в момент обнаружения, впрочем, а именно сейчас вот, в Поднебесном граде вспомнил я — как, приехав ко мне в часть и заполучив меня на двадцать четыре часа, после бессонной ночи объятий призналась она в том, что за полгода до этого изменила мне с каким-то мудаком; и хотел я после красивых прощальных улыбок и поцелуев — она в Питер, я обратно в казарму — застрелиться, красиво так, стоя на часах с «калашниковым» наперевес, да так и не застрелился, а обычную жизнь, солдатские будни, как говорится, продолжал; и опять, как водится, не о том я хотел сказать.

А хотел я сказать о том, что после чтения «Крутого маршрута» пошёл к Поле, которая свои двадцать пять, свой четвертак при Иосифе Страшном получила и стояла под охраной, во вшах, а теперь — член Союза писателей здешних, пять книг переводов, не считая мемуаров, и всё такое. И спросил у неё одно лишь:

— Вы с Евгенией Семёновной в Москве знакомы были?

— Конечно, была — за одним столом сидела, один чай пила, и курить Женя Семёновна не давала, и злилась, когда курили при ней, окно открывала настежь и в коридор, на лестничную клетку выгоняла за это, — а хочешь, я тебе расскажу, как она Солженицыну давала свой телефон, тогда не записывали, боялись, что возьмут на ходу, так запоминали, — рассказать? Хочешь?

— Хочу.

— Она тогда жила в Доме писателей на Аэропортовской, ей после реабилитации выделили однокомнатную, и там же она на партсобрания ходила, её в партии восстановили, ты же знаешь, — а каково ей было ходить на партсобрания с новыми писателями военно-патриотического направления, что во время оно были лагерными надзирателями, но не о том речь; так вот, встретились они с Солженицыным на улице, сначала поглядели друг на друга, не узнали и отвернулись, а потом уже, после, узнав и поговорив, она ему сказала: «Телефон мой вам легко очень запомнить. Сначала — сто пятьдесят один, как у всех наших писателей в этом доме; а потом сами себя спросите — когда? — тридцать семь, и — сколько? — восемнадцать». Он запомнил именно таким способом, и потом встречи назначал, пользуясь этим именно методом. Мне об этом Рая Орлова рассказала — ты Орлову читал, конечно?

— Читал.

А вот что она ещё сказала как-то Орловой о её романе «Поднявший меч»:

— Вашу книгу о Джоне Брауне, Раечка, я прочла с интересом. Многое узнала. Но герой мне отвратителен. Он — настоящий революционер. Ни себя не жалеет, ни других. Вы слишком снисходительны к нему, а таких людей нельзя прощать. От них все несчастья. Ведь негров всё равно в конце концов освободили бы безо всяких кровопролитий и уж, конечно, без этого изувера Джона Брауна. А впрочем, мне ни до каких негров дела нет. Я была в рабстве похуже, чем дядя Том.

Я ушёл от Поли, бывшего члена ЦК московской группы Союза борьбы за дело революции, отсидевшей бок о бок с Женей Семёновной, и не стал ни уточнять, ни спрашивать, ни, тем более, спорить. Я шёл по пустой, безлюдной улице, по немыслимой, отчаянной, отчаявшейся от самой себя жаре, вдоль раскачивающихся под ветром Саудийской пустыни пальм и думал о том, что сегодня день начала Великой войны, и я должен был — перед самим собой — именно сегодня должен написать что-то о моих дедах, шестьдесят четыре года назад этот день встретивших там и тут, так и этак, с оружием и без, с плачем жён, любовниц — или холостых, на вокзале, уже одетых в форму ещё-без-погон, поднимавших на руки и целовавших в последний, может быть, раз, маленьких и ничего не понимающих, смеющихся сыновей и дочек в попку — и ничего не написал я об этом; так пусть памятником им, моим дедам, Николаю и Хаиму, в этот день встанет удушливый средиземноморский хамсин, и беззвучно зевающие зноем листья финиковых пальм — как антоним, как противовес стелющимся по земле карликовым лиственницам Севера и обледенелым трупам с биркой на ногах, что, шелестя вечной мерзлотой, вставали в полный рост за лемехом плуга, ведомого трактором по морозной, такой давно уже нереальной для живых Колыме.

Возвращение

Когда я вернулся домой и на следующий же день — прямо с корабля на бал — пришёл на работу, все, и не только дамы, визжали от высоты чувств. Я собрал сотрудников в кружок и поведал им о своём визите в Россию; я не забыл добавить, что за двадцать с лишним лет это был мой лучший визит; я напомнил им их собственный, весьма непатриотичный анекдот, который рассказывал моим однокорытникам в Петербурге, и он был встречен с пониманием — что там, что здесь.

Комментарии к Писанию утверждают, что Моисей был рыжий, косноязычный и заика. Господь (может быть, было это на горе Синайской, а может, в эпизоде с неопалимой купиной) спросил его:

— Куда хочешь ты, чтобы я послал народ Мой?

Моисей был человек Божий, то есть был он у Бога; то есть, грамотно выстраивая этимологическую конструкцию, был он убогий, и был он заика. И, весь раздираемый чувствами от важности момента, начал он заикаться:

— К... Кх... К... К-к-к...

И надоело Всевышнему ждать, и махнул Он рукой, и отправил народ Свой в страну Кнаан, то есть, в русской библейской традиции, в Ханаан. А Моисей-то хотел сказать: «К... к-к-к... Канада».

Ещё несколько лет назад, если бы я услышал этот анекдот, то влепил бы рассказчику кровавый плевок презрения (это не моё выражение, а Уайльда). А теперь я рассказываю его сам, и израильтяне, в среде которых анекдот этот был сочинён, слушают и смеются.

Я не про Канаду, бог с ней, с Канадой, я в ней и не был-то никогда. Я про другое «К».

Рассказывая о визите, я сказал сотрудникам откровенно, что в Земле обетованной привык уже ко всему. Трудно не привыкнуть, если я провёл здесь почти полжизни. Даже к обстрелам, бомбардировкам, сиренам ПВО и к терактам привык. Я в теракты четыре раза попадал, вы знаете. Единственное, к чему так и не привык, так это к климату. Это, конечно, страна, истекающая молоком и мёдом в самых разных смыслах, но климат здесь ни при чём. Я ненавижу жару, ненавижу пальмы, ненавижу море, где синие волны ласкают песок и в которое летом можно окунаться, как в парное молоко. В то самое молоко, которым наша страна истекает. Здесь я, едва продрав глаза в полпятого утра, принимаю ежедневные таблетки от давления, здесь я не могу выпивать как следует больше двух дней подряд, потому что если я выпью ещё и на третий день, у меня наступает гипертонический криз и на экранчике машинки для измерения давления — двести на сто десять. Здесь у меня тромбофлебит на левой ноге, и хожу я по улицам со скоростью и пыхтением поставленного на вечный прикол паровоза, больше ста лет назад привёзшего Ильича на Финляндский вокзал, если бы ему вздумалось тряхнуть стариной и размять колёса. Поднимаясь по ступенькам — тут всюду ступеньки, потому что тут у нас горы, — я останавливаюсь каждые две минуты, охаю и гулко пью степлившуюся воду из бутылочки, и вода льётся по бороде и стекает на расстёгнутую до пупа рубашку и тут же испаряется, так что даже и вытираться не надо. Меркурианский климат, не говоря худого слова. Не на освещённой стороне планеты и не на теневой, а так, на терминаторе.

…За месяц и неделю моего визита в зону «К», которая не Канада, я пил каждый день. Не было ни одного дня, чтобы я не пил (как советовал Мессир — в компании лихих друзей и хмельных красавиц). И ни разу у меня не было никакого давления (если бы я пил так дома, то меня хватил бы кондратий и я на месте дал бы дуба). И никакой глаукомы. И никакого тромбофлебита. Он исчез в одну ночь.

Я пил только благородные напитки: водки и настойки на северных ягодах от Великого Новгорода и не менее великого (на мой сепаратистский взгляд) Петрозаводска. Я опустошил весь бар моей подруги, она запарилась подносить бутылки, а мне всё было мало. Я чувствовал удаль молодецкую. Я прошёл пешком весь город на Неве с севера на юг — от Петроградской до парка Победы — в компании моей бывшей институтской комсоргши Оли (которая теперь не комсорг уже, а католичка), и был свеж и бодр, как барон Пампа наутро после попойки. Я ощущал себя, как Беня Крик в двадцать пять лет: если бы на небе были кольца, я схватил бы их и притянул небо к земле. Когда я ходил по Невскому, раскачиваясь, как Билли Бонс по палубе своего корабля, на моих щеках сохли поцелуи незнакомых встречных девушек, по возрасту годившихся мне в дочки. Это был вылитый эпизод с Иваном

Жилиным в «Хищных вещах века». На Сенной я встретил соревнование по бегу. Кто бежал и куда, я не знаю, да и не стремился узнать; я просто побежал вместе со всеми, всех обогнал и пришёл к финишу первым, и у меня даже не сбилось дыхание. Учредитель соревнований, какой-то бизнесмен-благотворитель, пожал мне руку при большом скоплении народа и хотел записать меня в свою команду, чтобы вручить приз, но я гордо прошёл мимо него, рассёк восхищённую толпу и удалился в сторону Таврического сада, где мне — прямо по «Мойдодыру» — захотелось перепрыгнуть через ограду. Просто от избытка сил (если бы я захотел перепрыгнуть через какую-нибудь ограду в Иерусалиме, то, боюсь, был бы госпитализирован, потому что непременно переломал бы ноги).

...Когда я мчался в моё родовое гнездо, в Рауту, которое теперь Сосново, я просил лесных духов дать мне знак, что они узнали меня. Внутренним зрением видел, как все они выстраиваются вдоль дороги: хитрые гномы, добродушные эльфы и угрюмые тролли. «Ну, — бормотал я вполголоса, — узнали? Дайте же знак». Тогда загрохотало небо, гром без грозы, и я понял, что узнан. Кто меня приветствовал — Перун или Один — я так и не понял, но прослезился. Ведь это было очень великодушно с их стороны, я всегда отрицал их право на существование, я и до сих пор его отрицаю, но идолы оказались благороднее меня. Я купался в лесных озёрах на Карельском перешейке (теперь вы знаете, что такое моя зона «К», которая, напомню, не Канада); я сидел на замшелой завалинке старого дома в сосновой чаще и от избытка чувств раскачивался, как старый еврей на молитве, и проплывали облака, и сосны кивали мне, как старому другу, потому что я и есть их старый друг. Я шёл по лесной дороге, пьяный от одного только смолистого воздуха, и кланялся орешнику — дереву колдунов, и рябине — дереву колдуний. В те дни я чувствовал, как флёр строгого монотеизма облетает с меня с каждым дуновением прохладного ветерка из чащи ельника. Я подошёл к придорожной ели, взялся за веточку и поприветствовал её: «Здрава будь, мамочка...» Потом подумал: какая она мне мамочка? Сестрица. «Будь здрава, сестрица...» Опять не то. Ель, склонившись ко мне, ждала. «Здравствуй, тётушка!» Ель с облегчением распрямилась. Я нашёл верное слово.

Какое мне дело, что за этим следила семья велосипедистов, папа и двое детей, проезжавших мимо. Дети спросили папу, что это с дяденькой, и папа решил было, что дяденька хватил лишку, но я объяснил, что это я разговариваю с лесными духами, потому что иду в гости к одной ведьме. Семейство крутануло педали и, оглядываясь через плечо, быстро исчезло вдали, а я не торопясь пошёл дальше. В гости.

…На собрание писателей на следующий день после возвращения я зашёл рано, когда господа литераторы ещё не собрались. Я пришёл с работы. Ходьбы там на пять минут, но тащился я полчаса, и уже охал, хватаясь за горло, и сердце выплёскивалось толчками, и шумело в ушах, хотя я был совершенно трезвый, но уже глотал воду, запивая ею таблетки от давления, и припадал на левую ногу, потому что тромбофлебит воскрес — неожиданно, как центральный персонаж Нового Завета. И глаукома опять выдавливала мне зрачки изнутри, так что глаза на лоб лезли.

Так, с вытаращенными глазами, я стал ходить по помещениям, и всюду было пусто; только в одной прокуренной полутёмной комнате сидели двое и вслух читали друг другу какую-то статью, напечатанную на старой машинке, и гулкие в пустоте зала голоса их показались мне очень знакомыми. «Мнэ-э-э…» — протянул я, как кот Василий из «Понедельника», и люди обернулись ко мне, и я затрудняюсь сказать точно, кто это был, — ведь я всматривался в них вытаращенными, но притом подслеповатыми от внутриглазного давления глазами, — однако мне показалось, что это наш министр иностранных дел, а рядом с ним — Михаил Веллер. Я совершенно не удивился, ведь человек, возвращающийся в Ершалаим с финских болот, попадает из мифа в сказку, и только сказал, что прошу открыть ключом писательское помещение.

— Сейчас, Миша, — сказал, вздохнув, министр иностранных дел, и я не понял, к кому из нас двоих он обращается; он грузно встал, и пошёл со мной, шаркая модными чёрными туфлями, и открыл писательское помещение, и повернулся, чтобы идти назад, но столкнулся с Веллером, который неслышно шёл сзади.

— Это что же, — сказал тот своим бесподобным, знакомым по телепередачам голосом, — это тут что же, прозаики и поэты заседают?

— Да, — сказал я, — поэты и прозаики заседают. Тут.

— А вы — поэт или прозаик? — с живейшим интересом спросил он. — И как вас зовут?

Я тупо посмотрел на него и ответил словами Жоржа Милославского:

— Я — артист больших и малых театров, а фамилия моя слишком известна, чтобы…

И он, вы представляете, понял. Он захохотал, с одобрением погладил меня по потному плечу и с отвращением отдёрнул руку.

— И что вы — лично вы! — будете нынче читать? — спросил он.

Ещё за минуту до этого вопроса я не намеревался ничего читать. Я намеревался рассказать братьям-писателям анекдот про рыжего заику Моисея, а потом поведать о Карелии и Суоми-красавице, а потом просто выпить и закусить в честь моей вернувшейся с бала на корабль гипертонии. Но тут у меня что-то щёлкнуло в мозгах, и я произнёс, щурясь на вопрошающего:

— Дядя Пейсах, — сказал тогда Дракон всклокоченному Ангелу смерти, валявшемуся на полу, — если вам нужна моя жизнь, вы можете получить её, но ошибаются все, даже Бог. Вышла громадная ошибка, дядя Пейсах. Но разве со стороны Бога не было ошибкой поселить евреев в Ханаане, чтобы они мучались, как в аду? И чем было бы плохо, если бы евреи жили в Ингерманландии, где их окружали бы первоклассные озёра, лесной воздух и сплошные карелы? Ошибаются все, даже Бог. Слушайте меня ушами, дядя Пейсах.

Издалека, из конца тёмного коридора, послышался гулкий хмык министра иностранных дел, но Веллер уже гукал от восторга, и потирал руки, и гарцевал на месте, как застоявшийся Буцефал.

— Ай, — сказал он, — это гениально…

— И наверняка войдёт в историю, — сказал я голосом Домарощинера, и он снова загукал, и захихикал, и, с готовностью подхватив, сообщил, что сейчас непременно уронит Тангейзера на Венеру, — но тут послышались голоса и эхо, и вскоре в помещение зашли первые писатели.

И потом вечер действительно завершился именно таким образом, как я себе представлял…

…Что? Вы что-то хотите сказать? Мне послышалось, что ты промолчала.

«Никто не знает, о чём поёт песню цикада; нет никого на дороге в этот осенний вечер».

И на носу у меня «по-прежнему очки, а в душе осень».

Как говорят в Одессе: «Ай, бросьте, перестаньте сказать».